»Wissen Sie noch nicht, daß wir seit gestern einen neuen Chef haben? In den Zeitungen wird erst morgen darüber berichtet. Ja, ja, Sie haben es erraten – ein kristallklarer Kommunist!« Rußland – der wilde, unbekannte Osten Europas mit seinen unvergleichlichen, herzlichen Menschen – ist uns nähergerückt. Einige der besten, farbigsten und skurrilsten Gestalten stellt uns Jewtuschenko vor. Einen alternden Fußballstar, einen Untersuchungsrichter für besondere Fälle, einen Panzerfahrer, einen Installateur namens van Gogh, die Leiterin der Abteilung für Schulterklappen des Militärversorgungsamtes – aber auch Gorbatschow, Jelzin und den Autor selbst führt der Militärputsch im August 1991 zusammen. Auf dem Platz vor dem Weißen Haus in Moskau treffen all diese verschiedenen Gestalten mit ihren abenteuerlichen, manchmal tragischen Lebensgeschichten, mit ihren Hoffnungen und Sehnsüchten aufeinander: »Die scheinbar unbedeutenden Schicksale der kleinen Leute ergeben in ihrer Summe das Geschick der Nation.« Mit liebevoller Ironie, Witz und Charme, voller poetischer Vitalität beschreibt Jewtuschenko die Absurditäten eines Landes im Umbruch. »Der Rebell Jewtuschenko ist immer noch für eine Überraschung gut.« (Adelbert Reif)

Jewgeni Jewtuschenko wurde 1933 in Sima/Sibirien geboren. Durch Gedichte wie ›Stalins Erben‹ oder ›Babij Jar‹ schon in den sechziger Jahren sowohl in der Sowjetunion wie in der übrigen Welt als der große Poet gefeiert, war er eine tragende Figur des Widerstands gegen das repressive kommunistische Regime. Seine Gedichte wurden in 72 Sprachen übersetzt. Er erhielt zahlreiche internationale Auszeichnungen. Zwischen 1988 und 1991 war er Parlamentsabgeordneter. Während des Militärputschs verlas Jewtuschenko vom Balkon des Weißen Hauses in Moskau ein Gedicht, das den Verteidigern der Freiheit gewidmet war.

Jewgeni Jewtuschenko

Stirb nicht vor deiner Zeit

Roman

Deutsch von Susanne Veselov

Deutscher Taschenbuch Verlag

Ungekürzte Ausgabe
November 1996
Deutscher Taschenbuch Verlag GmbH & Co. KG, München

Titel der russischen Originalausgabe:
›Ne umirai preschde smerti‹
(Moskowski Rabotschi, Moskau 1993)

ISBN 3-203-51216-5
Umschlaggestaltung: Balk & Brumshagen
Umschlagfoto: Diego Goldberg (© SYGMA, N. Y.)
Satz: Pustet, Regensburg
Gedruckt auf säurefreiem, chlorfrei gebleichtem Papier
Druck und Bindung: C.H. Beck'sche Buchdruckerei, Nördlingen
Printed in Germany · ISBN 3-423-12282-x

INHALT

Ich bin meiner Frau Mascha zutiefst dankbar für ihre ironische und findige Redaktionsarbeit. Ohne ihre Hilfe wäre dieser Roman weitaus schlechter geraten, auch wenn man sich dies vielleicht nur schwer vorstellen kann.

Jewgeni Jewtuschenko

Es gibt keine Liebe, die nicht tot ist,
es gibt keine Antwort auf die sieben Übel.
Es gibt keine Liebe, die man nicht vergißt,
und vergessene Liebe gibt es ebenfalls nicht.

SIBIRISCHES VOLKSLIED

The past is never dead.
It isn't even past.

WILLIAM FAULKNER

I.

DREI MONATE VOR DEM PUTSCH – AUS DEM PRIVATLEBEN DES UNTERSUCHUNGSRICHTERS PALTSCHIKOW

Das Besondere im Privatleben des Stepan Paltschikow, Untersuchungsrichter für besonders wichtige Fälle, bestand darin, daß er überhaupt kein Privatleben hatte.

Das behauptete jedenfalls seine Frau Alewtina, Leiterin der Reptilienabteilung im Moskauer Tierpark, nachdem ihr Mann wer weiß wohin verschwunden war und ihr aus diesem »wer weiß wo« nicht einmal anläßlich ihres zehnjährigen Hochzeitstages ein Telegramm geschickt hatte.

Als er dann schließlich nach mehreren Wochen, ekelerregend nach Zügen und Hotels riechend, auftauchte und ihr, um sich wieder lieb Kind zu machen, ein dürres Sträußchen Nelken überreichte, das er aus seiner abgewetzten, mit weiß der Teufel was vollgestopften Aktentasche zog, und sie dann unbeholfen zu umarmen und auf die noch immer zart gelockten Haare im Nacken zu küssen versuchte, wurde sie fast wieder schwach. Als sie aber gefühlvoll die Nelken an ihre Nase drückte, entstieg den Blumen ein derart unerträglicher Gestank, daß sie diese hastig zur Seite schob.

Mitten im Sträußchen steckte, als sei es eine besonders aromatisch duftende Blume, eine dreckig-klebrige Socke ihres Mannes, die durch ausgiebigen Gebrauch jede Elastizität und sogar ihre ursprüngliche Farbe verloren hatte.

Da er begriff, daß sein Familienleben hierdurch beendet sein könnte, fing Paltschikow an, irgendwelche Entschuldigungen in Verbindung mit dem organisierten Verbrechen zu murmeln, aber Alewtina war unerbittlich.

Paltschikows Koffer landete mit dessen Besitzer und der Socke inmitten des Jubiläumsstraußes vor der Wohnungstür.

Nun war Paltschikow gezwungen, ein neues Leben in seinem Büro in dem ihm ans Herz gewachsenen Innenministerium zu beginnen, wo er, mit dem Kopf auf den Kriminalakten ruhend, auf einem Kunstledersofa nächtigte und seine Socken, Unterhosen und Hemden nachts, wenn er niemanden mehr antreffen konnte, in der Gemeinschaftstoilette auf dem Korridor wusch.

Einmal, als er einen geschäftstüchtigen, jedoch nicht mehr ganz jungen Enkel verhörte, der es fertiggebracht hatte, vor seinem eigenen Verschwinden die geöffnete Schädeldecke seiner verstorbenen Großmutter mit jakutischen Diamanten zu füllen und den Zinksarg mit ihrem Körper auf die Reise von Scheremetjewo nach Brighton-Beach zu schicken, wo sie angeblich auf demselben Friedhof wie ihre Verwandten beerdigt werden sollte, bemerkte Paltschikow, daß der Beschuldigte, seiner, was die Rechtslage anging, nicht eben beneidenswerten Situation völlig unangemessen niederträchtig zu grinsen begann, während er seinen Blick auf eine Stelle irgendwo über Paltschikows Kopf heftete.

Paltschikow drehte sich um, erhob die Augen und erblickte voller Entsetzen auf der oberen Holzleiste der Verwaltungskarte der Sowjetunion die Socken, die er gestern dort zum Trocknen aufgehängt und dann vergessen hatte, genau jene Socken, von denen eine bereits auf fatale Weise an seiner Familientragödie mitgewirkt hatte.

Trotz aller Bemühungen Paltschikows, seine Tragödie zu verbergen, blieb diese kraft der berufsbedingten Aufmerksamkeit der Kollegen und kraft der Solidarität gegenüber all denen, die das unauffällige tagtägliche Heldentum der Ritter der öffentlichen Ordnung unterschätzen, nicht lange geheim.

Die Kollegen, von Berufs wegen an die Schaffung von Legenden gewöhnt, erdachten für Paltschikow eine besonders schöne Märtyrergeschichte: Prinzipielle Überlegungen nämlich hätten ihn dazu gezwungen, seine Frau zu verlassen, denn diese hätte ihm und seinem mehr als bescheidenen Gehalt aus purem Sadismus nicht irgend jemanden, sondern einen Computerhändler vorgezogen, dessen ganzer Stolz ein mit Minireptilien gefülltes Heimterrarium war.

In unserem Lande und folglich auch im Innenministerium werden die Bescheidenen und Unglücklichen weit mehr geliebt als die Unbescheidenen und Glücklichen. Deshalb stieg Paltschikows Ansehen durch diese Mitleid und Respekt heischende Legende dermaßen, daß man ihm immer wichtigere Fälle anvertraute.

Eines Tages entsandte man ihn in eine Gebietshauptstadt, wo etwas geschehen war, das den Codenamen »Lokomotive« erhielt, obwohl die Zeile aus dem Revolutionslied »Unsere Lokomotive, flieg voran« als Motto viel besser zu den Geschehnissen gepaßt hätte. Denn wie allgemein bekannt, wird in der zweiten Zeile besagten Liedes darauf hingewiesen, daß die Haltestelle der Lokomotive die Kommune sei.

In dieser Gebietshauptstadt gab es ein Krankenhaus für an Polio erkrankte Kinder. Es befand sich ein wenig abgelegen auf dem ehemaligen Gut des ehemaligen Vorsitzenden der Kreisadelsversammlung, der in den ersten Revolutionstagen sein weißmarmornes Eigenheim in einer romantischen Geste als volkseigenes Hospital gestiftet hatte, wofür er während des Bürgerkrieges mit einer Kugel in die Stirn belohnt wurde. Angeblich hatte er versucht, mit einem der Jekaterinburger Gefangenen in Briefwechsel zu treten, um ihm zur Flucht aus dem Ipatjew-Haus zu verhelfen.[1]

Im Krankenhaus waren ungefähr zweihundert Kinder untergebracht. Trotz der ärmlichen Ausstattung und des Mangels an Medikamenten retteten die unermüdlichen Landärzte heldenhaft und nach besten Kräften Kinderleben – zwar nicht alle, aber immerhin viele.

Und mitten im grimmigsten Winter platzte nun plötzlich der völlig durchgerostete riesige Heizkessel, der noch vor der Revolution im Putilow-Werk gegossen worden war. Langsam überzog Rauhreif die Innenwände des Krankenhauses, und in den Rehabilitationsräumen der Stationen lagen Kinder, die ein Transport in akute Lebensgefahr versetzt hätte. Einer bewährten Erfahrung der russischen Geschichte folgend, begann man mit der Aufstellung kleiner Kanonenöfen, aber dies war nur eine Übergangslösung. Um die Kinder zu retten, war dringend ein neuer Heizkessel vonnöten.

Das nächstgelegene Heizkesselwerk in Leningrad bat sich eine Lieferfrist von zwei Monaten aus.

Die Stadtväter versammelten sich und überlegten hin und her.

Irgend jemand hatte eine in ihrer Einfachheit geradezu geniale Idee – im Hof sollte eine Dampflokomotive aufgestellt, Verbindungsrohre sollten verlegt und das Krankenhaus mit Hilfe des Kessels in der Lokomotive beheizt werden.

Es konnte auch eine alte funktionstüchtige Dampflok aufgetrieben werden. Aber die allernächste Rangierabzweigung der Eisenbahn befand sich fünf Kilometer weit entfernt.

Das Militär brachte die Rettung. Es erklärte sich bereit, die Lokomotive nach alter russischer Tradition bis zum Krankenhaus zu schleppen.

Es war ein herausragendes Ereignis in der Geschichte der Stadt, und alle

Büros und Ämter stellten aufgeregt ihre Arbeit ein. Auf den Bürgersteigen standen Menschenmengen und winkten mit roten Fähnchen und Papierblumen, als handle es sich um die erste offizielle Visite des Oberhauptes irgendeines Hartwährungsstaates. Vorneweg fuhren drei Motorradfahrer in den tarnfarbenen Jacken der Landetruppen, die aus unerfindlichen Gründen Maschinengewehre geschultert hatten. Hinter ihnen marschierten Pioniere, die mit ihren Stöckchen auf Trommeln schlugen, was bei den frostigen Temperaturen besonders schön klang. Danach kam das Militärblasorchester mit den goldenen Riesenschlangen der Posaunen, die die mit Schnee bestäubten Mäntel der Musiker umarmten. In der Straßenmitte bewegten sich vier militärische Zugmaschinen langsam vorwärts und schleiften in mächtigen Trossen die Lokomotive mit der Aufschrift »Die Haltestelle ist die Kommune« auf ihrer rußigen Arbeiterbrust hinter sich her, wobei die Raupenketten und die sich sträubenden rostigen Räder des »Fünfjahresplan-Mammuts« den Asphaltbelag der Straße auf das fürchterlichste verunstalteten.

Parallel zur Prozession fuhr ein Gasik[2] langsam den Bürgersteig entlang, ein ziemlich unansehnlicher, mitgenommener und hustender Wagen. Aber dafür glänzten auf seinem Trittbrett zwei spiegelblank geputzte Stiefel, deren Schäfte gefältelt waren wie eine Ziehharmonika, auf der man die schönsten Tänze hätte spielen können. Der Besitzer der Stiefel war ein etwas angetrunkener, aber mit der Energie der Front erfüllter, rotwangiger Major, der einer Matrjoschka in Offiziersuniform ähnelte und die Operation voller Begeisterung leitete. Wenn die Lokomotive steckenblieb, brüllte der Major ebenso väterlich und anfeuernd ins Megaphon wie Suworow seinerzeit in den Alpen:

»Na los, Kinderchen, in die Hände gespuckt. Wir werden doch Rußland nicht blamieren wollen, meine Adler. Wir helfen unseren Kinderchen. Vorwärts, meine Lieben!«

Durch die moralische Unterstützung von seiten des Volkes und des Blasorchesters wurde die Lokomotive dann tatsächlich bis in den Hof des Krankenhauses geschleppt. Es fanden sich Rohre, und sie wurden angeschweißt. Es wurden Kohlen herangeschafft. Aber plötzlich stieß man bei der ganzen Sache auf einen Haken – wer würde den Kessel heizen?

Dafür brauchte es Spezialisten – Lokomotivheizer. Aber wo sollte man die hernehmen? Dieser Beruf war mit dem Gespenst der Lokomotive verschwunden, das seine Haltestelle in der Kommune nie erreicht hatte.

Man fand zwei alte Rentner mit Heizerfahrung bei der Eisenbahn, doch obwohl beide sehr alt waren, konnten sie den Hals nicht vollkriegen. Mit dem Verkauf von Erdbeeren aus ihren Vorgärten verdienten sie soviel, daß sie für zwei Monate Heizdienste insgesamt zehntausend Rubel verlangten, was zu diesen Zeiten eine ganz nette Summe war. Wie sollte ein Kinderkrankenhaus in der Provinz soviel Geld aufbringen?

Der Direktor der Forstwirtschaftsindustrie, eine großzügige russische Kaufmannsnatur, die allerdings durch das Strafgesetzbuch erheblich geknebelt wurde, nahm die Kosten auf sich und stellte die Rentner zusammen mit ihren ergrauten Ehefrauen als fiktive Holzfällerbrigade ein. An den Funken entzündete sich die Flamme, und die Rentner machten sich beherzt an ihre Heizmission.

Zwei ganze Monate lang stieg der rettende Rauch des unbewegt dastehenden Lokomotiven-Veteranen kerzengerade in die Höhe, und Rührung und Begeisterung erfaßte die Einwohner der Stadt ob dieses himmlischen Wunders und ob der Findigkeit der russischen Meister:

»Wir sind doch wirkliche Könner, was?«

Aber nach zwei Monaten hatten die Leningrader schließlich einen neuen Heizkessel gegossen, und das Feuer im Lokomotivkessel wurde zur großen Enttäuschung der kleinen Patienten, die sich an seine freundliche Wärme gewöhnt hatten, gelöscht.

Die Stadtväter beschäftigte nun eine neue Frage: Wo sollte man das Geld für die Reparatur des von den Zugmaschinen und der Lokomotive übel zugerichteten Asphalts hernehmen, und wohin schließlich mit diesem Ungetüm – man konnte es ja nicht einfach über den Asphalt wieder zurückrollen! Schließlich schlug sich der Vorsitzende des Stadtrates, der im Ruf stand, ein Intellektueller zu sein – er spielte in seiner Freizeit Flöte –, begeistert an die Stirn und sprach frohlockend das sowjetische Zauberwort aus: »Altmetall!«

Die Lokomotive wurde mit einem Schneidbrenner zerlegt und stückchenweise nach Gewicht verkauft. Die Einnahmen kamen der Instandsetzung der ruinierten Straßen zugute.

Doch plötzlich endete die fröhliche, erfindungsreiche und vor allem menschliche Operation »Lokomotive« zur Rettung der an Polio leidenden Kleinen vor dem Kältetod in einem Strafrechtsverfahren gegen seine Initiatoren.

Angerührt hatte diese Geschichte der stellvertretende Gebietsstaatsanwalt, der in seinen telefonischen »Signalen« nach Moskau einen möglichen politischen Hintergrund beim Mißbrauch einer Lokomotive zum Zwecke der Sabotage demokratischer Veränderungen angedeutet hatte.

Der zur Untersuchung des Falles angereiste Paltschikow stellte fest, daß den Buchhaltungsunterlagen über Gehaltszahlungen zufolge eine aus zwei Greisen sowie zwei Greisinnen bestehende Holzfällerbrigade mit einem Durchschnittsalter von fünfundsiebzig Jahren den Weltrekord im Holzfällen nach Kubikmetern gebrochen hatte, was umso erstaunlicher war, als eine dieser Greisinnen, die als Fahrerin des Schlepptraktors eingestellt worden war, bereits seit fünf Jahren gelähmt war und die Baumstämme nur mit Hilfe ihres Rollstuhls wegschleifen konnte.

Der stellvertretende Staatsanwalt mit den langen zottigen Armen eines Pithekanthropus und den kurzen Beinchen eines Napoleon richtete seinen bohrenden Blick wie ein Provinz-Robespierre auf den Untersuchungsrichter aus der Hauptstadt, dem aufgrund seiner Familientragödie und der damit verbundenen Schlaflosigkeit immer wieder die Augen zufielen, und berichtete ihm ohne Umschweife, von Demokrat zu Demokrat:

»Diese fiktive Brigade, Genosse Paltschikow, ist nur ein einziges, von mir gerade noch rechtzeitig herausgezogenes Fädchen in einem ganzen Knäuel von Verbrechen.

Es liegen folgende kriminelle Fakten vor: Verschwendung staatlichen Eigentums in Form einer Lokomotive durch die örtliche Leitung der Eisenbahn, vorsätzliche Beschädigung von drei Kilometern Asphalt durch unsere örtlichen Militaristen mittels ihrer Zugmaschinen und zum Zwecke der Untergrabung der Perestroika und schließlich die Unterschlagung, Zerlegung und illegale stückweise Veräußerung einer Lokomotive durch die korrumpierte Krankenhausverwaltung mit dem Ziel der Bereicherung. Der Parteiapparat und seine Günstlinge schlafen nicht.«

»Oho, welch Überlebensinstinkt«, dachte Paltschikow, während er angewidert das Gesicht verzog. »Vor nur sieben Jahren hat dieser Gegner des Parteiapparats die hiesige Musiklehrerin in die mordwinischen Lager stecken lassen, nur weil man bei einer Hausdurchsuchung *Lebt nicht mit der Lüge* von Solschenizyn, ein Portrait von Sacharow und eine Kassette von Galitsch gefunden hatte.«

Der stellvertretende Gebietsstaatsanwalt beugte sich über den Tisch und flüsterte, nein, hauchte konspirativ:

»Die Perestroika ist in Gefahr, Genosse Paltschikow. Es ist mir nur deshalb gelungen, diesen Fall aufzudecken, weil mein unmittelbarer Vorgesetzter, unser Gebietsstaatsanwalt, zur Zeit auf Urlaub ist – auf der Krim, und zwar, wie könnte es anders sein, im warmen Nest der Nomenklatura, in Oreanda. Ich zum Beispiel habe fünf Jahre lang Anträge für einen Urlaub in Oreanda gestellt, aber sie haben mich immer wieder mit Truskowez abgespeist. Solange dieser Speichellecker breschnewscher Art auf seinem Stuhl sitzt, sind mir die Hände gebunden.«

»Aha, das ist es also, was dir Sorgen macht, du Hund, das, und nicht etwa die Perestroika«, dachte Paltschikow melancholisch. »Auf dieser Lokomotive möchtest du ins Büro des Gebietsstaatsanwalts einfahren. Wie ist das doch alles langweilig und ekelhaft – bald halte ich das nicht mehr aus.«

Aber der stellvertretende Staatsanwalt fuhr fort, ihm seine progressiven Absichten vertrauensvoll zuzuhauchen:

»Man muß mit dieser Lokomotive auf die alten Garden einschlagen. Man muß diesen Fall auf nationaler Ebene diskutieren.«

»Also darauf willst du hinaus. Vom grauen Gänslein zum stolzen Adler«, sagte sich Paltschikow mit einem sarkastischen Grinsen, während er gleichzeitig einen komplizenhaften Ausdruck auf sein Gesicht zauberte und dabei ermutigend nickte.

Der stellvertretende Staatsanwalt beugte sich über den Tisch so dicht zu ihm, so als wolle er ihn gleich auf das leidenschaftlichste küssen:

»Ich würde mir wünschen, daß Sie Ihrem Chef von unserem Gespräch berichten. Er ist ein wahrer Architekt der Perestroika. Überhaupt würde ich mich gern einmal mit ihm unterhalten, unter vier Augen. Ich habe da so einige Ideen ...«

Aber jetzt wollte Paltschikow sich das Vergnügen nicht länger nehmen lassen zuzusehen, wie sich der Gesichtsausdruck dieses Progressisten ändern würde.

»Ich würde Ihrer Bitte mit Vergnügen entsprechen. Aber wissen Sie denn etwa noch nicht, daß wir seit gestern einen neuen Chef haben? In den Zeitungen wird erst morgen darüber berichtet. Ja, ja, Sie haben es erraten – genau der. Was man so von ihm hört – ein kristallklarer Kommunist.«

Der stellvertretende Staatsanwalt erhob sich ein wenig von seinem Sitz, und es war deutlich zu sehen, wie er mit seinen napoleonischen Beinchen angesichts der Notwendigkeit einer schnellstmöglichen Umorientierung einknickte. Aber er faßte sich wieder, und sein Gesicht erblühte pflichtbewußt und voller Freude.

»Na endlich!« rief er aus. »Am Steuer brauchen wir eben solche kristallklaren Kommunisten, und nicht solche, die unter dem Deckmäntelchen der Perestroika unsere Großmacht zerstören wollen ... Genug von diesem verrückten demokratischen Getue.« Und dann ging er wieder zum konspirativen Hauchen über, wenn seine Worte auch zunehmend selbstherrlich klangen: »Um so mehr ist ein Treffen zwischen mir und Ihrem neuen Chef erforderlich, um so mehr. Ich muß ihm die Augen öffnen hinsichtlich der Situation in unserem Gebiet, die einer Verschwörung gegen den Sozialismus nahekommt. Unser Gebietsstaatsanwalt ist trotz all seiner zur Schau gestellten Parteizugehörigkeit schon seit langem eine Marionette antisowjetischer Extremisten. Die Sache mit der Lokomotive – das ist ein Beispiel für die Diskreditierung der sozialistischen Ideale unseres Volkes. Diesen von Granatsplittern durchlöcherten stählernen Helden des Bürgerkrieges und des Großen Vaterländischen Krieges[3] als Altmetall zu zerschneiden, den verdienstvollen Veteran des ersten Fünfjahresplans stückchenweise nach Gewicht zu verkaufen – das ist doch eine politische Vivisektion ... Es wird Zeit, unsere Großmacht zu retten ...«

»Wollen Sie meinen Rat?« fragte Paltschikow, wobei er seiner Stimme heuchlerisch den größtmöglichen Ausdruck von Wärme verlieh, wie sie vor kurzem noch von der inzwischen mit einem Schneidbrenner zerlegten Lokomotive ausgegangen war.

»Eben deshalb habe ich ja darum gebeten, daß gerade Sie aus der Hauptstadt hierher kommen mögen ...«, erwiderte der stellvertretende Staatsanwalt gespannt.

»Legen Sie den Fall mit der Lokomotive zu den Akten«, sagte Paltschikow mit der leicht einschüchternden, übertriebenen Besorgnis des netten Großvaters, der seinen unvernünftigen Enkelsohn ermahnt.

»Warum das?« fragte der stellvertretende Staatsanwalt verblüfft.

»Man könnte es falsch verstehen.« Paltschikow verlieh seiner Stimme gekonnt eine besondere, ja weiche Strenge und warf dem stellvertretenden Staatsanwalt einen hypnotisierenden finsteren Blick zu.

»In welchem Sinne?«

»Man könnte denken, daß Sie mit Hilfe des Altmetalls der Eisenbahn Karriere machen wollen. Man könnte Ihnen Antisemitismus unterstellen, weil der Oberarzt des Krankenhauses ein Jude ist. Verspielen Sie Ihre hervorragenden Perspektiven doch nicht wegen solcher Kleinigkeiten. Sie haben eine große Zukunft im Staatsapparat«, redete Paltschikow ihm ein und dachte verbittert: »Und das Schlimmste ist, daß dies die Wahrheit ist. Es werden weder die Großmachts-Schlangen noch die liberalen Kaninchen siegen. Die Gewinner werden die Chamäleons sein.«

»Nicht meine persönliche Zukunft ist mir wichtig, sondern die Zukunft des Landes«, seufzte der stellvertretende Staatsanwalt voller Selbstlosigkeit, die hoffentlich bemerkt werden würde. »Wie heißt es doch so schön in dem Lied: ›Wenn es nur ein Heimatland gibt‹. Aber für den Rat danke ich Ihnen. Würden Sie also für mich ein Treffen mit Ihrem Chef arrangieren?«

Vor seiner Abfahrt aus der Stadt besuchte Paltschikow noch einmal das Kinderkrankenhaus, trank mit dem Oberarzt ein Schlückchen Brennspiritus und teilte ihm mit, daß sich die Ärzte keine Sorgen zu machen bräuchten – der Fall sei abgeschlossen.

Im nächtlichen Hof des Krankenhauses lagen goldene Fenster auf dem Boden, und in einem von ihnen zeichnete sich die schwarze Silhouette eines Jungen ab, der auf der Fensterbank saß und ein Buch las. Die Silhouette war ein wenig verzerrt, irgendwie verbogen, so als hätte irgendwer mit böswilligen Händen den kindlichen Körper lädiert, beschädigt, aber nicht vollständig zugrunde gerichtet.

Paltschikow ging um den Widerschein des Fensters herum, um nicht darauf zu treten, und näherte sich in der Dunkelheit unbemerkt, leise dem echten Fenster.

Er merkte, daß der Junge laut las. Er las den anderen kranken Kindern, die nach ihrer Operation auf der Rehabilitationsstation lagen und vom Hof aus nicht zu sehen waren, etwas vor.

Der Junge las:

»›Sag mir, du schönes Mädchen‹, fragte ich, ›was hast du heute auf dem Dach gemacht?‹ – ›Ich habe geschaut, woher der Wind weht.‹ – ›Warum willst du das wissen?‹ – ›Woher der Wind weht, daher kommt auch das Glück.‹ – ›Wie bitte? Hast du etwa mit einem Lied das Glück angelockt?‹ ›Wo man singt, da ist man auch glücklich.‹ – ›Und wenn du dir gar das Unglück herbeisingst?‹ – ›Was soll's? Wo es nicht besser wird, da wird es schlechter, aber vom Schlechten zum Guten ist es abermals nicht weit.‹«

»Woraus ist das nur?« überlegte Paltschikow. »Das ist doch etwas Altvertrautes, etwas ganz Bekanntes, Verwandtes – nur was?«

Aber er hatte keine Zeit, weiter zuzuhören, weil er mit dem Nachtzug nach Moskau zurückfahren wollte. Bevor er jedoch in den schäbigen, fast auseinanderfallenden Rettungswagen stieg, an dessen Steuer der Oberarzt saß, blieb Paltschikow an dem einzigen Teil der Lokomotive stehen, der nicht als Altmetall verschrottet worden war – dem schwarzen, von Maschinenöl glänzenden Schornstein. Er stand im Hof des Krankenhauses wie ein Denkmal für die Wärme, die die Lokomotive den Kindern geschenkt hatte.

Paltschikow trat in das Büro des Bahnhofsvorstehers, der unter dem in einem ausgetrockneten Kübel dahinsiechenden Gummibaum saß, ohne große Begeisterung seinen blassen Tee trank und dabei mit dem Löffelchen auf den Tasten des Stromwählers den Takt zu irgendeiner, offensichtlich melancholischen Melodie schlug.

Paltschikow zeigte dem Bahnhofsvorsteher das rote Büchlein des Innenministeriums.

»Könnte ich unmoralischerweise das Diensttelefon zu persönlichen Zwecken benutzen?« fragte Paltschikow.

»Es ist unmoralischer, zu Zeiten der Anti-Alkohol-Kampagne andere Leute, die gern einen trinken würden, mit einer Wodkafahne derart unpatriotisch anzuhauchen«, sagte der Bahnhofsvorsteher voller Trübseligkeit, hinter der eine unausgesprochene schwache Hoffnung nicht ganz zu verbergen war.

»Das ist Brennspiritus«, verbesserte ihn Paltschikow. »Brennspiritus, der den Kindern im Krankenhaus barbarischerweise vorenthalten wurde.« Und er hielt dem Vorsteher ein Arzneifläschchen hin, das ihm der Oberarzt als Wegzehrung mitgegeben hatte.

Der Vorsteher, dessen Augen beim Anblick des Fläschchens zu leuchten begonnen hatten, wählte selbst die Nummer, und Paltschikow hörte Alewtinas Moskauer Stimme.

»Hallo«, sagte Paltschikow.

»Na«, antwortete sie.

»Was, ›na‹?«

»Na, sag schon was ...«

»Hör mal, erinnerst du dich vielleicht daran, aus welchem Buch die Worte sind: ›Sag mir, du schönes Mädchen, was hast du heute auf dem Dach gemacht?‹«

»Paltschikow, was ist los mit dir – bist du übergeschnappt?«

»Und dann noch: ›Woher der Wind weht, daher kommt auch das Glück‹ ... Erinnerst du dich nicht daran, aus welchem Buch das ist?«

»Paltschikow, ruf mich nicht wieder an ... Vergiß, daß es die Erfindung des Telefons gegeben hat.«

In diesem Moment nahm der Vorsteher einen Schluck aus dem Fläschchen, und da er nicht darauf gefaßt war, daß der Spiritus unverdünnt war, verschluckte er sich daran. Als er mit der Hand krampfhaft nach irgendeiner trockenen Brotkruste, nach irgend etwas Eßbarem oder einem Schluck Wasser zum Nachspülen suchte, berührte er mit dem Ellenbogen eine der Tasten des Stromwählers, und Alewtinas empörte Stimme erdröhnte, durch die Lautsprecher verstärkt, im Wartesaal, wo sie die auf ihren Bündeln und Koffern schlafenden Transitfahrgäste weckte, so daß diese aufsprangen und voller Panik um sich blickten, als wäre ein Feuer ausgebrochen. Das Donnergrollen weiblichen Zornes erschütterte die bronzenen Figuren von Marx, Engels und Lenin, die sich in diesem unpersönlichen Bahnhof schutzlos aneinanderschmiegten und aussahen wie Transitfahrgäste, die keine Fahrkarten mehr bekommen hatten. Der vierte Sockel neben ihnen war leer, und an Stelle von Stalin, der früher einmal dort gestanden hatte, schlummerte hier ein von grauen Borsten überwucherter Obdachloser, der eine Generalsmütze trug und eine einbeinige nackte Puppe zärtlich an die Brust drückte. Nicht einmal die den Posaunen von Jericho gleichende Stimme Alewtinas hatte ihn wecken können:

»Ruf mich niemals wieder an, Paltschikow! Ruf Gdljan und Iwanow[4] an! Meinetwegen Stierlitz und Julian Semjonow[5]! Maigret und Simenon! Sherlock Holmes und Dr. Watson! Aber mich laß in Ruhe! Laß mich und meine Anakondas, meine Boas, Pythons, Vipern und Nattern in Ruhe! Mit ihnen bin ich viel glücklicher als mit dir, Paltschikow! Viel glücklicher! Das ist alles!«

Und als Abschlußakkord dröhnten die kurzen Telefonsignale, ähnlich dem schrillen Pfeifton einer Lokomotive, ohrenbetäubend durch den aufgeschreckten Bahnhof.

Der Vorsteher, der erst jetzt wieder zu sich kam, schaltete den Stromwähler ab.

»Verzeihen Sie, daß ich Ihr persönliches Gespräch zum Allgemeingut gemacht habe. Ein Symptom von Glasnost.« Der Vorsteher zuckte mit den Schultern und reichte – er war ein ehrlicher Mann – das nur zur Hälfte geleerte Fläschchen zurück. »Apropos, das Zitat: ›Sag mir, du schönes Mädchen, was hast du heute auf dem Dach gemacht?‹ Ich kenne den Text … Ich glaube, sogar noch aus der Schule. Kam da nicht noch dies: ›Wo es nicht besser wird, da wird es schlechter, aber vom Schlechten zum Guten ist es abermals nicht weit‹?«

»Ja, das kommt darin vor …«, sagte Paltschikow und packte ihn voller Hoffnung am Ärmel. »Aber woraus ist das bloß, woraus?«

Leider konnte sich der Vorsteher nicht daran erinnern.

Nach seiner Ankunft in Moskau mußte Paltschikow erneut in seinem Büro im Innenministerium nächtigen.

Man drehte ihm einen scheinbar läppischen, aber interessanten Fall an. Aus der Fabrik »Rotes Spielzeug« verschwanden immer wieder große Ladungen teurer elektronischer Mondfahrzeuge, die dann im Sortiment der Schwarzhändler neben dem Kaufhaus »Welt des Kindes«, in Ismailowo und in den Metrounterführungen wieder auftauchten.

Der Fabrikzaun wurde sorgfältig überprüft. Die Kontrollen an der Pförtnerloge wurden verdreifacht. Aber die Mondfahrzeuge verschwanden trotzdem.

Paltschikow nahm die Sache in die Hand.

Er übernachtete heimlich in der Fabrik, aber das schien zunächst zu nichts zu führen. Eines Nachts jedoch, als er auf den Kisten im Lager ein Nickerchen machte, hörte Paltschikow plötzlich eine unbekannte Stimme:

»Also, meine Lieben, meine Goldschätzchen, ich wünsche euch Glück auf eurer Reise. Aber daß ihr mir nicht vom Wege abkommt, immer hübsch geradeaus, geradeaus, wie es sich gehört. Man erwartet euch dort schon, wird euch mit Tee und Konfitüre bewirten, ins Bettchen legen …«

Hinter den Kistenstapeln verborgen, schlich sich Paltschikow so nah wie möglich an die Stimme heran, bis sich ihm folgendes Bild bot:

Auf dem Boden des Lagers saß ein Wachmann mit einem langen weißen Bart gleich einem Guslispieler[6] aus Altrußland, und erst schien es Paltschikow, als spräche er mit sich selbst.

Aber der Alte sprach mit den Mondfahrzeugen. Er sprach mit ihnen wie mit lebenden, aufmerksam lauschenden und verständigen Wesen. Mit seinen faltigen, jedoch noch gelenkigen Fingern setzte der Wachmann geschickt Batterien in die Mondfahrzeuge ein, drückte auf den Knopf, und ein Mondfahrzeug nach dem anderen trippelte mit konzentriertem Schritt wie ein kleiner Igel in den geöffneten Schlund der unterirdischen Belüftungsrohre, um dort für immer zu verschwinden.

»Nein, Rußland wird nicht umkommen, es wird überleben, wird sich aus jeder Patsche retten können!« dachte Paltschikow begeistert, und liebend gern hätte er diesen ergrauten bezaubernden Gauner, diese Verkörperung des unverwüstlichen russischen Mutterwitzes umarmt und im

Namen des Staates mit einer Prämie ausgezeichnet. Aber die Logik seines Berufes zwang Paltschikow festzustellen, wohin sich diese Mondfahrzeuge wohl so zielstrebig und geschäftig begaben, *who*, um es auf englisch zu sagen, *takes care of them*, und wer vorhatte, sie mit der versprochenen Konfitüre zu bewirten.

Paltschikow täuschte sich nicht in der Annahme, daß das Ende des Rohrs außerhalb des Zaunes lag. Aber ihm schien, daß dort, wenn schon kein Raumschiff, so doch irgendein anderes fahrbares Transportmittel bereitstehen müsse, das die entkommenen Mondfahrzeuge sofort an Bord nehmen würde, um sich gemeinsam mit ihnen auf die Flucht vor dem Staatsmonopol für Kinderspielzeug zu begeben. Doch das, was Paltschikow erblickte, ähnelte wohl eher einem vorrevolutionären russischen Volksmärchen, nur eben in seiner sozialistischen Spielart.

Das andere Ende des Rohrs ragte, von grünem samtigen Moos bedeckt, ein wenig über den Rand einer Vertiefung heraus, die mit Kletten und Wegerich überwuchert war. Direkt vor dem Rohrende war ein grobes, aber bequemes Holzbänkchen aus zwei Rundhölzern und einem Brett in die Erde eingegraben. Paltschikow kam zu dem Schluß, daß diese Sitzbank nicht erst seit diesem Jahr hier stand, denn das Holz war grau, vom Schnee, dem Regen und der Sonne geborsten, von Holzwürmern zerfressen, und die Köpfe der Nägel, die man in die Sitzfläche geschlagen hatte, waren verrostet.

Auf dem Bänkchen saß wieder jener Alte mit seinem langen weißen Bart gleich einem Guslispieler aus Altrußland und schien abermals mit sich selber zu sprechen.

»Na, meine Kostbaren, meine Langersehnten, wo steckt ihr denn nur? Es ist gar nicht nett, sich so zu verspäten, mich, einen alten Großvater, so in Angst und Schrecken zu versetzen ... Aha, ich höre schon, wie ihr trappelt, ich höre es ... Habt ihr mich also nicht im Stich gelassen, meine Trippelfüßler, habt euch nicht verlaufen, meine Süßen ...«

Das Ende des Rohrs begann ein wenig zu schwanken, obwohl noch kein Mondfahrzeug zu sehen war. Aus dem Inneren erklang ein kaum hörbares, aber zunehmend lauter werdendes Trippeln, das wie ein feiner Klang durch das Rohr vibrierte. Dann zeigte sich in der Tiefe des Rohrs ein winziger Lichtstrahl, mit dem sich das Mondfahrzeug seinen Weg durch die Dunkelheit leuchtete, und schließlich erschien es selbst und fiel in die zärtlich wartenden alten Hände.

Auf dem Gras neben dem Bänkchen stand ein geöffneter, aus Flicken gewebter Sack mit Tragegurten, in den der Alte ein Mondfahrzeug nach dem anderen hineinlegte, wobei er ebenso schnell und geschickt die Batterien aus ihnen herausnahm, wie er sie dort, am anderen Ende des Rohres, eingesetzt hatte.

»Wie ist es nur möglich, daß dieser Alte gleichzeitig auf beiden Seiten des Zaunes ist?« fragte sich Paltschikow verwirrt. »Vielleicht ist das nur eine Halluzination?«

Doch dann kam er auf des Rätsels Lösung: Die beiden Alten waren Zwillingsbrüder.

Paltschikow faßte einen Entschluß, für den man ihn ohne weiteres degradieren konnte: Er behielt sein Wissen über das von ihm aufgedeckte Verbrechen für sich. Ihm hatte gefallen, wie die Mondfahrzeuge durch das Rohr hindurch in die Freiheit trippelten.

Als er unerwartet zu seinem neuen Chef – dem Kristallklaren Kommunisten – gerufen wurde, dachte Paltschikow zunächst, daß man ihm die Leviten lesen würde, weil er zwei Fälle nacheinander unaufgeklärt zu den Akten gelegt hatte, was man ihm im Bedarfsfall auch als bewußte Verheimlichung auslegen konnte.

Doch Paltschikow unterschätzte sich selbst, wie das so seine Art war.

Der Kristallklare Kommunist nahm Paltschikow weitaus ernster, als Paltschikow dies selber tat.

»Nach den Zielorten Ihrer Dienstreisen zu schließen, müßten Sie sich in der russischen Provinz bestens auskennen«, sagte der Kristallklare Kommunist, dessen Frisur einem um eine Glatze herumwachsenden Backenbart ähnelte. »Ihr Gesamteindruck von der Lage?«

»Sie stehlen.«

»Aber doch nicht alle?«

»Nicht alle.«

»Und was denken die, die nicht stehlen?«

»Daß man ohne Diebstahl nicht überleben kann.«

»Schlimm, aber das ist doch ein doppelter Negativismus«, resümierte der Kristallklare Kommunist. »Und worauf setzt man seine Hoffnungen?«

»Das hat sich bisher meiner Kenntnis entzogen«, antwortete Paltschikow trocken.

»Aber ohne Hoffnung kann doch niemand leben. Die Hoffnung – sie ist ein Teil der Ordnung. Und gibt es keine Hoffnung, so wird schließlich die Ordnung selbst zur Hoffnung«, meinte der Kristallklare Kommunist, während er Paltschikow forschend anblickte.

»Ach, darauf willst du hinaus ... Ordnung als Hoffnung. Solche Hoffnungen hat man der Menschheit schon früher geschenkt. Hitler, Stalin ...« Paltschikow knirschte mit den Zähnen, was jedoch kaum zu hören war.

Als würde er Paltschikows Besorgnis spüren, erläuterte ihm der Kristallklare Kommunist:

»Die Ordnung, von der ich spreche, muß selbstverständlich moralisch einwandfrei sein. Demokratisch, aber ...«, er machte eine Pause, suchte nach dem passenden Wort, »aber, wenn nötig, hart und unversöhnlich.«

»Was heißt das: *wenn nötig?*« ging es Paltschikow blitzartig durch den Kopf. »Wenn es wem nötig erscheint? Und zu welchem Zweck nötig? Und unversöhnlich – gegen was oder gegen wen?«

»Übrigens, mich hat der stellvertretende Staatsanwalt jenes Gebiets angerufen, in dem Sie kürzlich waren ...«, wechselte der Kristallklare Kommunist das Thema. »Er sagte, daß ihm als Anhänger der Partei sein Gewissen verbietet, weiter zu schweigen ... Er hat mich um ein Treffen gebeten ... Soll ich mit ihm sprechen?«

»Ich mag es nicht besonders, wenn diese Sprüche vom Typ ›Ich kann nicht länger schweigen!‹ vom Stapel gelassen werden«, brummte Paltschikow und ahnte beunruhigt, daß jener stellvertretende Staatsanwalt jetzt, wo er mit seiner untertänigst vorgestreckten Brust schon fast an der Tür zu jenem heißersehnten Büro angelangt war, auch ohne Paltschikows Hilfe zum Ziel kommen würde. »Man sollte diesem Halunken die Flügelchen stutzen, solange es noch nicht zu spät ist, und zwar mit einem möglichst scharfen Rasiermesser!«

»Man sagt, er stehe den Interregionalen nahe ...«

»Seien Sie nicht intolerant, Paltschikow ...«, sagte der Kristallklare Kommunist, wenn auch mit einem leichten Lächeln der Zustimmung auf den Lippen, und Paltschikow begriff, daß dem stellvertretenden Staatsanwalt von nun an sicher keine große Zukunft im Staatsapparat des Kristallklaren Kommunisten winken würde.

»Wundern Sie sich nur nicht, daß ich mich mit Ihnen so ausführlich über Politik unterhalte«, beruhigte ihn der Kristallklare Kommunist. »Das wäre natürlich in erster Linie das Vorrecht des KGB ... Aber selbst Sacharow hat die Notwendigkeit der Annäherung in der modernen Welt anerkannt. Überlegen Sie sich nur einmal, Genosse Paltschikow, warum die Interregionalen so wütend die Entpolitisierung der Staatsorgane fordern! Weil sie Sie und mich der elementarsten Menschenrechte berauben wollen, unter anderem der politischen Rechte, um diese ausschließlich für sich selbst zu beanspruchen. Kann es etwa eine Demokratie ohne die Freiheit der Wahl geben, Genosse Paltschikow?«

»Die gibt es nicht.« Paltschikow senkte vernichtet den Kopf, und tief in seiner Seele fing etwas zu jammern an: »Alewtina, Alewtina, war das etwa deine Freiheit der Wahl, als du mich auf die Straße geworfen hast und mit deinen Reptilien alleingeblieben bist?«

»Es ist angenehm, im Dienst Schulter an Schulter mit Gleichgesinnten zu stehen ...« Der Kristallklare Kommunist zauberte mit einiger Anstrengung einen Hauch von kameradschaftlicher Wärme in seine harten Augen. »Ich habe für Sie einen Auftrag im Namen des Vaterlandes. Bringen Sie dieses Paket mit dem Stempel ›Geheimsache‹ zum Leiter dieser Geschlossenen Abteilung – Nummer und Adresse stehen auf dem Paket. Das Paket enthält einen Auftrag von oberster staatlicher Priorität. Versichern Sie sich, daß der Auftrag als ›Eilsache‹ angenommen wird.«

Das war ein regelrechter Befehl.

»Jawohl. Wird erledigt«, sagte Paltschikow deutlich und nahm das Paket an.

Der Kristallklare Kommunist kam hinter dem Tisch hervor, umarmte Paltschikow andeutungsweise und so charmant wie möglich, obwohl Charme ganz offensichtlich nicht zu den Markenzeichen des neuen Chefs gehörte.

»Ich mag ein grober Klotz sein und mische mich ungern in familiäre Probleme anderer. Aber wenn Sie eine eigene Wohnung brauchen, dann genieren Sie sich nicht ...«

»Welch Geheimnis mag dieses Paket nur enthalten, daß man mir dafür sogar eine Wohnung verspricht«, dachte Paltschikow, als er einige Stunden später ein Preference-Spielbrett auf den Koffer zeichnete, der aufgerichtet im Abteil des dahineilenden Schnellzuges stand.

Durch das Rütteln des Zuges zerbrach der Bleistift.

»Unter Stalin wurde man in den Zügen eigenartigerweise nicht so durchgeschüttelt ...«, knurrte sein Preference-Partner, ein »Rentner von landesweiter Bedeutung«[7] mit einer Glatze, die mit Pigmentflecken übersät war wie ein Kuckucksei.

»Wirklich wahr«, seufzte der dritte Spieler, ein Revisor aus dem Finanzministerium mit einem Fuchsgesicht und einer dünnen Mückenstimme. »Mit diesem Schütteln, so wie bei einem Erdbeben, hat es unter Nikita auch angefangen.«

Der vierte Spieler, eine Spezialistin für rote wie auch einfach nur für pickelige Nasen aus dem Schönheitssalon »Zauberin«, fuchtelte mit den Karten wie mit einem Fächer vor ihrem feisten Gesichtchen herum und fügte boshaft hinzu:

»Unter Leonid, den sie nun wirklich völlig umsonst beschimpfen, hat sich so langsam alles beruhigt, aber jetzt unter Gorbatschow – da haben wir die reinste Parkinsonsche Krankheit.«

»Goldene Worte«, stimmte Paltschikow zu, da er es aufgrund seines Berufes gewohnt war, die Meinung der Werktätigen geduldig anzuhören. »Was ist das bloß für ein Leben! Nicht einmal Preference kann man mehr spielen – es fallen einem glatt die Karten aus der Hand.«

Frühmorgens, nachdem er in der netten, kleinen verbotenen Stadt angekommen war, gönnte sich Paltschikow eine Dusche in dem netten, kleinen verbotenen Hotel, aß eine Kleinigkeit in dem netten verbotenen Buffet und beschloß, zu Fuß zu der »Geschlossenen Abteilung« zu gehen, die auf dem Paket angegeben war.

Auf dem Weg durch den schattigen Park erschauderte Paltschikow, als er plötzlich ganz in der Nähe ein Knurren hörte. Falls dieses Knurren zu einem Hund gehören sollte, so offensichtlich zu einem Hund von gigantischen Ausmaßen. Bären sollte man hier eigentlich nicht vermuten.

Zuerst dachte Paltschikow, daß er sich das Knurren nur eingebildet habe, aber es wiederholte sich, begleitet von Winseln, Quieken und Vogelgeschrei. Paltschikow bewegte sich auf das Knurren zu, und bekannte Düfte schlugen ihm in die Nase, Düfte, die in ihm die Sehnsucht nach Alewtina wachriefen – es roch nach Tierpark.

In seinem Käfig tobte ein Löwe, der einem rothaarigen Schauspieler in der Rolle des Königs Lear ähnelte. Aus Angst vor dem Löwengebrüll zuckten die goldenen, gleichsam aus Sonnenflecken genähten Antilopen mit den Ohren, und in der Voliere schrien die großen und kleinen Papageien, die wie die herumfliegenden Stückchen eines zersplitterten Regenbogens aussahen, im Chor. Nur Kiplings Pantherdame mit ihren Augen aus Malachit schenkte dem Gebrüll nicht die geringste Aufmerksamkeit und bot ihre rosaroten Zitzen Pantherjungen dar, die ebenso kohlrabenschwarz waren wie sie selbst. Und eine elegante Giraffe kaute ungerührt weiter an ihrem Strauß russischer Kamillenblüten, den ihr irgend jemand über den Zaun geworfen hatte.

»So also sieht es in der Provinz aus«, dachte Paltschikow traurig an Alewtina, denn im Vergleich zum Moskauer Tierpark war dieser winzige Kleinstadtzoo bei weitem gepflegter und sauberer. Aber auch der Untersuchungsrichter in ihm meldete sich sofort zu Wort: »Woher nehmen die das Geld für diesen Löwen, für die Giraffe, den Panther?«

Der Leiter der Geschlossenen Abteilung, ein riesiger gutmütiger Mann, der wie ein ehemaliger Gewichtheber aussah und gleichzeitig dem gealterten, in einem Rüstungsbetrieb gestrandeten Pierre Besuchow[8] ähnelte, öffnete das Paket und vertiefte sich in den beiliegenden Brief.

An den Wänden des weiträumigen Büros hingen zu Paltschikows Erstaunen zahlreiche abstrakte und surrealistische Gemälde: Es war praktisch eine ganze Ausstellung. Anfangs meinte Paltschikow, daß es ausländische Reproduktionen seien, als er aber aufstand und an den Bildern entlangwanderte, versetzten ihn die Signaturen in noch größeres Erstaunen – es handelte sich ausschließlich um russische Namen: Kosych, Nalimjuk, Tscherpatschkowa, Swistulkin, die Brüder Sagulow. In einem Rahmen aus Birkenholz hing ein Foto von Wyssotski[9] in der Rolle des Hamlet mit einer freundlichen Widmung an den Hausherrn.

»Wozu haben Sie mir denn einen solchen Gefängnisauftrag gebracht?« fragte der Leiter der Geschlossenen Abteilung übellaunig, nachdem er zu Ende gelesen hatte.

»Ich bin nicht auf dem laufenden, was für ein Auftrag das ist«, antwortete Paltschikow, »aber ich habe die Anweisung von meinem Chef, daß der Auftrag als ›Eilsache‹ behandelt werden soll.«

»Ein Auftrag für Handschellen. Wir sind schließlich und endlich ein Rüstungsbetrieb und kein Polizeiausrüster«, sagte der Leiter der Geschlossenen Abteilung mit verletztem Stolz.

»Sie brauchen deshalb die Polizei nicht zu beleidigen – sie kann für jeden von uns von Nutzen sein«, antwortete Paltschikow nicht weniger verletzt. »Wo es verbrecherische Hände gibt, kommt man ohne Handschellen nicht aus.«

»Aber warum so viele? Ganze zweihundertundfünfzig! Wozu diese Menge, und noch dazu als ›Eilsache‹!« Der Leiter der Geschlossenen Abteilung schlug mit der Faust auf den Tisch.

»Verzeihen Sie, aber das ist eine verschwindend kleine Zahl im Vergleich zur Verbrechensrate«, erwiderte Paltschikow mit einem Achselzucken.

»Sie haben mich nicht richtig verstanden«, meinte der Leiter der Geschlossenen Abteilung, während er warnend den Zeigefinger hob. »Zweihundertundfünfzigtausend!«

Paltschikow begriff, und plötzlich wurde ihm ganz anders zumute. Die Worte des stellvertretenden Staatsanwalts: »Es wird Zeit, die Großmacht zu retten!«, die des Kristallklaren Kommunisten: »Und gibt es keine Hoffnung, so wird schließlich die Ordnung selbst zur Hoffnung!« und die des »Rentners von landesweiter Bedeutung«: »Unter Stalin wurde man in den Zügen eigenartigerweise nicht so durchgeschüttelt« verschmolzen miteinander, verwandelten sich in etwas Schleimiges, Farbloses, Kriechendes.

»Nun denn, ich werde die Verteimis anrufen.« Der Leiter der Geschlossenen Abteilung griff entschlossen zum Telefon.

»Wen?« fragte Paltschikow nach.

»Das ist eine Wortschöpfung von mir. Verteimis – das sind unsere Kuratoren aus dem Verteidigungsministerium«, antwortete der Leiter der Geschlossenen Abteilung grinsend, wobei er die Sprechmuschel mit einer Hand zuhielt. Dann sprach er in den Hörer: »Ich hoffe, Sie sind gesund, Herr General. Ich würde gern einen Ratschlag von Ihnen haben. Ich habe hier über einen Boten einen merkwürdigen Eilauftrag erhalten. Aber es fehlt Ihre Unterschrift. Und da habe ich ... Ach, Sie wissen Bescheid. Ja, ein Auftrag für eben diese wenig angenehmen Dinger, insgesamt zweihundertundfünfzigtausend Stück. Kein Fehler? Irgendwie kommt mir das ganz schön viel vor. Na, wenn das mit Ihnen abgesprochen ist ... Übrigens, vielen Dank für das ›Katapresan‹, das Sie mir geschickt haben. Mein Blutdruck ist sofort nach unten gegangen. Ich hoffe, daß Ihrer inzwischen auch in Ordnung ist.«

Der Leiter der Geschlossenen Abteilung legte den Telefonhörer auf, und plötzlich brach es aus ihm hervor: »Das alles gefällt mir nicht, das gefällt mir überhaupt nicht.« Er warf einen Seitenblick auf Paltschikow – würde der ihn verraten oder nicht?

»Was sind das für Künstler?« fragte Paltschikow und zeigte auf die Wände.

»Einheimische aus der Gegend hier. Ausschließlich einheimische Matisses und Picassos«, wechselte der Leiter der Geschlossenen Abteilung dankbar das Thema und erhob sich aus seinem Sessel. »Aber denken Sie bloß nicht, daß das Abgaben aus Zeiten der Perestroika seien. Ich habe schon unter Chruschtschow angefangen, diese Bilder zu kaufen, als dieser solche Künstler noch als ›Piederasen‹ bezeichnete. Man mußte sie ja irgendwie unterstützen, sonst wären sie vor Hunger krepiert. Wir sind hier ja schließlich eine unglaublich geheimes Kaff und bei unseren Ausgaben für den Kulturfonds niemandem Rechenschaft schuldig. Hier ist nur ein kleiner Teil unserer Sammlung ausgestellt, das meiste befindet sich in den Werkhallen. Wollen Sie es sich ansehen?«

»Gern«, sagte Paltschikow und dachte: »Schade, daß Alewtina nicht mitgekommen ist, sie versteht von Malerei mehr als ich.«

»Und wenn man Sie dann plötzlich nicht mehr ins Ausland läßt, weil man erfährt, daß Sie so ein strenggehütetes Staatsgeheimnis wie unsere Werkhallen von innen gesehen haben?« fragte der Leiter der Geschlossenen Abteilung halb im Scherz, halb im Ernst. »Mich, zum Beispiel, lassen Sie nicht einmal nach Bulgarien.«

»Mit Auslandsreisen hat man mir noch nicht gedroht«, erwiderte Paltschikow scherzend.

Die Werkhallen des supergeheimen Rüstungsgiganten waren mit Bildern vollgehängt und wie durch einen Zauber in eine riesige Kunstgalerie verwandelt worden. Was die elektronische Technologie aber nicht im geringsten daran hinderte, völlig lautlos für den Kriegsfall zu arbeiten.

Es waren die Bilder heldenhafter Künstler aus der Provinz, Bilder von Landärzten der russischen Kunst, die niemals bei Sotheby's gezeigt werden würden und mit wie durch ein Wunder organisierten Farben auf wie durch ein Wunder organisierter Leinwand gemalt worden waren. Es waren die Bilder von Menschen, die in Bauernkaten, Baracken und Gemeinschaftswohnungen geboren worden waren, ein Leben lang um so banale Dinge wie Milch, Zucker und Wodka Schlange gestanden und niemals Austern, Kiwis, Artischocken und vieles andere mehr probiert hatten. Es waren die Bilder von Menschen, die nie im Ausland gewesen waren, doch von denen zehn ihr Geld zusammenlegten, um einen Bildband von Salvadore Dalí oder Max Ernst zu kaufen, oder drei sich zusammenschlossen – wie bei einer Flasche Wodka –, um *Der Meister und Margarita* von Bulgakow zu erstehen. Es waren die Bilder von Menschen, die bis zum Morgengrauen den nur für eine Nacht geliehenen, im Samisdat[10] gedruckten und bereits völlig zerfledderten *Doktor Schiwago* lasen, weil sie ihn gleich an den nächsten weitergeben mußten. Es waren Bilder, für die man sich nicht im Ge-

2.

DIE NACHT VOR DEM PUTSCH – DIE BEICHTE

Während jener Augustnacht war mein Hund Bim auf der Datscha in Peredelkino, wo er mit seinen Zähnen den Staketenzaun zerlegte und dann versuchte, ihn mit Brust und Schnauze einzudrücken. Er jaulte nicht etwa, weil ihn irgendwelche politischen Vorahnungen quälten, sondern weil er – koste es, was es wolle – auf die andere Seite des Zauns wollte, dorthin, wo sie, seine Liebste, genauso struppig und riesig wie er, sich nach ihm verzehrte.

Beide waren Abkömmlinge ein und derselben, den Bernhardinern verwandten Rasse Moskauer Wachhunde, und ihre Tragödie bestand darin, daß der arme Bim keine Dokumente hatte, die seine Reinrassigkeit bestätigen konnten, die Besitzer seiner Liebsten sich jedoch dagegen sträubten, daß ihre Hündin ihre Leidenschaft daran verschwenden sollte, Welpen von einem ausweislosen und deshalb aus Sicht der Hundebürokratie zweifelhaften Vater zu bekommen.

Als ich in den Hof trat, um Bim zu beruhigen, war er durch den Kampf mit dem seinen Sehnsüchten im Wege stehenden Zaun bereits so entkräftet, daß er im Gras unter dem Apfelbaum lag und seine wahrscheinlich heiße Nase an der seiner Liebsten rieb, die diese durch einen Spalt im Zaun gesteckt hatte, und die beiden jaulten nicht mehr, sondern winselten nur noch kläglich. Die Hunde weinten Tränen, groß wie Stachelbeeren im August.

Der Mond leuchtete freigiebig, und in seinem kalt strömenden Licht glänzten gleichsam wie grüne Lämpchen die in diesem Jahr nur spärlich wachsenden Äpfel, die bernsteinfarbenen Halsketten des Sanddorns, die Achatcolliers der schwarzen Johannisbeeren, die verliebten und tränennassen Hundeaugen und die Tautropfen auf den Grashalmen, die wie kleine Augen der Erde aussahen. Und auch die blutroten Beeren der Lichter an den Tragflächen der über Peredelkino dahinfliegenden Flugzeuge schienen ein Teil der Natur.

Bim war vor lauter Traurigkeit so still geworden, daß nicht einmal ein Nachtfalter Angst hatte, sich auf seinen zotteligen, vor Leidenschaft durchnäßten Nacken zu setzen. Und der Falter glich einer weißen Blume mit zitternden Blütenblättern, die Bim von seiner Liebsten durch den Zaun hindurch hätte zugeworfen werden können – als Dank für seine leider nicht mit Liebe belohnte Treue.

Ich kehrte ins Haus zurück, wo mein Jüngster, der einjährige Mitja, ruhig schlummerte und im Schlaf wie eine kleine Schildkröte aussah, während mein Älterer, der zweijährige Schenja, sich sogar mit geschlossenen Augen von der einen auf die andere Seite wälzte, den Kopf schüttelte, die Decke von sich warf und auf jede nur erdenkliche Art im Bett herumtobte, so als hätte er von seinem Vater zusammen mit dem Namen auch die völlige Unfähigkeit geerbt, still zu sitzen oder zu liegen.

»Der Gestreifte kommt, der Gestreifte ...«, brummte er im Schlaf, wobei dieses Wort für ihn alles Tigerhafte, Fürchterliche, Unerwartete und Beißende beinhaltete.

»Es kommt kein Gestreifter, hab keine Angst. Papa ist bei dir ...«, flüsterte ich und deckte ihn mit seiner Decke zu. Er beruhigte sich. Ich war der einzige, auf den er hörte.

Meine Frau Mascha schlief, und nur die blauen Äderchen unter der durchsichtigen Haut ihres nordischen Gesichts schlummerten nicht, sondern pulsierten und bebten wie winzige Flüßchen unter der ersten hauchdünnen Eisschicht; und mir stockte der Atem vor Liebe, wie damals, als wir vor fünf Jahren allein in diesem karelischen Hexenhäuschen gewesen waren, als die weiße Nacht mit zitterndem Leuchten das Zimmer übergossen hatte und Mascha mit den Seen ihrer Augen ausgesehen hatte wie die weiße Nacht und ich Angst gehabt hatte, sie zu küssen, gerade so, als hätten meine Küsse sie zerstören können wie ein aus Nebel gewebtes Gespenst. Ich hatte Mascha gerade erst kennengelernt, und ohne überhaupt etwas von ihr zu wissen, erzählte ich ihr plötzlich mein ganzes Leben, das ich mir so verpfuscht hatte, daß von mir selbst scheinbar fast nichts mehr übriggeblieben war.

Ich erzählte Mascha damals von meinen drei Lieben.

Die erste erlebte ich, als ich noch sehr jung war und ein Mädchen liebte, deren Jugend noch größer war als die meine.

In ihren Adern galoppierte ungezähmtes tatarisches Blut neben dem majestätisch dahinfließenden italienischen, auf dem sich wie auf den langsamen Wassern venezianischer Kanäle die goldenen Fenstergitter aristokratischer Palazzi schaukelten und wie Atlantis langsam in den Tiefen verschwanden.

Von tatarischer Seite war sie zweifellos mit dem Blut eines Khans gesegnet, denn sie nahm die Bemühungen der in sie verliebten, allgegenwärtigen Verehrer wie etwas völlig Selbstverständliches hin, so als sei sie eine bachtschisarische[I], in durchsichtige Pumphosen gehüllte Schönheit, die von ehrerbietigen Fächern umwedelt wird. Sie hatte den leichten Silberblick einer Siamkatze, die es nachsichtig gestattet, daß man sie ansieht, jedoch niemandem ihre unter einem weichen, aber undurchdringlichen Fell versteckten Gedanken preisgibt, und die Stimme einer Nachtigall, die wie eine Folge rieselnder Koloraturen aus ihr hervordrängte.

Sie sah nicht aus wie eine Frau aus Fleisch und Blut, sondern wie ein von Botticellis schwerelosem Pinsel erschaffenes Kunstwerk – und das, obwohl ihr tatarischer Papa als Beamter im Moskauer Flughafenzollamt arbeitete, wo er sich offensichtlich durch das Betrachten all der Brillanten, die er aus irgendwelchen Schuhabsätzen herausbohrte, in einen resignierten und schweigsamen Menschen verwandelt hatte, und obwohl ihre halbitalienische Mama als Übersetzerin im Rang eines Majors beim KGB diente, was nichts an ihrer hilflosen Sentimentalität und ihrer panischen Angst vor dieser Behörde änderte, in die sie höchstwahrscheinlich nur aufgrund eben jener Angst, die keine Absage duldete, geraten war.

Als man die Mama für zwei Jahre nach New York schickte – sie sollte dort irgend etwas für die UNO übersetzen –, überließ sie der Tochter fürsorglich eine Vollmacht über einen Teil ihres Gehalts, denn wir lebten zwar fröhlich, aber doch ziemlich ärmlich. Wenn man viele Freunde hat, reicht das Geld nie.

Einmal wurde meine Frau krank und bat mich, mit Hilfe der Vollmacht an ihrer Stelle das Geld ihrer Mutter abzuholen. Zu diesem Zweck wurde auf meinen Namen eine besondere Vollmacht für die Vollmacht ausgestellt. Meine Frau erklärte mir, daß sich die Buchhaltung des KGB in einer kleinen Villa gegenüber dem Hauptgebäude an der Ljubjanka befände und daß dort ein spezielles Reglement beachtet werden müsse – die Besucher gingen durch eine Tür hinein und durch eine andere wieder hinaus, um nicht mit dem nächstfolgenden Ritter ohne Furcht und Tadel zusammenzutreffen.

Mit begeisterter Neugierde, wenn auch ziemlich weich in den Knien, ging ich los, schon im voraus die Berührung mit dem Staatsgeheimnis genießend. Der Eingang zum Staatsgeheimnis lag in einem Hinterhof. An der mit dem allergewöhnlichsten Kunstleder bezogenen Tür gab es kein

Schild, aber hinter ihr stand ein von seiner eigenen Bedeutsamkeit durch und durch überzeugter, stupsnasiger Wachtposten. Er überprüfte meinen Studentenausweis sowie die Vollmacht und ließ mich dann eintreten, wobei er mich warnend informierte, daß ich durch eine andere Tür am Ende des Korridors hinausgehen müsse. Doch ich wußte das bereits und hatte diesbezüglich einen ganz besonderen Streich ausgeheckt.

In der Buchhaltungsstelle standen ein paar Tische, an denen so gewöhnliche Frauen saßen wie in jeder anderen Buchhaltungsstelle auch. Der einzige Unterschied bestand darin, daß die dickliche Buchhalterin alle anderen Familiennamen mit einer Plastikschablone zudeckte, als sie mir das dickliche Ausgabenbuch zur Empfangsunterschrift zuschob, so daß nur ein schmaler Ausschnitt für meine Unterschrift blieb. Nachdem ich unterschrieben hatte, vergaß ich absichtlich meinen Studentenausweis auf dem Tisch, verließ die Buchhaltungsstelle, ging aber nicht zum Ausgang, sondern kehrte unerwartet und entgegen allen Anweisungen wieder zurück.

»Verzeihen Sie, ich habe meinen Studentenausweis ... meine Papiere auf dem Tisch ...«, sagte ich und machte ein unschuldiges Gesicht.

Die Buchhalterin, mit keinem geringeren Dienstrang als dem eines Oberst ausgestattet, zischte mich erbost an wie eine Gans, doch es war bereits zu spät.

Ich hatte mein Ziel erreicht – ich hatte den nächstfolgenden Gehaltsempfänger gesehen.

Zur Unterschrift in derselben Lohnliste beugte sich ein zwergenhafter Literat über den Tisch, der in seinen Kriminalromanen im Brustton zweifelhafter Spionageromantik die mutigen Helden der sowjetischen Mantel-und-Degen-Geschichten besang, wobei die detaillierte Kenntnis der Sache an sich keinen Zweifel über seinen eigentlichen Beruf offenließ. In seinem karierten Tweedjackett, den kirschroten Schuhen auf Gummisohlen und mit seiner Dunhill-Pfeife im Mund ähnelte er selbst einem dieser von ihm so oft beschriebenen amerikanischen Spione.

Später, als wir bei verschiedenen literarischen Versammlungen aufeinandertrafen, näherte er sich mir aus offensichtlich konspirativen Gründen kein einziges Mal, sondern grüßte mich lediglich kaum merkbar mit den Augen, in welchen das tiefe Wissen um unsere gemeinsame Bedeutsamkeit für die Menschheitsgeschichte stand.

Meine Liebste, der ich von diesem denkwürdigen Treffen erzählte, brach von Stund an jedesmal in unbändiges Gekicher aus, wenn sie in irgendeinem Restaurant auf diesen Zwerg traf. Wir waren noch sehr jung, der Schmutz blieb an unserer jungen Haut noch nicht haften, und wir konnten sogar über Spitzel, die unter anderen Umständen durchaus zu unseren Mördern hätten werden können, fröhlich lachen.

Überhaupt lebte meine Liebste in einer anderen Dimension – dort, wo es weder die Partei noch den KGB gab, sondern nur Pasternak, Achmatowa, Zwetajewa und die ganze Schönheit dieser Welt, einschließlich ihrer eigenen.

Alle verliebten sich in sie – der für sein Alter ungewöhnlich lebhafte Komponist, der einem Amor aus gesprungenem Marmor ähnelte und ihr Körbe voller Blumen schickte, mit denen wir dann die Ziege des Nachbarn fütterten, die neben uns im siebten Stock wohnte, der Besitzer dieser Ziege selbst, ein zu Schlaganfällen neigender Major, der es sich in den Kopf gesetzt hatte, daß frische Ziegenmilch ihn vor zu hohem Blutdruck bewahren würde – was ihn allerdings nicht daran hinderte, auf dem Gasherd in unserer Gemeinschaftsküche unter Verwendung von Zucker, Mullverbänden, Holzspänen und hochkomplizierten Glaskonstruktionen in einem Eimer giftig-gelblichen Selbstgebrannten zu fabrizieren –, und schließlich zwei junge Poeten aus der Provinz, deren Gesichter aufgrund all der unbefriedigten Wünsche mit Pickeln übersät waren und von denen der eine seinem Leben beinahe selbst ein Ende gesetzt hätte, als die Angebetete unerwartet die Tür des hölzernen Toilettenhäuschens in Peredelkino aufgerissen und ihren Verehrer dort breitbeinig auf dem Topf hockend und mit einer Komsomolzen-Prawda in der Hand erblickt hatte.

Aus lauter Verwirrung angesichts dieser ganz unsowjetischen, herausfordernd unkollektiven Schönheit und deren Art, im erhabenen Stil der Zeitschriften *Apollon* und *Solotoje Runo*[2] zu sprechen, ließen die Klempner der Wohnungsverwaltung ihre Werkzeuge in die Toilette fallen, obwohl sie, ganz von der Frage eingenommen, wie aus den Kunden am ehesten ein Fläschchen Hochprozentiges herauszuholen sei, doch eigentlich schon beinahe all ihre Geschlechtsmerkmale verloren hatten.

Einmal erblickte ich in der Küche meiner Liebsten einen jenem Duremar mit seiner Hängenase ähnelnden, betäubend stinkenden Menschen, dessen Socken nach Roquefort und dessen Hände nach Strichnin rochen. Sie las ihm hingebungsvoll Gedichte vor, und die Modulationen ihrer Nachtigallenstimme brachten ihn dazu, sich immer wieder verängstigt umzublicken und aufzuschluchzen, wobei sich nicht nur seine roten Kaninchenaugen schmatzend zusammenzogen, sondern auch seine nicht minder rote Nase, die aussah wie ein gekochter Krebs mit bereits ausgerissenen Scheren.

»Das ist Fedot Porfirjewitsch«, stellte sie ihn begeistert vor. »Sieh dir dieses wunderbare Gesicht eines beleidigten Kindes an. Sieh nur, welch unberührte Tiefen seiner Seele die Poesie zum Schwingen gebracht hat. Wieviel Reines in ihm ist, obwohl böse Menschen ihn aus Rache für diese Reinheit in den vielleicht schmutzigsten Beruf getrieben haben ... Er ist nämlich, er ist ... – ich finde es fürchterlich, dieses Wort auch nur auszusprechen –, ein Rattentöter. Dabei haben die Ratten sicher auch ihre eigenen großartigen Poeten, und wir töten auch die, töten sie und ziehen zu allem Überfluß auch noch solch reine Menschen wie Fedot Porfirjewitsch in dieses Verbrechen mit hinein. Dabei fällt es ihm doch so schwer.«

»Ja, es könnte mir kaum schwerer fallen ...«, schnupfte Fedot Porfirjewitsch in seinen speckigen Schal. »Früher, da hat man uns freizügig mit Strichnin beliefert, ohne es groß abzuwiegen. Aber jetzt sparen sie ja sogar am Strichnin. Da streust du die halbe Portion, und die Ratte schluckt es, stirbt aber nicht – sie windet sich nur in ihren Schmerzen. Und dabei piepsen sie alle so kläglich – es ist der reinste Ratten-Schwanengesang.«

Als ich sie zur Neujahrsfeier 1954 das erstemal in das Haus des Schriftstellerverbands einlud, war sie ganz aufgeregt, bereitete sich lange vor, richtete sich mit besonderer Sorgfalt her – schließlich stand ihr die Bekanntschaft mit »lebenden Schriftstellern« bevor. Sie war ganz verzweifelt, weil sie keine passenden Schuhe hatte, und ich kaufte ihr die ersten hochhackigen Schuhe ihres Lebens – es waren chinesische aus grünem Wildleder mit ebenso wildledernen Röschen.

Die Schriftsteller, die sich abends versammelten, waren alle viel älter als wir, aber ich war schon immer gern mit Leuten befreundet gewesen, die älter waren als ich. Erschüttert blickte sie sie an wie Portraits, die sich in lebende Menschen verwandelt hatten.

Zum Tamada[3] wurde ein Prosaiker aus dem Kaukasus gewählt, der – stets unverzagt frisch und voll festlicher Energie – mit seiner langen kecken Nase wie ein unaufhörlich hin- und herflitzendes Spermium aussah. Damals hörte er das Wort »Tamada« zum erstenmal. Und als erste Amtshandlung zog sich der frischgewählte Tamada den Gürtel aus der Hose und schnürte ihn über seinem Jackett zusammen, so als sei dies eine nur ihm bekannte alte kaukasische Tradition.

Dieses so wenig erhabene Benehmen eines Trägers der Stalinprämie wirkte derart niederschmetternd auf die Liebste, als wäre sie ein Kristallglas, das unter die Räder der Müllabfuhr geraten war.

Ein bekannter Kriegsdichter, ebenfalls Preisträger, und zwar ebenfalls der Stalinprämie, ehemals Fußballspieler mit der plattgedrückten Nase eines Boxers, zerknüllte aus unbekannten Gründen eine Papierserviette und begann, diese mit der Virtuosität eines Hinterhofspielers mit der Innenseite seines Fußes in der Luft zu kicken. Eben dieses Spiel – »Soska« genannt – spielten die Hinterhofbanden damals einfach so zum Spaß oder sogar für Geld – mit einem Ball aus einem Stückchen Fell und einem Bleiplättchen in der Mitte.

Ein anderer Dichter, ein dünner, schmächtiger Lyriker, der eben erst aus dem Lager zurückgekehrt war, wo er in drei Aufenthalten insgesamt vierzehn Jahre verbracht hatte, schlug sich hastig den Magen voll und betrank sich in Windeseile, was wahrscheinlich daran lag, daß ihn die Lagerangst, der Wodka und das Essen könnten schon bald zur Neige gehen, wie eine Krankheit auffraß. Dann leckte er sich mit der langen, leuchtendroten Zunge eines Ameisenbärs die Lippen und begann ohne böse Absicht, doch völlig ungehemmt, mit jenen deftigen russischen Ausdrücken um sich zu werfen, die nicht zum offiziellen, von der Pädagogik und der Zensur gebilligten Kanon gehörten. Aber für die achtzehnjährige Italo-Tatarin, für die die Poesie etwas Religiöses war wie für eine Opferpriesterin der Wohlgeruch im Tempel, waren »Soska« spielende oder vulgär schimpfende Dichter ebenso ungeheuerlich wie eine mit Fischtran beschmierte Orchidee.

Einer der »lebenden Schriftsteller« war noch dazu einäugig, ein anderer bucklig, und ein dritter lief mit offenstehendem Hosenschlitz herum.

Mit einem Wort, diese »lebenden Schriftsteller« stellten in ihrer Gesamtheit in den von aufrichtigem Grausen erfüllten achtzehnjährigen Augen eine Ansammlung von Monstern dar. Enttäuscht in ihrer zitternden Erwartung, endlich »lebenden Schriftstellern« zu begegnen, die sich wie überirdische Wesen ausschließlich von Eis aus Flieder und Pasteten aus Nachtigallenzungen ernähren würden, stand sie leise auf, zog mich mit flehendem Blick aus dem Büroraum, in dem wir zechten, und verlangte, daß wir unverzüglich gingen.

Ich wurde wütend auf sie, da ich dies für eine überhebliche Laune hielt. Mit der Grausamkeit der Jugend und um sie zu strafen, weigerte ich mich, sie nach Hause zu bringen.

Sie ging allein durch die schneeverwehte Moskauer Neujahrsnacht, und ihre grünen chinesischen Wildlederschuhe versanken im Schnee.

Der Gerechtigkeit halber muß gesagt werden, daß sie – wie das Mädchen aus dem Märchen *Rotes Blümchen* – in einigen, die sie anfangs für Monster gehalten hatte, nach einer gewissen Zeit, obzwar durch den bösen Zauber der Zeit unter dem struppigen Fell von Schimpfworten und Saufgelagen verborgen, zarte Seelen entdeckte und diese scheinbaren Monster ihre Freunde wurden.

Wir stritten uns oft, aber wir vertrugen uns auch schnell wieder. Wir liebten sowohl einer den anderen als auch einer die Gedichte des anderen. Ein neues Gedicht, das ich ihr gewidmet hatte, hängte ich an einen mit Knospen übersäten Frühlingszweig, und der Baum auf dem Trubnoi-Boulevard winkte uns noch lange mit diesem zitternden, von violetten, langsam zerlaufenden Buchstaben bedeckten Heftblatt zu.

Einander an den Händen haltend, schlenderten wir stundenlang durch Moskau, und ich lief oft voraus und schaute ihr in die asiatisch anmutenden Augen, denn von der Seite war nur eine einzige Wange, nur ein einziges Auge zu sehen, und ich wollte kein einziges Stückchen dieses geliebten und deshalb schönsten Gesichts der Welt aus dem Blick verlieren. Die Passanten sahen sich nach uns um, denn wir ähnelten dem, was sie selbst nicht erreicht hatten.

Ich wollte ihr das allerschönste, das allergrößte Geschenk machen. Das Allerschönste und Allergrößte war für mich das Meer. Aber für mich hing es in Museen und Wohnungen in Bilderrahmen hinter Glas. Ich hatte es nur auf Bildern gesehen und wußte von ihm nur aus Büchern.

Zum ersten Mal hatte ich das Meer 1952 erblickt, als ich meine Liebste noch nicht kannte. Mein Schulfreund und ich waren bei der Abzweigung Tuaps begeistert aus dem überheizten Zug Moskau–Suchumi herausgesprungen, hatten die uns am Leibe klebenden Hemden und Hosen heruntergerissen und uns in den knielangen schwarzen Satinunterhosen unserer Generation, die keine Badehosen kannte, in den kühl köchelnden Smaragd gestürzt, der vor uns in einer riesigen Schale lag, deren Rand sich außerhalb unseres Blickfelds befand.

Auf dem Bahngleis in Suchumi drängten sich nach Petroleumkochern und gebratenen Meeräschen duftende Pensionswirtinnen um uns und lockten mit lauten Stimmen, aber aus irgendwelchen Gründen gingen wir nicht zu ihnen, sondern zu einer traurigen Frau in Schwarz, die einsam und stumm am Rande stand. Sie hatte eine häßliche, gleichzeitig schöne gebogene Nase und gebrochene, gleichzeitig stolze kohlrabenschwarze Augen. Wie sich herausstellte, war sie eine Griechin mit vielen Kindern und so gut wie verwitwet – ihren Mann hatte man zusammen mit vielen anderen Griechen für nichts und wieder nichts nach Kasachstan deportiert, und ehrlich, aber voller Bitterkeit setzte sie die beiden jungen Moskauer sofort davon in Kenntnis, um ihnen nicht irgendwelche Unannehmlichkeiten zu bereiten. Doch wir wählten eben dieses Dach als Unterkunft, denn der Krieg hatte uns gelehrt, daß Unglück und Schande zwei verschiedene Dinge waren.

Ich bin niemals mehr so gut bekocht worden wie unter diesem griechischen Dach, vielleicht, weil die Hausherrin für uns all das zubereitete, was ihr Mann gern gegessen hätte, hätte er mit dem Staub Asiens an den Stiefeln nach seiner erzwungenen Odyssee plötzlich auf der Schwelle gestanden. Seit damals liebe ich »Fisch auf griechische Art« mehr als alles andere auf der Welt: Fisch in Tomatensoße mit dünn geschnittenen Wurzeln, gedämpften Auberginen, Tomaten und Zwiebeln – im Kaukasus heißt dieses Gericht Adschap-Sandal, in Frankreich Ratatouille.

Abends ging die Griechin oft an den Strand, setzte sich in ihrem schwarzen Spitzenumhang, der wie Rauhreif aus Asche auf ihr lag, direkt auf die Steine an der Anlegestelle und wartete darauf, daß das Meer ihr ihren Mann zurückbrächte, wenngleich die asiatischen Wüsten, die ihn verschluckt hatten, in der entgegengesetzten Richtung, hinter ihrem Rücken, lagen. Aber wahrscheinlich ist seit den Zeiten Penelopes in den Genen aller Griechinnen festgeschrieben, daß der Abschied vom Liebsten und seine Wiederkehr untrennbar mit dem Meer verbunden sind.

Einige Jahre später bekamen meine Liebste und ich von einem meiner Freunde den Schlüssel zu seiner leerstehenden Wohnung in Suchumi. Wir warfen unsere Koffer in die Wohnung, ohne uns genauer umzusehen, faßten uns wie die Kinder an den Händen, liefen zum Strand und warfen uns kopfüber in das grüne schäumende Wunder, das aus unerfindlichen Gründen Schwarzes Meer genannt wurde.

Dieses Meer hatte einmal auf seinen Wellen die Triere der Argonauten, die der Menschheit so viele bunte Zukunftsträume versprochen hatten, und das Goldene Vlies geschaukelt, und es hatte die genuesischen Galeeren getragen, auf denen afrikanische Sklaven mit schwarzen Muskeln, violetten Lippen und elfenbeinweißen Augen, gequält von den geflochtenen

Peitschen der Aufseher, mit den Buchsbaumrudern den zukünftigen Blues von San Louis schlugen. Auch die türkischen Feluken mit den als rote Tupfen erscheinenden Turbanen waren auf ihm gefahren, die Eichenkähne der Schmuggler mit den Schiffsräumen voller Kognak, Seidenstrümpfe und Präservative sowie das aufrührerische Panzerschiff »Potemkin«, auf dem sich die Bänder ihrer Matrosenanzüge, die in Suppenteller voller Borschtsch und Würmer hinabhingen, in einen genialen Kinostreifen verwandelt hatten, und schließlich das letzte Rußland verlassende Schiff der Weißgardisten, auf dem sich Wrangel in seiner trauerfarbenen Tscherkessenkappe so fest an der Bordwand festkrallte, daß sich schneeweiße Schiffssplitter unter seine Nägel bohrten.

Und wir schnaubten wie glückliche Delphine, schluckten das Meer, diese uns bis zum Hals reichende flüssige Geschichte, und unsere salzigen Lippen fanden einander sogar unter Wasser, wo ausgelassene Fischschwärme an unseren Füßen kitzelten. Heute spricht jeder von der romantischen Geschmacklosigkeit des frühen Gorkis – aber das, was er am Ufer des Schwarzen Meeres empfunden hatte, als er mit den Zähnen die Nabelschnur eines Babys durchbissen hatte, war die reine Wahrheit. Ja, das Meer lachte! Ja, mit tausendfachem, ja, tausendfachem Lächeln!

Aber als wir ans Ufer zurückkehrten, erblickte ich wieder jene Griechin, die in ihrem schwarzen Spitzenumhang auf den Steinen saß und noch immer darauf wartete, daß das Meer ihr ihren Mann zurückgeben würde. Wir gingen zu ihr hin, und sie erkannte mich, lud uns ein in ihr Haus, wo sie meiner Liebsten beibrachte, wie man Adschap-Sandal zubereitet. Die Griechin teilte unsere Mahlzeit nicht, doch sie genoß es zuzusehen, wie wir das Essen mit vollen Backen in uns hineinschlangen, halb lächelnd, halb weinend blickte sie uns an, denn ich war der einzige Mann im Haus, und ihre kleinen griechischen Männer waren noch nicht erwachsen.

Zum Abschied bekreuzte die Griechin meine Liebste und mich auf orthodoxe Art und Weise, so als könne ihr Unglück uns segnen und glücklich machen.

Meine Liebste und ich kehrten in die uns noch fremde Wohnung zurück; nachdem wir flüchtig den Staub abgewischt hatten, der sich auf den Möbeln gesammelt hatte, gingen wir eilig ins Bett, wie alle Liebenden der Welt, für die es kein größeres Glück geben kann, als miteinander allein zu sein. Doch diese Nacht hielt noch so manche Überraschung für uns bereit.

Ich wachte als erster auf, obwohl vor dem Fenster noch die von Magnolien und anderen Düften geschwängerte Nacht stand. Irgend etwas kroch über meine Haut. Ich schaltete voller Panik das Licht an, – und, o Graus! – erblickte eine Horde vor Hunger ganz durchsichtiger Wanzen, die wie die braune Pest Wände, Bett und uns selbst bedeckte. Voller Verzweiflung weckte ich meine süß schlummernde Liebste, indem ich diese Mini-Braunhemden, die sich an dem Blut der Erbin Achmatowas und Zwetajewas bereits schwer und satt getrunken hatten, von ihrem Rubenskörper wischte. Und voller Angst kletterte ich dann auf den Tisch, wo mir meine nackten zitternden Beine einknickten und ich zu weinen begann.

Meine Liebste hingegen offenbarte italienisches Temperament, verbunden mit tatarischer Beharrlichkeit. Ohne sich im geringsten zu genieren, weckte sie mitten in der Nacht unseren Etagennachbarn – einen abchasischen Heimatforscher und Spezialisten für die Suche der Argonauten nach dem Goldenen Vlies –, organisierte bei ihm Petroleum und erklärte, mit einem Lappen bewaffnet, den unglücklichen und ausgehungerten Blutsaugern den Krieg, während ich weiterhin schmachvoll auf dem Tisch thronte, nackt und mit gefalteten Händen wie ein Brahmane, der inmitten einer Überschwemmung betet.

Die Wanzen wurden vernichtend geschlagen.

Was war das für eine wunderbare, junge Zeit!

Wir liefen in unseren damals modernen gestreiften Pyjamas, mit Plastiknasenschützern und weißen, nach Schafskäse riechenden Filzhüten durch Suchumi und probierten auf dem Markt den erdbeersüßen duftenden Wein »Isabella«, dessen Farbe dem Sonnenuntergang bei schönem Wetter glich und den man uns großzügig aus fliederfarbenen Schläuchen in klebrige geschliffene Gläser einschenkte. Oder wir kosteten in einem kühlen Keller von dem würzigen, leicht bräunlichen Ratschinskoje-Wein, und ein dickbäuchiger, schnauzbärtiger Wirt in einer Lederschürze voller violetter Weinflecken schnitt mit dem Messer geschmeidig-löchrige Scheiben von einem noch feuchten Suluguni-Käse ab und legte sie auf das Weinfaß. Und dann kehrten wir in unsere inzwischen wanzenfreie Wohnung zurück und liebten uns, streichelten einander wie eine Welle die andere, schmiegten unsere nach Brandung duftenden Körper aneinander, und wenn uns die Liebe müde gemacht hatte, ließen wir an einer langen Wäscheleine unser Einkaufsnetz mit den leeren Flaschen – in einer von ihnen steckte ein Fünfrubelschein – von der dritten Etage herab. Eine Minute später kehrte das Netz zurück, gefüllt mit eiskaltem Borschomi-Wasser und dem inzwischen aus allen Geschäften verschwundenen samtigen Rotwein »Alexandreuli«, den der Inhaber des Straßenkioskes mit seinen struppigen Händen verkaufte. Er hieß Gogi, und sein Traum war es, einen Mercedes zu kaufen, um mit diesem in die rein hypothetische Urheimat der Georgier, nach Baskonien, zu fahren. Und wir tranken den Wein einer von den Lippen des anderen, und wir schwammen ein jeder in die Augen des anderen hinein und kehrten von dort nicht mehr zurück. O Gott, wie haben wir uns geliebt, ohne uns auch nur im geringsten vorstellen zu können, daß wir uns einmal nicht lieben könnten.

Aber als sie ein Kind von mir hätte bekommen können, wollte ich das nicht. Ich war selbst fast noch ein Kind und begriff damals noch nicht, daß ein Mann, der eine liebende Frau zwingt, ihr gemeinsames Kind schon im Mutterleib zu töten, gleichzeitig beginnt, ihre Liebe zu ihm zu töten.

Ich befürchtete, daß so ein lebendiges Kind, das in die Hosen machte und schrie, mir jene Freiheit nehmen könnte, an der mir damals so unsinnig viel lag. Doch das auf mein Drängen hin getötete Kind hat mir mehr genommen – die Liebe seiner Mutter.

Gott strafte mich mit dem Verlust der Liebe dafür, daß sich in meiner Seele eine unerklärlicherweise als Freiheit geltende sklavische Abhängigkeit vom Körper eingenistet hatte, welche uns zu neugierigen und armseligen Sex-Touristen macht. Die Liebe verzeiht diese Neugier immer dann nicht, wenn jene sich über die Liebe zu stellen versucht.

Als ich das erste Mal spät in der Nacht nach Hause kam, schlief meine Liebste noch nicht, sondern wartete auf mich, im Sessel sitzend und ein Buch des von ihr angebeteten Marcel Proust lesend, so wunderschön angezogen, als wollten wir irgendwohin ausgehen.

Auf dem Tisch in unserem winzigen Zimmerchen standen zwei Teller, die mit zwei anderen Tellern zugedeckt waren – unser Abendessen. Sie schlug fröhlich das Buch zu, stürzte mir entgegen und sagte keine Wort – sie rieb sich nur zärtlich an meiner Schulter und blickte mich mit noch liebenden und noch verzeihenden Augen vorwurfsvoll an.

Als ich das zweite Mal spät nach Hause kam, las sie abermals etwas sehr Intellektuelles, aber sie lag bereits im Bademantel unter der Decke, mit Lockenwicklern in den Haaren und einem Handtuch-Turban auf dem Kopf. Auf dem Tisch stand nur ein einziger stehengelassener Teller.

Als ich das dritte Mal spät nach Hause kam, schlief sie schon, und es stand kein Teller auf dem Tisch.

Als ich das vierte Mal spät zurückkehrte, fuhren unsere beiden Taxen gleichzeitig vor dem Hauseingang vor, und als sie den Fahrer bezahlte, bat sie mich sogar, ihr einen Zehner zu wechseln.

Und schließlich, als ich das fünfte Mal spät zurückkehrte, war sie überhaupt nicht da und tauchte erst gegen Morgen auf, nach Wein und fremden Zigaretten riechend, denn damals rauchte sie noch nicht.

Dann später, in dem Versuch, noch alles zu retten, bat sie mich, sie mit nach Sibirien zu nehmen. Doch ich begriff nicht, welche Ausmaße das Ganze bereits angenommen hatte, und sagte mir, daß sie mir dort nur zur Last fallen würde. Abermals gab ich der Freiheit den Vorzug vor der Liebe, denn ich glaubte, daß die Liebe warten könne, sich schon nicht davonmachen würde. Aber die Liebe machte sich davon, wohin allerdings – ich weiß es nicht.

Wenn eine Frau zu lieben aufhört, legt sie sich neue Gewohnheiten zu. Diese neuen Gewohnheiten sind das erste Zeichen dafür, daß eine Frau einen Liebhaber hat.

Früher hatte sie nie geraucht und weder harte Sachen noch Kaffee getrunken. Das einzige, was sie liebte, waren Bier und Kuchen. Ich hatte ganz unfein gegen diese harmlosen Sünden gekämpft, indem ich von ihr verlangte abzunehmen. Sie versteckte die Kuchentüten in ihren »Verstecken« – hinter dem Küchenschrank oder im Bücherregal hinter den bei »Academia« erschienenen Bänden von Marcel Proust, bei deren Lektüre ich stets von intellektuellen Minderwertigkeitskomplexen erfaßt wurde, da sie mich unwiderruflich zum Einschlafen brachten.

Als ich aber nach einigen Monaten aus Sibirien zurückkehrte, empfing mich zu Hause eine bereits völlig veränderte, mir unbekannte Frau. Sie hatte nicht abgenommen – sie war förmlich ausgetrocknet, als sei sie von innen her ausgebrannt. Der dunkelblonde Schulmädchenzopf war von einer kupferdrahtfarbenen Kurzhaarfrisur abgelöst worden. Sie hatte Schuhe mit unglaublich hohen Absätzen an, auf denen sie früher nicht hätte gehen können. Auf dem Tisch standen Kognak und Kaffee, die weder sie noch ich jemals getrunken hatten, zwischen ihren manikürten, silbern lackierten Fingern qualmte eine lange Zigarette, und sie hatte eine völlig ungewohnte Art angenommen, an ihrem Gesprächspartner vorbeizusehen und zu sprechen, ohne eine Antwort abzuwarten oder zuzuhören …

Wir haben uns nicht zerstritten. Unsere Liebe ist nicht gestorben – sie hörte einfach auf zu sein. Wir trennten uns, und ich zog in ein Zimmerchen über dem Elyssée-Geschäft[4], das derart winzig war, daß die mich dort besuchenden Frauen dem Bett einfach nicht entgehen konnten. Nach ein paar Monaten war ich fast verrückt geworden in dem Strudel, in den ich aus eigener Schuld geraten war. Jetzt war ich es, der einen verzweifelten Versuch machte, unsere Liebe zu retten. Ohne mich anzukündigen, fuhr ich eines Nachts zu ihr und drückte mit dem silbernen Korken einer Champagnerflasche auf den Klingelknopf. In der anderen Hand hielt ich die Karotte der Chruschtschowschen Tauwetterperiode – eine Ananas – an ihrem grünen Schwänzchen.

»Wer ist da?« erklang es hinter der Tür mit der schönsten Stimme der Welt.

»Ich bin's«, brachte ich nur mühsam über die Lippen. »Ich habe dir eine Ananas mitgebracht.«

Die Antwort war Schweigen. Endlich kam unsicher und falsch:

»Du bist betrunken. Ich mache dir nicht auf ...«

Alles war zu Ende. Ich war zu spät gekommen.

Dann quälte ich mich noch lange mit dem Gedanken, daß sie aufgrund meiner jugendlichen und dummen Grausamkeit die Möglichkeit verloren hatte, Kinder zu bekommen – das hatten mir die Ärzte damals gesagt. Als ich dann einige Jahre später erfuhr, daß sie eine Tochter bekommen hatte, dankte ich Gott dafür, daß er Mitleid mit mir gezeigt und mich von dem auf mir lastenden Fluch befreit hatte.

Aber bis heute könnte ich in Tränen ausbrechen, wenn ich sie von nahem oder von fernem sehe oder wenn ich einfach nur ihre Stimme höre ...

Die Tochter meiner ersten Liebsten und der Sohn meiner zweiten Liebe sind miteinander befreundet. Seine Geburt wurde nicht weniger herbeigesehnt und war nicht mit weniger Qualen verbunden als die dieses Mädchens. Die Mutter meines Sohnes war nämlich vollkommen verbrannt, verstrahlt, von Chirurgen zerschnippelt, und man hatte ihr nicht nur gesagt, daß sie niemals Kinder haben könne, sondern auch, daß sie selbst nicht mehr lange zu leben habe.

Aber sie hatte in den Krallen des NKWD[5] überlebt, als man sie als neunjähriges Mädchen in ein Heim für Kinder von Volksfeinden gesteckt hatte, nachdem man ihren Vater, ihre Mutter, ihren Großvater und ihre Großmutter verhaftet hatte. Und sie überlebte in den Krallen der verfluchten Krankheit, besiegte sie, indem sie aufhörte daran zu denken und sich ganz an ihren endlich geborenen Sohn verschenkte.

Als ich sie zum ersten Mal küßte, kannte ich sie schon zehn Jahre, ich war der Freund ihres Mannes, war oft in ihrem Haus zu Besuch gewesen und hatte nicht einmal zu denken gewagt, daß zwischen uns je etwas geschehen könne. Es geschah auch erst dann, als sowohl ihre wie auch meine Ehe auseinandergebrochen war und sich zwei Unglückliche – ohne selbst damit gerechnet zu haben – aneinanderdrängten in der Hoffnung, dadurch glücklich werden zu können.

Mit der Frau eines Freundes kann so etwas überhaupt nur dann gutgehen, wenn sie dann auch die eigene Frau wird. Aber besser ist es, wenn es gar nicht erst geschieht.

Es wird erzählt, daß der Pianist Genrich Neigaus seinem Freund Pasternak die Klavierpartitur einer Oper von Meyerbeer über den Kopf schlug, nachdem dieser ihm die Ehefrau ausgespannt hatte, dann aber zu ihm stürzte, voller Angst und Entsetzen, diesen genialen Kopf vielleicht verletzt zu haben. Nichtsdestoweniger ist es Pasternak ganz recht geschehen.

Ich habe es kein einziges Mal bereut, ein zweites Mal geheiratet zu haben, doch ich habe es immer bereut und bereue es auch heute noch, meinen Freund damit verletzt zu haben.

Meine zweite Frau schrieb keine Gedichte, aber sie gehörte zu den wenigen Menschen, für die es sich lohnt, Gedichte zu schreiben.

Sie hatte graue Granitaugen mit kleinen rötlichen Flecken um die Pupillen und die zusammenwachsenden, sich gleichsam aufeinanderstürzenden schwarzen Augenbrauen einer jüdischen Axinja[6].

Sie hat sich vor nichts je gefürchtet.

Einmal fuhren wir mit unserem ziemlich klapprigen Moskwitsch, und ich hatte irgendeine Verkehrsregel mißachtet. Ein älterer Major der Miliz überprüfte meinen Führerschein, wobei sein Blick gleichzeitig forschend über meine Frau glitt, und plötzlich wurden seine Augen scharf und leuchteten in ganz undienstlichem Interesse auf. Er bat mich auszusteigen. Milizionäre benehmen sich des öfteren so, um auf diese Art ein Bestechungsgeld einzufordern. In diesem Fall lag die Sache anders.

»In welchem Verhältnis stehen Sie zu dieser Frau?«

»Sie ist meine Ehefrau.«

»Ich habe sie wiedererkannt«, sagte der Major. »Früher einmal habe ich im Paßamt gearbeitet, und obwohl Tausende von Menschen mein Büro passiert haben, erinnere ich mich an sie. Ihr Mädchenname ist Sokol. Der Geburtsurkunde nach ist ihr Vater Russe und ihre Mutter Jüdin. Beide verhaftet, und sie selbst kam aus dem Kinderheim. Sie brauchte für die Berufsschule einen Paß. Und sie hat mir leid getan. Gejagt wie ein kleines Tierchen, es brauchte ja nur eine Kleinigkeit – und schon biß sie zu. Ich sage zu ihr: ›Na, was ist, soll ich dich als Russin eintragen?‹ Und sie fragt mich in einem ganz scharfen Ton: ›Wozu das?‹ Ich komme ihr auf die nette Art: ›Na, vielleicht wird das einiges erleichtern.‹ Und da kommen ihr fast die Tränen – aber nicht etwa Tränen des Jammers, nein, des Zorns, der Weißglut geradezu: ›Aber ich‹, sagt sie, ›will es gar nicht einfacher haben!‹ Und sie steht auf und fängt an, durch das ganze Paßamt zu schreien: ›Schreib Jüdin hin!‹ Wie könnte man so eine vergessen! Sie haben eine mutige Frau …«

Ja, sie war mutig. Nachdem ihre Tante sie aus dem Heim für die Kinder von Volksfeinden herausgeholt hatte, wurde aus dem kläglichen Aschenputtel eine regelrechte Schönheit, und der zwergenhafte Literat, von dem bereits die Rede war, machte ihr und ihrer Freundin – ebenfalls das Kind von Volksfeinden, genauso alt und genauso schön wie sie – den Hof. Eines Tages gedachte er, den sich aufopfernden Helden zu spielen, und machte den beiden Freundinnen gleichzeitig einen Heiratsantrag – sie sollten selbst entscheiden, welche der beiden seine Frau werden wolle. Andernfalls würde es, so erklärte jene in Tweed gewandete Hyäne mit einem zärtlichen Lächeln, schwer für ihn sein, sie vor der Verhaftung zu bewahren, die, wie ihm bekannt geworden sei, unmittelbar bevorstände.

Um der Erpressung und vielleicht tatsächlich auch dem Gefängnis zu entkommen, heiratete eine der beiden Freundinnen schleunigst einen dicklichen, gemütlichen Dichter.

Als meine zukünftige Frau in eine Cocktailbar trat, erblickte sie, noch bevor sie die Gesichter erkennen konnte, den starken zuverlässigen Nacken eines Mannes – ihres zukünftigen ersten Mannes, der auf einem hohen Hocker an der Bar saß, und beschloß im selben Augenblick, sich in Zukunft auf diesen Nacken zu verlassen. Sie sollte es nicht bereuen.

Der zwergenhafte Literat kam, um sich nach der Entscheidung der zwei Freundinnen zu erkundigen, und war erschüttert. Wie sich herausstellte, waren beide mit berühmten Dichtern verheiratet, von denen der eine zudem noch Träger der Stalinprämie war.

Als Stalins Tod bekanntgegeben wurde, erschien meine zukünftige Frau auf dem Roten Platz, wo sie trunken vor Freude anfing, direkt vor dem Mausoleum einen Zigeunertanz hinzulegen, während sie sich dabei immer wieder dem Griff ihres ersten Mannes entriß, der sie nur knapp vor dem »Volkszorn« derer schützen konnte, die an diesem Tag weinten.

Auf der Totenfeier eines Dichters traf, nachdem sich alle anderen bereits gesetzt hatten, der allmächtige Verlagsdirektor ein, der die Werke jener Schriftsteller verlegte, die man noch nicht verhaften konnte – wie immer verspätet und mit frischer Friedhofserde an den Halbstiefeln, mit seiner ihn ständig begleitenden, von offenbar wichtigen Papieren prall gefüllten Aktenmappe im Arm.

Die Schriftsteller und die Schriftstellerwitwen – all jene, die auf die eine oder andere Weise von diesem geschäftig und finster wirkenden Unhold mit den unter respektablen grauen Brauen gut versteckten Henkersaugen abhängig waren – sprangen auf, um ihm ihre Stühle zu überlassen. Emsig liefen sie hin und her, um ihm einen würdevollen Ehrenplatz zu verschaffen. Aber er lehnte demokratisch ab und drückte seine Aktenmappe, in der vielleicht schon neue Denunziationen lagen, an seine dankbare Brust. Da erklang plötzlich ihre Stimme und ein heiseres Hexenlachen:

»Laßt ihn doch, sollen doch die, die andere hinter Gitter bringen, ein wenig stehen!«

Alle hatten Angst vor ihr – so auch ich.

Sie war fähig, jederzeit zu jedermann alles nur Erdenkliche zu sagen.

Als ich einmal spätabends ohne Vorwarnung den Sekretär eines der Moskauer Bezirkskomitees mit nach Hause brachte, der keine Angst gehabt hatte, eine Dichterlesung für mich zu organisieren, obwohl ich damals gerade in Ungnade gefallen war, sagte sie ihm, als sie ihn auf der Schwelle erblickte – ohne auch nur eine Ahnung zu haben, wer er war –, mit unfehlbarer Grausamkeit direkt ins Gesicht:

»Was ist denn das für eine Parteienfratze!«

Als ich 1961 in Kiew das gerade erst niedergeschriebene *Babi Jar* zum erstenmal vortrug, mußte man sie gleich nach dem Auftritt im Krankenwagen wegbringen, weil sie so unerträgliche Unterleibsschmerzen bekommen hatte, so als hätte sie gerade selbst dieses Gedicht unter Qualen zur Welt gebracht. Sie war fast ohne Bewußtsein. Die jüdische Ärztin aus Kiew, die eben noch unter meinen Zuhörern gewesen war, hatte ihre Tränen nach dem Gedicht *Babi Jar* noch nicht wieder getrocknet, und doch wollte sie von ganzem Herzen alles, was in ihrer Macht stand, für die Rettung meiner Frau tun. Nachdem sie meine Frau untersucht hatte, brach sie jedoch ganz unprofessionell in Tränen aus und lehnte es ab, die unerwartete riesige Geschwulst zu operieren.

»Verzeihen Sie mir, aber ich kann Ihre Frau nach Ihrem *Babi Jar* nicht aufschneiden, ich kann nicht«, sagte die Ärztin unter Tränen.

Ich flog mit meiner Frau noch in derselben Nacht nach Moskau, und das, was erst wie eine bösartige Geschwulst ausgesehen hatte, entpuppte sich zum Glück als harmlose Zyste.

Doch sogleich nach der Operation – noch gar nicht richtig wieder zu sich gekommen und weiß wie Kreide im Gesicht – beschimpfte meine Frau dieses neue Gedicht mit zitternden Lippen und beschwor mich, es nicht drucken zu lassen.

»Das schmerzt so sehr, daß man darüber überhaupt nicht schreiben sollte«, sagte sie.

Das war ihr Charakter.

Ganz und gar vergessend, daß sie selbst, als sie mit mir auf Kuba gewesen war, wenn auch nur für kurze Zeit, wie verzaubert gewesen war von dem damals noch sehr jungen Fidel – er wirkte überaus mitreißend, wenn er die Menge und sich selbst in vierstündigen Reden in einen Rausch versetzte, der in einer Art hysterischem »oralen« Orgasmus kulminierte: *Patria o muerte! Venceremos!* –, machte sie sich nicht nur dann, wenn wir allein waren, sondern auch vor anderen Leuten über meine romantischen Gedichte zur kubanischen Revolution, an die ich damals mein Herz gehängt hatte, lustig. Sie wollte nicht, daß man meine Gedichte druckte, und manchmal kam es mir sogar so vor, als wolle sie, daß man mich verhafte, damit sie stolz auf mich sein und mir Pakete schicken könne.

»Was willst du eigentlich von mir?« fragte ich sie einmal, »daß ich mir vielleicht Benzin über den Kopf gieße und eine Selbstverbrennung vor dem Mausoleum veranstalte?«

»Na ja, vielleicht wäre das das Ehrlichste, was man zur Zeit machen kann«, antwortete sie, ohne nachzudenken.

Als jedoch unsere Panzer in Prag einrollten und mir schien, als ratterten sie mit ihren Raupenketten knirschend über mein Rückgrat, und ich dann, vor Scham und Schande jeglichen Selbsterhaltungstrieb vergessend, ein Protesttelegramm gegen die sowjetischen Panzer an Breschnew schrieb, sah ich meine Frau zum ersten Mal erschrecken. Nicht um sich selbst hatte sie Angst, sondern um mich. Sie hatte um sich selbst auch keine Angst gehabt, als sie einen Pullover genommen hatte, um darin Geld und Kleidung für die in den poststalinistischen Gulags und psychiatrischen Anstalten sitzenden Dissidenten zu sammeln. Und sie hatte auch dann keine Angst um sich selbst, als Sacharow ihr als einzigem Menschen für die Zeit seiner Verbannung nach Gorki den Schlüssel zu seiner Moskauer Wohnung anvertraute, in dessen Hausflur ständig mindestens zwei KGB-Agenten Posten standen.

Doch das war erst viel später. 1968 saß ich mit meiner Frau nachts in Peredelkino, nachdem wir für den Fall einer Hausdurchsuchung und Verhaftung alle aufrührerischen Bücher ins Feuer geworfen hatten, und sie wandte mir ihr Gesicht zu, auf dessen strengen Wangenknochen sich die brennenden Seiten widerspiegelten, und ich sah, daß in ihren Augen ganz besondere Tränen standen – Tränen der mütterlichen Angst um mich.

»Hättest du doch besser Gedichte über Kuba geschrieben …«, sagte sie seufzend.

Doch als sie sah, daß man mich trotz allem nicht verhaften würde, fing sie schon bald darauf wieder an, ohne Ende über meine ihrer Meinung nach unzureichende Kompromißlosigkeit zu spotten und mir den Schriftsteller, dem es als erstem geglückt war, die Wahrheit über die stalinistischen Lager zu drucken, als Beispiel vorzuhalten.

Eines Tages rief mich der Große Lagerspezialist persönlich an: »Ich habe gehört, daß Sie ein Gedicht über mich verfaßt haben. Könnte ich das vielleicht bekommen? Überhaupt würde ich Sie gern einmal besuchen und mich mit Ihnen unterhalten.«

Als meine Frau erfuhr, daß ihr Idol uns besuchen würde, war sie ganz erschüttert, daß ihr Held sich zu einer Visite bei einem so wenig ernstzunehmenden Schriftsteller wie ihrem Mann herablassen wollte.

»Haben wir Wodka im Haus?« fragte ich für alle Fälle.

»Wozu denn Wodka«, hob sie den Kopf in verletztem Stolz. »Glaubst du etwa, daß er so ist wie du und deine Trinkkumpane?«

Es war ein eisig kalter Wintertag, und unser Gast erschien, sich die erfrorenen Hände reibend, mit glänzenden Eisperlen im Bart.

»Haben Sie vielleicht etwas zu essen da?« fragte er sofort. »Und vielleicht kippen wir einen kleinen Wodka? Ich bin nämlich bis auf die Knochen durchgefroren …«

Meine zweite Frau war nicht nur eine unversöhnliche Privatpolitikerin, sondern auch eine linguistische Puristin. Das plebejische Interesse an Wodka in Verbindung mit dem Ausdruck »kippen«, diesem für einen lebenden Klassiker nicht vorstellbaren Lieblingswort aller russischen Alkoholiker, schockierte sie. Der Sockel, auf den sie ihr Idol erhoben hatte, geriet ins Wanken.

Verletzt rauschte sie davon, um »einen kleinen Wodka« zu holen, und später saß sie dann nur einen kurzen Augenblick mit uns am Tisch, wobei sie sich bemühte, ihr Idol nicht anzusehen. Er war zu normal für ein Genie und scherzte zu viel für einen tragischen Schriftsteller. Ihrem Verständnis nach mußte ein Genie zu jeder Minute genial sein und ein tragischer Schriftsteller zu jeder Minute tragisch.

Nachdem ich unserem Gast das ihm gewidmete Gedicht vorgelesen hatte, sagte sie sofort:

»Ein schlechtes Gedicht. Wenn ich dichten könnte, würde ich es besser gemacht haben.«

Und als unser Gast aus seiner abgewetzten Aktentasche meine im Samisdat erschienene, damals verbotene Autobiographie hervorzog, die er zu meiner Überraschung sorgfältig durchgearbeitet hatte, und mir seine Bemerkungen dazu mitteilte, resignierte sie ob der Tatsache, daß ein so großer Kämpfer gegen den Kommunismus seine kostbare Zeit so frevelhaft an derartige Nichtigkeiten verschwendete, endgültig und verschwand in die Küche.

Zu der damaligen Zeit gab es für einen Schriftsteller keine große Wahl: Entweder konnte er fortgehen und alles, was er wollte, im Westen veröffentlichen – wodurch er aber in seiner Heimat alle Publikationsmöglichkeiten verspielte –, oder er konnte bleiben und sich durch die Zensur hindurchschlängeln wie durch einen Stacheldrahtzaun, an dem Fetzen der eigenen Haut hängenbleiben mußten. Jede Entscheidung war tragisch.

Als dritter Ausweg blieb die innere Emigration, aber diesen Weg wählten nicht nur solch wunderbare, reine Menschen wie Sacharow oder Kopelew, sondern auch ambitionierte Sektierer von unerträglicher Boshaftigkeit, hochtrabende Snobs, Schigaljews und Petja Werchowenskis, die den Seiten der Dostojewskischen *Dämonen* direkt entsprungen zu sein schienen, und schließlich jene mittelmäßigen Schriftsteller, für die die Politik die einzige Möglichkeit war, sich einen Namen zu machen.

Einmal kam ein junger Dichter zu mir, den seine Unbekanntheit beinahe umbrachte. Er hatte die komplexbeladenen Augen eines Mucius

Scaevola, der bereit gewesen war, seine linke Hand ins Feuer zu legen, um dafür in der rechten voller Stolz die *New York Times* halten zu dürfen, in der sein Name erwähnt war.

»Wissen Sie, was Sie mit Surkow gemeinsam haben?« fragte ich ihn nach dem ehemaligen Maschinengewehrschützen aus dem Bürgerkrieg, der später als Generalsekretär des Schriftstellerverbandes Pasternak so wonnevoll »entlarvt« hatte.

»Ich hoffe, nichts«, antwortete der junge, angehende Mucius Scaevola ungehalten, während seine Hand noch immer in einem unsichtbaren Feuer verkohlte.

»Surkow schreibt: ›Es lebe die Sowjetmacht!‹, Sie schreiben ›Weg mit der Sowjetmacht!‹, aber beide schreiben Sie mit denselben künstlerischen Mitteln«, antwortete ich ehrlich.

»Nichts für ungut – Sie werden schon noch von mir hören«, antwortete der junge Antistalinist, ohne auch nur zu ahnen, daß der ihm verhaßte junge Stalin dem georgischen Dichter Tschawtschawadse, der dessen lyrische Fähigkeiten nicht über-, seine politischen jedoch weit unterschätzt hatte, einmal fast genauso geantwortet hatte.

Meine Frau konnte politische Gedichte nicht ertragen – weder die offiziellen noch die der Dissidenten. Ihr Haß auf das System war jedoch so allumfassend, daß sie in ihrer Unversöhnlichkeit mehr Dissidentin war als alle anderen zusammen. Sie war kompromißlos bis zur Unerträglichkeit.

In diesem Geist erzog sie auch unseren Sohn.

Später rächte sich dies. Ständig zitierte man sie in die Schule. Als Zwölfjähriger stellte unser Sohn seiner unglücklichen Lehrerin folgende Frage:

»Wenn der Sozialismus tatsächlich besser ist als der Kapitalismus, wie Sie uns immer sagen, warum flüchten dann alle von hier nach dort, während zu uns nicht einmal die Schwarzen flüchten?«

Seine Kompromißlosigkeit konnte sich aber auch in Grausamkeit verkehren. Als sie sich eines Tages ein neues Kleid gekauft hatte, versuchte sie aus ihm herauszukitzeln, ob es ihr stehe. Er hüllte sich lange in Schweigen und blickte sie mit finsterem Gesicht an, dann brummte er:

»Es ist fürchterlich … Noch dazu in deinem Alter.«

Doch auch seine Mutter war in ihrer unablässigen Wahrheitsliebe grausam.

Im übrigen war ich ein Dummkopf, weil ich ihre Angriffe tatsächlich für politische Meinungsäußerungen hielt. Sie war mir ein wunderbares

Eheweib und eine vorzügliche Hausfrau. Sie hatte meinetwegen mit ihrem ganzen bisherigen Familienleben gebrochen, ich war ihr letzter Trumpf, auf den sie alles gesetzt hatte. Ich aber hatte meine Neugier noch immer nicht befriedigt, hatte mich noch immer nicht ausgetobt, und die Gerüchte zerfleischten sie, stachen sie mit spitzen Nadeln, drängten sie in eine Ecke, aus der sie mir dann irgend etwas Politisches zuknurrte, denn ihr Stolz ließ es nicht zu, ihre verletzte Weiblichkeit zu zeigen.

Glauben Sie einer Frau niemals, wenn sie Sie in politischen Fragen allzu heftig angreift. Denken Sie lieber darüber nach, ob sie vielleicht als Frau verletzt worden ist. Und so sammelten sich schließlich zu viele Kränkungen als Antwort auf vorangegangene Kränkungen an. Es wurde uns unmöglich zusammenzubleiben.

Ich liebte sie noch, aber gleichzeitig bemühte ich mich schon, mich in eine andere zu verlieben – »bemühen« ist hier tatsächlich das passende Wort. Man bemüht sich nicht, sich neu zu verlieben, wenn es einem zu gut geht. Und es gelang mir, mich zu verlieben. Ich verließ mein Zuhause.

Aber wie zur Warnung wurde auf meinem Weg Blut vergossen.

Der jungen Schauspielerin, die im Schlußakt meines lyrischen Schauspiels barfuß einen Twist tanzen sollte, warfen unbekannte Verehrer einen Strauß Rosen zu, und sie tanzte bis zum Ende der Premiere mit blutigen Füßen.

Meine Frau schnitt sich die Pulsadern auf und wurde erst im letzten Moment gerettet.

Ich kehrte zu ihr zurück, brach aber schon bald darauf völlig überstürzt auf eine lange und verworrene Reise durch Südamerika auf. Ich machte Zwischenstation in einem winzigen Hotel in Kopenhagen, betrank mich ein wenig auf dem Bankett, das meinem Auftritt zu Ehren veranstaltet worden war, und bestellte, nach allen Komplimenten und Autogrammen wieder einsam und allein, eine Flasche Champagner auf mein Zimmer.

Als mir der würdevolle Herr, der mit seiner leicht gebogenen Nase einem Sterlet im Smoking ähnelte und nachts die Funktionen des Empfangschefs und Kellners gleichzeitig innehatte, ein Tablett brachte, auf dem sich in einem silbernen Eimerchen der smaragdgrüne, mit eisigem Schweiß bedeckte Nixenkörper einer Veuve Clicquot aalte, stellte er zwei Sektkelche, die zwei nur auf einem Bein stehenden, gläsernen Ballerinen glichen, auf den Tisch und sah sich mit erstauntem Blick nach einer Frau um. Aber es gab keine.

»Wie? Sie sind allein, Sir?« wunderte er sich mitleidig und bot mir mit einschmeichelndem Mitgefühl an: »Das ist ein Verbrechen – allein Champagner zu trinken. Wir haben hier einige Kundinnen, die in der Nachbarschaft wohnen. Machen Sie sich keine Sorgen, es sind keine Prostituierten. Ausschließlich Hausfrauen mit Familie. Sie verdienen sich lediglich ein wenig Nadelgeld dazu. Wir garantieren den Damen Diskretion und unseren Gästen ihre Gesundheit. Es ist natürlich ein wenig kostspielig – hundert Dollar in der Stunde, aber dafür sparen Sie die Arztkosten.«

Die »Hausfrau« – in ihren Duft »Mizuko« wie in einen geharnischten Panzer gehüllt, mit einem langen Nerz, einem großen violetten Saphir in Form einer Träne an ihrem Finger, einem gut organisierten weißblonden Lockenchaos auf dem Köpfchen – kam mit einem ebenso weißblonden lockigen Schoßhündchen an der Leine zu mir aufs Zimmer. Wie mir diese Hüterin des heimischen Herdes erzählte, hatte sie sich von ihrem Ehemann nur für kurze Zeit losmachen können – unter dem Vorwand, den Hund spazierenzuführen. Die »Hausfrau« hatte es sehr eilig, sie rührte den Champagner nicht einmal an, und nachdem sie die Leine des Schoßhündchens am Bein des monumentalen Himmelbetts festgemacht hatte, entkleidete sie sich sachlich und schnell, um auf geradezu Stachanowsche Art und Weise[7] ihre Aufgabe der Kundenbefriedigung zu erfüllen.

Ihr Körper bewegte sich wie eine eingeschaltete, aber kalte Genußmaschine heftig unter dem meinen. Ihr Blick war vollkommen gleichgültig und abwesend, und mir schien es, als betrachte sie das Tapetenmuster an der Decke, so als wolle sie dort irgend jemandes Profil ausmachen.

Welch erniedrigender Unterschied lag zwischen ihr und jenen Frauen, die sich meinetwegen quälten, die mich quälten, aber dennoch liebten. Damals gab ich mir das Versprechen, daß ich niemals und nirgendwo mehr auch nur eine einzige Prostituierte anfassen würde. Und ich habe Wort gehalten.

Während meiner langen Reise verließ mich die Verliebtheit langsam, und in mein Herz kehrte die Liebe zurück. Die Trennung brachte mich meiner Frau näher, aber meine Rückkehr trennte uns abermals. Die alten Kränkungen wurden wieder in ihr wach. Sie war eine wunderbare Frau, aber sie konnte weder verzeihen noch vergessen.

Als unser Sohn zwei Jahre alt war, ging ich eines Abends in Peredelkino mit ihm durch den von Mondlicht überfluteten Schnee, der unter meinen Skischuhen laut krachte, unter seinen winzigen Filzstiefeln jedoch nur ein leises Knirschen vernehmen ließ. Im Spiel mit meinem Kind versteckte ich mich hinter einem Schneehaufen neben irgendeinem Gartentor, und er, der dachte, ich hätte ihn für immer verlassen, lief mit zu Tode erschrockenem Gesichtchen an dem Schneehaufen vorbei und schrie verzweifelt »Papa!«, so daß mir vor Mitleid und vor Scham ob meines dummen Scherzes fast das Herz zersprang. Es war, als hätte er geahnt, daß ich ihn eines Tages tatsächlich verlassen würde. So ist es dann auch gekommen …

Meine zukünftige dritte Frau traf keine Schuld an dieser Trennung – sie war unvermeidlich.

Wir lernten uns auf recht banale Art und Weise kennen. Sie saß mit einer Freundin am Nachbartisch in dem georgischen Restaurant Aragwi, erkannte mich und sah mit ihren veilchenblauen Augen voller Schreck und Neugier zu mir herüber. Sie hatte eine kurze Stupsnase und den zerzaustgoldenen Kopf eines kleinen Löwen. Durch die georgische Musik des kleinen Orchesters hindurch, die von einem Balkon im Saal wie ein murmelnder Bergwasserfall herunterrieselte, hörte ich mit halbem Ohr, daß sie und ihre Freundin englisch sprachen.

»Aus welchem Staat kommen Sie?« fragte ich sie, vollkommen davon überzeugt, daß sie Amerikanerin sei.

»Ich bin keine Amerikanerin«, lachte sie. »*I am a grandmother* aller Amerikaner – eine Engländerin.«

Es war ihr erster Tag in der Sowjetunion.

Sie hatte England voller Verzweiflung verlassen, auf der Flucht vor der quälenden Liebe zu einem Menschen, der Bücher über das Schachspiel schrieb und für den sie lediglich eine Holzfigur in seinen Fingern zu sein schien, die kühl in der Luft kalkulierten, bevor sie den nächsten Zug taten.

Sie war als Touristin gekommen, und es gelang ihr, eine Arbeitsstelle zu finden, was in den damaligen Zeiten eigentlich unmöglich war. Aber ihren veilchenblauen Augen und der entwaffnenden Stupsnase konnten nicht einmal die KGB-Verantwortlichen in der Personalabteilung des Verlags *Progreß* widerstehen, und so gaben sie ihr einen Arbeitsvertrag als Übersetzerin für russische Literatur. Allerdings wartete sie vergeblich darauf, daß man sie Tolstoi oder Tschechow übersetzen ließ. Meistens wurde ihr die sogenannte »Generalsekretärsliteratur« angedreht – Romane, die die Generalsekretäre des Schriftstellerverbandes schrieben, wenn sie gerade einmal keiner Versammlung beiwohnten.

Sie krümmte sich vor Lachen, wenn man ihr Sachen zu übersetzen gab wie diese: »›Komm zu mir, mein Liebster. Hast du dich wieder so abgerackert und all deine Kraft der Partei und dem Volk geopfert?‹ sagte die Kolchosvorsitzende Anfisa Charitonowa, und ihre Stimme wurde durch das ihr die Kehle zusammenschnürende Begehren plötzlich ganz heiser. Und sie drückte den schüchtern gewordenen Sekretär des Exekutivkomitees mit ihren festen Bäuerinnenarmen krachend an sich, und keiner der beiden konnte sich später daran erinnern, wie sie auf den Teppich in seinem Büro geraten waren, auf dem noch die feuchten Stiefelabdrücke der Ackerbauern zu sehen waren – jener Bauern, auf die die russische Erde schon immer zählen konnte, auch heute noch zählt und auch in Zukunft weiterhin zählen wird.«

Niemals mehr habe ich einen anderen Ausländer kennengelernt, der Rußland auf so wenig ausländische Art geliebt hätte wie sie. Obwohl sie einen Akzent hatte, wurde ihr Russisch schnell weitaus deftiger und schillernder als die Sprache vieler gebürtiger Russen.

Sie begeisterte mich durch ihre großherzige Gleichgültigkeit bei der Wahl ihrer Freunde: kleine Tatarenkinder mit listigen Äuglein – der unersättliche Nachwuchs des Hausmeisters in Sokolniki –, die aus ihren ausländischen Händen die Weltzivilisation in Form des vergötterten Chewinggums empfingen; langhaarige, düster romantische Heizer, die im Widerschein der höllischen Flammen in den leidvoll stöhnenden rostigen Heizkesseln sowjetischer Bauart Baudelaires *Les Fleurs du Mal* im Original lasen; Portiers der öffentlichen Kantinen, die sich abends in halbkonspirative Nachtclubs verwandelten, in denen die Empörer wider die staatlichen Grundfesten ihre antistaatlichen Reden schwangen, während sie gleichzeitig die siedend heiße staatliche Suppe mit riesigen Schöpfkellen aus ebensolch riesigen Töpfen löffelten und die dampfenden, gleichsam von Mammuts stammenden Knochen nicht etwa mit irgendeinem billigen Fusel, sondern vielmehr mit einem Schluck echten »Beefeazers« herunterspülten, den sie mit ihren illegalen Devisen – von ausländischen Verlagen für ihren mutigen Nonkonformismus gezahlt – in einem »Berjoska-Laden«[8] gekauft hatten und auf dessen Etikett ein mit einem Zeremonienstab, einer roten Livree sowie dem schneeweißen Joch eines gefältelten Kragens ausgestatteter Haushofmeister diesen ihm völlig unbegreiflichen Russen mit britisch distanzierter Höflichkeit in den Mundwinkeln zulächelte.

Manchmal konnte ich in hellen Zorn geraten, wenn ich sah, daß viele dieser Menschen die hilflose Freigebigkeit dieser jede Bitte verständnisvoll erfüllenden Engländerin ausnutzten und sie schonungslos als »Goldenen Fisch« mit fremdländischem Akzent für sich einspannten.

Wenn sie auf Urlaub nach England fuhr, kehrte sie wie ein »Erste-Hilfe-Kamel« mit Medikamenten, Jeanshosen, Turnschuhen, Pullovern, Elektrobatterien, Tennisbällen und Toastern beladen zurück. Als sie selbst jedoch der Hilfe bedurfte, verschwanden viele ihrer Chewinggum- und Klamottenfreunde auf Nimmerwiedersehen.

Nachdem sie ihr erstes Zimmerchen in Sokolniki erhalten hatte, machte sie sich heldenhaft daran, die Berge von Gerümpel, die von den vorigen Hausherren zurückgelassen worden waren, wegzuschaffen. Dabei blieb sie mit einem zerschlissenen, sich mit allen Sprungfedern sträubenden, alten Sofa in der offenen Fahrstuhltür stecken. Ihr Etagennachbar – ein Schlosser, der auf den Spitznamen Slawunja hörte und dessen Hose derart lange, inzwischen stabilisierte Fransen aufwies, daß das Beinkleid aus ausgeblichenen Fahnen mit ehemals goldenen Troddeln genäht zu sein schien – half ihr, mit dem Sofa fertigzuwerden und es bis zur Müllgrube zu schleppen. Nachdem dies geschehen war, nahm Slawunja seine Mütze ab, zerknüllte sie in der Hand und nuschelte mit einer gewissen Verlegenheit und selbst ganz zerknittert:

»Für einen *Magarytsch* mußt du jetzt sorgen, Nachbarin …«

Die Engländerin verstand ihn nicht.

»Verzeihen Sie, was bedeutet dieses Wort – *Magarytsch*? Ist das der Name von irgend jemandem?«

»Ja, nein – das ist, wenn man für die Hilfe beim Umzug mit Geld oder auch mit einem kleinen Fläschchen …«

Die Engländerin begriff, brachte ihm eine angebrochene Flasche Whisky und goß den Rest in ein Glas.

Slawunja stürzte das Glas in einem Schluck herunter, ging dann aber nicht, sondern blieb weiter unschlüssig stehen und wollte einfach nicht mit der Sprache herausrücken.

»Legst du vielleicht noch einen Fünfer dazu – für ein Bierchen? Wie dem auch sei, wir sind doch immerhin Nachbarn. Und ehe du dir's träumen läßt, kann ich dir wieder mal bei etwas behilflich sein.«

Das erschütterte sie. Sie konnte einfach nicht verstehen, daß ein Mann, noch dazu ein Nachbar, von einer Frau »Geld und einen guten Tropfen« für seine Hilfe verlangen konnte.

Genauso wenig fassen konnte sie in der ersten Zeit, wenn sie auf den Moskauer Straßen die vielen Menschen sah, wie sie in überquellenden Einkaufsnetzen Apfelsinen fortschleppten, welche manchmal durch die aufreißenden Maschen sprangen, so daß orangefarbene Kugelblitze ausgelassen unter die Autoräder hüpften.

»Warum gibt es hier bei euch in der Sowjetunion diese Apfelsinenmanie? Warum kaufen alle *so many oranges?*«

Aber das Leben im Sozialismus, der sich selbst besiegt hatte, lehrte sie schnell, welche Weisheit hinter derartig umfangreichen Gelegenheitskäufen steckte.

Eines Tages bewirtete sie mich mit Ananas. Mit einer echten Ananas – keine aus der Konserve.

Hinter dem harten, beinahe schildkrötenartigen Panzer versteckte sich der zarte goldene Leib, der sich mit allen Fasern in der Süße des eigenen Saftes aufzulösen schien.

Die erste Ananas meines Lebens hatte mir mein Vater noch vor dem Krieg als Geschenk mitgebracht. Niemand in unserer Familie wußte, wie man sie essen sollte. Die Ananas war mexikanischer Herkunft, und in ihrem Geruch lag absolut nichts Sowjetisches. Diese Ananas verströmte den betörenden Duft der gesamten uns verschlossenen restlichen Welt. Dank eines unerwarteten Anfalls guter Laune im Staatshandel tauchten Ananas in den Moskauer Läden zum allerersten Mal nach der Oktoberrevolution ausgerechnet zur Zeit der Massenverhaftungen Ende der dreißiger Jahre auf, so als sollten sie das Leben immerhin ein wenig versüßen und in den Schaufenstern den Anschein erwecken, als sei man von der Zivilisation dieser Welt nicht ganz so isoliert. Allerdings verschwanden diese die Phantasie der einfachen sowjetischen Bevölkerung allzusehr anregenden Früchte aufgrund irgendeiner, vielleicht höchst politischen Entscheidung genauso schnell wieder, wie sie aufgetaucht waren.

Die zweite echte Ananas ergatterte ich erst wieder zur Zeit des nicht lange währenden Chruschtschowschen Tauwetters, als man in Moskau zum ersten Mal Bilder von Picasso ausstellte, Yves Montand einlud, den Jazz von Bennie Goodman zuließ und italienische Mokassins zu verkaufen begann, die sich in den Händen biegen ließen wie die scheinbar aus Gummi bestehenden knochenlosen Zirkuskinder. Diese Ananas war es, mit der ich zu meiner ersten Frau gefahren war, um mich mit ihr zu versöhnen, doch nicht einmal mehr die Ananas hatte mir damals helfen können.

Der dritten Ananas meines gesamten sowjetischen Lebens begegnete ich schließlich in Sokolniki, in der winzigen Küche der Engländerin.

»Woher kommt das?« brachte ich überwältigt hervor und traute meinen Augen nicht.

»*From the local Laden ›Obst und Gemüse‹*«, lächelte sie überlegen, »*discover your own country.*«

»Warum hast du denn nur eine gekauft?« konnte ich mich nicht zurückhalten.

»Ich halte nichts von dieser sowjetischen Angewohnheit, den ganzen Shop auf einmal aufzukaufen«, lautete ihre stolze Antwort.

Da sie allerdings während der gesamten elf folgenden Jahre, die sie in der Sowjetunion verbrachte, in keinem einzigen der *local Läden »Obst und Gemüse«* auch nur eine einzige weitere Ananas sah, verwandelte sie sich schnell in eine ausgekochte sowjetische Warenbeschafferin und schleppte sogar während ihrer Schwangerschaft riesige Einkaufstaschen heldenhaft nach Hause. Wenn sie während ihres Urlaubs zu ihren Eltern nach England fuhr, tuschelten diese alarmiert, welch unnormal riesige Mengen an Lebensmitteln ihre Tochter immerzu einkaufe – schließlich könne man dasselbe doch in kleinen frischen Portionen jeden Tag kaufen. Aber sie scherzte im Brustton fröhlicher Überzeugung, daß sich eben nur Sowjetbürger so aufrichtig freuen könnten, wenn sie unter größten Mühen endlich irgendein Kleidungsstück oder irgendeine Delikatesse erhascht hätten.

Einmal traf ich ein wenig verfrüht an der Metrostation Sokolniki zu einer Verabredung mit ihr ein und sah sie, ohne daß sie mich bemerkt hätte. Von den vierzig Grad Frost selbst rot wie ein Hefekuchen, schlug sie sich den Bauch mit dampfend heißen Piroggen voll, die ihr die riesige, an einen Feuerwehrturm erinnernde Verkäuferin in weißer fettverschmierter Schürze eine nach der anderen mit einer Gabel aus ihrer blauen Wärmetruhe hervorholte.

Diese Engländerin verschlang die Piroggen mit typisch russischem Vergnügen, und durch ein Loch im Hosenbein ihrer abgewetzten Jeans war ein vor Kälte rotgefrorenes Stück ihres jungen, sommersprossigen, mit goldenen Härchen bedeckten Beins zu sehen, das keine Angst gehabt hatte, sich auf russisches Terrain zu wagen, das bekanntlich voller gefährlicher Schlaglöcher war und auf dem man so leicht ins Stolpern geraten konnte.

Sie liebte das stille Grab von Pasternak, auf dem es immer frische Blumen gab – entweder lagen sie einfach auf dem kleinen Hügel, oder sie standen in mit Wasser gefüllten Gläsern und Kefirflaschen neben den Zweigen einer Eberesche oder neben einem einsamen Apfel. (Im übrigen ahnten weder sie noch ich, daß in einem der Beine des Holzbänkchens auf Pasternaks Grab eine Abhöranlage installiert war.)

Sie liebte die Lieder von Okudschawa, die jenen still und durchsichtig in der Nacht über den nassen Asphalt gleitenden Elektrobussen glichen, deren Lichter sich in den Pfützen wie Wasserpflanzen schaukelten, die Prosa von Jurij Kasakow, die dem Nebel über den Mooren des Nordens ähnelten, in denen Faulhölzer schimmerten, die zarten und dennoch furchteinflößenden Ungetüme auf den Bildern von Oleg Zelkow, die so nachdenklich an Blumen kauten und gefühlvoll ihre Füße in den rosaroten unschuldigen Leib einer Wassermelone steckten, das Theater an der Taganka, wo Wolodja Wyssotskij in einem Matrosenanzug höchstpersönlich die Eintrittskarten auf das Bajonett eines Gewehrs spießte, die Episode aus dem Film *Andrej Rubljow* über den Jungen, der während der Mongolenherrschaft im Leibe der russischen Erde eine riesige Glocke goß und dann von dem fürstlichen Stiefel in den Straßenrand gestoßen wurde, damit er die Gäste nicht störe, die man zur Einweihung der neuen Glocke geladen hatte.

Sie liebte meinen lahmen, halbblinden Straßenköter Bim, den man vor langer Zeit mit einer Zange aus dem Bauch seiner Mutter ans Licht dieser Welt gezogen hatte, unseren »Familienfotografen«, den Kybernetiker Israil Borisowitsch, der früher bei den Landetruppen gewesen war und jetzt stets begeistert wie ein Kind und gleichzeitig voller Furcht vor irgend etwas Unbekanntem oder vielleicht auch einfach nur vor einem Pogrom umherlief, den Kunsthistoriker Lesch Gastew, den fünfzehn Jahre Lagerhaft zum Krüppel gemacht hatten und der sein ganzes Leben lang über Michelangelo schrieb, obwohl man ihn kein einziges Mal nach Italien gelassen hatte.

Sie liebte Schwarzbrot, eingemachte Antonow-Äpfel, usbekischen Plow, den georgischen Wein der Marke Odschaleschi, abgehangenen Omul-Fisch aus dem Baikalsee, die Pilzcreme meiner Mutter, meine Mutter und mich, so wie ich war. In Rußland liebte sie es sogar, Schlange zu stehen, denn sehr häufig lernte sie dabei nette Menschen kennen, die lud sie dann zu uns nach Hause ein, wo sie im Backofen ihren geliebten *Sheppards Pie* zubereitete, um die Gäste mit etwas typisch Englischem zu bewirten.

In meine erste Frau verliebten sich alle. Vor meiner zweiten Frau hatten alle Respekt. Meine dritte Frau vergötterten alle.

Vielmehr fast alle.

Ein Schriftsteller, der ganz versessen auf Agentengeschichten war und immer nur in der fleckig-froschfarbenen Uniform der afghanischen Rotmützen ins Restaurant ging, wurde einmal in meiner Anwesenheit unverschämt und sagte:

»Mein Mädchen, nun erzähl' mir bloß nicht das Märchen, daß du als armes Aschenputtel nach Rußland gekommen bist, um dir hier einen Mann wie einen Kristallschuh zu angeln. In England ist es wie bei uns auch noch nie eine Schande gewesen, etwas für die Heimat zu tun. Da brauchen wir ja nur an Somerset Maugham und Graham Greene zu denken …«

Ich rief ihn in den Vorraum und sagte, daß er sich ganz schnell Schläge einhandeln würde, wenn er nicht sofort mit seinem betrunkenen Geschwätz zu diesem Thema aufhörte.

»Mein Alter, du verstehst doch überhaupt nichts von diesen Engländerinnen. Sie hat das als Kompliment aufgefaßt … Sie und ich, wir sind doch echte Profis«, zuckte er friedfertig mit den Schultern.

Und als mir der Sekretär des Zentralkomitees für Ideologie den Kopf wusch wegen meiner in *Life* erschienenen Reportage über die Mongolei, die seinen Worten nach »unsere mongolischen Freunde« schwer empört habe, fügte er plötzlich noch streitsüchtig hinzu:

»Und Ihre Heirat mit einer Engländerin ist ja auch ziemlich schrullig. Wie kann man denn bloß auf so etwas kommen! Warum müssen Sie sich nur immer absichtlich der Gesellschaft entgegenstellen, warum Ihre Freunde reizen?«

Ich stand auf und sagte:

»Sie sprechen von der Mutter meiner beiden Kinder. Wenn Sie sich nicht augenblicklich entschuldigen, werde ich sofort gehen.«

Mit hastiger Wendigkeit legte er mir den Arm um die Schulter und drückte mich auf meinen Sitz zurück:

»Na gut … Lassen wir diese persönlichen Dinge aus dem Spiel … Aber trotzdem sollte man die Gänse nicht ärgern, wie man so schön sagt … Weder die mongolischen noch die heimischen …«

Und die Gänse begannen tatsächlich zu schnattern.

Bei meinen Auftritten wurden mir Zettel von der Art zugesteckt wie: »Gibt es in Rußland etwa so wenige ehrbare Frauen, daß Sie sich per Anzeige eine aus England kommen lassen mußten? Damit haben Sie uns alle, Ihre Landsleute, beleidigt.«

Niemand von ihnen kam auf die Idee, daß ich keine Engländerin geheiratet hatte, sondern einfach die Frau, die ich liebte. Es müssen wohl noch einige Generationen in Rußland geboren werden, bevor die Menschen zu begreifen beginnen, daß Liebende immer derselben Nationalität angehören. Aber meine Engländerin lebte nach einer weisen Regel: Vergiß die Welt, in der man dich nicht liebt, und lebe nur in jener, in der du liebst und wiedergeliebt wirst.

Die Georgier und Abchasen vergötterten sie, als ich am Ufer des Schwarzen Meeres in Gulripsch das einzige Haus, das mir in meinem Leben je selbst gehörte, aus rosarotem Tkwartscheli-Tuffstein baute und wo wir – sie und ich – mit eigenen Händen unter der Leitung meines Nachbarn Bitschiko zerbrechliche Mandarinen- und Apfelsinensetzlinge zärtlich in die Erde eingruben, während sie sich mit ihren vollkommen durchgescheuerten Arbeitshandschuhen aus Segeltuch die Schweißbrillanten von der Stupsnase wischte und, mich mit den veilchenfarbenen Spritzern ihrer verschmitzten Augen überschüttend, flüsterte:

»*It seems to me*, daß englische Rosen sehr gut zu den Feichoas[9] *of* Gulripsch passen würden.«

Und als ich mich auf den Weg zu einer Flußfahrt auf dem Kolyma machte und sie damit betraute, für das Haus in Gulripsch Möbel zu organisieren, erreichte mich irgendwo in Sinegorje, zehntausend Kilometer von ihr entfernt, ein fast schon verzweifeltes, aber dennoch fröhlich klingendes Telegramm: »Kämpfe mit den Möbeln. In Liebe.«

In Swanetien bat sie um ein Pferd, schwang sich leicht in den Sattel und flog über die Felsspalten, als säße sie auf dem geflügelten Pferd Merani, dessen schwarzer Schweif im Wind loderte wie eine schwarze Fackel. Die vor Erstaunen völlig verwirrten Swanen konnten sie nicht einholen, doch als echte Gentlemen beugten sie sich der Überlegenheit dieser einzigartigen Engländerin. Voller Begeisterung warfen sie ihre mit schwarzen Troddeln geschmückten Wollmützen, aus denen man, wie sich wenig später herausstellte, sogar Champagner wunderbar trinken konnte, in die Luft. Sie schenkten ihr einen Berg und sagten, daß sie ihn mitnehmen könne, wann immer sie wolle.

Meine Freunde von der Flußfahrt auf dem Kolyma tauften unser Motorboot ganz ohne mein Zutun nach ihrem Mädchennamen »Jan Butler«.

Auf der Station Sima war sie seit den Verbündeten Koltschaks[10] die erste Ausländerin. Furchtlos lenkte sie den Lastwagen meines Onkels, dessen Räder schwere Ketten umspannten, durch die Sümpfe, und bei Wologda saß sie dann am Steuer eines Streifenwagens der Miliz, auf dessen Dach unsinnig, aber furchteinflößend das Blinklicht loderte, während auf dem Rücksitz der bis zur Bewußtlosigkeit betrunkene Leiter der Straßenwacht schnarchte.

In einem aus Holzhäuschen bestehenden kleinen Dorf hoch im Norden wühlte ein uralter Greis ihr zu Ehren einen nach Mottenpulver riechenden Anzug aus einer Kommode. Er hatte ihn noch vor dem ersten Weltkrieg für seine Hochzeit nähen lassen und forderte uns nun auf, an dem Stoff zu reißen, und zwar kräftig. Der Stoff hielt es aus.

»Ängisch!« sagte der Greis mit einer Hochachtung, die sich auch auf meine Frau ausdehnte.

Eines Abends besuchten wir in einem der ehemaligen Moskauer Kaufmannshäuser, das schon vor langem in eine Gemeinschaftswohnung umgewandelt worden war, ein privates Gitarrenkonzert.

»Ich möchte Ihnen eine Freude machen, bezaubernde Lady aus dem Land von Geoffrey Chaucer und Jack the Ripper«, krächzte einer der Alteingesessenen des Hauses, Autor vieler Bühnenhumoresken und ehemaliger Lagerinsasse, mit knirschender Stimme, in seine Kehle hatte man nämlich nach einer Krebsoperation ein Röhrchen eingebaut. »Aber zu diesem Zwecke müssen wir, Pardon, die Gemeinschaftstoilette aufsuchen, und zwar, Pardon, im Kollektiv.«

Ich konnte mich nicht zurückhalten und schloß mich dieser Exkursion an.

Der Humorist und Lagerinsasse öffnete eine Tür, die von der Außenseite mit Dutzenden von Telefonnummern beschrieben war, während auf der Innenseite Anal-Folklore prangte. Voll theatralischer Majestät wies er mit einem knorrigen Stock, dessen Knauf von Schnitzkünstlern im Lager von Magadan gearbeitet worden war und den Kopf von Leo Tolstoi darstellte, in die Mitte des Toilettenraums.

»Also, was sehen Sie vor sich, bezaubernde Lady aus dem Land von Oscar Wilde und Aubrey Beardsley?«

»*We call it ›watercloset‹*. In der Sowjetunion heißt es ›Klosettbecken‹. Ich zitiere Ihren Dichter Nikolai Glaskow: ›Man sagt mir oft, die Fenster der TASS seien von größerem Nutzen als meine Gedichte. Auch ein Klosettbecken ist von Nutzen, nur ist es eben nicht Poesie‹«, bestand die Engländerin gelassen die Prüfung.

»Bravo, bezaubernde Lady aus dem Land von Isaac Newton und Vivian Leigh.«

»Und was glauben Sie, wie alt dieses, Pardon, Klosettbecken ist?«

»*Old enough* …«, zögerte die Engländerin.

»Wenn Sie geruhen wollen, Ihr wunderschönes goldenes Köpfchen ein wenig näher zu jenem Altar der Hygiene herabzubeugen, wobei Sie nicht versäumen sollten, Ihre unnachahmliche Stupsnase mit den Fingern zuzuhalten, um einen Aromaschock zu vermeiden. Haben Sie Ihr Köpfchen herabgebeugt? Halten Sie Ihre Nase zu? Wunderbar … Darf ich Ihnen nun mit einem Streichholz leuchten? Dort, auf dem Boden des Klosettbeckens, gibt es eine Aufschrift. Heutzutage nennt man das ein Firmenzeichen.«

Und auf dem Grund des früher einmal schneeweißen, inzwischen durch das sowjetische kommunale Leben geschwärzten Klosettbeckens erblickte die erstaunte Engländerin zwischen den Spinnweben der trauerfarbenen Sprünge im Email folgende Aufschrift:

»Prescott Sparks and sons. Made in England 1891«.

»Nun, bezaubernde Lady aus dem Land von Doktor Flemming und Prescott Sparks, habe ich zur Steigerung Ihres Nationalstolzes beitragen können, ja?« fragte der Humorist und Lagerinsasse mit scheinheiliger Genugtuung. »Können Sie sich vorstellen, auf welche Anthologie von Hinterteilen dieses unverwüstliche Monument angelsächsischer Zivilisation zurückblicken kann – da es Alexander III. und Nikolai II., Kerenski und Lenin, Stalin und Chruschtschow überlebt hat und jetzt ebenso stoisch Breschnew erträgt?«

Der Humorist und Lagerinsasse beugte sich zu dem rosaroten englischen Ohrläppchen mit dem vor Neugier zitternden Ohrring und zischelte in vertraulichem Flüsterton:

»Dieses Klosettbecken, meine bezaubernde Lady aus dem Land, in dem Marx begraben liegt und in dem die Ladenkette ›Marks and Spenser‹, die einzige gewinnbringende Spielart des Marxismus, floriert und gedeiht, dieses Klosettbecken birgt in sich die Erinnerung an die rosigen Hinterteile der Kaufleute aus der vorrevolutionären Ära, an die mit nervösem Ausschlag bedeckten Hinterteile der Tschekisten[11], an die tätowierten Hinterteile der Banditen, wo eine Katze auf der einen Pobacke eine Maus auf der anderen jagt, an die des Wackelns müden Hinterteile der Prostituierten aus den Zeiten der NEP[12], an die fast schon rosig gewordenen, dann aber gänzlich verschwundenen Hinterteile der NEP-Männer, an die siegreich rosigen Hinterteile der Parteiapparatschiks vor ihrem langersehnten Umzug von diesem kommunalen auf ein persönliches Klosettbecken und schließlich an unsere zeitgenössischen, vor Hast hin- und herzuckenden Hinterteile, die sich eilig bemühen, ihren wenig beeindruckenden Inhalt der Ewigkeit zu überantworten.

Die Biographie dieses Klosettbeckens, meine bezaubernde Lady aus dem Land des Spions Filby, wo auf dem fruchtbaren Boden eines Aktenordners mit dem Stempel ›Streng geheim‹ die kommunistische Romantik in prachtvollen Farben erblühte, die Biographie dieses Klosettbeckens offenbart zwei Spielarten in der Beziehung zwischen Mensch und Klosettbecken – diesem schweigsamen, aber treuen Freund des Menschen. Die erste Spielart drückt sich darin aus, daß jene Menschen, die den Prozeß der Befreiung ihres eigenen Organismus von überflüssigen Schlacken respektieren, ihre weichen Körperteile ordentlich auf dem dafür bestimmten Rahmen niederlassen, den sie zuvor ordentlich mit Toilettenpapier abgedeckt haben. Die zweite Spielart liegt dann vor, wenn man mit den Sohlen eisenbeschlagener Stiefel direkt auf dieses leidgeprüfte Klosettbecken steigt, dort oben in der sogenannten Adlerstellung verharrt und so den schneeweißen Leib des Klosettbeckens erbarmungslos zerstört.

Aber gerade darin liegt ja die Größe eines Prescott Sparks und seiner Söhne, darin, daß im Gegensatz zu Marx und Engels, die unsinnigerweise auf die Vervollkommnung des Menschen vertrauten, sie die zweite Spielart menschlichen Verhaltens, nämlich eben diese aggressive Unvollkommenheit prophetisch vorhersahen und ihre Vorahnung in die Berechnung der Haltbarkeit eines Klosettbeckens mit einbezogen. Ich bin nicht etwa gegen den Sozialismus, ich bin vielmehr für den Sozialismus der Klosettbecken mit angelsächsischem Antlitz.

Falls Sie, meine bezaubernde Lady, eines Tages die Nachkommen des Mister Prescott Sparks treffen sollten, sagen Sie ihnen, daß ihre Idee ungeachtet der moralischen Unterentwicklung im sogenannten entwickelten Sozialismus noch immer lebt, daß die zähesten Klosettbecken, vom Genie ihrer Vorfahren erschaffen, aufgrund ihrer Qualität nun als Veteranen der Welthygiene, die der Exkrementenlawine der gesamten Menschheit widerstanden haben, den Weg ins einundzwanzigste Jahrhundert finden werden.«

So begegnete meine Frau an den überraschendsten Orten – sogar auf den Aborten der Gemeinschaftswohnungen – dem tiefen Respekt der russischen Herzen angesichts der angelsächsischen Kultur ihres Vaterlandes.

Ein aus lauter Angst vor der eigenen Minderwertigkeit ständig angespannter Gedichteschreiber – diese Angst hatte ihn ungeachtet seiner gleichsam ihn Hohn spottenden tatarischen Wangenknochen zu einem wütenden Kämpfer des russischen Chauvinismus gemacht – war zusammen mit uns zu einem Geburtstag eingeladen und drängte sich dort meiner Engländerin förmlich auf, um sie ganz offen für seine Auffassung von Rassereinheit zu gewinnen.

»Wir Russen und ihr Engländer müssen uns endlich vereinigen ... Man muß Tolstoi und Dickens vor der jüdischen Weltverschwörung retten.«

»Und woher wissen Sie, daß Sie kein Jude sind?« fragte ihn meine Engländerin spöttisch.

»Was wollen Sie damit sagen?« fragte er nervös, und seine Augen hüpften hinter den Brillengläsern hin und her wie zwei Raubtiere im Käfig.

»Ich kann beispielsweise nicht hundertprozentig von mir sagen: *I am not a Jew.* Was weiß ich denn schon von den Sünden meiner Urgroßmutter«, lachte sie, »also seien auch Sie lieber vorsichtig ...«

Manchmal vergaß sie, daß sie eine Ausländerin war, was zu der damaligen Zeit gefährlich sein konnte. Einmal bat sie mich, sie nach Gorki mitzunehmen, wo ich einen Wagen direkt im dortigen Autowerk abholen wollte. Den erbärmlichen, damals geltenden Gesetzen zufolge, welche meiner Auffassung nach auch heute noch nicht außer Kraft sind, mußte sie als Ausländerin für jeden Punkt der Sowjetunion, an den sie reisen wollte, ein zusätzliches Visum beantragen. Ich war sehr in Eile, und so hatten wir keine Zeit für die Beantragung eines Visums nach Gorki. Ich glaubte für alles Vorsorge getroffen zu haben, um jeden erdenklichen Konflikt mit der Polizei zu vermeiden. Da man die Pässe aller Flugpassagiere kontrollierte, hatte ich keine Flugtickets gekauft, sondern Bahnfahrkarten. Außerdem hatte ich meinen Bekannten, einen Dirigenten aus Gorki, angerufen, um ihn zu bitten, mich und »eine gute Bekannte« bei sich aufzunehmen. Er hatte begeistert zugestimmt, was uns vor einer Paßkontrolle im Hotel bewahrte, und sich geschäftig danach erkundigt, was ich und meine Bekannte gern zum Frühstück äßen. Ich sagte im Scherz, daß wir Ananas mit Champagner, Haselhuhn in Sahne sowie schwarzen Kaviar bevorzugten.

Frühmorgens empfing uns der Dirigent mit offenen Armen am Bahnhof, voller Freude, liebe Gäste aufnehmen zu dürfen, und in jeder Hand glänzte ein frischer, violett-silberner Fliederstrauß, die beide so festlich, so musikalisch aussahen, als steckte in jedem der Sträuße ein Zauber-Dirigentenstab.

Der Dirigent brachte uns sofort zum alten Kreml von Gorki und begann – ungeachtet seiner jüdischen Herkunft – mit dem Stolz eines russischen Fast-Nationalisten von der Geschichte Altrußlands zu berichten, das sich hier, am Ufer der Wolga, behauptet hatte. Die benzingeschwängerte, radioaktive Luft des zwanzigsten Jahrhunderts war urplötzlich erfüllt vom Zischen der herbeifliegenden, mit Habichtsfedern geschmückten tatarischen Pfeile, vom Klang der Sturmglocken in den verkohlten Kirchen mit ihren goldenen Kuppeln. Und als wollten sie die über uns fliegenden Düsenjets an ihren Schwänzen packen, flogen über dem Wolgahügel die Arme des in die Alte Rus verliebten Dirigenten hin und her, in dessen jüdischen Augen auf ewig die Gespenster der Pogrome standen, wie deren Rädelsführer in ihren Fäusten Pflastersteine mit den daran klebenden blutigen Haaren ermordeter Kinder hielten.

»Wie merkwürdig, daß es hier überhaupt keine ausländischen Touristen gibt. Es ist hier so wunderschön«, sagte meine Engländerin.

»Was ist daran schon merkwürdig ...«, zuckte der Dirigent mit den Schultern. »Gorki ist eine für Ausländer absolut verbotene Stadt. Schließlich haben wir hier eine riesige Panzerfabrik und auch sonst noch viel Strenggeheimes. Ein einziges Hochsicherheitsgebiet.«

Mir wurde vor Schrecken ganz kalt, als ich begriff, daß meine Engländerin aufgrund meines Leichtsinns der Verletzung der Paßgesetze sowie der Spionage beschuldigt werden konnte. Aber in ihren veilchenblauen Augen tanzten ausgelassene Teufelchen wie Piraten mit langen Messern zwischen den Zähnen, die über unsichtbare Masten ihre Pupillen erstürmt hatten.

Mir fehlten die Worte, und so schwieg ich bedrückt, während der Dirigent fortfuhr, zu erzählen und uns seine Stadt zu zeigen, ohne noch zu ahnen, daß sie schon sehr bald zum Verbannungsort für Sacharow werden sollte, eben gerade weil sie für Ausländer gesperrt war.

Als der Dirigent vor seiner Wohnungstür in allen Taschen nach dem verschwundenen Hausschlüssel suchte, erblickte ich an der gegenüberliegenden Tür die in eine Kupfertafel eingravierte, imposante Aufschrift:

CHEF DER STADTMILIZ GORKI,
GENERALLEUTNANT SOUNDSO

»Ich habe lustige Nachbarn, was?« lächelte der Dirigent. »Dafür braucht man vor Dieben keine Angst zu haben.«

Aber mir wurde im Gegensatz zum Dirigenten ganz schlecht.

»Ihr verzeiht, ich habe das Frühstück in der Küche vorbereitet, auf Junggesellenart ...«, entschuldigte sich der Dirigent. Als wir dann aber in die winzig kleine Küche traten, erstarrten wir.

Auf dem Fußboden stand ein Eimer – zwar nicht aus Silber, sondern aus Plastik – mit halbgeschmolzenem Eis, aus dem gleich vier Flaschen Champagner ragten, und auf dem mit einem schneeweißen Tuch bedeckten Tisch prangte tatsächlich eine Ananas, die vierte Ananas in meinem ganzen sowjetischen Leben. Sie ähnelte einer Miniatur des unvergeßlichen Pavillons auf der in Sokolniki 1957 abgehaltenen amerikanischen Nationalausstellung. Daneben, mit durchsichtiger Folie abgedeckt, Haselhühner mit Preiselbeerkompott und ein tiefer Suppenteller, gefüllt mit gewildertem, grobkörnigen schwarzen Kaviar, der aussah wie frischer, von der Stahlwalze noch nicht festgestampfter Asphalt.

»Oh, das ist das schönste Frühstück meines Lebens!« rief meine Frau.

»Sie haben einen leichten Akzent ...«, bemerkte der Dirigent und blickte sie forschend an. »Sind Sie aus dem Baltikum?«

Sie schwieg verwirrt und wurde unerklärlicherweise rot, als sei sie eine Schülerin, die man beim Schummeln erwischt hatte.

»Verzeihen Sie, daß ich es Ihnen nicht gleich gesagt habe. Ich bin aus England.«

Ich glaubte, daß unser Gastgeber einen Infarkt bekommen würde, aber es kam ganz anders.

»Daß Sie aus dem Baltikum sein könnten – das war nur eine schwache Hoffnung. Ich habe schon längst begriffen, daß Sie nicht von hier sind ...«, sagte der Dirigent unerwartet gefaßt.

»Aber wie denn nur?« entfuhr es ihr.

»In uns allen, die wir aus der Sowjetunion kommen, ist eine gewisse Befangenheit. Selbst wenn wir uns ungehemmt und dreist geben. Man kann uns von Kopf bis Fuß in Kleider von Saint Laurent oder Christian Dior stecken, wir sind trotzdem gleich zu erkennen ... Sie – Sie sind aus einer anderen Welt. Sie haben nicht von Kindheit an Schlange gestanden.«

»Aber jetzt stehe ich Schlange«, entgegnete meine Engländerin sogar mit Stolz. »Verzeihen Sie, aber wir wußten nicht, daß Gorki eine verbotene Stadt ist.«

»Aber Sie brauchen doch keine Angst zu haben«, sagte der Dirigent. »Wenn sie uns ins Gefängnis werfen, dann uns alle zusammen.«

An der Tür klingelte es. Wir sahen einander an. Das Klingeln wiederholte sich mit mehr Nachdruck.

»Sollte in unserem Land etwa noch jemand arbeiten? Na, vielleicht immerhin der KGB«, scherzte der Dirigent ganz und gar nicht fröhlich und ging zur Tür.

Durch die Tür trat nicht, sondern fiel förmlich ein schwerfälliger Mann um die sechzig, Hausschuhe an den nackten Füßen, in Dynamo-Trainingshosen mit ausgebeulten Knien, in einem Unterhemd, aus dem oben das graue Gestrüpp der Brusthaare herausquoll, das wie Steppengras um eine Tätowierung herumwucherte, die aus den einigermaßen ungewöhnlichen Worten bestand: »Allein trete ich auf die Straße hinaus«[13].

»Nachbar, hast du nicht vielleicht ein Schlückchen gegen den Kater? Nein, nein – Champagner ist nicht das Richtige. Irgendwas Stärkeres ...«

Sowohl ich als auch meine Engländerin begriffen, daß dies niemand anderes als eben jener Miliz-General war.

Erfüllt von gutnachbarschaftlichen Gefühlen, die sich mit einem geheimen Grausen vor der Staatsmacht mischten, selbst wenn diese in Hausschuhen auftrat, blickte der Dirigent in den Kühlschrank, in das Küchenbuffet und unter das Spülbecken, um dann bekümmert die Arme auszubreiten.

»Aber vielleicht hast du wenigstens ein bißchen Eau de Cologne?« fragte der General hoffnungsvoll und legte die schmerzende Stirn gequält in Falten.

»Gestern habe ich dem Klempner den letzten Flakon Schipra gegeben ...«, bekannte der Dirigent mit schuldbewußtem Gesicht.

»Ich habe ein Parfumdeodorant dabei ...«, rief da meine Engländerin voller wohltätigem Enthusiasmus.

»Was, was?« schnaufte der General, plötzlich ganz auf der Hut.

»Das ist ein Parfum ... ein Parfum ...«, zerstreute der Dirigent sein Mißtrauen hastig und trat dabei meiner Engländerin unter dem Tisch verzweifelt auf den Fuß, um sie davon abzuhalten, weitere ausländische Worte zu benutzen.

Da sie dieses Alarmsignal offensichtlich falsch verstand, öffnete sie geschäftig ihr Täschchen und zog aus ihr einen Flakon heraus, der sofort in der ausgestreckten Riesenhand des vor Durst verschmachtenden Generals verschwand.

»Das ist ›Opium‹«, erklärte meine Engländerin.

Der General, der schon dabei war, den Deckel abzuschrauben, fuhr zusammen wie ein Wachhund, und selbst seine Ohren spannten sich an.

»Rauschgift?« vergewisserte er sich, und seine trüben Augen nahmen einen zielgerichteten, professionellen Blick an, während auf dem Goldenen Stern des Helden der Sowjetunion, der ihm von Breschnew höchstpersönlich für die Aufdeckung des größten Rauschgiftvergehens im Gebiet von Gorki überreicht worden war, Lichtreflexe zu funkeln begannen.

»Ja, nein, das ist nur der Name«, brach meine Engländerin in ein klingendes, vom sowjetischen Gerenne nach Büstenhaltern und Toilettenpapier völlig unbeschadet gebliebenes Lachen aus.

»Ah ...«, beruhigte sich der General ein wenig enttäuscht und stürzte das Parfum direkt aus dem Flakon hinunter, wobei die dabei erzeugte Wirkung ein Ächzen in ihm hervorrief. »Das Zeug stinkt zum Gotterbarmen, hol's der Teufel, aber die Prozente stimmen. Trotzdem, unser dreifach gebranntes Eau de Cologne ist besser.«

Und plötzlich bemerkte ich, daß aus dem sorglos geöffneten Täschchen das blau-goldene Deckblatt eines britischen Passes herauslugte, auf dem zwei durch das parlamentarische System im Wert gefallene Löwen die Königskrone umarmten wie treue Wächter. Gott sei Dank gelang es mir, den britischen Paß voller Lässigkeit mit der Zeitschrift *Sowjetische Musik* zu bedecken. Ja, es gab so einiges, woran wir uns nach unser Gorkireise erinnern konnten ...

Und dann lud sie mich nach England ein, und ich war zum ersten Mal nicht als Dichter, sondern als Verwandter im Ausland.

Ihr Großvater war ein Millionär, und zwar nicht im amerikanischen, sondern im englischen Sinne des Wortes: Er besaß ungefähr eine Million Pfund. Als Junge hatte er als Verkäufer in einem Gemüseladen angefangen und war dann mit Treibhäusern reich geworden. Einmal hatte er sogar – um des Experimentes willen – versucht, mitten in England Ananas anzubauen. In seinem Sechzehnzimmerhaus, in dem er und seine Frau lebten, gab es mit Ausnahme der Bibel kein einziges Buch.

»Wozu soll ich noch andere Bücher kaufen, wenn doch alles in der Bibel steht und ich noch nicht einmal die ganz durchgelesen habe«, sagte er mir.

Er begegnete mir mit Respekt, nachdem er gesehen hatte, daß ich meine Cordhosen selbst bügelte.

»Cord ist ein schwieriges Material«, bemerkte er, »Sie tun gut daran, Cord durch eine Zeitung zu bügeln. Das ist auch das einzige, wozu Zeitungen gut sind.«

Eine ziemlich reiche Verwandte meiner Frau erschien plötzlich mit einem Nerzmantel über dem Arm bei ihr.

»Na, probier das doch mal an ...«

Nachdem meine Frau den Mantel angezogen hatte, rief die Verwandte aus:

»Er ist wie für dich gemacht. Es ist beschlossene Sache – er gehört dir.«

Meine Frau errötete, küßte die Verwandte dankbar auf die Wange und warf mir verstohlen einen stolzen Blick zu – sieh mal, was ich für Verwandte habe.

Aber die Verwandte nahm ihr das Geschenk kichernd wieder ab.

»Ich halte mein Wort. Er gehört dir, meine Liebste, dir allein ... aber erst nach meinem Tod.« Und sie fuhr fort zu kichern, denn offenbar fand sie ihren Scherz äußerst geistreich.

Ich konnte meiner Frau nicht ins Gesicht sehen – so niedergeschmettert und gedemütigt sah sie aus.

Am nächsten Tag ging ich zu meinem Londoner Verleger, schwatzte ihm einen Vorschuß auf einen Fotobildband ab und kaufte meiner Frau einen Nerzmantel. Ich habe sie nie so strahlen gesehen. Es ging natürlich nicht um den Mantel – ihr waren Kleider ganz egal! –, sondern um ihren Stolz.

Ihre Finger waren ein Beweis für ihre »niedere« Herkunft – sie waren dick wie ein Tau aus Manilahanf und knorrig wie die Wurzeln der Eichen im Sherwood Forest. In ihrer Sippe, die von französischen Haudegen und englischen Piraten abstammte, war sie die erste, die eine akademische Ausbildung erhalten hatte, und noch dazu in Cambridge. Davor war sie an dem für seine strengen Prinzipien bekannten Mädchencollege in Cheltenham gewesen und hatte dort, den Kopf unter dem Federbett, mit einer Taschenlampe solche wohl kaum zur Lektüre empfohlenen Bücher wie *Lady Chatterley* oder *Lolita* gelesen. Sie war Mannschaftskapitän des Colleges beim Rasenhockey gewesen, konnte vorzüglich schwimmen und beherrschte alle Handgriffe des Boxens und des Jiu-Jitsu.

Als mir einmal im Restaurant der Allrussischen Theatergesellschaft ein betrunkener unbedeutender Schauspieler auf die Pelle rückte und seine speckige Krawatte in meinen Salat baumeln ließ, machte sie mit einem bezaubernden Lächeln auf den Lippen eine kaum bemerkbare blitzartige Bewegung, so daß er mit einem Krachen an die Wand klatschte und dann an dieser zu Boden glitt wie ein Sack voller Knochen. Später bekam auch ich zweimal die Kraft ihres Schlags zu spüren – einmal ins Gesicht, worauf ich einige Tage lang mit der Haltung eines disziplinierten Soldaten umherlief, der immerzu nur nach rechts blickt, und ein zweites Mal mit dem Fuß genau an die Stelle, die es verdient hatte.

Sie war ein verwegenes Mädchen. Als wir auf dem Weg von Belfast nach Londonderry in eine Schießerei zwischen Protestanten und Katholiken gerieten, die sich auf verschiedenen Seiten der Chaussee versteckt hielten, drückte sie kurzentschlossen mit ihrer Handfläche meinen Kopf nach unten und trat, ihren eigenen Kopf tief über das Steuerrad gebeugt, grimmig auf das Gaspedal. In meiner zusammengekauerten Haltung sah ich überhaupt nichts – sondern hörte nur ein Heulen des Motors, Schüsse und englische, wohl wenig vornehme Schimpfworte aus ihrem engelsgleichen herzförmigen Mund. Plötzlich hörte das Schießen auf, aber dafür stürzte etwas Schweres auf die Motorhaube unseres winzigen Mini-Clubs, das laut zu knurren anfing. Ich hob den Kopf und sah, daß sich auf der Motorhaube eine waschechte Löwin aufbäumte, die ihren bodenlosen zartrosigen Rachen mit den perlweißen Eckzähnen gähnend weit aufsperrte und mit kralliger Pfote an die Frontscheibe patschte.

Vor dem Auto liefen winselnd zwei erschrockene Löwenjungen hin und her.

Ich versuchte ganz benommen, einen klaren Gedanken zu fassen. Wo kamen mitten in Ulster diese Löwen her? Meine Engländerin dagegen verlor nicht im geringsten die Fassung und machte sich daran, im Slalom um die Bäume zu kurven, wobei sie abwechselnd Gas gab, so daß wir nach vorn geschleudert wurden, und dann wieder scharf bremste. Schließlich gelang es ihr, die neugierige oder vielleicht nur um ihre Jungen besorgte Löwin von der Motorhaube abzuwerfen und durch das Tor aus dem mit einem Metallgitter umzäunten Gehege zu entkommen, über dem folgendes Schild hing: »SAFARI IN ULSTER. Eintritt pro Auto fünf Pfund. Wir bitten Sie, die Fenster zu schließen und nicht anzuhalten«.

Meine Engländerin beschloß, ihr Kind in ihrer Heimat, in Bormoos, zur Welt zu bringen. In England ist es üblich, daß der Mann bei der Geburt seines Kindes dabei ist. Ich überwand meine russische Verlegenheit, vielleicht auch Scheinheiligkeit oder Feigheit oder alles zusammen und stimmte zu.

Als die Wehen begannen, bat mich meine Frau, ihre Hand in der meinen zu halten, und obwohl sie große Schmerzen hatte, lächelte sie. Das Kind kam blau wie ein Ertrunkener aus ihrem Körper, seine Augen waren geschlossen, und ich bekam Angst, daß es tot sein könnte. Aber der dickliche, glatzköpfige, ein wenig nach Bier riechende Doktor Seed, der aussah wie ein russischer Landarzt aus den Zeiten Weresajews[14], klatschte meinem Sohn ein paarmal auf den faltigen Hintern, so daß er aus vollem Halse mit ganz verzerrtem Gesichtchen zu schreien begann.

»Ich habe da eine völlig unwissenschaftliche Vermutung, warum alle neugeborenen Kinder so faltig aussehen«, sagte Doktor Seed lächelnd, wobei er seine blutbeschmierten Chirurgenhandschuhe auszog und sich zu meinem Entsetzen eine Zigarette anzündete (deren Rauch er allerdings durch das Fenster blies). »Sie runzeln ihre Stirn schon im voraus, weil sie instinktiv fühlen, wieviel Niedertracht sie auf dieser Welt erwartet. Was wollen Sie denn von Ihrem Sohn? Er war an einem so gemütlichen, warmen Plätzchen, durch Mamas Körper von allen Seiten geschützt. Und jetzt ist ihm kalt, er fühlt sich schutzlos und einsam und kann nicht begreifen, wohin seine Mama verschwunden ist.«

Als sie sah, wie glücklich ich war, flüsterte meine Frau mir zu:

»Ich möchte noch einen Sohn. Sie werden sich *together* besser fühlen. *I promise* – zusammen werden sie stark sein wie der Kreml.«

Eines Nachts erlebten wir in Peredelkino etwas Seltsames.

Ich erwachte von einem Flugzeuggetöse, das unser Haus zum Wanken zu bringen schien. Wir wohnten neben dem Flugplatz, aber ein derartiges Getöse hatte es noch nie gegeben. Es war nicht der Lärm eines einzigen Flugzeugs, sondern der von vielen, die, wie es schien, Flügel an Flügel und mit offenbar wenig guten Absichten dahinbrausten. Dann war eine ohrenbetäubende Explosion zu hören, und über die Wände des Zimmers loderte magnesiumweißes Licht.

»Der Atomkrieg. Das Ende«, durchblitzte es mich wie ein Lichtreflex.

Ich küßte meine schlafende Frau und unseren Sohn mit dem klaren Gedanken, daß es besser sei, wenn sie diesen schrecklichen Tod schlafend erleben würden, und ging mit dem langsamen Schritt eines Todgeweihten zum Terrassenfenster. Ebenso langsam zog ich die Gardinen zur Seite, wobei ich in Erwartung des fürchterlichen und blendenden Atompilzes schon im voraus instinktiv die Augen zusammenkniff. Es war kein Atompilz zu sehen. Aber die Explosionen tosten nach wie vor einmal rechts, dann links um das Haus herum und erhellten die dunklen Wolken immer wieder für einen kurzen Augenblick. Es sah nicht aus wie ein Gewitter, denn es war weder Wind noch Regen zu spüren. Und das Flugzeuggetöse ging weiter. »Krieg. Aber immerhin kein Atomkrieg«, dachte ich bereits mit einiger Erleichterung. »Trotzdem werden wir ganz offensichtlich bombardiert.«

Ich weckte meine Frau. Sie ging mit mir auf die Terrasse hinaus, und nachdem sie um sich geblickt hatte, umarmte sie mich, um mich zu beruhigen.

»Das ist kein Krieg. Das ist ein regenloses Gewitter. In Cambridge hatten wir auch einmal so ein Gewitter, und ich habe genau dieselbe Angst gehabt, daß das ein Krieg sein könne. Aber hör dir lieber das *heart beating* unseres zweiten Sohnes an. Er wird dem ersten bald zu Hilfe kommen.« Und sie legte meine Hand auf ihren Bauch, der sich bereits mit meinem Sohn zu füllen begann.

Als sie kurz vor der Entbindung stand, kam sie eines Tages spätabends, als ich zu schreiben versuchte und mir auf Teufel komm raus nichts gelingen wollte, mit irgendeiner Alltagslappalie in mein Arbeitszimmer.

»Siehst du nicht, daß ich arbeite ...«, fauchte ich böse und machte, ohne hinzusehen, eine heftige abwehrende Bewegung mit dem Arm. Unglücklicherweise traf ich sie mit der Hand direkt am Bauch.

»Ich bin doch schwanger!« schrie sie mit fremd klingender Stimme, ganz ähnlich dem Knurren jener Löwin auf der Motorhaube, die um ihre Jungen gefürchtet hatte, und in ihren veilchenblauen Augen stand zum erstenmal Haß.

Unser zweites Kind litt an einer pränatalen Krankheit mit dem nur schwer auszusprechenden Namen »Zytomegalievirus«.

Wie oft mir die Ärzte auch erklärten, daß mein Schlag in den Bauch mit dem Kind darin keinesfalls der Grund für die Erkrankung sein könne, so ist mir noch bis zum heutigen Tag die Angst geblieben, daß ich die Schuld trage an all dem, was mit meinem zweiten Sohn geschehen ist. Meine Frau tat heldenhaft alles nur Erdenkliche, um ihm auf die Füße zu helfen, aber seine Krankheit stand zwischen uns. Der in ihr entflammte Haß verschwand nicht mehr, sondern wurde zu einer rachsüchtigen Verletztheit, zu einer ständigen Gereiztheit ob meiner angeblichen Gleichgültigkeit gegenüber unserem Sohn.

Wenn jener Schlag in ihren Bauch auch nicht der Grund für die Krankheit unseres Sohnes war, so wurde er doch zum Grund für das Ende ihrer Liebe. Es stellte sich heraus, daß sie sich trotz all ihrer scheinbaren Offenheit aus ihrer Zeit in Cheltenham die Fähigkeit bewahrt hatte, verschlossen zu sein, wenn es ihr notwendig erschien. Die Engländer sind die Japaner Europas.

Als in Gulripsch einmal ein Sturm wütete und an den Wänden der weiße Widerschein der Blitze tanzte, drückte ich mich wie damals während des regenlosen Gewitters an meine schlummernde Frau, aber sie stieß mich im Schlaf heftig von sich. Das war die Antwort auf meinen Schlag.

Meine Frau beschloß, sich von mir scheiden zu lassen, und sie gehörte zu den Menschen, deren Eigenliebe es nicht zuläßt, eine einmal getroffene Entscheidung zurückzunehmen. All meine Überredungsversuche führten zu nichts. Die schöne und, wie ich später erfuhr, einsame Richterin konnte es einfach nicht begreifen, warum sich diese beiden wunderbaren Eltern zweier wunderbarer Kinder, diese Eheleute, die sich im Gegensatz zu vielen anderen Scheidungspartnern nicht mit Dreck bewarfen, sondern einander sogar noch zu lieben schienen, warum sich diese beiden trotzdem scheiden lassen wollten.

Meine frühere Frau heiratete bald darauf wieder und fuhr zusammen mit ihrem Mann und meinen beiden Kindern nach England.

Als dann alles vorbei war, kroch ich wie ein verwundetes Tier in unser Haus in Gulripsch. Heutzutage kriecht man per Flugzeug nach Hause. Auf dem Wasser zog sich das Mondlicht dahin wie meine eigene Blutspur. Die von meinem Nachbarn Bitschiko in die Mauer eingelassenen Steine blickten mich an, als seien sie salzige Augen aus Stein. Auf zwei ovalen Keramiktöpfen mit violetten Blumen glänzten die Namen unserer Geburtsorte: *Station Sima* auf russisch und *Berry Hill* auf englisch. Auf russisch würde es »Beerenhügel« heißen. Ich hatte versucht, unsere Geburtsorte für immer zu vereinen, doch es war mir mißlungen.

Ich sagte mir matt, daß ich jemanden finden müsse, der das bunte Mosaik auf dem einen Topf umarbeiten würde. Die glühend heißen Lämpchen auf den Tragflächen meines zurückfliegenden Flugzeuges flammten durch die weinbewachsene Gartenlaube, in der die geknoteten Tauenden der Kinderschaukel zurückgeblieben waren. Die Knoten waren so fest gewesen, daß wir sie nicht mehr hatten aufbinden können, und so hatten wir bei unserer letzten Abreise nach Moskau die Schaukel einfach abschneiden müssen. Die Knoten jedoch waren geblieben.

Das hölzerne Gymnastikgerät, auf dem mein jüngerer Sohn Toscha seine Übungen gemacht hatte, stand klobig und erschreckend wie ein Galgen im Hof. Ich trat ins Haus, und als allererstes nahm ich die riesige Fotografie von der Wand, die mich und meine frühere Frau zeigte, wie wir vor zehn Jahren einander umarmend am Inguri-Wasserfall standen, ohne zu ahnen, daß wir einander eines Tages verlassen würden. Ich stopfte die Fotografie in die Lücke hinter dem Schrank, damit die beiden am Wasserfall, die einander ewige Liebe versprochen hatten, nicht sahen, daß ich jetzt allein zurückgeblieben war.

Ich trat auf die Terrasse hinaus und legte die Hände um das eiserne, erst vor kurzem frisch gestrichene Geländer mit seinen vom Meersalz stammenden Beulen, und ganz mechanisch stellte ich ärgerlich fest, daß man nicht einfach über die Beulen hätte malen sollen, sondern das Geländer vor dem Streichen mit einer eisernen Bürste hätte abscheuern müssen.

Vor langer Zeit hatte ich selbst auf einer Klappleiter gestanden und mit eben so einer Bürste den roten Rost von den Rohren der Gartenlaube gescheuert, um sie dann mit roter Schiffsfarbe anzumalen. Ich war bis zum Gürtel nackt, mein Körper war beschmiert wie eine Malerpalette, und mir war ganz schwindelig vom Geruch der Farbe und der Magnolien. Und weit draußen auf dem dunkler werdenden Meer entzündete ein kleines weißes Dampfboot seine Lichter. Aus meinem Blickwinkel sahen sie aus, als seien sie unabsichtlich in einen Rahmen aus frischglänzenden blutroten Rohren geraten. Mein unvorsichtiger Pinsel hatte auf deren rauher Oberfläche einen zufällig vorbeifliegenden Falter festgeklebt, der dann unter dem Beben seines einen nicht an der Farbe haftenden kleinen Flügels starb.

Ich stand auf der Terrasse, und aus dem Dachboden über mir flogen, meinen Kopf mit den staubigen Flügeln streifend, die Fledermäuse zum Hexensabbat. In Italien hat man ihnen zärtlich den musikalischen Namen »Pipistrello« gegeben, was dem georgischen Wort »Zizinatella« – es bedeutet »Glühwürmchen« – sehr ähnelt. Genauso wie diese beiden Worte scheinen auch diese beiden großzügigen, gastfreundlichen, fröhlichen und vielleicht uneuropäischsten aller europäischen Völker einander irgendwie zu ähneln.

Ich stand auf der Terrasse und wußte, daß niemand zu Hause war. Aber plötzlich spürte ich mit allen Fasern einen starren Blick im Rücken. Dieser Blick durchdrang mich wie etwas mit den Händen Greifbares, Festes.

Ich drehte mich ganz langsam um, so als sei ich ein Spieler, der alles auf die letzte Karte gesetzt hat und diese nun vorsichtig und abergläubisch an einer ihrer Ecken herauszieht.

Durch die geöffnete Terrassentür sah ich in der Tiefe des Zimmers, dort, wo unsere Kinder immer geschlafen hatten, zwei aus der Dunkelheit leuchtende Augen.

Ich zuckte zusammen und ging dann langsam darauf zu, denn sie schienen mich zu rufen – traurig, aber nachdrücklich.

Ich näherte mich diesen Augen fast auf Zehenspitzen und gab mir alle Mühe, sie nicht durch ein Knarren der Dielenbretter zu verscheuchen. Ich hatte mir das Ganze nicht eingebildet. Die Augen waren da. Die Augen schauten.

Es waren die gläsernen Augen eines abgewetzten Spielzeuglöwen, mit dem meine Kinder gespielt hatten.

Als ich bereits auf nichts mehr hoffte, schickte Gott mir doch noch eine weitere Liebe.

Einer meiner alten Freunde schien zu spüren, wie schlecht es mir ging, und lud mich, um mich ein wenig aufzuheitern, nach Karelien ein, wo er alles auf die fürsorglichste Weise für mich organisierte.

Wer aber hatte es organisiert, daß die schmächtige Bibliothekarin der dortigen Universität, die wie ein fast durchsichtiger, vor Liebe zur russischen Literatur erbebender Schmetterling wirkte, gerade an jenem Tag und zu jener Stunde als Katalogaufsicht bestimmt wurde, als der Dichter ihrer Generation, von dem sie so viele Gedichte auswendig kannte, endlich einmal in ihrer Stadt eine Lesung abhalten sollte, wo es ihr doch nur mit soviel Mühe gelungen war, eine Eintrittskarte zu ergattern?

Wer aber hatte es organisiert, daß das mit Touristen aus Astrachan überfüllte Kreuzfahrtschiff »Nadeschda Krupskaja« wegen des zu stürmischen Wetters nicht zu den Schären auslaufen konnte und im Hafen liegenblieb und so die Tochter der Universitätsbibliothekarin an jenem Tag unerwarteterweise von ihrer Verpflichtung als Stadtführerin befreit war, als welche sie, die Studentin der Humanmedizin, sich ein wenig Geld hinzuverdiente?

Die Mama gab der Tochter ihre Eintrittskarte, steckte ihr den hastig hervorgesuchten zweiten Band einer Ausgabe des Dichters zu und bat die Tochter, sich ein Autogramm geben zu lassen – doch nicht für die Tochter selbst, sondern für sie, die Mutter –, denn immerhin gehörten sie und der Dichter derselben Generation an.

Die Tochter schnaubte ohne große Begeisterung: »Also, wenn es wenigstens Okudschawa wäre!« Ihre Beziehung zu der angereisten Berühmtheit beschränkte sich nämlich darauf, daß sie früher einmal, als sie in der Schule eines von deren Gedichten bei einem Wettbewerb vortragen sollte, dieses erbarmungslos um die Hälfte gekürzt hatte. Und überhaupt interessierte sie sich weit mehr für Gerichtsmedizin als für moderne Lyrik.

Der Ort, an dem die Lesung stattfinden sollte, war von ihrem Haus ziemlich weit entfernt, und es blieb nur wenig Zeit bis zum Beginn des Auftritts, so daß sie, als sie auf den hoffnungslos verspäteten Bus wartete, schon ohne Autogramm im Buch wieder nach Hause zurückkehren wollte.

Wer aber hatte es organisiert, daß plötzlich ein Taxi – in dieser Gegend und überhaupt in diesem Land sonst so selten – wie ganz von selbst an sie heranrollte und der Fahrer mit dem Lächeln eines Mephistos, der seine Margarita wie zufällig zu verführen gedachte, die Tür öffnete und ihr, als sei es das Allerselbstverständlichste von der Welt, zurief:

»Na, wohin fahren wir?«

Als ich nach der Lesung die mir entgegengestreckten Bücher signierte, wobei ich – ich gestehe! – nicht immer den Blick hebe, um in die Gesichter zu schauen, sah ich plötzlich eine blasse Hand mit schutzlosen blauen Ästchen der Adern, mit fast durchsichtigen, wie Eiszapfen zerbrechlichen Fingern. Die Form dieser Hand war in die Länge gezogen, als sei sie ein Bild von Modigliani. In dieser Hand leuchtete schwarz mein zweiter Gedichtband.

Ich hob den Blick und sah ein wunderbar junges, aber dennoch reifes Gesicht mit Augenbrauen wie von Wasnezow[15] gemalt, mit den tiefen Grotten nixenhaft kühler Augen, mit einer ebenso durchsichtigen Haut, auf der die Adern wie die Maserung im Marmor aussahen.

»Bitte signieren Sie dieses Buch für meine Mutter«, erklang eine wie durch ein Wunder erhaltene, unvergleichlich russische Stimme, so als käme sie von irgendwoher aus dem alten Nowgorod, wo einst ebensolche weißgesichtigen Mädchen in roten Sarafanen[16] und hohen Kokoschniks[17] auf ihren Schultern das Joch mit den Bottichen voll Quellwasser, so klar wie ihre Augen, trugen.

Nur die leichte aristokratische Biegung ihrer Nase mit den feingeschnittenen, ein wenig zitternden Nasenlöchern verriet den polnischen Kleinadel in ihrem Blut. (Der polnische Kleinadel im Blut wurde später bestätigt, doch die Herkunft der gebogenen Nase war eine ganz andere: In ihrer Kindheit hatte sie auf der Schlittschuhbahn im Hof beim Eishockey den Torwart gespielt, und dabei war ihr die Scheibe mitten auf die Nase geknallt.)

»Und warum ein Autogramm für Ihre Mutter und nicht für Sie?« versuchte ich Zeit zu gewinnen, um sie näher anzusehen und so viel wie möglich über sie zu erfahren.

»Weil das ihr Buch ist und nicht meines«, erklärte sie, und ich wünschte, dieser Stimme immer weiter und weiter zuhören zu können.

Allerdings kränkte mich diese Antwort ein wenig, was ich jedoch zu verbergen versuchte.

»Und warum nur der zweite Band?« forschte ich weiter.

»Weil ich es sehr eilig hatte und der erste irgendwie nicht zu finden war.«

Das war noch kränkender, aber ich wollte ihren Namen erfahren.

»Nein, ich werde das Buch nicht für Ihre Mutter signieren«, sagte ich. »Ich werde es für Sie signieren. Wie heißen Sie?«

»Mascha«, antwortete sie, und in diesem »M« lag etwas vom Muhen der Kühe, die ihre Hufe weich in den über den Wiesen liegenden Nebel tauchen, in diesem doppelten »a« schwang das getragene Lied des Nordens mit, das auf ein anderes Lied auf der anderen Seeuferseite antwortet, und in dem zwischen den beiden »a« versteckten »sch« war das Rascheln des Schilfs zu hören, das auf seinen schwarzen Spitzen die langsam aus dem Wasser steigende Sonne in die Höhe hob.

Ich habe niemals mehr eine Frau getroffen, die dem Namen »Mascha« so sehr entsprochen hat. Aber vielleicht ist auch dieser Name ein so besonderer, daß er der Person, die ihn trägt, geradezu angehext wird?

Ich signierte das Buch für sie, aber plötzlich lenkte mich irgend jemand ab, und ich wandte mich für einen Augenblick um. Als ich sie erneut nach etwas fragen wollte, war sie bereits verschwunden.

Ich versuchte, mir nicht anmerken zu lassen, daß ich ihr nachrannte, aber dennoch verblüffte ich meinen Kollegen mit meinem mehr als nur zügigen Schritt, mit dem ich ihr nachstürzte.

Sie hatte es eilig und flog fast durch die Luft, hochgewachsen, vom Wind umarmt, dem festen vibrierenden Mast eines Segelbootes gleichend, das über die schäumenden Weiten des uralten Onegasees gleitet.

Ich holte sie auf der Straße ein und bot ihr an, sie im Auto mitzunehmen.

»Ich kann nicht. Ich habe gleich eine Exkursion«, sagte sie, ohne anzuhalten.

»Was für eine Exkursion?«

»Ich arbeite als Stadtführerin. Entschuldigen Sie, ich habe es eilig. Nochmals vielen Dank für das Buch.« Und schon war sie hinter einer Straßenecke verschwunden.

»Sollte ich sie etwa nie mehr wiedersehen?« dachte ich mit unerwartetem Schrecken.

Am darauffolgenden Tag stellte das gesamte Touristikbüro von Petrosawodsk völlig erschüttert die Arbeit ein, als ich dort anrief und um die Telefonnummer einer Stadtführerein bat, die Mascha hieß, hochgewachsen war und blaue Augen hatte.

Die Telefonnummer bekam ich zwar, doch sie wurde mir von einer versteinerten und gleichsam beleidigten Frauenstimme mitgeteilt, so als ob ich da jemanden eindeutig über-, jemand anderen jedoch eindeutig unterschätzen würde.

In dem kleinen karelischen Dorf, in dem mein Freund wohnte, ließ ich mir ein Ferngespräch mit Mascha vermitteln.

Ihre Großmutter nahm den Hörer ab und sagte, daß Mascha nicht zu Hause sei. Ich fragte, wann sie käme. Eben in diesem Moment erklang auch im regionalen Radiosender meine Stimme, es war die Aufzeichnung eines von mir vorgetragenen Gedichts. Die Großmutter, die mich nun gleichzeitig im Radio und über das Telefon hörte, geriet ein wenig in Verwirrung und schien sogar erschüttert zu überlegen, ob sie nicht gerade um den Verstand gekommen sei. Aber trotz alledem verlor sie als altgediente Bolschewikin nicht die Fassung und streckte den Telefonhörer ihrer Enkelin hin, die in Wirklichkeit zu Hause gewesen war, sich in geheimer Absprache mit der Oma jedoch vor einem ihr unendlich lästig fallenden Verehrer versteckte, dem sie auch ihre Abneigung gegen die Lyrik zu verdanken hatte, da er ihr ständig und immer wieder Gedichte vorlas.

Mascha und ich unterhielten uns lange, vielleicht eine Stunde lang, doch es war ein gehemmtes Gespräch, so als ob es vor unerwünschten Zeugen geführt würde. Was im übrigen auch zutraf.

Mitten in unserem Gespräch fragte Mascha aus irgendeinem Grund:

»Und was halten Sie von den Amerikanern? Wenn ich mir ihre Krimis ansehe, kommen sie mir manchmal recht dümmlich vor …«

»Ja, nein, die Amerikaner – die sind in Ordnung. Aber sie haben etwas, was ich die ›MacDonaldisierung der Kultur‹ nennen würde …«, sagte ich und begann, mich wichtig zu machen, meinen Pfauenschwanz vor ihr auszubreiten, indem ich einen regelrechten Telefonvortrag über Amerika hielt – so etwa eine halbe Stunde lang, doch, wie sich später herausstellte, völlig ins Leere, denn man hatte unsere Telefonverbindung genau nach dem Satz »die Amerikaner – die sind in Ordnung« unterbrochen.

Später akzeptierte Mascha voller Ironie, daß man ihr Telefon zur ständigen Abhörung freigegeben hatte, und wirklich böse machte sie nur die Tatsache, daß diese Mithöranlage immer wieder defekt war und so unsere Gespräche unterbrach.

Unser erstes Treffen von Angesicht zu Angesicht fand in einem Restaurant statt, das sich in dem ehemaligen Gebäude der städtischen Polizeiverwaltung befand. Es gab dort ein winziges Séparée für zwei Personen, das mit seinem niedrigen Gewölbe einer Mönchszelle glich, jedoch »Kasematte« genannt wurde. In zaristischen Zeiten hatten hier nämlich die Gefangenen während ihrer Untersuchungshaft eingesessen. Genau hier fand dann mein wichtigstes Gespräch mit Mascha statt.

In allen anderen Sälen rauschte im Überfluß ein Meer an Wodka, der hinter dem Restaurant ausschließlich gegen Gorbatschow-Bezugsmarken verkauft wurde. Der mittlere Tanzsaal ähnelte einem dampfenden Kochtopf, in dem ein über die Ränder spritzender gemischter Eintopf der besseren Gesellschaft der Stadt brodelte, bestehend aus Vertretern des Handels, der Halbwelt und des Jugendverbandes Komsomol, gewürzt mit *Kalinka-Malinka, Kudrjawaja Rjabina, Million alych ros* wie auch mit *Frejlechsom*[18], das in Rußland mit großem Vergnügen selbst von denen getanzt wird, die sonst jederzeit bereit sind, die Ärmel aufzukrempeln, um »den Juden das Maul zu stopfen«.

Wir aber saßen zu zweit in der »Kasematte«, und ich erzählte diesem dreiundzwanzigjährigen Mädchen, von dem ich nichts wußte, mein gesamtes Leben.

Ich erzählte, wie ich meine zwei Lieben verloren hatte und jetzt versuchte, die dritte zu retten.

Ich erzählte, wie ich von Land zu Land, von Stadt zu Stadt hetzte und wie schrecklich es sei, daß mich niemand verabschiedet, wenn ich fortfahre, und niemand mich empfängt, wenn ich zurückkehre.

Und plötzlich sagte sie einfach und direkt:

»Wollen Sie, daß ich Sie verabschiede, wenn Sie irgendwohin fahren, und Sie empfange, wenn Sie zurückkehren?«

»Ja«, antwortete ich, und als ich ihre fast durchsichtige Hand küßte, spürte ich mit den Lippen, wie die Adern auf dem Marmor pulsierten.

Und dann fragte ich sie:

»Wollen Sie mir raten, was ich jetzt tun soll?«

Und sie sagte reif und streng:

»Sie müssen jetzt alles tun um Ihre Familie zu retten. Sonst würden Sie sich das niemals verzeihen. Wenn Ihnen das gelingt, werde ich für immer aus Ihrem Leben verschwinden.«

Ich begriff sofort – dies war eine Ehefrau.

Da ich nichts über Mascha wußte, malte ich mir aus, daß sie neunundzwanzig, dreißig Jahre alt sein müsse, daß sie geschieden sei und mit ihrem kleinen Verdienst ganz allein eine kleine Tochter aufziehen müsse, aber ich irrte mich in allem.

Vielleicht kam sie mir erwachsener vor, als sie war, weil sie sofort verstand, wie schlecht es mir ging.

In der Liebe ist eine Frau immer erwachsener. In der Ehefrau suchen wir instinktiv eine zweite Mutter, denn die erste verlieren wir früher oder später.

Mascha flog mit mir für drei Tage nach Moskau, um mich vor meiner Spanienreise zu verabschieden.

Auf dem Flughafen empfingen uns zwei meiner alten Freunde: der eine ein Schulfreund, der schon unter Stalin mit mir auf den öden Hinterhöfen jener Zeit Fußball gespielt hatte, wegen einer widerwärtigen Kriminalsache viele Jahre schuldlos hinter Gittern gesessen hatte und später in meinem Film *Stalins Begräbnis* ziemlich überzeugend einen der von ihm so grimmig gehaßten Tschekisten spielte, der andere ein U-Boot-Matrose, der ganz zufällig, dafür aber für immer zum Jewtuschenkologen geworden war, als sein U-Boot während der Kuba-Krise ziemlich lange in der Karibik herumgedümpelt war und das einzige Buch, das er in Erwartung eines nur vierzehntägigen Tauchmanövers mitgenommen hatte, ein Band mit meinen Gedichten war.

Sie wußten beide, wie jämmerlich mir zumute war. Beide hatten versucht, meine englische Frau von einer Scheidung abzubringen, doch beide hatten begriffen, daß dies aussichtslos war.

Auf dem Flughafen stand zuerst nur vorsichtiges Mißtrauen in ihren Augen, so als seien sie zwei erfahrene Bauern, denen ein Zigeuner auf Teufel komm raus ein zweifelhaftes Pferd andrehen will. Nachdem sie jedoch Mascha genauer gesehen hatten, nickten sie einander zu.

»Eine Ehefrau«, flüsterte mir der erste zu.

»Ein Mensch«, brummte der andere zustimmend.

In Peredelkino bellten meine Hunde Mascha nicht an.

Mit einigen anderen Leuten war es schwieriger, aber das hatte ich erwartet.

Auch mit Mascha war es nicht immer so leicht.

Manchmal vergaß ich, daß sie sehr jung war und vieles nicht wußte oder vieles ganz anders verstand als ich.

Als wir an der Manege[19] vorbeifuhren, wo eine Menschenmenge stand und darauf wartete, zur Ausstellung eines berühmten Künstlers eingelassen zu werden, drückte Mascha flehentlich meinen Ellenbogen und deutete mit den Augen auf den Eingang:

»Er ist der Lieblingskünstler meiner besten Freundin.«

Dieser Künstler, früher verfolgt und dann von den Liberalen gehätschelt wie alle Verfolgten Rußlands, war schon seit langem flach geworden, doch in der Provinz galt er noch immer als ein in Ungnade gefallenes Genie.

Ich runzelte die Stirn, ging aber mit in die Ausstellung. Für mich war das eine ernsthafte Prüfung Maschas – nicht ihres Geschmacks, sondern ihrer Fähigkeit zum Geschmack. Geschmack kann man formen, wenn ein Mensch jedoch keine Fähigkeit zum Geschmack hat, dann kann da auch nichts geformt werden. Voller Angst wartete ich darauf, wie ihr diese Bilder gefallen würden.

Das »in Ungnade gefallene Genie« hatte dieses Mal das Breschnew-Portrait nicht ausgestellt. Offensichtlich erschien dem Künstler der Portraitierte nach dessen Tod nicht mehr so sympathisch und menschlich wie noch zu Lebzeiten, als er mit einer Viertelbewegung der so gefürchteten, berüchtigten Augenbraue lässig den Befehl geben konnte, diesem Portraitisten, der zwar ein wenig zudringlich war, dessen Bilder jedoch Ähnlichkeit, ja sogar mehr als nur Ähnlichkeit mit dem Portraitierten aufwiesen, die Bezeichnung »Volkskünstler der UdSSR« zu verleihen.

Erstaunlicherweise gefielen Mascha, die sage und schreibe dreißig Jahre jünger war als ich, auf der Ausstellung die dumpfen bodenlosen Schächte der Petersburger Hinterhöfe, die einander gehetzt umarmenden kleinen Figuren, das strenge Antlitz Bloks[20] vor dem Hintergrund eines Karussells aus selbstzufriedenen Fratzen, Xjuscha Nekrasowa[21], die einer unbedacht als Haushaltshilfe angestellten Wahnsinnigen vom Dorf mit hellseherischen Augen glich: all das, was mir vor dreißig Jahren, als ich in Maschas Alter gewesen war, ebenfalls gefallen hatte. Aber als Mascha den getöteten

Zarewitsch erblickte, dessen aufgeschnittene Kehle so schlecht gemalt war, daß sich die Gerichtsmedizinerin in ihr darüber empörte, als sie die stupiden Helden mit den hohlen Fratzen der Komsomolzen- und Karatekämpfer in der Rolle der Retter des Vaterlandes sah, die Operettenkönige mit den gestriegelten Schnauzen von Dobermann-Pinschern, Gagarin als süßen Jungen, die einsam leidenden Augen von Aljoscha Karamasow und Gina Lollobrigida, die alle von ein und demselben Fließband stammten, als sie dieses kitschige Menü von Berühmtheiten des zwanzigsten Jahrhunderts erblickte – von Nikolai II. bis hin zu Charlie Chaplin, die Strohhüte vietnamesischer Bauern, die aussahen, als stammten sie von Christian Dior, und schließlich den Präsidenten Allende, der seine Brust mit der blauen Präsidentenschärpe so pompös hervorstreckte, daß er Pinochet zu ähneln begann –, da entfuhr es Mascha enttäuscht:

»Das ist ja geschmacklos ...«

Ich atmete erleichtert auf.

Zwei Jahre später, als Mascha am Ende eines langen Korridors im New Yorker Museum of Modern Art ganz aus der Ferne und ohne jede Möglichkeit, die Signatur zu erkennen, ein Bild sah, das einem Regenbogen ähnelte, der anfangs zerbrochen ist, dann aber wieder zusammenwächst – wenn auch nicht Farbe an Farbe –, antwortete sie auf meine arglistige Frage »Wessen Bild ist das?« ruhig und voller Überlegenheit:

»Kandinsky, natürlich.«

Mit der Politik und Mascha war es schon schwieriger.

Sie war keine Stalinistin, hielt Stalin jedoch für einen »großen Mann, der viele Fehler gemacht hat«. Mascha war zehn Jahre nach Stalins Tod geboren worden.

Die Mädchen und Jungen ihrer Generation haßten, genauer gesagt verachteten nicht Stalin, sondern Breschnew, und zwar dafür, daß man sie zwang, seine abgeschmackten Memoiren durchzuackern. Sie machten sich über den keuchenden Asthmatiker Tschernenko lustig, über den niemals lächelnden, stets düster wie ein Inquisitor blickenden, hakennasigen Andropow, über alle Mitglieder des Politbüros, deren Portraits sie gegen eine Empfangsbescheinung entgegennehmen und dann auf Stöcken bei den Demonstrationen zu Ehren des 1. Mai und der Revolution herumtragen mußten. Diese Portraits wechselten so schnell, daß es schwer war, sich an die Gesichter und Namen zu erinnern. Doch es war auch niemand bemüht, sich an sie zu erinnern. Einmal hatte Mascha sich an einem schlecht abgeschmirgelten Stock mit dem Portrait eines Mannes, von dem weder sie noch sonst jemand unter den Studenten Name oder Funktion kannte, einen bösen Splitter in der Hand geholt.

Überhaupt war Stalin diesen jungen Leuten völlig gleichgültig. Sie fanden die neuen Platten der Bee Gees, die Gerüchte darüber, wen Elizabeth Taylor gerade wieder geheiratet hatte oder wen Witka aus dem fünften Studienjahr der Medizinischen Fakultät jetzt endlich heiraten würde – Ritka von der Biologie oder Tomka von den Philologen –, weitaus interessanter. Doch immerhin war Stalin in der ganzen Welt bekannt. Immerhin hatte Stalin Hitler besiegt. Und wenn Stalin auch vielleicht ein Übeltäter war – so war er für sie doch ein Übeltäter, der weit weg und daher fast ebenso ungefährlich wie Iwan der Schreckliche war, der einem ja auch nicht tagtäglich auf die Nerven fiel.

Ich fragte Mascha:

»Was glaubst du, wieviel Menschen in der Stalinzeit verhaftet worden sind?«

»Ich weiß nicht«, antwortete sie. »Das hat man uns in der Schule nicht erzählt. Vielleicht zweihunderttausend.«

»Chruschtschow hat gesagt, daß es zwanzig Millionen waren.«

»Aber das sind ja genauso viele, wie die Faschisten während des Krieges umgebracht haben«, sagte Mascha nachdenklich.

Später fragte ich ihre Mutter:

»Warum haben Sie Mascha nicht erzählt, was unter Stalin geschehen ist?«

Sie zuckte mit ihren Schmetterlingsflügeln:

»Wozu? Lohnt es sich denn, daß die Kinder von neuem all das durchleiden, was wir bereits hinter uns haben? Hab' ich nicht recht?«

Ich beschloß, Mascha nicht sofort den *Archipelag Gulag* zu geben. Sogar mich, der ich bereits vieles gewußt hatte, hatte dieses Buch früher einmal betäubt, als hätte man mir mit all den im Dauerfrostboden erstarrten Leichen auf einmal über den Kopf geschlagen.

Ein Kriegsdichter, der Autor des Gedichts *Die Artillerie schlägt die eigenen Leute*, kam, nachdem ich ihm für eine Nacht dieses verbotene Buch geliehen hatte, am nächsten Morgen mit einem Gesicht zu mir, das von Schmerz und Entsetzen so entstellt war wie ein Schlachtfeld nach einem nächtlichen Bombardement, und er brachte stammelnd und nur unter Mühen hervor:

»Das ganze Leben ist beim Teufel. Verstehst du – das ganze Leben.«

Ich führte Mascha behutsam, langsam in die Vergangenheit, damit sie nicht über die Leichen stolperte und stürzte. Unser Liebesgeflüster während der drei Nächte in Peredelkino vor meiner Abreise vermischte sich mit Gesprächen über Geschichte. Vielleicht war dieser Widerwille gegen die Politik in ihr entstanden, weil die Politik sie fast betrogen hätte.

Ich begriff schnell, daß meine Vorstellung von Mascha als zartes Rauchwölkchen der karelischen Seen, aus dem sich mit ein wenig Phantasie alles mögliche formen ließe, wenig Bestand haben würde. Das Rauchwölkchen erwies sich als hart und unnachgiebig.

Ich fand heraus, daß Mascha ihrem Charakter nach schrecklich halsstarrig und selbständig sein konnte und nie ein Tschechowsches »Seelchen«[22] werden würde. Oft war sie eine den karelischen Seen entstiegene Nixe mit verhangenen Augen. Wenn man sie aber in Wut brachte, konnte sie genausogut zum Hecht werden, und dann sollte man ihr lieber nicht zwischen die Zähne geraten. Sie konnte es auf den Tod nicht ertragen, wenn man ihr etwas eintrichtern wollte, wenn man sie belehrte, wenn man ihr befahl oder ihr etwas verordnete. Manchmal konnte sie einfach auch aus dem Gefühl heraus, widersprechen zu müssen, etwas steif und fest behaupten, maulen oder sogar bösartig werden, selbst wenn sie wußte, daß sie im Unrecht war. War sie aber mit ihrem eigenen Verstand zu einem Ergebnis gekommen, dann stand sie bis zum letzten Atemzug dafür ein. Deshalb versuchte ich, sie selbst zu einer Meinung über Stalin gelangen zu lassen, und half ihr nur ganz unmerklich dabei.

Mascha war für die Todesstrafe bei Mord. Ich war dagegen, weil ich nicht der Meinung bin, daß das Recht auf einen fremden Tod zu den Menschenrechten zählt. Wenn jemand hingerichtet wird, so kann man ihn im Falle eines Justizirrtums nicht mehr auferstehen lassen. Wenn es die Todesstrafe gibt, dann sind auch Henker unerläßlich, selbst wenn sie nur auf Knöpfe drücken. Und das bedeutet, daß wir, indem wir die einen Mörder bestrafen, unweigerlich neue in die Welt setzen, da wir diese benötigen. Mascha wurde durch den beruflichen Kontakt mit der Gerichtsmedizin unter anderem mit dem Fall konfrontiert, daß ein völlig betrunkener Vater und seine Saufkumpane die dreijährige Tochter grausam vergewaltigt und ihr dabei alle Innereien zerfetzt hatten.

»Diese Unmenschen haben kein Recht zu leben! Sogar lebenslange Haft ist ein zu kostbares Geschenk für sie!«

Da sagte ich ihr:

»Mascha, du kannst den Mördern eines einzigen Mädchens nicht verzeihen. Wie kannst du dann gleichzeitig sagen, daß der Mörder von Millionen ein ›großer Mann sei, der viele Fehler gemacht hat‹?«

Gott sei Dank war sie jung und konnte sich noch ändern. Sie verwandelte sich wie durch Zauberei von einem scharfzahnigen Hecht in eine zarte Nixe zurück.

»Was findest du an Hechten überhaupt Schlechtes? Sie lieben ihre kleinen Hechtkinder. Und ihre scharfen Zähne – die sind doch nur zur Selbstverteidigung da«, lachte sie, wenn ich sie wegen ihrer Bissigkeit aufzog.

Es rührte mich zu Tränen, als sie mir einen Merkzettel schrieb: »Schenjetschka[23], laß im Hotelbadezimmer bitte keine Seife auf dem Boden liegen. Du könntest sie übersehen, darauf ausrutschen und Dir den Kopf aufschlagen.«

Sie ist nicht plötzlich meine Frau geworden – sie wurde es ganz langsam.

Ihre Mutter, erschüttert durch meine Verwandlung von einem Begriff aus dem Buchkatalog der städtischen Universität zum potentiellen Verwandten, vergoß anfangs ein paar Tränen, fand sich dann jedoch damit ab wie mit einem Meteoriten, der auf ihre Schmetterlingsflügel gestürzt war.

»Was finden Sie denn nur an unserer Maschka?« fragte mich ihre Großmutter im Ton niederschmetternder Antiwerbung. »Sie ist doch ein ganz gewöhnliches Mädchen. Sie werden sich mit ihr langweilen.«

»Er ist ein Schürzenjäger ...«, erzählte die »beste Freundin« über mich, wobei ihr schwarzer Damenbart unheilvoll zuckte.

»Vielleicht leidet er nur einfach nicht an Impotenz?« fletschte die Nixe auf Hechtmanier ihre Zähne.

»Aber warum – du? Du – mit deiner sexuellen Provinzialität? Obwohl du Ärztin bist, hast du doch keine blasse Ahnung, wo bei den Männern die erogenen Zonen liegen ... Ich würde viel besser zu ihm passen als du ...«, entfuhr es schließlich der »besten Freundin«.

Meine eigene Mutter war die härteste Nuß. Ich und meine Schwester Lelja, die Mascha zwar unter Schwierigkeiten, aber voller Tapferkeit als historische Notwendigkeit akzeptiert hatte, wir dachten uns einen regelrechten Schlachtplan aus, um Mutters Segen zu erhalten.

Ohne Mutter von meinen verschwörerischen Absichten zu informieren, lud ich sie in die Oper ein, wobei ihr Sitzplatz zwischen meinem und Maschas lag. (Die Ironie des Schicksals wollte es, daß der *Faust* gespielt wurde, und mich besänftigte nur die Tatsache ein wenig, daß mein alter Freund aus Kasan, Eduard Treskin, singen sollte.) Mascha sollte allein ins Theater kommen und dann plötzlich neben Mutter sitzen. Ich fuhr mit dem Auto zu meiner nichtsahnenden, feingemachten Mutter und ließ auf halbem Weg ins Theater wie etwas ganz und gar Nebensächliches die Bemerkung fallen, daß ich sie im Theater mit »einem Menschen« bekannt machen wolle.

Mutter zuckte zusammen wie ein kampferprobtes Schlachtroß, das den Geruch des familiären Zwists aufs neue erschnuppert hatte.

»So ... Und wie alt ist ›dieser Mensch‹?«

»Dreiundzwanzig ...«, antwortete ich niedergeschlagen, als träfe mich persönlich die Schuld daran.

»Aber dann ist sie ja dreißig Jahre jünger als du! Was ist bloß mit dir los, bist du in deinem hohen Alter übergeschnappt?«

»Wir lieben uns.«

»Ein Mädchen, das dreißig Jahre jünger ist als du, kann dich nur wegen des Geldes oder wegen deines Ruhms lieben ...«

»Mutter, du kennst sie doch überhaupt nicht ...«

»Und ich will sie auch gar nicht kennenlernen. Halt das Auto an, ich steige aus«, erklärte Mutter kategorisch. »Ich will an dieser Schande nicht teilhaben.«

Es war aussichtslos, mit ihr zu streiten.

Mascha reagierte gelassen auf meine Auseinandersetzung mit Mutter.

»Ich verstehe sie«, sagte sie. »Sie liebt dich und hat Angst, daß man dich betrügen könnte.«

Trotz allem kam Mutter zu unserer Hochzeit, die wir in der Neujahrsnacht feierten, und als ihr nun endgültig übergeschnappter Sohn ungeachtet dessen, daß er weder Stimme noch musikalisches Gehör hatte, zur Begleitung eines Orchesters, das ebenso betrunken war wie er selbst, das Lied *Die Boote voller Äschen* zu singen begann, zuckte sie mit dem bitteren Seufzer einer ehemaligen Berufssängerin die Schultern.

(Hätte ich mir damals je vorstellen können, daß meine Mutter und Mascha nur fünf Jahre später ein Militärbündnis im Kampf gegen all meine Laster abschließen würden und daß Mutter Mascha ihren einzigen Ring schenken würde, an dem sie immer so gehangen hatte? »Daß du mir Mascha nicht kränkst« – das ist es, was ich heute von meiner einst so unversöhnlichen Mutter zu hören bekomme.)

In ihrer guten alten Universität liebte man Mascha keineswegs mehr, als man dort erfuhr, daß sie mich heiraten würde. Das paßte nicht ins Bild. Das ging auf keine Kuhhaut. Das … das … das war etwas, was nicht sein durfte.

Eine Dame aus der Verteilungskommission, die sich mit einem silbernen Stift ihre zwei zusammengeklebten Pelmenis[24] ähnelnden Lippen schminkte, teilte Mascha mit dem süßen Lächeln einer kandierten Schlange mit, daß man ihr für drei Jahre einen Arbeitsplatz in einem abgelegenen Dorf von fünfzehn Höfen zugewiesen habe.

»Aber mein Mann lebt und arbeitet doch in Moskau …« Mascha bedeckte sich langsam mit stachligen Hechtschuppen.

»Sonderrechte bei der Entsendung einer Ehefrau zu einem bestimmten Arbeitsplatz unter Berücksichtigung des Wohnortes des Ehemannes kommen nur dann zur Anwendung, wenn der Ehemann eine unersetzbare Fachkraft ist. Aber Schriftsteller gehören nicht zu den unersetzbaren …«, wies die Verwaltungsdame dieses anmaßende Mädchen zurecht, und all die schnell zu ersetzenden Puschkins, Tolstois, Dostojewskis, Turgenjews wimmelten wie Käferchen zu ihren Elefantenfüßen, die aus mit Troddeln behängten griechischen Flechtsandalen quollen.

»Wer sind denn diese Unersetzbaren?« fragte Mascha, zum Hecht geworden.

»Mitarbeiter der Partei und des Komsomol, Wissenschaftler mit Zugang zu Verschlußsachen, Offiziere des KGB, des Innenministeriums, der Sowjetischen Armee … Ihr Mann jedoch ist, wie das das Personalblatt gezeigt hat, nur ein einfacher Soldat gewesen, und noch dazu ein ungelernter … Übrigens, es hat sich herausgestellt, daß er überhaupt keinen Hochschulabschluß hat«, seufzte die Dame aus der Universitätsverwaltung in triumphierendem Kummer und fügte giftig hinzu: »Ihr Mann sollte, wenn auch nur ein Quentchen staatstreuer Würde in ihm ist, dorthin gehen, wohin man seine Frau als junge Fachkraft schickt. Und im übrigen wird sie dorthin nicht von irgend jemandem, sondern von der Heimat geschickt.«

Die Verwaltungsdame malte mit ihrem silbernen Lippenstift den letzten entscheidenden Punkt über ein Pickelchen auf der Oberlippe, womit das Werk der täglichen Inszenierung vollendet war, und mit schlecht verhülltem, sadistischem Vergnügen sang sie beinahe im Bariton: »Die Heimat hö-ört, die Heimat weiß …« Voller Vorfreude fing ihre Nase an mit den porigen Flügeln zu beben. Die Verwaltungsdame war sicher, daß es nur noch einer Winzigkeit bedurfte, daß diese Rotznase, die sich wer weiß was einbildete, es nicht mehr ertragen und mit dem Namen ihres sattsam bekannten Mannes hausieren gehen würde, und genau da könnte man sie dann zu fassen kriegen, könnte diese Berühmtheit nach Herzenslust mit den Elefantenfüßen traktieren und im selben Atemzug auch alle anderen Berühmtheiten, die da dachten, daß die Gesetze für sie nicht gelten würden.

Aber Mascha durchschaute sie, hielt ihre gefletschten Zähne im Zaum und schwieg.

Die städtische Universität erhielt dann doch noch das törichte, aber rettende Papier vom Schriftstellerverband, in dem bestätigt wurde, daß ich eine unersetzbare Fachkraft sei.

Mascha begann ihre Arbeit im Krankenhaus von Gulripsch. Man gewann sie dort lieb, und diese Liebe drückte sich auch im Materiellen aus. Das Volk verstand sehr gut, daß sich ein Arzt mit seinem Gehalt nicht über Wasser halten konnte. Man brachte ihr Geschenke, die man unmöglich zurückweisen konnte: einmal eine Truthenne für die Kurierung eines Bronchialasthmas, ein anderes Mal ein Säckchen Bohnen für eine geheilte Flimmerarhythmie, mal eine Wassermelone für Abhilfe bei Darmkoliken, mal Motorenöl für Linderung eines entzündeten Ischiasnervs.

Einmal nahm ich einen grauhaarigen, buckligen georgischen Bauern in Wollsocken, Schnürgaloschen und einem riesigen Filzumhang, der kaum in meinen Niva paßte, mit.

»Du haben Moskauer Nummer am Wagen, Genosse«, sagte er, »was du bist – ein Urlauber?«

»Nein, Schriftsteller.«

»Hör mal, du vielleicht der Mann von diesem weißen Doktor, die meine Gallenblase heilen? Ihr Mann auch Schriftsteller.«

Später arbeitete sie in Kunzewo auf der Intensivstation und kam manchmal mit leeren starren Augen nach Hause. Sechzigmal mit den Händen auf einen Brustkorb gedrückt und gleichzeitig fünfzehnmal in die schon erkalteten Lippen eines Menschen geatmet, den man dem Tod vielleicht noch entreißen konnte. Manchmal brachen die Rippen unter ihren Händen, und sie hatte das fürchterliche Gefühl, versehentlich einen Verstorbenen getötet zu haben, der eigentlich noch nicht tot war.

Einmal mußte sie nach einer Magenspülung bei einem Schlosser, der sich mit Frostschutzmittel betrunken hatte, in die Krankengeschichte schreiben: »Spülungsflüssigkeit von himmelblauer Färbung«.

Während ihrer Arbeit als Amtsärztin sah sie eine Vielzahl alter Menschen, die ihr Leben in völliger Einsamkeit fristeten, vergessen, verlassen und von niemandem gebraucht.

Die einsamsten all dieser Einsamen waren die »abgeschobenen Großmütter«, die von ihren Kindern oder Enkeln zum Sterben in ein Krankenhaus gegeben wurden, während diese sich auf und davon gemacht hatten, um auf den Komandoren hilflose Robben zu erschlagen oder um Atomkraftwerke in Libyen zu bauen oder auch um in Paris bei der UNESCO zu arbeiten, wo sie dann fremde Nationen vor dem Aussterben schützten, während sie ihre eigenen Leute dem Tod überließen.

Eine Patientin, die zwar noch überhaupt nicht Großmutter, aber dennoch eine einsame Frau war, hatte einen Arzt gerufen und Mascha, die daraufhin gekommen war, mit vor die Lippen gelegtem Finger zugeflüstert:

»Leise, sonst wecken Sie die Pferde auf, und sie fangen an zu wiehern.«

»Was für Pferde?« Mascha blickte sich unwillkürlich um und nahm das Gesagte ernst. Schließlich hatten ein paar umsichtige Moskauer schon damit begonnen, auf den Balkonen ihrer Wohnungen Schweine und Ziegen zu halten.

»Diese Pferde – sie sind ganz verschieden … Es gibt braune, es gibt graue Apfelschimmel, und ein Pferd ist schwarz wie ein Mönch … Sehen Sie den Wassereimer auf dem Boden? Der ist für die Pferde. Wenn sie trinken, schmatzen sie mit den Lippen. Und ihre Lippen sind groß und samtig. Ich möchte dieses schwarze Pferd zu gern küssen … Aber ich habe Angst vor ihm …«

Die Frau trat an Mascha heran und raunte ihr direkt ins Ohr:

»Und dann – aus diesen Pferden wachsen Reiter heraus. Direkt aus den Rücken. Die Pferde sind groß, aber die Reiter sind klein wie Gnome. Sie haben keine Beine, aber Arme sind dran, und in jeder Hand halten sie ein Messer. Und ich sehe sie an und zittere wie Espenlaub – wenn sie mich nun plötzlich erstechen?«

Mascha konnte gelassen jede auch noch so schreckliche Realität ertragen, ganz so, als handle es sich um einen sezierten Toten in der Leichenhalle. Dies lag nicht nur daran, daß sie Ärztin war. Sie hatte wie viele andere Vertreter ihrer Generation nicht einmal in frühester Jugend romantische Illusionen gehabt. In unserer Familie war ich der junge Romantiker, und der reife Skeptiker war sie.

Von der Perestroika hatte sich Mascha im Unterschied zu mir von Anfang an nicht verführen lassen. Man brauchte in ihrer Gegenwart nur beginnen von Politik zu sprechen und sofort wurde aus der Nixe ein Hecht. Sowohl die Parteibonzen, die krampfhaft an ihren Sesseln klebten, als auch die Demokraten, die ihnen diese Sessel wegzuziehen versuchten, um sich selbst darauf niederzulassen, bezeichnete sie alle mit demselben deftigen, so vieles umfassenden Ausdruck ihrer Generation: »Böcke«.

»Unser Volk leidet am Dumping-Syndrom oder am Syndrom des Reizmagens. Das wird nach schweren Operationen häufig beobachtet«, meinte sie spöttisch, nachdem wir von einem Meeting zurückgekehrt waren, auf dem die zur Demokratie aufrufenden Redner auf die Bühne gestürmt waren und sich dort ganz undemokratisch mit den Ellenbogen vorgedrängt hatten – Hauptsache, sie konnten das Mikrofon packen, Hauptsache, sie würden in die Geschichte eingehen. »Der Magen dieses Landes ist verstimmt und nicht in der Lage, etwas bei sich zu behalten. Eruptionsartiges Erbrechen. Oraler Durchfall. Das, was ich sehe – das ist wie ein Auskotzen der Demokratie ...«

Sie haßte die Politik und verachtete das sogenannte öffentliche Leben. In diesen beiden Erscheinungen sah sie die Feinde unserer Familie.

»Man hat mich betrogen«, stichelte sie. »Ich habe einen Dichter geheiratet, aber man hat mir einen Deputierten ins Bett gemogelt, der sich dort im übrigen auch noch rar macht. Wieviel könntest du schreiben, wenn du nicht ständig auf deine Meetings, Versammlungen und ähnliche Treffs gehen würdest.«

Als mein Freund jedoch bei seiner Nominierung als Volksdeputierter Unterstützung brauchte, nachdem ihm das Pack der »Pamjatj«[25] bereits eine vorangegangene Versammlung torpediert hatte, begleitete sie mich dorthin, obwohl sie im siebten Monat schwanger war. Zehntausend Menschen waren dabei, die Schule mit dem Versammlungssaal im Sturm zu nehmen, sie versuchten, den Sicherheitskordon der Miliz zu durchbrechen. Ein schwitzender unglücklicher Oberst der Miliz bemühte sich, per Megaphon zu erklären, daß die Schule bereits zum Bersten voll sei. Die Belagerer schrien, daß dies gelogen sei und sich drinnen nur die schon am Nachmittag durch den Hintereingang eingelassenen Parteibonzen und ihre Spießgesellen befänden.

Ich riß dem Oberst das Megaphon aus der Hand und bat die Menge wie auch die Miliz zurückzutreten, um mich und andere Vertrauenspersonen des Kandidaten durchzulassen. Ich rief, daß meine schwangere Frau bei mir sei. Das wirkte.

Die Menge trat auseinander. Mascha ging voran, und wir folgten ihr, heldenhaft hinter ihrem Bauch versteckt. Plötzlich tauchte wie ein Pilz aus dem Boden ein winziges rothaariges Männlein in einem fröhlich karierten Kindermäntelchen vor ihr auf, dessen Kopf nur bis knapp über ihren Bauch reichte.

»Ich bin aus dem Zirkus, Genossen, aus dem Zirkus. Ich bin zwar nur ein ehemaliger Jongleur, aber immerhin … Ich bin ausschließlich als Aufpasser hier … So ist das Gesetz der Manege. Jetzt das Wichtigste – die Deckung des Bauches …«

Anfangs hielt ich ihn einfach für einen gerissenen Schwätzer, der unter dem Vorwand der Ritterlichkeit versuchte, sich Einlaß zu verschaffen. Doch sobald die Miliz vor uns die Schultür geöffnet hatte, geriet die Menge erneut in Raserei, drängte in den Korridor und trug uns davon wie eine unlenkbare Naturgewalt, schleuderte uns von der Tür weg, drückte uns an die Wand. Aber der rothaarige Kopf des Jongleurs schaukelte wie eine gelbe Warnblinkanlage um Maschas Bauch herum, um ihn zu beschützen. Mit dem Gesicht Maschas Bauch zugewandt, stemmte sich der Jongleur mit seinen feingliedrigen, aber starken Kinderärmchen an ihre Hüfte und bildete so ein rettendes Vakuum zwischen sich und ihrem Bauch. Mit dem Hintern voran schob er sich auf die offene Tür zu, wobei er all die wie rasend Drängelnden und Schreienden mit seinen Füßen, die in fast spielzeugkleinen Cowboystiefeln steckten, wegstieß. Endlich gelang es dem Jongleur, sich mit dem Körper durch die Tür zu schrauben. Er packte Mascha an den Händen und zog sie nach innen, aber seine Kräfte reichten nicht. Da packte ein Kerl von der Größe eines Basketballspielers mit den Pranken eines Ilja Muromez[26] den in der Tür feststeckenden Jongleur am Kragen seines Kindermäntelchens, das daraufhin mit lautem Krachen an der Rückennaht zerriß, und zerrte sowohl den Jongleur als auch Mascha in die Schule. Der Kindermantel des Jongleurs, den er, wie er später mit traurigem Lächeln erklärte, auf dem letzten Gastspiel seines Lebens in Melbourne gekauft hatte, war im Eimer, er war in zwei Teile zerrissen, doch der zukünftige kleine Schenja Jewtuschenko in Mascha war gerettet. Jetzt ist er zwei Jahre alt, und obwohl ich ihm diese

Geschichte noch nicht erzählt habe, liebt er den Zirkus und vergöttert Jongleure.

Als ich eines Tages vor Wut mit den Füßen aufstampfte und Mascha des politischen Negativismus und der Verachtung der demokratischen Bewegung bezichtigte, fletschte sie zur Antwort nicht, wie erwartet, auf Hechtmanier die Zähne, sondern erstrahlte in sanfter Erinnerung und sagte mit verlegener Nixendankbarkeit:

»Ach, weißt du, wer der beste aller Demokraten ist? Dieser rothaarige Jongleur, der den kleinen Schenja gerettet hat.«

Sie liebte auch Sacharow sehr – wahrscheinlich, weil er einem Politiker überhaupt nicht glich.

Auf seiner Beerdigung weinte sie – das erste Mal in ihrem Leben weinte sie öffentliche Tränen.

Diese Schwangerschaft war ihre zweite. Während der ersten rutschte sie an einer völlig ebenen Stelle aus und verlor das Kind. Dabei wünschte sie sich so sehr eine kleine Tochter, Daschenka. Und deshalb fürchtete sie so um Schenja.

Als sie mir, befreit und wie erleuchtet, Schenja durch das Krankenhausfenster zeigte, glich sie einer Gottesmutter in einem Schrein aus frühlingshaften Eiszapfen. So filmte ich sie in *Stalins Begräbnis* – allerdings bereits mit unserem zweiten Sohn, mit Mitja. Während Schenja wie sein Vater ein unbändiger rastloser Raufbold und Schürzenjäger war, wurde Mitja ein zärtlicher, sanfter, klug-verschmitzter, eigensinniger, träger, aber bissiger Hecht und Nixenmann.

Anfangs machte Schenja uns große Sorgen. In der Geburtsklinik hatte man ihn vorsorglich mit derart vielen Antibiotika vollgepumpt, daß es die zarten Kinderdärme nicht aushielten und die Nahrung verweigerten. Er begann vor unseren Augen dahinzusiechen. Ich verlor jede Hoffnung. Zum ersten Mal in meinem ganzen Leben ging ich nicht in eine Kirche, weil es ein schöner Ort mit schöner Musik ist, sondern weil ich beim Patron der Ärzte, dem heiligen Pantaleon, der in seinen schmalen Fingern einen Löffel und eine Schachtel mit Arzneimitteln hielt, Fürbitte für mein Kind leisten wollte. Nach einem Mütterchen, in deren schwarzem Plüschmantel ein winziges Kätzchen piepste, beugte ich mich ehrerbietig über das von den Küssen warme Glas der Ikone und traf mit dem Mund auf die feuchte Spur der alten Lippen, dort, wo das Glas wie ein kleiner nebliger Heiligenschein vom Atem beschlagen war. Dem heiligen Pantaleon kamen allerdings der keinesfalls heilige, deshalb aber nur noch anziehender wirkende Doktor Stanislaw Dolezki und die großartige Masseurin Lidija Wlasowa zu Hilfe, die die Muskeln der schwächlichen, einknickenden Beinchen unseres Söhnchens knetete, und das Wunder geschah – Schenja überlebte.

Mascha war aus rein hechtischer Schläue – damit sie die anderen großen Hechte nicht fraßen – eine Zeitlang Komsomolzen-Ideologin an der Medizinischen Fakultät gewesen. Lag vielleicht hierin der eigentliche Grund für ihren Haß auf die Politik? Doch auch mit Religion hatte Mascha rein gar nichts zu tun. Obwohl sie Exkursionen nach Kischi und in die anderen in Museen umgewandelten Kirchen des Nordens leitete, hatte sie Angst, in die tatsächlich »funktionierenden« Kirchen zu gehen – dafür wurde man aus dem Komsomol und aus der Universität ausgeschlossen.

Ich war nur in dem Maß religiös wie wahrscheinlich die undankbare Mehrheit der Menschheit auch – ich bettelte Gott um etwas an, vergaß aber dann, Danke zu sagen. Dennoch war ich der erste, der Mascha an der Hand nahm und in eine echte Kirche führte. Es war die Kirche »Aller Gramerfüllten« auf dem Kalitnikow-Friedhof neben dem Vogelmarkt. Mascha und ich waren dorthin gefahren, nachdem das schreckliche Geheimnis dieses Friedhofes gelüftet worden war. Selbst die alteingesessenen Moskauer hatten nicht geahnt, daß sich unter den frischen Gräbern ein altes Massengrab mit Zehntausenden Toten verbarg, die in den »Bartholomäusnächten« der dreißiger Jahre erschossen worden waren. Wie durch ein Wunder waren einige alte Frauen, die damals noch kleine Mädchen gewesen waren, mit dem Leben davongekommen. Fast fünfzig Jahre lang waren ihre Münder verschlossen geblieben, aber plötzlich hatten sie zu sprechen begonnen.

Damals, in den Dreißigern, hatten sie mit kindlicher, alles registrierender Neugier beschlossen, nachzusehen, was die Leute wohl machten, die abends in geschlossenen Planwagen in den Park gefahren kamen. Im Gebüsch versteckt, erblickten die Mädchen ein grauenerregendes Schauspiel: Der Planwagen rollte heran, die Rückwand wurde aufgeklappt, und unser vaterländisches Sonderkommando in langen Schürzen, Gummistiefeln und Gummihandschuhen stieß mit speziellen Haken eine nackte Leiche nach der anderen – mit von Lappen verstopften Einschußlöchern in den Schädeln – in die Grube hinab. Viele der Leichen waren nicht mehr ganz frisch, hatten aufgeblähte Bäuche und zerplatzten im Fallen mit einem ganz eigenen, furchteinflößenden Geräusch.

Gegenüber dem Friedhof lag das Mikojan-Fleischkombinat, über dessen Gebäude des Nachts Stalins Portrait glänzte und, mit elektrischen Glühbirnen übersät, seine Opfer beobachtete, während die Hunde des Fleischkombinats zu der Grube liefen und dort, im Mondlicht blau leuchtend, über den Leichen heulten. Als Stalin starb, verfügte Berija[27], diese Grube schnellstens zuzuschütten und die eines natürlichen Todes Gestorbenen über den Ermordeten zu beerdigen. So sollten die alten Leichen mit neuen verdeckt werden.

Das Ergebnis war kafkaesk: ein Sandwich-Friedhof.

Wir kamen von diesem Friedhof wie aus einer nicht enden wollenden Hölle unserer Gedanken, und plötzlich hielt Mascha mich zurück, wobei sie mit den Augen auf die Kirche »Aller Gramerfüllten« deutete. Es hing leiser Gesang unter dem Gewölbe, als wir in die kirchliche, von Stimmen erfüllte Reinheit traten wie die Heiden in die Wasser des alten Dnjepr.[28]

Der Pope taufte Neubekehrte.

Unter ihnen war nur ein Kind. Es war wohl nicht einmal ein Jahr alt und schlief tief und fest, wobei es süß durch das rosarote Radieschen seiner Nase schnarchte. Es wurde zusammen mit seinem Papa getauft – einem kräftigen schönen Mann mit schwarzem Schnurrbart und dem Abzeichen der Afghanistan-Veteranen. Er zog nur den linken Schuh aus, denn den rechten trug er über einer Prothese. Die Mama war ein üppiges Dickerchen – Resultat der öffentlichen Kantinenverpflegung –, aber über ihr rundes Quarkkuchengesicht, das zum Gekicher-Geschnatter geradezu geschaffen schien, rollten langsam und schwer ein paar wenige, dafür riesige Tränen, die den Perlen auf den Ikonenbeschlägen glichen.

Es wurden linkische Jugendliche getauft, die ganz verlegen wurden, wenn man sie ansah und dabei ihre Pickel bemerken konnte.

Es wurde ein Paar von ungefähr siebzig Jahren getauft, das sich aufgeregt Blicke aus vor Ergriffenheit ganz getrübten Augen zuwarf.

Es wurde eine junge Schönheit mit buntschillerndem Haar getauft, die sich die Farbe zwar aus dem Gesicht gewischt hatte, nach der Kirche aber eindeutig vorhatte, zur Arbeit in irgendeine Devisenbar zu gehen. Sie trug nämlich schwarze Strümpfe mit aufgestickten silbernen Rosen und einen derart minimalen Minirock, daß darunter das Spitzendreieck ihrer Unterwäsche ein wenig hervorblitzte.

Es wurde ein einsamer Liliputaner mit dem faltigen Gesicht eines Bratapfels getauft, während eine Liliputanerin seines Alters – vielleicht seine bereits getaufte Frau –, ihre feuchten Puppenaugen mit einem Batisttüchlein trocknend, neben mir und Mascha in der kleinen, rührend unberührten Gruppe stand, die die Taufe verfolgte.

Der duftende Rauch des über den Köpfen der Täuflinge hin- und hergeschwenkten Weihrauchfasses, der aus dem Gedächtnis nicht schwinden wollende Leichengeruch so vieler unschuldig Ermordeter, das zarte Aroma der auf dem Blut dieser Toten wachsenden Apfelblüten und Heckenrosen, der stockende Atem der frischgeweihten Christen – all das war wie der Hauch einer Heimat, die es nur einmal im Leben geben und die durch nichts ersetzt werden kann.

»Ich möchte unsere Kinder taufen lassen, selbst getauft werden und dich kirchlich heiraten«, flüsterte Mascha.

Als ich im Frühling 1991 in der Universität von Pennsylvania russische Lyrik lehrte, fand meine erste kirchliche Trauung in der dortigen russisch-orthodoxen Kirche statt, welche Matrosen des berühmten in der Werft von Philadelphia erbauten Kreuzers »Warjag«[29] Ende des vergangenen Jahrhunderts gegründet hatten.

Über unseren Köpfen schaukelten in den taub gewordenen Händen unserer Freunde die Hochzeitskronen im Takt zur segnenden Stimme des belgischen Popen Mark, der die russische Sprache bis hin zu einem Sankt Petersburger Akzent, so wie er noch vor der Revolution üblich gewesen war, beherrschte.

Der weiße Spitzenumhang auf dem Kopf meiner Braut und Ehefrau sah aus, als ob ein Stückchen des karelischen Seenebels zu ihrer Segnung nach Amerika geflogen sei, und über den Kirchenboden krabbelten unsere Kinder, deren Aufziehautos unbändig summten.

Bald darauf kehrten wir nach Moskau zurück, ohne auch nur zu ahnen, was in diesem Jahr mit unserer Heimat und uns selbst noch alles geschehen würde, ohne zu ahnen, daß wir uns noch an die Zeilen aus dem Lied über den Kreuzer »Warjag« erinnern sollten:

Ruhig, Genossen. Alle auf Posten!
Die letzte Parade beginnt.

Nach jener schlaflosen Nacht in Peredelkino vom 18. auf den 19. August, als Bim mich, fast wölfisch heulend und vor hoffnungsloser Liebe vergehend, nicht schlafen ließ und ich selbst, voller Qual und Zärtlichkeit mein ganzes Leben überdenkend, lautlos mit ihm mitheulte, gelang es mir erst gegen Morgen einzuschlafen.

Aber ich sollte nicht allzu lange schlafen.

Gegen neun Uhr morgens weckte mich das Klingeln des Telefons und die heisere Stimme meiner Schwester Lelja:

»Sie haben Mischa abgesetzt.«

»Mischa Katz?« fragte ich nach unserem gemeinsamen guten Genius – einem Ingenieur aus Donezk, der zwar wenig äußere Reize, dafür aber ein wunderbares Herz hatte und zu der aussterbenden Rasse von Menschen gehörte, die anrufen und sich selbst erkundigen: »Kann ich dir mit irgend etwas helfen? Brauchst du vielleicht Geld?«

Weshalb also hätten sie Mischa absetzen sollen – Mischa, der an Feiertagen voller Stolz das kleine Metallabzeichen mit der Aufschrift »Garde« ansteckte, in der er bereits als kleiner Junge gekämpft hatte, der ein so sentimentaler Internationalist war, als sei er weder als Jude noch als Russe, sondern als eine Art »Jusse« geboren worden, der auf der ganzen Welt vielleicht das einzige Exemplar eines zufällig geglückten kommunistischen Menschen war? Weshalb also hätten sie Mischa absetzen sollen – Mischa, der uns wie ein Weihnachtsmann, für den Neujahr in den Sommer fällt, über die Donezker Zugbegleiterinnen schon einmal einen Eimer rubinrot blinkender Kirschen zukommen ließ, dann wieder einen Korb mit Auberginen, groß wie Torpedos, oder eingelegte Wassermelonen, dessen Geheimnis Mischa wie unter einem einsamen Strauch irgendwo unter einem der letzten schwarz-grau-melierten Locken am Rande seiner Glatze vergraben hatte, dieser Glatze, die der Menschheit so voller Güte leuchtete, als sei sie ein kleiner Leuchtturm der Gutherzigkeit?

»Ja, nein, doch nicht Mischa Katz«, unterbrach mich Lelja, »Gorbatschow haben sie abgesetzt. Schalt den Fernseher ein!«

3.

DER ERSTE TAG DES PUTSCHS – VAN GOGH GEGEN DIE PANZER

Am Morgen des 19. August 1991 beliebte der ehemalige Spieler der Fußballnationalmannschaft der UdSSR, der sechzigjährige Prochor Salysin mit Spitznamen Lysa, der inzwischen im Ruf eines Säufers stand und als Nachtwächter eines Sportwarengeschäfts arbeitete, in seiner mit den Siegespokalen einer ruhmreichen Vergangenheit sowie den leeren Flaschen einer weniger ruhmreichen Gegenwart vollgestellten Junggesellenwohnung tief zu schlafen.

Es gab mehrere Zustandsstadien seiner Hosen, an denen der Grad seiner Trunkenheit bemessen werden konnte.

Das erste Stadium: Die Hosen hingen immerhin auf einem Plastikbügel mit Metallklammern im Schrank, wobei das eine Hosenbein durchaus festgeklammert sein konnte, das andere jedoch nicht. Das zweite Stadium: Die Hosen waren an den Bügelfalten relativ glatt zusammengelegt, hingen aber nicht im Schrank, sondern über der Stuhllehne. Das dritte: Sie waren als formloses Knäuel weggeworfen worden, lagen aber immerhin auf dem Stuhl. Das vierte: Sie lagen auf dem Boden neben dem Bett. Und schließlich das fünfte: Sie lagen gemeinsam mit ihrem Besitzer, der nicht mehr in der Lage gewesen war, sie auszuziehen, auf dem Bett.

An diesem Tag befanden sich Salysins Hosen in eben diesem fünften Stadium, um es genau zu sagen, sogar im sechsten, denn Salysin trug außer seinen Hosen auch noch seine Schuhe im Bett.

Immerhin hatte er dieses Mal nur einen Schuh nicht ausgezogen, was von der gestrigen, zwar nicht verwirklichten, aber immerhin doch existierenden Absicht zeugte, beide auszuziehen.

Um den großen schlafenden Fußballer herum kroch traurig und hungrig das einzige lebendige Wesen, das außer ihm in der Wohnung hauste – ein Igel mit Namen Tschunja, den er vor einem Jahr in den Wäldern vor Moskau gefunden und in einer Schirmmütze, auf deren Futter man den inzwischen schon fast ausgeblichenen, doch noch immer ein wenig golden glänzenden Eiffelturm erkennen konnte, mit nach Hause gebracht hatte.

Der Igel stupste mit seinem schwarzen glänzenden Näschen an das leere Schälchen, in das seit gestern niemand mehr Milch gegossen hatte, und kroch mit leisem, aber nachdrücklichem Getrappel abwartend um das Bett herum, von dem die Füße seines Herrchens herabhingen – der eine Fuß in einer schwarzen Socke mit einem Loch steckend, durch das wie ein gelbes Auge die Ferse hindurchsah, und der andere Fuß in dem schließlich doch nicht mehr ausgezogenen Schuh. Der nicht ganz aufgebundene Schnürsenkel schaukelte im Takt des friedlichen Schnarchens über dem unermüdlich über den Boden krabbelnden Tschunja – diesem Knäuel aus Stacheln und Hunger – hin und her.

Tschunja wollte gern in den Wald – durch das lebendige Gras rascheln, seinen stacheligen Körper im frischen Tau waschen, kleine, unter den gemeißelten Blättern verborgene Walderdbeeren sammeln, seine Stacheln an fremden warmen Stacheln reiben –, aber es hätte ihm auch sehr leidgetan, sein Herrchen, das er inzwischen liebgewonnen hatte, alleinzulassen.

Sein Herrchen war der erste Mensch gewesen, der mit Tschunja gesprochen hatte, und Tschunja begann ihn langsam zu verstehen, und es grämte ihn, daß er die Menschensprache nicht beherrschte. Tschunja hatte es versucht, aber nur ein merkwürdiges Zischen und Grunzen hervorgebracht, so daß er damit aufhörte. Er tröstete sich damit, daß die Menschen manchmal auch den Wunsch verspüren mußten, in der Sprache der Tiere, der Vögel und der Fische zu reden, es aber genausowenig fertigbrachten.

Die Igelmutter hatte ihm schon in frühester Kindheit beigebracht, daß man Menschen fürchten müsse, aber Tschunja hatte langsam aufgehört, sein Herrchen zu fürchten – er begriff, daß sie beide einsam waren. Und wenn sie beide von Zeit zu Zeit ihre Stacheln zeigten, so lag das daran, daß sich unter den Stacheln etwas Weiches, Schutzloses verbarg. Tschunjas Herrchen hatte ihm nicht nur beigebracht, aus der Hand zu fressen, sondern ihn sogar darauf trainiert, mit Schnauze und Pfoten einen Fußball vor sich herzustoßen, und so war Tschunja wohl der einzige Igel der Welt, der Fußball spielte.

Die Leute, die das Herrchen besuchten – meist ehemalige Fußballer –, waren ebenfalls nicht übel und taten Tschunja nichts zuleide. Allerdings tranken sie häufig, und den Alkoholgeruch konnte Tschunja nur schwer ertragen, so daß er sich in der Ecke hinter den leeren, bereits nicht mehr stinkenden Flaschen versteckte.

Tschunja hatte sich nach und nach in der Menschenhöhle eingelebt und sich an diese Welt gewöhnt.

Eine besondere Beziehung hatte er zu der Bronzestatue entwickelt, die einen Fußballer darstellte, der mit seinem bronzenen Fußballschuh zum Schlag gegen einen winzigen Bronzeball ausholte, dann aber in dieser Haltung erstarrt war.

Dieser namenlose Fußballspieler stand auf einem Regal zwischen Pokalen und Wimpeln hinter der Glastür eines Schrankes, der voller Auszeichnungen war und der dem Herrchen ganz besonders am Herzen zu liegen schien. Tschunja kam es immer so vor, als ob der Fußballer liebend gern aus dem Schrank herausspringen und mit dem Bronzeball auf dem Fußboden spielen würde. Außerdem schien es Tschunja, als hätte der Statuenmensch ihm, Tschunja, etwas zu sagen, könne seine metallenen Lippen jedoch einfach nicht auseinanderbringen.

An den Zimmerwänden hingen viele Fotografien, auf denen von Reportern glücklich aus der Vergangenheit gerettete, blutjunge Fußballer zu sehen waren. Sie hatten es sich damals noch nicht von den Engländern abgeschaut, die Ärmel hochzukrempeln, und trugen außerdem sowjetisch lange Hosen. Dennoch hatten sie es verstanden, gegen die Millionäre aus dem Westen in ihren Fußballschuhen zu gewinnen. Sie waren Fußballer, die sich durch sämtliche gestellten Beine und Fallen hindurch bis zum Tor vorkämpften, Fußballer, die mit unglaublichen akrobatischen Sprüngen den Ball wie wild köpften und in ihren Händen begeistert den Kristallpokal mit der Aufschrift »UdSSR« emporhielten. Das Herrchen war nicht unter ihnen, aber viele der Gesichter kamen Tschunja bekannt vor.

Tschunja, der manchmal sein Herrchen und dessen Gäste, dann wieder diese Fotografien eingehend musterte, begriff eines Tages, daß die inzwischen ergrauten, glatzköpfigen, dick gewordenen und zerschlissenen alten Männer, die gemeinsam mit Salysin an der Kante des mit einer Abendzeitung bedeckten Küchentisches Trockenfisch weichklopften, genau jene ehemals schlanken, verwegen blickenden, in den öden Hinterhöfen aufgewachsenen Jungs waren, unter deren Bällen einst die Torpfosten in aller Welt erzittert waren.

Tschunja dachte traurig darüber nach, daß auch Igel älter wurden, daß ihre Stacheln die Biegsamkeit verloren, Rost ansetzten und ausfielen. Und da es unter Igeln nicht üblich war, vor Zeugen zu sterben, humpelten sie dann in die abgelegensten Stellen des Waldes, gruben sich so tief wie möglich unter den abgefallenen Blättern ein und starben, ohne daß es jemand wahrnahm. Und ihre Stacheln vermischten sich mit den Nadeln der Kiefern und wurden langsam Teil des einen einzigen lebenden Körpers Mutter Natur, zu dem sowohl die toten Menschen als auch die toten Igel gehörten.

Aus den Fotografien, die an den Wänden der Junggesellenwohnung hingen, erfuhr Tschunja eine Menge über sein Herrchen. Auf einer dieser Fotografien stand Salysin auf einem öden Platz zwischen lauter anderen Jungs aus der Fußballmannschaft seines Hinterhofes, und angesichts des für sie noch ungewohnten Fotoapparats rissen sie angestrengt die Augen auf, denn man hatte sie, die zukünftig berühmten Fußballer, damals zum ersten Mal abgelichtet.

Dieses Foto war auf dem sandigen Hinterhof aufgenommen worden, auf dem sie nach und nach durch ihr Trampeln die zu Staub zerfallenen Ziegelsteine eines ganzen zerbombten Hauses eingestampft hatten, und hinter ihnen ragte ein Tor empor, das sie aus rostigen Wasserrohren gebaut hatten, was immerhin ein Fortschritt war im Vergleich zu dem Tor aus ein paar Ziegelsteinen oder aus den übereinandergeworfenen Schulmappen und Mützen, das sie noch kurz zuvor benutzt hatten.

Ja, und auch der Ball war nicht mehr dieses aus Stoffetzen genähte Ding, mit dem sie früher einmal gespielt hatten, sondern eine Annäherung an einen echten Lederball – aus den Resten des Kunstleders für Soldatenstiefel gemacht. Die kleinen Torwarte beschwerten sich, daß ihre Hände von diesen Kunstlederbällen anschwollen, auch wenn sie Handschuhe trugen.

Angezogen waren die Fußballhelden der Hinterhöfe, wie es gerade kam: der eine im Unterhemd, der andere in einer karierten Bluse und wieder ein anderer bis zum Bauchnabel nackt. Echte Fußballschuhe hatte keiner von ihnen – an den Füßen trugen sie einfache Turnschuhe oder völlig zerrissene Treter, und einer der Jungs hatte sogar Soldatenstiefel an – aus demselben Kunstleder, aus dem auch der Ball war.

Salysin, ein spindeldürrer, ungepflegter Halbstarker, dem seit damals der Spitzname »Lysa« wie eine Klette anhaftete, posierte auf dem Foto in einem löchrigen Matrosenhemd, Badehosen, Skischuhen und Socken, die an den Waden mit gestreiften Sockenhaltern aus Gummi befestigt waren.

Auf den nächsten Aufnahmen erschien Salysin immer besser ausstaffiert – er trug echte Fußballschuhe, Fußballerstrümpfe, ein Sporttrikot mit einer Spielernummer, und obwohl sich der Name seiner Mannschaft einige Male änderte, trug er immer öfter das Trikot mit der Aufschrift »UdSSR«. In diesem Trikot nahm er auf einer der Fotografien dem eleganten, eidechsenschwarzen Portugiesen Eusebio in hingebungsvoller Dribbelarbeit den Ball ab, in diesem Trikot prallte er mitten im Sprung mit der für ihn typischen Marinoroschenski-Haartolle[1] auf die spärlich wachsenden Haare des aristokratischen Kopfes von Sir Bobby Charlton, und in dieses Trikot krallten sich verzweifelt die Hände des sonst so korrekten und schönen Italieners Mazzola, der ein schmales Lippenbärtchen und Augen wie feuchte Oliven hatte.

Auf einer der Fotografien tauschte Salysin eben dieses leuchtend rote durchgeschwitzte Trikot mit der Aufschrift »UdSSR« gegen ein ebenso nasses gelbes Trikot mit der Aufschrift »BRAZIL«, das ihm Pele hinhielt und ihn dabei mit derart blendend weißen Zähnen anlächelte, als hätte er soeben von einem Stückchen russischen Schnees abgebissen.

Das kostbare brasilianische Trikot, das der geniale König des Fußballs einmal getragen hatte, war aus Ehrfurcht vor dessen Schweiß in all den Jahren kein einziges Mal gewaschen worden und hing im sogenannten Heiligenwinkel von Salysins Wohnung in einem von ihm selbst gebastelten Glasrahmen.

Die Schnauze erhoben und mit den braunen Glasperlen der Augen die Wände abtastend, entdeckte Tschunja bei seinen Beobachtungen, daß sich das Gesicht seines Herrchens auf den Fotografien nach und nach verändert hatte, müder wurde, sich bedrückt in Falten legte und sich immer mehr jenem Gesicht annäherte, das sich vor einem Jahr ganz unerwartet auf einem Waldweg vor Moskau über Tschunja gebeugt hatte.

Zwischen dem heutigen Gesicht des Herrchens und seinen Gesichtern auf den Fotografien gab es jedoch einen Bruch, der von keinem der Reporter festgehalten worden war. Dieser Bruch hatte bei Salysin dasselbe angerichtet, was alle erleben, die vergessen werden. Er hatte aufgehört, interessant zu sein. Und hörte so gleichsam auf zu existieren. Von der Elite der Fotografierten, der Erwähnten, wechselte er in jenen Status, der für die Mehrheit der Menschheit charakteristisch ist – den Status der Nicht-Fotografierten, der Nicht-Erwähnten. Schon vor langem hatte ihn seine Frau verlassen, die ihn früher einmal wegen seines Ruhms geheiratet hatte, und auch seine erwachsenen Kinder besuchten ihn nicht mehr.

Während des ganzen Jahres, das Tschunja nun schon bei Salysin lebte, hatte er kein einziges Mal eine Frau in dieser Wohnung gesehen. Auch an den Wänden hing keine einzige Fotografie einer Frau, nicht einmal ein Bild seiner Mutter.

Ein Frauenfoto hatte das Herrchen immerhin doch, aber er trug es in seiner abgewetzten Lederbrieftasche zusammen mit dem Ausweis für verdiente Spitzensportler bei sich. Ganz selten holte Salysin das Foto heraus und schaute es an, aber wenn er es schon einmal herausholte, dann schaute er es sehr lange an. Einmal, als er schwer betrunken war und das Foto auf den Boden fallen ließ, konnte Tschunja erkennen, wer darauf zu sehen war.

Es war ein Mädchen um die zwanzig, das auf einem Felsen stand und ein aufgewickeltes Tau um die Schulter trug, dessen Ende sie schwang, um es jemandem unter sich zuzuwerfen und dann zu sich heraufzuziehen. Dieser Jemand stand außerhalb der Fotografie, aber seine Gegenwart war in den Augen des Mädchens zu spüren, das ihn ansah und ihn liebte, denn nur Liebende haben solche Augen.

Tschunja ahnte, daß dort unten sein Herrchen stand, ebenso jung wie das Mädchen. Die im Wind flatternden Haare des Mädchens sahen aus wie eine verwirbelte weiße Wolke, die sich auf ihrem Kopf niedergelassen hatte, und obwohl die Haare von einem Kopftuch zusammengehalten wurden, traten sie ungestüm an allen Seiten hervor. Das Mädchen ähnelte einer fröhlichen, starken Riesin, die in den Felsen lebte und dort auch geboren war. Sie war groß und voller Güte.

»Wahrscheinlich liebt auch sie Igel«, dachte Tschunja, als er ihre Fotografie betrachtete, und er bedauerte es sehr, daß er die Widmung auf dem Foto nicht entziffern konnte. Dort stand in großer Lehrerhandschrift: »Von Bötchen, die immer auf dich warten wird«. Aber Tschunja hatte auch das Mädchen auf der Fotografie noch nie in Salysins Wohnung gesehen.

An jenem Augustmorgen, als Tschunja immer wieder um das leere Schälchen herumtrippelte und darauf wartete, daß sein schnarchendes Herrchen aufwachen und ihm Milch geben würde, fing das Telefon zu klingeln an. Aber Salysins Schnarchen übertönte offensichtlich das Schrillen des Telefons. Das Telefon verstummte für einen Moment, doch gleich darauf versuchte irgend jemand mehrmals hintereinander, mit kurzen alarmierenden Klingelgeräuschen durchzukommen. Salysin wälzte sich unruhig hin und her, nahm, ohne seine Augen auch nur einen Spalt zu öffnen, den Hörer ab und knallte ihn neben den Apparat.

Eine Stunde später begann jemand, an der Tür zu klopfen, denn die

Türklingel hatte schon vor langer Zeit irgendein Sammler von Elektroinstallationen mitsamt der Fassung herausgerissen. Zuerst war es ein taktvolles Klopfen, dann aber verwandelte es sich in ein regelrechtes Gepolter. Ganz offensichtlich schlug da die schwere Faust eines Riesen an die Tür.

Tschunja begann zu hoffen, daß dieses Klopfen ihm zu seinem Frühstück verhelfen würde, aber er hoffte umsonst. Salysin schlief weiter seinen totenähnlichen Schlaf, und es wurde wieder still an der Tür. Zehn Minuten später hörte Tschunja ein aus undefinierbarer Richtung kommendes schabendes Geräusch, und es blitzte in ihm, der er vor Sehnsucht nach igliger Gesellschaft schier verging, plötzlich ein Hoffnungsschimmer auf – wenn das nun plötzlich ein anderer Igel wäre, der ihm zur Hilfe eilte? Doch das Geräusch kam nicht vom Fußboden, sondern irgendwie von weiter oben.

Tschunja hob seine Schnauze und erblickte plötzlich ein Gesicht im Fenster.

Soweit sich Tschunja an sein Leben in Salysins Wohnung erinnern konnte, waren hinter diesem Fenster noch nie irgendwelche Gesichter aufgetaucht – immerhin war es ein Fenster im vierten Stockwerk.

Das Gesicht war das einer Frau, groß, nicht mehr sehr jung, aber mit jungen Augen, die wie blaue Laternen hinter einer Wolke aus weißen oder vielleicht auch grauen Haaren hervorleuchteten. Eine schwere, fast männliche Hand klammerte sich fest am äußeren Fensterbrett fest, und die andere Hand kratzte am Fenster. »Woher kenne ich bloß dieses Gesicht?« überlegte Tschunja und begriff plötzlich, daß es das Gesicht des Mädchens auf dem Felsen war, nur eben sehr gealtert. Jetzt kratzte die Hand nicht mehr, sondern schlug mit kräftigen roten Fingerknöcheln an das Glas.

Aber Salysin schlief noch immer.

Die Hand versuchte, das Fenster nach innen aufzustoßen, aber es war geschlossen und der Riegel vorgelegt.

Tschunja begriff: Es war etwas geschehen.

Tschunja stellte sich auf die Spitzen seiner Pfötchen, packte mit seinen winzigen Zähnchen den hin- und herschaukelnden Schnürsenkel des nicht ausgezogenen Schuhs und zog einmal, ein zweites Mal daran. Salysin hatte ihm nicht umsonst alle möglichen Kunststückchen beigebracht.

Salysin zuckte ärgerlich mit dem Fuß, aber der eigensinnige Igel ließ nicht los. Salysin zuckte noch einmal, aber der Igel hing verzweifelt am Senkel und gab pfeifende und zischelnde Geräusche von sich. Salysin öffnete schließlich die Augen und richtete sich langsam auf, wobei er zu ergründen versuchte, wer ihn da am Bein zog. Dann aber spürte er den Blick durch das Fenster auf sich, wandte seinen Kopf und erstarrte überrascht.

»Ich bin es, Bötchen«, erklang eine durch das Glas zwischen ihnen gedämpfte Stimme.

Salysin schnellte empor, sprang aus dem Bett, wobei er fast auf den Igel getreten wäre, öffnete das Fenster und zog seine Besucherin, die sich an dem bröckelnden Sims kaum noch halten konnte, ins Zimmer.

»Ich habe dir doch verboten, bei mir aufzutauchen. Und dann noch durchs Fenster ...«, brummelte er düster. »Wir beide haben das doch schon vor langem abgesprochen.«

»Was ist los mit dir, weißt du es etwa nicht?«

»Was soll ich denn wissen?«

»Sie könnten wieder zurückkehren, Lysik.«

»Wer ›sie‹?«

»Die, die für die Verhaftungen zuständig sind.«

»Woher hast du das denn?«

»Schalt den Fernseher ein.«

»Kaputt.«

»Dann das Radio!«

»Ich hab' keins.«

»Wie lebst du denn überhaupt?«

»Na, so eben ...«

Die Frau, die sich selbst Bötchen genannt hatte, stieß Salysin gebieterisch auf einen Stuhl, zwängte den linken Schuh, der auf dem Boden genächtigt hatte, über die schwarze Socke mit dem gelben Auge und band gleichzeitig die Schnürsenkel des rechten Schuhs zu, der die Nacht würdevoll über Salysins einst so schußstarkem Fuß zugebracht hatte.

»Hast du denn vielleicht Nachbarn, deren Fernseher nicht kaputt ist?«

»Du hast Fernseher doch immer gehaßt.«

»Heute muß man fernsehen. Auf den Straßen stehen Panzer. Wach auf, Lysik.«

Salysins Nachbar war ein durch und durch ausgemergelter, kettenrauchender und versoffener Installateur, dem man – wie man so schön sagt – mit einem staubigen Sack eins vor den Kopf gegeben zu haben schien. Er hatte feuerrote Haare und verdankte seinen Spitznamen dem berühmten Einohr van Gogh, denn sein linkes Ohr hatte man ihm während seiner

Gefangenschaft in Afghanistan abgeschnitten, aus der er allerdings fliehen konnte. Dann gab es da noch die van Goghsche Ehefrau – Spezialistin für Kreuz- und Plattstichstickereien –, üppig und ständig zum Kichern aufgelegt, an diesem Morgen jedoch still wie ein Mäuschen; die van Goghsche Schwiegermutter – einst war sie als Scharfschützin an der Front gewesen, jetzt aber Chefin einer chemischen Reinigung, die im Gegensatz zu ihrer fröhlichen Tochter einem düsteren Ungeheuer glich, das ständig irgend jemanden im Visier hatte; der halbgelähmte van Goghsche Vater in seinem Rollstuhl, der nach zehn Jahren in den Lagern von Kolyma vollständig rehabilitiert, aber auch vollständig verkrüppelt zurückgekehrt war; und dann die drei van Goghschen, ebenfalls feuerroten Kinder, die aussahen wie drei völlig gleiche Sonnenblumen von unterschiedlicher Größe – dies also war das Familienpublikum, das mit für Salysin noch unbegreiflicher Gespanntheit um den Fernseher herum saß, in dem kein einziger Panzer zu sehen war, sondern wo zur Musik aus *Schwanensee* lediglich sogenannte lyrische Landschaften einander abwechselten.

»Wozu hast du mich bloß hierhergeschleift?« brummte Salysin Bötchen ins Ohr.

Und van Gogh, der begriffen hatte, daß Salysin von den sich abspielenden Ereignissen keine Ahnung hatte, drohte ihm warnend mit dem Finger, nur ja nicht zu flüstern, und wies mit demselben Finger auf den Bildschirm – wart's ab, dann wirst du alles verstehen.

Er mußte nicht lange warten.

Die merklich aufgeregte Fernsehansagerin wirkte in diesem Augenblick eher wie eine völlig aufgelöste, ausschließlich an ihre Kinder denkende, unglückliche Familienmutter. Bemüht, die Glaubwürdigkeit ihrer Stimme und den Anschein von Ruhe zu bewahren, begann sie, die öffentliche Verlautbarung irgendeines merkwürdigen, von irgendwoher aufgetauchten Komitees zur Rettung all jener, die darum nicht gebeten hatten, zu verlesen.

»Richtig! Na endlich!« bellte die van Goghsche Schwiegermutter, die ehemalige Scharfschützin. »Es wird auch langsam Zeit, daß man all diese stinkenden Demokraten erschießt. Bei uns in der Reinigung werden wir schon seit einem Jahr nicht mehr richtig mit Chemikalien beliefert – nichts da zum Fleckenentfernen. Und die Leute knurren. Nicht über Gorbatschow und Jelzin, sondern über mich!«

»Mama, warum müssen Sie denn immer gleich so heftig werden? Bei jeder Kleinigkeit gleich erschießen!« nuschelte die van Goghsche Ehefrau mahnend. »Mir zum Beispiel tut der Gorbatschow leid. Was wird denn nun, werfen sie ihn jetzt etwa – ins Gefängnis?«

»Deinen Gorbatschow sollte man am besten zusammen mit seiner Frau, dieser aufgeblasenen Angeberin, per Nachname nach Amerika schicken, wie diesen ... na, wie hieß er doch gleich ... diesen Solschenizer.«

Aber plötzlich begann van Goghs Vater zu sprechen.

Er sprach mit Mühe, den Kopf auf die Rückenlehne des Rollstuhls gelegt, die Augen halbgeschlossen und bei jedem Wort das Gesicht in leidende Falten gelegt:

»Das heißt also wieder schießen ... einsperren ... ausweisen ... Und Sie freuen sich über all das, Klawdia Mitrofanowna, ja?«

»Ja, ich freue mich!« rief sie und schüttelte energisch ihre Perücke, und das rote Röschen ihres Plastikohrclipses riß sich los und plumpste in den bereits erkalteten Grießbrei. »Weniger Ballast! Weniger von all diesen Demokraten, Dieben, Alkoholikern«, verkündete sie mit triumphierender Schadenfreude und blickte auf ihren einohrigen Schwiegersohn.

»Aber wir haben doch schließlich drei gemeinsame Enkel, Klawdia Mitrofanowna ... Sie wollen doch nicht etwa, daß auch diese drei noch im einundzwanzigsten Jahrhundert in einem einzigen riesigen Lager leben müssen wie wir beide?« fragte der van Goghsche Vater traurig.

»Das schadet nichts, das überleben sie. Dafür wird Disziplin herrschen ... Wir beide haben doch auch überlebt ...« Und die van Goghsche Schwiegermutter schnaubte so energisch in ihr Spitzentuch, als wolle sie damit alle Zweifel hinwegschnauben.

»Aber Millionen haben nicht überlebt ... Das ist kein schönes Wort, ›überleben‹, Klawdia Mitrofanowna ... Leben soll man, menschenwürdig leben, und nicht überleben«, meinte der van Goghsche Vater und schüttelte dabei den Kopf.

Van Gogh selbst war ins Grübeln verfallen und schwieg. Er blickte Salysin an, suchte in seinen Augen nach einem Ratschlag, fand ihn jedoch nicht. Er stand auf, wanderte zum Kühlschrank, holte eine halbleere Flasche Rossijskaja-Wodka heraus, goß den Rest in zwei Teegläser – für Salysin und für sich selbst. Aber keiner der beiden trank.

Die Musik aus *Schwanensee*, die inzwischen wieder dem Fernseher entströmte, wurde von einem mächtigen, von der Straße heraufdringenden Surren übertönt. Alle außer van Goghs Vater stürzten zum Fenster.

Durch Moskau rollten die Panzer. Sie fuhren nicht zur Parade, und in ihren gepanzerten Schnauzen lag etwas schmachvoll Verstohlenes, etwas niedergeschlagen Demütiges. Fußgänger drohten ihnen mit den Fäusten.

»Da fahren die Lieben, da fahren die roten Sterne …«, murmelte die van Goghsche Schwiegermutter wie berauscht vor sich hin.

»Still …«, fuhr van Gogh sie plötzlich an. »Noch bin ich hier der Herr im Haus.«

Der Anblick der Panzer hatte ihn verwandelt, hatte ihn zu sich kommen lassen.

»Mach den Kasten aus. Mit dem Programm ist alles klar«, sagte er zu seiner Frau. »Mal hören, was sie von drüben senden.« Er begann, an dem alten Radio zu drehen, und stieß auch sofort auf den Sender »Liberty«.

»Radio ›Liberty‹ sendet aus dem russischen Parlament … Durch das Fenster sehe ich die heranrückenden Panzer. Die Panzer umzingeln das Parlament. Ein Sturmangriff ist denkbar … Es wird der Auftritt des russischen Präsidenten erwartet.«

Van Gogh schaltete das Radio aus.

Alles Ausgemergelte an ihm, all seine Geducktheit unter den Schlägen mit dem »staubigen Sack« war verschwunden und hatte sich in innere Gefaßtheit verwandelt, und seine eben noch trüben und unbestimmt um sich blickenden Augen wurden bestimmt, hatten ein Ziel.

»Na, meine Adler – wer von euch kann mir sagen, was ein Mann mit etwas Selbstachtung in einem so historischen Moment tun muß?« wandte er sich an die drei kleinen van Goghs.

Sofort flogen drei Hände in die Höhe.»Die Schulaufgaben gut lernen«, sagte der älteste junge van Gogh.

»Mama fragen, was zu tun ist«, sagte der mittlere junge van Gogh.

»Die Katze füttern und in den Kampf ziehen«, sagte der jüngste junge van Gogh.

»Alle Antworten sind richtig«, sagte der alte van Gogh. »Aber vor allem anderen muß sich ein Mann mit Selbstachtung erst einmal rasieren.«

Van Gogh steckte den Elektrorasierer in die Steckdose, summte mit dem Gerät konzentriert vor dem Spiegel, spritzte sich ein wenig Eau de Cologne aus einem Fläschchen auf die Wangen, rieb es mit den Handflächen ein und nahm dann einen kleinen Schluck aus derselben Flasche: »Ach, Michail Sergejewitsch, du hast uns unseren letzten Trost genommen – den Wodka, und wir helfen dir dafür noch aus der Patsche.«

Mit frischrasierten glänzenden Wangen, die den ihnen geopferten guten Tropfen gierig aufsogen, brachte van Gogh mit ein paar schwungvollen Kammstrichen Ordnung in seine feuerrote Haarpracht, warf die Filzpantoffeln ab, steckte die Füße in Straßenschuhe, und seine verständige Ehefrau lief bereits von hinten mit einem frischen Hemd auf ihn zu, um ihm zu helfen, seine zottigen tätowierten Arme in die gestärkten Ärmel zu stecken.

»Du bist ja plötzlich so schön!« flüsterte seine Frau, biß sich auf die Lippen und versuchte, ihre Tränen zurückzuhalten.

»Ich bin doch immer schön. Du weißt wohl gar nicht, daß all meine Kundinnen ihre Wasserhähne extra deshalb kaputtmachen, damit ich komme«, lachte van Gogh neckend.

»Alkoholiker. Irrer. Solltest besser an die Kinder denken!« zischte die Schwiegermutter leise, aber dennoch hörbar.

Van Gogh küßte die Sonnenblumenköpfe seiner Kinder einen nach dem anderen und bot seinen eigenen Kopf den sich kaum noch rührenden Lippen seines Vaters zum Kuß.

»Richtig, Söhnchen«, sagte der Vater, »gut so.«

Van Gogh setzte eine speckige Schirmmütze auf, drückte sie sich mit dem besonderen Marinoroschinski-Schick ein wenig schief aufs Ohr und griff nach einer großen Rohrzange, wobei er Salysin zuzwinkerte:

»Das da – das ist für alle Fälle.« Und plötzlich blickte er ihm direkt und streng in die Augen:

»Und was ist mit dir, Nachbar?«

»Ich bin zu alt«, wich Salysin dem Blick aus und trat mit van Gogh auf den Treppenflur hinaus.

»Wo bist du denn alt? Ich hab doch gesehen, wie du mit den Jungs im Hof immer noch hinter dem Ball herrennst.« Und van Gogh lief hüpfend die Treppe hinunter, schlug mit der Hand gegen die Tür, die hinaus in die vom Panzergeruch des Umsturzes erfüllte Stadt führte.

»Ich bin zu alt«, wiederholte Salysin mit tonloser Stimme, trat in seine Wohnung und goß dem sehnsüchtig wartenden Igel Tschunja Milch ein.

»Man ist nie zu alt, Lysik. Man kann müde sein, man kann krank sein, man kann ängstlich sein, aber daß wir zu alt sind, das bilden wir uns nur ein«, meinte Bötchen, legte ihm die Hände auf die Schultern und versuchte, ihm mit ihren blauen Laternen in die Augen zu leuchten, aber er verbarg seinen Blick vor ihr. »Erinnerst du dich noch daran, wie du es früher geliebt hast, wenn ich für uns beide ein Dach aus meinen Haaren gemacht habe und wir uns darunter versteckt und miteinander geflüstert haben? Soll ich uns jetzt wieder so ein Dach machen, auch wenn meine Haare inzwischen fast grau sind? Und dann flüstern wir wieder miteinander?

So, und jetzt hör mir gut zu: Auch ich habe mir eingebildet, alt zu sein, Lysik. Ich habe es soweit getrieben, daß ich mich erst von vorne und dann von der Seite gemustert und angefangen habe, meine Falten zu zählen und mir einzureden, daß ich ururalt sei und daß du mich nicht mehr lieben könntest. Aber was soll ich denn machen, wenn ich dich doch trotzdem noch liebe. Wenn ich dich liebe, dann bedeutet das doch, daß ich überhaupt nicht alt bin. Lieben – das heißt ja gerade nicht alt sein. Mach dir keine Sorgen, daß du jetzt keine Frau liebst. Um nicht alt zu sein, muß man nicht unbedingt einen Menschen lieben, es reicht schon, überhaupt irgend etwas zu lieben. Du liebst mich nicht, aber ich weiß, daß du die Menschen liebst, diesen Igel, Bücher und schließlich deinen Fußball, den du mit den Jungs bis heute immer noch spielst. Und wenn du nur irgend etwas liebst, dann bist du nicht alt.«

»Ich bin schlimmer als alt. Ich bin tot«, erwiderte Salysin resigniert.

»Ach, das gilt nicht. Stirb nicht vor deiner Zeit, Lysik. Weißt du, warum ich heute durchs Fenster zu dir gekommen bin? Du glaubst wohl, aus verhängnisvoller Leidenschaft? Daß diese alte Idiotin in den Wechseljahren die Trennung von dem Objekt ihrer fast vierzigjährigen hoffnungslosen Liebe nicht ertragen konnte? Nein, nein und nochmals nein! Ich wollte nicht, daß du vor deiner Zeit stirbst. Und genau das kann mit dir geschehen, wenn du heute nicht dort bist, wo du sein solltest.«

»Aber warum sollte ich dort sein? Ich schulde niemandem etwas.«

»Weil es Schulden gibt, die man nie gemacht hat, aber dennoch zurückzahlen muß.«

»Womit kann ich schon helfen, wenn da so eine Übermacht daherkommt ...«

»Vielleicht hilfst du der Politik nicht, aber du wirst dir selbst damit helfen. Ich kenne dich. Wenn du nicht zusammen mit deinem Nachbarn dorthin gehst, wirst du dich später verachten, dich vergiften, du wirst dich um den Verstand trinken, du wirst vor deiner Zeit sterben.«

»Was bedeutet schon ein einzelner Mensch, ein von allen vergessener ehemaliger Fußballer?«

»Im Moment der Gefahr wird jeder gebraucht. Und wenn du auch ein ehemaliger Fußballer bist, bist du deshalb etwa ein ehemaliger Russe? Es gibt keine ehemaligen Russen. Und schließlich bist du nicht einfach ein Fußballer, Salysin – du bist ein Genie. Es gibt keine ehemaligen Genies. Wenn du jetzt auch nicht mehr genial spielen kannst, so kannst du doch genial leben.«

»Und wie soll das gehen?«

»Das ist doch ganz einfach. Nach deinem Gewissen leben – das ist alles. Das genau bedeutet ein geniales Leben. Versteh doch, dein Nachbar van Gogh und dieser andere, der französische van Gogh, sie sind beide auf ihre Art Genies. Dein Nachbar hat mit derselben Begeisterung nach seiner Rohrzange gegriffen wie ein Künstler nach dem Pinsel. Also Salysin, mach dich fertig, kriech unter dem Dach meiner Haare hervor.«

»Warte, ich will dir nur offen und ehrlich zwei Worte sagen.« Salysin wollte nicht unter ihren Haaren hervorkommen.

»Natürlich, aber wirklich nicht mehr als zwei Worte, sonst schmeiße ich dich jetzt gleich aufs Bett und vergewaltige dich, denn bis heute wollte ich dich jede Nacht, was in meinem Alter sicherlich ziemlich unangemessen ist. Sprich schon, sonst fange ich an, dich zu küssen, auch wenn du es mir schon vor langer Zeit verboten hast.«

»Die, die da die Panzer auf das Parlament gehetzt haben, die hasse ich. Doch denjenigen, die im Parlament sitzen, kann ich auch nicht sonderlich glauben. Ich bin auf alle Versammlungen gegangen, habe für die Demokraten gestimmt. Aber wenn sie früher noch in der Mausefalle gesessen haben, so haben sie sich inzwischen mitten in den Käse hineingefressen und können sich nun nicht einigen, wie sie ihn teilen sollen. Sie haben in diesem Käse schon zu viele neue Gänge der Macht gebuddelt. Sie sind wie Mäuse, die sich zu Katzen gemausert haben. Und ihre Schnurrbärte stecken schon zu tief in der Sahne.«

»In einem Buch über die Französische Revolution habe ich einmal folgendes gelesen: ›Alle Revolutionen werden von Utopisten erdacht, von Fanatikern verwirklicht, doch von den Früchten der Revolution zehren die Halunken.‹ Es wäre schrecklich, wenn das die Wahrheit wäre, Lysik. In diesem Aphorismus gibt es keinen Platz für einfache ehrliche Leute, und das ist falsch. Wir dürfen jetzt nicht zu viel überlegen, was später sein wird. Die Hauptsache ist, daß wir uns selbst sagen können: Wir haben alles getan, was in unserer Macht stand. Laß uns gehen, Lysik, laß uns gehen. Du würdest doch sowieso gehen – sonst würde ich dich ja gar nicht lieben. Na also – jetzt ist da über dir kein Dach mehr aus meinem Haar, Lysik.«

Doch erneut breitete er wie in früheren Zeiten ihre Haare über seinem Kopf aus, so daß sie von der ganzen restlichen Welt getrennt waren, und ihre blauen Laternen schwammen mitten in seine Augen hinein, und unter seinen von ihr ganz entwöhnten Händen legte sie sich langsam auf dem Bett zurück, das die Gegenwart von Frauen so lange nicht gekannt hatte. Und der Igel Tschunja erschauderte und konnte sich nur mit Mühe befreien, als ein spitzenbesetzter schneeweißer, gleichsam aus den Blütenblättern des Faulbaumes genähter Büstenhalter weich auf seine Stacheln fiel. Und die noch jungen Brüste der Frau schoben sich, unberührt von den Falten, die sich erst viel weiter oben, an den Ohren, verräterisch bemerkbar machten, mit den beiden winzigen Mündern der aufgerichteten Warzen näher an die Lippen des Mannes, welche das Küssen schon fast verlernt hatten und ganz trocken geworden waren, und sie liebten einander mit jener besonderen Heftigkeit, mit der sich nur jene lieben, die lange getrennt waren oder die sich wieder für lange Zeit, vielleicht für immer, trennen müssen.

Und danach war sein Blick ein ganz anderer, so als hätten die blauen Laternen seinen Augen ihre jungen springenden Funken eingepflanzt, und er schlug mit der Faust fröhlich den Glasrahmen in dem Heiligenwinkel ein, holte das gelbe brasilianische Trikot mit dem nicht ausgewaschenen Schweiß von Pele hervor und zog es sich zum ersten Mal selber an, so als stände ihm das wichtigste Spiel seines Lebens bevor. Und dann nahm er seine alte Schirmmütze aus Paris mit dem noch immer ein wenig golden glänzenden Eiffelturm auf dem Futter, setzte Tschunja hinein, brachte ihn in den Park und ließ ihn dort auf das Gras hinab.

»Na, Tschunja, leb wohl«, sagte Salysin. »Wer weiß, was heute noch passieren wird, deshalb trenne ich mich besser von dir. Aber ich gebe dir einen Tip: Wenn du eine junge Igelin liebgewinnst, die dich auch liebt, dann fürchte dich vor nichts und heirate sie sofort, damit sie dir viele kleine Igelchen schenkt, die euch ähnlich sehen. Wiederhole bloß nicht den Fehler, den ich gemacht habe, als ich diese Frau vor vielen Jahren nicht geheiratet habe. Aber sollten wir siegen, werde ich diesen Fehler wiedergutmachen.«

»Lysik, ist das wahr?« fragte Bötchen und hatte Angst, seinen Worten Glauben zu schenken.

»Es ist wahr«, sagte er. »Und du darfst dir nicht in den Kopf setzen, daß ich dich nicht liebe. Ich habe dich all die Jahre geliebt, und heute liebe ich dich noch mehr.«

Und Salysin setzte die Schirmmütze aus Paris mit demselben Marinoroschinski-Schick auf wie sein Nachbar, der Installateur van Gogh, und mit schnellen, zielstrebigen Schritten zog er aus, das alles andere als vollkommene Parlament von Rußland zu verteidigen. Immerhin war es ein Parlament, und immerhin war es das von Rußland. Und Arm in Arm mit ihm ging die Frau, deren blaue Laternen unter der weißen Wolke ihrer Haare leuchteten. Und erst als sich ihre Gestalten in der Ferne auflösten, kroch Tschunja vorsichtig in die Büsche hinein, und sein kleines Herz klopfte aus Angst vor der Natur, die er ein wenig vergessen hatte und die ihm fast schon fremd war, und mit dem Knöpfchen seiner Nase schnüffelte er herum, ob es nicht irgendwo nach Igeln roch.

4.

FUSSBALLER UND BERGSTEIGER

Es war lange her, daß Lysa die blauen Laternen dieser Augen zum ersten Mal erblickt hatte, wobei die Umstände nicht allzu romantisch gewesen waren. Es war an dem Tag gewesen, an dem er volljährig geworden war, in Ismailowo auf einem Balkon im fünften Stock gestanden und sich mit der ganzen wunderbaren Kraft der Jugend in einen Kübel mit einem vertrockneten Gummibaum erbrochen hatte.

Der Gummibaum wie auch der Balkon gehörten seiner alleinstehenden Tante – Leiterin der Abteilung für Schulterklappen des Militärversorgungsamtes am Kalininski-Prospekt –, die ihren Neffen unvorsichtigerweise gebeten hatte, für die Zeit ihres Krim-Urlaubs nach ihrer Wohnung zu sehen.

Lysa war der Sohn eines stark trinkenden Installateurs und einer weniger stark, aber dennoch trinkenden Krankenschwester, und alle drei lebten in einem sieben Quadratmeter großen Kämmerchen in einer Kellergemeinschaftswohnung, in dessen einzigem, nur zur Hälfte über den Bürgersteig herausragenden Fenster nicht die Gesichter der Passanten vorbeihuschten, sondern im Winter Filzstiefel mit Galoschen und Überschuhe der Sorte »Leb wohl, o du Jugend!«, im Sommer weiße, mit Zahnpulver gereinigte Leinenschuhe und Satinsandalen mit Holzsohlen – sogenannte Keilschuhe – sowie während des ganzen Jahres Kunstlederstiefel und die Holzbeine der Invaliden mit ihren Gummiaufsätzen.

Die Verwandten, die die Salysins besuchten, lebten ebenfalls in solchen Kämmerchen und waren ebenfalls stark oder weniger stark trinkende Leute, die sich zu diesem Zweck desselben Wodkas bedienten – der Sorte mit dem schwarzen Verschluß. Wodka mit weißem Verschluß tranken Leute aus einem anderen Rußland – dem Rußland, in dem es Leute gab, die eine eigene Wohnung zur Verfügung hatten.

Die Tante war Lysas einzige reiche Verwandte: Sie hatte eine Wohnung für sich allein, einen Silberfuchs und einen General zum Freund. Als sie wegfuhr, drohte die Tante mit ihrem fleischigen manikürten Finger, dem es in Gesellschaft der verschiedenen Ringe an seinen ebenso fleischigen manikürten Nachbarn nicht eben schlecht zu gehen schien, und dem man nicht mehr ansah, daß er früher ein dürrer Mädchenfinger an der Hand einer Militär-Verkehrspolizistin gewesen war, die die Fähnchen auf den vom Krieg zerbombten Kreuzungen geschwungen hatte.

Die Tante sprach:

»Daß mir nur ja kein Lagerfeuer auf dem Flügel angezündet wird!«

Übrigens besaß sie gar keinen Flügel, aber sie bezeichnete das deutsche »Beute-Klavier« so, das ihr – neidvollen Gerüchten zufolge – der besagte General geschenkt hatte, den sie, als er noch Major gewesen war, so geliebt hatte, daß sie sich ihm – abermals nur Gerüchten zufolge – im Panzer und in den Unterständen hingegeben hatte und so für eine Zeitlang seine FMF – seine Feld- und Manöver-Frau – gewesen war. Kinder hatte die Tante keine, dennoch gab es da Fotografien von Kindern, denen des Generals, die er von seiner anderen – staatlich anerkannten – Frau hatte. Diese Kinder umgaben in holder Eintracht mit ihrer imposanten, beleibten Mutter, die einem General ähnlicher sah als der General selbst, wie eine glückliche Pionier- und Komsomolzenherde die strenge, von den sichtbaren Orden sowie den unsichtbaren Geheimnissen seines Privatlebens niedergedrückte, statuengleiche Gestalt des Vaters. Diese Fotografie, die in einem vergoldeten Holzrahmen auf der Kommode in Tantes Wohnung stand, trug eine Widmung – offensichtlich für fremde Augen bestimmt, so als wolle sie ganz zufällig die Gerüchte über die einstige Frontromanze zerstreuen: »Meiner teuren Kampfgefährtin Tonja von mir und meiner ganzen Familie zum Jahrestag des Sieges«.

Es lag entweder an seiner klugen Voraussicht oder aber an ihrer Diskretion, daß es keine Fotografien von Tante und General gemeinsam gab – allerdings hingen über Tantes Liege zwei einzelne, aber dennoch unzertrennliche, vergilbte Schnappschüsse in einem gemeinsamen Rahmen aus karelischem Birkenholz: Auf dem einen – eine spindeldürre Verkehrspolizistin mit keck unter dem schief sitzenden Schiffchen hervorlugenden Locken, wie sie vor einem Schild »50 km bis Berlin« steht und den Fotografen fröhlich zurückweist, und auf dem anderen – ein vor Siegesglück strahlender, vielleicht ein wenig angeheiterter junger Major, der – seinem Offiziersrang ganz und gar nicht entsprechend – vor dem verkohlten Reichstag voller Übermut eine Soldatenziehharmonika auseinanderreißt. Natürlich waren sowohl der General als auch die Tante seit jener Zeit gealtert – aber dennoch besagten dieselben Gerüchte, daß die Tante zwar nicht regelrecht mit dem General zusammenlebte, ihn aber doch immerhin von Zeit zu Zeit »belebte«. Was sonst hätte der Grund dafür sein können, daß man an der Elften Parkstraße manchmal einen schlummernden uniformierten Chauffeur in seinem Sim[1] erblicken konnte, dessen schwarzer reinrassiger Kühler friedlich in das Gebüsch hineinragte, auf dem Hof, gleich neben den Tischen mit den wie wild aneinanderklopfenden, alles andere als reinrassigen Dominosteinen?

Wenn er bei seiner Tante war, bemerkte Lysa mit scharfem Blick, daß auf ihrem Nachttisch stets eine rot-goldene Schachtel der teuren Papirossi-Marke Gwardejskije stand, obwohl doch die Tante selbst nicht rauchte, und einmal hatte er im Aschenbecher sogar zwei Stummel mit den energischen Bißspuren eines Mannes entdeckt.

Die Tante liebte ihren Neffen, den man wegen seiner Liebe zum Fußball von der Schule geworfen hatte und der vorerst nur mit dem Schleppen von Kisten und Säcken in einem Gemüsegeschäft beziehungsweise dem Schleppen von Schränken in einem Möbelgeschäft sein Geld verdiente, auf das zärtlichste. Man hielt ihn sogar in seiner trinkenden Familie für einen Nichtsnutz, und die Tatsache, daß auch die Tante wegen ihres unklaren Privatlebens als Nichtsnutz galt, schuf in ihrer Beziehung eine besondere Vertrautheit. Deshalb überließ die Tante, als sie auf die Krim reiste, ihren Wohnungsschlüssel nicht irgend jemandem, sondern Lysa – allerdings nur unter drei Bedingungen: ihren Kater mit Namen Kotofej zu füttern, keine Mädchen mitzubringen und – »nur ja kein Lagerfeuer auf dem Flügel« anzuzünden.

Lysa fütterte Kotofej pünktlich, brachte keine Mädchen mit, denn er hatte panische Angst davor, sich anzustecken oder heiraten zu müssen, und Lagerfeuer hatte er auf dem Flügel bisher auch noch keines gemacht. Doch die halbverhungerten Fußballfreunde, die ihr Spiel auf den öden Moskauer Hinterhöfen zusammengeschweißt hatte, waren ständige Gäste bei ihm – zum einen, um die Wohnung der Tante zu begutachten, die im damaligen Moskau der Baracken- und Gemeinschaftswohnungen noch eine Seltenheit war, und zum anderen, um sich bei der Gelegenheit in einem wahrhaftigen Badezimmer zu waschen. Sie alle wollten sich von den öden Hinterhöfen bis zum großen Fußball vorkämpfen – das bedeutete nicht nur Ruhm, sondern auch ein Badezimmer für sich allein, obwohl dies nicht allen beschieden sein sollte.

Die Klassenunterschiede unter den Jungens, die auf dem Fußballhinterhof eigentlich alle gleich waren, begannen bei den Schirmmützen. Die einen Mützen – die Drei-Rubel-Varianten aus dem Laden – waren grau oder von unbestimmter dunkler Farbe, von grobem Schnitt und hatten ein rauhes Satinfutter. Sie wurden von denen getragen, die für den Großen Fußball nicht auserwählt waren. Diejenigen jedoch, auf die die Trainer ihr fettig-räuberisches Auge geworfen hatten, bekamen andere Schirmmützen – farbenfroher, mit eindeutig nicht-sowjetischem Muster auf dem bedruckten Bouclèstoff, manchmal sogar aus Tweed, mit glänzendem Sergefutter, manchmal aus acht Keilen genäht, manchmal mit einem Metallknopf auf dem Schirm, manchmal mit einem schmucken Troddel. Diese Schirmmützen aus Importstoffen, die über Odessa ins Land geschmuggelt worden waren, stammten alle von dem einzigen Schirmmützenmacher für sowjetische Fußballer in der Stoleschnikow-Gasse – von Onkel Schora, dessen winzige Werkstatt unter einer Kellertreppe lag und mit den handsignierten Fotografien der damals berühmten Fußballer vollgehängt war.

Lysa besaß noch keine Schirmmütze aus der Stoleschnikow-Gasse, doch prangten diese schon auf den Köpfen einiger seiner Freunde – ein wenig schräg aufs Ohr gedrückt, mit gerade so weit umgeklapptem Schirm, daß die Haartolle lässig auf die Stirn fiel.

Die Schirmmützen spalteten eine ganze Generation. In den Augen einiger Jungs begannen bereits – je nach Schirmmütze, die der Betreffende trug – Spuren von Überheblichkeit oder auch Neid aufzublitzen. Doch die gemeinsam auf den öden Hinterhöfen im Spiel mit dem Stoffball oder den Konservenbüchsen genossene Kindheit war noch nicht aus ihrem Gedächtnis geschwunden und hielt sie noch zusammen.

Und diese Fußballerbande, diese Mischung aus denen, die es geschafft hatten, denen, die es nur zur Hälfte geschafft hatten, und denen, die es noch nicht geschafft hatten, sich zu Berühmtheiten aufzuschwingen, forderte ein Gelage zu Ehren von Lysas bevorstehender Volljährigkeit, und zwar umso eindringlicher, seit eine »sturmfreie Bude« aufgetaucht war. Nachdem Lysa entschieden verkündet hatte, daß er die eiserne Bedingung seiner Tante, »keine Mädchen mitzubringen«, nicht verletzen könne, entschlossen sie sich, einen Herrenabend zu veranstalten.

Sich auf die langweilige Art und Weise zu betrinken, wie das ihre Eltern taten – den Wodka mit dem schwarzen Verschluß aus geschliffenen Gläsern einfach so die Kehle hinunterzustürzen, dabei zu ächzen und hinterher entweder eine Salzgurke zu essen oder aber einfach nur an einem Brotkanten zu riechen –, dazu hatten die zukünftigen Fußballberühmtheiten keine Lust. Sie wollten ihren armen Eltern und überhaupt allen Armen auf gar keinen Fall in irgendeiner Weise ähneln – daher auch ihre Manie mit den Schirmmützen.

Dies war auch der Grund, warum sich viele von ihnen so leicht mit Wohnungen und Automobilen von den Machern des Sports kaufen ließen, welche geschickt auf den Saiten der Angst vor abermaliger Armut spielten – denn aus der Armut stammten sie alle, diese Kinder des Stoffballs und der Hinterhöfe. Dies war auch der Grund, warum einige, gerade erst auf dem Zenit des Ruhms angelangt, schleunigst Operettensängerinnen und berühmte Turnerinnen heirateten, von denen sie dann meistens wegen ihrer angeblich »unzureichenden Intellektualität«, tatsächlich jedoch wegen ihrer Armut verlassen wurden, die sie erneut erbarmungslos von der wechselhaften Oberfläche des Ruhms wie ein Strudel in die Tiefe zog – und dieses Mal auf ewig. Dies war auch der Grund, warum in ihnen diese Gier lebte, sich aufzublasen, geckenhaft herumzustolzieren, sich zu produzieren, diese Gier, die so typisch ist für all diejenigen, die es geschafft haben, sich aus der Anonymität emporzukämpfen, und dann gepackt werden von der ewigen Angst, in die Armut zurückkehren zu müssen. Das alles bedeutete nicht, daß der Fußball für sie nur ein Mittel war, sich emporzukämpfen – er war der Sinn ihres Lebens. Aber das Schreckliche an dem Beruf eines Profifußballspielers ist, daß der Sinn des Lebens nicht so lange währt wie das Leben selbst. Alles versuchen, alles probieren, alles kaufen, und zwar so schnell wie möglich – das war das beherrschende Gefühl all derjenigen, die bereits eine Stoleschnikow-Mütze trugen oder davon noch träumten.

Unglücklicherweise hatte Lysa irgendwo von einer amerikanischen Erfindung mit dem Namen »Cocktail« gelesen. In dem von der gesamten restlichen Welt isolierten Moskau des Kalten Krieges war ein Cocktail der einzig mögliche Schluck Amerika, den man ergattern konnte. Nicht umsonst standen die Menschen vor der Cocktail-Bar an der Gorki-Straße, Ecke Künstlertheater-Weg, ständig Schlange, um zu versuchen, den Eisernen Vorhang zumindest mit einem Cocktail-Strohhalm zu durchstechen. Aber die Cocktail-Bar war für Lysas Geldbeutel noch eine Nummer zu groß. Er und seine Fußballfreunde beschlossen, Cocktails der Marinoroschinski-Variante selbst zuzubereiten. Geld hatten sie nicht allzu viel, und so kauften sie die Zutaten möglichst billig ein: offener Wein mit der nebulösen Bezeichnung »fruchtig«, Schiguli-Bier vom Faß, Studentensekt aus Apfelmost und Wodka mit dem schwarzen Verschluß. Eigene Kühlschränke waren damals in Moskau eine Seltenheit, und das erste, was die sowjetischen Hausfrauen – darunter auch Lysas Tante – taten, war, die für die Eiswürfel bestimmten, völlig überflüssigen Aluminiumschalen mit den Plastikeinsätzen wegzuwerfen. Doch wie Lysa gelesen hatte, gehörte zu einem echten Cocktail nach allen amerikanischen Regeln Eis einfach dazu. Lysa fand einen Ausweg – in den Fleischgeschäften wurde damals Eis in silbrigen Fünf-Kilo-Blöcken verkauft. Auf dem Boden des Wohnzimmers zerhackten die jungen Fußballer mit der Axt und voller Begeisterung einen solchen Block sowie gleichzeitig auch das völlig unschuldige Parkett, und die Eisstückchen warfen sie dann zusammen mit den Parkettspänen, einer Büchse Kirschenkompott und allen anderen Zutaten in einen Waschtrog aus Zink. Dieses Gebräu schöpften sie mit einer großen Kelle direkt aus dem Trog und gossen es in Teegläser. Die Funktion der Cocktailstrohhalme erfüllten lange Makkaroni, die sich in dem fürchterlichen Gemisch erst langsam lila färbten und dann, dem Untergang geweiht, aufquollen. Ungefähr zwei Stunden nach Einverleibung der amerikanischen Erfindung begannen alle Gäste, sich einträchtig zu übergeben – der eine ins Toilettenbecken, der andere in die Badewanne, wieder ein anderer direkt auf den Boden, und Lysa schaffte es mit Müh und Not, sich bis auf den Balkon zu schleppen, wo er sich über dem Kübel mit dem vertrockneten Gummibaum in Zuckungen wand.

Aber plötzlich vernahm er eine singende, für Moskau ganz und gar untypische Stimme:

»Oh, du Ärmster. Hast dich vergiftet, was?«

Lysa hob nur mühsam seinen vor Schmerz fast zerspringenden Kopf und sah wie durch einen Nebelschleier zwei große Mädchenaugen, die ihn aus dem Halbdunkel des Nachbarbalkons mitleidig anblickten. Das Gesicht war kaum zu sehen, es verschmolz mit dem Weiß der Laken, die mit hölzernen Klammern an der Leine auf dem Balkon festgesteckt waren, und so wirkten die Augen wie zwei blaue, in der Luft hängende Laternen.

»Oh«, blökte Lysa, und sogleich zog es ihn wieder nach vorn, erneut stülpte sich sein Innerstes nach außen. Nicht einmal die Scham, daß ihn jemand – dazu noch ein Mädchen – beobachtete, konnte ihm helfen, sich zu beherrschen.

»Ich komme sofort ...«, sagte das Mädchen plötzlich. »Ich helfe dir.«

Das Mädchen kletterte mit unerwarteter Entschlossenheit auf das Balkongeländer, und es zeigte sich, daß sie groß und kräftig von Statur war, gleichzeitig aber einen leichten, weichen Gang hatte. Und sie ging den mit Blech beschlagenen Sims entlang, wobei sie die steinerne Wand mit ihren Fingern umarmte und darin nach kleinen, nur mit den Fingerspitzen spürbaren Rissen suchte, um sich immerhin ein wenig festzuklammern. Die Balkone befanden sich dicht nebeneinander, und sie mußte nur ein paar Schritte machen, aber jeder dieser Schritte hätte sie das Leben kosten können. Einen Augenblick später sprang das Mädchen schon zu Lysa auf den Balkon.

»Oh, du meine Güte, stinkst du vielleicht! Was seid ihr Kerle bloß für Dummköpfe! Steck zwei Finger in den Mund! Und ich halte dir den Kopf. So-so. Und jetzt werde ich dir den Nacken massieren. Was hast du hier bloß für üble Knoten. Darin sammelt sich der ganze Unrat dann an. Aber macht nichts, ich werd' das schon wieder rauskriegen. Ich kann das gut. Mein Vater hat sich auch oft damit gequält.«

»Du bist irre ...«, brummte Lysa, der nach und nach wieder zu sich kam. »Du hättest vom Sims abstürzen können.«

»Ich bin entschieden normal«, sagte das Mädchen. »Ich bin Bergsteigerin. Siehst du meine Uhr?«

»Ja, seh' ich ...«, sagte Lysa und sah fast gar nichts.

»Weißt du, woher diese Kratzer auf dem Uhrglas kommen? Vom Anpressen ...«

»Wieso Anpressen ...?« fragte Lysa verwirrt.

»Bestimmt nicht vom Anpressen an solche Saufnasen wie dich ... vom Anpressen an die Felsen.«

Lysa musterte nun endlich ihr Gesicht. Aus dem gleichen Holz geschnitzt wie sie selbst, war auch ihr Gesicht breit, knochig, wettergegerbt, schuppig und braungebrannt wie Kupfer, aber die Bräune war die von Bauern und Fischern und nicht die Bräune, die man sich am Strand zulegt. Die breite Nase war von Sommersprossen übersät und ein wenig plattgedrückt, und die Nasenflügel leuchteten erhitzt unter der abpellenden Haut. Sie war grob, aber eindrucksvoll gebaut. Sie war gleichzeitig schön und häßlich. Ihre Haare ergossen sich wie ein Wasserfall in zwei ungehorsamen, blendend weißen, durch einen strengen Scheitel getrennten Strömen auf ihre abschüssigen Schultern, und die Augenbrauen waren ebenfalls weiß, aber unter ihnen schaukelten die beiden blauen Laternen, die Lysa auf dem Nachbarbalkon gesehen hatte. Lysa bemerkte, welch riesige rote Fäuste sie hatte – von Schrammen übersät. Da ließ man sich besser auf nichts ein – wenn so eine Faust einmal zuschlug, würde von einem nicht mehr übrig bleiben als ein feuchter Fleck. Doch diese Stimme – so singend, umhüllend –, mit so einer Stimme werden Märchen erzählt. Genau so eine Stimme muß Arina Rodionowna[2] gehabt haben. Und so mahnend wie eine Großmutter fragte sie ihn:

»Warum hast du dich bloß so betrunken, du Narr?«

»Ich hab' doch Geburtstag.«

»Und, wie alt bist du geworden?«

»Achtzehn.«

»Da bist du ja noch ein kleiner Junge.«

»Und was bist du – etwa älter?«

»Natürlich. Ich bin schon zwanzig, so daß du mir also gehorchen mußt. Außerdem bin ich Leistungssportlerin. Im Bergsteigen.«

»Und ich – im Fußball«, unterbrach Lysa.

»Wer stöhnt denn da noch?« fragte das Mädchen und wandte sich zum Zimmer hin.

»Leute …«, brummelte Lysa lustlos.

Das Mädchen trat mutig vom Balkon in den Raum und schüttelte bekümmert den Kopf, als sie sah, was geschehen war:

»Das sollen Leute sein? Das sind doch Fer-kel!«

Die gesamte Wohnung der Tante, einschließlich des Parketts, der Wände und sogar der Tasten des Beuteklaviers, war mit Erbrochenem beschmutzt. Auf dem Boden krochen die unglücklichen Opfer der amerikanischen Erfindung von schrecklichen Krämpfen geschüttelt hin und her. Nur einem von ihnen war der in hygienischer Hinsicht nicht dumme Gedanke gekommen, sich in den Waschtrog aus Zink zu übergeben, um so das in ihm zubereitete Gebräu an seinen Ursprungsort zurückzubefördern.

Allen tat der Kopf zum Zerbersten weh, und alle stöhnten im Chor zur lautlosen Begleitung der Ziehharmonika in den Händen des auf der vergilbten Fotografie abgebildeten jungen Majors vor dem Reichstag.

»Mein Auge ist geplatzt«, winselte der schielende Halbaußen mit dem Spitznamen Bansai kläglich.

Sein linkes blutverschmiertes Auge sah in der Tat furchterregend aus.

»Ah ja, zeig doch mal! Nein, dir ist nicht das Auge geplatzt, sondern eine Ader im Auge. Das macht nichts, das heilt bis zur Hochzeit wieder!« tröstete ihn das Mädchen.

»Oh, mein Kopf, mein Kopf ... Oh, ich werde niemals mehr trinken. Mama, wo bist du, Mamachen?« plärrte Kolja Radtschenko, der beste Torwart aus ganz Marina Roscha, und rieb seinen brummenden Kopf mit dem modischen Bürstenschnitt an dem Wandteppich, der mit seinen bereits besudelten Hirten wahrscheinlich ebenfalls eine Kriegsbeute war.

»Ich bin deine Mama, ich bin doch hier«, beruhigte ihn das Mädchen, umfaßte den Nacken des Unglücklichen mit den Händen und preßte ihre den Schmerz aufsaugenden Finger tief in die Haut. »Ihr leichtfertigen Jungs, ihr Vogelscheuchen und Schmierfinken. Was soll ich denn bloß mit euch machen? Also dann, ab unter die Dusche.«

Lysa sah – vor Erstaunen fast wieder nüchtern – zu, wie sie seine halb bewußtlosen Kampfgenossen einen nach dem anderen unermüdlich unter den Achseln packte, sie auszog wie kleine Kinder, in die Badewanne steckte, wo sie drei Stürmer und einen Torwart gleichzeitig unterbrachte, und dann ihre Köpfe unter die Dusche hielt. »Die kann als Großmutter anfangen«, würdigte Lysa ihr resolutes Vorgehen.

Sie begann ihm zu gefallen.

Nachdem sie die Fußballertalente in der Badewanne zum Aufweichen zurückgelassen hatte, bewaffnete sich das Mädchen mit einem Schrubber und machte sich daran, die Wohnung sauberzumachen.

In diesem Moment beschloß Bansai, der in eine Ecke gekrochen war und dort eine halbleere Flasche Wodka gefunden hatte, offensichtlich, die Aufmerksamkeit dieses Mädchens mit einem alkoholischen Zaubertrick auf sich zu lenken. Sich auf das Beuteklavier stützend, stand er schwankend auf, goß den Wodka in eine Untertasse und zündete ihn an.

»Jetzt gibt's gleich Hokuspokus!« rief Bansai mit einem Grinsen.

»Kein Hokuspokus hier!« Das Mädchen schwang den Schrubber gegen ihn. »Mach sofort das Feuer aus!«

»Nichts da! Sei ruhig, Pionierin!« sagte Bansai. »Ich werde jetzt die Todesnummer zeigen – das Feuerwerk in den Därmen!«

Bansai erhob die Untertasse mit der darin schwimmenden Flamme und machte sich daran, das Feuer zu trinken.

Doch der brennende Wodka ergoß sich über sein Kinn, und eine der züngelnden Flämmchen flog wie ein winziger Turner der Lüfte in einem blauen Trikot herab und klammerte sich an den buschigen

Schwanz von Kotofej. Kotofej begann lauthals zu jaulen und sprang auf den Schrank.

Bansai schlug sich das Feuer von der Haut und ließ dabei die Untertasse direkt auf das Beuteklavier fallen, so daß violette Teufelchen frohlockend auf den Tasten tanzten.

Lysa griff voller Verzweiflung nach dem Trog mit den Resten des Gebräus und goß es über dem Klavier aus.

Genau in diesem Augenblick ertönte eine donnernde, doch eindeutig weibliche Stimme:

»Na, Neffe – ging es nun doch nicht ohne Lagerfeuer auf dem Flügel?«

Lysa erstarrte.

Mitten im Zimmer stand seine wie ein Krim-Goldbarren gebräunte Tante neben ihrem auf dem zerhackten Parkettboden abgestellten Koffer. Und hinter der Tante stand besagter, ebenfalls sonnengebräunter General mit roten Biesen an den Hosen, in der einen Hand einen Strauß grauen Steppengrases, in der anderen eine Holzkiste mit Weintrauben der Sorte »Damenfingerchen«.

Und da sie verdächtigen Lärm aus dem Badezimmer vernahm, warf die Tante einen Blick hinein. Vor ihren erschütterten Augen zeigten sich – wie vier Ferkelchen in einer Pfütze – vier nackte Kerlchen in der bereits überlaufenden Badewanne.

»Das ist ja eine römische Orgie!« schrie die Tante auf, so als wolle sie die gesamte Menschheit zum Zeugen anrufen.

Der General schwieg gramvoll.

Bansai kroch wieder in seine Ecke hinter das Klavier.

»Ich habe heute Geburtstag«, versuchte Lysa sich mit gesenktem Kopf zu rechtfertigen.

»Wärst du doch besser überhaupt nicht geboren worden … Dann hätte ich zwar keinen Neffen, aber auch kein solches Bordell in meiner Wohnung … Dann erklär mir mal – wozu mußtet ihr das Parkett mit der Axt zerhacken?«

Plötzlich geriet jedoch ein ihr unbekanntes, riesiges Wesen weiblichen Geschlechts, das einen Schrubber in den roten Riesenhänden hielt und in nicht zur Jahreszeit passende Skihosen und Bergsteigerschuhe aus genarbtem Leder gekleidet war, in das Blickfeld der Tante.

»Und was ist das für ein Weibsbild? Wie ist denn die hierhergeraten?«

»Über den Balkon. Aber eigentlich bin ich aus Sibirien …«, antwortete das riesige Wesen, ohne im geringsten in Verwirrung zu geraten. »Sagen Sie, hat man Sie jemals ein ›Weibsbild‹ genannt?«

»Mich – niemals!« erklärte die Tante stolz.

»Und ich glaube, daß es keine einzige ehrenhafte Frau gibt, die man nicht wenigstens einmal in ihrem Leben Weibsbild genannt hat«, antwortete das Mädchen ruhig und fuhr fort, die Unordnung mit dem Schrubber aus dem Weg zu schaffen.

»Volltreffer!« begeisterte sich Lysa still.

Die Tante war ganz verdattert, kam ins Stocken, und in ihren Augen blitzte – für sie selbst ganz unerwartet – etwas wie Respekt vor diesem Riesenweib auf, das – weiß der Teufel wie – in ihre Wohnung eingedrungen war und nun ohne jede Aufforderung mit dem Schrubber herumwirtschaftete.

Aus dem Badezimmer krochen langsam die verlegenen Teilnehmer der »römischen Orgie« heraus und knöpften sich im Gehen die Hosen zu.

Da sagte der General plötzlich:

»Jungs, ihr denkt wahrscheinlich, daß ich irgend so ein Kommißhengst bin ...«

»Aber wir denken überhaupt nichts«, meinte Bansai, der ein wenig Mut gefaßt hatte und aus seiner Ecke hervorkroch.

»Na, wenn ihr überhaupt nichts denkt, dann tut ihr das völlig umsonst«, lächelte der General angestrengt in dem verzweifelten Wunsch, den Eindruck von Wohlwollen zu vermitteln.

»Ich sage euch, Jungs, ganz einfach wie unter Soldaten: Ich feiere auch sehr gern, doch es muß dabei auch bestimmte Grenzen geben. Ich und meine Kampfgefährtin von der Front, Tonja, haben doch nicht dafür gekämpft, daß ihr jetzt unsere ganze Heimat, Verzeihung, vollkotzt ...«

»Darf ich eine Frage stellen, Genosse General?« fragte das Mädchen, das den Schrubber hingestellt hatte und verschmitzt lächelte.

»Du darfst nicht nur, du sollst sogar. Ich bin für den Dialog«, ermunterte sie der General mit gönnerhafter Herzlichkeit.

»Sagen Sie, Genosse General, haben Sie sich denn niemals so richtig betrunken? Aber Sie müssen ehrlich sein! Nie, niemals?« schraubte sich die singende Stimme dieses vorwitzigen sibirischen Mädchens in die vorgeneralische Vergangenheit des Generals.

Plötzlich fing die Tante zu kichern an – und zwar so, daß die Ohrringe an ihren Ohren klirrten, und es zeigte sich, daß ihre von den Strahlen der

Fältchen umkränzten Augen noch immer unter Tränen lachen konnten. Und die Schminke lief in schwarzen Bächlein ihr Gesicht herab, und die Tante lachte in allen Koloraturen eines nicht zu bändigenden Lachens, so, als träte aus ihrem ziemlich üppig gewordenen Körper wieder jene Verkehrspolizistin mit den unter dem schrägsitzenden Schiffchen herauslugenden Locken hervor.

»Ich verstehe dein Lachen nicht, Tonja ...«, sagte der General, der mit den Schultern zuckte und endlich die Holzkiste mit den »Damenfingerchen« auf den Boden stellte. Ganz mechanisch behielt er aber den Strauß grauen Steppengrases in seiner anderen Hand.

»Ich lache, weil ich mich plötzlich daran erinnert habe, wie du mich bei Potsdam über und über vollgekotzt hast, nachdem ihr über die Göringschen Weinkeller hergefallen seid. Das war vielleicht zum Lachen ...«, meinte die Tante und konnte nicht aufhören zu kichern. »Und jetzt lesen wir den Jungen die Leviten. Wie weit ist es mit uns nur gekommen, Genosse Major«, und die Tante verbesserte sich nur ungern, »verzeih, Genosse General.« Dann wandte sie sich zu Lysa, wobei sie sich die Lachtränen aus den Augen wischte: »Also, dein Mädchen gefällt mir, Neffe. Die läßt sich die Butter nicht vom Brot nehmen. Ein bißchen groß zwar, aber dafür kann sie dir auch nicht einfach so geklaut werden. Heirate sie, solche Mädchen findet man nicht oft. Heirate sie, eine Bessere kannst du gar nicht finden. Aber erst antworte mir: Warum habt ihr das Parkett mit der Axt zerhackt, na?«

Doch Lysa heiratete sie nicht. Er bekam Angst vor ihr. Bekam Angst davor, daß sie ihn liebte. Das Gefühl, von jemandem geliebt zu werden, war ihm fremd. Weder seine Mutter noch sein Vater hatten sich sein Erscheinen auf dieser Welt gewünscht, sie nannten ihn spottend »Abtreibungsopfer«. Er war im Suff gezeugt worden, und seine Mutter gebar ihn im Suff. Zu Hause störte er nur, stand im Wege, und seine Eltern tobten vor Wut darüber, daß sie ihn füttern und kleiden sollten. Seit seiner Kindheit bewahrte er eine schreckliche Erinnerung in seinem Gedächtnis:

Seine Mutter brachte ihn mit einer Fähre zum Strand. Es war ein heißer Tag, und es waren viele Menschen am Strand. Seine Mutter badete nicht. Sie kaufte ihm ganze dreimal ein Eis am Stiel und trank selbst aus einer Flasche, die sie mit einem Handtuch umwickelt hatte, niemand sollte es sehen. Nach und nach leerten sich sowohl die Flasche als auch der Strand. Erst jetzt nahm ihn seine Mutter an der Hand und ging mit ihm ins Wasser. Als ihr das Wasser bis zum Büstenhalter reichte, ließ sie seine Hand los. Er war damals erst fünf Jahre alt und konnte nicht schwimmen. Voller Panik schrie er: »Mama!« Sie aber stand mit tränennassen Augen da und rührte sich nicht. Da schlug er mit Armen und Beinen verzweifelt auf das Wasser ein, und plötzlich half ihm das Wasser, das ihn eben noch in die Tiefe gezogen hatte, es trug ihn, und er schwamm – zum ersten Mal in seinem Leben. Er schwamm nicht zu seiner Mutter, denn obwohl sie weinte, war in ihren Augen etwas Fremdes, etwas Schreckliches. Er kroch zitternd vor Kälte ans Ufer und wartete, daß sie aus dem Wasser käme. Sie kam heraus und fing plötzlich an, ihn zu schlagen, begann voller Haß, seine im Sand herumliegenden Unterhosen, Hosen, Sandalen nach ihm zu werfen:

»Was ist mit dir, kannst du dich nicht allein anziehen? Immer muß man sich um dich kümmern ...«

In der Nacht tat er nur so, als sei er eingeschlafen, und belauschte, noch immer von der nicht weichen wollenden Kälte geschüttelt, das Gespräch zwischen seiner Mutter und dem Vater:

»Aber wir haben das doch abgesprochen«, krächzte der Vater. »Hat er dir etwa leid getan, bist wieder weich geworden?«

»Er ist zäh ... Ganz wie du. Dich könnte man doch auch nicht ertränken. Auch wenn ich manchmal – ach, manchmal würde ich schon gern ...«, antwortete seine Mutter böse.

Die Lehrer mochten Lysa nicht.

Der Direktor der 254. Schule an der Zweiten-Meschanskaja-Straße schlug ihn einmal mit einem Schlüsselbund, da er meinte, Lysa habe ihm den klebrigen Fliegenfänger auf den Stuhl gelegt, der dann zur allgemeinen Heiterkeit an seinen gebügelten Cheviothosen hängengeblieben war.

Als Lysa einmal auf dem Korridor vor der verschlossenen Tür seiner »Sieben-B« darauf wartete, daß man ihn zur Jahresprüfung in Physik aufriefe, sagte er seufzend zu seinem Klassenkameraden:

»Die läßt mich durchfallen, dieser Trockenfisch, sie läßt mich bestimmt durchfallen. Nicht umsonst sieht sie aus wie der Tod. Es fehlt nur die rostige Sense in ihren Händen.«

Und in diesem Augenblick öffnete sich die Klassentür. Zu seinem Entsetzen wurde Lysa bewußt, daß die ausgedörrte und knochige Physiklehrerin, die tatsächlich aussah wie ein Trockenfisch und der Tod gleichzeitig, auf der anderen Seite der Tür gestanden und alles deutlich gehört hatte, und in ihrer zornig auf der Nase zitternden Brille konnte Lysa seine unausweichliche Zukunft als Sitzenbleiber deutlich ablesen. Auch später fügte es sich fatalerweise immer so, daß jedesmal, wenn Lysa etwas Schlechtes über irgend jemanden sagte, der Betreffende davon erfuhr und sich rächte. Manchmal rächten sich die Leute sogar dafür, daß er überhaupt nicht von ihnen gesprochen und nicht einmal an sie gedacht hatte. Denn auch das kränkte sie. Die Chemielehrerin sagte einmal in ihrem Zorn, daß Lysa primitiv sei wie H_2O, die Biologielehrerin nannte ihn einen Pithekantropus. Die Lehrerin für Verfassungsgeschichte fürchtete sich tödlich vor ihm, denn einmal, als sie von den trotzkistisch-bucharinistischen Schädlingen erzählt hatte, hatte Lysa seine Hand gehoben und gefragt:

»Das heißt also, die hat man alle umgebracht?«

Die Lehrerin wurde merklich nervös:

»Nun, das ist nicht ganz das richtige Wort, Salysin. Sie wurden erschossen.«

»Und wie viele?« wollte Lysa wissen.

»Nun, so viele eben erschossen werden mußten, soviele hat man auch erschossen«, platzte die Lehrerin verzweifelt heraus, brach in Tränen aus und lief aus der Klasse.

Die einzige Lehrerin, die Lysa immer verteidigt hatte, war die Literaturlehrerin mit dem Spitznamen Uhu – eine humpelnde grauhaarige Alte mit riesigen runden Brillengläsern, die auf ihrer schnabelartigen, ein wenig hexenhaften Hakennase saßen. So merkwürdig es auch schien, sie schätzte eine Besonderheit an Lysa – seine ungezügelte Phantasie beim Schreiben von Diktaten. Zu den romantischen Worten in einem Diktat wie »Das Meer lächelte mit tausend silbernen Lächeln« fügte er spöttisch »wie ein von Banditen noch nicht heimgesuchtes Juweliergeschäft« hinzu, und den Ausruf »Ja, und welcher Russe liebt nicht die schnelle Fahrt!«, ergänzte er, »selbst wenn er dabei im Graben landet«. Manchmal sogar ersann er auch selber etwas Romantisches. Anstelle des üblichen »Juwelier-Bildes« »Der Tau glänzte auf den Grashalmen wie Diamanten« schrieb er in sein Heft: »Der Tau glänzte auf den Halmen wie die kleinen Augen der Erde«. Er formulierte nicht deshalb mit seinen eigenen Worten, weil er sich aufspielen wollte, sondern weil es ihn langweilte, unter fremdem Diktat zu schreiben. Der Uhu ließ ihm diese Freiheit, manchmal sogar mit einiger Begeisterung. »Du solltest Schriftsteller werden, Salysin«, sagte der Uhu.

Doch er wurde Fußballspieler.

Der Uhu war so ziemlich die einzige Frau gewesen, die sich für ihn begeistert hatte.

Als das Mädchen, das er auf dem Balkon kennengelernt hatte, anfing, sich für ihn zu begeistern, bekam er es mit der Angst zu tun. Er hatte sie nicht erobern wollen. Nachdem sie auf dem Balkon Bekanntschaft geschlossen hatten, lud er sie einfach nur zu einem Spiel der Jugendmannschaft »Sturmvogel« ein, in der er spielte. Doch diese tollkühne Bergsteigerin verliebte sich in ihn, als sie sah, wie er – im sonstigen Leben ziemlich gehemmt – plötzlich alle Fesseln von sich warf und auf dem Spielfeld zu glänzen, ja zu strahlen begann, als sie auch sah, wie man schonungslos mit den Füßen nach ihm trat, wenn er über das mit den Abdrücken von Fußballschuhen und Ziegenhufen übersäte Spielfeld lief, um sich aus der sieben Quadratmeter großen Kellerkammer in die ihm noch unbekannte große Welt hinaufzukämpfen, wo an den Fenstern nicht nur Kunstlederstiefel und die Krücken der Invaliden vorbeihuschen würden. Lysa bestimmte das ganze Spiel, band den einen, dann wieder den anderen Verteidiger an sich, umspielte sie mit Leichtigkeit, und wenn schon alle dachten, daß er jetzt selbst schießen würde, gab er den Ball dreimal an einen freistehenden Kameraden zum Schuß ab, so daß diesem nichts übrigblieb, als den Ball ins Netz zu schlagen.

Nach dem Spiel wartete das Mädchen mit einer einzelnen Dahlie auf ihn, die sie unter den Augen eines völlig verdutzten Milizionärs mit ihren Bergsteigerhänden von einem Busch beim Stadion abgerissen hatte, als sei das so üblich. Überhaupt dachte sie nie darüber nach, was andere über sie denken mochten.

Sie hielt Lysa die Dahlie hin und sagte so laut, daß seine Fußballgefährten, die mit ihm zusammen aus der Umkleidekabine traten, es hören konnten und lächelten:

»Ich liebe dich.«

Das hatte ihm noch nie irgend jemand gesagt. Er geriet in Verwirrung.

Und dann sagte sie:

»Du bist ein Genie.«

Auch das hatte ihm noch niemand gesagt. Es war ungewohnt, aber angenehm. Er wurde verlegen. Aber leider hatten seine Gefährten auch dies gehört, und jetzt lächelten sie nicht mehr.

»Ich habe heute doch keinen einzigen reingehauen«, sagte Lysa verlegen.

»Du hast ganze drei Tore geschossen – nur mit fremden Beinen«, sagte sie.

Die Gefährten hörten auch dies und vergaßen es, wie die Zukunft zeigen sollte, nicht.

»Dieses Mädchen hat übrigens ganz recht«, ertönte da eine knarrende Stimme. »Im Krieg ist es natürlich eine Schande, den Sieg durch fremde Hände erringen zu lassen. Wenn man aber im Fußball durch fremde Beine Tore schießen läßt – so ist das ein besonderes Talent. Der Paß, das ist doch schon zu drei Vierteln ein Tor. Überhaupt, junger Mann, Sie sind Ihrem Charakter nach eher ein Mittelfeldspieler als ein Stürmer. Möchten Sie es bei uns als Mittelfeldspieler auf der Ersatzbank einmal versuchen?«

Der Mann, dem die knarrende Stimme gehörte, sah nicht im entferntesten wie jemand aus, der mit Fußball zu tun haben könnte, und sei es allein deswegen, weil er auf dem Kopf keine Schirmmütze, sondern einen weichen, grauen Hut trug, der allerdings aus dem bei den Fußballern so beliebten bedruckten Bouclèstoff war. Auf der Nase trug er einen vergoldeten Professorenkneifer, über den hinweg die Augen eines Professors und keineswegs die eines Fußballers auf Lysa blickten.

Lysa erstarrte. In das schmuddelige Bezirksstadion von Marina Roscha hatte sich, wie es schien, der große Trainer Boris Arkadjew verirrt.

Auf seinem Kopf spürte Lysa bereits eine Schirmmütze aus der Stoleschnikow-Gasse.

Und das Mädchen mit den Schrammen auf der Armbanduhr spürte, daß er ihr niemals gehören würde, und dafür liebte sie ihn noch mehr, denn am meisten lieben wir immer das, was uns nicht gehört.

Als sie aus dem Stadion der »Sturmvögel« traten und am Durow-Zirkus vorbeischlenderten, in dem die wilden, zu Spielzeug gewordenen Tiere brüllten, weil sie sich mit ihrer Unfreiheit nicht abfinden wollten, begann in Lysas Adern das Blut zu brodeln, und er umarmte das Mädchen unsicher und grob, preßte sie auf Marinoroschinski-Art an sich, wobei er ihr mit seiner Faust fast die Rippen durchbohrte. Sie nahm seine Hand von ihren Rippen, küßte ihn, hauchte ihm in die Handfläche und sagte:

»Du brauchst keine Gewalt. Ich werde dir auch so gehören. Wo du willst. An deinem Lieblingsort. Aber eines mußt du mir versprechen: daß du dann auch an meinem Lieblingsort mein sein wirst. Versprichst du das?«

»Ich verspreche es«, sagte er. »Aber mein Lieblingsort ist das Stadion.«

»Von ›Dynamo‹?«

»Nein, da habe ich noch nicht gespielt. Ich meine das der ›Sturmvögel‹. Und was ist dein Lieblingsort?«

»Der Baikalsee. Ich bin in Listwjanka geboren. Und in Moskau studiere ich am Sportinstitut, um Trainer für Bergsteiger zu werden. Allerdings gibt es hier die wichtigsten Schulbücher – die Felsen – nicht. Das heißt also, du kommst zu mir an den Baikalsee?«

»Hab' ich doch versprochen«, sagte Lysa, und unwillkürlich fröstelte es ihn. Er hatte es zwar versprochen, aber wie hätte er ahnen können, daß ihr Lieblingsort am Ende der Welt lag?

Und spätabends kehrten sie zurück in das kleine schmuddelige Stadion der »Sturmvögel«, der Talentschmiede aus Marino Roscha, und Lysa mußte ihr nicht helfen, über das bereits geschlossene Eisentor zu klettern, denn sie konnte es weitaus besser als er selbst. Und sie gingen Hand in Hand, vorbei an jenem Busch, von dem das Mädchen die erste Blume gerissen hatte, die er von ihr geschenkt bekommen hatte, vorbei an dem in der Dämmerung wie weißer Quark schimmernden Diskuswerfer aus Gips, der durch einen vergoldeten zwergenhaften Lenin getrennt war von der ebenfalls einsam dastehenden und ebenfalls aus Gips geformten Frau mit der Waage, die sich für ihre abgeschlagene Nase schämte. Und sie überquerten die Aschenbahn, wo auf einer gestreiften Hürde eine schwarze Katze hockte und mit aufmerksam glühenden Augen nach wer weiß was Ausschau hielt, und sie schlenderten Hand in Hand über das mit Mondlicht übergossene Fußballfeld, dessen Rasen wie ein Bürstenschnitt gemäht war, und gingen bis zum Tor, in dessen Netz die Milchstraße schaukelte wie ein im Schleppnetz gefangener Fischschwarm. Das Mädchen wählte selbst den Platz hinter dem Fußballtor aus, dort, wo das Gras vom Spiel nicht zertrampelt war, zog die Bergsteigerschuhe aus genarbtem Leder aus, unter denen bäuerlich grobgestrickte Wollsocken zum Vorschein kamen, streifte ohne jede Scham die Skihose zusammen mit ihrer engen Herrenbadehose von den königlichen märchenhaften Mädchenhüften, die nicht nur Kinder, sondern eine regelrechte Kirchenglocke hätten gebären können, und legte sich mit dem Rücken auf ihre Hosen. Sie hatte nur noch ein kariertes Sporthemd an, unter dem eine schmale, in der Dämmerung ein wenig silbrig schimmernde Halbinsel hervorlugte, die genauso schneeweiß war wie die Wellen, die ihr vom Kopf auf die Schultern strömten. Und während sich diese beiden Glücklichen in dem Stadion der »Sturmvögel« liebten, das sich in ihrem Gedächtnis für immer einprägen sollte, tanzte der karierte Schatten des Fußballtores auf ihren Gesichtern. Und dann fand das Mädchen an der Rückseite des von den Schüssen ganz abgeblätterten Pfostens eine an diesem Ort wie durch ein Wunder unversehrt gebliebene Kleeblüte und legte diese Blume Lysa auf die ausgetrockneten Lippen, damit er von dem Saft tränke, der sich in den weißen Enden der rosigen Blütenblätter verbarg.

Und dann pflückte sie – verspielt wie ein großes, unschuldiges Tier – mit ihren Lippen einige Blütenblätter von seinen Lippen und flüsterte, obwohl sie niemand außer dem ausgetrockneten Diskuswerfer aus Gips hätte hören können:

»Dort, am Baikalsee, wartet immer ein kleines Boot auf mich. Es wird auch auf dich warten. Und wenn du willst, werde ich das Bötchen sein, das auf dich wartet.«

»Ja«, sagte er und bedauerte es später, daß er so geantwortet hatte, denn er hatte kein Recht dazu.

Seitdem nannte er sie Bötchen, obwohl sie eigentlich Mascha hieß. Später gingen sie durch das nächtliche Moskau und tranken Mineralwasser aus geschliffenen Gläsern, die in dem gutmütigen Leib der Automaten wie Bergkristall schimmerten, und die Sprengwagen der Straßenreinigung streiften sie mit ihren grauen Saporoger Schnurrbarthaaren, und die Prostituierten saßen unter den Türmen ihrer Haarteile am »Grandhotel« in den Taxen, auf deren Dächern lockend die grünen Lämpchen leuchteten, und schauten neidvoll zu, wie sie sich küßten, und auch der Marineinfanterist, der auf dem Dach der amerikanischen Botschaft am Hotel »National« Wachdienst hatte, bemerkte das merkwürdige Pärchen, das nach Mitternacht mitten auf dem Manegenplatz Walzer tanzte, kam allerdings zu dem Schluß, daß es keine kommunistische Bedrohung darstelle.

Und dann begehrten sie einander abermals und tauchten unter in einem grünen Hinterhof auf dem Arbat[3] und schlüpften in einen Holzschuppen, auf dessen Dach ein ganzer Taubenschlag wie eine weiße Wolke in einem Eisenkäfig alarmiert zu girren begann. Und als sie sich stehend aneinanderpreßten, spürte Lysa, daß er im Dunkeln mit seinem rechten Bein in etwas Flüssiges getreten war. Später stellte sich heraus, daß er in einem Eimer voller zartblauer Ölfarbe stand. Doch sie waren jung und brachen in haltloses Gelächter aus, als sie morgens Arm in Arm durch das in den ersten Sonnenstrahlen frischgolden glänzende Moskau gingen und die frühen Passanten bestürzt dem jungen Mann nachblickten, dessen rechtes Hosenbein bis zum Knie zartblau war und auf dem Asphalt ebensolche zartblauen Spuren hinterließ.

Bötchen erschlug Lysa mit ihrer Liebe, die wie eine Lawine auf ihn niederstürzte. Ihr gefiel es, ihre beiden Gesichter mit den weißen Wellen ihrer Haare einzuhüllen und sich dabei mit ihren Augen an die seinen zu drücken, so daß sie wie unter einem raschelnden Dach miteinander allein und von der gesamten restlichen Welt getrennt waren. Bötchen liebte es, ihm Blumen zu schenken. Sie lebte von einem kläglichen Stipendium und stahl die Blumen. Sie schenkte ihm Gladiolen aus der Grünanlage gegenüber dem Bolschoitheater, Löwenmaul aus dem Gorki-Park, Lilien aus dem Botanischen Garten, und einmal schenkte sie ihm den türkisfarbenen Zweig einer Kremltanne. Bötchen hatte keine Hemmungen, Blumen von den Denkmälern zu nehmen, wenn auch nicht die, die auf dem Sockel lagen, sondern die, die an den Büschen ringsherum wuchsen. Bötchen war der Meinung, daß die Denkmäler ihr nicht böse sein könnten, denn lebende Menschen bräuchten die Blumen dringender als Denkmäler.

»Diese Stiefmütterchen hast du vom ersten Buchdrucker, Iwan Fjodorow, bekommen«, sagte Bötchen lächelnd. »Diese Tulpen sind vom Pionier Pawlik Morosow[4].«

»Die nehme ich nicht.«

»Warum?« wunderte sich Bötchen.

»Das erkläre ich dir später.«

Und einmal legte Bötchen ihren Finger an die Lippen und flüsterte Lysa ins Ohr: »Und diese Nelken sind von Alexandr Sergejewitsch[5] höchstpersönlich.«

Außerdem kletterte sie für ihr Leben gern. In der Stadt gab es keine Felsen, aber sie erkletterte alles mögliche. Als sie einen rosafarbenen Luftballon sah, der sich an der Roschdestvenskaja-Straße ganz oben im Wipfel einer Pappel verfangen hatte, kletterte sie hinauf, löste den Ballon aus den Zweigen, nahm ihn aber nicht mit, sondern ließ ihn fliegen, und er schwamm in die blaue Freiheit und schaukelte dankbar hin und her. Zur großen Begeisterung einer um sie versammelten Gruppe von Jungen kletterte sie an einer Regenrinne empor und befreite einen Papierdrachen, der an der Losung »Der Kommunismus ist unausweichlich« über der homöopathischen Apotheke an der Kolchosnaja-Straße hängengeblieben war. Als Lysa und sie an einem Feuer auf der Kalantschewka-Straße vorbeikamen und die Feuerwehrmänner anscheinend bereits alle Bewohner des brennenden Hauses gerettet hatten, erspähten ihre sibirischen, schon genetisch auf die Jagd programmierten Augen ein Aquarium auf einem Fensterbrett im dritten Stockwerk. »Die Fische tun mir leid«, sagte sie entschuldigend zu Lysa.

Er wußte schon, daß es sinnlos war, sie zurückzuhalten, und so wandte er sich ab, um nicht sehen zu müssen, wie sie in das Feuer hineinkletterte. Bald darauf tauchte sie mit verrußtem Gesicht wieder auf, in ihren Händen das vom Rost der Feuerleiter bedeckte Aquarium haltend, in dem merkwürdige regenbogenfarbene Fischlein schwammen, die aussahen wie Herbstlaub mit Augen und die wie durch ein Wunder unbeschadet überlebt hatten.

»Und ich habe gedacht, daß es Goldfische seien«, sagte sie schuldbewußt. »Aber sie sind trotzdem schön, nicht wahr?«

Einmal tat sie etwas ganz und gar Unglaubliches – unglaublich besonders für die damalige Zeit. In der Neujahrsnacht kehrten sie von Freunden über den Roten Platz nach Hause zurück. Der Schnee fiel so dicht, daß sich die Luft in einen aus Flocken – dick wie Chrysanthemen – gewebten Vorhang verwandelt hatte. Man konnte kaum weiter als drei Schritte sehen, und das Lenin-Mausoleum ähnelte einer riesigen Schneewehe mit Schneemännern anstatt Wachtposten davor. Kaum erkennbar glänzten die Rubinsterne auf den Kremltürmen in ihrem Heiligenschein aus Schnee, der um sie herum ebenfalls rubinrot war.

»Hör zu, Lysanka, ich habe eine ganz bemerkenswerte Idee …«, fing Bötchen an, ihn zu umschmeicheln, indem sie ihm den Schnee von den Wimpern küßte.

»So …«, sagte er vorsichtig.

Wenn sie ihn so umgarnte, bedeutete das immer, daß sie irgendwo hinaufklettern wollte.

Bötchen wies mit ihren Augen flehend nach oben – dorthin, wo über dem Turm, hinter dem Schneegestöber, der kaum sichtbare Stern pulsierte.

»Was ist los mit dir, bist wohl verrückt geworden? Die verhaften dich und erschießen dich sicher obendrein.«

»Aber jetzt ist doch nichts zu sehen, Lysanka. Es wird mich überhaupt niemand bemerken. Ich werde ganz still und leise … Ich bin gleich zurück …« Und sie tauchte in den Schneeflocken unter, als hätte sie sich selbst in Schnee verwandelt.

Lysa wußte, daß es sinnlos war, sie zurückzuhalten. Und so starrte er nur, die Schuhe gegeneinander klopfend, angestrengt in den Schnee, bis ihm die Augen schmerzten, doch es war auch nicht die Andeutung einer verschneiten, kletternden menschlichen Gestalt auf dem Kremlturm auszumachen. Dennoch zweifelte Lysa keineswegs daran, daß sie dort oben irgendwo herumkletterte.

Über den Roten Platz fuhren nur wenige Autos – damals war die Durchfahrt noch nicht verboten. Doch auch davon sah man nur die unsicheren Fühler der Scheinwerfer, die tastend den Schneematsch absuchten, unter dem auch jene Pflastersteine begraben lagen, die sich noch an die blutverschmierten Stiefel Peters des Großen erinnerten, welcher hier den aufständischen Strelitzen höchstpersönlich die Köpfe abgeschlagen hatte.

Ein alter Pobeda mit einem Schneehaufen auf dem Dach gab an der Steigung Gas und geriet dabei offensichtlich auf eine vereiste Stelle. Das Auto geriet ins Schleudern, drehte sich wie ein Kreisel und raste dann direkt auf das Mausoleum zu. Mit den Vorderrädern schlug es gegen die Marmorstufen des Mausoleums, und eine der Radkappen löste sich ab, rollte direkt zum Eingang des Mausoleums und fiel klirrend neben die Stiefel des Wachtpostens. Der leicht angeheiterte Fahrer sprang aus seinem mit leicht angeheiterten, bunt geschminkten Püppchen vollgestopften Pobeda, wo man Champagner direkt aus der Flasche trank, ergriff mit ängstlicher, aber gerissener Spitzbübigkeit die Radkappe und ließ sich wieder auf seinen Sitz plumpsen. Und das aufheulende Auto verschwand, mit seinem Hinterteil wackelnd wie eine Dirne von der Pleschka-Straße im Schneegestöber, so als sei es eine Erscheinung gewesen. Die Wachtposten hatten nicht einmal gezuckt, so als steckten unter dem Schnee, der die Mäntel bedeckte, keine Menschen aus Fleisch und Blut.

Und plötzlich umarmten Lysa von hinten zwei in sibirisch-dörflichen Fäustlingen steckende Hände. In der einen glänzte wie eine zarte Kerze ein dicker Eiszapfen mit vielen Jahresringen an der frischen Bruchstelle.

»Beiß ein Stückchen ab«, sagte Bötchen. »Das ist kein einfacher Eiszapfen, sondern einer vom Kremlturm.«

Einmal jedoch wollte sie nicht klettern.

Das war an der Gorki-Straße an dem Zentralen Telegrafenamt, wo sich über der Einfahrt eine Weltkugel mit vielen Ländern drehte, Ländern, von denen sie nicht einmal zu hoffen wagten, daß sie sie eines Tages sehen würden. Über der Weltkugel prangte, von bunten Glühbirnen umrahmt, ein Portrait von Stalin.

»Das hängt ja ganz schief«, sagte sie.

»Na was, willst du hochsteigen, um es geradezurücken?« fragte er mit einem Grinsen.

»Nein«, sagte sie unerwartet schroff, »soll es doch schief hängen. Da, wo ich aufgewachsen bin, gibt es Lager wie Pilze im Wald. Ich habe die Menschen hinter den Stacheldrahtzäunen gesehen. Sie sehen überhaupt nicht aus wie Feinde. Einmal sind drei von ihnen geflohen. Sie haben sie eingefangen und in eine Scheune gestoßen, in der ein Faß mit ungelöschtem Kalk stand. Sie sind alle erstickt. Ich habe gehört, wie sie geschrien haben. Es war schrecklicher als das Heulen der Wölfe. Deshalb werde ich das Portrait nicht geradehängen.«

Und dann schmiegte sich Bötchen an Lysa, umhüllte seinen Kopf mit den weißen Wellen ihrer Haare, unter denen auch sie selbst sich versteckte, und flüsterte verschwörerisch:

»Also, wenn dein Portrait irgendwo schief hängen würde, dann würde ich auf alles, was du willst, hinaufklettern und dich geradehängen.«

Er wußte nicht, was er mit diesem für Moskau so untypischen Mädchen, das er selber Bötchen nannte, machen sollte. Vor ihr hatten schon andere Mädchen mit ihm geschlafen, aber sie hatten ihn nicht geliebt. Mit denen hatte er weniger Sorgen gehabt. Man konnte danach einfach ein »Bis dann« hinwerfen und auseinandergehen. Ihre zwei blauen Laternen jedoch fragten beim Abschied jedesmal: »Wann?«

Sie hatten keinen Ort, an dem sie sich lieben konnten, und deshalb liebten sie sich überall – auf staubigen Bodenräumen voller Spinnweben, auf Treppenabsätzen, in ehemaligen Bunkern, in dämmernden Hinterhöfen auf denselben Tischen, auf denen tagsüber Domino gespielt wurde, und manchmal genierte er sich, weil Bötchen keine Scham kannte und immer bereit war, ihn, wo und wann auch immer, in ihrem mächtigen, unersättlichen Schoß aufzunehmen. Dabei umfaßte sie ihren Liebsten mit einer Heftigkeit, daß es schon schmerzte, umschloß ihn tief in sich so fest, als würde sie ahnen, daß irgend jemand ihn ihr wegnehmen könnte. In ihrer Liebe war sie erfinderischer und schamloser als all die Marinoroschinski-Dirnen zusammen. Als dummer Junge war er zu ihnen gelaufen und hatte ihnen die Fünfrubelscheine fiebergeschüttelt in die schmuddeligen Hände mit dem abblätternden Nagellack gesteckt, nur weil er vor unerträglicher – ganz banaler egoistischer – Sehnsucht schier verging.

Bötchen gab sich ihm sogar dann hin, wenn sie ihre Tage hatte, bat ihn sogar um Verzeihung für diese Strafe der Mutter Natur. Und hauchte ihm, sich an ihrem eigenen Flüstern fast verschluckend, ins Ohr, daß es für sie so sogar schöner sei.

Sie riß ihm zornig das Kondom herunter, als er einmal versuchte, eines überzustreifen, schlug ihn deshalb sogar mit ihren wuchtigen Fäusten:

»Das ist doch dasselbe, als küßte man sich durch ein Wachstischtuch, Lysik. Hast du Angst, daß ich schwanger werden könnte? Das ist meine Sache, und nicht deine. Hast du Angst, daß das deine Fußballkarriere stören könnte? Du würdest doch nicht schwanger, sondern ich. Hab doch keine Angst, daß ich dich mit einem dicken Bauch in die Ecke drücke und dich zwinge, mich zu heiraten ... Lieb mich nur ein wenig, Lysik, wenigstens ein Viertel von dem, wie ich dich liebe. Das reicht mir ... In der Schule haben sie uns eingetrichtert, daß der Mensch für das Glück geboren wird, wie der Vogel für das Fliegen. Mir jedoch scheint, daß der Mensch für die Liebe geboren wird, auch wenn das für ihn nicht immer das Glück bedeutet. Ich bin unglücklich, Lysik, weil du mich niemals so lieben wirst wie ich dich. Doch ich bin glücklich, weil ich dich liebe. Begreifst du das? Den Baikalsee schuldest du mir trotzdem noch, Lysik. Davor kannst du dich nicht drücken.«

Als sie dann zu ihrem Baikalsee flogen, wartete tatsächlich ein kleines Boot auf sie. Das Bötchen lag am Ufer und verzehrte sich mit seinem ganzen grobknochigen, ausladenden geteerten Körper nach jenem blauen wunderbaren Bären, den man Baikal nannte und der sich unweit davon in seiner Höhle hin- und herwälzte und mit seinen grauen Pfoten an die Uferfelsen klatschte. Der Baikal konnte zärtlich zu geflohenen Sträflingen sein, wenn diese ihn in ihren Fischfässern durchschwammen, doch er konnte auch fürchterlich zu Menschen sein, die keinerlei Schuld trugen.

»Der Baikal hat ihn geholt«, so hieß es auch von Bötchens Vater, einem Fischer, der während eines Sturms ertrunken war. Ihre Mutter, die ebenso groß und kräftig war wie sie, ihre weißen Haare jedoch zahm unter ein schwarzes Witwentuch verbannt hatte, empfing Lysa mit einer tiefen, aber mißtrauischen Verbeugung.

»Wer soll das sein für dich – ein Ehemann, oder was?« fragte sie ihre Tochter, während Lysa noch vor ihr stand.

»Mehr als ein Ehemann. Ein Geliebter«, entgegnete Bötchen lachend und preßte sich an Lysa, ohne sich vor ihrer Mutter zu genieren.

»Wozu denn sonst braucht man schon einen Ehemann, wenn er einem kein Geliebter ist«, brummte die Mutter, aber der Ordnung halber machte sie ihnen getrennte Betten.

In der Nacht erwachte Lysa von kräftigen, regelmäßigen Schlägen im Hof. Vorsichtig, damit die Dielenbretter nicht knarrten, ging er barfuß auf die Außentreppe hinaus und sah, daß Bötchens Mutter mit männlich geübtem

Schlag Brennholz hackte, wobei sie hoch über dem Kopf eine Axt schwang, die aussah wie ein Stück des Mondes, den man auf einen Stiel gespießt hatte.

»Kann ich Ihnen helfen?« näherte sich ihr Lysa unentschlossen.

Sie sah ihn nur aus den Augenwinkeln an, schüttelte ablehnend den Kopf und hackte weiter – und das mit solcher Wucht, daß ein Holzspan rauh an seinem Hals entlangzischte wie ein Fischlein, das unter der Axt herausgesprungen war.

Aber dann schlug sie die Axt in das Rundholz, legte Lysa ihre schweren Hände auf die Schultern und sah ihm fest in die Augen:

»Daß du mir meiner Tochter nichts Böses tust. Sie zu verletzen ist eine Sünde. Sie ist wie eine Heilige, sie ist anders als alle anderen.«

»In welchem Sinne?« fragte Lysa erstaunt.

»Ja, nicht in dem Sinne, daß sie nicht ganz normal oder eine Irre wäre. Sie ist eine Heilige. Aber die Heiligen kommen einem immer wie nicht ganz normal oder wie Idioten vor.« Nach einem langen Blick auf Lysa wurden ihre Augen wärmer, und sie seufzte: »Du bist noch so jung. Aber irgendwann wirst schließlich auch du älter, ohne daß du es selbst bemerkst. Verletz mir meine Tochter nicht.« Und sie machte sich wieder daran, Holz zu hacken, und sie tat dies mit einer Grimmigkeit, daß die schneeweißen Späne unter ihrer Axt bis zur Milchstraße zu spritzen schienen, wo sie dann gleichsam zu einem Teil ihres Leuchtens wurden.

Am nächsten Morgen glitt Lysa mit dem Mädchen, das er Bötchen nannte, und dem Motorboot selbst auf den See hinaus, und der geteerte Bootsrumpf sprang über die Wellen des Baikals, die hin- und herfederten wie die fröhlichen und gefährlichen Muskeln eines wilden, mit den Menschen spielenden Tieres.

Und sie fuhren zur Peschtschanaja-Bucht, in der Kiefern mit nackten, Krebsscheren gleichen Wurzeln über den Sand krochen und aussahen wie Krebse, auf denen wie durch ein Wunder der Natur Geäst wuchs. Und sie badeten nackt wie am Tage der Schöpfung in dem brennend kalten Wasser, das klar war wie die Tränen ihrer noch gar nicht fernen Kindheit. Und sie warfen Netze aus, aus denen sie dann später die in den Händen tanzenden Silberbarren der Omulfische auf den Boden des Motorboots schütteten, und das Mädchen sagte zu Lysa, während sie auf den Regenbogenstreifen auf den Fischschuppen zeigte:

»Weißt du, was das ist? Das ist ein Omul in seinem Hochzeitskleid. Auch die Fische werden schöner, wenn sie sich lieben.«

Und dann zeigte sie ihm noch ein schmales, rosiges, vollkommen durchsichtiges Fischlein – eine Kolomjanka, durch die hindurch man hätte lesen können –, und sie legte ein Blatt aus ihrem Notizblock darunter, auf den sie eine winzige Frau mit langen Haaren gezeichnet hatte, die ihr Händchen einem anderen Menschen, einem Mann, hinstreckte, der anstatt eines Kopfes einen Fußball mit Nase und Augen hatte.

Und sie brachte ihm das Bergsteigen bei, und er begriff, daß das Bergsteigen wie die Liebe war, denn es war gleichzeitig gefährlich und zärtlich, und jede Sekunde konnte man den Halt verlieren und hinabstürzen, und um nicht den Halt zu verlieren, mußte man sich an das, was man umarmte, nicht nur anpressen – man mußte sich vielmehr förmlich hineinpressen.

Und sie brachte ihn zu einer alten Jagdhütte, in der die Besucher vor ihnen nach alter sibirischer Sitte Salz und Streichhölzer zurückgelassen hatten, und sie bestreute die Holzpritschen wie das Lager eines Zaren mit Blumen, die sie aus der Taiga mitgebracht hatte – mit orangefarbenen, braun gesprenkelten Sarankas, mit feuerroten Scharken –, und sie liebten einander auf diesem Blumenbett, und die an ihrer fast glühenden Haut klebenden Blütenblätter wanderten von einem Körper zum anderen. Und dann, als sie glücklich und kraftlos in gesegneter Umarmung dalagen, fuhr Bötchen mit dem Schein einer Taschenlampe über die voller Spinnweben hängende Decke der Jagdhütte.

»Rate mal, was ich tue«, bat Bötchen.

Lysa schaute ihr zu und begriff.

»Du schreibst etwas mit der Taschenlampe an die Decke.«

»Und was schreibe ich?«

»Ich liebe dich«, sagte Lysa, die Worte halb ablesend, halb erratend.

Und die Taschenlampe verlöschte, und sie liebten einander noch einmal.

Aber als sie ihm ins Ohr hauchte: »Heirate mich, Lysik. Ich werde dir viele Kinder schenken, und sie alle werden auf die Kremltürme klettern« –, da bekam er wieder Angst vor ihr.

Es trennte sie seine Gier nach dem Ruhm.

Der Ruhm selbst hatte sich noch nicht eingestellt, doch die Gier danach war grausam zu allem, was ihm dabei in die Quere hätte kommen können – selbst wenn es die Liebe war.

Die Vorstellung einer Armee piepsender und auf die Köpfe der Menschheit pinkelnder Kinder, die hinter ihrer Mama zu den Rubinsternen des Kremls emporkletterten, stand zwischen ihm und dem Ruhm. Er war noch selbst zu sehr Kind, um Kinder zu wollen.

Als Lysa aus Sibirien nach Moskau zurückgekehrt war, nahm man ihn als Ersatzspieler – allerdings bei einer ganz anderen Mannschaft, als er es sich gewünscht hatte. Der Trainer dieser Mannschaft war ein wunderlicher Mensch von labyrinthischem, wechselhaftem Charakter. Es wurde erzählt, daß er in seiner Jugend selbst fast niemals gespielt habe, obwohl er verschiedenen bekannten Mannschaften angehört und gemeinsam mit allen anderen Spielern die der Mannschaft zustehenden Medaillen erhalten hatte. Man hatte ihn meistens fünfzehn Minuten vor dem Schlußpfiff »ins Spiel geworfen«, doch stets nur dann, wenn das Ergebnis bereits feststand. Trotzdem hatte man ihn sofort als Trainer genommen, denn er sah so stattlich und beeindruckend aus, daß es einfach ein Unding gewesen wäre, ihn nicht als Trainer einzusetzen. Jeder kannte ihn, und er kannte jeden.

Im Sport gibt es wie in den Weinkellereien jene, die den Sport machen, und jene, die ihn genießen. So ein Mensch war der Große Genießer. Er trug seine gelockte graue Haarpracht so vorsichtig auf dem Kopf wie einen silbernen Pokal, den er in schwerstem Kampf errungen hatte. Wenn er in seiner Jugend auch nicht genügend selbst mit dem Ball gespielt hatte, so kompensierte er nun, an der Schwelle eines bedrohlich erscheinenden Alters, dieses Versäumnis damit, daß er jetzt mit denen spielte, die mit dem Ball spielten. Einmal sagte er nach dem Training mit einem ausgesprochen charmanten Lächeln auf den Lippen zu Lysa:

»Was ist, wollen wir ein wenig sitzen?«

»In welchem Sinne?« fragte Lysa beunruhigt.

»Nein, nicht hinter Gittern, sondern gleich hier. Auf dem grünen Gras. Mach es dir bequem. Laß uns wie Antäus sein, der sich seine Kraft von Mutter Erde holt, von Mutter Erde, wie sie hier mit diesem von Fußballschuhen zertrampelten Fußballfeld vor uns liegt.« Der Große Genießer sprach diese Worte aus, als schmeckte er sie auf der Zungenspitze ab, bevor er ihnen gestattete, auf seinen Gesprächspartner niederzustürzen. »Du bist, wie es scheint, verliebt?«

»Na und?« entgegnete Lysa borstig.

»Ein Trainer muß alles über jeden Spieler wissen«, antwortete der Große Genießer trocken. »So wie Christus alles über jeden Spieler der Mannschaft wußte, die sich zum Abendmahl versammelt hatte. Er wußte sogar, wer ihn verleugnen würde … Das ist also etwas Ernsthaftes bei dir?«

»Ja.«

»Das ist gut ...«, sagte der Große Genießer bedächtig und änderte seinen Tonfall, »doch nicht für die Rolle, für die ich dich vorbereite.«

»Was ist denn das für eine Rolle?« fragte Lysa niedergeschlagen.

»Die Rolle eines großen Spielers«, entgegnete der Große Genießer, während er mahnend den Finger erhob. »Kennst du den Unterschied zwischen großen Menschen und einfachen Menschen? Ein großer Mensch ist ein Reiter, der sich selbst zureitet. Ein großer Mensch hackt sich selbst seine überzähligen Äste ab. Manchmal muß man sogar die Liebe abhacken ... Nein, nein, ich bin nicht gegen die Liebe im allgemeinen. Aber es existiert das Gesetz der Sublimation der Liebe. Für ein Jahr. Übrigens, auf diese Art und Weise kannst du prüfen, wie ernsthaft es tatsächlich ist ...«

Als Lysa Bötchen mit gesenktem Blick sagte, daß sie auf Anraten seines Trainers ihre Liebe prüfen sollten und sich ein ganzes Jahr lang nicht sehen dürften, versteinerte sich ihre Miene, und sie verwandelte sich in einen Baikalfels.

Dieses Gespräch fand in einer Herbstnacht im Gorki-Park neben dem schlafenden Riesenrad statt, und die roten und gelben Blätter, die von den starken Windstößen aufgewirbelt wurden, schlugen Lysa um die Wangen, so als wüßten sie, daß er es verdient hatte.

»Und was ist mit mir?« fragte Bötchen und schaffte es kaum, die bleischweren Worte zwischen ihren Lippen hervorzubringen.

»Aber es ist doch nur für ein Jahr ...«, murmelte Lysa.

»Ganze dreihundertfünfundsechzig Tage ohne dich, Lysik! Dieser Trainer – der ist ein Henker ... Er hat niemals irgend jemanden geliebt, sonst hätte er sich so etwas nicht ausgedacht! Das tut er aus Neid, Lysik. Das soll also heißen, daß wir uns weder umarmen noch küssen noch streicheln können! Soll es das sein?« Sie preßte sich verzweifelt an ihn, umfaßte ihn, so als fürchte sie, ihn auch nur für einen einzigen Augenblick freigeben zu müssen.

»Nun, es sieht ganz so aus, als ob es das wäre ...«, brummte Lysa undeutlich.

»Aber wir können doch zusammen spazierengehen? Wenigstens von Zeit zu Zeit, nicht wahr, Lysik?« bat sie, während sie sich mit nassen Augen an seiner Schulter rieb.

»Nein ...«, preßte Lysa hervor. »Das ist verboten ...«

Sie bedeckte ihr Gesicht mit den Händen, stöhnte auf und begann leise zu wimmern.

»Aber anrufen darf ich doch?«

»Ja«, sagte Lysa. »Der Trainer hat gesagt – einmal in der Woche.«

»Oh, wie großzügig von ihm ...«, knurrte sie. »Für diese Großzügigkeit werde ich ihn eines Tages erwürgen ... Und hat mir dieser Gestapo-Mensch erlaubt, zum Stadion zu gehen und zuzusehen, wie du spielst?«

»Davon hat er nichts gesagt ...« Lysa spürte seine Armseligkeit und wollte schier im Erdboden versinken.

»Aha, wenn der Herr und Gebieter also nicht ›Verboten!‹ gesagt hat, heißt das dann, daß es erlaubt ist?« spottete sie. »Hast du gar keine Angst, daß mein Blick von den Tribünen auf dich – wie heißt es doch so schön – ›demobilisierend‹ wirken könnte? Und bis zu welcher Reihe ist es mir maximal gestattet, mich im Stadion aufzuhalten? Nicht näher als bis zur vierzigsten? Und hat mir dieser Anhänger der Fußball-Leibeigenschaft erlaubt, dir Briefe zu schreiben? Wie viele Briefe pro Jahr?«

Der Große Genießer hatte die von Briefen ausgehende Gefahr tatsächlich vorhergesehen. Und so hatte er höchstens einen Brief pro Monat gestattet. Vor Scham getraute sich Lysa jedoch nicht, dies zuzugeben.

»Schreib ...«, sagte er, während er ihrem Blick auswich, »soviel du willst.«

»Dürfen wir uns denn wenigstens heute noch lieben, Lysik?« schmiegte sie sich kläglich an ihn.

»Ja ...«, antwortete er und wagte es noch immer nicht, seinen Blick zu heben.

In diesem Augenblick blies der Wind einen rot-gelben Blätterwirbel in die Höhe, und Bötchen stürzte sich zusammen mit den Blättern auf Lysa wie ein Wirbelsturm aus Küssen, Umarmungen, zusammenhangslosen Worten:

»Verlaß mich nicht, mein Liebster, verlaß mich nicht ... Ich ertrage das nicht. Ich fühle, daß etwas Schlimmes passieren wird, wenn wir nicht zusammen bleiben ... Warum sollen wir voneinander getrennt sein, wo wir uns doch lieben?«

Und dann lagen sie auf einem Laubhaufen und hörten, wie über ihnen im schwarzen Sternenhimmel die leicht im Wind schaukelnden leeren Kabinen des Riesenrads knarrten.

Und plötzlich wies sie mit der Hand in den Himmel:

»Ich möchte dorthin, zu den Sternen, Lysik!«

Einen Moment später kletterte sie bereits an der Metallkonstruktion des Riesenrads und über die schwankenden Kabinendächer in die Höhe, und irgendwo in den Wolken erklang ihre Stimme:

»Lysik, komm zu mir! Ich habe hier etwas gefunden ...«

»Sie ist wirklich nicht ganz normal ...«, dachte Lysa. Und dann dachte er, daß man sich auf diesem Riesenrad ohne weiteres ein Bein brechen konnte und daß in einer Woche das Viertelfinale um den Pokal der UdSSR stattfinden sollte. Aber die Stimme flehte aus den Wolken: »Lysik, ich werde dich dann ein ganzes Jahr lang um nichts mehr bitten. Hier ist es so schön ... Und was ich dir zeigen werde ...«

Er mußte hinaufklettern. Es war ein wenig beängstigend – besonders, wenn man auf den Kabinendächern stand, die hin- und herschaukelten und von den an ihnen klebenden Blättern ganz rutschig waren. Aber Bötchens blaue Laternen leuchteten ganz weit oben. Sie streckte Lysa ihre Hand entgegen und zog ihn in ihre Kabine.

»Sieh mal, wer hier bei mir ist ...«, sagte Bötchen.

Auf der Bank saß ein zerschlissener Teddybär mit einem einzigen traurigen Glasauge.

»Den Ärmsten hat man vergessen ...«, murmelte Bötchen und streichelte dem Bären über sein fast abgerissenes Ohr, das nur mehr an ein paar wenigen Fädchen hing. »Er ist so einsam hier ... Aber ich nehme ihn mit nach Hause, er und ich werden gemeinsam auf dich warten.«

»Du bist ja nicht ganz normal«, seufzte Lysa.

»Du meinst also, lieben, das sei nicht normal? Daran leiden, daß man den Liebsten nicht sehen soll, das sei nicht normal?« flüsterte sie ihm heiß ins Ohr.

»Was machst du denn?« zuckte Lysa erschrocken zusammen, als er ihre zitternden durstigen Hände auf sich spürte, die vor lauter Liebe jede Scham verloren hatten.

»Was ich mache? Ich liebe dich. Ich will dich. Jetzt. Hier. Neben den Sternen.«

Und sie preßte sich mit den blauen Laternen so dicht an sein Gesicht, daß ihre Wimpern einander berührten, und sie liebten sich in der Kabine des Riesenrads, die knarrend immer wilder hin- und herschaukelte, hoch über den wie verzaubert erstarrten Karussellen, über den weißen Muscheln der verstummten Freilichtbühnen, über den menschenleeren Tanzdielen, auf denen jetzt nur noch das Herbstlaub wirbelte.

Und am nächsten Tag begann das vom Großen Genießer eingeleitete Experiment. Lysa und Bötchen hörten auf, sich zu treffen. Sie rief ihn nur einmal pro Woche an, sagte dann aber fast gar nichts. In ihr hatten sich so viele Worte angestaut, daß sie sich nie entscheiden konnte, womit sie anfangen sollte. Dafür erhielt er jeden Tag Briefe von ihr. Sie waren voller Liebe und Verzweiflung. Einer von Bötchens Briefen kam zusammen mit einem kleinen Päckchen an. In dem Päckchen war das Ohr des Teddybären.

»Das Ohr des Bären ist nun doch abgerissen«, schrieb Bötchen. »Ich schicke es dir, damit du immerhin mit diesem Ohr hörst, wie ich für unsere Liebe bete. Ich bete jede Nacht, daß du bald zu mir zurückkehrst. Du mußt wissen – das eine Glasauge des Bären sieht alles, was du tust, und der Bär erzählt es mir dann. Benimm dich also ordentlich.«

Nachdem Lysa den Brief gelesen hatte, war er ganz außer sich. Der Große Genießer bemerkte das an seinem Spiel, als er Lysa in der zweiten Halbzeit des Finales einsetzte und Lysa einen Paß verschlief, der ihm von einem Mitspieler zwischen zwei Abwehrspielern hindurch sauber präsentiert worden war.

»Was ist denn los mit dir?« fragte der Große Genießer schroff. »Das war schließlich kein Spiel um irgendein Kristallglas, sondern um den Pokal der UdSSR.«

»Ein Brief«, murmelte Lysa. »Ich habe von ihr einen Brief bekommen. Und das Ohr von dem Teddybären. Ich halte es nicht aus, sie nicht zu sehen.«

»Was für ein Teddybär, zum Teufel! Werde bloß nicht kindisch«, entgegnete der Große Genießer aufgebracht. »Wir waren uns doch darüber einig, daß ich aus dir einen Großen Spieler mache. Aber Sentimentalität war noch nie ein Kennzeichen für Große Leute. Wenn man Rotz in den Augen hat, verliert man das Ziel aus dem Blick. Die Briefe darfst du nicht lesen. Das Telefon wird abgeschaltet. Alle Leidenschaft – für den Ball.«

Der Große Genießer konnte zufrieden sein. Lysa besiegte allem Anschein nach dieses völlig veraltete Gefühl der Liebe.

Bötchens Briefe stapelten sich ungeöffnet. Das Telefon blieb abgeschaltet.

Aber manchmal erschauderte Lysa während eines Spiels, wenn er überall auf seiner Haut Bötchens Augen spürte. Es war unmöglich, vom Fußballfeld aus unter den Zehntausenden von Augenpaaren auf den Tribünen ihre blauen Laternen zu entdecken. Doch er spürte die Präsenz ihrer Augen.

In Tiflis erwischte Lysa den Ball mit der Schuhspitze und hob ihn geschickt über die glänzende Glatze des georgischen Abwehrspielers. Doch der Ball flog zu weit und rollte langsam über das Gras, während von verschiedenen Seiten zwei Rivalen wie wild auf ihn zustürzten – Lysa und der schwarzbärtige georgische Torwart, der mit seiner Wespentaille aussah wie der Tänzer einer Folkloregruppe. Der Torwart war im Vorteil, denn der Ball rollte ja in seine Richtung, während er sich von Lysa wegbewegte. Lysa machte fast einen Spagat und schaffte es gerade noch, den Ball mit der Fußspitze zu erreichen, bevor ihn die hilflos gespreizten Handschuhe des Torwarts berührten.

Der zu langsame Torwart konnte sich nur noch in Lysas Schuhe krallen, und der Ball kroch mit Mühe langsam seitwärts bis hin zur weißen Torlinie, wo er dann, wie es schien, mitten auf der Linie mit seinem dicken Bauch liegenblieb. Und dann plötzlich bewegte er sich ein wenig, so als hätte ihn jemand unsichtbar mit dem Finger angestoßen, und wälzte sich über jene Grenze, hinter der sich ein einfacher Ball in ein Tor verwandelt.

Als Lysa nach diesem Fußballwunder instinktiv um sich blickte, schien es ihm, als seien zwischen den glühenden Zigaretten auf den Tribünen zwei blau pulsierende Punkte aufgeblitzt, die den Ball mit der Kraft ihres Blickes ins Tor gestoßen hatten.

Einmal stürzte Lysa in Kiew schwer, als er von zwei nach Speck und Knoblauch riechenden »Dynamo«-Verteidigern in den Schwitzkasten genommen wurde. Man brachte schon eine Trage für ihn, aber irgendwo auf den Tribünen schien ihm jemand eindringlich zuzuflüstern:

»Lysik, es tut dir nicht weh. Lysik, es tut dir nicht weh«, und er stand auf, ging ein wenig humpelnd am Spielfeldrand auf und ab. Doch schon wenige Minuten später krallten sich dieselben bärenstarken Kerle in dem Versuch, ihn aufzuhalten, wieder in sein durchnäßtes Trikot. Und die zwei blauen Punkte flammten auf den Tribünen auf, verschwanden wieder und flammten abermals auf. Es schien ihm, als wüchsen ihre Augen wie Vergißmeinnichte aus der sibirischen Taiga in allen Stadien des ganzen Landes, als würden sie mit ihm in den Zügen fahren, in den Flugzeugen mitfliegen.

Letzteres traf tatsächlich zu. Um ihm hinterherfliegen zu können, hatte Bötchen angefangen, als Stewardeß zu arbeiten.

Bei der Aeroflot wußte man nichts von ihrer Liebe zu Salysin, der immer bekannter wurde, und vermutete, daß sie einfach nur ein völlig verrückter Fußballfan sei. Man spöttelte über sie, schickte sie aber wohlwollend in die Städte, in denen Lysas Mannschaft spielte.

Als sie einmal während des Fluges Moskau–Baku ein Tablett mit leise sprudelnden Plastikbechern voller Borschomi-Mineralwasser durch den Gang trug, erstarrte Bötchen. Direkt vor ihr saß Lysa neben dem Großen Genießer. Beide lasen sie – der Große Genießer Feuchtwangers Buch *Der falsche Nero*, Lysa Beljajews *Amphibienmensch* –, und beide nahmen ganz automatisch, ohne den Blick zur Stewardeß zu heben, je einen Becher vom Tablett. Der Becher in Lysas Hand schwankte, und einige über den Rand spritzende Tropfen Borschomi trafen genau auf die Zeile, wo der unglückliche Vater, der den Jüngling mit den Kiemen im brausenden Ozean verloren hatte, verzweifelt schrie:

»Oh, Ichtiandr, mein Sohn, wo bist du?«

Wenn Bötchen Lysa von ferne in seinem Trikot und seinen Fußballschuhen sah, dann bemerkte sie nicht so sehr, wie er sich verändert hatte. Jetzt aber erblickte sie einen anderen Menschen vor sich. Die unordentliche stürmische Haartolle hatte sich in einen gestriegelten, nicht sehr langen Schopf mit einem schnurgeraden, tadellosen Scheitel verwandelt – nach Art des Spartakus-Spielers Nikolai Dementjew. Das Gesicht, vor kurzem noch voller Schnitte von stumpfen Rasierklingen und übersät mit jugendlichen Pusteln und Pickelchen, zeugte inzwischen von gepflegter Männlichkeit und war umhüllt von dem Offiziersduft des damals beliebten smaragdgrünen Eau de Cologne »Schipr«. Lysa trug ein auf dem Markt von Odessa erstandenes, bulgarisches Waschlederjackett, ein einheimisches, aber über Beziehungen erworbenes maßgeschneidertes, bordeauxfarbenes Jerseyhemd mit weißen Knöpfen, eine polnische silberfarbene Krawatte mit braunem Spinnwebmuster, grüne tschechische Cordhosen und armenische kirschfarbene Schuhe mit Gummisohlen. Und aus der Sitztasche vor ihm blitzte als Zeichen seiner Zugehörigkeit zur höchsten Fußballerkaste eine erstklassige Schirmmütze aus Boucléstoff mit einem Troddel, welche ihm der berühmte Onkel Schora aus der Stoleschnikow-Gasse endlich genäht hatte. Aber das Wichtigste waren nicht seine Frisur oder seine Kleider. Bötchen bemerkte in Lysas Gesicht etwas ihr Unbegreifliches, doch nicht sehr Angenehmes. Das Glasauge ihres Bären hatte vielleicht aus der Ferne etwas Schlimmes gesehen, das Lysa getan hatte, doch aus Mitleid ihr nichts davon erzählt.

Mit Lysa war nun folgendes geschehen:

Der Große Genießer mochte jene nicht, die liebten. Er glaubte nicht, daß Menschen einander tatsächlich lieben konnten, und meinte, daß sie dies nur vortäuschten. Alle ehrlichen Menschen hielt er für Heuchler und Lügner, und mit großem Vergnügen bemühte er sich, sie seinem Charakter anzugleichen. Für ihn war die Grundlage allen Lebens nicht die physische, sondern die psychologische Fortpflanzung. Zyniker fühlen sich immer dann moralisch überlegen, wenn sie weitere Zyniker produzieren können.

Andernfalls hätte der Große Genießer aufhören müssen, sich selbst zu lieben, und das wäre ihm schwergefallen, denn die Liebe zu sich selbst war seine einzige Liebe. Verliebte Fußballspieler konnte er nicht gebrauchen. Verliebtheit hielt er für eine Krankheit, die jede Karriere ruinierte. Zu den damaligen Zeiten wurde das Wort »Sex« in der UdSSR ausschließlich als Symbol für die Verderbtheit des Westens verwendet. Aber natürlich waren die Schürzenjäger trotzdem in Aktion. Sex bezeichneten sie als »Aufpolierung des Blutes«. Eine »Aufpolierung des Blutes« ohne jede Sentimentalität war nach Meinung des Großen Genießers sogar durchaus nützlich, denn sie verlieh den Männern die für die Karriere unerläßliche Selbstachtung.

Der Große Genießer hatte auf Salysin gesetzt und beschlossen, ihn von seiner Verliebtheit zu kurieren. Unauffällig begann er, ihm Frauen zuzuführen.

O nein – diese Frauen waren weder die schmuddeligen Bahnhofsprostituierten noch die angemalten Taxidamen mit den toupierten Haartürmen, die geduldig wartend neben den Fahrern unter den lockend grünen Lämpchen der Taxen saßen. Es waren fast ehrenhafte, freigebige Sekretärinnen, die sich meistens nicht einmal mit Geld bezahlen ließen, sondern mit Parfum, Broschen, Strümpfen, Kleidern oder einem Abendessen im Restaurant, obwohl sie auch Bares nicht ablehnten. Sie kamen auf einen Telefonanruf hin höflich und fast herzlich zu Hilfe, wenn die physiologische Notwendigkeit bestand, und sie verschwanden mit leisem Schnappen ihrer Handtäschchen rücksichtsvoll wieder, wenn sich die Notwendigkeit erledigt hatte.

Der Große Genießer pflegte mit einem zuckersüßen Lächeln zynisch zu sagen:

»Ein Callgirl ist bequem wie Onanie – man erhält dasselbe Vergnügen und braucht sie nicht nach Hause zu begleiten.«

Lysa, dem er beigebracht hatte, sich der Dienste jener Trösterinnen des Fleisches zu bedienen, wurde jedoch zunehmend von der Angst vor Geschlechtskrankheiten verfolgt.

In den letzten Jahren unter Stalin gab es in Moskau nur einige wenige Kategorien von Privatunternehmern – Mützenmacher, Schuster, Schuhputzer und Venerologen.

Jedesmal aufs neue vor der Diagnose bangend, ging Lysa panisch oft in das alte Haus an der Sretenka-Straße, wo an einer mit durchgescheuertem Kunstleder bezogenen Tür ein weißes Emailschild hing: »Arzt für Geschlechtskrankheiten Schnejerson. Diskretion wird garantiert«.

Schnejerson war ein kleiner glatzköpfiger Alter mit einem Kneifer vor den listigen Rosinenäuglein, der trotz seiner Beschäftigung mit den traurigen, manchmal sehr langwierigen Folgen kurzfristiger Vergnügungen seinen Humor nicht verloren hatte.

»Sie wollen mich also wieder einmal davon überzeugen, daß Sie sich eine Syphilis geholt haben, junger Mann? Vielleicht gefallen Ihnen einfach nur all diese schönen ausländischen Worte wie Schanker, Tripper, Trichomonaden? Warum wollen Sie bloß so sehr eine Syphilis? Manch einer lebt sein ganzes Leben lang ohne Syphilis und, stellen Sie sich vor, gar nicht mal schlecht. Vielleicht haben Sie aber auch zuviel Geld und wollen mir auf meine alten Tage materiell etwas unter die Arme greifen? Seit Sie mich besuchen kommen, habe ich die Mytischinsker Dachpappe meiner Datscha in Iljinsk bereits gegen estischen Schiefer ausgewechselt, und inzwischen denke ich da schon an Dachziegel aus der DDR ...«

Als Bötchen Lysa im Flugzeug erblickte, täuschte sie ihr Gespür nicht: Mit ihm war etwas Schlimmes im Gang, und es bestand die Gefahr, daß sie ihn für immer verlieren könnte.

Ohne daß Lysa sie bemerkt hätte, entfernte sich Bötchen mit dem leeren Tablett von seinem Platz, ging den Gang entlang und saß bis zum Moment der Landung bei den Piloten, wobei sie das Tablett nicht aus den Händen legte und vor sich hinstarrte.

Und am Abend war sie, ohne daß sie es geschafft hätte, ihre Aeroflot-Uniform auszuziehen, schon im Stadion und klatschte ganz außer Atem vor Begeisterung einsamen Beifall, bis ihr die Hände schmerzten, während unter dem trauernden Schweigen der aserbaidschanischen Fans der aufgehende Stern des sowjetischen Fußballs – Salysin, Lysa, ihr Lysa – den Ball in das Tor der Platzherren schlug, indem er ihn im schwalbengleichen Flug mit seinem adretten Schopf mitten in die tödliche Ecke lenkte ...

Während der Halbzeit bot ihr ihr Sitznachbar, der ihr großmütig den Applaus für die Moskauer Mannschaft verzieh, gastfreundlich von dem aromatischen, betrügerisch leicht schmeckenden Kognak Achtamar an, den sie direkt aus der in eine Nummer der Zeitung *Arbeiter von Baku* gewickelten Flasche tranken. Sie aßen Studentenfutter dazu.

Der Nachbar war die Feinfühligkeit in Person. Wie die Natur manche mit Größe ausstattet, hatte sie ihm Zartheit und Feinfühligkeit verliehen. Er hatte ein zierliches Puppenbärtchen, zierliche behaarte Ärmchen, zierliche, fast winzige Beinchen in Kindersandaletten, eine zierliche, wenn auch hakenförmige Nase, doch er trug eine riesige, seiner Größe kaum entsprechende Schirmmütze, die wie ein Fluglandeplatz wirkte und unter der ebenso riesige, seiner Größe ebensowenig entsprechende, schöne traurige Augen hervorblickten. Russisch sprach er fast sehr gut.

»Und du bist ganz allein beim Fußball?« fragte er.

»Ganz allein«, antwortete Bötchen.

»Und du fliegst auch allein?« fragte er.

»Ich fliege auch allein«, seufzte Bötchen.

»Und wie heißt du?«

»Mascha. Und es gibt einen, der mich Bötchen nennt.«

»Ich habe auch zwei Namen. Meine armenische Mutter nennt mich Rasmik und mein aserbaidschanischer Vater Mamed. Ich komme aus Karabach. Und ich bin selbst ein kleines Karabach.«

Als die zweite Halbzeit begann, bemerkte der Kleine Karabach, daß sich das russische Mädchen ganz und gar dorthin, auf das Fußballfeld, versetzte. Sie wirkte jedoch nicht wie ein gewöhnlicher Fan.

Der Kleine Karabach war ein aufmerksamer Beobachter und bemerkte, daß sie besonders aufgeregt war, wenn der junge Spieler mit der Nummer zehn am Ball war, mit dem kurzen Haarschopf und den wachsamen Augen, die einen freien Mitspieler an jeder beliebigen Spielfeldecke ausfindig machten.

Als das Spiel zu Ende war, brach das russische Mädchen ohne jeden ersichtlichen Grund plötzlich in Tränen aus. Vielleicht, weil die Fußballer und unter ihnen auch die Nummer zehn fortgingen und es ihr so vorkam, als sei es für immer.

»Warum weinst du? Moskau hat gewonnen. Baku hat verloren ... Ich bin es, der weinen sollte«, sagte der Kleine Karabach und scherzte traurig: »Wenn aber Baku und Jerewan gegeneinander spielen, wer da auch gewinnt, ich muß immer weinen ... Trink noch ein wenig. Wie sagt ihr Russen doch: ›Reste schmecken süß‹.«

Sie nahm einen Schluck aus der Flasche, dann einen zweiten, schließlich trank sie die Flasche ganz aus, hörte aber nicht auf zu weinen, und der Kleine Karabach war nun endgültig davon überzeugt, daß es hier nicht um Fußball ging.

Aus Achtung vor ihren Tränen nahm er seine Schirmmütze ab.

Jetzt begriff sie plötzlich, warum seine Schirmmütze so riesig war. Wie sich herausstellte, versteckte sich darunter eng zusammengepfercht ein Haufen großer widerspenstiger und pechschwarzer Locken, der sich sofort, als er die Mütze abnahm, wie eine schwarze Explosion aufrichtete – in alle erdenklichen Richtungen.

»Du liebst die Nummer zehn«, sagte der Kleine Karabach. »Nicht wahr?«

»Ja«, bekannte Bötchen und spürte, daß sich von dem Kognak alles vor ihren Augen drehte. »Aber woher wissen Sie das?«

»Weil ich ein ziemlich gerissener Armenier und gleichzeitig ein ziemlich gerissener Aserbaidschaner bin«, sagte der Kleine Karabach.

»Und liebt die Nummer zehn dich auch?«

»Ja.«

»Warum weinst du dann?«

»Er liebt mich, aber er will mich nicht lieben«, schluchzte Bötchen und schrie verzweifelt durch das ganze Stadion: »SCHLAFEN WILL ER NICHT MIT MIR!«

Zum Glück war das Stadion bereits menschenleer, und die verlassenen Tribünen ähnelten einer riesigen, zusammengerollten schlafenden Schlange.

Der Kleine Karabach war ein wenig verwirrt, denn weder eine armenische noch eine aserbaidschanische Frau hätte ihm je so geantwortet.

»Warum schläft er nicht mit dir, wenn er dich liebt?« fragte er schließlich, wobei er all seine Kräfte für diese schwierige Frage zusammennahm.

»Weil er ein Dummkopf ist«, heulte Bötchen.

»Dann wollen wir den Dummkopf schlauer machen. Ich habe ein großes Auto, aber keine große Liebe. Ich verehre aber die Liebe. Ich bringe dich zu Nummer zehn.«

Das große, mit einem stählernen Gitter bespannte Stadiontor war bereits geschlossen. Aber das russische Mädchen, das eben noch wie ein Schloßhund geheult hatte, wurde, als sie dieses Hindernis erblickte, augenblicklich zu einem anderen Menschen, sie faßte sich und schien sogar fröhlich. Ihre kräftigen Finger glitten zuerst in die Maschen des Stahlgitters, dann ihre Schuhspitzen, und einen Augenblick später saß sie bereits mit einem breiten Lächeln, das ihre weißmarmornen Zähne erkennen ließ, auf dem oberen Ende des Torpfostens und schleuderte ein Ende ihres langen Schals nach unten.

»Keine Angst, der hält!« rief sie, und als der Kleine Karabach nach dem Schal griff, spürte er plötzlich ganz überwältigt, wie eine mächtige Zauberkraft ihn gleich einer Feder in die Höhe zog, dann für einen Moment unter den Achseln festhielt, um ihn schließlich vorsichtig und geschickt auf der anderen Seite des Tors an dem Schal herabzulassen. Das Ganze kam ihm vor wie das Märchen vom fliegenden Teppich, das ihm seine armenische Großmutter erzählt hatte, ohne auch nur zu ahnen, daß auch seine aserbaidschanische Großmutter ihm dasselbe Märchen erzählt hatte – nur eben in einer anderen Sprache –, diese beiden Großmütter, die sich um den Enkelsohn gestritten hatten, ohne ihn miteinander teilen zu können …

Der Kleine Karabach führte Bötchen zu einem in einer Nebenstraße unter Platanen auf ihn wartenden, klapprigen Milchwagen, neben dem er noch zierlicher wirkte, und bekannte schuldbewußt:

»Ich wollte dich erst belügen. Daß ich Direktor von einem Geschäft bin. Das steigert die Autorität und die Größe auch. Dann habe ich es mir anders überlegt. Wozu lügen, wenn du mich nicht belügst? Ich bin Fahrer von Milchwagen. Das ist mein großes Auto. Fahren wir zu deiner großen Liebe. Was sind die Russen doch nur für ein verrücktes Volk! Mit denen, die sie nicht lieben, schlafen sie – mit denen, die sie lieben, schlafen sie nicht.«

Die Dame an der Rezeption des Hotels »Intourist« starrte voller Mißtrauen auf die hochgewachsene Stewardeß der Aeroflot und den ihr knapp bis zur Schulter reichenden Kleinen Karabach: Sie waren wirklich ein nur schwer vorstellbares Pärchen.

Bötchen fragte, wie sie den Fußballspieler Salysin anrufen könne.

»Mit den Fußballspielern verbinden wir nicht. Auf Bitte des Trainers. Da ist er übrigens selbst«, sagte die Dame an der Rezeption, die im Moment nur eine einzige Sorge hatte – auf Anordnung des Chefs von Aserbaidschan höchstpersönlich mußte die Abhöranlage in der »Luxussuite« schnellstens instand gesetzt werden, bevor morgen der Revolutionsdichter Nazim Hikmet eintraf, der erst vor kurzem aus der Hölle der türkischen Gefängnisse entlassen worden war und noch nicht wußte, in welches Paradies er nun geraten war.

Trotz des Sieges seiner Mannschaft war der Große Genießer nicht in der besten Laune. Eben erst hatte er in seinem Hotelzimmer mit der Etagenwächterin sein »Blut ein wenig poliert«, die ihm, mit den Händen auf das Toilettenbecken gestützt, ihr kaltes pickeliges Hinterteil hingehalten hatte. Die Zimmertür hatte sie heuchlerisch offengelassen, denn so mußte es den Dienstvorschriften zufolge sein, und jeden Moment konnte irgend jemand hereinplatzen. Der Große Genießer mochte es nicht, wenn sich eine Frau allzu lange zierte, konnte es aber ebensowenig ertragen, wenn eine es zu eilig hatte und es nur ängstlich hinter sich bringen wollte. Außerdem roch die Etagenwächterin irgendwie säuerlich. Vielleicht waren es die Gerüche all ihrer Besucher, die sich in ihr zu einem einzigen vermischt hatten. Der Große Genießer verspürte nach diesem mißglückten Versuch des Vergnügens keinerlei Selbstachtung, und keine Selbstachtung zu verspüren war für ihn ungewohnt und schmerzlich. Der Große Genießer hatte in der Stewardeß jene verrückte sibirische Bergsteigerin wiedererkannt, die seinem zukünftigen Großen Spieler den Kopf verdreht hatte. »Wie ist die hierhergeraten?« überlegte der Große Genießer kalt. »Sollte Salysin unser Abkommen, sie ein Jahr lang nicht zu treffen, etwa hintergangen haben? Das würde bedeuten, daß er ein Waschlappen ist, und ein Waschlappen – selbst ein hervorragender – kann kein Star des sowjetischen Sports sein.« Aber der Große Genießer genoß jede neue Bekanntschaft und ganz besonders Bekanntschaften mit Frauen. Um so mehr, als er jetzt so schnell wie möglich Revanche nehmen und seine Selbstachtung wiederherstellen mußte.

»Wie angenehm, in Baku die entzückende Bezwingerin der Felsen zu sehen. Heißt das etwa, daß Sie mit Ihren mutigen Händen die Adlerfedern von den unbezwingbaren Klippen des Kaukasus holen wollen?«

»Wo ist mein Lysik?« faßte Bötchen ihn mit ihren mutigen Händen am Revers, und zwar so, daß ihm ganz anders zumute wurde. Aber er begriff erleichtert, daß sie betrunken war. Betrunkene Frauen – da war er in seinem Element.

»Wahrscheinlich in seinem Zimmer ...«, meinte der Große Genießer mit einem Achselzucken. »Wissen Sie, ich kontrolliere ihn nicht. Er ist ein erwachsener Mensch ...«

»Ich muß mit ihm sprechen.« Noch immer hielt ihn Bötchen am Revers, und hinter ihr trat ein Mensch von ziemlich kleiner Gestalt, aber mit einer ziemlich großen Schirmmütze hervor.

»Wir haben etwas sehr Wichtiges mit der Nummer zehn zu besprechen«, sagte der Kleine Karabach und versengte den Trainer mit seinem Blick aus den flammenden riesigen Augen, »etwas Lebenswichtiges.«

»Was ist denn das nun schon wieder für ein Prachtstück?« sagte sich der Große Genießer, während sein Blick spöttisch prüfend über ihn hinwegglitt, und wählte die Telefonnummer.

»Salysin? Hier will jemand mit dir sprechen. Wirst gleich erfahren, wer … Nur eins, mein Lieber, zwing mich bitte nicht in die verlogene Rolle eines Aufpassers. Du bist ein freier Mensch und kannst frei über deine Zeit bestimmen.« Der Große Genießer machte eine kurze Pause und fuhr dann fort: »Und über dein Schicksal …«

Bötchen riß ihm den Hörer aus der Hand.

»Lysik, ich bin hier, im Hotel … Lysik, ich liebe dich. Ich kann nicht mehr länger ohne dich sein, Lysik.«

»Aber wir haben doch ein Abkommen getroffen«, hörte sie eine unerbittliche fremde Stimme. »Ein Jahr. Sieben Monate und fünf Tage sind schon vorbei. Laß mich zuerst Fuß fassen, in die Nationalmannschaft aufgenommen werden … Ruf mich nicht mehr an. Fahr mir nicht hinterher. Warte noch vier Monate und sechsundzwanzig Tage. Das ist weniger als die Hälfte der Frist. Das ist alles.« Und sie hörte ein Besetztzeichen.

Bötchen ließ langsam den Hörer sinken, so als sei er schrecklich schwer.

»Willst du, daß ich zu Nummer zehn gehe, ihn hierher bringe?« fragte der Kleine Karabach, der alles verstanden hatte, mit treu flammenden Augen.

Bötchen war wie tot.

»Gehen Sie, junger Mann, gehen Sie. Wir werden das schon selbst klären«, sagte der Große Genießer in väterlich beruhigendem Ton. Er gehörte zu der besonderen Gattung der Nekrophilen – er liebte es, wenn eine Frau aus Liebeskummer jede Widerstandskraft verloren hatte. Sogar die Allerwiderspenstigsten konnte man in solchen Momenten ohne jede Mühe erobern. Das lastete zwar etwas auf dem Gewissen, aber …

Der Kleine Karabach wollte nicht gehen. Dieser Mensch mit der süßlichen Stimme und den Augen eines leicht angegammelten Fisches, der an einem schwülen Tag zu lange am Marktstand gelegen hatte, gefiel ihm nicht.

»Gehen wir für einen Moment ins Restaurant. Sie stärken sich mit einem Kaffee – sie machen ihn hier sehr gut, fast wie in der Türkei. Und dann versuchen wir noch einmal, Ihren Lysik anzurufen. Vielleicht ist er nur einfach müde nach dem Spiel«, tröstete sie der Große Genießer und wiederholte in Richtung ihres Begleiters gereizt: »Und Sie gehen besser, junger Mann, lassen Sie sich nicht aufhalten.«

Der Kleine Karabach war ein stolzer Mensch. Man hatte ihn zweimal gebeten zu gehen und ihm nicht ein einziges Mal angeboten zu bleiben, und so ging er. Er lenkte seinen Milchwagen nach Hause, wo niemand auf ihn wartete, und hätte fast eine aus dem Torbogen hervorspringende Katze überfahren. Um sie zu retten, fuhr er mit den Vorderrädern auf den Bordsteig, kippte dabei eine Mülltonne um und dachte, daß es ein Fehler gewesen sei, das russische Mädchen allein in den Händen dieses Trainers zurückzulassen, der sehr viel besser in die Rolle eines Ladendirektors paßte als er selbst.

Und Bötchen trank wieder Kognak. Ein Glas nach dem anderen. Ohne etwas dazu zu essen.

»Rufen Sie Lysik noch einmal an«, sagte sie dem Großen Genießer. »Sagen Sie, daß ich ihn sehen will. Er soll hierher kommen.«

Der Große Genießer beschloß, kein falsches Spiel zu spielen. Er wollte vor sich selbst als anständiger Mensch dastehen. Er rief an.

»Hören Sie, Salysin. Ihre große Leidenschaft ist hier mit mir im Restaurant. Sie trinkt, ohne aufzuhören. Sie weint. Sie sagt, daß sie Sie liebt. Kommen Sie 'runter und nehmen Sie sie mit.«

»Nein«, antwortete Salysin ohne eine Spur der vom Großen Genießer so verachteten Sentimentalität. »Ich halte mein Wort.«

»Was für eine grausame Generation«, fröstelte es sogar den Großen Genießer. »Wir waren nicht so. Woher haben die das nur? Aber was soll's, mein Gewissen ist rein.«

»Was soll ich machen, Mädchen«, sagte er zärtlich, als er an den Tisch zurückkehrte, wo Bötchen mit erloschenen Augen, die ihren blauen Glanz verloren hatten, auf seine Rückkehr wartete. »Er will dich nicht sehen. Ehrlich gesagt, dieses Jahr der Prüfung, das war nicht seine, sondern meine Idee. Ich gestehe, ein wenig sehr streng, aber dafür sehr nützlich für seine Fußballerkarriere. Vor ihm trifft mich keine Schuld. Vor dir – ja. Aber er hätte ja auf meine Bedingungen spucken können, wenn du ihm wichtiger gewesen wärst als der Fußball.«

Der Große Genießer bedauerte es ein wenig, daß er den letzten Satz ausgesprochen hatte – das entsprach wohl nicht ganz einem Gentleman. Aber für die Situation, die sich da gerade anbahnte, war es bequemer, Lysa zu verachten, damit ihn später keine Gewissensbisse quälen würden. An ihren Tisch schob sich der Oberkellner mit süßlichen Backpflaumenaugen und einer Pyramide verschiedenster Bäuche heran – zwei Bäuchlein an den Wangen, einem Bäuchlein am Kinn, einem am Hals, und einem am Leib. In der Hand trug er einen Strauß tiefroter Rosen, auf deren Blütenblättern Tropfen glänzten. Der Oberkellner hauchte dem Großen Genießer ins Ohr:

»Für Ihre Tischdame von ihm höchstpersönlich. Er bittet Sie beide in sein Séparée. Ein Bankett zu Ehren der soeben eingetroffenen Moskauer Schriftsteller, die zu dem Bankett gekommen sind, das zu Ehren des morgen eintreffenden Nazim Hikmet gegeben werden soll.«

»Reiß dich zusammen ...«, flüsterte der Große Genießer Bötchen zu und verspürte in den Knien den kalten Schauer der Angst, in den Schläfen jedoch die heißen Hämmerchen der Begeisterung ob dieser unerwarteten schwindelerregenden Höhen, in die ihn das Schicksal geführt hatte. »Das ist der Chef von Aserbaidschan ...«

Der Chef von Aserbaidschan, von dem man sagte, daß er ausgewählte Gefangene mit eigenen Händen verhörte, und der mit seinen süßlichen Augen fast dem Oberkellner ähnelte, wenn er nicht von Zeit zu Zeit so eisig, so furchterregend erbarmungslos geblickt hätte, dieser Chef von Aserbaidschan empfing die Eintretenden mit ausgebreiteten Armen:

»Ich war da, ich war beim Fußball. Es hat, wie man so schön sagt, die Freundschaft zwischen den Völkern gesiegt. Sie haben die Unseren niedergemacht, und das geschieht ihnen ganz recht. Waren schon zu eingebildet. Die Fettschwänze sind zu träge geworden. Ich bin entzückt von Ihrer Dame. Eine gewaltige Schönheit. Ein kaiserliches Mädchen. Sie ist wie das Lied *Weit ist mein Heimatland* und wie Jaroslawnas Klagegesang gleichzeitig. Damit waren doch sicher Sie gemeint, meine Liebe: ›Er zügelt das Roß im Sprunge, er stürzt in die brennende Hütte‹? Zitiere ich richtig, Genossen Dichter aus Moskau?«

»Richtig«, waren ein paar eifrige Stimmen zu hören. »Welch bemerkenswertes Gedächtnis Sie haben. Und das bei der vielen Arbeit ...«

»Schenkt dem russischen Gast diesen großen Kelch voll mit aserbaidschanischem Champagner, mit rotem, rot wie die Flagge unseres Landes! Die Franzosen fallen in Ohnmacht, wenn sie den probieren ... Auf den Trost aller Republiken der Sowjetunion – auf die russischen Frauen! Die Männer trinken im Stehen ...«

Und plötzlich blieb der Blick des Chefs von Aserbaidschan an einem glatzköpfigen Dichter mit tief eingefallenen, von leidenden Schatten umgebenen Augen hängen, der allerdings eine kokett gebundene Fliege trug. Der Dichter trank auf die Frauen, blieb dabei aber sitzen, er hatte sich nur andeutungsweise erhoben.

Die Augen des Chefs von Aserbaidschan wurden langsam, aber sicher eisig wie frisch gefrorenes Obst.

»Wer ist das?« fragte er leise.

Der Assistent hauchte durch seine Lippen, die zart waren wie die Blütenblätter der Lenkoraner Rosen[6]:

»Antokolski. Ein Dichter. Träger der Stalinprämie.«

»Warum sitzt er, wenn ich stehe?«

»Sein Bein ist krank. Er hat einen Krückstock mit einem Knauf.«

Aber die Vereisung der sich mit Erbarmungslosigkeit füllenden Augen war bereits nicht mehr aufzuhalten.

»Antopolski!« kreischte der Chef von Aserbaidschan. »Steh auf!«

Der alte Dichter, der einst seine ersten Gedichte dem Dichterkönig Igor Sewerjanin vorgetragen hatte, der sich in Marina Zwetajewa verliebt hatte, der gemeinsam mit Wachtangow[7] am Theater gearbeitet hatte, der das berühmte Poem über den im Krieg gefallenen Sohn geschrieben hatte, dieses Vorbild einer ganzen Generation von Dichtern, erhob sich mit einem entschuldigenden Lächeln auf den Lippen und griff zitternd nach seinem Stock.

Das Séparée des Restaurants mit den an den Wänden hängenden Gobelins und Dolchen verwandelte sich plötzlich in einen Verhörkeller.

»Antopolski, setz dich!« sagte der scheinbar beschwichtigte Chef von Aserbaidschan leise, aber als sich der Dichter gerade gesetzt hatte, kreischte er erneut: »Antopolski, steh auf!«

Und so kreischte er in wechselndem Rhythmus an die zehnmal und ließ den sich quälenden, vor Schande und Angst keuchenden alten Mann immer wieder aufstehen: »Antopolski, setz dich! Antopolski, steh auf!« Dann war er es leid und ließ von ihm ab, um Bötchen ins Ohr zu murmeln:

»Ich tue für dich, was du willst. Eine Motorboot schenke ich dir. Ein Haus in Lenkoran mit Wein und einer Garten. Nur einen Nacht. Russisch Frau – ich will ein Ilja Muromez …«

Aber Bötchen hörte ihm nur mit halbem Ohr zu.

Sie fuhr fort zu trinken, was immer man ihr auch einschenkte: den Champagner, rot wie die Flagge, und den vierzigjährigen, die Sinne benebelnden Kognak und den aus Kornelkirschen gebrannten Tschatscha[8], der im Kaukasus sonst nur auf Hochzeiten getrunken wird, und auch das nicht auf jeder, und Rigaer Balsam[9] und sogar tschechisches Bier. Bötchen aß nach wie vor nichts dazu, während vor ihr – Objekt der besonderen Aufmerksamkeit des Chefs von Aserbaidschan – die Kellner in völlig unnötiger Kriecherei ihre Ballettschritte vollführten und den Tisch deckten mit zartrosafarbenen Scheiben Lachs, die aussahen wie die dünn aufgeschnittene Morgendämmerung, mit dampfendem Plow, dem der Safran seine goldene Farbe verlieh, mit marinierten Auberginen auf blutroten Granatapfelkernen gebettet, mit Schälchen voller bordeauxfarbenem Sumak-Pulver, mit Schüsseln voller Nasch-Arabi-Sauce, die aussah wie Stierblut. Der Chef von Aserbaidschan hatte inzwischen so viel getrunken, daß er nicht mehr in der Lage war, sie zu bedrängen, aber dennoch schafften es seine Schildknappen, ihr einen geheimnisvollen, mit Gaze umhüllten emaillierten Eimer als Geschenk zu überreichen.

Vor Bötchens Augen schien alles ins Schwimmen zu geraten, alles schien ihr wie ein dummer klebriger Traum, alles, außer der einen ihre Seele zerreißenden Kränkung: Ihr Liebster hatte sie nicht sehen wollen. Alles andere war ihr ganz egal. Und später konnte sie sich nicht mehr daran erinnern, wie sie in das Zimmer des Großen Genießers gelangt war, wie seine Hände angefangen hatten, sie zu betasten, und wie sein Gesicht über das ihre geraten war und wie er versucht hatte, ihr eine nach eingelegtem Knoblauch riechende Zunge in den Mund zu stecken. Ihr war schlecht, doch dann war ihr abermals alles ganz egal.

Bötchen erwachte mit fürchterlichen Kopfschmerzen, die von einem Surren stammten, das sich in ihre ohnehin schon dem Zerbersten nahen Schläfen bohrte.

Mit Mühe hob sie ihre Lider und erblickte einen ihr völlig fremden, abstoßenden Mann, der siegreich vor sich hin pfiff und mit einem Rasierapparat der Marke Charkow über seine Wangen fuhr. Er hatte sich für das mißratene Vergnügen mit der Etagenwächterin revanchiert.

Bötchen wurde starr vor Entsetzen, als sie begriff, was geschehen war. Sie hatte die Nacht mit einem Mann verbracht, den sie nicht liebte, und mehr noch – den sie haßte. Früher hatte sie nicht verstehen können, wie anderen Frauen so etwas passieren konnte, und immer gedacht, daß dies bei ihr unmöglich wäre. Aber nun war es passiert.

Bötchen stürzte schweigend unter die Dusche und begann, wie rasend an sich zu schrubben, um alle Spuren der fremden Hände von sich zu entfernen.

Dann zog sie sich an und lief zur Tür.

»Nimm«, sagte er und hielt ihr den mit Gaze verhüllten, emaillierten Eimer hin, »das gehört dir.« Und er fügte hinzu: »Ich hoffe, daß das unter uns bleibt. Die Interessen der Mannschaft stehen bei mir an oberster Stelle.«

Bötchen packte den Eimer am Griff, um so schnell wie möglich wegzukommen, und lief auf den Korridor hinaus.

Eine alte, ergraute aserbaidschanische Putzfrau hatte gerade den Teppichläufer aufgerollt und scheuerte mit einer mit einem nassen Lappen umwickelten Bürste den Korridor.

»Mütterchen, liebes Mütterchen, sag mir um Gottes willen, in welchem Zimmer Salysin ist.«

Die Putzfrau hob ihre erschöpften Augen, die ebenso riesig und traurig waren wie die des Kleinen Karabach.

»Russisch nicht sprechen ...«, sagte sie entschuldigend.

Bötchen zog einen Zeitungsausschnitt mit einer Fotografie von Lysa aus ihrer Handtasche.

Die Putzfrau nickte fröhlich, gab zu verstehen, daß sie dieses Gesicht kannte, und führte Bötchen ans Ende des Korridors, wo sie mit der Bürste auf eine Tür wies.

»Und wenn nun plötzlich eine Frau bei ihm ist?« Diese einfache, aber mörderische Frage erschütterte Bötchen. »Warum auch nicht? Wenn ich gestern wie die allerletzte betrunkene Schlampe mit dem Erstbesten schlafen konnte, warum sollte er nicht dasselbe tun?«

Ihre Hand hatte nicht den Mut zu klopfen. Bötchen klopfte nicht. Sie kratzte an der Tür.

Innen war ein unbestimmter Lärm zu hören, aber die Tür öffnete sich nicht.

»Er ist mit einer Frau zusammen«, fühlte Bötchen ihre Ahnung bestätigt.

Aber dann öffnete sich die Tür, und auf der Schwelle stand er direkt vor ihr, allein, in einem Mantel und mit einem leichten Köfferchen in der Hand. Die Sonne spritzte ihm aus dem Korridorfenster ins Gesicht, und sein Haarschopf sprühte Funken, während seine Augen – eben noch hart und zielstrebig – plötzlich beunruhigt, zärtlich, liebevoll fragend blickten, so als hätte die Sonne sie erwärmt.

»Was ist mit dir los, Bötchen?« stöhnte er auf, trat ins Zimmer zurück und warf das Köfferchen auf den Boden. »Was ist mit dir passiert?«

»Ich liebe dich«, schüttelte es sie plötzlich wie im Fieberwahn. »Ich liebe dich ... Mehr als das Leben liebe ich dich ...«

Ihre Zähne schlugen aufeinander. Der Griff des emaillierten Eimers glitt ihr aus den Fingern. Der Eimer fiel auf die Seite, und unter der Gaze hervor ergoß sich ein klebriger Strom schwarzen Kaviars.

Und plötzlich begriff Lysa, wie sehr er Bötchen gequält hatte, begriff, was für ein Ungeheuer er gewesen war, begriff, wie sehr er sie liebte. Und er drückte sie an sich, das erste Mal nach einem halben Jahr, und versuchte, sie mit seiner Liebe zu wärmen, sie in das Leben zurückzuholen, das sie weniger liebte als ihn.

Fast hätte er das Flugzeug verpaßt, das von Baku nach Minsk flog, wo das nächste Spiel stattfinden sollte. Er hatte mit Bötchen abgesprochen, daß sie sich in Moskau treffen und sich dann nie mehr trennen würden.

In Minsk sagte er dem Trainer, daß er ohne Bötchen nicht mehr leben könne und sie heiraten würde. Zu seinem Erstaunen antwortete der Große Genießer in fast menschlichem Tonfall:

»Na, was soll's, ein halbes Jahr ist wohl lange genug. Du hast es geschafft, für den Fußball auf die Liebe zu verzichten. Du hast die Probe bestanden. Du wirst ein Großer Spieler werden. Wenn ihr für euren Erstgeborenen einen Patenonkel braucht, ich stehe zur Verfügung.«

Der Große Genießer war der Ansicht, daß jeder Mensch mit Selbstachtung wissen sollte, was Gewissensbisse sind. Er kultivierte sie nicht allzusehr, aber von Zeit zu Zeit erlaubte er sie sich doch.

Drei Tage später, vor ihrem Abflug nach Moskau, feierten die Fußballer in einem Minsker Restaurant den Geburtstag ihres Torwarts. Der Große Genießer hatte ihnen erlaubt zu trinken, aber nur Bier. Mit dem Gerstensaft gefüllt, gingen Lysa und der Masseur der Mannschaft auf die Toilette. Doch plötzlich verspürte Lysa einen so heftigen Schmerz, daß er aufschrie.

»Aha, das kennt man schon ...«, sagte der Masseur. »Hast du Ausfluß?«

»Ja«, murmelte Lysa niedergeschlagen.

»Welche Farbe?«

»Gelb.«

»Sieht aus wie ein Tripper«, konstatierte der Masseur in lebenserfahrener Ruhe. »Als ich persönlich das erste Mal einen eingefangen hatte, da war der Eiter geradezu bernsteinfarben. Das zweite Mal dreckig-weiß. Am schlimmsten war es beim dritten Mal, weil ich lange gar nichts bemerkt hatte.«

In Moskau angekommen, fuhr Lysa direkt vom Flughafen aus mit einem Taxi zu Doktor Schnejerson.

»Na, was ist, Sie Panikmacher der Begattungsfront, sind Sie wieder einmal unheilbar krank?« spotteten die Augen des Arztes über den Kneifer hinweg. »Im übrigen kommt mir Ihr Besuch sehr gelegen. Gerade habe ich den hinteren Kotflügel meines Pobeda ruiniert, und wissen Sie, wie? An der Reckstange in meinem eigenen Hof, als ich, anstatt auf die Bremse, auf das Gaspedal getreten bin und der Rückwärtsgang eingelegt war. Aber Gott sei Dank habe ich da einen Patienten, der stets bereit ist, die Flügel seiner Liebe in einen Kotflügel für mein Auto zu verwandeln.«

Als er jedoch das Werkzeug der Sünde näher betrachtet hatte, ächzte Doktor Schnejerson ein wenig und setzte sich ans Mikroskop.

»Wann hatten Sie das letzte Mal Verkehr?« wechselte er das Thema und wurde ernst.

»Vor vier Tagen.«

»Na also. Ich kann Sie beglückwünschen. Ein Tripper wie aus dem Bilderbuch. Sie haben es geschafft. Wo ein Wille, da ein Weg.«

»Ich liebe sie, Doktor«, brummte Lysa entsetzt. »Und auch sie liebt mich. Das weiß ich.«

»Auch das soll vorkommen«, erwiderte der Arzt mit einem Achselzucken. »Betrachten Sie das mit gesundem Menschenverstand. Sie waren doch auch selbst all die Zeit kein Mönch, sonst hätten Sie ja nicht so oft mit zitternden Händen an meine Tür geklopft. Doch Mann und Frau sind verschiedene Wesen. Ein Mann kann ein Schürzenjäger und gleichzeitig ein guter Familienvater sein. Ein Mann kann eine einzige Frau lieben und trotzdem jederzeit mit anderen Frauen schlafen. Ein Mann hat die dicke Haut eines Nashorns, und eine Frau kann ihn nur schwer erobern. Auch die größte Liebe einer Frau kann einen Mann nicht ändern.

Frauen sind da feiner strukturiert als wir. Die allerletzte Schlampe kann zur treuesten Ehefrau der Welt werden, wenn man sie liebt und achtet. Eine Frau gibt sich in der Liebe ganz hin … Was für ein Wort. Sie gibt sich ganz hin. Für eine Frau ist es unnatürlich, den einen zu lieben und mit anderen zu schlafen. Wenn sie das tut, dann aus tödlicher Kränkung, aus dem Gefühl der Rache. Frauen begreifen die Welt nicht mit dem Kopf, sondern mit der Nase, und sie spüren stets den Duft einer fremden Frau. Und dann rächen sie sich. Aber nicht sie sind es, die uns betrügen. Wir selbst sind es, die sie dazu treiben, uns zu betrügen ... Beschimpfen Sie Ihre Frau nicht. Bringen Sie sie zu mir. Doch jetzt erlauben Sie mir, Ihnen eine Spritze in den Allerwertesten zu geben.«

Als Lysa ins Aeroflot-Wohnheim kam, waren in dem Zimmer zum Glück keine anderen Mädchen. Bötchen hatte den ganzen Tag auf ihn gewartet und schon befürchtet, daß er nicht kommen würde. Sie trug ein neues Kleid in der Farbe ihrer blauen Laternen mit einem weißen Umlegekragen, das sie selbst genäht hatte, und um den Hals trug sie ein Band mit einigen gelochten Steinen vom Baikalsee – sogenannten »Hühnergöttern«, die der Legende nach Glück bringen sollten. In der Wolke ihrer weißen Haare steckte eine Kornblume. An ihren großen kräftigen Füßen leuchteten die von einer Mitbewohnerin des Wohnheims – einer Stewardeß für Auslandsflüge – geliehenen, aus silbrigen Spitzen geflochtenen Schuhe, die so zerbrechlich aussahen, als seien sie aus Rauhreif gemacht.

Auf dem Tisch stand aufgeschnittenes Schwarzbrot, zwei geschliffene Gläser und zwei Kübel: der eine ein weißer, emaillierter, bis zum Rand mit schwarzem Kaviar gefüllter, in dem zwei Suppenlöffel aus Aluminium steckten, und der andere ein einfacher Zinkeimer mit zerstoßenem Eis und einer Flasche des besten sowjetischen Champagners aus der Krim-Weinkellerei »Neues Licht«, dem früheren Weinkeller des Fürsten Golyzin. In ihrer unverbesserlich roten, rauhen, wettergegerbten Bergsteigerfaust drückte Bötchen verlegen zwei Eintrittskarten für das Ballett *Der Nußknacker* im Bolschoitheater.

Als Lysa Bötchen mit gesenktem Blick berichtete, was geschehen war, sagte sie kein einziges Wort. Sie erstarrte. Die Eintrittskarten für den *Nußknacker* fielen aus ihrer geöffneten Faust langsam zu Boden. Als sie wieder zu sich kam, stürzte sie zum Fenster, schlug mit den Händen und dem Gesicht wie eine Blinde gegen das Glas, gegen den Rahmen, brach den Riegel aus dem Holz heraus und riß das Fenster auf. Lysa sprang zu ihr, packte sie von hinten, aber sie versuchte, sich loszureißen und aus dem Fenster zu springen. Miteinander ringend, rollten sie über den Boden, und das von dem zerbrochenen Fensterglas stammende Blut auf ihrem Gesicht und an ihren Händen klebte an seinem Gesicht, an seinen Händen.

Schließlich verließen sie ihre Kräfte, und sie kroch in eine Ecke, kauerte sich dort zusammen und wimmerte leise vor sich hin.

Lysa beschimpfte sie mit keinem einzigen Wort. Er fragte sie nicht danach, mit wem sie zusammengewesen war. Doch er war zu jung, um zu verzeihen.

Er konnte selbst nichts dagegen tun.

Er brachte sie zu Doktor Schnejerson und versuchte nicht mehr, sie zu sehen. Eines Tages, als er nach einem Spiel aus der Umkleidekabine trat, erblickte Lysa einen Menschen, den er niemals in einem Fußballstadion oder auch nur in der Nähe eines solchen zu sehen vermutet hatte. Es war Doktor Schnejerson.

»Ich habe keine Ahnung von diesem Spiel, bei dem zweiundzwanzig erwachsene Menschen eineinhalb Stunden lang einen völlig unschuldigen, einsamen Ball mit Füßen treten, aber Sie haben mir gefallen«, sagte der Doktor und nahm ihn zur Seite. »Wie Sie sich jedoch in der Liebe benehmen, das gefällt mir ganz und gar nicht. Wissen Sie, daß Ihr Mädchen dem Wahnsinn nahe war? Sie hat die ganze Zeit immer wieder nur gesagt: »Ich habe meinen Liebsten angesteckt. Ich habe meinen Liebsten angesteckt.« Wer hier wen angesteckt hat, das ist noch die Frage. Sie haben das Mädchen angesteckt, und nicht das Mädchen Sie. Sie haben sie fremden dreckigen Händen überlassen, als sie betrunken und unglücklich war. Sie ist vor Ihnen vollkommen rein. Das sage ich zu Ihnen – ich, Doktor Schnejerson, der bereits einen kahlen Kopf hat und mit diesem Kneifer schon so viele Frauen untersucht hat. Sie ist jetzt bei ihrer Mutter, am Baikalsee. Fahren Sie zu ihr. Heiraten Sie sie.«

Aber Lysa heiratete eine völlig andere Frau.

Der Große Genießer hatte ihn mit einem Mannequin aus dem Modehaus an der Kusnezki-Brücke bekannt gemacht. Der Große Genießer brauchte sie, weil sie die Nichte des obersten Chefs aller Sportler war. Außerdem war sie die Geliebte des Großen Genießers, und er wollte sie irgendwo unterbringen, ohne sie zu verlieren. Wie ein Pfau schritt sie mit schwingenden Hüften über den Laufsteg, wo sie Hochzeitskleider vorführte. Sie hieß Elwira oder – der Einfachheit halber – Elka.

Das erste Mal ging sie ganz ohne Umstände mit Lysa ins Bett, doch schon beim zweiten Mal sträubte sie sich plötzlich. Lysa ahnte nicht, daß all dies auf Anraten des Großen Genießers geschah. Der Trainer wollte seinen Großen Spieler mit Frauenhänden an sich binden. Der Große

Genießer hatte als erfahrener Dramaturg sogar ein Stichwort für sie ausgedacht, mit dessen Hilfe sie Lysa für sich gewinnen sollte.

»Sollte ich etwa niemals mein eigenes Hochzeitskleid tragen dürfen?« Sie sprach dieses Stichwort im passenden Augenblick aus, und es gelang ihr wie einer gar nicht so üblen Schauspielerin, es mit einer kleinen Träne, aber ohne Übertreibung vorzutragen. Die Sentimentalität, die Lysa noch nicht gänzlich ausgetrieben worden war, tat ihre Wirkung.

Er heiratete, und plötzlich sah er sich umgeben von einer Pseudosport-Schwarzmarkt-Autowerkstatt-Mannequin-Kleinschauspieler-Boheme, die sich seines Namens schamlos bediente, um ihrer liebsten Beschäftigung nachzugehen – der Schieberei.

Seine Wohnung war Umschlagplatz für Ikonen, alte Gemälde, Kristall, Porzellan, Kassettenrecorder, Stangen von Westzigaretten, Haufen von Jeanshosen, und einmal entdeckte er sogar einen Pappkarton voller genoppter Präservative.

Lysas wirkliches Leben fand nur auf dem Fußballfeld statt. Zu Hause lebte der Schwarzmarkt, der sich alle Mühe gab, sich einen mondänen Anstrich zu geben.

Der gemeinsame Sohn geriet nach der Mutter und begann schon in der Schule, ein wenig mit amerikanischem Kaugummi zu handeln. Elka versuchte, Lysas Geschmack bei der Auswahl von Bekannten und Kleidung, Theaterpremieren und Büchern in den Griff zu bekommen. Sie gab ihm sogar in Fragen des Fußballs mit solchem Nachdruck Ratschläge, so als würde er ständig danebentreffen, so als würde nicht er, sondern sie die Tore schießen. Manchmal erinnerte sich Lysa wie an etwas für immer Verlorenes an die blauen Augenlaternen der sibirischen Bergsteigerin, die in einer verschneiten Nacht einst für ihn einen Kristalleiszapfen vom Kremlturm geholt hatte. Und er hätte es nicht für möglich gehalten, daß ihre rote, wettergegerbte Hand eines Tages, viele Jahre später, an sein Fenster klopfen könnte, daß sie in seine einsame Wohnung hineinspringen würde, daß sich ihre Wimpern abermals berühren würden, daß sie sich dann von dem Igel Tschunja verabschieden und gemeinsam auf die Barrikaden gehen würden, einander nicht weniger, sondern noch viel stärker liebend als in ihrer wunderbaren, jedoch so unbedachten Jugend.

5.

WIE OFT IST BRESCHNEW GESTORBEN?

Ich liebe meine Schwester Lelja, obwohl ich, wenn sie wütend ist, um nichts in der Welt in ihre Hände und noch viel weniger in ihre Rufweite geraten möchte, denn Barkow, Limonow, Viktor Jerofejew[1] und all die anderen herausragenden Sprachexperten sind nichts als mitleiderregende ABC-Schützen, wenn man deren Vokabular mit den glänzenden Perlen auserlesener Unanständigkeiten aus der Schatzkammer meiner Schwester vergleicht.

Lelja ist eine großartige, doch unterschätzte Schauspielerin, obwohl ja alle Schauspielerinnen mehr oder weniger unterschätzt werden. Als ich ihre Probeaufnahmen für die Anna Johannowna sah, lief mir geradezu ein Schauer über den Rücken – die Zarin war so erschreckend majestätisch, als wolle sie im frostigen Eisbunker ihrer kurzen, aber grausamen Herrschaft die ganze Menschheit mit dem kalten Wasser ihres Blickes übergießen. Auf Konzerten bot Lelja voller Glanz den aus der Feder eines sibirischen Schriftstellers stammenden Schwanengesang auf ein unwiderruflich im Wasser verschwindendes bäuerliches Atlantis dar, ohne natürlich zu ahnen, daß derselbe Schriftsteller eines Tages zusammen mit anderen Verschwörern seine Unterschrift unter den Aufruf zur Rettung eben jenes Imperiums setzen würde, das früher einmal das von ihm besungene Atlantis ertränkt hatte[2].

Lelja war unsere familiäre Nachrichtenagentur, doch von ganz besonderer Art. Wenn Hegel die Historiker als Propheten bezeichnet hat, die die Vergangenheit vorhersagen, so war meine Schwester eine Historikerin für die Zukunft. Vor gar nicht langer Zeit war Breschnew ihren Telefonanrufen zufolge noch vor seinem Tod allein an die fünfmal gestorben.

»Na und, hab' ich etwa nicht recht gehabt!« hatte Lelja dann mit einem Achselzucken geantwortet. »Zum Schluß ist er ja tatsächlich gestorben …«

Als Lelja nun durchs Telefon brüllte: »Gorbatschow haben sie abgesetzt. Schalt den Fernseher ein!«, erlaubte ich es mir deshalb, nicht besonders beunruhigt zu sein, schaltete aber dennoch den Fernseher ein. Aus dem Gerät kroch etwas Graues, Würgendes, die Lungen wie mit Giftgas Verätzendes: »Da Michail Sergejewitsch Gorbatschow aufgrund seines Gesundheitszustands nicht in der Lage ist, seinen Verpflichtungen als Präsident der UdSSR nachzukommen, gehen die Vollmachten des Präsidenten der Sowjetunion in Übereinstimmung mit dem Artikel 127 der Verfassung der UdSSR an den Vizepräsidenten der UdSSR, Gennadi Iwanowitsch Janajew, über ...«

»Ist etwa alles vorbei? War das alles etwa nur ein Traum – Sacharow auf der Rednertribüne im Kreml, unsere Hoffnungen auf ein menschliches Leben – ohne Warteschlangen, ohne Zensur?« Das waren wohl die Gedanken, die mir damals durch den Kopf schossen, obwohl ich mich heute offen gestanden nicht mehr genau daran erinnere, woran ich damals dachte.

Das Denken hörte auf. An die Stelle der Gedanken trat die Angst. Es war keine politische Angst. Es war die Angst um meine dunkelblonden Kinder, die mit schnurrenden Spielzeugautos über den Boden krochen, um meine Liebste mit der in der zarten Kniekehle hervortretenden hübschen, kleinen weißen Narbe, für die sie sich aus irgendeinem Grund schämte, um meine achtzigjährige Mutter – die älteste Kioskverkäuferin der UdSSR, die jetzt vielleicht eines schönen Morgens in den von ihr verkauften Zeitungen lesen könnte, daß ihr Sohn als Volksfeind erschossen worden sei.

»Wenn es dem Präsidenten gesundheitlich schlecht geht, wo bitte ist dann der ärztliche Befund?« ertönte hinter mir die Stimme meiner Frau Mascha so abfällig und stachlig, als sei sie ganz und gar mit Hechtschuppen bedeckt.

Aber ihre Hände legte sie auf Nixenart zart auf meine Schultern, und ich spürte das unruhige Pulsieren in ihren Fingerspitzen und die leichte Kälte der Angst, die sich in ihren vom Schlaf noch warmen Atem geschlichen hatte.

Der Fernseher drückte sich vor einer Antwort und fuhr fort mit der Stimme der Ansagerin, die ihre blau bemalten Lider vor Schmach kein einziges Mal hob: »... mit dem Ziel, die tiefe und allumfassende Krise, die politische, internationale und nationale Konfrontation, das Chaos und die Anarchie zu überwinden ...«

Mein zweijähriger unbändiger Doppelgänger, Jewgeni Jewtuschenko Nummer zwei, so rotwangig, als hätte man ihn, gerade erst frisch gebacken, mit einem hölzernen Schieber aus einem russischen Ofen geholt, zog mich an den Hosen und begann listig zu weinen und zu jammern:

»Senja will Seichenfilm. Will *Tom und Serry.*«

Sein jüngerer Bruder, der einjährige Mitja, versuchte angestrengt, unseren Kater Kusja am Schwanz zu packen.

Gott sei Dank begriffen die Kinder noch nichts.

Ihre gutmütige Kinderfrau aus Petrosawodsk, die aufgrund verwandtschaftlicher Solidarität von einer familienbedingten Gegnerschaft gegen die Nomenklatura erfüllt war – all ihre Anverwandten waren urplötzlich zu überzeugten Demokraten geworden –, vergoß ein paar Tränen und ließ die dürren, mit schweren Adern durchzogenen Hände einer ehemaligen Fabrikarbeiterin sinken:

»O Jewgeni Alexandrowitsch, sie werden doch Gorbatschow nicht getötet haben ... Er ist natürlich auch so ein Parteiapparatschik, aber es täte mir doch leid um ihn ...«

Komplizierter waren die Gefühle meiner Hausherrin, die düster schweigend vor dem Fernseher saß wie eine majestätische, aus stets unabhängigen Gedanken gemeißelte Sphinx. Eine ihrer bedingungslosen Antipathien galt allen Meetings, Versammlungen, Demonstrationen – mit einem Wort, allen nur erdenklichen schwatzhaften Zusammenkünften, obwohl sie selbst sehr gern redete. Sie zog ihre Stirn immer nur voller Verachtung in Falten, und manchmal erhob sie sogar ihre ohnehin nicht sehr leise Stimme, so daß sie unsere Versammlungen auf der Datscha übertönte: »Also, wie lange wollt ihr noch Sprüche klopfen? Und wer soll die Arbeit erledigen?«

Daneben hegte sie aber auch eine bedingungslose Liebe: die Armee. Als wir einmal gemeinsam über den Friedhof von Peredelkino gingen und in der Nähe von Pasternaks Grab an den einfachen Soldatengräbern mit ihren groben Blechsternen vorbeikamen, füllten sich ihre Augen mit Tränen. Dann legte sie sanft auf eines dieser Gräber einen Strauß Feldblumen – nicht etwa, weil sie einen der dort Beerdigten gekannt hätte, sondern aus dem einfachen Grund, daß es Soldaten waren.

Ich vermute, daß sie früher einmal einen Mann mit diesem rotem Sternchen auf der Mütze sehr geliebt und dann für immer verloren haben muß, aber ich habe sie niemals danach gefragt. Sie war nicht in der Lage, auch nur die geringste kritische Äußerung gegen die Armee zu ertragen, selbst wenn diese manchmal gerechtfertigt war.

Einmal hatten wir einen handfesten Krach, weil sie behauptete, Sacharow hätte die Armee verleumdet, als er erklärte, daß wir in Afghanistan auch die eigenen Soldaten beschossen und bombardiert hätten. Aus ihrem vom Volkszorn verzerrten Mund ergossen sich flammende Worte wie Brandbomben. Sie war weder auf der Seite der Rechten noch auf der der Linken, sondern immer auf der Seite der Armee. Außerdem liebte sie auch noch die Bergleute, denn sie war in einer Bergarbeiterstadt aufgewachsen, wo manchmal mitten auf den Kohlehalden aus den Samen, die zusammen mit dem Steppensand vom Wind hierhergetragen worden waren, zarte blaue Glockenblumen wuchsen oder Blüten der Kamille, die wie puppenhafte Spiegeleier aussahen. Sie verfiel jedesmal in quälendes Grübeln, wenn die Bergleute streikten und die Generäle das Verbot dieser Streiks forderten. In Grübelei versunken saß sie auch heute vor dem Fernseher, wo von den vor Unsicherheit und Scham zitternden, widerwilligen Lippen der Ansagerin die fremd klingenden und – es war deutlich zu sehen – auch ihr selbst Angst und Ekel einflößenden Worte kamen: »... Indem wir uns den Forderungen breiter Bevölkerungsschichten stellen, die die Einleitung entschlossener Maßnahmen verlangen, um das Abgleiten der Gesellschaft in eine allgemeine nationale Katastrophe zu verhindern und um Gesetz und Ordnung aufrechtzuerhalten, wird der Ausnahmezustand verhängt ...«

»Sollte es etwa wieder den Gulag geben, die Irrenhäuser, die Zensur?« schoß es durch mein Bewußtsein, und von den Fußnägeln bis zu den Haarwurzeln breitete sich wie ein lähmendes Gift immer ätzender dieses schon fast vergessene, verfluchte Gefühl aus, das ich an mir so sehr haßte: die Angst. Physische Angst habe ich seit meiner Kindheit immer in zwei bestimmten Situationen durchlebt: in der Dunkelheit und vor einem Abgrund.

Die Dunkelheit ist mir immer wie ein riesiges, zottiges Tier vorgekommen, das mit seinen scharfkralligen Pfoten bereit war, mich zu packen und in seiner Umarmung zu ersticken. Wenn allerdings in der Dunkelheit auch nur ein einziges Lichtlein zu erkennen war – die Augen eines Menschen oder ein Glühwürmchen, das Glimmen einer Zigarette, ein kleiner Stern in den Wolken oder auch nur ein kaum leuchtendes Faulholz in einem Sumpf –, dann ging die Angst vorbei. Abgründe haben mich, wo immer ich auch vor ihnen gestanden habe – an einem Steilhang oder auf dem Balkon –, süß und mörderisch angezogen und eine zitternde Kälte in meinen Knien verursacht. Nur wenn ein Vogel durch die Luft flog und so die Tiefe von oben bis unten ausfüllte, verlor der Abgrund seinen Schrecken und wurde zu etwas Vertrautem.

Aber jetzt, da aus dem Fernseher die widerwärtige Vergangenheit erneut ihre Stimme erhob und dreist und feige versuchte, erneut zur Gegenwart und Zukunft zu werden, erstand in mir von neuem die Angst, die wie die Dunkelheit war, in der kein einziges kleines Sternchen schimmerte, die wie der Abgrund vor den Füßen war, in dem keine einzige Schwalbe segelte. Ich hatte diese Angst zu Stalins Zeiten nicht erleben müssen, weil mich mein jugendliches Alter und die rettende Naivität glücklich davor bewahrt hatten. Aber ich hatte diese Angst in den anderen gesehen, und sie hatten sie in meine Lungen eingeatmet, und genauso, wie es eine Veranlagung zur Tuberkulose gibt, leidet unsere ganze Generation an einer Veranlagung zur Angst.

Die »Sechziger« – das ist die Generation, die genetisch zur Angst prädisponiert ist, jedoch begonnen hat, diese Angst zu besiegen.

1956 habe ich diese Angst am eigenen Leib verspürt, als mir am Morgen nach meinem Geburtstag der verkaterte Kopf zum Zerspringen wehtat. Ich hörte ein kurzes, ordentliches Klingeln an der Tür, dann ein zweites Klingeln – ein wenig länger –, das noch taktvoll mahnte, und schließlich ein weiteres – das bereits machtvoll verlangte, daß jemand die Tür öffnen solle. Als ich den noch aus vorrevolutionären Zeiten stammenden eisernen Riegel im Korridor zur Seite schob, erblickte ich auf der Vortreppe unseres Holzhauses an der Vierten Meschanskaja-Straße ein zärtlich lächelndes, rundes Gesichtchen, das wie ein mit Butter bestrichener Pfannkuchen glänzte, mit weißblonden Augenbrauen und einer leicht himbeerfarbenen Glatze, die an den Seiten von weißblondem Flaum eingefaßt war.

Der ungebetene Gast blieb zwar auf der Vortreppe stehen, streckte aber seine Faust in den Korridor, wo er sie dann öffnete und dazu triumphierend lächelte wie ein Zauberer, der an seinen eigenen Zaubertricks außerordentlichen Gefallen findet. In der rosigen Handfläche lag dieses gewisse rote Büchlein, dessen Anblick vielen Leuten das Blut in den Adern gefrieren läßt und ihnen jeden Widerstandswillen nimmt, so als seien sie Kaninchen, die eine Würgeschlange erblickt haben. Das Büchlein öffnete sich ein wenig und schloß sich so blitzartig wieder, daß man sich keinen Familiennamen merken konnte.

»Herzlichen Glückwunsch nachträglich zum Geburtstag«, sang das Männlein süßlich. »Gestern wollten wir Sie nicht stören. Aber wir möchten uns gern mit Ihnen unterhalten. Könnten Sie uns heute vielleicht einen Besuch abstatten?«

»Wann heute?« preßte ich mühsam hervor und spürte, daß meine Beine am Rande des sich öffnenden Abgrunds, an dessen Boden schon so viele Knochen lagen, watteweich wurden.

»Ach, jetzt gleich ...«, antwortete das Männlein munter. »Wir haben einen Wagen dabei. In zehn Minuten sind wir schon da.«

»Wo ›da‹?« murmelte ich.

»An der Ljubjanka. Am Eingang von der Serow-Straße. Von hier ist es ja nicht weit. Nicht einmal zehn Minuten – und wir sind da.«

Mein Hirn arbeitete nach der durchzechten Nacht nur langsam. Jemand hatte mich denunziert. Weswegen? Vor kurzem erst hatte ich, nachdem man mich wieder einmal von einer Touristenreise ausgeschlossen hatte, in aufgepeitschter Laune in der Schaschlik-Kneipe neben dem Literarischen Institut gewütet und geschrien, daß man heutzutage nur die Menschen aus all den kleinen Lagern freiließe, das Land selbst jedoch auch weiterhin ein riesiges Lager bliebe, aus dem man niemanden herausließe. Aber an unserem Tisch hatten doch nur ein paar Leute gesessen, und zwar alles unsere eigenen, unsere Studenten. Es konnte doch nicht möglich sein, daß einer von ihnen dazu fähig gewesen wäre. War es vielleicht auch deshalb, weil ich mit Wolodja Gneuschew vor einer Woche mitten in der Nacht und nach dem Genuß vieler Flaschen Chwantschkara im Restaurant Aragwi leicht angeheitert über die Stanislawski-Straße geschlendert war? Wir hatten hinter einem Gitter aus gußeisernen Spitzen eine Frau am Fenster sitzen sehen, die sich genießerisch langsam und lockend die Haare kämmte, und erst nachdem wir mit völlig unkontrollierbaren Absichten bereits über das Gitter geklettert waren, hatten wir an der Villa zu unserem großen Entsetzen ein weißes Emailschild mit einer deutschen Aufschrift sowie eine ausländische Flagge erblickt, und als wir uns umschauten, war unser Blick auf ein Milizhäuschen am Tor gefallen, das wir vorher nicht bemerkt hatten. Es war ganz offensichtlich eine Botschaft oder ein Konsulatsgebäude, und zwar ganz offensichtlich keines, das zu einem »demokratischen Bruderland« gehört hätte. Unser Glück, daß uns damals niemand erwischt hatte und wir wohlbehalten entkommen konnten. Aber vielleicht hatte man uns trotzdem bemerkt, mit versteckten Kameras aus den Büschen heraus aufgenommen und jetzt ausfindig gemacht? Oder vielleicht für die Gedichte? Für welche? Es ist in ihnen ja vieles zwischen den Zeilen versteckt. Aber kann man das etwa versteckt nennen? Es guckt doch trotzdem hervor ... Wollen die mich etwa ins Gefängnis werfen?

Würde ich etwa verschwinden wie 1937 mein Großvater Jermolai, von dem ich nicht einmal weiß, wie und wo er gestorben ist? Und ist er überhaupt gestorben? Höchstwahrscheinlich wurde er erschossen oder zu Tode gefoltert ... Von Leuten mit solch runden Pfannkuchengesichtern und himbeerfarbenen Glatzen. Jetzt lächeln sie noch zärtlich. Aber was ist, wenn alles von vorne beginnt? Ich mußte es jetzt gleich ablehnen mitzufahren. Dann würde zumindest alles klar werden. Wenn sie entschlossen waren, mich auf jeden Fall zu verhaften, würden sie es auch tun und mich mit Gewalt zum Verhör bringen ...

»Ich habe Kopfschmerzen ...«, brummte ich.

»Rußland kann nicht leben, ohne einen zu heben. Das kommt vor. Wenn einem nach dem Geburtstag der Kopf nicht wehtun würde, wäre das doch irgendwie frevelhaft«, sang das Männlein voller Verständnis, so als ob er mit seiner zutraulichen Andeutung auf sein gleiches, häufig erlebtes morgendliches Leiden eine Gemeinsamkeit zwischen uns herstellen wollte. »Dann um zwölf, ginge das? Ich hole Sie ab.«

»Nein, nein«, sagte ich hastig. »Ich komme selbst. Aber an wen soll ich mich wenden?«

Meine Hoffnung, seinen Namen doch noch aus ihm herauszukitzeln, erfüllte sich nicht.

»Machen Sie sich keine Sorgen, man wird Sie an der Einfahrt erwarten ...«, sang er strahlend, so als freute er sich schon jetzt über die Möglichkeit, seine Gastfreundschaft unter Beweis stellen zu können, und dann löste er sich in der Luft des Zeitgeistes auf, deren Ziel auch er war.

Doch dieses Männlein wußte nicht, daß ich nicht allein war. In dem Nachbarzimmerchen schnarchte mächtig einer meiner gestrigen Gäste – ein Kriegsdichter, der früher einmal in der Stalingrader Fußballmannschaft »Traktor« gespielt und heute bei mir übernachtet hatte, da ihm seine leicht kalmückischen Augen am Tisch unwiderruflich zugefallen waren und er nicht mehr in der Lage gewesen war, sein Auto nach Hause zu steuern. Ich war immer mit Leuten befreundet, die älter waren als ich. Er gehörte zu den seltenen Menschen, mit denen selbst ein ausgedehntes Zechgelage nicht langweilig wurde. Wenn jemand zu sehr ins Schwatzen geriet, zu sehr angab oder im Gegenteil zu sehr in Panik geriet, sagte er gewöhnlich mit freundlichem, sanftem Spott: »Ruh dich aus.«

Ich mochte nicht nur die Art, wie er sprach, sondern auch, wie er schwieg und seufzte. Seine Seufzer waren voller Koloraturen, kamen oft ins

Stocken und ähnelten dem Knirschen einer Brunnenkette, die aus dunklen, bemoosten Tiefen das Wasser holt, aber nur ungern dem Eimer zu Diensten ist. Sogar jetzt im Schlaf schnarchte er nicht nur einfach so, sondern unter Seufzern.

Ich rüttelte ihn wach, erzählte ihm verworren von dem morgendlichen Besucher mit dem roten Büchlein und davon, daß ich um zwölf dorthin müsse, von wo schon so viele nicht wieder zurückgekehrt waren.

»Sie werden mich doch nicht einsperren?« fragte ich zwar nicht wirklich mit angstvollem Zähneklappern, doch auch nicht sehr fröhlich. Wir alle lebten in einem Land, in dem der Arm der Behörde, die diese roten Büchlein verteilte, jeden beliebigen Menschen zu jeder beliebigen Zeit aus seinem bisherigen Leben herausziehen konnte, wie eine Sechs aus dem Kartenspiel – oder wie ein As, das dann sofort zur nichtssagenden Sechs wurde. Mein Freund grinste verkatert und schwer:

»Mensch, die haben dich aber erschreckt – kein Blutströpfchen mehr im Gesicht. Ruh dich aus. Keine Angst, die verhaften dich nicht. Zu deinem Glück sind die Zeiten inzwischen anders. Sie werden dir eine Liebeserklärung machen ... Eine ganz gewöhnliche Anwerbung ...«

Ich machte große Augen:

»Mich? Anwerben?«

In meinem Inneren machte sich eine niederträchtige Freude breit: Sie würden mich nicht einsperren. Doch gleich darauf wurde diese Freude von einem anderen Gedanken erstickt: Eine Anwerbung war schlimmer als eine Verhaftung. Die Bezeichnung »Spitzel« war in den Augen meiner Mutter, meines Vaters und meiner Freunde von der Vierten Meschanskaja-Straße das abstoßendste Brandmal, das ein Mensch nur tragen konnte.

»Ja, die werben jetzt überall Leute an. Sie erneuern die Kader ...«, beruhigte mich mein Freund, der über den Krieg geschrieben hatte: »Aber es ist besser, mit einem leeren Ärmel zurückzukehren, als mit einer leeren Seele«. »Mich haben sie auch anzuwerben versucht. Mit derselben Methode wie dich – nach Silvester, am Morgen. Die wissen, daß man mit einem Menschen nach einer durchzechten Nacht machen kann, was man will. Hör dir nur alles genau an, aber werde nicht aktiv. Laß sie reden, aber du hältst deinen Mund. Nick mit dem Kopf wie ein chinesischer Mandarin, damit sie denken: ›Na also, haben wir ihn doch bei den Hammelbeinen gekriegt, und das noch mit bloßen Händen, und warm ist er auch noch.‹ Die wollen dich ›knacken‹, aber du wirst sie selbst knacken.

Und wenn sie dir den Handschlag anbieten, dann reich ihnen nicht mal den kleinen Finger – die fressen dich sonst mit Haut und Haar. Spiel das unschuldige Lämmchen und blök ihnen vor: ›Ich danke Ihnen für Ihr unbezahlbares Vertrauen, aber ich bin es einfach nicht wert. Sollte ich irgendeinen dieser feigen Spione und Ungläubigen erspähen, wie er auf seinen Hufen auf allen vieren durch das Schilf der Grenzbefestigungen in unsere Sowjetunion hineinkriecht, dann werde ich natürlich höchstpersönlich zu Ihnen laufen, liebe Genossen, doch wenn ich Gedichte schreiben und mir daneben auch noch etwas für Sie ausdenken soll, dann würde ich mich, Sie müssen schon verzeihen, sicherlich verheddern. Deshalb ersparen Sie mir das um Gottes willen ...‹ Mit einem Wort, schläfere ihre berühmte Wachsamkeit ein, zieh ihnen alles aus der Nase, was du kannst, und dann – machst du einen Rückzieher und ab durch die Mitte.«

Bei der Einfahrt an der Ecke der Ljubjanka, genau gegenüber eben jener Buchhaltungsstelle, die sich in der bescheidenen Villa verbarg, in der ich früher einmal gegen Vorlage einer Vollmacht das Geld meiner Schwiegermutter in Empfang genommen hatte, wartete ein nettes Gesichtchen gastfreundlich auf mich – nur war es dieses Mal nicht das Gesicht eines Mannes, sondern das einer Frau.

Es war eine ganz gewöhnliche sowjetische Kleinbürgerin in einem bunten Kleid aus Crêpe de Chine, in weißen Sandaletten und mit einfachen roten Ohrringen, die zu groß waren, um Rubine zu sein. Nur ihre Wangenknochen waren wie die eines Boxers etwas zu massiv, und der Ausdruck ihrer Augen war nicht einzufangen.

Sie fing sofort an zu zwitschern, wenn auch mit einer tiefen kommandierenden Stimme, doch da dieses Zwitschern, das mich verzaubern und besänftigen sollte, so überhaupt nicht zu ihrem Timbre paßte, klang es recht falsch. Sie benahm sich so, als habe sie ihre Karriere als Leiterin des Kinderheims der Polizei begonnen, wo albernes Gelispel und die starke Hand des Staates gleichermaßen gepflegt wurden.

Während sie mich durch endlose Korridore führte und dann vor mir die Tür ihres nicht sehr großen Büros öffnete, wo auf dem Tisch zwei Schalen standen – eine mit ein paar rosa-weißen Nelken und die andere mit den verschiedensten Bonbonsorten, wie zum Beispiel mit einfachen »Mischka-Bonbons«, »Eis-Mischkas«, gebrannten Mandeln, Sahnebonbons und Karamellen mit Johannisbeer- sowie Himbeerfüllung –, zwitscherte sie unentwegt:

»Wie sind wir froh, Sie bei uns zu sehen, Schenja ... Glauben Sie mir, hier haben Sie mehr Freunde und Anhänger als im Schriftstellerverband. Dort werden Sie doch von allen beneidet. Wie sollten sie Sie auch nicht beneiden – so jung und schon so populär. Nehmen Sie sich doch von den Bonbons, genieren Sie sich nicht. Ich muß Ihnen ein Geheimnis verraten – ich bin ein schreckliches Leckermäulchen. Neulich erst haben wir uns hier für Ihr Gedicht *Im Kampf für die Sowjetmacht* begeistert. Wie lauteten doch gleich diese eingängigen Zeilen: ›Hast du es eilig, für Grenada zu sterben? Dabei sollst du für Grenada leben!‹«

Ihr Zwitschern lullte in den Schlaf, machte schwach, schläferte ein. Schon schien sie eine nahe Bekannte, fast sogar eine Verwandte zu sein.

Die Rechnung ging auf: Man spielte hier mit der Angst, die das Wort »Ljubjanka« hervorrief. Schließlich waren seit dem Todestag Stalins erst drei Jahre vergangen, und das Wort »Ljubjanka« war nach wie vor ein Synonym für Folter, Erschießungen, Verschwinden auf Nimmerwiedersehen. Wer in die Ljubjanka vorgeladen wurde, der erwartete nichts Gutes. Und dann plötzlich – diese fürsorgliche Gemütlichkeit. Es schien, als seien das alles hier überhaupt keine Henker, sondern deine Gönner und Anhänger. Ich bin überzeugt, daß viele derjenigen, die in die Ljubjanka vorgeladen wurden, zuerst durch die tierische Angst wie verdattert dastanden und sich dann aufgrund dieser unerwarteten Freundlichkeit kaufen ließen. Was für ein Glück, daß mich mein Freund vor dem Zweck dieser Freundlichkeiten gewarnt hatte, daß ich vorbereitet war auf die Bearbeitung mittels Freundlichkeit und mich ganz entspannt dumm stellen und den enormen Vorteil, die Schritte des Gegners im voraus zu kennen, nutzen konnte.

Am Rand der Schale lag auf den anderen Bonbons einsam eine ganz besondere Praline, wahrscheinlich nicht lose gekauft, sondern die letzte aus einer Pralinenschachtel. Sie hatte die Form eines runden Schokoladenhügelchens und lag auf einem Spitzenbett aus Papier. Natürlich, es war eine Praline aus einer der Schachteln, auf denen Vögel abgebildet waren, die saftig glänzende Kirschen von einem Zweig pickten. In diesen Pralinen verbarg sich eine echte Kirsche, die selig in duftendem Likör badete. Genau so eine Schachtel hatte mein Großvater Jermolai zu uns in die Vierte Meschanskaja-Straße gebracht, als ich ihn das letzte Mal vor seiner Verhaftung gesehen hatte. Vielleicht hatte man ihn in demselben Zimmer verhört und geschlagen, in dem man mich jetzt mit Bonbons bewirtete?

Die Dame in Crêpe de Chine war offensichtlich davon überzeugt, daß sie mich bereits erfolgreich auf jede erdenkliche Einverständniserklärung vorbereitet hatte – wenn sich dadurch nur eine Verhaftung vermeiden ließ –, und führte mich in ein anderes Büro, das schon viel weiträumiger war und in dem an einem Tisch ein Mann saß, der einen eindeutig höheren Rang bekleidete als sie, denn in seiner Anwesenheit hörte sie auf zu zwitschern, nahm Haltung an, was hinter all dem Crêpe de Chine verräterisch den Offizier in ihr offenbarte, und verschwand.

Dieser Mann tat alles andere als zwitschern oder sich in Komplimenten ergehen. Er blickte mich prüfend an – sein Blick war weder direkt freundlich noch direkt furchterregend, aber mit den beiden bläulich-stählernen Bohrern seiner vor lauter Informationen ernst und gequält blickenden Augen schraubte er sich derartig in mich hinein, daß mir ein wenig seltsam zumute wurde.

»Zur Zeit gibt bei uns in der Ljubjanka, wie auch im ganzen Land, große Veränderungen«, sagte er bedächtig, ohne daß die Intensität seines Bickes dabei geringer wurde. »Es sind neue Leute am Ruder. Wir helfen der Partei dabei, die letzten Reste des Personenkults zu bekämpfen, wir rehabilitieren die zu Unrecht Verurteilten. Das müßte Ihnen meiner Ansicht nach doch auch am Herzen liegen, oder? Unter den Menschen, die uns mit Informationen versorgen, sind jedoch zu viele alte Kader. Sie sind daran gewöhnt, nur das zu berichten, was man von ihnen hören will. Jetzt sind sie aus dem Konzept geraten. Sie begreifen nicht, was wir von ihnen wollen. Dabei ist das einzige, was wir jetzt wollen – die Wahrheit. Denn schließlich werden auf der Grundlage unserer Auskünfte die allerwichtigsten staatlichen Entscheidungen getroffen. Wir brauchen keine Denunzianten. Wir selbst verachten sie. Wir wollen keine Denunziationen, sondern, um mit den Worten Puschkins zu sprechen, ›des Verstandes kühle Sicht und des Herzens traurige Notiz‹. Wir brauchen frische, mutige, ehrliche Leute, die ihre traurigen Notizen darüber, was das Volk denkt, mit uns teilen und dadurch diesem Volk helfen wollen. Kann man daran etwa etwas Schändliches finden? Was meinen Sie?«

»Ich meine nicht ...«, pflichtete ich hastig, wenn auch ein wenig unbeholfen bei und dachte an den Rat meines alten Freundes, jederzeit zu nicken wie ein chinesischer Götze.

»Was genau meinen Sie nicht?« fragte der Herr dieses Büros angesichts meiner Plumpheit ein wenig vorsichtig, und ich spürte, wie seine bläulich-stählernen Bohrer mir knirschend die Rippen zermalmten und sich bereits in meine Gedärme schraubten.

»Na daß, daß es ... schändlich«, murmelte ich undeutlich. Und plötzlich fing in meiner Angst, die klebrig war wie ein Sumpfloch, der Schauspieler in mir gleich einem kräftigen, aus frischem Wasser in grünes Brackwasser geratenen Fisch zu tanzen an – der Schauspieler der sibirischen Bahnsteige, auf denen ich, ein unglückliches Waisenkind mimend, für ein Stückchen Brot gesungen hatte: »In der alten fernen Stadt lebte Kolumbine mit ihren Freunden«. Plötzlich glänzte wie ein aus dem Stiefelschacht herausgezogener Dolch der Lausbengel von den Fußballplätzen der Marinoroschinski-Hinterhöfe, wo man sich mit dem ganzen Körper auf die rechte Seite werfen mußte, damit sich auch der Gegner dorthin warf, um sich dann ganz unerwartet nach links herumzureißen und ein fröhliches Tor zwischen die gastfreundlich gespreizten Beine des Torwarts zu plazieren. Ich beschloß, in Erfahrung zu bringen, was man von mir wollte, und begann mein Spielchen.

Ich reckte die Schultern, senkte meine Stimme so sehr, daß in ihr eine dickflüssige Vertraulichkeit mitschwang, und sagte mit der für meinen Gesprächspartner völlig unerwarteten Bereitschaft eines Pawlik Morosow:

»Wie kann von Scham die Rede sein, wenn es um die Erfüllung der bürgerlichen Pflichten geht?«

Mein Gesprächspartner versuchte, sein Erstaunen über diese schnelle Entwicklung der Ereignisse zu verbergen, und war, wie es mir schien, sogar ein wenig darüber verärgert, daß bei diesem Jungchen offensichtlich keine feine Goldschmiedekunst vonnöten war. Er murmelte unvorbereitet: »Sehr angenehm, mit so verständnisvollen Menschen zusammenzuarbeiten.«

Dann machte er eine Pause und versprach, offensichtlich bereits ohne jedes Interesse an mir, voller Lässigkeit:

»Wir können Ihnen schließlich ebenfalls behilflich sein.«

»Wobei?« fragte ich mit gesteigerter Lebhaftigkeit.

»Na, zum Beispiel bei Auslandsreisen. Wie es aussieht, waren Sie ja noch nirgendwo. Übrigens verhindert das niemand anderes als ihre Brüder von der Schreiberzunft, und dann schieben sie es auf uns. Es gibt da sogar ein Gedicht von Ihnen, in dem Sie dieses Reiseverbot beklagen: ›Die Grenzen stören mich. Mir ist es peinlich, Istanbul nicht zu kennen, nicht Tokio noch New York‹. Zitiere ich richtig?«

»... nicht Buenos Aires noch New York«, korrigierte ich ihn.

»Wir werden auch Buenos Aires berücksichtigen«, schmunzelte er ein wenig. Das Lächeln fiel ihm schwerer als der Spott. »Aber Sie haben hoffentlich nichts dagegen, nach Tokio und nach Istanbul zu fahren?«

»Und wie?« fragte ich mit ungeheuchelter Neugier und dem geheuchelten Gesichtsausdruck eines Menschen, der zu allem entschlossen ist – wenn er dafür nur ein einziges Mal ins Ausland fahren darf.

»Für den Anfang helfen wir Ihnen dabei, eine Stelle als Kellner auf irgendeinem internationalen Kreuzfahrtschiff zu finden«, schlug er etwas gelangweilt vor. Offensichtlich fand er nur Gefallen daran, harte Nüsse zu knacken. Seine Zähne waren nicht blendend weiß, aber groß und gut geeignet zum knirschenden Zubeißen.

Blitzartig wurde mir klar, warum einige Studenten des Literarischen Instituts[3] im letzten Jahr als Kellner per Schiff nach Indien gereist waren, und trug sie in meine Liste mutmaßlicher Spitzel ein.

»Aber der Informationsfluß muß selbstverständlich noch auf dem Festland beginnen«, fügte er hinzu und versuchte ein gewinnendes Lächeln zustande zu bringen. »Alles genauso wie im Verlagswesen. Sie reichen ein Manuskript ein, und wir geben Ihnen dafür einen Vorschuß.«

In den gelangweilten Augen meines Gesprächspartners bemerkte ich trotz allem so etwas wie träge Neugier. Wie würde ich auf diesen direkten Bestechungsversuch reagieren?

Ich simulierte heimliche Enttäuschung über den zu geringen Preis für mein Einverständnis, wobei ich mir ein wenig Langeweile aus dem Gesicht meines Gesprächspartners borgte. Ich fing gleichsam an, taktvoll zu handeln, und deutete mit meinen Gesichtsmuskeln an, daß ich für die patriotische Bereitschaft, die Heimat über die ihr drohenden Gefahren zu informieren, eine Zulage erwartete.

Mein Gesprächspartner bemerkte nicht ohne professionelle Befriedigung, daß ich anscheinend nicht so leicht zu »kaufen« war, wie er das voller Abscheu vermutet hatte. Sein Interesse für mich schien erneut zu erwachen, denn allem Anschein nach gehörte er zu jenen Katern, denen das Spiel mit einer Maus nur dann gefällt, wenn diese versucht, sich aus ihren Pfoten zu winden. Da er auf meine schauspielerische Übung hereinfiel und befürchten mußte, daß ich ihm entschlüpfen könnte, erhöhte er den Preis, wobei er seine bläulich-stählernen Bohrer prüfend in mich schraubte.

»Sie haben da so eine vielsagende Zeile geschrieben: ›Aber wohin soll ich dich bringen?‹ Ja, die jungen Leute haben manchmal einfach keinen

Ort, an dem sie sich lieben können. Eigene Wohnungen bekommen viele erst, wenn sie alt sind, und selbst dann nicht immer ... Sie sind schließlich ein Dichter und haben, schenkt man Ihren Gedichten Glauben, ein leicht entflammbares Herz ... Wir könnten Ihnen von Zeit zu Zeit ein Zimmer im Hotel Zentralnaja geben, das liegt übrigens gleich neben dem Schauspieler-Restaurant. In diesem Zimmer könnten Sie sich ganz frei bewegen: Sie könnten dort dichten und sich ein wenig amüsieren. Was wäre das auch für eine Jugend, wenn es darin nichts gäbe, woran man sich später erinnern könnte. Wir bekämpfen zwar das Laster, aber schließlich sind Laster und Scheinheiligkeit zwei Seiten ...«

»... derselben Medaille«, ergänzte ich vertraulich und komplizenhaft.

Ich zauberte Funken der Begeisterung in meine Augen, so als würde ich bereits im voraus meine bescheidenen Orgien in diesem Hotelzimmer genießen, für das ich den Schlüssel vom Komitee für Staatssicherheit höchstselbst entgegennehmen würde – jene einzige Institution des Landes, die meine quälenden Fragen unter dem Motto »Aber wohin soll ich sie alle bringen?« mitleidvoll ein für allemal lösen wollte.

»Aber was soll ich dafür tun?« fragte ich, den fast schon gekauften Intellektuellen-Agenten markierend.

Mein Gesprächspartner, der eben erst so unvorsichtigerweise seine Spitzel am Literarischen Institut enttarnt hatte, fuhr in der vollsten Überzeugung, das Geschäft sei bereits getätigt, fort, seine Karten unbedacht auf den Tisch zu legen:

»Vor allem – die ständige Information über die Stimmung unter den Schriftstellern, des weiteren unter den Wissenschaftlern und Studenten, mit denen Sie eng verbunden sind. Es gibt aber auch ganz konkrete Aufgaben. Im nächsten Jahr wird in Moskau ein internationales Festival der Jugend stattfinden. Es ist natürlich an der Zeit, den Eisernen Vorhang zu demontieren. Aber ... es ist noch zu früh, ihn dem Altmetall zu übergeben. Es werden auf einen Schlag mehr Ausländer anreisen, als in den letzten dreißig Jahren zusammen in der UdSSR gewesen sind. Die einen bringen ihr progressives Herz mit«, er grinste bei diesen Worten, »andere die Syphilis, wieder andere unanständige Literatur. Wir sind nicht gegen das Tauwetter, doch auch nicht für den Schneematsch. Je mehr Freiheit es gibt, desto notwendiger ist es, diese Freiheit stärker zu kontrollieren. Man kann den Lauf der Geschichte schließlich nicht sich selbst überlassen. Und wer soll sich auch mit all den Festivalgästen befassen – den schwarzen, gelben, braunen, grau-braun-himbeerfarbenen? Unter ihnen werden junge Schriftsteller aus den kapitalistischen Ländern sein. Befassen Sie sich mit ihnen. Gehen Sie mit ihnen in Restaurants, schwatzen Sie mit ihnen, wie Ihnen der Sinn steht. Uns interessiert, was diese Schriftsteller denken. Wie schon Majakowski sagte: ›Der Kommunismus – das ist die Jugend der Welt, und man muß ihn jung aufbauen‹. Wir werden Ihnen im übrigen auch Spesengelder zuteilen. Für den Champagner. Ist das nicht Ihr Lieblingsgetränk?«

»Woher wissen Sie das?« fragte ich in schamhaft treuherziger Manier.

»Also, das eine oder andere müssen wir nun doch schon wissen«, scherzte er schwerfällig, wobei er ganz offensichtlich meinte, die Sache sei unter Dach und Fach, und er hatte bereits jedes Interesse an mir verloren. Er beschleunigte geschäftig das Tempo der weiteren Entwicklung und blickte betont absichtlich auf seine Armbanduhr: »Also dann. Zur beiderseitigen Bequemlichkeit erhalten Sie einen neuen Namen, und wenn Sie mit uns Kontakt aufnehmen, geben Sie sich entsprechend zu erkennen. Man wird sich mit Ihnen in Verbindung setzen.« Er stand auf und gab so zu verstehen, daß die Audienz beendet sei. Seine bläulich-stählernen Bohrer hatten ihre Arbeit eingestellt. Er war davon überzeugt, daß er mich vollkommen durchbohrt hatte. Seine Hand reichte er mir nicht.

Ich stand ebenfalls auf und reichte ihm ebenfalls nicht die Hand. Aber ich begriff, daß ich mich ein wenig zu sehr vorgewagt hatte und es nun höchste Zeit war, die Taktik zu ändern, wenn ich mich nicht in die Enge treiben lassen wollte.

»Verzeihen Sie, ich habe da nur eine Frage«, sagte ich, aus lauter Gewohnheit noch immer voller Sanftmut.

»Und?« seine knorpeligen Nasenflügel witterten eine Ungereimtheit und erzitterten angestrengt.

»Der neue Name, den Sie mir geben wollen – was soll das sein – ein Deckname?«

»Na, warum so brüsk«, antwortete er mit einem Achselzucken und versuchte, meine Befürchtungen durch ein warmes, freundschaftliches Lächeln zu zerstreuen, doch abermals brachte er kein Lächeln zustande – es konnte sich nicht durch sein Gesicht hindurchkämpfen, das plötzlich unter der Erkenntnis des eigenen unverzeihlichen Versagens erstarrte. »Das ist, wenn Sie so wollen, ein Berufskode, eine Art Parole.«

»Nein, das wird wohl ein Deckname sein«, sagte ich. »Ein echter Deckname. Doch ich bin ein sensibler Mensch. Ich könnte durchdrehen und vergessen, welches mein echter Name ist, unter welchem Namen ich Sie anrufen und unter welchem ich Gedichte schreiben soll. Und außerdem kann ich überhaupt kein Geheimnis bewahren. Ich bin wie der Mensch von dem Plakat: ›Der Schwätzer – ein gefundenes Fressen für den Spion‹. Wie soll da aus mir ein Spion werden.«

»Wir sind Agenten und keine Spione«, antwortete mein Gesprächspartner grimmig bemüht, die unerwartete Entwicklung der Ereignisse aufzuhalten. Da er etwas verspätet begriff, daß dies keinen Sinn mehr hatte, schraubte er seine bläulich-stählernen Bohrer bereits nicht mehr in mich, sondern in den Boden hinein.

»Verzeihen Sie«, verbesserte ich mich. »Ich fürchte, daß ich so stolz auf das in mich gesetzte Vertrauen wäre, daß ich an jeder Straßenkreuzung mit dem Tschekistensäbel an das Tschekistenschild schlagen und die gesamte Menschheit von meiner Geheimmission in Kenntnis setzen würde. Ich kenne mich. Bescheidenheit gehört – leider! – nicht zu meinen unverbesserlichen Lastern …«

»Nun, der Bescheidenheit haben wir Sie auch nie verdächtigt …«, murmelte er gereizt, doch noch immer bemüht zu scherzen.

»Für Ihr Vertrauen danke ich Ihnen natürlich. Aber ich bin gezwungen abzulehnen, denn ich fürchte, daß ich Ihren …«, ich geriet ins Stocken, da ich das passende Wort suchte, bis ich mich dann aber schließlich doch herausreden konnte, »… Ihren hohen Anforderungen nicht gewachsen wäre. Ich kann nur noch eines hinzufügen: Sie haben mich tief gekränkt, wirklich sehr gekränkt …«

»Wie denn das?« fragte er mürrisch und ohne den Blick zu heben vor lauter Ärger darüber, daß ihn ein kleiner Schreiberling an der Nase herumgeführt hatte.

»Ist es wirklich nötig, für die Rettung der Heimat vor Gefahren zu zahlen – mit Kreuzfahrten, Hotelzimmern, Geld für Champagner? Sollte es tatsächlich keine Menschen geben, die bereit wären, die Heimat gratis zu retten?« fragte ich voller Ernst.

Jetzt gelang ihm nicht nur ein Lächeln, sondern sogar ein spöttisches Grinsen. Er antwortete mit einem lustlosen, über mehrere Töne gehenden Seufzer, der, so merkwürdig es auch klingen mag, irgendwie dem Seufzer des ehemaligen Fußballspielers aus Stalingrad ähnelte, der mir die detaillierte Anleitung für dieses Spiel gegen die KGB-Mannschaft gegeben hatte.

Diesem Seufzer nach zu urteilen, hatte mein Gesprächspartner auch kein leichtes Leben. Er hatte begriffen, daß ich, obwohl ich mein Spielchen fast zu weit getrieben hatte, dennoch Sieger geblieben war, und als er seine bläulich-stählernen Bohrer vom Boden erhob, lag in ihnen etwas, das verärgertem Respekt ähnelte. Ihm war klar geworden, daß jeder weitere Überredungsversuch sinnlos war.

»Unterschreiben Sie diese Verpflichtung zur Geheimhaltung unseres Gesprächs«, sagte er trocken.

Ich unterschrieb, denn ich kam nicht auf den Gedanken, daß ich es nicht unterschreiben mußte.

Als ich hinausging, streckte er mir unerwarteterweise die Hand hin. Er war ärgerlicher auf sich selbst als auf mich. Angestrengt versuchte er zu lächeln. Doch das Lächeln wollte ihm abermals nicht gelingen.

Und zwei junge, hoffnungslos in meine erste Frau verliebte Dichter aus dem Literarischen Institut kamen hüpfend wie Kinder zu ihr gelaufen und erzählten ihr prahlerisch und mit sich überschlagenden Stimmen die romantische Geschichte, wie ihnen diese intelligenten, diese feinsinnigen Onkelchen und Tantchen von der Ljubjanka, diese Anhänger aller nonkonformistischen Strömungen in der Kunst, neue Geheimnamen gegeben hätten, so daß sie beide jetzt ihr und »Borja« helfen könnten. Pasternak, der sie viele Male bei sich aufgenommen und bewirtet hatte und den sie im übrigen einige Jahre später – ebenfalls hüpfend – verraten sollten, nannten sie mit einem für mich unverständlichen Mangel an Gefühl von Distanz einfach »Borja«.

In jenen Tagen war ich zu Pasternak auf die Datscha gefahren. Es ging noch ein Licht von ihm aus, aber es war ein abendlich verlöschendes Licht.

»Wissen Sie«, sagte Pasternak. »Gerade waren Wanja und Jura bei mir.

Sie sagten, daß irgendein Firsow und irgendein Sergowanzew Unterschriften für eine Petition der Studenten des Literarischen Instituts sammelten, in der darum gebeten wird, mich auszubürgern. Denn ich sei ein Schwein, das ›mit seinem Rüssel den sowjetischen Garten zerwühlt‹. Wanja und Jura hat man gedroht, daß man sie aus dem Komsomol und aus dem Institut ausschließen würde, wenn sie nicht unterschreiben würden. Sie haben gesagt, daß sie gekommen seien, um sich bei mir Rat zu holen – was sie nun tun sollten. Ich habe ihnen natürlich gesagt: ›Unterschreibt, was hat das schon für eine Bedeutung. Mir könnt ihr ohnehin nicht helfen, doch euch selbst könnt ihr schaden.‹ Ich habe das Undenkbare getan – ich habe ihnen erlaubt, mich zu verraten. Nachdem sie meine Erlaubnis hatten, sind sie gegangen. Ich bin ans Fenster meiner Terrasse getreten und habe ihnen nachgeschaut. Und da habe ich plötzlich gesehen, daß sie liefen wie Kinder, sich an den Händen hielten und vor Freude hüpften. Wissen Sie, die Menschen unserer Generation waren auch oft schwach und haben manchmal leider ebenfalls Verrat begangen … Aber sie sind dabei doch immerhin niemals vor Freude gehüpft. Das gehörte sich irgendwie nicht, es galt als unanständig. Doch es tut mir um diese beiden Jungen leid. Es war so viel Reines, Provinzielles in ihnen. Doch ich befürchte, daß sie nie mehr zu Dichtern werden können.«

Pasternak sollte recht behalten: Sie wurden niemals zu Dichtern, weil ein und dieselbe Hand nicht verraten, »informieren« und gleichzeitig wahre Gedichte schreiben kann. Das, was sie vor sich selbst als Romantik rechtfertigten, war in Wirklichkeit Angst. Diese Angst – nicht weniger gering als bei ihnen – war auch in mir. Doch an jenem Tag besiegte ich diese Angst vor dem Wort »Ljubjanka«, die Angst, die meine Knie erzittern ließ, die Angst vor dem gigantischen, durch das Zertreten so vieler Menschen schon mit Schwielen bedeckten Fuß des Staatsriesen, neben dem wie in dem Film *Der Dieb von Bagdad* ein Rührei lockend in der Pfanne auf dem glühenden Wüstensand brutzelte.

Irgendwann einmal habe ich geschrieben: »Es sterben in Rußland die Ängste«. Aber ich hatte mich geirrt. Die Ängste, die man uns seit unserer Kindheit eingeprügelt hat, sterben nicht – sie verstecken sich nur. Es gibt nichts Erniedrigenderes als die Angst vor der eigenen Angst. Nichts habe ich in meinem Leben so gehaßt wie meine eigene Angst.

Diese mir so verhaßte Angst kehrte 1962 zu mir zurück, als ein risikofreudiges, aber dennoch listig furchtsames Männchen den Intellektuellen mit der Faust drohte, damit ihnen die Lust verginge, sich unpassende Freiheiten herauszunehmen. Dieses Männchen stand selbst ganz erschrocken vor den ersten Trieben seines »Tauwetters«, so als seien diese die Hörner des Teufels, die aus der von den Stiefeln der Lageraufseher festgetrampelten Erde hervorkamen. Nachdem er sich für die Cremetorte, die ihm die zottige, halb vertrocknete linke Hand des Führers früher einmal spöttisch unter den Hintern geschoben hatte, gerächt hatte, klammerte sich der posthume Enthüller seines früheren Herrn eben von Zeit zu Zeit doch furchtsam an die Hosen Stalins mit ihren Biesen eines Generalissimus, so als sei es Mamas Rockzipfel. Die erhobene Faust und das wutverzerrte Gesicht hatten beide die purpurne Farbe von zorngerötetem Borschtsch. Sogar die Warzen waren blutunterlaufen und sprangen hin und her vor Wut auf die Künstler und Schriftsteller und überhaupt auf all jene, die der großen Politik im Wege standen, doch auch vor Wut auf diese Politik und auf sich selbst. Er schüttelte zwar seine Faust, die Politik jedoch schüttelte ihn. Die Faust ähnelte dem Gesicht und das Gesicht der Faust. Die Faust war derart in Wut geraten, daß die rötlichen Härchen auf ihr zu Berge zu stehen schienen, und sie donnerte auf das Tischtuch, auf dem noch die Fettflecken der kürzlich servierten Schaschliks prangten, während die Lakaien darauf bereits die in Ungnade gefallenen Skulpturen[4] aufbauten. Und das verzerrte Gesicht brüllte auf:

»Den Buckligen richtet nur das Grab wieder gerade!«

Es war fürchterlich, denn die Faust bestand aus sommersprossigen Fingern voller Speck, die so viel Macht hatten, daß der Wink eines einzigen von ihnen genügt hatte, um die auf Schiffen in Getreide versteckten Raketen nach Kuba zu entsenden oder die Berliner Mauer zu errichten. Aber ich besiegte diese Angst, indem ich ebenfalls mit der Faust auf den Tisch schlug und es schaffte, durch die mir den Mund verklebende Angst hindurch zu schreien:

»Nein – die Zeiten, in denen man die Menschen durch das Grab bestrafte, sind vorbei!«

Und hat dieses einst erniedrigte, dann aber sehr schnell überheblich gewordene dickbäuchige Männchen, das – und dies immerhin gereicht ihm zu Ehren – Hunderttausende von Menschen oder sogar noch mehr aus den Gefängnissen und Lagern befreit hatte, hat dieses Männchen nicht vielleicht selbst in der Angst eines ehemaligen Sklaven, der plötzlich zum Chef eines Sechstels unseres Planeten geworden war, mit der Faust auf den Tisch geschlagen, so daß die Skulpturen erzitterten, oder mit dem Schuh auf den Tisch der UNO gehauen und war dabei seinem eigenen Außenminister mit den metallenen Enden der Schnürbänder schmerzlich über die frischrasierte Wange gefahren und hatte die verwöhnten Diplomatennasen mit dem strengen Geruch seiner Männerfüße schockiert?

Er hatte allen Grund, Angst zu haben. Es waren diejenigen, deren Wohlwollen zuliebe er wütender gegen die Intellektuellen vorging, als er tatsächlich war, die ihn schließlich feuerten und vorzeitig zum Rentner machten. Er brüllte zwar flegelhaft, ließ aber dennoch keine neuen

Prozesse oder psychiatrischen Anstalten für die Andersdenkenden zu. Das taten der in der Öffentlichkeit niemals laut werdende, behäbige, weinerliche Breschnew und der Sonette schreibende Andropow.

Als der Sarg mit dem Körper eben dieses in der Geschichtsschreibung vielgerühmten Mannes, der sich trotz seiner Angst und des Risikos dazu entschlossen hatte, Stalin aus dem Mausoleum auszuquartieren, und der den ersten Erdenmenschen, der aus dem All je zurückgekehrt war, trunken und stolz mit feuchten Augen abgeküßt hatte, als der Sarg dieses Mannes bescheiden und ohne Ankündigung im Trauersaal des Kunzewski-Krankenhauses aufgebahrt wurde, kamen nur die Verwandten, ausländische Journalisten und Agenten des KGB, um ihm die letzte Ehre zu erweisen. Allerdings stand vor dem Backsteingebäude des Trauersaales auf der anderen Seite des asphaltierten Weges, der zum Krankenhaus führte, eine kleine gaffende Menschenmenge auf dem Bürgersteig – in der Hauptsache waren es Angestellte des Regierungskrankenhauses, wo nur Auserwählte das Recht hatten, zu heilen oder geheilt zu werden: geschmacklos geschminkte Krankenschwestern, die aber dennoch nach französischem Parfum dufteten, das am Kiosk in der Halle für ein paar Kopeken verkauft wurde; rotgesichtige Köche, die Tag für Tag mehr Stör und mehr schwarzen Kaviar aus den parteieigenen Küchenresten davontrugen, als Archibald Archibaldowitsch, der Oberkellner bei Bulgakow, es bei dem Brand getan hatte; vollbusige Masseusen mit Orden an der Brust und den Händen von zärtlichen Würgerinnen – diese Spezialistinnen für Osteochondrose und die Wiederbelebung der welken Manneskraft der Nomenklatura; die inzwischen ergrauten Krankenpflegerinnen mit Krampfadern an den Beinen, die im übrigen jedoch drei bis vier Sprachen beherrschten und früher einmal als schöne Mädchen der KGB-Agentengruppen gedient hatten, jetzt aber den Urin der Mitglieder und Kandidaten des Politbüros in einen goldenen Regen verwandelten, wenn er kläglich in die »Porzellan-Enten« blubberte; die Hausmeister – allesamt Majore und Oberste im Ruhestand, die den Sand wegfegten, der aus den menschlichen Ruinen einer ruhmvollen Vergangenheit rieselte, wenn diese durch die Kunzewski-Alleen wandelten; Heizer, die den im Krankenhauslager gestohlenen fünfzehnjährigen Eniseli-Kognak, der sonst von den Ärzten zur Gefäßerweiterung verschrieben wurde, heimlich aus der Flasche tranken; Geschirrspülerinnen, die mit einem eigenen Schiguli zur Arbeit fuhren und den Kofferraum mit Futter für ihre kleine private Schweinefarm vollstopften – dieses ganze Gesinde, das sich wie eine Herde aneinanderpreßte, von einem Fuß auf den anderen trat und miteinander flüsterte, sich aber nicht vom Fleck bewegte. Es hätte sie nichts gekostet, den Weg zu überqueren und in den Trauersaal einzutreten, um zumindest den Anschein zu erwecken, daß das Volk sich von dem Mann aus Kalinowka verabschiedete, der noch vor kurzem lärmend vor der ganzen Welt versprochen hatte, daß man Amerika ein-, ja überholen und den Kapitalismus beerdigen werde, der aber anstatt dessen nun selbst beerdigt wurde – verstohlen, heimlich und ohne die gebührenden staatlichen Ehrungen.

Die Entfernung von dem Bürgersteig, auf dem sich das neugierig feige Gesinde versammelt hatte, bis zu dem anderen Bürgersteig, an dem sich der Eingang in den Trauersaal befand, betrug nicht mehr als zehn Meter, aber es wurde nicht einmal der Versuch beobachtet, daß sich jemand ein Herz gefaßt hätte, die paar Schritte zu machen, am Sarg zu stehen, zu schweigen und nachzudenken: genug Anlaß dazu hätte es wohl gegeben. Aber diese paar Schritte konnten einen teuer zu stehen kommen. Die Miliz hielt niemanden auf, fragte nicht nach den Papieren. Es gab keine Schranke, keine strengen Zeichen – nicht die geringste Andeutung eines Verbots. Doch ebensowenig gab es den Befehl oder zumindest die Erlaubnis, in den Trauersaal zu gehen. Und diese Menschen waren daran gewöhnt, nach dem Prinzip zu leben: Was nicht erlaubt ist, ist verboten. Diese zehn Meter von Bürgersteig zu Bürgersteig waren mit glatter, grauer, feinkörniger Angst asphaltiert und von vielen Stahlwalzen geebnet worden. All die zu dieser feigen Menge gehörenden Angestellten des Gesundheitswesens der Nomenklatura mußten morgen zur Arbeit gehen, mußten sich daran erinnern, daß der mit ihnen bekannte Verwalter des Theaters an der Taganka zwei Eintrittskarten für *Der Meister und Margarita*[5] versprochen hatte, wenn man ihm in der »Tischlein deck dich«-Apotheke das Schweizer Medikament Returen für seine vielgeplagte Prostata besorgte, und daß die Leiterin der Schuhabteilung im GUM[6], wo man in den nächsten Tagen eine Lieferung brasilianischer krokodillederner Schuhe erwartete, ziemlich durchsichtig angedeutet hatte, daß sie eine französische Silberspirale für eine ganz bestimmte Stelle benötige, und daß das Tantchen, das über den Kwaß-Schankwagen[7] am Kiewer Bahnhof herrschte, zu ihrem wie der afrikanische Samum-Wind näherrückenden sechzigsten Geburtstag gefordert hatte, man möge ihr ein Dutzend Konservendosen Krabben im eigenen Saft aus der Kantine des Kunzewski-Krankenhauses, wo sich ein ganz eigener Kommunismus etabliert hatte, mitbringen, und daß einem der so belesene Neffe tödlich auf die Nerven fiel mit seinen Bitten, daß man ihm über den dortigen Bücherkiosk einen Roman über den Untergang des Zarenhofes besorgen solle. Die letzten Bolschewiken liebten es, Bücher über die letzten Romanows zu lesen. Doch es konnte passieren, daß man eines Morgens zur Arbeit kam – den Kopf voll mit all diesen Löchern, die es zu stopfen galt – und dem Gefängniswärter den Passierschein hinhielt, dieser einem plötzlich mit der knirschenden Gutherzigkeit eines Roboters sagte: »Verzeihen Sie, Ihr Passierschein ist annulliert worden.« Und all das konnte einem nur aus dem einzigen Grund passieren, daß man läppische zehn Meter Straße überquert hatte. Wozu sie also überqueren? Die Angst erwies sich stärker als die Neugier. Die Angst erwies sich stärker als die christliche Barmherzigkeit: Vergeben und Abschied nehmen. Diese unbegreifliche Angst, sie war nicht zu erklären, war ihnen weder eingeschärft noch befohlen worden. Die Angst vor dem Fehlen eines Befehls. Doch immerhin aus der Ferne wollte man zusehen. Wer hätte auch keine Lust gehabt, sich als Augenzeuge der Geschichte zu fühlen, wenn das aus sicherer Entfernung möglich war!

Der ekelerregende Widerwille gegen dieses Gesinde, das unfähig war, zehn Meter Angst zu überqueren, stieg mir die Kehle hoch. Aber war ich nicht selbst auch schon oft Teil dieses Gesindes gewesen? Der Kopf schmerzte mir zum Zerbersten von dem allerschwersten aller möglichen Kater – dem Geschichtskater. Gott sei Dank saß nicht ich am Steuer, sondern mein alter Freund. Sein staubiger Schiguli trabte wie ein in ein Wolfsrudel geratenes Pferdchen ganz unpassend in der Kavalkade der dem KGB gehörenden beziehungsweise der ausländischen Autos über den Neujungfrauen-Friedhof. Ich bat meinen Freund, am Straßenrand anzuhalten, schaffte es gerade noch auszusteigen, umarmte schwankend das rettende, rot-weiße Verbotsschild und erbrach unter dem Pfeifen der an mir vorbeifliegenden Autos die ganze sogenannte großartige Geschichte. Die Geschichte ergoß sich zusammen mit ihrem schlimmsten Gift – der Angst – aus meiner Kehle, aus meiner Nase, aber dennoch blieb noch Angst zurück.

Im allgemeinen halte ich die Angst für ein normales menschliches Gefühl. Die Furchtlosigkeit der Fanatiker hat etwas Pathologisches. Die Überwindung der Angst durch das Gewissen ist wertvoller als die Furchtlosigkeit eines Kamikaze. Aber es gibt eine besondere Angst, die direkt im

Rückenmark sitzt – die sklavische Angst, und selbst in ihrer Überwindung liegt etwas Sklavisches. Diese verfluchte sklavische Angst lebte und lebt noch immer und trotz allem in mir und in uns allen wie eine uns für immer unter die Haut injizierte Krankheit, und sogar unser Blut besteht wahrscheinlich aus roten und weißen Blutkörperchen sowie außerdem aus schwarzen Angstkörperchen. Die sklavische Angst tut immer so, als sei sie Politik oder Ideologie oder Patriotismus oder Romantik oder Lebensweisheit oder die sogenannte Liebe zum Leben – aber unter jedem dieser Pseudonyme und Decknamen bleibt sie doch nichts anderes als jene tierische Angst, der Instinkt des Selbstschutzes, der das Gewissen zu ersetzen versucht. Selbst die Siege über die eigene sklavische Angst bringen nicht das Gefühl von Glück, denn die Tatsache, daß diese Angst immer wieder besiegt werden muß, ist kein Heldentum, sondern Erniedrigung.

Auch am Morgen des 19. August 1991, nachdem in Peredelkino mein Hund Bim die ganze Nacht vor Sehnsucht nach seiner durch einen Zaun von ihm getrennten zottigen Liebsten geheult und mich nicht zur Ruhe hatte kommen lassen, wurde ich, der ich aus eigener Schuld drei Lieben verloren hatte und jetzt befürchtete, auch die vierte und letzte zu verlieren, von der unverfrorenen, schändlichen Hand der Geschichte am Kragen gepackt und in die Angst eines Akaki Akakijewitsch[8] von heute hineingestoßen, dem die Straßenbestien die noch ungewohnte, noch in den Achseln drückende Freiheit wieder entreißen wollen, wie sie dem vor Schreck gelähmten, unglücklichen Kollegienassessor damals in einer schneeverwehten Petersburger Gasse den noch nicht eingetragenen, stückchenweise von ihm zusammengeträumten Mantel von den Schultern gerissen hatten.

»... Zur Regierung des Landes und zur effektiven Umsetzung des Ausnahmezustands wird das Staatskomitee des Ausnahmezustands, das GKTSCHP der UdSSR, in folgender Zusammensetzung gebildet ...«

Ungeachtet aller Ereignisse mache ich bei Sonnenaufgang stets mit meinen beiden Hunden einen zumindest kurzen Waldlauf. Der Morgen des Umsturzes war da keine Ausnahme. Wie gewöhnlich begleiteten mich das treuherzige und scheckige, vor unerfüllter Liebe ganz von Kräften gekommene Schwergewicht Bim und der gegenüber der Damenwelt fast vollkommen gleichgültig bleibende, aristokratische Windhund Moros, der einer vierbeinigen, schneeweißen Wolke glich – zart wie ein Lesezeichen zwischen den Seiten der Jagderzählungen von Tolstoi oder Turgenjew. Ich lief in den noch nassen, morgendlichen Wald hinein, der durchdrungen war von schattigen Flecken und morgendlich frischem Licht und wo gebeugte Mütterchen auf ihrer Suche nach Pilzen unabsichtlich in die goldenen Säulen der Strahlen zwischen den Bäumen traten und wo ihre grauen Stöckchen, mit denen sie in den herabgefallenen Blättern und Nadeln raschelten, wie von innen heraus zu leuchten begannen, wenn die Mütterchen die ihnen entgegenglänzenden Birkenröhrlinge und Rotkappen mit Tannennadeln, Blättern und Ameisen auf den Hüten aus der Erde herauszogen.

Ein silbriges, im Licht schimmerndes Spinngewebe mit einem darin hängengebliebenen Schmetterling schaukelte zwischen den schuppenbedeckten Baumstämmen, und die einzigen Geräusche waren an diesem Ort die weichen Schritte der Mütterchen, das Knacken der auf dem Pfad liegenden Äste unter meinen Sportschuhen, der keuchende Atem der beiden Hunde, das geschäftige Klopfen eines Spechts, das Zirpen der Heuschrecken, das leichte Sirren einiger weniger Schnaken, das leise Rauschen der Baumwipfel, das ferne Weinen eines Kindes und das noch weiter entfernte Pfeifen der Vorortzüge. Aber in meinen Ohren tönten noch immer die von der Fernsehansagerin verlesenen Namen derjenigen, die sich widerrechtlich das Recht genommen hatten zu entscheiden, wie die Zukunft jenes Kindes aussehen sollte, das genau in diesem Moment irgendwo dort hinter den Bäumen weinte.

Verflucht ... Wieder hatte ich Angst ... Nicht Angst vor irgendwelchen Namen, sondern vor den Positionen, die diese innehatten. Diese Leute hatten die Armee, den KGB, das Innenministerium, den Ministerrat und die ganze Rüstungsindustrie in ihre Hände gebracht. Das gesamte Spinngewebe des Staates, in welchem schon bald all unsere Hoffnungen hilflos zappeln konnten wie gefangene Schmetterlinge. Die Verschwörung der Mittelmäßigkeit. Der Präsident selbst hatte sie alle auf ihre Posten berufen. Wie halsstarrig hatte er darauf gepocht, diesen feige-frechen, auf Breschnew-Manier kokett mit den Augenbrauen spielenden ehemaligen Komsomolzen-Kellner zu seinem »Vize« zu machen. Obwohl er aufgrund seiner stets zitternden Hände zwar unfähig war, die Teller zu reichen, hatte er sich heute selbst zum Oberkellner ernannt. Als man ihm die völlig berechtigte Frage nach seiner Gesundheit stellte, grinste er nur dreckig: »Also, meine Frau hat sich noch nicht beklagt.« Zweimal hatte er im Parlament keine Stimmenmehrheit auf sich vereinen können, aber schließlich war er mit Hilfe irgendeiner dunklen Schieberei doch noch durchgekommen. Wie hatte der

Präsident sich an den süßlich schmeichlerischen, rotwangigen Chef des KGB mit dem Spitznamen »Cherub« geklammert! Hatte er Angst vor seinem eigenen Dossier gehabt, das als Erbe aus den an der Universität und in Stawropol verbrachten Zeiten noch immer vorlag? Welch traurige Figur hatte der Präsident im Spiel mit den unfähigen Generälen gemacht, die nicht einmal ein ausgearbeitetes Programm für die Rückführung der Truppen aus dem Baltikum und Osteuropa vorweisen konnten, da sie sich mit ihrer begrenzten Phantasie nicht hatten vorstellen können, daß eben dies und nicht der Kommunismus unumgänglich sein könnte. Konnte er sich etwa nicht mehr daran erinnern, womit Allendes autosuggestive Beschwörungen hinsichtlich der Frage, wie sehr er den chilenischen Generälen vertrauen konnte, geendet hatten?

Aber vielleicht war dies ein Manöver, das der Präsident selbst angezettelt hatte: für eine Zeitlang zur Seite treten und alles weitere von den anderen machen lassen? Nein, das konnte nicht sein. Aber warum eigentlich nicht? Wie unschön hatte er doch auf die Frage nach dem in Litauen bei der Erstürmung des Fernsehsenders durch die Omonow-Truppen vergossenen Blut geantwortet, daß er nicht wüßte, wer den Befehl dazu gegeben habe. Er mußte es gewußt haben. Und wenn er es tatsächlich nicht gewußt haben sollte, so wäre auch dies eine Schande.

Ja, und von dem Befehl, Schützenpanzerwagen auf dem Rustaweli-Prospekt auffahren zu lassen, als georgische Mädchen bei dem Versuch, vor dem Tränengas und den Stiefeln der Pioniereinheiten zu flüchten, ums Leben kamen, hatte er wahrscheinlich auch gewußt, obwohl er später behauptete, er sei erst in jener Nacht aus dem Ausland zurückgekehrt, habe geschlafen und von nichts gewußt. So auch jetzt – vielleicht gab es keine Verschwörung gegen ihn, sondern das Übereinkommen mit ihm, daß er sich für ein Zeitlang zurückziehen würde, um sich nicht die Finger schmutzig machen zu müssen ...

Halt, halt – was geschah da mit mir: Welches Recht hatte ich, ihn nur aufgrund von Vermutungen zu verdächtigen? Hatte man nicht auch mich schon verschiedener Dinge verdächtigt, an denen ich keine Schuld trug? Wußte ich denn nicht selbst, wie verletzend, wie schmerzlich so etwas war! War nicht er es gewesen, der die wie ein Todespendel zwischen den USA und der UdSSR schwingende Atombombe hatte verschwinden lassen und uns vorläufig vor einem dritten und dieses Mal vielleicht letzten Weltkrieg gerettet hatte? War nicht er es gewesen, der die afghanische Intervention gestoppt und Sacharow aus der Verbannung zurückgebracht hatte, der die Zensur abgeschafft und die ersten – mehr oder weniger menschlichen – Wahlen gewagt hatte?

Als ich auf dem Ersten Deputiertenkongreß voller Idealismus mein Mandat in die Höhe hielt und dazu aufrief, für die Abschaffung der Deputierten-Zimmer zu stimmen – für die Abschaffung dieser privilegierten Inselchen inmitten des brodelnden Meeres der Flughäfen und Bahnhöfe, wo die Menschen aneinandergereiht auf dem Boden schliefen –, da leuchteten zu meinem bitteren Erstaunen nur wenige andere rote Mandate in den erhobenen Händen. Ich blickte vielmehr in die vor satter Gefräßigkeit nervös gespannten oder auch vor noch nicht gestillter Gefräßigkeit verschmachtenden Augen vieler dieser »Diener des Volkes«, die mich so böse anblickten, als vereinten sich in mir alle Trotzkisten, Zionisten, Agenten des Imperialismus und der Interregionalen auf einmal. Mein so gut wie hoffnungslos erhobenes Mandat begann bereits, mir meine immer schwerer werdende, aber noch immer auf irgend etwas wartende Hand zu versengen. Es war die Pause der Niederlage.

Doch plötzlich geschah etwas. Sogar jene »Diener des Volkes«, die auf den Kongressen Sacharow so häufig johlend verspottet hatten – ihre Gesichter hatten sich urplötzlich verändert, hatten sich gehorsam und manche sogar unterwürfig belebt –, griffen sich in die Jacken, in die Brusttaschen und wedelten hastig mit ihren Ausweisen.

Der Kremlpalast verwandelte sich im selben Augenblick von einer unfruchtbaren Halbwüste in eine von Tausenden purpurroten Mohnblüten übersäte kirgisische Bergwiese. Ich blickte mich erschüttert um, um den Grund für das soeben geschehene Wunder zu suchen, und sah, daß er, der damals zwar noch nicht Präsident, aber immerhin doch mächtiger Generalsekretär gewesen war, lächelnd sein Mandat erhoben hatte, um meinen Antrag zu unterstützen.

Obwohl er manchmal sehr unschön in Wut geriet, ohne dies verbergen zu können, gelang es ihm immer mit Leichtigkeit, voller Charme zu lächeln.

Einmal rief er mich auf meiner Datscha an, und unser Gespräch drehte sich überhaupt nicht um die Politik:

»Heute haben meine Frau und ich Ihre ›Ausgewählten Werke‹ wieder zur Hand genommen und dort soviel gefunden, an das wir uns seit unserer Jugend erinnern. Man kann sagen, was man will, aber immerhin gehören wir ja ein und derselben Generation an. Den Krieg haben wir noch mitbekommen, und in der Schule haben wir Lieder über Stalin gesungen, und dann … ja dann kam die Zeit für andere Lieder. Meine Frau und ich haben Ihre Gedichte zum ersten Mal noch in der Universitätsmensa gehört. Die Poesie hat uns sehr geholfen, vieles neu zu überdenken … Und dann gab es einmal einen wenig fröhlichen Herbst für mich und meine Frau. Wir sind außerhalb der Saison ans Meer gefahren, hatten viele Bücher mitgenommen – besonders auch lyrische Werke … Es hat nur geregnet, es war kalt, und wir haben uns in die Bettdecken eingewickelt und uns gegenseitig Gedichte vorgelesen – von den Dichtern Ihrer Generation. 'schuldigung, von den Dichtern unserer Generation.«

Ja, so sprach er: »'schuldigung« anstatt »Entschuldigung«, »geb her« anstatt »gib her«, und das Wort »Aserbaidschan« brachte er überhaupt nicht über die Lippen. Dafür war er aber in der gesamten Geschichte des Russischen Imperiums der einzige Erste Mann im Staate, der es seinen Landsleuten erlaubte, ihn straffrei zu kritisieren und sogar zu beleidigen. Was diese mit großem Vergnügen auch weidlich ausnutzten.

Er wurde vor Scham über und über rot, aber er ertrug es, wenn ihm von der Rednertribüne herab bestimmte Dinge gesagt wurden, wie im Fall der parlamentarischen Meisterleistung eines Taxifahrers, der voller Stolz forderte, daß man ihn »Fahrleiter« nennen solle, während er sich nur mit Ach und Krach einen Weg durch das Gestrüpp seiner eigenen Gedanken bahnte:

»Und was sagen Sie dazu, Michail Sergejewitsch, daß viele meiner Fahrgäste Sie mit Napoleon vergleichen und Ihre Frau Raissa mit der Kaiserin Josephine, unter deren Pantoffel Sie stehen?«

Einmal stieß dieser »Fahrer des Volkes« während einer Sitzungspause auf dem Korridor des Kremlpalasts mit dem Präsidenten zusammen, und den schwieligen Händen des unbestechlichen Verteidigers proletarischer Interessen entglitt ein Paket, aus dem wiederum ungefähr ein Dutzend neue Socken herausfielen. Um sich gegen die in seiner Phantasie schon ausgesprochenen Vorwürfe der Bestechlichkeit zu verteidigen, fiel der »Fahrer des Volkes« sofort über den Präsidenten her:

»Na was, Michail Sergejewitsch, Sie denken wohl, daß ich mir das alles unter den Nagel gerissen habe, daß ich mein Deputiertenabzeichen für eigennützige Zwecke mißbrauche?«

»Ich denke gar nichts«, erwiderte der Präsident, der am »Fahrer des Volkes« erst von der einen, dann von der anderen Seite vorbeizukommen versuchte, doch dabei immer wieder auf dessen ausgebreitete Arme stieß, die mit den hastig vom Boden aufgesammelten, in Südkorea hergestellten Socken in Einheitsgröße herumwedelten, als seien diese proletarische Mini-Flaggen.

»Doch, Sie denken sich etwas, und zwar nichts Schönes, Michail Sergejewitsch, aber ganz umsonst. Wir sind die Arbeiterklasse und nicht irgendwelche Kooperativen-Schieber. Ich habe diese Socken nicht im Partei-Sondergeschäft, nicht unter der Hand, sondern im Irak für meine sauer verdienten Deputierten-Spesen besorgt, und ins Parlament habe ich sie mitgenommen, weil ich direkt von hier, vom Kreml aus, mit dem Zug nach Charkow muß, da warten meine Wähler nämlich sehnsüchtig auf mich. Und die Socken habe ich ja auch nicht alle nur für mich – ich habe ja schließlich nur ein Paar Beine! –, sondern für die Jungs aus unserem Taxiunternehmen. Diese hier zum Beispiel – die gelben mit der Mickymaus, die sind für meinen Partner Sewka Andrjuschenko, diese grünen hier mit den Cowboys für den Elektriker Lewka Pridychalski ...«

»Mhm ...«, brummte der Präsident gequält, wich vor der unpassierbaren Realität des von ihm zur politischen Aktivität erweckten Volkes zurück, und wollte schon mit düsterer Konzentration in die entgegengesetzte Richtung flüchten.

»Und diese weißen – die mit den Tennisschlägern drauf –, die sind für unsere Wäscherin Manjuni«, redete der »Fahrer des Volkes« auf den Präsidenten ein, während er hinter ihm herlief. »Die hat jetzt, damit sie so um die zwanzig Kilo abnimmt, auf Anraten des Doktors mit dem Tennis angefangen. Einen Schläger habe ich ihr ja aus Litauen mitgebracht, aber mit den Bällen gibt es dort, genauso wie bei uns, ein paar Engpässe. Warum gibt es, wenn irgendein Volk gegen den Weltimperialismus aufsteht, dort bloß sofort einen Engpaß nach dem anderen? Das ist alles Sabotage, weiter nichts ... Michail Sergejewitsch, wohin wollen Sie denn? Können Sie mir nicht vielleicht helfen, zumindest ein paar Tennisbälle für Manjuni zu beschaffen? Sie weichen aus, Michail Sergejewitsch, Sie weichen einer Antwort schon wieder aus? Nein, Genosse Präsident, es gehört sich nicht, der Arbeiterklasse das gewisse Körperteil zuzudrehen ... Wer dem Schwachen Böses antut, dem bleibt die Strafe nicht erspart ...«

Wie kann es einen da verwundern, wenn der von allen Seiten mit Dreck beworfene Verkünder der Demokratie manchmal eines mehr als alles andere auf der Welt fürchtete: daß nämlich seine Idee zufälligerweise in die Tat umgesetzt werden könnte.

Eben aus dieser Angst heraus hatte er seinen schwersten Fehler begangen: Er hatte sich vor den allgemeinen direkten Wahlen gefürchtet, war unter Umgehung des Volkes Präsident geworden und hatte damit seine letzte Chance vertan.

Denn schließlich hatte er eine solche Chance gehabt.

Ich habe zwei winzige handschriftliche Aufzeichnungen des Präsidenten aufbewahrt.

Vom Rednerpult des Zweiten Kongresses herab fiel ein junger, vielversprechender General mit all seiner feurigen Kraft über mich her und beschuldigte mich der Respektlosigkeit dem Parlament und dem eigenen Volk gegenüber. Ich raste vor Wut, und ganz vergessend, daß sich dieser Gemütszustand für einen Auftritt als Redner ganz und gar nicht empfiehlt, konnte ich mich nicht zurückhalten und schickte dem Präsidenten eine Notiz mit der Bitte, mir das Wort für eine Antwort zu erteilen.

Er ließ mir über den Amtsboten seine auf einen Notizzettel geschriebene Antwort zukommen. Sie war sehr knapp: »Morgen! M. Gorbatschow.« Seine Augen lächelten beschwichtigend.

Ich arbeitete die ganze Nacht an einer Rede, in der ich nicht einfach nur schimpfen, sondern künstlerisch stilvoll schimpfen wollte.

Am nächsten Tag benannte der Präsident einen Redner nach dem anderen, aber ich schien für ihn überhaupt nicht zu existieren.

Ich schrieb ihm: »Michail Sergejewitsch, wo bleibt Ihr ›Morgen‹?« Er ließ mir seine schlaue und, wenn man darüber nachdachte, vielleicht geradezu symbolische Antwort übermitteln: »Ihr ›Morgen‹ wird morgen sein! M. Gorbatschow.«

Damit hatte ich erneut die Gelegenheit erhalten, meine Rede bis zur endgültigen Kampfbereitschaft auszufeilen. Unter Qualen entstand so ein Anfang, der nicht verärgert klang, sondern von tödlicher Höflichkeit war: »Sehr verehrter junger General!«

So hatte mir Michail Sergejewitsch geholfen, indem er meiner Wut die Möglichkeit gab, sich auf ein vernünftiges Maß abzukühlen.

Wo war er jetzt? Wie konnte ihm geholfen werden?

Nein, er konnte nicht gemeinsam mit jenen eine Verschwörung angezettelt haben. So war er denn doch nicht. Wahrscheinlich hatten sie seine Unentschlossenheit, seine Zwiespältigkeit als ein Einverständnis seinerseits ausgelegt und gehofft, daß er sich ihnen anschließen würde: wenn sie ihre Arbeit erledigt hätten. Sie hatten wohl darauf vertraut, daß er sich ihnen anschließen würde – und falls dies nicht geschehen würde, blieb ihnen nur ein Ausweg, mit dessen Vorbereitung sie auch schon begonnen hatten: Seine Handlungsunfähigkeit verkünden und ihn nötigenfalls mit Hilfe eines injizierten Neuroleptikums in einen derartigen Zustand zu versetzen, daß jede medizinische Kommission der UNO nur mit den Schultern hätte zucken können. Sie würden es nicht wagen, ihn zu töten, obwohl man nie wissen konnte. Die Weltöffentlichkeit? Ohne Bedeutung, die würde ein wenig zappeln und es dann doch schlucken. Man müßte mit einem Atombömbchen zartfühlend ein wenig auf den Tisch klopfen (im übrigen eine Schöpfung von Sacharow) und sie, diese verfluchte Weltöffentlichkeit, ganz im Vertrauen daran erinnern, daß dies unser Präsident sei und nicht ihrer und daß wir mit ihm tun und lassen konnten, was uns beliebte.

Welcher Reformator ist in Rußland nicht das Opfer seiner Reformen geworden – oder aber … ihr Henker?

So grübelte ich während meines Morgenlaufs durch den Wald von Peredelkino, und als ich über die mächtigen Adern der auf dem Pfad hervortretenden Baumwurzeln sprang, erblickte ich plötzlich in dem grünen Tunnel des Waldwegs eine mir entgegenlaufende Gestalt in einem ausgeblichenen roten Hemd, in Shorts, die ihre Farbe bereits vollständig verloren hatten. Seine heftig und schnell wirbelnden Beine mit den nicht übermäßig großen, aber beeindruckenden Muskeln eines Fußballers, die von goldener Wolle wie von Christbaumlametta bedeckt waren, steckten in völlig zerrissenen Sportschuhen. Um den Kopf herum breitete sich wie auf den Bildern der vorrevolutionären Weihnachtsausgabe der *Niva*[9] ein gewisses Flimmern aus. Je näher ich kam, desto besser erkannte ich allerdings, daß sich dieses Flimmern nicht um den Kopf herum, sondern direkt auf ihm befand und folglich zu keiner Spielart des Heiligenscheins gehören konnte. Es war vielmehr eine rötlich polierte Glatze, auf die die Natur eine ganze Handvoll Sommersprossen geworfen hatte, die – wie von einer Blumenkrone – von den Resten der einst üppigen Locken umkränzt wurde.

So eine Glatze gab es in ganz Peredelkino nur einmal, und wenn wir mit den einheimischen Burschen auf den Waldwiesen Fußball spielten, stellte sie, kam sie mit dem Ball in Berührung, eine unmittelbare Torgefahr dar. Der Besitzer dieser Glatze wurde »Bubukin« genannt, da dieser selbst im Fußball so äußerst wichtige Körperteil der einst berühmten »Kanonenglatze« eines ehemaligen Stürmers des Vereins »Lokomotive Moskau« ausgesprochen ähnelte. Unser Bubukin aus Peredelkino war ein Ingenieur und, offen gesagt, ein Jude, obwohl dies im gegebenen Fall und auch sonst überhaupt keine Bedeutung hat. Als er auf einer Höhe mit mir war, blieb Bubukin entgegen seiner sonstigen Gewohnheit nicht stehen, sondern warf mir nur zu, als sei das eine Selbstverständlichkeit, an der es keinerlei Zweifel geben konnte:

»Entschuldige, altes Haus – ich will den Zug noch kriegen. Wir sehen uns dann beim Weißen Haus, auf den Barrikaden.«

6.

IST ES NOCH WEIT ZUM GEFÄNGNIS?

Der lebendige Schmetterling sah auf dem toten Regierungstelefon wunderschön aus. Er bewegte seine Flügel ein wenig: Sie waren schokoladenbraun mit weißen, goldenen und smaragdgrünen Flecken und einem Pfauenauge.

Durch genau diejenigen, denen er fast blind vertraut hatte, von der gesamten restlichen Welt isoliert, seufzte der Präsident und dachte: »Wie dumm von Chruschtschow, daß er damals die abstrakte Kunst so verdammt hat, weil er ihr bourgeoise Einflüsse unterstellte. Die Flügel eines Schmetterlings, ein Sonnenuntergang über dem Meer ... oder der Rauhreif auf der Fensterscheibe – ist das etwa keine abstrakte Kunst? Es ist doch so wunderschön ... Schade, daß ich es wegen all der Arbeit schon seit langem fast gar nicht mehr schaffe, den Dingen ohne jede Eile mehr Aufmerksamkeit zu widmen – der Natur, meiner eigenen Familie, mir selbst, einem Buch, den Menschen, die mich umgeben, meinem eigenen Land und nicht einmal der Politik, obwohl ein Präsident doch zumindest das tun sollte. Deswegen bin ich jetzt auch in diese Falle geraten. Ich habe angefangen, alles anhand der kurzen Stippvisiten in den Provinzen zu beurteilen, anhand der Papiere mit dem Stempel ›Geheim‹, anhand dieser – wie heißen sie doch gleich – dieser Digests und manchmal sogar aufgrund aller möglichen Einflüsterungen. Doch vielleicht geht das allen so, die auf dem Gipfel der Macht stehen? Es kommt einem nur am Anfang so vor, als sei von dort aus alles zu sehen. Ja, man sieht alles, aber nur in groben Zügen. Die Details sind verwischt ... Den dicksten Nebel gibt es immer in den größten Höhen. In so einem Nebel sind Schattierungen nicht mehr auszumachen. Und dabei sind manche Nuancen in der Politik feiner als die Farbübergänge auf einem Schmetterlingsflügel. Wenn wir den Gipfel erklimmen, gewinnen wir an Höhe und verlieren an Feinheit.

Irgend etwas verbindet uns alle – Lenin, ja sogar Stalin, Chruschtschow, Breschnew, Tschernenko, Andropow, Jelzin und mich. Wir alle kommen aus der Provinz. Seit 1917 hat es keinen Mann aus der Hauptstadt an der

Macht gegeben! Für uns war es wie in dem Stück von Tschechow, wo dieser gellende Schrei ertönt: ›Nach Moskau! Nach Moskau!‹

Wir hatten am Anfang nichts zu verlieren, wir mußten uns Moskau erobern. Die Moskauer selbst hatten die Hauptstadt ja schon in der Tasche, und vielleicht hat es sie deshalb so patriotisch in die Provinz, aufs Land, in die einsamen Nester, nach Saratow gezogen? Wir dagegen haben uns förmlich ein Bein ausgerissen, um nach Moskau zu kommen, um der Hauptstadt zu zeigen, wer wir sind, um sie zu zwingen, uns anzuerkennen. Und die Moskauer haben auf ihrem eigenen Terrain gegen uns Provinzler verloren. Moskau war das Zentrum, und genau dieses Zentrum war für uns ein Ziel – kein Geschenk, das uns schon bei der Geburt in den Schoß gefallen war. Deshalb waren wir auch mutiger bei der Eroberung des Zentrums, wütender vielleicht, energischer. Auf fremdem Terrain geniert man sich weniger. Aber in unserer Provinzialität haben wir die Macht, das Zentrum, Moskau idealisiert. Aus der Ferne sieht das Zentrum irgendwie verlockend und rosarot aus, wie die Schwanzfedern eines Pfaus. Aber wenn man dann den Schwanz gepackt hat, sieht man, daß es alles in allem nur der fast kahlgerupfte Hintern eines alten Huhns ist, das sich kaum auf den Beinen hält, und in all seinen Federn bis hin zum Bürzel kriechen Hühnerläuse herum – wie diese treuen Mitstreiter, die mich verraten haben.«

»Opa, schau, was ich in der Hand habe«, rief die jüngste Enkelin des Präsidenten und schmiegte sich an ihn. Sie hielt ein Kartenspiel in der kleinen Hand, das ihr ein Wachtposten seiner Vorstellung von Erziehung gemäß zum Spielen gegeben hatte. »Das hier ist der König, das ist der Bube, und diese Karte – och, ich habe es vergessen.«

»Die Zehn«, erklärte der Präsident.

»Und was heißt das, Opa?«

»Das ist eine Art, die Karte zu berechnen.« Er zeigte mit dem Finger zum Fenster. »Siehst du, da auf dem Meer sind Kriegsschiffe. Laß sie uns einmal zählen. Ein Schiff, zwei Schiffe ... zehn Schiffe – das ist eine Zehn.«

»Opa, aber es sind mehr Schiffe als nur zehn«, sagte die Enkelin.

»Tatsächlich, es sind mehr. Ganze sechzehn«, antwortetet der Präsident seiner Enkelin und dachte bei sich: »Ob das nicht doch ein wenig viel ist für eine einzige Person? Wenn der Umsturz gelingt, dann werden sie sagen, sie hätten die Isolation garantiert, damit er nicht über das Meer entkommen konnte. Und wenn er mißlingt, dann werden sie sich rechtfertigen, wir haben Sie vor einem Angriff vom Meer geschützt. Doppelte Buchhaltung. Aber welcher Politiker hätte die noch nie angewandt? Ich selbst bin ja auch nicht ohne Sünde. Wenn ich es nicht ähnlich gemacht hätte – wäre ich dann etwa Präsident geworden?«

Der Schmetterling flatterte von dem immer noch toten weißen Telefon auf und flog davon.

Im Hof hörte man, wie Hände an einen Ball schlugen – der Teil der Wachmannschaft, der bereits abgelöst worden war, spielte Volleyball.

»Was will ich denn – sollten sie etwa beten? Alles in allem halten sie sich bisher nicht schlecht«, dachte der Präsident. »Und wenn der Befehl erteilt wird, mich zu liquidieren oder mir irgendein Mittel für eine Gehirnwäsche zu spritzen, würden sie mich dann verteidigen oder nicht? Sie schlagen einfach zu gern mitten im Sprung auf den Ball. Jack London hat die Liebe zum Leben besungen. Doch er hat vergessen, daß die Liebe zum Leben auch zu Feigheit, zu Verrat werden kann. Ich habe meinen Freund schließlich auch geliebt – den Tschechen, mit dem ich in einem Zimmer im Studentenwohnheim gelebt habe –, Sdenek. Wie viele Nächte lang haben wir damals davon geredet, daß man so nicht länger leben könne. Aber mit der Perestroika haben sie dann in Prag angefangen, und wir haben sie mit Panzern zermalmt. Ich habe damals schließlich auch keinen Mucks getan, habe all meine progressiven Gedanken verborgen. Als ich dann mit einer Delegation nach Prag gefahren bin, habe ich mit denen, die Dubcek und meinen Freund Sdenek verraten haben, Pilsener getrunken und Speckknödel gegessen. Habe mich gehütet, mich zu weit aus dem Fenster zu lehnen. Ich habe mich zwar hinausgelehnt, doch nie in die falsche Richtung. Wenn ich mich nicht vorgesehen hätte – dann wäre ich nie auch nur in die Nähe der Politik gekommen. Die Politik heiratet niemanden, der zu viele Skrupel hat. Wäre im übrigen vielleicht besser so gewesen. Dann hätte ich jetzt nicht das – wie soll ich es nennen – das Glück, weder Präsident noch – wer bin ich denn jetzt? – noch Verhafteter zu sein. Es ist alles so gekommen, wie es in dem Lied heißt, das wir damals in unserer Jugend zur Gitarre gesungen haben: ›Für seine Fehler zahlen – auch das ist ein Stück Arbeit‹.

Wie schändlich war doch die Politik ihrem Wesen nach – um in ihr zu überleben, mußte man auf jeden Fall irgend jemanden verraten. Und vielleicht haben meine Mitstreiter gespürt, daß man sie demnächst über Bord werfen würde wie unnötige Schlacke, und haben, um zu überleben, beschlossen, mich früher zu verraten als ich sie. Vielleicht war das das ganze Geheimnis ihres lausigen Umsturzes?«

»Opa, ich habe heute morgen gehört, wie Oma zu Mama gesagt hat, daß wir im Gefängnis sitzen, und sie hat geweint.«

»Die Oma übertreibt.«

»Und was ist das – ›uberdreipt‹?«

»Das ist, wenn nicht alles so schlecht ist, wie es scheint«, antwortete der Präsident, und als er seiner Enkelin wehmütig über den Kopf streichelte, dachte er: »Sollten sie etwa in ihrer Kindheit auch all das erleben müssen, was wir in unserer erlebt haben?«

Da tauchte plötzlich in ihm wieder die erschöpfte, fast schon vergessene, trotzdem noch immer in ihm lebendige Stimme auf: »Ist es noch weit zum Gefängnis?«

... Über der glühenen Steppe von Stawropol schwebte ein Habicht und lauerte darauf, daß ein Ziesel oder eine Wühlmaus aus ihrem Loch herauskroch.

In den damaligen dreißiger Jahren verschwanden unzählige Menschen und Mäuse – sie verschwanden, so wie Wasser in ausgetrockneter, aufgesprungener Erde versickert. Menschen und Mäuse hatten oft nichts zu essen. Die Menschen, weil die eiserne Hand des Arbeiter- und Bauernstaates sogar bis hierher, an den ehemaligen Schlupfwinkel entflohener Leibeigener, reichte und ihnen alles bis zum letzten Körnchen wegnahm. Und die Mäuse, weil die Menschen den Mäusen dieses letzte Körnchen weder auf dem Feld noch auf dem Futterboden übriglassen konnten.

Deshalb gingen die Menschen manchmal so weit, daß sie Ziesel und Mäuse aßen, für die sie Fallen aufstellten. Und deshalb blieb auch dem Habicht, diesem ewigen Kundschafter der Mutter Steppe, nichts mehr zu fressen.

Der hungrige Habicht, der da über der Steppe schwebte, erblickte auf dem Weg fast keine Pferde, die dort noch vor gar nicht langer Zeit mit ihren Hufen lustige Funken geschlagen hatten.

Die Pferde – ohne die der Begriff »Steppe« eigentlich undenkbar war – begannen ebenfalls zu verschwinden. Wie die Menschen wurden auch sie mit Gewalt in die Kolchosen getrieben, wo die Menschen zwar noch irgendwie – mehr schlecht als recht – überlebten, die Pferde aber eines nach dem anderen verendeten, denn wenn ein Pferd nicht dir gehört, sondern allen, dann gehört es niemandem – es war nichts als eine Waise.

Dafür waren neue »eiserne Pferde« aufgetaucht – Traktoren, die in den Zeitungen und durch viele Lieder gerühmt wurden. Doch sie konnten nicht so schön wiehern und nicht im Wind dahinfliegen, mit im Galopp langgestreckten Körpern und wehenden Mähnen, in deren Zöpfchen Feldblumen eingeflochten waren, sie konnten ihr kluges Gesicht nicht auf die müde Schulter des Schnitters legen und ihre seidige Pferdewange mit den bebenden, zarten Adern nicht zärtlich an seinem stachligen Bart reiben. Die eisernen Pferde gehörten ebenfalls allen, also niemandem, und sie gingen sehr häufig kaputt, denn sie waren laienhaft gebaut und wurden von laienhaften Händen bedient.

Und da sah der Habicht aus der Höhe, wie ein einsamer Traktor über einen Acker neben dem Dorf Priwolnoje kroch, das während der Kollektivierung zwar leerer geworden, aber immerhin nicht ganz ausgestorben war wie viele der Nachbardörfer. Und er sah, daß dieser Traktor plötzlich nieste, erzitterte und verstummte.

»Na, Söhnchen, scheint so, daß wir krepiert sind«, sagte der noch sehr junge Traktorfahrer, dessen Haarschopf wild unter seiner ölverschmierten Mütze hervorquoll, zu seinem drei- oder vierjährigen Sohn, der auf seinen Knien saß und die dünnen Hände neben die riesengroß wirkenden schmutzigen Pranken des Vaters auf das Lenkrad gelegt hatte.

»Papa, ich will lenken«, winselte der Junge und klammerte sich an das brennend heiße, aber dennoch so verlockende Lenkrad.

»Was du nicht alles willst«, meinte der Vater schmunzelnd und bog die zerkratzten, dreckigen winzigen Finger zärtlich, aber bestimmt auf, die sich so fest an das Lenkrad gekrallt hatten. »Wozu etwas lenken, was sich doch nicht bewegt …«

Der Vater holte ihn aus der Fahrerkabine heraus und stellte ihn mit den nackten Füßen auf die heiße Steppenerde. Die Füße des Jungen waren nicht die eines Städters, sie waren an diese Erde gewöhnt.

»Na, na, geh ein wenig zur Seite, Söhnchen …«

Der Vater öffnete die dampfende Motorhaube, umwickelte seine Hand vorsichtshalber mit einem alten Lappen, schraubte den Deckel vom Kühler und konnte noch gerade eben zur Seite springen, als aus dem Kühler eine Fontäne rostigen kochenden Wassers wie wild emporspritzte.

»Der ist aber wütend …«, stellte der Vater mit einem Kopfschütteln fest.

»Auf wen, Papa?«

»Auf uns beide. Wir haben ihn überhitzt. Sieht so als, als ob wir den Motor kaputtgemacht hätten …«

Gleich nachdem das Donnern des Traktors, das alles um sich herum übertönt hatte, verstummt war, erklang von neuem die Musik der anderen Geräusche: das vibrierende Summen der Bienen, Libellen, Grillen und all der anderen winzigen Lebewesen, welche von den Kolchosen nicht einverleibt worden waren, das Trillern der Lerchen, das klagende Quaken der Frösche in den vertrocknenden Sumpflöchern, das blecherne Zittern der Immortellen, das leichte Spiel der ergrauten Zöpfe des Steppengrases, das Rascheln der durchscheinenden Kügelchen des Männertreus, für das schon der geringste Windhauch genügte. Man konnte hören, wie die Schlangen mit ihren Schuppen über die trockene Erde kratzten und wie der schwebende Habicht den schimmernden Dunst der Gluthitze von Zeit zu Zeit mit den Flügeln bewegte. Es schien, als läge irgendwo ganz in der Nähe eine von einem Blinden vor mehreren Jahrhunderten auf der Steppenerde vergessene Bandura[1], deren Saiten, von Teufelszwirn umwickelt, leise und ganz für sich allein die unvergeßlichen Lieder der Kosaken anstimmten, die hier schon zu Zeiten Katharina der Großen die Freiheit gesucht hatten.

Diese eben erst wiedererstandene weiche Musik der Steppe wurde jedoch erneut durch das von den Menschen herrührende Klappern und Quietschen übertönt.

Der Vater war mit dem Kopf in die eisern glänzenden Innereien der Maschine eingetaucht und hatte dort mit seinen Schraubenschlüsseln herumzuwirtschaften begonnen. Den Sohn aber interessierten diese Innereien nicht. Ihn interessierte nur das Lenkrad, das er noch immer mit sehnsüchtigen Augen betrachtete. Der schwarze Kringel des Lenkrads war die am heißesten ersehnte Leckerei seiner Kindheit, und er liebte es, sie mit der Zungenspitze zu berühren – selbst wenn er sich dabei verbrannte. Wie einfach und genial war doch dieses Lenkrad konstruiert! Du drehst es nach rechts – und der ganze riesige Traktor gehorcht diesem vergleichsweise winzigen Rad. Du drehst nach links – wenn du willst –, und der Traktor gehorcht abermals. Du stellst es gerade – und er wird sich nach vorn bewegen und alles, was ihm in die Quere kommt, über den Haufen fahren.

Der Vater riß sich das an seiner braungebrannten Haut klebende Hemd vom Leib und versuchte, den Traktor mit einer eisernen Kurbel wieder anzuwerfen, doch die tote Maschine gab keinen Laut von sich.

Und plötzlich ertönte doch noch ein Geräusch, das nicht zur siegreich erschallenden Musik der Steppe gehörte. Es kam, wie von spöttischer Zauberhand gemacht, nicht aus dem Innern des Traktors, sondern von oben – aus dem glühenden, vibrierenden Himmel. Dicht über der Steppe flog ein gedrungenes Landwirtschaftsflugzeug – scheinbar ohne jeden ersichtlichen Grund, sah man von dem unter seinem Bauch an Schnüren aufgespannten Plakat ab: »Die Kleinkulaken – jagt sie nach Sibirien!«

»Papa, was steht da drauf?« fragte der Junge.

»Lern selber lesen – dann mußt du deinen Vater nicht immer fragen«, antwortete der Vater lustlos.

»Papa, hat ein Flugzeug auch ein Lenkrad?«

»Ja. Laß uns zu Fuß nach Hause gehen.« Der Vater nahm den Jungen an der Hand und führte ihn, während sie in der gepflügten Erde fast steckenblieben, zur Straße.

Zuerst steckten die nackten Füße des Jungen in schwarzen Strümpfen aus Erde, als sie jedoch zur Straße gelangten, änderten die Strümpfe ihre Farbe – sie wurden aschfarben vor lauter Staub.

»Wird man den Traktor auch nicht stehlen?« fragte der Junge, während er sich mit einem Seufzer umblickte.

»Es hat doch vor lauter Hunger niemand die Kraft, ein Huhn, geschweige denn einen Traktor zu stehlen. Außerdem müßte man es mit der Lupe suchen, das Huhn.«

Aber der Junge ließ nicht von dem Lenkrad ab, das ihn so sehr interessierte:

»Papa, hat ein Dampfer auch ein Lenkrad?«

»Ja, ja. Da heißt es Steuerrad.«

»Und eine Lokomotive?«

»Auch eine Lokomotive hat eins. Nicht so direkt ein Lenkrad, aber so etwas ähnliches. Hebel.«

»Papa, aber wozu braucht eine Lokomotive ein Lenkrad? Sie fährt doch nur auf Gleisen und kann nirgendwo sonst fahren …«

»Auch bei den Gleisen gibt es Kreuzungen. In der ›Eisenbahn-Sprache‹ heißen sie ›Weichen‹. Der Lokführer, das ist der Steuermann. Ohne Lenkrad und Steuermann kommt man nirgendwo zurecht.«

»Hat die Erde auch einen Steuermann?«

»Die Erde hat vorläufig noch keinen. Aber unser Land hat einen. Du bist schon ein großer Junge und mußt ihn schon kennen.«

»Onkel Stalin?«

»Richtig. Und wer war vor ihm Steuermann?«

»Lenin.«

»Kluges Kerlchen. Wenn du groß bist – dann wirst du auch ein Steuermann. Zuerst auf einem Traktor und dann vielleicht in einer Kolchose wie dein Großvater, und dann ... Wer weiß? Alles hängt von dir ab.«

So gingen sie die Straße entlang, und der Junge hielt den Vater zurück, um ihm einen anderen Traktor zu zeigen – verrostet, wahrscheinlich schon vor langem stehengeblieben, halb ausgeschlachtet, inzwischen einem Skelett ähnlich und völlig mit Unkraut überwuchert.

»Papa, ist dieses eiserne Pferd gestorben?«

»Ja, der Ärmste ist gestorben.«

»Und warum hat man ihn nicht in der Erde beerdigt?«

»Nur echte Pferde werden in der Erde beerdigt. Wenn man sie nicht, wie jetzt überall, zu Wurst verarbeitet.«

»Und was macht die Erde mit den Pferden?«

»Sie werden selbst zu Erde.«

»Und dann?«

»Und dann wächst aus ihnen Gras.«

»Und das Gras fressen dann die anderen – die lebendigen Pferde?«

»So sieht es wohl aus«, antwortete der Vater und wunderte sich, daß er früher nie darüber nachgedacht hatte.

»Und aus einem Traktor wächst kein Gras für die Pferde, wenn man ihn beerdigt?«

»Nein«, lächelte der Vater und streichelte dem Sohn über den Schopf, der trotz allem das dunkle Mal auf dem Kopf, für das ihn seine Altersgenossen aus Priwolnoje verspotteten, nicht ganz verdeckte. »Aber aus einem Traktor kann man einen anderen Traktor bauen. Oder einen Panzer.«

Und plötzlich verstummten beide. Ein klappriger Alter kam direkt auf sie zu, ohne sie jedoch zu bemerken – barfuß, mit nicht gerade neuen, aber doch noch brauchbaren Stiefeln an einem über die Schulter geworfenen geflochtenen Zügel, in dunkelblauen aufgekrempelten Hosen mit roten Biesen, mit einer Kosakenschirmmütze, von dessen Abzeichen nur ein ovaler, weniger verblichener Fleck übriggeblieben war, mit einem leichten, fast leer wirkenden Sack auf dem von der Zeit und dem Erlebten gekrümmten Rücken. Der Alte bemerkte Vater und Sohn, die wie erstarrt dastanden, erst, als er schon fast gegen sie gestoßen war. Der Alte blieb stehen und fragte:

»Ist es noch weit bis zum Gefängnis?«

»In welches wollen Sie denn, Großväterchen? Sie bringen wohl jemandem ein Paket, was?« fragte der Vater.

»Ist mir ganz Wurscht, welches, wenn es nur nicht so weit ist. Ich selbst bin das Paket – ich übergebe mich den Behörden. Und das Begleitschreiben hab' ich auch dabei.«

»Bringen Sie da nicht was durcheinander, Großväterchen?« fragte der Vater verständnislos.

Der Alte zog einen leinenen Lappen aus der Brusttasche. In den Lappen war eine viermal ordentlich gefaltete Provinzzeitung eingewickelt, auf deren Titelblatt zwei Fotografien zu sehen waren: eine größere weiter oben – Stalin mit warnend erhobenem Finger, die andere kleiner und weiter unten – der furchterregende Sekretär des regionalen Exekutivkomitees, Scheboldai, der seine erbarmungslos revolutionäre Faust gegen die leider noch immer nicht gänzlich ausgerotteten Kulaken erhob. Mit diesem Mann erschreckte man die Kinder: »Genug jetzt. Wenn du nicht zu weinen aufhörst, kommt Scheboldai und verbannt dich nach Sibirien.« In diese Zeitung wiederum war wie ein wichtiges Dokument ein schräg kariertes Heftblatt – das Begleitschreiben – eingewickelt.

Auf der Rückseite von Schulaufgaben in Arithmetik waren mit einem Kleckse verspritzenden Stift hastig hüpfende ungelenke Krakeleien hingekritzelt:

An jedes belibije Gefengnis inn nordkaukasischen Verwaltungskreis

Wegen dem Sterben vons Zugvich und die mangel der Wacheinheiden wird der bößartiche vorher nich endekte Kleinkulak Jona Tschichirew, geboren 1891 zufus inn Gefengnis komandirt zur Anwendung vons Klasenkamf auf ihm. Genanter Agent vons weltburschosi hat vor der glükkliche Kolchosearbeit sein nich inwentorisertes Fohlen mitn Familjenname Gnedko ferborjen und hat prowogatorisch zun Rewelusionsfeiertajen seine zarischen Ordens anjestekt und hat das Portre vons unterm namen Jesus Krissus bekanden faind der Kolektefierung aufjehenkt, ohne sich vor seine enkel zu schämen nich, die das als ächte Pijonire mutig sinalissird haben. Deshalb biten wir ihn in jedes belibije Gefengnis zu stäken wo noch Plaz frei is.

Befolmechigter vons Gpu[2], Skrynjuk

»Halt mal, Großväterchen – da muß doch irgendein Mißverständnis ...«, sagte der Traktorfahrer mit tonloser Stimme, als er das Begleitschreiben zurückgab.

»Was für ein Mißverständnis, lieber Mann«, lächelte der Alte gutmütig, als sei der Traktorfahrer ein ebenso kleiner Junge wie sein Söhnchen, der sich an seinen ölverschmierten Hosen festhielt. »Die durchkämmen nun doch schon zum dritten Mal das ganze Land. Zuerst mit einem Rechen, dann mit einem Kamm wie gegen Typhus und jetzt eben mit einem Striegel. Scheboldai ist zu uns gekommen, hat geschrien: ›Wir werden ganze Dörfer nach Sibirien verbannen, ganze Kosakensiedlungen, so lange, bis wir auch den letzten Kulaken ausgerottet haben!‹ Und ich rotte mich eben selber aus. Aber warum mußten sie bloß meine Enkel bei den Pionieren rauswerfen? Sie haben doch schon Meldung gemacht über mich – sie haben ein ganz reines Gewissen vor der Sowjetmacht, heißt das doch wohl. Kann doch wohl nicht sein, daß sie sie auch mitnehmen und verbannen? Also, ist es noch weit zum Gefängnis, he? Lauf' schon den dritten Tag herum, und in allen Kittchen sitzen die Leute wie die Sardinen in der Büchse. Keine Plätze frei – sagen sie mir. Aber ich muß doch möglichst schnell hinter Gitter, unbedingt, sonst halten die mich vielleicht noch für einen Flüchtling, und meine Enkel kriegen trotz ihrer Anzeige keine Strafmilderung ...«

»Geh nach Stawropol, Großväterchen«, sagte der leichenblasse Vater des Jungen mit kaum hörbarer Stimme. »Da werden sie das in Ordnung bringen, wirst schon sehen ...«

Er senkte den Kopf und schritt schweigend und ohne den Blick zu heben aus, so als wolle er nichts mehr sehen, außer dem Staub und den neben ihm trippelnden Beinchen des Sohnes, der sich bemühte, nicht zurückzubleiben. Und plötzlich hörte er dieselbe Frage noch einmal, die jetzt jedoch von einer anderen Stimme gestellt wurde:

»Ist es noch weit zum Gefängnis?«

Ohne die Augen zu heben, erblickte der Vater des Jungen zuerst einen mageren Straßenköter – er war nur noch Haut und Knochen –, der die Stiefel des Vaters beschnüffelte, dann ein Gesicht, das genauso aussah – ebenfalls nur noch Haut und Knochen –, und darin ein Paar unergründliche, in die Haut und die Knochen eingesenkte, verblaßte kornblumenblaue Augen, die größer als das gequälte Gesicht selbst erschienen. Dieser Mann war vor einen mit wertlosem Hausrat bepackten Karren gespannt, auf dem zwei ebenso spindeldürre – nur aus Haut und Knochen bestehende – rotznasige kleine Kinder saßen, die noch jünger waren als der Sohn des Traktorfahrers. Hinter dem Karren ging eine Frau, so durchsichtig und schwankend, daß sie ein Teil des glutheißen Dunstes zu sein schien, und strickte im Gehen ein Jäckchen für das Kind, das nicht auf dem Karren saß, wobei sie leise vor sich hin murmelte: »Du mußt alle hinters Licht führen, mein Allerliebster, mein Drittgeborener, und wenn die bösen Menschen eingeschlafen sind, hebst du den Sargdeckel – dein Vater hat die Nägel nur zum Schein eingeschlagen – und krabbelst durch die Erde hindurch nach oben zu mir, und dann werde ich dich nicht mehr gehen lassen, und wir fahren zusammen nach Sibirien, da gibt es viele Pilze und Beeren, man muß sie nur unter dem Gras, dem grünen, grünen Gras, zu finden verstehen ...«

Der Traktorfahrer drückte krampfhaft die Hand seines Sohnes und ging, ohne auf die Frage des Mannes mit dem Karren zu antworten, davon – dieser hatte im übrigen auch nicht mit einer Antwort gerechnet.

... Der Traktorfahrer erinnerte sich daran, wie sein zwei Monate alter Sohn fast gestorben wäre, als seine Mutter keine Milch mehr hatte und der Großvater des Jungen – der grimmige Organisator der Kolchose – die eigene Kuh an den Gemeinschaftsstall abgegeben hatte, wo die Kühe in der ersten Zeit plötzlich aufhörten, Milch zu geben, da sie sich noch nicht an den neuen Platz und die fremden Hände gewöhnt hatten und außerdem nicht ausreichend gefüttert werden konnten. Damals hatte er, der Vater eines sterbenden Kindes, den Klassenkampf vergessen und war mit einem irdenen Milchtopf zu einem der letzten noch nicht enteigneten Bauern gelaufen. Als er aber in den Hof gestürmt kam, sah er, wie ein bis zur Besinnungslosigkeit betrunkener, einarmiger Funktionär mit der einen, noch funktionstüchtigen Hand am Abzug der ihm von der Obrigkeit ausgehändigten Pistole sinnlos auf Enten, Gänse und Ferkel feuerte. Der Einarmige war weder von dem Gejammer der Frauen noch von den Schreien seiner Kampfgenossen aufzuhalten und schoß schließlich – sein Gesicht war dabei von der Wollust des Zerstörers ganz verzerrt – auf die schwarzbraune Kuh mit dem weißen Stern auf der Stirn, die vor ihm in die Knie ging, so als bettle sie mit ihren pflaumenblauen Augen darum, daß er sie verschone. Doch er schoß laut lachend noch einmal, und sie sank langsam zur Seite und streckte dann ihre noch ein letztes Mal zuckenden Beine von sich.

Und als der Vater, der völlig außer sich war, begriff, daß dies die einzige Kuh im Dorf gewesen war, die mit ihrer Milch seinen Sohn hätte retten können, stürzte er zu dem toten Körper hin und begann fieberhaft, den noch warmen Euter zu drücken. Und aus dem Toten floß das Leben in weißen Strömen in den Milchtopf.

In Erinnerung an all das hob der Traktorfahrer seinen Sohn auf die Arme und drückte ihn an die Brust, voller Angst, daß er doch noch Hungers sterben könnte oder daß er eines Tages auf lauter Bündeln hoch auf einem solchen Karren sitzen könnte, der ins Nirgendwo fahren würde, und wieder hörte er die Frage:

»Ist es noch weit bis zum Gefängnis?«

Dieses dritte Mal stellte ein Mann die Frage, dem der Traktorfahrer nicht einmal mehr ins Gesicht sah, weil er Hals über Kopf die Flucht ergriff, um dieser verfluchten Frage zu entkommen. Aber er stolperte über irgend etwas und fiel zusammen mit dem Kind hin. Und er erstarrte, als er sah, daß er über den weißen Schädel einer Kuh gestolpert war, in dem das Einschußloch einer Pistolenkugel gähnte. Vielleicht war es der Schädel eben jener Schwarzbunten, die, obgleich schon tot, mit ihrer lebendigen Milch seinen Sohn gerettet hatte? Und der Traktorfahrer fing an, mit der Faust wie wild auf die ausgetrocknete Erde zu schlagen, als sei diese schuld an allen Ungerechtigkeiten und Grausamkeiten, mit denen sich der Mensch an ihr verging. Und nicht zum ersten Mal quälte ihn in seinem Inneren ein Gedanke, der all dem, was er seinem Sohn gesagt hatte, ganz und gar widersprach: Hatten Menschen das Recht, andere zu lenken wie Maschinen und sie ganz nach ihrem Gutdünken in die Kolchose zu stecken oder auch ins Gefängnis oder sie zu erschießen, wie dieser betrunkene einarmige Funktionär, der der völlig unschuldigen schwarzbunten Kuh eine Kugel mitten durch den weißen Stern auf der Stirn jagen konnte?

Und der Sohn konnte beim besten Willen nicht verstehen, weshalb sein Vater auf die Erde einschlug, warum seine Schultern zuckten und sein Gesicht so verzerrt war, als weinte er, obwohl doch keine einzige Träne aus seinen Augen kam, so als seien auch diese ausgetrocknet wie die salzige Erde.

Und die Steppe rundherum rauschte, raschelte und schnarrte durch die Kügelchen des Männertreus, als seien diese heimatlose, menschliche Stimmen, die aus dem zitternden Dunst auftauchten und hinter dem Horizont wieder verschwanden und dabei immer wieder ein und dieselbe Frage stellten. In dieser Frage wiederholte sich ein ums andere Mal das schlüpfrige, kalte, rattenhafte Wort »Gefängnis«, das der Junge fortan sein ganzes Leben lang fürchten sollte.

Der Junge blickte sich um und sah, daß all diese Stimmen Gestalt annahmen, gleichsam menschlichen Wesen ähnelten. Ob er sich das alles in der unerträglichen Gluthitze nur einbildete oder ob es tatsächlich so war: Den Weg entlang und auch neben dem Weg gingen Menschen, die eher aussahen wie zu einem Tau aufgezwirbelte Wolken aus Straßenstaub oder wie zum Leben erwachte, von der Dürre verbrannte Strohgarben – sie gingen allein oder auch zu zweit oder zu dritt, sie waren vor Karren gespannt, aber auch vor Leiterwagen ohne Pferde, auf denen Kinder saßen –, und sie alle fragten, während sie dabei kaum die Lippen, die gleich der Steppenerde aufgesprungen waren, bewegten:

»Ist es noch weit bis zum Gefängnis?«

Der Präsident stand schweigend am Fenster und blickte auf die Schiffe, die auf der Reede schimmerten. Er wußte bereits, wie viele Schiffe es waren. Es waren sechzehn. Wie viele Gespenster der Vergangenheit ihn jedoch quälten, das wußte er nicht, und vielleicht wußte das auch niemand anderer ganz genau. Er als Präsident hätte es wahrscheinlich in Erfahrung bringen können, doch er drückte sich davor. Er entschuldigte sich damit, daß die Toten ohnehin nicht wieder auferstehen würden – wozu sich also sinnlos die Seele zerreißen?

Die Angst vor dem Gefängnis – sie lebte seit seiner Kindheit sowohl in ihm als auch in Millionen anderer Menschen, die genauso waren wie er, in Menschen, die in einem Land aufgewachsen waren, wo jede Nacht ein Geheimpolizist mit seinem Stiefel Türen, sei es die unbeschriftete Tür einer Bauernkate oder die Mahagonitür mit dem gold schimmernden Namensschild eintreten, einen am Kragen aus dem Bett zerren konnte, um einen als Kulak, Saboteur, Trotzkist oder Spion anzuklagen. Aus dieser Angst heraus versteckten sich die einen in sich selbst oder im Wodka und versuchten, noch unauffälliger und unbedeutender zu werden, während andere aus ganzer Kraft nach oben kletterten und sich dabei die Nägel blutig rissen, um nicht zu denen zu gehören, die sich fürchteten, sondern zu denen, die gefürchtet wurden. Doch in jener Zeit war alles so verworren, daß diejenigen, vor denen andere Angst hatten, selber von Angst verfolgt wurden.

Weder die kleine, die mittlere noch die große Macht schützte einen vor der allergrößten Macht, und sie – diese allergrößte Macht – gehörte nicht irgend jemandem, sondern war einem Phänomen eigen, das noch weit größer war als Stalin selbst: der Angst. Vielleicht hatte der Präsident, der ehemalige Bauernsohn und spätere Politiker, schon vor langem beschlossen, sich vor dieser Angst zu verstecken – nicht etwa in möglichst großer Entfernung von der Macht, sondern mitten in deren Zentrum –, und hatte deshalb wohl auch den grausamen Irrtum begangen, diesen Zufluchtsort für sicher zu halten.

Der Bauernsohn hatte noch vor etwas anderem eine besondere heimliche Angst – daß man nämlich erfahren könnte, daß er in besetztem Gebiet gelebt hatte. Die Frage »Haben Sie sich während des Großen Vaterländischen Krieges in besetzten Gebieten aufgehalten?« steckte mehr oder weniger offen in jedem Fragebogen, wie ein Fangeisen unter dem Schnee. In dieses Fangeisen konnte ein jeder geraten, selbst wenn er zu jener Zeit noch ein Kind gewesen war. Denn vielleicht hatte er den Besatzern die Stiefel geputzt und damit die Würde eines sowjetischen Pioniers erniedrigt? Und vielleicht hatte er auch unmoralischerweise aus Feindeshand Schokolade entgegengenommen? Oder hatte seine Mutter vielleicht ein Techtelmechtel mit einem Deutschen angefangen?

Er und zwei seiner Altersgenossen aus Priwolnoje waren ans Ende des Dorfes gelaufen, um zu beobachten, wie die Deutschen in das Dorf einmarschierten. Zuerst tauchte in der Ferne auf der Straße eine riesige aschfarbene Staubwolke auf. Die Wolke knurrte. Die Wolke näherte sich und drohte das ganze Dorf zusammen mit den drei am Dorfeingang erstarrten Jungen zu verschlucken. Zwei von ihnen hielten es nicht aus und liefen davon. Er blieb allein zurück. Er hatte ebenfalls Angst, doch die Neugier in ihm war stärker als die Angst.

In der Wolke begannen sich Motorräder und Menschen in Helmen abzuzeichnen. Hände in langen Stulpenhandschuhen hielten die Lenkung. Die Gesichter schienen wie aus Staub geformt. Es waren die ersten Ausländer, die der zukünftige Präsident erblickte. Wie sollten diese deutschen Soldaten ahnen, daß der Junge, der sich da erschrocken an die weiße Lehmhütte drückte und in all dem aufgewirbelten Staub hustete, später einmal genau der Mensch sein würde, der dem zweigeteilten Deutschland zur Wiedervereinigung verhelfen sollte?

Seine Mutter hielt ihm wegen des Staubs von den deutschen Motorrädern im Gesicht und wegen des an der gekalkten Wand weiß gewordenen Hemds eine ordentliche Standpauke.

In jener Zeit gab es verschiedene Arten, gebrandmarkt zu sein. Die schlimmste Bezeichnung von allen war das Wort »Volksfeind«. Es bedeutete entweder Tod durch Erschießen oder Lager unter verschärften Bedingungen. Als zweitschlimmste Bezeichnung galt »Verwandter eines Volksfeindes«. Dies hieß entweder ebenfalls Lager oder im Falle von Minderjährigkeit ein spezielles Kinderheim: ein Lager für die Kleinen. An dritter Stelle stand das Wort »Kriegsgefangener«.

War man in Kriegsgefangenschaft geraten, so war man ein Feigling oder ein Verräter. Daher entweder Lager oder aber lebenslanger Verdacht. Das vierte Schandmal – »aus dem Besatzungsgebiet« – war nicht ganz so bedrohlich, doch wenn es einen auch nicht ganz verbrannte, so roch die Haut trotzdem versengt, und das Mal blieb für alle Zeit erkennbar. Mit solch einem Mal war es nicht leicht, Karriere zu machen. Man mußte seine Unschuld immer wieder auf erniedrigende Art unter Beweis stellen, mußte sich darum bemühen, daß das Schandmal in Vergessenheit geriet.

Deshalb lebten in der Seele des zukünftigen Präsidenten seit seiner Kindheit zwei Personen: Die eine war einfach der Bauernsohn und die andere der Junge aus einem Besatzungsgebiet, noch dazu mit einer netten Draufgabe – mit zwei verhafteten Großvätern.

Sein Großvater mütterlicherseits war schon Anfang der dreißiger Jahre als Bauer, der sich der Kollektivierung widersetzt hatte, nach Sibirien verbannt worden. Der Besatzungsjunge erinnerte sich nicht mehr an diesen Großvater, und in der Familie bemühte man sich, nicht von ihm zu sprechen. Aber dasselbe Unglück geschah dann auch mit dem Großvater väterlicherseits, dem Organisator der Kolchose in Priwolnoje. Eine Revolution, die aufhört, ein hehres Ideal zu sein, und einfach zur Macht wird, schafft sich als erstes die Idealisten vom Hals.

Zwei Jahre saß der großväterliche Idealist in Untersuchungshaft im Gefängnis von Stawropol, wo man ihn schlug, folterte und erst freiließ, als sich sein Peiniger und Untersuchungsrichter selbst erschoß. Vielleicht war er ebenfalls ein revolutionärer Idealist und ahnte, daß die Zeit gekommen war, vom Henker zum Opfer zu werden. Und auch jener furchteinflößende Scheboldai wurde, nachdem er überflüssig geworden war, erschossen. Vielleicht war auch er ein Idealist gewesen, der inbrünstig daran geglaubt hatte, daß revolutionäre Grausamkeit dasselbe sei wie die neue Gerechtigkeit?

Ungeachtet seiner »zweifelhaften« Personalakte erhielt der Bauernsohn als Achtzehnjähriger wie durch ein Wunder den Leninorden für seine Arbeit als Mähdrescherfahrer der Kolchose. Doch bei diesem Wunder war auch ein wenig nachgeholfen worden, denn kluge Leute hatten ihm empfohlen, in seinem Lebenslauf nicht zu sehr auf die verhafteten Großväter oder die Tatsache hinzuweisen, daß er in besetztem Gebiet gelebt hatte, weil man ihn sonst noch im letzten Moment aus der Liste der Ordensanwärter hätte streichen können.

Als man begann, den ordengeschmückten Mähdrescherfahrer »aufzubauen« und ihn als lebendig vergoldete Statue mit einem Orden auf der Brust ins Präsidium zu locken, erfaßte den Bauernsohn tiefe Traurigkeit. Doch der Besatzungsjunge fürchtete, sich verdächtig zu machen und die Chance zu verspielen, die ihm versprach, »groß zu werden« und sich »emporzuarbeiten«. Und so beantragte er die Aufnahme in die Partei.

Der Bauernsohn kam in das Alter, wo er in die Armee berufen wurde. »Das ist doch nicht schlimm ...«, sagte sich der Bauernsohn. »Alle leisten ihren Militärdienst, da werde ich meine Zeit eben auch abdienen. Ich werde dort als Chauffeur oder Panzerfahrer arbeiten. Ich lege mir eine Briefromanze zu. Und dann kehre ich zurück und heirate. Die Steppe wird auf mich warten.«

Aber den Besatzungsjungen trieb die Angst weiter nach oben – dorthin, wo es, wie es ihm schien, keine Angst mehr gab. Der Besatzungsjunge rechnete sich aus, daß es dumm sei, zwei Jahre in der Armee zu verlieren, wo jeder Befehle nach seinem Gutdünken gab – angefangen bei den eingebildeten Unteroffizieren. Diese Unteroffiziere, die so voller Stolz ihre belanglosen, wichtigtuerisch blankgeputzten Dienstleistungsabzeichen trugen, würden einem Zivilisten, noch dazu einem rotznasigen Armeeneuling, den Leninorden nicht verzeihen und ihn zwingen, die Toiletten zu putzen. Er mußte sich dorthin vorarbeiten, wo der goldene Glanz dieses Ordens ihn wie ein Laserstrahl von der Masse derjenigen, die sich ebenfalls emporarbeiten wollten, abtrennen würde. Dem Orden würde der Ausweis eines Parteikandidaten behilflich sein, und das rubinrot leuchtende Quadrat in der Farbe der Kremlsterne würde auf der Brusttasche des Jacketts jedem signalisieren: »Ich gehöre dazu«.

Der Besatzungsjunge, der sich in dem Mähdrescherfahrer und Ordensträger verbarg, beschloß, an die Moskauer Universität zu gehen, und zwar nicht an irgendeine, sondern an die juristische Fakultät.

Warum gerade dorthin? Weil die Konkurrenz dort nicht so groß war.

In einem Land, in dem die Gesetzlosigkeit regierte, wollte kaum jemand dem Gesetz dienen. Früher waren viele Juden an diese Fakultät gegangen. Doch im Jahr 1950, nach der »Vernichtung der Kosmopoliten« und noch vor der »Ärzteaffaire«, wurde für die Aufnahme von Juden eine inoffizielle Beschränkung verhängt, die Eintrittsbedingungen für Russen hingegen wurden erleichtert. Außerdem gab es einen Überschuß an Moskauern und an Beamtenkindern. Die Rechnung ging auf: Der Mähdrescherfahrer und Ordensträger aus der Provinz mit seiner Herkunft aus der Klasse der Arbeiter und Bauern wurde mit offenen Armen aufgenommen, man machte ihn sofort zum Komsomolzen-Führer. Der Besatzungsjunge verwandelte sich in den Aufsteigenden Apparatschik, der sich bemühte, den Bauernsohn in eine dunkle Rumpelkammer zu verbannen, wo er bloß bleiben und den Mund halten sollte.

Der Bauernsohn mit seinem gesunden Menschenverstand konnte nicht glauben, daß die Juden – Stalins Privatärzte – den Generalissimus tatsächlich hatten vergiften wollen, und als der Antisemitismus wie ein Schneeball von den Höhen der Partei herabkullerte, verteidigte er einen der wenigen jüdischen Studenten, als man diesen beleidigte. Doch der Aufsteigende Apparatschik konnte es nicht ablehnen, Versammlungen einzuberufen, auf denen die mörderischen Ärzte verurteilt wurden, er konnte es nicht ablehnen »Gehirnwäschen« an den Studenten vorzunehmen, die man für »moralisch wankelmütig« hielt, da er sonst als ebenso »moralisch wankelmütig« eingestuft worden wäre. Der Weg in die große Politik ist stets mit Leichen gepflastert.

Der Bauernsohn war voller Bitterkeit und konnte einfach nicht begreifen, warum Chruschtschow, der doch die Verbrechen Stalins enthüllt hatte, nicht den Mut aufbringen konnte zu bekennen, daß auch an seinen Händen Blut klebte. Der Aufsteigende Apparatschik jedoch verstand Chruschtschow sehr wohl: Wenn man in der Politik einen Fehler bekannte, war das das Ende, denn die Menschen hielten ein solches Bekenntnis für ein Zeichen von Schwäche, und niemand folgt demjenigen, den er für schwach hält.

Der Bauernsohn, der Enkel zweier Verhafteter, hatte Mitleid mit Chruschtschow, als man diesen so dreist stürzte – schließlich hatte er viele Menschen aus den Gefängnissen befreit. Der Aufsteigende Apparatschik beeilte sich, Breschnew seine Treue zu schwören – er hatte für Mitleid keine Zeit.

Der Aufsteigende Apparatschik, der nun Sekretär eines Regionalkomitees geworden war, umschmeichelte auf jede erdenkliche Art die großen Chefs aus der Hauptstadt, die in sein Herrschaftsgebiet kamen, um hier mit Mineralwasser oder Heilschlamm die ausgemergelte Vorsteherdrüse, die Gallenblase und die Leber zu kurieren.

»Wie hast du dich nur verändert?« fragte der Bauernsohn den Apparatschik voller Bitterkeit. »Schämst du dich nicht, diese Mumien am Flughafen behutsam zu stützen, ihre welke Leibesfülle in der Sauna zärtlich mit einem Bündel Eukalyptuszweigen zu peitschen, um dann die hängengebliebenen Blättchen so feinfühlend, mit zwei Fingern, von ihrer hochherrschaftlichen Haut zu klauben, mit ihnen in Laken eingewickelt zusammenzusitzen, als seien sie römische Patrizier, Wildschwein- oder Hirschknochen abzulutschen und über anzügliche Witze zu kichern?« – »Ich schäme mich«, antwortete der Aufsteigende Apparatschik dem Bauernsohn. »Doch was soll ich machen? Ihre Leiber sind zwar welk, aber wenn sie sich zusammentun, dann werden sie zu einer unüberwindlichen Mauer, durch die man sich nicht weiter nach oben vorkämpfen kann. Ich muß aber unbedingt nach oben gelangen, denn Rußland kann man nur von oben aus verändern. Du wirfst mir die Blättchen der Saunaruten vor? Aber aus diesen Saunaruten baue ich mir Stufen bis ganz nach oben.«

»Aha, du willst die Mumien benutzen, um dann selbst zur Mumie zu werden?« zog ihn der Bauernsohn bissig auf. »Worin unterscheidest du dich denn von ihnen? Sie haben früher auch einmal die großen Chefs mit diesen Saunaruten an den Füßen gekitzelt und auch nur mit dem Ziel, später diejenigen zu sein, denen ein anderer die Füße kitzelt.« – »Nein, ich will nicht um meinetwillen nach oben. Du denkst wohl, ich hätte meine verhafteten Großväter vergessen und jene Gespenster, die mit unbewegten Lippen gefragt haben: ›Ist es noch weit bis zum Gefängnis?‹ Dafür muß man sich schämen. Und um sich von solch einer großen Schande zu befreien, kann man die andere, kleinere Schande gut ertragen«, verteidigte sich der Aufsteigende Apparatschik.

»Wenn die kleine Schande zur Gewohnheit wird, dann schämt man sich auch nicht mehr für die große Schande. Und wenn du nun plötzlich auf dem Weg ganz nach oben ein anderer wirst?« fragte der Bauernsohn warnend. »Nein, das wird nicht geschehen. Ich werde alles dafür tun, daß man die Menschen nicht mehr ins Gefängnis wirft, daß sie sich nicht mehr scharenweise selbst ans Messer liefern«, versicherte der Aufsteigende Apparatschik.

Eines Tages nahm er an der Station Minwody drei Generalsekretäre auf einmal in Empfang: Einer war noch in Amt und Würden – ein bereits halbverwester Bonvivant, dessen Kiefer sich nur noch mit Mühe bewegten –, und seine beiden Nachfolger, einmal der von sorgsam versteckten Krankheiten zerfressene, düstere Mitwisser verschiedener kompromittierender Einzelheiten aus dem Leben sowohl des Bonvivants als auch seiner gesamten verfaulten Umgebung und dann der schlaffe gesichtslose Parteigenosse, der aufgrund seiner immerwährenden Angst, abgesetzt zu werden, bereits ganz gräulich-gelb geworden war und an seinem Asthma fast erstickte; wahrscheinlich hatte er es sich zugezogen, weil er sein ganzes Leben lang ohne Unterlaß den Staub von Fragebögen und allen möglichen anderen Papierchen eingeatmet hatte.

Angesichts dieser drei Mastodonten durchzuckte es den Aufsteigenden Apparatschik wie ein Blitz: Sie waren allesamt Ruinen und würden sich nicht mehr lange halten.

Seine Stunde war gekommen. In Moskau gab es ganz oben keine anderen jungen Männer mit seiner Energie und seinem Biß.

Drei weitere Saunaruten, und er war in Moskau.

Wie er vermutet hatte, starben die drei Mastodonten einer nach dem anderen. Zwei weitere Mastodonten, die Anspruch auf den Thron der Partei erhoben – die Zaren von Leningrad und Moskau –, erwiesen sich als zu schwerfällig und hatten außerdem keine ganz saubere Weste. Der Sohn des einen hatte Berijas Tochter geheiratet, und als der Sohn des anderen seine Hochzeit feierte, soll den Gerüchten zufolge das Geschirr des Zaren, das man aus einem besonders gut bewachten Museum hatte kommen lassen, zerschlagen worden sein. Ob es nun tatsächlich so gewesen war oder ob es sich einfach nur um ein Gerücht handelte – in jedem Fall zeigte das Sprichwort »Wo Rauch ist, da ist auch ein Feuer« seine Wirkung. Trotzdem war es ohne die Unterstützung der einen Mastodonten gegen die anderen nicht zu schaffen, und so schlug das Mastodon, das lange im Ausland gearbeitet hatte, den Aufsteigenden Apparatschik für die Wahl zum Generalsekretär vor, indem es ihn nicht etwa als »Liberalen« charakterisierte – so einem hätte niemand seine Stimme gegeben –, sondern als Patrizier »mit eisernen Zähnen«. Auch das dem Militär vorstehende Mastodon unterstützte ihn und warf alle Panzer und Raketen auf einmal in die Waagschale.

So wurde der ehemalige Besatzungsjunge zum Generalsekretär oder auch zum neuen Zaren des riesigen Imperiums. Hätte er für angenommen zehn oder fünfzehn Jahre uneingeschränkt herrschen können, wenn er nichts verändert hätte? Er hätte es tatsächlich können.

Doch der Bauernsohn, der dieses »Ist es noch weit zum Gefängnis?« nicht vergessen hatte, lebte noch immer im Generalsekretär fort.

Vor dem vierzigsten Jahrestag des Sieges im Großen Vaterländischen Krieg überschütteten die Kriegsveteranen den Generalsekretär mit Briefen, in denen sie ihn aufforderten, Wolgograd wieder in »Stalingrad« umzubenennen.

»Was gewinne ich dadurch?« überlegte der Generalsekretär. »Die Armee, die Veteranen, einen großen Teil der Partei ... Ich muß wohl nachgeben.« – »Das heißt also, daß du über die Saunaruten nur deshalb aufgestiegen bist, um jetzt Stalin nachzugeben?« – der Bauernsohn wollte sich nicht unterkriegen lassen. »Hast du deine verhafteten Großväter vergessen, hast du all jene Menschen vergessen – all die Gespenster in der Steppe?«

Als der Generalsekretär in seiner Rede zum Siegesjubiläum Stalins Namen unvermeidlicherweise als den des Oberbefehlshabers erwähnte, sprangen die Marschälle, Generäle und Offiziere, die den Kremlpalast füllten, unter dem Klimpern ihrer Orden und Medaillen von den Sitzen. In ihren von diesem magischen Namen erneut verzauberten Augen loderten nostalgische Tränen.

»Stalingrad! Stalingrad!« Kam es dem Generalsekretär nur so vor, oder war dieser Name in dem drohend anschwellenden Beifallssturm tatsächlich zu vernehmen?

»Sag Stalingrad ..., sag schon Stalingrad – und wir werden dir durch Feuer und in die Fluten hinein folgen ...«, schien die hypnotische Botschaft der Orden auf den mit Sternen geschmückten Schulterstücken der Uniformen zu sein, und voller Vorfreude warfen sich ihre Träger in patriotischem Eifer in die Brust.

»Und was wäre, wenn ich jetzt tatsächlich vom Text abweichen und das sagen würde, was sie hören wollen ...«, schoß es dem Generalsekretär durch den Kopf. »Nichts würde passieren, das Politbüro würde es schlucken und wäre höchstwahrscheinlich sogar zufrieden ...« – »Wage es nicht!« setzte sich ihm der Bauernsohn entgegen, »denn dann wäre es für alle wieder nicht mehr weit zum Gefängnis.«

Die Pause dauerte nur eine Minute oder noch weniger, doch sie bestimmte den Gang der Geschichte zumindest für das nächste Vierteljahrhundert. Die applaudierenden Hände hätten das Gespenst in der Uniform des Generalissimus erneut heraufbeschwören können, und es hätte erneut zu Fleisch werden und das ganze Land wie auch Europa in die Vergangenheit zurückschleudern können.

Der Bauernsohn siegte – er fuhr fort zu sprechen und unterdrückte den Beifall im Saal und den Generalsekretär in sich selbst.

»Was hast du dir da nur für einen Unsinn ausgedacht – diese blödsinnige Anti-Alkohol-Kampagne?« warf dann abermals der Bauernsohn, der seinen gesunden Menschenverstand nicht verloren hatte, dem Generalsekretär vor. »Du hast doch selbst nichts dagegen, mal einen zu trinken. Wozu hörst du auf diese ehemaligen Säufer – deine Parteigenossen, die jetzt nicht mehr trinken dürfen und vor lauter Neid auf alle Trinkenden um den Verstand gekommen sind? Du wirst das ganze Volk gegen dich aufbringen.« – »Wie viele Menschen sterben in diesem Volk an diesem grünen Drachen«, verteidigte sich der Generalsekretär, »das Volk wird zu guter Letzt begreifen, daß dieser Schritt notwendig war.«

Der Bauernsohn sollte recht behalten. Das Volk begriff es nicht. Das Volk wurde in den neuen Schlangen – denen um Wodka – zur Bestie. Das Volk vergiftete sich selbst und begann, Eau de Cologne, technischen Alkohol und Hühneraugenelixier zu trinken; es braute sich Selbstgebrannten aus allem, was sich auftreiben ließ, und mit allen nur erdenklichen Apparaten – bis hin zur selbstgebastelten Anlage mit programmierter Computersteuerung. Das Volk haßte den neuen Generalsekretär nicht, doch es nannte ihn in bösem Spott den »Mineralwassersekretär«.

Der Bauernsohn verkündete nach siebzigjähriger Herrschaft der Zensur auch für sich selbst Glasnost, stoppte den Krieg in Afghanistan, befreite die Menschheit von der Angst vor einem dritten Weltkrieg, holte Sacharow aus der Verbannung zurück und ließ sich auf das Risiko der ersten »fast freien« Wahlen der Volksdeputierten ein.

Der Generalsekretär ereiferte sich, hochrot vor Erregung, gegen die Journalisten, fiel dem stammelnden Akademiemitglied auf der Rednertribüne grob ins Wort, legte eine Quote von hundert nicht direkt gewählten, der Partei angehörenden »Deputierten« fest – auch er selbst gehörte zu ihnen –, zeigte angesichts des Blutbads in Sumgait nur Unentschlossenheit, so daß er den Moment verpaßte, in dem er Stärke hätte demonstrieren müssen, und ließ die Anwendung von Gewalt in den Fällen schweigend zu, als diese hätte vermieden werden müssen. Er versuchte verzweifelt, die Partei zu retten, hatte Angst vor allgemeinen Präsidentschaftswahlen und umgab sich mit Menschen, die ihn schließlich verrieten.

Der Generalsekretär hatte den Bauernsohn in die Falle auf der Krim gelockt.

»Opa, die Oma weint schon wieder«, rief die Enkelin, die in sein Büro stürzte und in ihren Händen noch immer jenes Kartenspiel hielt, von dem sie sich nicht trennen wollte.

»Bin ich etwa besser?« dachte der Präsident mit einem Lächeln, das ihm selbst galt. »Ich wollte mich von dem Kartenspiel der immer gleichen Visagen ja auch nicht trennen – und jetzt habe ich eben verloren. Speckige Karten gleiten einem immer aus der Hand, und es ist schwierig, sie zu mischen. Ja, schon sehr bald werden ich und meine Frau nicht mehr der Präsident und – wie man in Amerika zu sagen pflegt – die First Lady sein, sondern einfach nur Opa und Oma. Wenn sie mich nicht schonen – dann sie um so weniger. Man haßt sie – besonders die Frauen. Doch wofür? Dafür, daß sie die erste Frau des ersten Mannes im Land ist, die nicht in der Küche versteckt wird; dafür, daß sie noch immer eine schlanke Taille hat; dafür, daß sie gepflegt ist und sich geschmackvoll kleidet? Allerdings war sie nicht immer geschmackvoll genug, ihren guten Geschmack nur unauffällig zu zeigen. In Chabarowsk hat sie sich zu einem Treffen mit Arbeitern, unter denen auch viele Frauen in ihren Arbeitskitteln waren, mit einem Christian-Dior-Modell herausgeputzt. Als sie sich dann jedoch im Fernsehen gesehen hat, hat sie begriffen – und sich das nächste Mal zurückhaltender gekleidet. Und jetzt in dieser Falle hält sie sich ganz wundervoll, selbst als … selbst als … – doch davon werde ich niemandem etwas erzählen … In meiner Gegenwart sind ihre Augen immer trocken – nur unter den Augen ist sie verdächtig stark gepudert. Aber die Enkelin hat ihre Oma nun doch verpetzt, hat verraten, daß sie weint.«

»Opa, spiel mit mir Karten … Spiel mit mir Schafkopf« – die Enkelin ließ den Präsidenten einfach nicht in Ruhe.

»Schafkopf will ich nicht spielen – da verliere ich. Gehen wir lieber hinaus und pflücken der Oma ein paar Blümchen.«

Mit seiner Enkelin an der Hand trat der Präsident in den Hof hinaus.

Und plötzlich hörte er hinter sich Schritte. Die Schritte waren ungefähr drei bis vier Meter entfernt. Die Schritte kamen nicht näher, blieben aber auch nicht zurück. Die Schritte waren nicht laut, klangen jedoch selbstsicher. Der Kies knirschte nur ein wenig unter einem schweren, aber beherrscht und vorsichtig auftretenden Mann, der offenbar nicht zu laut sein wollte, sich andererseits aber auch keine Mühe gab, lautlos zu sein.

»Sollte ich jetzt etwa ermordet werden – rücklings und noch dazu vor den Augen meiner Enkelin?« dachte der Bauernsohn.

Doch der Präsident drehte sich nicht um. Er wollte Blumen für seine Frau pflücken. Auf einem Beet vor dem Haus wuchsen Stiefmütterchen, die an die Schnauzen winziger Möpse erinnerten, goldenes Löwenmaul, in dessen Blütenkelch Bienen ihrer Arbeit nachgingen, rote Canna, die förmlich zu glühen schienen, und andere Blumen, deren Namen der Präsident nicht kannte. Zu beiden Seiten des Kiesweges schimmerten zwischen grünlich-rauchgrauen Agaven zart rosafarbene Gladiolen. Aber das waren alles nicht die Blumen, die der Präsident gern verschenkt hätte – sie waren schön, aber zu verhätschelt, zu verwöhnt von den Händen der Gärtner, von denen wahrscheinlich keiner einen geringeren Rang bekleidete als den eines Hauptmanns des KGB.

Und plötzlich erblickte der Präsident in der Ferne über einem Beet etwas Unerwartetes, fast schon Vergessenes – neben dem Schuppen brannte auf einem Hügel aufgeschütteter Gartenerde eine einsame kleine Sonnenblume, als sei sie mit ihrer dunklen Mitte und dem flammenden Kranz gelber Blütenblätter eine Sonnenfinsternis. Es war eine einfache Sonnenblume, die nur zufällig in dieses Regierungsparadies geraten war und wahrscheinlich einem Samenkern entstammte, den ein Wachtposten oder eine Köchin nicht hatte aufbeißen können.

Der Bauernsohn trat an die Sonnenblume heran, als sei sie ein Gefährte aus der Kindheit, und streichelte über den silbrigen Flaum des Stengels.

Die Schritte, die dem Präsidenten gefolgt waren, machten neben der Sonnenblume halt.

Der Bauernsohn löste einen Sonnenblumenkern aus der Mitte, welche bereits schwarz zu werden begann, und biß ihn auf. Der Sonnenblumenkern war noch nicht ganz reif, war weich und hatte einen milchig säuerlichen Beigeschmack, doch er schmeckte nach der weit zurückliegenden Kindheit in Stawropol.

Der Bauernsohn erinnerte sich daran, wie er und seine Frau einmal während des Studiums, als das Geld zu Ende ging, sie aber noch bis zum nächsten Stipendium durchhalten mußten, nichts mehr gehabt hatten als ein Leinensäckchen mit Sonnenblumenkernen aus Priwolnoje, das ihnen seine Mutter geschickt hatte, und wie er und seine Frau auf der Bank im

Hof des Wohnheims diese Kerne aufgebissen hatten, als säßen sie zu Hause im Dorf.

»Na, mein Freund«, fragte der Bauernsohn die Sonnenblume, »bist du auch nicht böse, wenn ich dich verschenke? Denn sonst ist noch nicht klar, wessen Zähne sich an deinen Kernen versuchen werden.« Der Bauernsohn, der sich seine Fingerfertigkeit aus vergangenen Tagen noch bewahrt hatte, drehte die Blume geschickt vom sehnigen Stengel ab.

»Opa, tut das der Blume gar nicht weh?« fragte die Enkelin.

»Doch. Aber sie weiß, daß ich sie der Oma schenke.«

Die rechte Hand der Enkelin hielt das Kartenspiel, in die linke Hand legte der Präsident ihr die Sonnenblume.

»Geh, bring sie der Oma.«

»Und wann spielen wir Karten, Opa?«

»Später ...«, und er gab ihr einen leichten Klaps, damit sie sich schnell davonmachte.

Die Enkelin lief davon, und der Präsident blieb allein zurück, mit dem Gesicht dem enthaupteten Stengel der Sonnenblume zugewandt und im Rücken den Atem des Menschen, dem die Schritte gehörten.

»Also, meine Enkelin ist jetzt weg. Du kannst schießen«, seufzte der Präsident, drehte sich aber nach wie vor nicht um.

An der frischen Bruchstelle tropfte aus dem Stengel das durchsichtige, leicht milchige Blut der Sonnenblume und schlug vielleicht den Takt zu den letzten Momenten seines Lebens. Aber plötzlich erklang hinter ihm anstatt eines Schusses eine Stimme:

»Darf ich Ihnen eine Frage stellen?«

Der Präsident zuckte zusammen. Er hatte diese Stimme noch nie zuvor gehört. Auf der Datscha durfte sich jedoch niemand aufhalten, außer denen, die er kannte.

Der Präsident drehte sich langsam um. Vor ihm stand ein ihm gut bekannter Wachoffizier. Aber der Präsident hatte seine Stimme noch nie gehört. Wachtposten sprechen nicht. Sie führen Befehle aus. Dieser Wachtposten hatte ein Gesicht, das einem eigentlich nicht in Erinnerung bleiben sollte, doch es prägte sich dem Gedächtnis dennoch ein. Seine Augen sahen den verblichenen Kornblumen jenes Menschen ähnlich, der vor langer Zeit einen Karren mit kleinen Kindern und Hausrat darauf über den Weg durch die Steppe gezogen hatte. Aber die blauen slawischen Augen des Offiziers standen asiatisch schräg, und die befremdliche Unvereinbarkeit von Schnitt und Farbe der Augen wurde durch die mongolischen Wangenknochen noch verstärkt.

»Ich bin im Gebiet Irkutsk geboren«, sagte der Offizier.

»Und was weiter?« fragte der Präsident kühl, aber bemüht, höflich zu sein.

»Mein Großvater ist in Priwolnoje geboren. Er war ein Freund Ihres Großvaters mütterlicherseits. Man hat sie gemeinsam als Kulaken, als bösartige Einzelbauern, enteignet und gemeinsam nach Sibirien verbannt. Mein Großvater hat mir erzählt, daß man Ihnen – Sie waren damals noch ein Winzling – die letzte Milch seiner erschossenen Kuh gegeben hat. Man hat sie gemolken, nachdem sie bereits tot war. Und Ihr Großvater hat mich auf seinen Knien geschaukelt. Und mir ein Lied vorgesungen:

Oh, luli, luli, lunken –
Das Schiff, es ist versunken.
Versunken sind auch wir
Und auch das Segel hier.«

Der Präsident schwieg wie betäubt.

»Wie ist mein Großvater gestorben?« brachte der Bauernsohn mit Mühe hervor.

»Er ist an Altersschwäche gestorben – vielleicht auch an seiner Sehnsucht. Mein Großvater hatte Sehnsucht nach der Steppe. Ihrer wahrscheinlich auch. Mein Vater hat eine Burjatin geheiratet und ist in Sibirien geblieben. Darf ich Ihnen also eine Frage stellen?«

»Natürlich dürfen Sie«, antwortete der Präsident.

»Ich habe Sie auf vielen Ihrer Auftritte bewacht und habe von Ihnen oft gehört, daß schon Ihr Großvater den Sozialismus gewählt habe, und so weiter ... Und es hörte sich immer so an, als ob Ihr Großvater stellvertretend für das ganze Volk diese Wahl getroffen hätte ...«

»Mein Großvater war der Organisator einer Kolchose ...«, murmelte der Präsident hastig, ganz verwirrt durch diese unerwartete Konfrontation mit der Geschichte, noch dazu in Form seines eigenen Wachtpostens.

»Warum haben Sie vergessen, daß Ihr anderer Großvater eine andere Wahl getroffen hat?«

»Ich habe es nicht vergessen«, flüsterte der Bauernsohn. Aber der Präsident schwieg.

»Opa, ich habe der Oma die Blume gebracht«, rief die Enkelin, die nun zurückgelaufen kam, ihrem Großvater zu und zog ihn am Ärmel. Abermals versuchte sie, ihm das Kartenspiel in die Hand zu stecken.

»Komm, laß uns spielen, O-opa-a-a-a!«

»Aber du kennst die Karten doch gar nicht ...«, versuchte der Präsident sich vor dem kindlichen Eifer zu retten. »Na, was ist das zum Beispiel für eine Karte?«

»Eine Dame.«

»Und welche?«

Die Enkelin runzelte die kleine Stirn, erinnerte sich dann aber und platzte heraus:

»Die Pack-Dame!«

»Die Pik-Dame«, verbesserte sie der Präsident und lachte bitter auf. »Die Pack-Dame – das ist die Politik.«

»Die Politik? Was ist denn das, Opa?« fragte die Enkelin.

Und der Präsident begriff plötzlich, daß er es ihr nicht erklären konnte.

7.

SOCKEN FÜR DEN PRÄSIDENTEN

Am frühen Morgen des 19. August trug der Präsident von Rußland Hausschuhe an den bloßen Füßen – seine Socken waren verschwunden, und zum Suchen fehlte ihm die Zeit.

Auf den Fensterbänken lagen, von der Frau des Präsidenten von Rußland fein säuberlich geschnitten, Apfelscheiben zum Trocknen aus, und im ganzen Haus, das sich schon im Morgengrauen mit Menschen und einer besonderen kriegerischen Unruhe gefüllt hatte, lag trotzdem der beruhigende, sauer-süßliche, ein wenig an Wein erinnernde Apfelgeruch in der Luft.

»Bedien dich ...« Der Präsident nickte in Richtung Fensterbrett, als er spürte, wie einer der eben Eingetretenen angespannt und mit beiden Händen auf einmal seine Hand gedrückt hatte. Und dann fügte er beruhigend hinzu: »Wir trocknen sie selbst ...«

Nach diesem »Wir trocknen sie selbst« fühlte sich jener gleich ein wenig mehr wie zu Hause und ein wenig sicherer, so als gäbe es in dieser lediglich von einigen wenigen Wachtposten mit Pistolen und Maschinenpistolen bewachten Datscha vor den Toren Moskaus Sicherheit – eine brüchige, naive, alles andere als lang währende, aber dennoch existierende kleine Sicherheit hinter diesen gläsernen und hölzernen Barrikaden aus Eingekochtem und Eingemachtem, die – von Frauenhand fabriziert – anstatt mit Stacheldraht mit Schnüren voller getrockneter Pilze und Äpfel umgeben waren.

»Mach mit. Wir verfassen hier gerade eine Rede an das Volk«, sagte der Präsident, wobei er mit seiner großen Hand nach einer Mücke schlug, die durch ein Loch in seinem alten Polohemd bis an sein Blut gelangt war. Dann wandte er sich an seinen Assistenten, der mit einem Entwurf in der Hand bewegunglos abwartend dastand: »Lies weiter.«

Der Assistent fuhr fort:

»Wir rufen die Bürger Rußlands auf, den Putschisten die verdiente Antwort zu geben und die Rückkehr des Landes zur normalen, verfassungsgemäßen Entwicklung zu fordern. Selbstverständlich muß dem Präsidenten des Landes, Gorbatschow, die Möglichkeit eingeräumt werden, sich vor dem Volk zu äußern.«

»Es ist überflüssig, Gorbatschow ein zweites Mal zu nennen«, kam es mit düster gereiztem Knurren aus einer Zimmerecke, »er wird schon am Anfang erwähnt, und das muß reichen. Er ist schließlich selbst an allem schuld.«

»Aber gibt es denn überhaupt völlig Unschuldige?« antwortete eine leise, aber beharrliche Stimme aus der gegenüberliegenden Ecke.

Nicht alle der Anwesenden hatten diese Stimme, die bereits anfing, in Vergessenheit zu geraten, gehört, der Präsident jedoch hatte sie vernommen. Es war die Stimme des Akademiemitglieds Sacharow, das eigentlich vor eineinhalb Jahren gestorben war. Nachdem Sacharow sich unglaublicherweise an den Wachtposten vorbei hatte Einlaß verschaffen können, hatte er sich auf den Stuhlrand gesetzt, und die von ihm ausgesprochene Frage schwang noch leicht in der Luft, wie der Klang eines Klaviers, der durch das niedergedrückte Pedal zartfühlend angehalten wird.

Aber zwischen Sacharow und dem Präsidenten tauchte – sie trennte die beiden Männer voneinander – eine Vortreppe aus Granit auf, auf deren unebenen Stufen halbvertrocknete und frische Blumen aus dem Ural lagen – wilder Rosmarin und Türkenbund und außerdem ein einsamer kleiner Apfel mit nur einer roten Seite und mehreren Spuren von Vogelschnäbeln auf der Schale.

Diese Vortreppe war keine gewöhnliche Vortreppe, und sie erschien dem Präsidenten zwar nicht sehr häufig, aber doch von Zeit zu Zeit: Manchmal im Traum, aber manchmal auch einfach so, wenn er wach war. Und immer erinnerte sie ihn an eine Schuld, die er sich nicht aus der Seele reißen konnte.

Als er noch Parteichef in der Provinz gewesen war, wurde er mit Unmengen geheimer Sendungen aus der Parteizentrale überschüttet. Es war viel Unsinn darunter, der völlig unverdient mit dem Stempel der Geheimhaltung prahlte. Eines Tages jedoch hatte man ihm eine besondere Sendung übergeben: ein geheimer Beschluß des Politbüros, der besagte, daß das Ipatjew-Haus, in dessen Keller vor langer Zeit die Zarenfamilie erschossen worden war, unverzüglich abzureißen sei.

In den zwanziger Jahren, als der entfesselte Rachewahnsinn an seinem Höhepunkt angelangt war, hatte man den Platz vor dem Haus in den

»Platz der Volksrache« umbenannt und das Haus selbst stolz zu einem »Museum der revolutionären Gerechtigkeit« gemacht. Die Fremdenführer hatten redselig erzählt, wen man hier wie umgebracht hatte, und dabei mit dem Zeigestock triumphierend auf die in voller Absicht nicht abgewaschenen rostigen Flecken auf der Wand und auf dem Boden des Kellers gewiesen. Aber diese Blutflecken begannen sich nach jenem verfluchten 16. Juli 1918 unaufhaltsam zu vermehren, sie krochen über ganz Rußland und verwandelten sich in ein solches Blutbad, daß jener ob seiner Morde prahlerische Wahnsinn vor sich selbst erschrak und sich langsam in schweigsame Feigheit verwandelte. Der Platz wurde umbenannt, so daß jede Andeutung der Volksrache verschwand. Das Museum wurde geschlossen. Die Schamlosigkeit der Henker schlug um in Schüchternheit. Und in einigen wenigen begann sich sogar das Gewissen zu regen. Es begann die Große Rehabilitierung.

Nicht umsonst wurden nach Stalins Tod als erste die Kriminellen rehabilitiert, denn schließlich war der oberste Rehabilitator Berija selbst ein Krimineller. Danach begann man, die »Roten« zu rehabilitieren – jene »Volksfeinde«, von denen viele bis zum Moment ihrer eigenen Verhaftung andere als »Volksfeinde« erschossen hatten. Am langsamsten ging die posthume – oft nicht einmal offizielle, sondern nur psychologische – Rehabilitierung jener Menschen vonstatten, die so viele Jahre lang als die »Weißen« bezeichnet worden waren.

Die ersten »weißen« Rehabilitierungen galten den Liedern. Die Enkel der ehemaligen »Roten« sangen an den Lagerfeuern ihrer Feriencamps das vergessen geglaubte Lied von Wertinski[1], das die von ihren Großvätern ermordeten Junker beweint. Ein berühmter Barde[2] – der Sohn eines erschossenen Kommunisten – wechselte, die Gitarrensaiten zupfend, von der Romantik der »Kommissare in den staubigen Helmen« über zur nostalgischen Sehnsucht nach dem Zaren und den Offizieren seines Gefolges, deren Pferde mit ihren Hufeisen über die Alleen des Zarendorfes klapperten, das auf den Grund der Geschichte gesunken war wie das adlige Kiteschgrad.

Der Redakteur einer Leningrader Zeitschrift wurde seines Postens enthoben, weil er aus »ideologischer Kurzsichtigkeit« eine nostalgische Ode auf die erschossene Zarenfamilie veröffentlicht hatte. Die »Blauen Komsomolzinnen« allerdings kopierten dieses skandalöse Gedicht mit tränenfeuchten Augen und zitternden Händen, obwohl auf ihrem vor Aufregung bebenden, festen Busen die blutroten Abzeichen mit dem Profil des obersten Zarenmörders leicht funkelten.

In einigen Intellektuellenwohnungen gesellte sich zu der traditionellen Fotografie von Hemingway in seinem Kapitänspullover mit dem bis zum Kinn reichenden Rollkragen ganz unerwartet eine Fotografie von Nikolai II., und in den Kreisen der Boheme redete man einander nur noch mit »Gospodin!«[3] an.

Im Gegensatz zu Breschnew mit seinem herabhängenden Kiefer, der an eine vergreiste Schildkröte erinnerte, und seiner ganzen, kurz vor dem Grabe stehenden Umgebung rief das melancholische, vom Nimbus des Märtyrertums erleuchtete Gesicht des letzten Zaren mit dem ordentlichen Lippen- und Kinnbärtchen eine Sympathie hervor, die schon an Verehrung grenzte. Die Tatsache, daß das Volk den Zaren 1905 nach den Schüssen, die dessen Truppen auf eine friedliche Arbeiterdemonstration abgefeuert hatten, »Nikolai den Blutigen« genannt hatte, erschien nun wie eine Lüge und so auch alles andere, was in den Geschichtsbüchern geschrieben stand und allmählich in Vergessenheit geriet.

Das Ipatjew-Haus wurde zu einem Wallfahrtsort, zu dem Menschen aus ganz Rußland angereist kamen. Und aus eben diesem Grund erhielt der Provinzparteichef von der Zentrale die besagte geheime Sendung mit dem Befehl, dieses Haus abzureißen.

Die Partei wollte wie eine zahnlos gewordene Wölfin das Blut der Knaben und Mädchen, die ihren einst noch jungen Reißzähnen zum Opfer gefallen waren, mit ihrem inzwischen räudigen Schwanz verwischen.

Der Provinzparteichef wußte bis zu seiner Ernennung nicht besonders viel über die »Jekaterinburger Affaire«, denn wozu auch sollte er etwas darüber wissen? Das Wissen der Nomenklatura war lückenhaft – untersagt war alles, was die klare Theorie verkomplizieren, was mit Gewissensqualen belasten konnte. Pasternaks Roman *Doktor Schiwago* war für die Mitglieder des Politbüros einst auf fünfunddreißig Seiten gekürzt worden. Selbst für die Nomenklatura existierte jedoch keine einzige, nicht einmal eine kleine Broschüre zum Mord an der Zarenfamilie.

Der Provinzparteichef legte dennoch vorsichtige Neugier an den Tag. Er fuhr höchstpersönlich zum Sonderarchiv in Swerdlowsk und blätterte mit eigenen Händen in den vergilbten Dokumenten. Er hatte gewußt, daß man gemeinsam mit dem Zaren auch die Zarin erschossen hatte, daß jedoch gleichzeitig auch der Thronfolger und die Töchter sowie der Arzt

Botkin ermordet worden waren, hatte er früher nicht einmal gerüchteweise gehört.

Und im Sonderarchiv blickten ihm diese ermordeten Kinder, deren Fotos man in bereits von grünem Schimmel überzogene, mit Wäschegummis zusammengehaltene Kunstledermappen gesteckt hatte, nun mit stumm fragendem Vorwurf direkt in die Seele – in einem Matrosenanzug der Junge mit den klaren Augen und die vier schneeweißen Engel mit dem leichten hellen Heiligenschein ihrer lockigen Haare. Warum? Sie hatten doch noch keine Zeit gehabt, an irgend etwas schuldig zu werden. Und worin bestand die Schuld des zusammen mit ihnen erschossenen Arztes der Zarenfamilie?

Der Provinzparteichef mußte in diesem Archiv angeekelt erfahren, daß man die Leichen aufgrund eines Befehls aus Moskau feige mit Schwefelsäure übergossen hatte, damit sie nicht mehr identifiziert werden konnten.

Die Arbeiter- und Bauernseele des Provinzparteichefs, die eigentlich doch von Klassenhaß gegen die Zarenfamilie hätte durchdrungen sein müssen, erfüllte sich mit Abscheu – Abscheu nicht vor den Ermordeten, sondern vor deren Mördern.

Der Provinzparteichef war kein großer Liebhaber von Poesie, aber ein Gedicht, das die Großfürstin Olga vor ihrem Tod in ihr Tagebuch geschrieben hatte, blieb in seinem Gedächtnis haften:

Gib uns, lieber Gott, Geduld
In dieser Zeit der schweren Tage
Den Zorn des Volkes zu ertragen
Und auch der Henker üble Pein.

Und vor den Toren unseres Todes
Verleih den Mündern deiner Kinder
Die Kraft, die nicht des Menschen ist,
Zu beten für den eig'nen Feind.

Der Provinzparteichef gehörte nicht zu jenen Menschen, die nicht wissen, was sie tun. Vielleicht hat es solche Nichtwissenden, aber dennoch Tuenden überhaupt nie gegeben? Alle haben es gewußt und haben es dennoch getan – um sich danach unwissend zu stellen.

Der Provinzparteichef begriff sehr wohl, daß das Ipatjew-Haus erhalten werden mußte, und zwar nicht als ein Museum der Gerechtigkeit, sondern als eines der unsinnigen Grausamkeit, zum Gedenken daran, daß alles, was auf Blut gebaut wird, blutig zugrunde gehen wird.

Doch wäre er jetzt Präsident von Rußland, wenn er es damals abgelehnt hätte, den Befehl auszuführen?

Natürlich nicht. Man hätte ihn sofort zertreten. Es hätte seinen beeindruckenden Gang über den roten Teppich des Kremlpalastes niemals gegeben, bei dem er sein Parteibuch so wunderbar auf das Rednerpult knallte, es dann so eindrucksvoll dort liegenließ und mit dieser souveränen Geste die Herzen jener, die ihn später zum Präsidenten wählen sollten, endgültig eroberte.

Es hätte nichts gegeben, was er so wunderbar hinknallen hätte können. Dieses Parteibuch hätte man ihm nach der Mißachtung eines Geheimbefehls des Politbüros sofort abgenommen, um ihm dann nach und nach einen Lebensnerv nach dem anderen abzuklemmen. Ohne ihm das Rückgrat zu brechen, hätten sie ihn erstickt, indem sie ihm einfach die Luft abgedreht hätten.

Die Ära der lärmenden Hinrichtungen auf dem Schafott war vorbei – nun war die Zeit des stummen Mordens in den Hauseingängen gekommen. Wer nicht wollte, daß man ihn erdrosselte, der mußte selbst den Menschen in sich erdrosseln.

Der Provinzparteichef führte den Befehl des Parteiclans aus. Man entschied sich, kein Dynamit zu verwenden – um unnötigen Lärm zu vermeiden.

Eine ganze Armee von Planierraupen und Baggern fiel in der Nacht wie Diebesgesindel über das Ipatjew-Haus her. Eine riesige Stahlkugel schnellte immer wieder bis zur Spitze des Krans empor, um dann ungestüm, Dach und Mauern niederreißend, hinunterzusausen. Doch eines konnte sie nicht endgültig zerschlagen: die steinerne Vortreppe des Hauses mit ihren drei Stufen, welche offensichtlich aus ganz besonderem, bolschewikenresistenten Granit aus dem Ural gehauen waren.

Als der Provinzparteichef am nächsten Morgen daran vorbeikam, bat er seinen Chauffeur, etwas langsamer zu fahren.

Die wenigen Passanten standen erschüttert und bedrückt vor dem Platz des nur in einer Nacht verschwundenen Hauses. Die Flinken unter ihnen schnappten sich Steinchen vom Kamin und den Wänden als Erinnerungsstücke. Lastwagen brachten den Schutt eilig fort. Der Asphaltierungswagen hatte bereits seine Arbeit begonnen. Nur zwei Teile des Hauses waren übriggeblieben. Der eine war unsichtbar: eben jener Keller, der nun dem Erdboden gleichgemacht und mit Schutt zugeschüttet worden war. Der zweite Teil – er blieb sichtbar: Es war jene Vortreppe.

Der Provinzparteichef war über diese winzige Erinnerung an das Verbrechen im Ipatjew-Haus erbost – es erinnerte jetzt auch an sein eigenes Verbrechen. Doch im Herzen des Provinzparteichefs lebte noch wie in einem mit Schutt zugeschütteten Keller der Schlingel aus der Baracke im Ural fort. Der Provinzparteichef wies mit dem Finger zornig auf die Vortreppe und brüllte die Bauarbeiter an: »Was ist denn das da? Wann werdet ihr endlich lernen, eine Arbeit gewissenhaft auszuführen?«

Aber der Schlingel aus der Baracke verspürte eine geheime Freude darüber, daß sich nicht alles so einfach mit Asphalt zugießen, in gefügige und langweilige Gleichheit verwandeln ließ. Ihn selbst hatte man auch schon oft anzupassen versucht, aber es war ihnen nicht gelungen. Seit seiner Kindheit haßte der Schlingel aus der Baracke die Baracke und jene Ecke, wo er zur Strafe auf Erbsen knien mußte, und den Gürtel des Vaters, der ihm über den Rücken knallte, und das Lineal des Lehrers, das ihm auf die Finger schlug. Als er sich gegen eine besonders üble Lehrerin aufgelehnt hatte, warf man ihn mit einem »Wolfspaß« hinaus – einem Papier, auf dem mit einer rheumatischen Schreibmaschine und noch dazu in roter Schrift, getippt war, daß er sieben Schuljahre besucht habe, jedoch nicht berechtigt sei, innerhalb des ganzen Landes irgendeine achte Klasse zu absolvieren.

Doch der Schlingel aus der Baracke gab nicht so schnell klein bei, denn er war daran gewöhnt, bei eisigem Frost in mühsamer Arbeit mit der Brechstange den Eispanzer von den Wasserrohren zu schlagen, bevor der langersehnte Wasserstrahl auf den Boden des Eimers plätscherte. Der Schlingel aus der Baracke bestürmte das regionale Exekutivkomitee mit Bitten und schlug sich mit dem Brecheisen seiner Barackenhartnäckigkeit bis zu jener Macht durch, die sich herablassend seiner erbarmte und ihn an die Schule zurückbrachte: die Partei.

Seitdem war ihm bewußt, daß er, solange diese Macht das Land regierte, Teil dieser Macht werden mußte, wenn er etwas erreichen wollte.

Das tat er denn auch. Doch das bedeutete nicht, daß er deshalb diese Macht liebgewonnen hätte. Insgeheim haßte er die Partei dafür, daß sie ihn in der erniedrigenden Rolle des in Lumpen gehüllten Bittstellers gesehen hatte, der bei ihr Schutz vor der bösen Lehrerin gesucht hatte, und dafür, daß die Partei ihm mit hochmütigem Wohlwollen geholfen hatte. Die immer schwächer und einfältiger werdende Partei ahnte nicht, daß sie ihrem zukünftigen Totengräber half.

Doch solange er noch Provinzparteichef war, mußte er all das tun, was ihm früher einmal selbst grausam angetan worden war. Er mußte andere in der Ecke auf Erbsen knien lassen, mußte anderer Leute Rücken mit seinem väterlichen Gürtel zur Raison bringen und auch mit dem Lineal auf deren Finger schlagen.

Nachdem er selbst einer der Wirbel im Rückgrat der Partei geworden war, haßte er die Partei noch mehr, denn sie hatte ihn gezwungen, das Ipatjew-Haus niederzureißen, und versucht, ihn so auf Gaunerart mit dem Blut der Zarenfamilie zu besudeln, das er selbst nicht vergossen hatte.

Doch er erwies sich als ein besonderer Wirbel – er erdreistete sich, sich gegen das Rückgrat aufzulehnen, dessen Teil er war.

Als er, bei der Partei in nicht ganz ungefährliche Ungnade gefallen, antrat, um sich zum Präsidenten »küren« zu lassen, kehrte er wie Raskolnikow[4] an den Ort seines unfreiwilligen Verbrechens – die Zerstörung des Ipatjew-Hauses – zurück, aber keiner seiner Wähler erinnerte ihn mehr daran.

An einige Dinge erinnerte man sich dann aber doch noch. Eine Wahlversammlung wurde von dem Redakteur einer Zeitschrift aus dem Ural geleitet, der einem russischen, zwar abgezehrten, aber dennoch kräftigen Handwerker ähnelte und lange strohblonde Haare sowie unter den ebenso strohblonden Brauen tief verborgene Augen hatte, die so graniten waren wie jene Vortreppe. Dieser Vorsitzende tat alles, damit seine Landsleute den ehemaligen Provinzparteichef darin unterstützten, erster Präsident von Rußland zu werden.

Doch plötzlich erhielt der Präsidentschaftskandidat eine Notiz, die er selber am Rednerpult vorlas: »Erinnern Sie sich daran, daß Sie vor zehn Jahren dem Vorsitzenden dieser Versammlung wegen angeblicher ›ideologischer Fehler‹ einen ›Strengen Verweis‹ erteilt haben?« »Nein, daran erinnere ich mich nicht ...«, antwortete der zukünftige Präsident aufrichtig, und er sagte die Wahrheit.

Die Partei erwies sich als die boshafteste aller Lehrerinnen – sie lehrte nicht nur, Böses zu tun, sondern auch, das Böse sofort, nachdem es getan war, zu vergessen.

Doch die Vortreppe hatte er trotzdem nicht vergessen.

Und nun, an diesem 19. August 1991, erschien sie ihm auf seiner Datscha bei Moskau, in der es nach Äpfeln roch, die auf dem Fensterbrett lagen.

Und hinter Sacharow trat plötzlich der Junge mit den klaren Augen im Matrosenanzug ins Zimmer und setzte sich auf diese Vortreppe, und aus dem durch die Kugeln durchlöcherten Matrosenanzug strömten unaufhörlich an mehreren Stellen Rinnsale des Blutes, das nicht gerinnen wollte. Hinter dem Jungen flatterten vier schneeweiße Engel mit dem Heiligenschein ihrer lockigen Haare herein, setzten sich neben ihn auf die Vortreppe, und auch aus ihren tödlich getroffenen Flügeln tropfte leise Blut auf den Boden.

Es waren dieselben unschuldig ermordeten Kinder, deren Gesichter der Präsident in der schimmeligen, von Wäschegummis zusammengehaltenen Kunstledermappe zum allerersten Mal gesehen hatte.

Er kannte sie alle dem Namen nach. Jene, die Olga hieß, mahnte mit unbewegten Lippen:

> Und vor den Toren unseres Todes
> Verleih den Mündern deiner Kinder
> Die Kraft, die nicht des Menschen ist,
> Zu beten für den eig'nen Feind.

»Könnte ich selbst überhaupt beten, und dann auch noch für meinen eigenen Feind?« überlegte der Präsident. »Ich weiß ja nicht einmal, wie man betet.«

Die Rede an das Volk war unterschrieben, und der Assistent diktierte sie bereits über das Telefon. Der Präsident spürte plötzlich, daß in der Luft, die nach Äpfeln und Panzern roch, noch ein dritter Geruch hing – Pulvergeruch, der auf ein Handeln wartete.

Nicht irgend jemandes Handeln – sein Handeln. Warum die Geschichte gerade ihn ausgewählt hatte? Das wußte sie wohl selbst nicht genau. Die Geschichte hatte ihn nicht idealisiert, aber in dieser Stunde hatte sie niemanden sonst bei der Hand.

Und es wartete seine Frau, die mit einem weißen Hemd regungslos und einsatzbereit schon in der Tür stand.

Und es wartete der Chauffeur, der mit den Händen den Bund mit den Autoschlüsseln umschloß, die leise lockend aneinanderklirrten.

Und es wartete der auf dem Stuhlrand sitzende Sacharow, der verlegen seine gesprungenen Brillengläser putzte.

Und es wartete der auf der Vortreppe aus Granit sitzende Junge im Matrosenanzug und die vier schneeweißen Engel.

Und es warteten der Fluß Syrjanka im Ural, wo der Präsident in seiner Kindheit von Baumstamm zu Baumstamm gesprungen war und sein erstes tödliches Spiel mit der Gefahr genossen hatte.

Mit einem Ruck stand der Präsident mit den Hausschuhen an den bloßen Füßen auf und knurrte, während er die Hausschuhe abstreifte und mit den Füßen die Mücken an den Knöcheln zerrieb:

»Ihr Frauen, könnt ihr nicht endlich ein Paar Socken für den Präsidenten von Rußland ausfindig machen?«

8.

EIN TADSCHIKE IM PANZER

Man sagte, seine Großmutter sei das schönste Mädchen in dem Bergdorf gewesen.

Er hatte sie nie gesehen. Damals, als sie jung war, trugen die Frauen zu beiden Seiten des Flusses, der Tadschikistan von Afghanistan trennte, noch den Schleier, und es galt als Sünde, sich fotografieren zu lassen.

Doch wer seine Großmutter gesehen hatte, wenn sie an der Quelle badete, auf deren Wasser die zarten Blütenblätter der wilden Bergrosen schwammen, der erzählte, daß ihr Teint fein wie das Mondlicht gewesen sei, das durch einen Spalt in den Kerker dringt, daß ihre Augen wie lackiert und länglich geschwungen wie Datteln gewesen seien und ihre Wimpern so lang, daß sich Schmetterlinge auf ihnen hätten niederlassen können.

Anfang der dreißiger Jahre wurde ihr Mann von Männern aus dem Tal getötet, weil er zu viele Pferde und Schafe hatte, und sie blieb – aus ihrem früheren Heim verjagt – mit drei Töchtern, von denen eine kleiner war als die andere, allein in einer zerfallenen Lehmhütte zurück.

Das einzige, was ihr von dem früheren Hausstand geblieben war, waren die Hühner, die während der revolutionären Konfiszierung klugerweise in die Berge gelaufen und dann später treu ergeben zu ihrer Herrin zurückgekehrt waren.

Wegen der spitzen Steine waren die Schuhe der Töchter schnell abgetragen, und die Mutter beschloß, mit einem Boot über den Fluß nach Afghanistan zu fahren, um auf dem Sonntagsbasar im Nachbardorf ein vor den Männern aus dem Tal verstecktes, altes Amulett aus Silber sowie ein paar Hühner zu verkaufen und für die Töchter Schuhe zu erstehen.

Doch am Sonntag tauchten die Männer aus dem Tal mit ihren Gewehren und einer roten Flagge erneut auf. Sie zogen entlang des Flußufers einen Stacheldraht und stellten einen Pfahl mit der Aufschrift »UdSSR« sowie Grenzposten auf.

Die unglückliche Frau, die plötzlich allein in einem fremden Land war und in ihr eigenes nicht mehr zurückkehren durfte, lief an jenem Ufer hin und her, schrie und streckte die Hände aus, an denen drei Paar lederne Kinderstiefelchen hingen. Und an dem anderen Ufer des Flusses, das nun zu einer verriegelten Grenze geworden war, liefen ihre drei verwaisten Töchter hin und her und schrien und weinten ebenso laut.

Doch weder die Schreie der Mutter noch die der Töchter erreichten das andere Ufer, sondern verhallten in der Flußmitte entkräftet im Wasser und flossen zusammen mit dem weißen Schaum die Strömung hinab.

Und eines Nachts kletterte die wahnsinnig gewordene Mutter voller Verzweiflung auf ein afghanisches Minarett, obwohl das strengstens verboten war, und sie schrie schon nicht mehr, sondern jaulte dort oben in dem Versuch, bis ans Ohr ihrer Töchter zu dringen, bis zum Morgengrauen.

Der Mullah und die Gläubigen liefen außer sich vor Wut herbei, um die Frevlerin vom Minarett zu zerren, doch, erschüttert von dem Geheul dieses mütterlichen Schmerzes, erstarrten sie und ließen sie sich ausschreien.

Dann verlor sie vollends den Verstand und warf sich in den Fluß, um zu ihren Töchtern zu schwimmen, doch die Grenzposten mit den roten Sternen auf ihren grünen Mützen erschossen sie. Ihr Leichnam wurde dann doch noch ans heimatliche Ufer getrieben, und zusammen mit dem Leichnam trieben drei Paar Kinderstiefelchen ans Ufer, die sie sich mit einer Schnur fest um den Hals gebunden hatte.

Ihre Töchter hatte sie durch ihren Tod dennoch retten können, denn die anderen Bewohner des Bergdorfes nahmen, beschämt von der Unerschrockenheit dieser Mutter, die Mädchen zu sich, ließen sie nicht umkommen und zogen sie groß.

Und eines dieser Mädchen war die Mutter des tadschikischen Panzerfahrers, der am 19. August 1991 seinen Panzer den Kutusowski-Prospekt entlanglenkte, am Triumphbogen zu Ehren der Schlacht von Borodino vorbei direkt bis zum russischen Parlament. Und auf dem Panzerhelm des Tadschiken war derselbe rote Stern wie auch auf den Mützen der Grenzposten, die vor langer Zeit in den brausenden Wellen des Bergflusses seine noch so junge Großmutter mit den drei Paaren Kinderstiefelchen erschossen hatten.

Man erzählt sich, daß man, als man diese Stiefelchen von ihrem Hals losband, wo keine einzige kleine Ader mehr pulsierte, in einem der Schuhe ein noch lebendes, silbernes Fischlein gefunden habe.

9.

DAS FLÜSTERN DER PYTHON

Der Putschromantiker ähnelte sowohl einem Romantiker als auch dem Putsch selbst. Er hatte die konzentrierte Farblosigkeit eines Regenwurms, die unsichere Selbstsicherheit einer Nachtigall aus dem Generalstab und die stolze, selbstlose Nervosität eines Rennpferdes, das sich selbst vor den Wagen – oder vielmehr vor die Panzer – der Geschichte gespannt hatte.

Sein Gesicht war ausgemergelt von der hysterischen Liebe zur Rüstungsindustrie, zu den Panzern, den U-Booten, den Düsenjägern, den Atombomben, den chemischen und bakteriologischen Waffen und besonders zu den Kampfraketen, die er in seinen sozialistisch-kolonialen Romanen voller militarisierender Erotik beschrieb: »Und als ein kleiner Rand des Mondes hinter den Felsen hervorkroch wie der zerschossene Turban eines Mudjahedin, erfaßte mich in dieser schwarz verschleierten afghanischen Nacht für einen Moment Angst. Aber ganz in der Nähe gab es etwas, von dem ein rettender Glanz ausging. Ich streckte meine Hand dorthin aus und spürte in der Finsternis an meiner Handfläche den schneeweißen Frauenkörper der Kampfrakete. Anfangs war sie noch kühl, aber je mehr ich sie streichelte, desto wärmer und wärmer wurde sie, ihre Hüften schienen schwer atmend vor unausgesprochener Leidenschaft zu vergehen, und es schien mir, als würde ich auf dem Körper der Rakete unter meinen Fingerkuppen gleich die Wölbungen der in Erwartung meiner Berührung aufgerichteten Brustwarzen spüren.«

Der Putschromantiker war kein unbegabter und keineswegs ein unbekannter Schriftsteller.

Doch es kam der Moment, da begann ihn die Tatsache zu quälen, daß er aus unerfindlichen Gründen von einem nicht unbegabten Schriftsteller einfach nicht zu einem großen, aus einem nicht unbekannten einfach nicht zu einem weltweit bekannten wurde. Mit immer größer werdender Nervosität dachte er an den Ursprung des Ruhms all jener, die bekannter waren als er: »Na gut, sie sind talentiert, und ich erkenne das an. Doch auch ich bin ein Mozart und kein Salieri. Ich habe mich nie bis zu diesem schwarzen Neid herabgelassen. Warum sind sie dann bekannter als ich? Wohl deshalb, weil sie ihren Ruhm nicht nur durch die Literatur errungen haben … Sie haben das Publikum mit ihrer von oben sanktionierten Kühnheit für sich gewonnen, haben sich für ihre vorsichtige Freiheitsliebe in Devisen zahlen lassen, haben hinter den Kulissen laviert, haben gelobhudelt, sind mit dem Strom geschwommen.

Wie man so schön sagt – hinter jedem großen Vermögen steckt ein Verbrechen. Genauso steckt auch hinter jedem großen Ruhm immer irgend etwas Schmutziges. Und nicht nur etwas Schmutziges, sondern jemand Schmutziges. Freimaurer. Zionistische Besserwisser. Professionelle Verschwörer. Zerstörer und Erschaffer des Leumunds. Sie haben die gesamte Weltpresse und das Komitee für die Verleihung der Nobelpreise in der Hand. Das ist vielleicht eine Partei! Nicht so wie unsere. Inzwischen kannst du nichts mehr erreichen, weder in der Politik noch in der Kunst, wenn du dich nicht auf eine organisierte Kraft stützen kannst. Aber welche Kraft bleibt uns heutzutage denn? Nur eine einzige – die Armee.«

Er beschloß, auf einem Schützenpanzerwagen sitzend, in die Unsterblichkeit einzugehen. Er selbst war nie Soldat gewesen, aber in seiner Kindheit hatte er gern mit Zinnsoldaten gespielt.

Jetzt begann er, den General zu spielen. Er rieb sich so hartnäckig an den Schulterklappen der Generäle, daß an seiner zutraulich an diese großen Männer gepreßten Schulter verräterisch glänzende, goldene Fädchen hängenblieben. Er flüsterte den Generälen apokalyptische Prophezeiungen zu und hämmerte mit drohendem Knirschen jene Idee in ihre flammendroten, höckerigen Schädel: die der Rettung der Großmacht durch die Armee.

Die Armee wurde seine Dulcinea in Khaki. Seit Kindesbeinen hatte er tödliche Angst vor dem Fliegen, aber jetzt bettelte er fast unter Tränen darum, daß man ihn mit an Bord der Hubschrauber nehmen möge, die die afghanischen Dörfer mit Geschoßsalven überzogen. Er war wasserscheu, aber dennoch tauchte er, vor Angst schlotternd, in einem U-Boot bis auf den Meeresgrund hinab. Beim Dröhnen eines Donners fiel er in Ohnmacht, doch bei der Explosion einer Atombombe auf dem Versuchsgelände, zu dem er sich mit allen möglichen sauberen und unsauberen Tricks vorgemogelt hatte, ergriff ihn ein beinahe sexuelles Lustgefühl. Er verspürte sogar den Wunsch, diese pilzförmige Wolke zu umarmen, als verberge sich in ihrem Inneren, wie in einem prächtigen Rüschenkleid, der stämmige, lockende und nackte Leib einer wunderschönen Riesin mit roten Sternen anstelle der Muttermale und goldenen Troddeln in den Achselhöhlen. Er verspürte eine krankhafte Abneigung gegen Alkohol, zwang sich jedoch, den Ekel überwindend, heldenmütig dazu, mit den Generälen in der Sauna Wodka zu trinken, wobei er sogar noch mit geheucheltem Vergnügen ächzte wie sie, denn auch dies gehörte seiner Vorstellung nach zur Tapferkeit. Er zwang sich sogar dazu, von Zeit zu Zeit zu fluchen, um so sein militaristisches Gebaren zu unterstreichen, aber seine Flüche waren derart subtil und so amateurhaft schüchtern, daß sie nur gönnerhaften Spott hervorriefen, ohne im übrigen jedoch die Gönner zu vertreiben.

Besonders ungeschickt stellte er sich beim Erzählen von Judenwitzen an, und zwar schon allein aus dem Grund, weil er selbst unverkennbar einem stotternden Juden glich, der sich ängstlich als Antisemit gibt. Er wußte von dieser Ähnlichkeit, die vielleicht nicht zufällig war, und sie trieb ihn zu überspanntem Großmachtsgehabe und unvermittelten Anfällen von Patriotismus.

Es hatte den Anschein, als hingen unter seinen Augen, die vor Sehnsucht nach dem Ausnahmezustand schon völlig ausgetrocknet waren, nicht einfach nur Tränensäcke, sondern ganze Rucksäcke mit vollständigem Sturmgepäck und der Marschverpflegung für drei Tage.

Seine Liebesaffaire mit der Armee hatte ihn so sehr zermürbt, daß ihm keine Kraft mehr für ganz normale Frauen blieb, und wenn es dann doch mit einer klappen sollte, schaltete er in den intimen Momenten eine Kassette mit Militärmärschen ein, rief sich fieberhaft die Militärparaden auf dem Roten Platz in Erinnerung, den über die vierkantigen Pflastersteine rollenden Lavastrom der dröhnenden Panzer, die schräggestellten Raketen, die auf ihren Rampen in ewiger Erektion erstarrt waren, und die blendendweißen Handschuhe, die sich im Takt zu den Schritten der blendendschwarzen, die Welt erschütternden Stiefel in seinem Kopf einherbewegten. Das war fast das einzige, was ihn noch erregen konnte.

Nur die Härchen der roten Teppichläufer auf den Korridoren der Macht, über die er wollüstig warnend, weissagend, aufhetzerisch schritt, übten eine ähnlich elektrisierende Wirkung auf ihn aus.

Eigentlich war er ja gar kein überzeugter Chauvinist. Er war aufgrund mangelnden Selbstbewußtseins zum Chauvinisten geworden – wie übrigens vielleicht alle Chauvinisten.

Er sah für sich keinen Platz in einer Welt, in der die Grenzen offen sind, in der es keine erdachten Feinde gibt. Deshalb war er zu jenen gestoßen, die genauso waren wie er – den Generälen. Die Generäle hatten ebenfalls einen Minderwertigkeitskomplex, daneben hatten sie jedoch auch noch den Rüstungsmaschineriekomplex.

Sie waren keine Unmenschen, aber sie fürchteten sich vor einer Zukunft, in der es für sie keinen Platz mehr geben würde. In einer geschlossenen oder in einer offenen Gesellschaft ganz oben zu stehen – das sind zwei verschiedene Paar Schuhe, und in einer anderen Rolle konnten sie sich selbst nicht vorstellen. Sie hatten nicht nur Angst vor der Demokratie, sondern auch davor, einen Umsturz anzuzetteln. Sie wollten niemanden töten. Aber sie wollten um jeden Preis überleben, und zwar nicht einfach nur als Menschen, sondern als Befehlshaber der Menschen. Etwas anderes hatten sie nicht gelernt.

Er war der Putschromantiker, nicht sie. Er war ein reaktionärer Intellektueller, aber immerhin ein Intellektueller. Sie jedoch nahmen Intellektuelle, selbst wenn es die »eigenen Leute« waren, nicht ernst. Sie entschlossen sich nicht aufgrund ihres Mutes zum Putsch, sondern aufgrund ihrer Angst vor der Zukunft. Dieser Putsch war ein Putsch des Selbsterhaltungstriebs.

»Es ist geschafft!« rief der Putschromantiker leidenschaftlich aus, als er unangemeldet ins Büro des Kristallklaren Kommunisten eintrat und die Arme ausbreitete. »Die Großmacht ist gerettet!«

Seine Nasenflügel bebten wie ein Schmetterling. Es erwarteten ihn jedoch keine ausgebreiteten Arme als Antwort, und auch an der Nase des Kristallklaren Kommunisten war keine Bewegung auszumachen. Seine höckerige Nase, in deren Nasenlöchern Haare wucherten, gleich Sumpfmoos, schnaufte düster.

»Schon wieder dieser Patriot – dieser Psychopath«, sagte sich der Kristallklare Kommunist, während er angewidert die Stirn runzelte. »Warum bleiben immer nur Psychopathen bei uns hängen? Übrigens hängen sie sich auch an die Demokraten. Vielleicht gibt es bei uns im Land überhaupt nur einen einzigen Überschuß – den an Psychopathen?«

Doch der Putschromantiker brach in Nachtigallengeträller aus, das gleichzeitig ein wenig wie eine alarmierte, zur Attacke erhobene Armeefanfare klang:

»Wissen Sie, worin das Verbrechen der russischen Klassiker vor der

Geschichte besteht? In der Idealisierung der Parasiten, der Heulsusen, der Schlafmützen, der Faulpelze! Onegin[1], Petschorin[2], Tschatzki[3] – das sind doch nichtsnutzige Menschen, die von ihrer eigenen Ironie aufgefressen werden! Oblomow[4] – ein sentimentaler Tagedieb!«

Der Putschromantiker bemerkte nicht einmal, daß sich im Büro noch ein Dritter befand, dessen Gespräch mit dem Kristallklaren Kommunisten durch sein begeistertes Eindringen taktlos unterbrochen worden war.

Dieser Dritte war unrasiert, sein Hemd war zerknittert, und er selbst roch nach Eisenbahn. Als er begriff, daß der Monolog länger dauern würde, holte er aus seiner abgewetzten Aktentasche ein Mondfahrzeug heraus, das sich dort ganz offensichtlich gelangweilt hatte, und ließ es über das Parkett spazieren.

Das Mondfahrzeug lief mit leisem, aber festem Getrappel vergnüglich los, stolperte jedoch über eine kaum wahrnehmbare Falte in dem roten Teppichläufer. Übrigens geraten viele Leute auf solchen Läufern ins Stolpern. Es war eine interessante Besonderheit des Mondfahrzeugs, daß es salopp wie den Schulterriemen eines Musketiers eine nicht mehr ganz frische Socke umgehängt hatte, die ihm in derselben leidgeprüften Aktentasche offenbar Gesellschaft geleistet hatte.

»Ich habe immer nur Pech mit meinen Socken. Ständig verraten sie mich«, dachte Paltschikow traurig. »Dabei wasche ich sie selbst. Diese Undankbaren. Und dieser Knabe ist genauso undankbar wie eine Socke. So wie er die Klassiker in den Dreck zieht!«

Und der Putschromantiker setzte seine Enthüllungen fort:

»Akaki Akakijewitsch – eine feige Null! Aljoscha Karamasow – ein Narr! Pierre Besuchow – ein Tölpel im Frack! Der würde auf dem Feld von Borodino doch Golf spielen, anstatt zu kämpfen. Doktor Schiwago – der hetzt durch den Bürgerkrieg, ohne zu wissen, wohin ... Und denken Sie nur, all diese Antihelden hat die russische Literatur nicht geächtet, sondern gerühmt!«

Der Kristallklare Kommunist hustete ein paarmal in dem Bemühen, diese Wortlawine aufzuhalten. Das Verhältnis des Putschromantikers zu den Klassikern interessierte ihn wenig. Er wußte bereits etwas, das der Putschromantiker noch nicht wußte.

Der Putsch war ins Stocken geraten. Noch nicht auf der Straße, doch im Bewußtsein jener, die so unentschlossen beschlossen hatten, ihn durchzuführen.

Zwei von ihnen hatten sich bereits dem Trunk ergeben. Um den Kommunismus zu retten, fehlte es an einer Kleinigkeit – an einer ausreichenden Anzahl Kristallklarer Kommunisten. Die langjährige Erziehung zur Feigheit war auch für die Erzieher selbst nicht ohne Folgen geblieben.

Sie wußten nicht, was sie mehr fürchten sollten – die eigene Untätigkeit oder das eigene Handeln. Deshalb handelten sie zur Hälfte. Als Feiglinge setzten sie nicht auf den eigenen Mut, sondern auf die voraussichtlich ebenso große Feigheit der Gegner.

Der Putschromantiker, der zeigen wollte, daß er kein Feigling war, rechnete indes furchtlos mit den Helden der russischen Literatur ab:

»All diese halben Männer sind von den Buchseiten direkt ins reale Leben gesprungen, sind in alle Ecken hineingekrochen wie die Wanzen, haben sich vermehrt. Unter dem Vorwand, Helden zu produzieren, hat die Literatur Rußland mit Mißgeburten überschwemmt. Deshalb ist auch unser Volk so literarisch geworden … so unterentwickelt wie eine Mißgeburt. Jetzt reicht es mit dem Kult der Hilflosigkeit! Wir haben uns lange genug geschämt, die Stärke zu besingen! Wir brauchen unsere eigenen sowjetischen Rambos! Die Helden der neuen russischen Klassik werden nicht armselige Stationsvorsteher[5], nicht grüblerische Onkel Wanjas[6] sein, sondern Männer, die mit ihren Panzern die Hydra der Demokratie zermalmen! Und die zentrale Heldin wird nicht die sentimentale Dirne Anna Karenina sein, sondern unsere Armee! Und auf die Trümmer der Sauherrschaft wird man unsere Namen schreiben!«[7]

Die Augen des Putschromantikers füllten sich langsam mit einem fast schon von Wahnsinn geprägten Glanz. Aus seinen Mundwinkeln begann Schaum zu quellen.

»Ein diensteifriger Irrer ist gefährlicher als jeder Feind«, dachte Paltschikow, während er das schon fast entlaufene Mondfahrzeug gerade noch erwischte und ihm die unglückselige Socke abnahm.

»Haben Sie eine konkrete Frage?« platzte der Kristallklare Kommunist schließlich dazwischen und stand hastig auf.

»Ja …« Der Putschromantiker kam endlich ins Stocken. »Ich … ich … ich bitte darum, mich zu bewaffnen.« Und während er sich an seinen eigenen Worten fast verschluckte, berichtigte er: »Das heißt, mir eine Genehmigung für eine Privatwaffe zu erteilen.«

»Erledigen Sie Ihre Arbeit, und wir werden die unsere machen«, sagte der Kristallklare Kommunist rücksichtslos. »Ihr Schriftsteller seid ein zu empfindsames Völkchen. Eure Waffe ist eure Feder – die Pistolen überläßt man besser uns.« Und plötzlich zuckte er zum erstenmal im Leben zusammen, als er den eigenen Revolver unangenehm unter der Achsel spürte. Der Revolver erschien ihm wie eine Art Ratte, die in der Revolvertasche unter seinem Jackett saß. Sie schien ihn mit ihrem stählernen kalten Schwänzlein, das sie aus der Revolvertasche heraussteckte, unter der Achsel zu kitzeln.

»Wie war er doch mutig grob zu mir. Mit welch imperialer Majestät hat er mich hinausgeschmissen, fast ohne mich zu beleidigen«, dachte der Putschromantiker mit masochistischem Entzücken, als er über den Korridor ging und mit den Schuhsohlen die elektrisierende Spannung aus den Härchen der roten Teppichläufer in sich aufsaugte, welche für eine vielleicht bevorstehende Rede anläßlich des Sieges über die Demokratie sehr von Nutzen sein würde.

Schon im voraus ganz atemlos vor Begeisterung, stellte er sich die über den Roten Platz erhobenen, silbernen Trompeten mit den goldenen Eiszapfen der Fransen daran vor, die schwere, wie aus Granit gemeißelte Gestalt des Marschalls, der in seiner offenen spiegelblanken Limousine aussah wie ein Denkmal, das in einem schwarzen Konzertflügel steht, die stramm stehenden Truppen, aus deren zitternd aufgesperrten Hälsen zusammen mit dem »Hurra-a-a!« nach Suworow-Art[8] auch die Düsenjäger herauszufliegen schienen, die mit ihrem markerschütternden Pfeifen die Kreuze auf den Zwiebeltürmen der Basiliuskathedrale zum Erzittern brachten. Er stellte sich vor, wie die sommersprossigen Soldaten mit ihren bäuerlichen Kornblumenaugen die besiegten Losungen der Demokraten schließlich an das unerschütterliche Postament des Mausoleums schleuderten, als seien es erbeutete Faschisten-Standarten. Er stellte sich vor, wie auf dem Mausoleum die Heiligen Georgs der Augusttage standen, die Rußland von der Freiheit befreit hatten, und wie zwischen ihnen er selbst stand, er, der unbestechliche Chronist und Recke des großen Kampfes gegen die Freiheit, der sich durch die intellektuellen Augen und das nervöse Profil eines gebildeten Patrioten vorteilhaft von seinen plumpen Mitstreitern abhob. Er stellte sich vor, daß irgendwo zu seinen Füßen, in dieser auf den Roten Platz strömenden, langsam begreifenden und bereuenden, aber dadurch nur noch mehr in Verwirrung geratenen Menge, in diesem Glaubenssalat aus den Portraits von Iwan dem Schrecklichen, Nikolai dem Ersten, Murawjow dem Henker[9], Bulgarin[10], Araktschejew[11], Pobedonoszew[12], Lenin, Stalin, Dserschinski[13], Schdanow[14] und anderen herausragenden

Kämpfern für die Unfreiheit auch seine Portraits schaukelten, auf denen die leicht jüdisch anmutenden, schwarz-samtigen Augen taktvoll gegen blaue ausgetauscht worden waren.

Doch plötzlich erstarrte der Putschromantiker bei dem Gedanken: »Und wenn sie mich nun nicht aufs Mausoleum lassen? Wenn sie mir nicht verzeihen, daß ich der einzige von ihnen bin, der die *Brüder Karamasow* gelesen hat und weiß, was das Wort ›Konvergenz‹ bedeutet? ... Ich bin zu fein für sie, zu begabt, denn sie sind doch schließlich nur einfache Grobiane. Leute, die begabter sind als die Politiker selbst, werden von jenen nur gebraucht, bis der Sieg errungen ist ... Nach dem Sieg entledigt man sich ihrer wie einer unvorteilhaften Kulisse. Um klüger zu wirken, umgeben sie sich mit Leuten, die noch dümmer sind als sie selbst ... Ein Intellektueller – das ist immer der Mohr, der seine Schuldigkeit getan hat und gehen kann.«

Aber der Putschromantiker unterdrückte diese quälenden Gedanken mit imperialem Masochismus: »Doch wenn du es so sehr willst, du Großmacht, was soll's ... Zerdrück mich, Großmacht, zerdrück mich ... Brich mir die Knochen ... Trotz allem liebe ich den Geruch der Schuhcreme, mit denen deine Stiefel eingewichst sind. Schreite über mich hinweg, o Großmacht, voller Kühnheit«. Und die Nasenflügel des Putschromantikers, der auf die Straßen von Moskau hinaustrat, bebten wieder wie die Flügel eines Schmetterlings und lenkten seine Schritte hin zu jenem vielversprechenden Geruch nach Soldatenstiefelwichse und Panzertreibstoff.

»Was ist denn mit Ihnen los, Sie werden wohl kindisch?« fragte der Kristallklare Kommunist mit einem finsteren Blick auf das Mondfahrzeug in Paltschikows Hand.

»Immerhin besser, als mit Panzern zu spielen«, antwortete Paltschikow. »Mein Spielzeug ist übrigens ein ganz besonderes. Es erinnert mich daran, daß es keine ausweglosen Situationen gibt. Es gibt immer irgendein Belüftungsrohr, durch das man entkommen kann ... Ich kann also meinen Rücktritt als angenommen betrachten?«

»Es ist schade, daß Sie nicht auf unserer Seite stehen«, sagte der Kristallklare Kommunist. »Sie hätten eine große Zukunft haben können.«

»Ich brauche keine Zukunft, die mir ein paar Nummern zu groß ist. Ich brauche nur eine kleine Zukunft, wenn sie nur meine eigene ist«, erwiderte Paltschikow mit einem Lächeln.

»Die Zukunft – das ist ein kollektiver Begriff. Niemand hat eine

Zukunft ganz für sich allein«, bemerkte der Kristallklare Kommunist mit einem finsteren Blick.

»Die Zukunft muß sich entwickeln, muß erschaffen werden und stattfinden. Sie jedoch wollen die Menschen in eine Zukunft hineinpferchen wie Vieh in eine Koppel – in eine Zukunft, die Sie in Ihren Köpfen zusammengebraut haben«, meinte Paltschikow mit einem Kopfschütteln.

»Aber die Menschen sind Dummköpfe und wissen selbst oft nicht, was für sie das Beste ist ...«, verteidigte sich der Kristallklare Kommunist. »Wenn man einen Ertrinkenden rettet und ihn an den Haaren aus dem Wasser zieht, strampelt er und schlägt um sich.«

»Langsam ist es aber genug, die zu retten, die Sie darum nicht gebeten haben. Wer hat Ihnen das Recht gegeben, für die Menschen zu entscheiden, was für sie das Beste ist? Was werden Sie mit ihnen machen, wenn sie Ihnen nicht folgen? Dann müssen Sie plötzlich auf diejenigen schießen, die Sie eigentlich retten wollten. Dann ist es wohl besser, sich selbst zu erschießen, als auf das eigene Volk zu feuern«, sagte Paltschikow bitter.

Die Ratte, die sich in der Revolvertasche des Kristallklaren Kommunisten versteckte, schien auf irgend etwas zu warten und regte sich abermals unter seiner Achsel.

Als er auf den Korridor vor dem Büro trat, setzte Paltschikow das Mondfahrzeug auf den roten Teppichläufer.

»Laß uns von hier fortgehen«, sagte Paltschikow zum Mondfahrzeug. »Wir gehen für immer fort. Wir werden auf dieser Welt schon noch etwas für uns zu tun finden.«

Das Mondfahrzeug trappelte vorwärts, und ihm nach folgte Paltschikow.

Kurz vor dem Ausgang legte ihm jemand eine Hand auf die Schulter. Paltschikow drehte sich um und erblickte den Assistenten des Kristallklaren Kommunisten.

Sie waren beide in ein und derselben Straße in Pawlow Posad geboren und aufgewachsen. Früher einmal hatte diese Straße eher einem Feldweg geähnelt, war überwuchert von Brennesseln, Kletten und Wegerich, war voller Schlaglöcher, und schwarz-goldene Hähne stolzierten mit blutroten, leidenschaftlich zuckenden Kämmen herum und pickten Haferkörner aus dem dampfenden Mist, während in den Pfützen kleine Entchen schwammen gleich den gelben Kügelchen der Mimosen. Die roten Teppiche auf den Korridoren der Macht konnten die beiden einst in Flicken gekleideten Jungen trotz allem nicht dazu bringen, ihre Heimatstraße zu vergessen.

In seiner Kindheit hatte der Assistent des Kristallklaren Kommunisten den Spitznamen »Hauer« erhalten, weil man ihm bei einer handfesten Schlägerei mit einem heimtückisch in der Faust versteckten Schlagring alle Vorderzähne herausgeschlagen hatte – mit Ausnahme eines einzigen. Dieser eine Zahn ragte dann unbesiegbar unter der nicht sehr großen, aber kecken Spatzennase hervor.

Als er in die Berufsschule ging, ließ sich Hauer Stahlzähne einsetzen, und dann – während seiner Arbeit in der »Abteilung für den Kampf gegen die Unterschlagung sozialistischen Eigentums« – vergaß er Schaljapins Warnung »Die Menschen sterben für das Edelmetall!« und ersetzte seine Stahlzähne unbedacht durch Zähne aus eben diesem verachtenswerten Edelmetall, wodurch sein breites Grinsen für eine Zeitlang an eine auseinandergezogene Ziehharmonika aus reinem Gold erinnerte. Ein solcher Kiefer wirkte bei einem Mitarbeiter der »Abteilung für den Kampf gegen die Unterschlagung sozialistischen Eigentums« wie ein Mund voller Bestechungsgelder. Es war unmöglich, seinen Kollegen klarzumachen, daß für die goldenen Zähne die Ersparnisse seiner Urgroßmutter, einer ehemaligen Kaufmannsfrau aus Pawlow Posad, draufgegangen waren. Die Parteiorganisation des Ministeriums verpflichtete Hauer in einer besonderen Verfügung, die goldenen Zähne gegen solche aus Porzellan zu ersetzen, um so Gerüchte zu vermeiden, die die Kämpfer gegen die Korruption in Mißkredit bringen könnten.

In diesem Moment befand sich Hauer wie auch das ganze übrige Land in der nervösen, zahnlosen Übergangsperiode, da die ehemals goldenen Zähne herausgerissen, die neuen aus Porzellan jedoch noch nicht eingesetzt worden waren.

Der eine letzte, der zahnärztlichen Perestroika vorläufig noch entgangene eigene Zahn glänzte in der schwarzen Kluft des Mundes und rechtfertigte den schon vor langer, langer Zeit verliehenen Spitznamen.

»Was ist passiert, Hauer?« fragte Paltschikow verwundert. Sie hatten sich eben erst im Empfangszimmer des Kristallklaren Kommunisten gesehen, wo sich der Freund aus den Kindertagen jedoch betont zurückhaltend und formell gebärdet hatte. Jetzt aber war sein Gesicht verändert, und er war nicht einmal bemüht, mit der Hand seinen leeren Mund zu verdecken, aus dem einsam der Hauer hervorragte.

»Hippies …«, hauchte Hauer in krampfhaft pfeifendem Flüsterton. »Mit Perücken … mit Gitarren …«

Er schaffte es jedoch nicht weiterzusprechen, denn durch die Tür des Ministeriums traten zwei Armeegeneräle mit unstet umherschweifendem Blick ein, deren hastiges Gestikulieren nicht zu ihrem Dienstrang paßte.

Hauer schlug die Absätze zusammen, salutierte in strammer Haltung und führte, nachdem er sich von Paltschikow mit einem Blick aus den Augenwinkeln verabschiedet hatte, die offensichtlich bereits erwarteten Gäste in das Büro des Kristallklaren Kommunisten.

»Hippies ...«, wiederholte Paltschikow für sich. »Mit Perücken ... Aha, das heißt, also doch keine Hippies. Mit Gitarren. Was soll daran gefährlich sein? Doch wenn es nicht gefährlich ist – warum hat er es mir dann gesagt? Wir sind doch immerhin aus derselben Straße.«

Die Straße, auf die Paltschikow hinaustrat, hatte keinerlei Ähnlichkeit mit jener in Pawlow Posad. Aus den Ausfahrten der Ministerien rasten wie wild die Mercedes-Wagen mit sich drehenden, blitzenden Warnsirenen auf den Dächern. Aber neben einigen Schützenpanzerwagen schleppte sich auch langsam ein offensichtlich von der Datscha zurückkehrender alter Pobeda dahin, auf dessen Aluminium-Gepäckträger eine Liege, ein paar Hocker und ein altertümlicher Fernseher der ersten Generation aufgetürmt waren, der in der Tiefe seines trübe gewordenen Bildschirms noch die legendären Gespenster der allerersten, vom ganzen Volk angebeteten Ansagerinnen – Walja Leontjewa und Nina Kondratjewa – bewahrte.

Moskau schien das Leben mehrerer verschiedener Städte zu führen. In einer frohlockte man, genoß die Vorfreude und rieb sich fröhlich die Hände. In der zweiten hatte man tödlich erschrocken alle Fenster und Türen verschlossen. In der dritten bereitete man sich für den Fall, daß die Demokraten sich nicht ergeben würden, auf den Sturm des Weißen Hauses vor und stellte immer wieder neue Listen der zu Verhaftenden zusammen. In der vierten ging man zum Weißen Haus und stellte Autobusse quer, errichtete Barrikaden aus Betonplatten, Armaturen und Mülleimern.

Doch es gab auch die Stadt-In-Der-Nichts-Passiert, und die war die größte Stadt aller Städte innerhalb von Moskau.

Paltschikow sah erschüttert, daß auf dem Puschkin-Platz, vor dem amerikanischen Schnellrestaurant MacDonald's sogar an diesem Tag, dem Tag des Putsches, Hunderte von Menschen Schlange standen, als sei nichts geschehen. Ihnen war alles egal, wenn sie nur auf einem »Big Mäc« herumkauen konnten, der mit Ketchup wie mit Hollywood-Blut beschmiert war, diesem langersehnten Stückchen Kapitalismus, das aus dem Fleisch war, diesem langersehnten Stückchen Kapitalismus, das aus dem Fleisch russischer Rinder erschaffen worden war. Diese Leute drehten nur ihre Köpfe, regten sich jedoch nicht von der Stelle, um nur ja ihren Platz in der Schlange nicht zu verlieren, als vor ihren Augen die Panzer aufknurrten und sich langsam vom Majakowski-Platz über die Gorki-Straße zum Moskauer Stadtrat hin bewegten.

Von dorther kam, fast die ganze Straße versperrend, eine sich an den Händen haltende Menschenmenge dem russischen Parlament zu Hilfe und skandierte: »Wenn wir ei-nig sind, sind wir nicht zu schla-gen. Jel-zin! Jel-zin!«

Zwischen der Menge und den Panzern, die sich unaufhaltsam aufeinander zubewegten, standen nur noch Puschkin und ein rühriger und allgegenwärtiger, graubärtiger, aber dennoch kindlich erstaunter Mann mit einer Videokamera, der sich mit seinem mächtigen Bauch einen Weg durch die Menge bahnte, Jeans und ein schwarzes T-Shirt mit der Aufschrift »Guinness« trug und sowohl Balzac ein wenig ähnelte als auch Pierre Besuchow, wie er selbst auf dem Schlachtfeld von Borodino die Ruhe bewahrt.

»Ja, das ist doch der Filmregisseur Sawwa Kulisch«, sagte sich Paltschikow, »wenn ihn nur die Panzer nicht zerdrücken.«

Der russische Putsch konnte jeden Augenblick ebenso sinn- und erbarmungslos werden wie die russische Revolte, die der bronzene Barde der »heimlichen Freiheit«, der da so traurig von dem Postament auf seine Landsleute hinunterblickte, besungen hatte.[15]

Da sie zumindest die Straßenverkehrsordnung beachten wollten, blieben die Panzer vor der roten Ampel stehen. Wer weiß, was passiert wäre, wenn sie nicht von allein stehengeblieben wären. Als die Panzer – wenn auch nur für einen Augenblick – bewegungslos dastanden, wirkten sie gleich weniger furchteinflößend, da sie so den Hunderten von Panzern aus früheren Kämpfen ähnelten, die inzwischen auf Postamenten in Hunderten von russischen Städten standen und zum Jahrestag des Sieges mit Blumen überschüttet wurden.

Eine füllige ältere Frau mit Kopftuch und Lockenwicklern lief in ihren karierten Hausschuhen auf die Fahrbahn, schwenkte ihr gefülltes Einkaufsnetz und schrie den Panzerfahrern verzweifelt zu:

»Kinderchen, was geht ihr denn auf eure eigenen Leute los? Kin-derchen!«

Die Frau blieb mit dem Netz an den stählernen Raupenketten hängen und zerriß dabei eine Papiertüte mit Makkaroni, die sich wie ein weißer Regenschauer über den Panzer ergossen.

Die Turmluke öffnete sich knirschend, und zwei riesige, etwas verwirrte »Kinderchen« in Helmen kletterten auf den Panzer. Vielleicht erkannte jeder der beiden in dieser Frau seine eigene Mutter, die jetzt ebenfalls irgendwo, weit, weit weg von Moskau, mit ebenso einem Einkaufsnetz für ebensolche Makkaroni Schlange stand.

Dem Feindbild entsprach diese Frau in ihren Hausschuhen in keiner Weise, und so zerstreute sich dieses Feindbild ebenso, wie die Makkaroni es getan hatten. Da sie wußten, unter welchen Mühen unsere Frauen all die Lebensmittel ergatterten, begannen die »Kinderchen«, besorgt die wie Lichtstäbchen hier und dort auf dem Panzer glänzenden Makkaroni aufzusammeln und in das hingehaltene Einkaufsnetz zu schütten.

»Ein Hurra auf unsere Panzerfahrer! Die Armee steht hinter uns!« ertönten Rufe, und einen Moment später stürzten all jene, die noch eben auf den Bürgersteigen gestanden hatten, zu den Panzern, umzingelten sie, kletterten auf die Raupenketten bis zu den Luken, drückten den Fahrern die Hände, holten für sie Brot, Wurst, Äpfel und Flaschen mit Kefir aus ihren eigenen Einkaufsnetzen hervor.

Die Panzerfahrer genierten sich, doch sie aßen und betrachteten mit kindlicher Neugier Moskau, das viele von ihnen bisher nur aus den Militärparaden im Fernsehen kannten.

Diese Burschen vom Land und aus der Provinz, die sich an die getragene Stimme aus dem Radioapparat: »Achtung! Es spricht Moskau!« gewöhnt hatten, hörten mit Erstaunen und Neugier zu, wie von ihren Panzern herab das wahre Moskau sprach – das Moskau jener, die nicht zulassen wollten, daß über alle anderen Häuser der Hauptstadt jenes eine Haus herrschen sollte, jenes Haus, das den Gerüchten zufolge drei unterirdische Stockwerke hatte, jenes graue steinerne Ungetüm an der Ljubjanka.

Auf jedem Panzer standen plötzlich mehrere Redner. Jeder von ihnen schrie voller Begeisterung, doch es war unmöglich, irgend jemanden zu verstehen. Die Menschen, die zum Weißen Haus gingen, lösten ihre ineinander verschränkten Hände und strömten zu den Panzern.

Paltschikow ließ sich in der Menge treiben. Seine rechte Hand fand sich plötzlich in der wolligen Pranke eines Latrinenfuhrmanns, der seinen Wagen einschließlich des duftenden Inhalts eben erst neben dem Mc

Donald's seinem Schicksal überlassen hatte. Auf der Pranke des Latrinenfuhrmanns war das Wappen der Sowjetunion eintätowiert, und an jenem Tag konnte man sich einfach nicht vorstellen, daß diese so unzerstörbar wirkende Großmacht, die ein Sechstel des Planeten einnahm, bald von den geographischen Karten verschwinden würde. In seiner Linken hielt Paltschikow vorsichtig das dünne Händchen eines hübschen braunäugigen Mädchens aus der Provinz mit Grübchen in den Wangen, auf dessen ausgewaschener Jeansjacke ein Portrait von John Lennon prangte und das eine keck auf die Seite gedrückte Kapitänskappe mit einem silbernen Krebs auf dem Kopf trug.

Wenn es für Paltschikow nicht Alewtina gegeben hätte, hätte er diesem Mädchen den Hof gemacht. Aber er war ein nahezu treuer Ehemann. Und wenn er sich vor seiner Frau auch noch schuldig fühlte, wurde er treu ohne jedes »Nahezu«.

Paltschikow folgte der Menge, zu der immer mehr Menschen stießen, bis zur Metrostation Krasnopresnenskaja, doch als sie dann zum Weißen Haus abbog, löste er sich leise von ihr, wobei er das bedeutsame Gesicht eines Mannes aufsetzte, der eine ganz besondere Aufgabe zu erfüllen hat.

Paltschikow ging in den Tierpark, der ein Teil der Stadt-In-Der-Nichts-Passiert war, der Stadt-In-Der-Nichts-Geschieht.

Irgendwelche Leute, die offensichtlich in einer beneidenswerten Welt ohne Politik, ohne Zeitungen, Radio oder Fernsehen lebten, warfen den Schwänen und Enten zerkrümeltes Brot in den Teich, zeigten mit den Fingern auf die Affen, die schon immer – aber heute ganz besonders – das Recht hatten, ihrerseits mit den Fingern auf die Menschen zu zeigen, und ließen ihre Kinder, deren Zukunft sich an diesem Tag ungefähr tausend Schritte von hier entschied, in Wägelchen fahren, vor die zottige Ponys gespannt waren.

»Sie ist bei Pita«, sagte die betagte Wärterin im Reptilienhaus zu Paltschikow.

»Bei was für einem Peter?« fragte Paltschikow nach.

»Nicht bei Peter, sondern bei Pita. Und das ist kein Er, sondern eine Sie …«, erklärte ihm die Wärterin geduldig. »So haben wir unsere Python genannt. Sie ist krank. Und außerdem so lang, die Ärmste, da soll einer einmal rausfinden, wo genau sie Schmerzen hat.«

Paltschikow fand Alewtina auf dem Hinterhof des Reptilienhauses. Alewtina trug einen blauen Arbeitskittel und Gummistiefel und sah nicht aus wie die Chefin des Schlangenhauses, sondern eher wie eine Putzfrau. Es war deutlich zu sehen, daß sie sich die Haare lange nicht mehr gefärbt hatte, denn von den Haarwurzeln an waren sie zu einem Viertel fast grau, und erst dann schwarz ohne einen einzigen Silberfaden. Oberhalb des Stiefels war eine breite Laufmasche im Strumpf zu sehen. Alewtina trug eine dunkle Brille, die ihre Stimmung verbergen sollte. Ihre Hände waren wie immer voller Tintenflecke.

»Ach, Alewtina …«, seufzte Paltschikow. »Wir sind beide ziemlich verwildert. Doch ich liebe dich trotzdem, Alewtina, obwohl ich in deinem Leben wohl die am schwersten zu zähmende Schlange bin und dir schon viele Enttäuschungen bereitet habe. Ich war es, der wie ein Maler mit einem Pinsel voller Silberfarbe über dein Haar gefahren ist. Aber ich weiß, wie schön die zwei schwarzen Johannisbeeren unter deinen dunklen Brillengläsern sind. Ich habe es früher so geliebt, mit der Zunge zart über diese Johannisbeeren zwischen deinen Wimpern zu fahren. Kann es denn sein, daß du das alles vergessen hast, Alewtina?«

Alewtina war so vertieft in ihre Arbeit, daß sie ihren Mann nicht bemerkte, obwohl er nur zwei Schritte von ihr entfernt stand. Der Körper einer riesigen, fleckigen Pythondame, der zu ganzer Länge ausgestreckt war und aussah wie ein Schlagbaum, nahm fast den ganzen Hof ein. Ungefähr zehn Männer hielten ihn in dieser geraden Stellung.

Der Pythondame gefiel dies offensichtlich überhaupt nicht. Alewtina betastete deren Körper, indem sie ihre Finger mit dem abblätternden Nagellack in das unnachgiebig muskulöse, mit einem braun-goldenen Panzer bedeckte Fleisch grub.

»Entspann dich Pita, bitte, meine Liebe … Was verkrampfst du dich?« überredete Alewtina die Pythondame. »Ich verspreche, daß ich dir nicht wehtun werde … Ich will doch nur die Stelle finden, wo du verstopft bist, um sie zu massieren. Was hast du denn bloß verschluckt, Pita?«

»Sie hat vielleicht eine Katze verschluckt, und die Katze kratzt sie jetzt von innen …«, ertönte das dünnes Stimmchen eines kleinen Mädchens, das dieselben schwarzen Johannisbeeren-Augen wie Alewtina hatte, obwohl es die Pflegetochter der Paltschikows war – Nastenka. Aber die Natur schien geahnt zu haben, daß Nastenkas leibliche Mutter, eine alleinstehende Putzfrau im Tierpark, ums Leben kommen würde, von einem Eisbären getötet werden würde, und sie hatte das Mädchen schon im voraus ihrer zukünftigen Pflegemutter ähnlich sehen lassen.

Nastenka, für die der Tierpark so etwas wie ein Kindergarten war, begriff, daß die Schlangen für Alewtina wie ihre eigenen Kinder waren, und sie fürchtete sich nicht vor ihnen, sondern massierte Pita jetzt auch mit ihren winzigen Händchen.

»Pita ist kein Dummkopf. Katzen schmecken nicht«, sagte Alewtina und versuchte, Pita mit einem Suppenlöffel aus Aluminium ein Abführmittel ins Maul zu gießen. Aber Pita preßte ihre kräftigen Kiefer zusammen und verdrehte eingeschüchtert ihre smaragdgrünen Augen.

»Mama, laß mich versuchen«, sagte Nastenka. »Ich flüstere nur ein wenig mit ihr. Sie mag das.«

Nastenka küßte furchtlos den Schlangenkopf und streichelte ihn mit der einen Hand, während sie leise flüsterte und in der anderen Hand den Löffel mit der Arznei hielt.

Pita leckte Nastenkas Wange mit ihrer gespaltenen Zunge und zischelte eine Antwort in das durchsichtige, wie eine Mandarinenspalte aussehende Ohr des Mädchens.

»Pita sagt, daß sie einfach zuviel gefressen hat und das nie mehr wieder tun wird«, übersetzte Nastenka für Alewtina. »Und jetzt wird Pita wie ein kluges Mädchen den Mund aufmachen und die leckerste Medizin auf der Welt trinken.«

Die Pythondame öffnete zum allgemeinen Erstaunen gehorsam ihre Kiefer und schluckte die Arznei herunter – beinahe einschließlich des Löffels. Sie streckte sich abermals zum Ohr des Mädchens hin und zischelte mit leichtem Pfeifen etwas hinein.

»Pita sagt danke, aber sie möchte, daß ihr sie nicht mehr so auseinanderzieht. Es geht ihr besser, wenn sie sich ringeln kann«, übersetzte Nastenka.

Alewtina gab ihren Helfern ein Zeichen, und diese ließen die Pythondame zu Boden gleiten. Der Schlagbaum drehte sich sofort in so komplizierten Windungen zusammen, als wolle er aus sich selbst einen Seemannsknoten knüpfen. Als die Helfer begriffen, daß ihre Hilfe nicht mehr benötigt wurde, gingen sie hastig auseinander – wer wußte schon, was so einer riesigen Schlange einfallen konnte.

Unter ihnen waren auch zwei neue Mitarbeiter des Tierparks – Lewtschik und Wowtschik, die vorher auf dem Wagankowski-Friedhof gearbeitet hatten, dort allerdings gefeuert worden waren, weil sie die Blumen von Wyssotskis Grab gestohlen und über ihre Komplizinnen, alte Mütterchen, erneut verkauft hatten.

»Es gibt Imbirnaja-Wodka zu kaufen. Und keine Schlange«, sagte Lewtschik.

»Finden wir denn einen dritten, mit dem wir teilen können?« fragte Wowtschik verwundert.

»In Rußland gibt es immer Probleme mit dem ersten, aber nie mit dem dritten«, antwortete Lewtschik grinsend, und die beiden zwängten sich mit eingezogenen Bäuchen durch zwei Metallstangen des Zauns hindurch, die sich genau gegenüber des Spirituosengeschäfts befanden und offensichtlich nicht zum erstenmal von den findigen Händen des Tierpark-Proletariats zur Seite gebogen worden waren.

»Mama, wer hat den Schlangen so schöne Schuppen gemacht?« überlegte Nastenka, während sie Pita weiter streichelte.

»Die Natur«, antwortete Alewtina.

»Und wo wohnt Tante Natur? In Afrika – da, wo die Schlangen wohnen?«

»Die Natur wohnt überall – sowohl in Afrika als auch in Rußland. Sie macht die Schuppen auf den Schlangen und die Blumen und die Wolken und die Menschen«, antwortete Alewtina mit einem Lächeln, das jedoch nur ihre Mundwinkel umspielte – ihre Stimme war traurig.

»Tante Natur hat wohl sehr viel zu tun«, überlegte Nastenka. »Kann sie denn auch aus einem toten Menschen wieder einen lebendigen machen?«

»Nein«, seufzte Alewtina.

»Wie schade«, seufzte auch Nastenka. »Ich habe doch schließlich zwei Mamas. Eine ist tot, und die andere lebt – du. Aber ich wünsche mir so sehr, daß ihr beide für immer lebendig seid. Einen Papa habe ich am Anfang gar nicht gehabt, und dann ist einer dagewesen. Doch der ist jetzt auch verschwunden.«

»Ich bin nicht verschwunden«, ertönte eine Stimme, und jetzt endlich entdeckten die beiden Paltschikow.

Nastenka stürzte zu ihm, flog in seinen Armen bis in den Himmel hinauf und rief mit fröhlicher, sich überschlagender Stimme:

»Papa, ich will nicht mehr Schauspielerin werden. Ich will Schlangendoktor werden. Und ich verstehe auch schon die Schlangensprache ...«

Alewtina schwieg, hinter ihrer dunklen Brille gut versteckt.

Nachdem er Nastenka wieder auf die Erde gesetzt hatte, versteckte Paltschikow sich hinter ihrem heißen, fröhlichen kleinen Körper wie hinter einem lebenden Schild und preßte hilflos hervor:

»Na also …«

»Was ›also‹?« fragte Alewtina ohne merkbare Begeisterung ob seines Erscheinens.

»Ich habe meinen Rücktritt eingereicht«, teilte Paltschikow niedergeschlagen mit.

»Na und? Wenn nicht dort, dann wirst du eben auf einem anderen Posten ackern wie ein Verrückter, deine Familie vergessen, wochenlang weiß der Teufel wohin verschwinden – du bist schließlich ein Arbeitsbesessener. Einer vom Typ ›Ehemann brauchst du nicht, Staatsbürger jedoch mußt du sein‹. Es ist besser, gar keinen Mann zu haben, als einen, der nie da ist«, sagte Alewtina knapp und scharf.

»Mama, schimpf nicht mit Papa. Papa ist gut. Wir müssen Papa ein Eis kaufen!« verteidigte Nastenka Paltschikow.

»Ich gehe zum Weißen Haus«, sagte Paltschikow mit gesenktem Blick. »Wenn mir irgend etwas zustößt, gib Hauer mein Angelzeug.«

»Halt, stopp …«, sagte Alewtina angespannt. »Hast du nicht gesagt, daß du zurückgetreten bist? Oder hat dir dein Chef zu guter Letzt noch einen Befehl mit auf den Weg gegeben, den du jetzt gehorsamst ausführst? Was ist denn los mit dir – bist du für diese Faschisten aus diesem … wie heißt es doch gleich – Notstandskomitee? Geht ihr also das Weiße Haus stürmen, ihr russischen Kämpfer? Wie tief bist du nur gesunken, Paltschikow.«

»Papa ist überhaupt nicht gesunken. Er hat gar kein Schiff, nicht mal ein Boot«, verteidigte Nastenka ihren Vater noch immer voller Tapferkeit.

»Ach, Alewtina … Wie kannst du nur so etwas denken? … Ich gehe nicht zum Weißen Haus, um es zu stürmen, sondern um es zu verteidigen«, versuchte Paltschikow zu erklären.

Aber sie explodierte regelrecht:

»Ach, du bist also ein kleiner Verteidiger der sogenannten Demokratie! Da sitzen doch genau dieselben hündischen Parteifratzen, nur daß sie nun auf der anderen Seite sind! Die haben komischerweise auch sofort aufgehört, gegen die Privilegien zu kämpfen, seitdem sie selber welche haben. Die von früher haben sich wenigstens schon alles geholt, was sie brauchten. Aber was werden diejenigen sich noch schnappen, die ihre Gier noch nicht befriedigt haben! Das sind mir schöne Leuchten der Kultur. Ich erinnere mich noch, wie einer von ihnen Sacharow an seinem Todestag Dmitri Andrejewitsch genannt hat. Die Dummköpfe mit der reinen Seele drängen sich auf den Barrikaden, und dabei entscheidet sich dort überhaupt nichts: Das wird doch alles oben ausgemacht, wo einer den anderen austrickst. Dabei können immerhin Menschen ums Leben kommen. Und du reißt dich also auch darum, diese Demokratie zu schützen, die morgen solche wie dich vor die Tür setzen wird?«

»Wen soll man denn sonst schützen, Alewtina?«

»Schütze deine Seele, mich, Nastenka. Alle schreien: ›Rußland, Rußland‹, und alle reißen sich darum, es zu retten. Aber warum reißt sich niemand darum, die Familie zu retten? Kann es denn ein Rußland, eine Nation geben, wenn es keine Familie gibt?« fragte Alewtina bitter.

Und plötzlich kroch die Pythondame zwischen den verwirrten Paltschikow, der Nastenka auf den Armen trug, und die erzürnte Alewtina. Die Schlange hob den Kopf und bewegte die gespaltene Zunge. Die smaragdgrünen Augen blickten vorwurfsvoll, so als gehöre sie zur Familie.

»Papa, laß mich herunter«, sagte Nastenka. »Pita will mir etwas sagen.«

Pita schmiegte sich an das Ohr, das Nastenka ihr hinhielt, und flüsterte.

»Pita sagt, daß ihr euch nicht streiten sollt«, übersetzte Nastenka. »Ihr sollt euch liebhaben, weil Tante Natur die Toten nicht wieder lebendig machen kann.«

»Ich streite mich nicht«, sagte Paltschikow. »Ich liebe dich, Alewtina. Ich liebe dich, Nastenka. Ich habe ein Geschenk für dich – hier dieses Mondfahrzeug. Aber geh vorsichtig damit um – es kann weglaufen.«

Paltschikow küßte Nastenka, streichelte Pita, verabschiedete sich mit einem Blick von Alewtina, denn er fürchtete sich, zu ihr hinzutreten, und dann ging er fort, vorbei an den in ihren Käfigen hin- und herlaufenden, vom Donnern der Panzer beunruhigten Tieren.

Und Lewtschik und Wowtschik, die bereits einen dritten für den Wodka gefunden hatten, fegten den Mist der Hirsche zusammen und hingen so ihren Gedanken nach.

»Dieses Scheusal würde sich doch wirklich zu gut machen als Souvenir«, sagte Lewtschik.

»Bestimmt sieben Meter Schlangenleder. Das wird man sofort los«, sagte Wowtschik.

»Aber kannst du sie auch häuten?« fragte Lewtschik wenig überzeugt.

»Wir haben den ersten Sputnik ins All geschossen, und eine Schlange sollen wir nicht häuten können? Der ziehe ich doch mit dem größten Vergnügen das Fell über die Ohren«, meinte Wowtschik mit einem Grinsen.

10.

DER PFIRSICH AUF DEM FELSEN

Der Panzer hätte fast geweint. Der Panzer war einsam. Der Panzer hatte sich auf den Straßen von Moskau verirrt, und der tadschikische Panzerfahrer, der sich aus der Luke lehnte und verschüchtert den Kopf hin und her drehte, war zwischen den Gebäuden wie zwischen unbekannten, nichts Gutes verheißenden Felsen eingeklemmt.

Weit, weit hinter diesen Dächern und Turmspitzen schien er eine Stimme zu vernehmen, die er noch nie gehört hatte. Doch seine Mutter hatte ihm von dieser Stimme erzählt. Es war die Stimme seiner fast verrückt gewordenen Großmutter auf dem Minarett, die durch den Fluß für immer von den Ihren getrennt war.

In seiner Kindheit war auch er noch in den geflickten, aber trotzdem noch haltbaren Stiefelchen herumgelaufen, die früher einmal die verwaisten, schmutzigen und von Mückenstichen übersäten Mädchenfüße seiner Mutter getragen hatten.

Und noch früher hatten diese Stiefelchen am Hals der Großmutter gehangen, als sie bei dem Versuch, den Pjandsch zu durchschwimmen, umgekommen war.

Auf den Stiefelschäften mehrten sich die Flicken, Falten und Risse, die Sohlen waren schon zum dritten Mal erneuert worden, aber die Mutter hatte es nicht erlaubt, diese so langlebigen Stiefelchen wegzuwerfen, und jetzt warteten sie auf dem Boden der aus Weidenzweigen geflochtenen Familientruhe darauf, daß er aus der Armee in das heimatliche Kischlak zurückkehrte.

»Ich will, daß dein Sohn diese Stiefelchen ebenfalls trägt«, hatte die Mutter zu ihm gesagt.

Der tadschikische Panzerfahrer hatte noch keine Frau, aber er wußte bereits, wer die zukünftige Mutter seiner zukünftigen Söhne sein könnte.

Bevor er zur Armee mußte, ging er sich von seinem alten Freund, dem Wasserfall, verabschieden.

Der Wasserfall lebte nicht weit von Kischlak in den Bergen. Der

Wasserfall hatte einen langen silbernen Bart, sein Gesicht war irgendwo weit oben in den Wolken, und seine Augen hatte niemand je erblickt.

Der Wasserfall sprach nicht mit dem Mund, sondern mit seinem aus vielen Strahlen gewebten Bart, der rauschte, tönte und donnerte.

Aber an jenem Tag, als der Jüngling kam, um sich von seinem Militärdienst zu verabschieden, schenkte ihm der Wasserfall keinerlei Aufmerksamkeit.

Der Wasserfall war mit jemand anderem beschäftigt, und sein Bart flüsterte diesem Jemand besonders zärtlich etwas zu.

Das erste, was der Jüngling erblickte, war ein einsamer Pfirsich. Der Pfirsich lag majestätisch in einer kleinen Aushöhlung des Felsens, die mit grünem samtigen Moos ausgeschlagen war, als sei dieses granitene Lager von der Natur genau nach seinen Maßen aus dem Felsen gehauen worden.

Der Pfirsich war flauschig, und auf seinem Flaumhaar funkelte und schillerte der feuchte Atem des Wasserfalls, der sich auf ihm niedergelassen hatte.

Neben dem Pfirsich stand ein noch nicht mit Wasser gefüllter Tonkrug mit einem langen Schwanenhals, unter dem – damit sie nicht von einem Windstoß davongetragen wurden – luftige, gemusterte Pumphosen lagen, an denen sich Bergdornen verfangen hatten.

Der Pfirsich war von blaß-rosiger Farbe, und eine seiner Wangen errötete aus irgendeinem Grund voller Verwirrung – das sah er genau.

Eine zweite Wange hatte der Pfirsich nicht, denn es war von ihm ein Stück abgebissen worden.

In dem goldenen auseinanderklaffenden Fleisch des Pfirsichs glänzte der Abdruck gleichmäßiger Zähne, der sich nach dieser Berührung mit leuchtendem Saft gefüllt hatte.

Der Pfirsichkern ähnelte einem versteinerten braunen Greisengesicht, aus dem mit Ausnahme der Falten alle Züge verschwunden waren.

Der Jüngling wandte seinen Blick in die gleiche Richtung wie der Pfirsich und erblickte den weißen Krug eines Mädchenkörpers, mit dem der Bart des Wasserfalls spielte, den er umarmte und streichelte.

Der Jüngling erkannte das Mädchen, dessen nicht mehr in Zöpfchen gezwängte Haare glitzerten. Sie hatten sich in einen kleinen schwarzen Wasserfall inmitten der großen silbernen Kaskade verwandelt.

Früher einmal, in ihrer Kindheit, hatten sie zusammen gespielt, und er hatte sie an den Zöpfchen gezogen, aber irgendwann hatte sie plötzlich angefangen, die Augen niederzuschlagen, wenn sie ihn traf.

Ihre Schüchternheit war früher erwacht als ihre Schönheit, und die Schönheit war aus dieser Schüchternheit hervorgetreten, wie der zarte Trieb des zukünftigen Baumes mit seinem grünen neugierigen Näschen aus dem Inneren eines Pfirsichkerns hervordrängt.

Jetzt erschien das Mädchen dem Jüngling wie eine Unbekannte, so als wäre sie mit dem Eintauchen in den Wasserfall in diesem nochmals geboren worden. Der Jüngling dachte zum erstenmal voller Eifersucht an den Wasserfall, der das Mädchen umarmte, so als sei dieser kein Freund, sondern ein Rivale.

Der Jüngling nahm leise den Pfirsich und preßte den Abdruck der Mädchenzähne heftig an seine Lippen. Das war ihr erster Kuß – über den Pfirsich.

Der Jüngling zwang sich, die Augen von dem verbotenen Schauspiel abzuwenden. Er ging den Pfad ein paar Windungen zurück und wartete. Erst als der unter dem Wasserfall gefüllte Krug auf den Schultern des Mädchens schaukelnd um die Ecke bog, trat der Jüngling wie zufällig hinter den Felsen hervor.

Das Mädchen blieb nicht stehen, sondern senkte nur den Blick. Er konnte nicht neben ihr gehen, weil der Pfad zu schmal war, und so ging er hinter ihr und sah nur die Zöpfchen in ihrem Nacken, die die wieder gebändigten Haare in schwarze Ströme teilten. Und er sah den Krug auf ihrer Schulter, der von einer Hand mit leise aneinanderklirrenden Armreifen gehalten wurde, auf denen die vor Liebe sterbenden Tropfen jenes silbernen Wasserfalls verdunsteten.

Die Tatsache, daß das Mädchen ihren Blick gesenkt hatte, rettete sie, denn so erblickte sie noch rechtzeitig die direkt vor ihren Füßen über den Pfad kriechende Viper.

Die Viper erstarrte wie ein erwartungsvoll angespannter Muskel. Sie begann langsam mit dem Kopf zu wackeln, bereit, ihn in Richtung der Gefahr zu schleudern und dem Feind die Zähne ins Fleisch zu schlagen, die gefüllt waren mit dem für alle anderen tödlichen, für sie selbst jedoch rettenden Gift.

Doch der Jüngling wußte seit seiner Kindheit, wie man mit Schlangen umgehen mußte. Blitzartig legte er die Handflächen wie zu einer Flöte zusammen und begann, eine Melodie zu pfeifen, die ihm einst ein alter Hirte vorgesungen hatte.

Die Melodie wirkte auf die Viper – sie begriff, daß diese beiden weder ihr noch ihren Kindern etwas Böses wollten. Die Viper zischelte, setzte dann beruhigt ihren Weg fort, und nach ihr überquerten einige winzige Vipern den Pfad, die dann zusammen mit der Mutter in den mit Gebüsch überwucherten Felsspalten verschwanden.

»Möchtest du aus meinem Krug trinken?« fragte das dankbare Mädchen den Jüngling, und das war ihre verschlüsselte Frage, ob er sie liebe.

»Ja«, sagte er, und das war seine verschlüsselte Antwort, daß er sie liebe.

Und als er aus ihrem Krug trank, kam ihm in den Sinn, daß er das Wasser trank, in dem sie eben noch gebadet hatte, und er konnte seine Lippen lange nicht von dem tönernen Hals lösen.

»Morgen gehe ich zur Armee«, sagte er.

»Ich weiß«, sagte sie. »Und wohin?«

»Nach Rußland«, sagte er.

»In Rußland gibt es große Häuser«, sagte sie, und das war ihre Frage, ob er zurückkommen würde.

»Dafür gibt es bei uns große Berge«, sagte er, und das war seine Antwort, daß er zurückkehren würde.

Und am 19. August 1991 saß er, der Mensch aus den großen Bergen, in seinem verirrten Panzer, der einem über den Asphalt rollenden Gesteinsbrocken mit stählernen Raupenketten glich, und schaute voller Angst auf die ihm völlig rätselhaften Menschen aus den großen Häusern.

Und die Menschen aus den großen Häusern schauten voller Angst und Feindseligkeit auf den ihnen völlig rätselhaften Menschen aus den großen Bergen, der da im Panzer saß.

Unter diesen Menschen saß am Steuer seines mitgenommenen, schiefen roten Schiguli der Jewtuschenkologe Nummer eins, der ehemalige U-Boot-Matrose. Und neben ihm saß ich – das unwürdige Objekt seiner langjährigen Forschung.

II.

DER MANTEL DES JEWTUSCHENKOLOGEN NUMMER EINS

Als ich nach dem Waldlauf auf die Datscha in Peredelkino zurückkehrte, erwartete mich schon der Jewtuschenkologe Nummer eins in seiner Klapperkiste, die mit dem Schmutz von den Raupenketten der nach Moskau fahrenden Panzer bespritzt war.

Zuerst klebten wir beide am Radioapparat, um wie in den noch gar nicht so weit zurückliegenden Zeiten der bewußt herbeigeführten Empfangsstörungen und Irrenhäuser die neuesten Nachrichten der Auslandssender voller Gier zu erhaschen. Doch dann sahen wir einander an und verstanden uns auch ohne Worte.

Es war Zeit loszufahren.

»Laß uns mit meiner Schrottkiste fahren«, sagte der Jewtuschenkologe Nummer eins. »Um deinen Wagen wäre es schade – er ist neuer ...«

Der Jewtuschenkologe Nummer eins kannte die ganze »Jewtuschenkosaga«, die ja hauptsächlich aus Gerüchten über mich bestand, aus dem Effeff. Er idealisierte mich nicht, doch er mochte andererseits auch diejenigen nicht, die mich nicht mochten.

»Der Verein der Jewtuschenkologen« war eine rührende, ein wenig komische Bruderschaft von einander eifersüchtig beobachtenden Kennern und Idealisten, die »dringend qualifizierter psychotherapeutischer Hilfe bedurften«, wie eine meiner Ehefrauen sich gereizt geäußert hatte, als ihr deren Aufdringlichkeit hinsichtlich meiner Skizzen endgültig zuviel wurde.

Der Begründer der Jewtuschenko-Forschung war ein Landsmann von mir, der von einer ebenso winzigen sibirischen Bahnstation stammte wie ich und noch während seiner Studienzeit eines Tages auf der Schwelle meines Moskauer Domizils gestanden hatte, als sei er die Verkörperung eines Gespenstes, nämlich das der Waggons der Transsib, in denen es keine Platzreservierungen gibt und wo irgend jemandes Bein von der oberen Liege herunterbaumelt, sich im Schlaf an dem dazugehörigen anderen Bein kratzt und dabei mit der Ferse die Fellmütze mit den Ohrenklappen vom Kopf eines Mannes schlägt, der im Gang schläft – stehend wie ein

Pferd; oder als sei er die Verkörperung des Schreckgespenstes der Bahnhöfe, wo auf dem bespuckten und verdreckten Boden unter den schielenden Portraits der Mitglieder des Politbüros Zigeunerinnen mit dunklen Brüsten ihre Kinder stillen, deren Locken schwarzen Weintrauben ähneln; oder das Schreckgespenst der Kantinen, wo von den Decken klebrige, mit Fliegen übersäte Bänder herabhängen und sich auf einem Stuhl ein vom Krieg verstümmelter Mann auf seinem hölzernen Postament mit den vier Rollen daran aufbaut wie ein lebendes Denkmal für eben diesen Krieg und für seinen Wodka mit einer Handvoll Kupfermünzen bezahlt ...

Als mein Landsmann mit provinziellem Zartgefühl und darauf bedacht, keinen Dreck zu machen, seine fast auseinanderfallenden Schuhe auszog, schlug mir ein derartig strenger Geruch entgegen, daß ich zurückwich.

Ausgehungert trank und aß er, was ihm unter die Hände kam, und plötzlich nahmen seine Augen einen merkwürdig gläsernen Ausdruck an, so als würde er gleich zur Seite kippen und zu schnarchen beginnen. Dann aber füllten sich die entschlafenen Augen mit phosphoreszierendem Glanz, der schon früh kahl gewordene Kopf mit der kleinen, noch verbliebenen Tolle zuckte hoch, und aus seiner Kehle ergoß sich ein Schwall von meinen Gedichten, von denen er Hunderte auswendig kannte.

Er trug Gedichte vor wie die Auerhähne mit rollenden Augen ihre Gesänge bei der Frühjahrsbalz, ohne die schleichenden Schritte der Jäger zu hören, die auf ihr Liebeslied hin die Flinte anlegen. Er trug meine Gedichte vor – sogar die alten –, so als hätte er sie selbst eben erst verfaßt und als sei ich, ihr Verfasser, einfach nur der erstbeste, sich ihm zufällig anbietende Zuhörer.

Und plötzlich kam es mir so vor, als sei ich es selbst, jung und hungrig, mit durchgescheuerten Ellenbogen und schiefen Absätzen, in vom Umherirren klebrigen Socken, der hierhergekommen war, um seinem anderen Ich Gedichte vorzutragen – dem Glückspilz, der die halbe Welt bereist hatte. Und es war nicht ganz klar, wer mein wahrhaftigeres Ich war – ich oder dieser sibirische, von der Natur plump zusammengeschusterte Klotz aus Hunger, unerfüllten Wünschen und rasender Liebe zur Poesie.

Und als wir uns näherkamen, geschah mit ihm etwas ganz Ähnliches: Er glaubte, ich zu sein. Er legte sich sogar ein ebenso verwickeltes Privatleben zu wie ich. Nachdem er meine Verstechnik ausführlich studiert hatte, wagte er sich daran, eigene Gedichte zu verfassen, doch es wurden Doppelgänger der meinen. Er begann so viel und so häufig zu trinken wie ich, wobei ich allerdings nur Wein und Sekt, er hingegen alles trank, was ihm in die Finger kam.

Er ertrug es nicht, ich zu sein, und er war das erste meiner Ichs, das starb. Wenn er sich betrank und weinte, hob er warnend den Zeigefinger und beschwor mich: »Jewgeni Alexandrowitsch, nur das nicht ... Ich flehe Sie an – nur das nicht!«

Er hat mir nie gesagt, was er meinte, aber es gab da etwas, was ich niemals tun sollte.

Vielleicht jene nicht verraten, die wie er mit unerschütterlicher Überzeugung an mich glaubten und wollten, daß dies auch immer so bliebe?

Er hinterließ eine riesige ungeordnete Sammlung meiner Manuskripte, Ausschnitte, Abschriften und Fotografien sowie den »Verein der Jewtuschenkologen«, dessen ersten Kongreß er noch in die Wege geleitet hatte. Zu diesem Verein gehörten von den Moskauer Jewtuschenkologen der Vorsitzende eines Schach-Clubs, ein U-Boot-Matrose, ein Kybernetiker, der Chef einer Wachabteilung in einer Druckerei, ein Anästhesist mit seiner Ehefrau, eine Kardiologin, von den Leningradern ein Apotheker und ein Ingenieur, ferner ein Entwicklungsingenieur aus Donezk, ein Hauptmann der Miliz aus Irkutsk, ein Journalist aus Sima, ein Philologe aus dem Altai und ein russischer Volksdeputierter aus Murmansk ...

Die Jewtuschenkologen trugen meine Gedichte in der gesamten Sowjetunion vor – in Tanzcafés, auf Pelzfarmen, in Entbindungskliniken und Ausnüchterungszellen, Dorfklubs, Einrichtungen der höchsten Geheimhaltungsstufe, Erholungsheimen, Strafkolonien für minderjährige Straftäter, Schulen, Reinigungen, Kreiswehrersatzämtern, Bierbrauereien, Pionierlagern und Kliniken für Geschlechtskrankheiten – kurz gesagt, überall dort, wo sie vorgelassen wurden.

Die Jewtuschenkologen waren wandelnde Bücher meiner Gedichte. Als ich in Ungnade fiel, hörte keiner von ihnen auf, meine Gedichte vorzutragen, obwohl das nicht ganz ungefährlich war. Einige von ihnen verwandelten ihre kleinen Wohnungen zum Entsetzen ihrer Familienangehörigen in Mini-Museen oder Mini-Archive meiner Werke. Sie leisteten mir wertvolle Hilfe beim Zusammenstellen von Büchern, denn sie kannten meine Gedichte besser als ich selbst. Sorgsam sammelten sie alle Papierchen, Fragmente und Schnipsel, die auf irgendeine Weise mit mir in Verbindung standen.

Eine ehrwürdige Dame unter den Jewtuschenkologen simulierte ein

Rückenleiden, um ins Krankenhaus von Gulripsch eingeliefert zu werden, wo meine Frau Mascha ihr medizinisches Praktikum absolvierte.

Die ehrwürdige Jewtuschenkologin ließ sich auf diesen Betrug nur deshalb ein, weil sie ihrem Archiv einen von meiner Frau eigenhändig ausgefüllten Krankenschein hinzufügen wollte, den sie andächtig aufbewahrte, anstatt ihn – wie das alle normalen Kranken zu tun pflegen – an ihrem Arbeitsplatz abzugeben, um das ihr zustehende Krankengeld zu erhalten.

Aber dennoch ähnelte der »Verein der Jewtuschenkologen« keinesfalls dem Fanclub eines Rock-Stars.

Das Verhältnis der Jewtuschenkologen zu mir war nicht das von Fans zu ihrem Idol, sondern so etwas wie ein in tiefer Verzweiflung gefundenes Betätigungsfeld ihres ansonsten brachliegenden Idealismus.

Ich wußte, daß sie jede meiner Gedichtzeilen, jedes Wort in jedem meiner Interviews von links nach rechts und von rechts nach links immer wieder lesen würden, und hatte vor dieser edelmütigen Zensur der Idealisten ein wenig Angst.

Und der Jewtuschenkologe Nummer eins wurde mein enger Freund, obwohl ich oft zutiefst überrascht war, wie ein solch ernsthafter Mensch soviel Zeit und noch dazu soviel Geld für Zeitungsausschnitte und ähnlichen Unsinn verschwenden konnte.

Er war vor rund zwanzig Jahren in meinem Leben aufgetaucht, als er noch Geheimnisträger der besonderen Sicherheitsstufe war, da er an der Vervollkommnung von U-Booten arbeitete.

Eines Morgens war ein Unbekannter in einer schwarz-goldenen Marineuniform bei mir aufgetaucht und hatte zehn eindrucksvolle Bücher in Kunstledereinbänden auf den erbärmlich knarrenden Schreibtisch gelegt. All diese Bände hatte er auf seiner Schreibmaschine eigenhändig getippt.

Ich schlug den ersten auf und erblickte auf der ersten Seite genau das, wovon ich seit meinem literarischen Backfischalter unbescheiden geträumt hatte:

JEWG. JEWTUSCHENKO
GESAMTAUSGABE

Nachdem ich mich bei dem Unbekannten aufgeregt bedankt hatte, verabschiedete ich mich dann doch voller Freude von ihm, da ich schon im voraus den Hochgenuß auskostete, diese in Kunstleder gebundene Pyramide durchzusehen, unter der sich mein Tisch bog. Ich legte mich mit dem ersten Band auf das Sofa. Als ich ihn jedoch aufschlug, geriet ich in Entsetzen darüber, wie viele schlechte Gedichte ich geschrieben hatte, so als sei ich Pinocchio, der sich von seinen kurzen Gedanken oder aber den Ratschlägen von Spitzbuben hatte in die Irre führen lassen und seine Goldmünzen tief in der Erde vergraben hatte, um darauf zu warten, daß daraus ein Baum wachsen würde.

Und mit noch größerem Entsetzen dachte ich, daß es die allerschlimmste Enthüllung der Literaturgeschichte geben würde, wenn nach meinem Tod plötzlich einer meiner schlimmsten Feinde auf den Gedanken käme, mich zum Genie zu erklären, so daß alles, was ich jemals hingeschmiert hatte, gedruckt würde.

Der Unbekannte, der mir mit der Gesamtausgabe meiner Werke eine schlimme Kopfnuß verabreicht hatte, ohne dies selbst auch nur zu ahnen, hat mir nicht gerade wenige Albernheiten – wenn auch nicht alle – aus dem Kopf geprügelt. Manchmal tut es einem um die eigenen Albernheiten leid. Wie schlimm sie auch sein mochten, es waren immerhin die eigenen.

Das also war die Rolle, die der Jewtuschenkologe Nummer eins früher einmal in meinem Leben gespielt hatte. Und nun saß er am Steuer seines schiefen roten Schiguli, der neben dem verirrten Panzer, in dessen Luke der tadschikische Panzerfahrer verschüchtert den Kopf hin- und herdrehte, den Kutusowski-Prospekt entlang zum Weißen Haus fuhr.

Als Militärangehöriger wußte der Jewtuschenkologe Nummer eins besser als ich, in welch schreckliches Räderwerk die Menschen geraten konnten, wenn die Zähne der Armee- und KGB-Maschinerie mit voller Kraft ineinander griffen, und er konnte selbst nicht ohne Angst bleiben. Aber er half mir, meine Angst zu besiegen, wie vorhin der Nachbar auf dem Waldpfad, und besiegte dadurch auch seine eigene Angst. Und außerdem besiegten wir so die gemeinsame Angst vor unseren Ehefrauen, die uns beiden für unsere revolutionären Anwandlungen unter der Devise »Wenn sie dich Dummkopf töten, brauchst du dich zu Hause nicht mehr sehen zu lassen!« tüchtig den Kopf gewaschen hatten.

Wenn es von mir abhinge, wie der 19. August im russischen Kalender genannt werden sollte, dann würde ich ihn den »Tag der Überwindung der Angst« nennen.

Der Jewtuschenkologe ließ seinen Schiguli auf einer Brücke zurück, denn nur ein Stückchen entfernt befand sich die erste Barrikade – zwei quergestellte Oberleitungsbusse mit je einem Zusatzanhänger, Zementblöcke und rostige Eisenteile.

An die Seite des einen Oberleitungsbusses hatte man geschrieben: *No pasarán!*

Auf den Dächern saßen und standen Menschen, die mit Metallstangen, Knüppeln oder einfach nur mit ihren Fäusten bewaffnet waren.

Die Oberleitungsbusse waren leer, aber in einem der beiden saß an einem Fenster eine würdige, grauhaarige ältere Dame, die wie ein Fahrgast wirkte, der jede Menge Zeit hatte. Sie hielt eine an einer goldenen Schnur hängende Lorgnette aus Perlmutt an die Augen und las *Le Monde*, so als ob das in allen sowjetischen Oberleitungsbussen so üblich wäre, wenn diese zu Barrikaden wurden.

»Frau Ausländerin, das ist hier kein Lesesaal«, brummte ein mächtiger Latrinenfuhrmann ein wenig grob, aber besorgt, während er keuchend eine große Mülltonne zur Barrikade schleppte. Auf seiner Pranke waren das Wappen der UdSSR und sein eigener Name in der Koseform »Mischanja« eintätowiert.

»*Excusez-moi*, aber ich bin keineswegs eine Ausländerin«, antwortete die ältere Dame würdevoll.

»Und da kannst du ausländisch, Großmütterchen? Sieh mal einer an!« rief Mischanja begeistert. »Wo kommst du fixes Mädchen denn her?«

»Aus Paris, *jeune homme. Je suis arrivée* zum Kongreß meiner Landsleute«, erklärte die ältere Dame geduldig.

»Aber du solltest trotzdem machen, daß du von hier wegkommst, solange du noch heil und gesund bist, Großmütterchen, auch wenn du aus Paris kommst … Also, wenn da ein Panzer loslegt, da bleibt von dir nur noch ein feuchter Fleck und vielleicht noch die Zeitung übrig«, warnte Mischanja.

Über die Brücke kamen von allen Seiten her Menschen gelaufen, doch eigentlich waren es erschreckend wenige. Das Weiße Haus war zu riesig und lag nach allen Seiten hin schutzlos und offen da.

Die Barrikaden glichen dem Kettenhemd eines Ritter, das jedoch riesige Löcher hatte.

Wie die Ironie der Geschichte es wollte, hatte irgend jemand der Statue, die einen Proletarier der Krasnaja Presnja[1] darstellen sollte, der sich 1905 unter dem roten Banner gegen den Zarismus erhoben hatte, die flatternde dreifarbige Fahne Rußlands in die bronzene Hand gedrückt – jene

Fahne, die während des Bürgerkriegs der roten bolschewistischen Fahne den Kampf angesagt hatte.

»Ich verstehe allerdings überhaupt nichts *dans cette situation*«, beschwerte sich die russische Pariser Dame bei Mischanja. »Im Weißen Haus sind Bolschewiken, die sich erst vor kurzem dazu entschlossen haben, keine Bolschewiken mehr zu sein. Die sollen von jenen anderen Bolschewiken entmachtet werden, die versuchen – *comme je comprends* –, das Zarenreich zu retten, das die früheren Bolschewiken so sehr gehaßt haben. Ich, *par exemple*, bin überhaupt gegen alle Bolschewiken. *C'est impossible*, in dieser, wie Zar Peter so schön sagte, ›Maskerade‹ sich noch zurechtzufinden … Aber trotzdem, *mon cœur*, stehe ich auf dieser Seite der Barrikaden, denn obwohl ich aus der *aristocratie* stamme, bin ich doch trotzdem für *la démocratie*. Ich bin Krankenschwester in der Résistance gewesen … *Probablement* kann ich auch hier von Nutzen sein … Und warum sind Sie hier, *jeune homme*?«

»Ich bin eigentlich ein Zugewanderter«, sagte Mischanja. »Ich komme vom Dorf. Aber ich bin für dieses … wie heißt es doch … für die Freiheit …«

»Die Freiheit …«, seufzte die russische Pariser Dame. »Ja, weiß denn überhaupt jemand, was das ist? Das gilt übrigens auch für die *démocratie* … Mein verstorbener Freund George Iwanow hat das so beschrieben:

Und es wurde der Krampf der Idioten,
Vergeblich erdacht von der Mutter Natur:
›Hurra!‹ – brüll'n die Patrioten;
›Hinfort!‹ – schrei'n Rebellen mit aller Bravour.«

»Hab' ich nicht kapiert«, Mischanja kratzte sich schuldbewußt am Kopf. »Können Sie das noch mal sagen, Großmütterchen?«

Die russische Pariser Dame wiederholte das Gedicht.

Mischanja strengte sich an, begriff dann schließlich und wurde ganz nachdenklich.

»Jetzt hab' ich kapiert. Das heißt, es gibt niemanden, dem der Arbeiter glauben kann?«

»Nicht nur der Arbeiter … der Mensch überhaupt …«, seufzte die russische Pariser Dame.

»Ja, wozu soll man denn dann überhaupt leben, Großmütterchen?« fragte Mischanja ganz traurig.

»Vielleicht nur dazu, um sich so zu unterhalten, wie wir beide es jetzt tun«, lächelte die russische Pariser Dame. »*Bien*, ich werde diesen Oberleitungsbus verlassen ... *Vous avez raison.*«

Hinter der ersten Verteidigungslinie erschienen in der Ferne, auf der Uferstraße, Panzer und Schützenpanzerwagen, die durch einige andere Barrikaden blockiert wurden. Die bedeutendste Barrikade vor dieser Kolonne war jedoch die Menschenmenge. Sie war noch nicht groß, doch zu allem entschlossen – und glücklicherweise den Panzerfahrern gegenüber nicht feindselig gestimmt.

Offensichtlich war dies jene Kolonne, die der Panzer mit dem Tadschiken aus den Augen verloren hatte. Und was sah der Tadschike, als er nun sein Fernglas auf das andere Flußufer richtete?

Die Panzer saßen in einer lebenden, aus Menschen bestehenden Falle.

Die Panzerfahrer verhielten sich friedlich, schimpften ein wenig herum, scherzten mit den Leuten, die auf die Panzer geklettert waren.

Die Panzerfahrer aßen Eis, das ihnen von allen Seiten gereicht wurde.

Die Panzerfahrer erlaubten den Moskauern, Blumen in die Mündungen der Geschütze zu stecken. Ihre Schüsse aus den Turmgeschützen konnten die Blumen in den Mündungen mit Leichtigkeit wieder ausspucken.

Die Panzerfahrer verstanden so gut wie überhaupt nichts: Man hatte ihnen gesagt, daß sie die Brücke bewachen und auf weitere Befehle warten sollten. Aber es war nicht voraussehbar, wie diese aussehen würden.

Die Panzerfahrer fürchteten solche Befehle mehr, als die Menschen die Panzerfahrer fürchteten.

Der tadschikische Panzerfahrer ließ sich wieder in den Panzer hinab und verschloß die Luke. Er hatte beschlossen, sich über die Barrikade hinweg zu den Seinen durchzuschlagen.

Der verirrte Panzer heulte wütend auf und stieß dem Oberleitungsbus seine Hörner in die Seite, genau an der Stelle, wo eben noch die russische Pariser Dame am Fenster gesessen hatte, und der Aufprall war so heftig, daß die Menschen vom Dach purzelten. Die Barrikade hielt aber dennoch stand.

Um Anlauf zu nehmen und erneut wie ein Rammbock vorzustürmen, legte der Panzer den Rückwärtsgang ein. Doch plötzlich tauchte neben dem Panzer ein Mann mit einer Rohrzange in der Hand auf, dessen feuerrote Lockenpracht sonnenblumengleich unter einer speckigen Schirmmütze hervorquoll. Er sprang mit akrobatischer Geschicklichkeit auf die rollenden Raupenketten, ließ sich davon nicht abschütteln und warf sich im letzten Moment auf den Panzerturm, auf den er mit der Rohrzange einschlug.

»Hör auf mit dem Spektakel!«

Der Panzer bremste scharf und versuchte, ihn abzuwerfen.

»Halt dich fest, van Gogh!« erklang der Schrei einer Frau, und auf den Raupenketten stand plötzlich eine hochgewachsene, nicht mehr junge, aber jugendlich gewandte Frau mit blauen Laternenaugen in einer Wolke aus weißen oder möglicherweise auch grauen Haaren.

»Eine Zeltplane!« rief sie. »Wir brauchen eine Zeltplane!«

Der Jewtuschenkologe Nummer eins begann, sich selbstlos seines Mantels zu entledigen, aber da er sich übermäßig des historischen Moments bewußt war, verwickelte er sich darin. Der Mantel war ein Offiziersmantel der Marine mit einer Kapuze, auf der seit 1962 ein Brandloch prangte, das von einer Zigarette des U-Boot-Kommandeurs stammte, welche dieser unmittelbar vor ihrem Abtauchen und dem langen Weg zu den Ufern Kubas geraucht hatte. Der Kommandeur hatte nur die Marke Belomor-Kanal geraucht. »Nun, ob es tatsächlich zum Krieg kommt?« hatte der Kommandeur gefragt, und in diesem Moment hatte ein starker Windstoß vom Meer seine Zigarette abgebrochen, und ein von ihrem Ende abgerissenes Stückchen glühenden Tabaks war auf die Kapuze seines Untergebenen gesprungen. Zum Krieg war es nicht gekommen, und der Mantel war ganz geblieben. Und jetzt war er gut zu gebrauchen. Geschickte Hände halfen dem Jewtuschenkologen Nummer eins und befreiten ihn schließlich aus seinem eigenen Mantel sowie aus seinen Erinnerungen.

Es waren die Hände eines Mannes mit einem ergrauten, ordentlich gekämmten Fußballerschopf, der ein gelbes Trikot mit der Aufschrift »BRAZIL« trug. Nachdem er sich des Mantels des Jewtuschenkologen bemächtigt hatte, kletterte der Mann in dem brasilianischen Trikot ungestüm auf das Dach des Oberleitungsbusses, während er den Mantel vor sich hielt wie ein Torero sein Tuch und den dahinrasenden Panzer im Visier hatte.

Der Panzer hatte nicht vor, sich zu ergeben. Es war keine Aggression aus Bosheit. Es war die Aggression der Verzweiflung, der Verzweiflung aus Einsamkeit. Es war die Sehnsucht nach den »Seinen«.

Der Panzer setzte erneut zurück, um Anlauf zu nehmen. Und als er die

Barrikade zum dritten Mal auf seine Hörner nahm, sprang der Mann in dem brasilianischen Trikot vom Dach des Oberleitungsbusses mit dem Mantel des Jewtuschenkologen Nummer eins in den Händen auf den Panzer. Der Mantel schlug wie ein Segel im Wind, er ließ sich nicht ausbreiten, und das aus den Taschen herabprasselnde Kleingeld klimperte auf dem Metall.

»Bötchen!« schrie der Mann in dem brasilianischen Trikot, die Frau sprang auf den widerspenstigen Mantel, und beide warfen sich auf den flatternden Stoff, drückten ihn mit ihren Körpern an die Sehschlitze des Panzers, kicherten und küßten sich, als wären sie unendlich jung, als hätte sich das Leben von einem langsamen Dahinsterben wieder in ein fröhliches und riskantes Spiel verwandelt. »Ich liebe dich, Lysik! Noch mehr als früher!« flüsterte ihm Bötchen zu und schlug dann mit den Lippen auf dem Panzer auf.

Der Panzer erblindete.

Der Panzer warf sich hin und her.

Der Panzer erstarrte.

»Kommen Sie raus!« schrie van Gogh und hämmerte mit der Rohrzange auf die Luke.

Die Luke knirschte. Sie öffnete sich. In der Luke erschienen die erhobenen Hände des Tadschiken.

Salysin brach in Lachen aus und steckte dem Tadschiken eine Zigarette zwischen die gespreizten Finger.

»Ich nicht rauchen«, sagte der Tadschike mit einem Kopfschütteln und gab die Zigarette zurück.

»Dann nimm einen Apfel«, sagte Bötchen. »Iß nur, genier dich nicht.«

Der Tadschike begriff, daß niemand vorhatte, ihn zu töten, und grub, eingeschüchtert um sich blickend, seine Zähne in den Apfel. Er kam ihm sauer vor. Zu Hause waren die Äpfel süßer. Ganz zu schweigen von den Pfirsichen.

»Woher kenne ich nur diesen Mann in dem brasilianischen Trikot?« dachte ich, und plötzlich begann sein zerknittertes Gesicht sich zu verändern, die Falten verschwanden, die Züge glätteten sich. Der graue Schopf mit dem ordentlich gezogenen Scheitel wurde schwarz wie ein Rabenflügel, fing zu funkeln an, plusterte sich auf und wurde fröhlich. Das gelbe brasilianische Trikot verwandelte sich in ein scharlachrotes mit der Aufschrift »UdSSR«. »Mein Gott, das ist ja Salysin, Lysa … Es hieß doch von ihm, daß er sich um den Verstand getrunken habe, andere wieder erzählten, daß er gestorben sei ...« Endlich hatte ich den großen Fußballer erkannt. Er war kein so umschwärmter Spieler gewesen wie seine Zeitgenossen Borbow und Strelzow, denen die kleinen Jungs zitternd vor Verehrung wie Schildknappen die Koffer hinterhergetragen hatten. Er hatte seinen Koffer immer selbst getragen, war aber dennoch hochgeschätzt.

Wenn Lysa in einem schon fast verlorenen Spiel eingewechselt worden war, hatten die Fans erleichtert aufgeatmet – er würde sie nicht im Stich lassen.

Und jetzt atmete auch ich erleichtert auf, als ich sah, daß er hier war, auf den Barrikaden vor dem Weißen Haus. »Aber wer ist denn diese Frau mit diesen weißen oder auch grauen Haaren? Wie sie sich lieben, sich sogar noch auf dem Panzer küssen ... Das ist mir ein schöner Toter. So ein Toter wäre ich auch ganz gern ... So trifft man dich also wieder, Idol meiner Jugend ... Was hast du bloß all die Jahre gemacht, seitdem du von der Bildfläche verschwunden bist? Wo hast du gesteckt?«

12.

ZWEI MÜTZEN MIT DEM EIFFELTURM

»Das sind doch wahrhaft unglückliche Leute, diese Mitglieder des Politbüros. Die dürfen weder Bier aus dem Schankwagen schlürfen noch sich mit ihren Kumpels herumtreiben, auch nicht aus ganzem Herzen neben dem Denkmal, sagen wir, von Minin und Poscharski[1], ausspucken oder mit einem Mädel einen Abstecher in, na, zum Beispiel hier in unser Café machen, um ein bißchen warm zu werden und sich später dann aneinander zu wärmen. Natürlich trinken die auch, aber wahrscheinlich mit ihren eigenen Assistenten, die aber alles andere als Freunde sind, sondern irgend etwas zwischen Wachtposten und Spitzel.

Und wenn sie mal einen Seitensprung machen, dann wahrscheinlich nur ganz verängstigt, heimlich und leise und noch dazu mit den eigenen Krankenschwestern und Putzfrauen, deren Schulterklappen sogar auf den nackten Schultern noch zu erahnen sind. Nein, nur gut, daß ich kein Mitglied des Politbüros bin«, dachte der Garderobier des Moskauer Eiscafés »Roter Frühling«, Semjon Palytsch, bei sich, als er durch das Fenster beobachtete, wie Arbeiter auf dem Gebäude des Rigaer Bahnhofs gigantische Portraits von Breschnew und seinen Parteigenossen nach oben zogen, um sie anläßlich des näherrückenden Jahrestages der Oktoberrevolution dort aufzuhängen.

Weder Semjon Palytsch noch die Mehrheit des restlichen sowjetischen Teils der Menschheit kamen je auf den Gedanken, daß dieser Feiertag eines Tages, in überschaubarer Zukunft, abgeschafft werden könnte, wie übrigens auch das Politbüro selbst und sogar die Kommunistische Partei.

Semjon Palytsch hatte, wie alle Garderobiers des Welt auch, seinen ganz eigenen professionellen Blick beim Bewerten seiner Gäste. Diese Bewertung ergab sich aus dem Gesicht, den Manieren, der Kleidung und außerdem aus einer Vielzahl kaum faßbarer Nuancen, die jener Teil der Menschheit, der sich mit Garderobenangelegenheiten nicht befaßt, nie begreifen würde.

Eine durchaus nicht unwichtige Rolle spielte bei dieser Bewertung das

Gepäck. Ein Koffer – das war ein sicherer Rubel, und wenn man ein wenig knurrte, daß es eigentlich nicht gestattet sei, Koffer anzunehmen, dann konnten auch zwei Rubel dabei rausspringen. Eine geschlossene Einkaufstasche brachte – allerhöchstens – zehn Kopeken, und dafür mußte man noch die Blutspuren von aufgetautem Fleisch wegwischen.

Ein Einkaufsnetz mit Apfelsinen bedeutete in der Regel gleich null Einnahmen, denn diejenigen, die dafür stundenlang Schlange gestanden hatten, hatten keine Kopeke für Trinkgeld übrig. Ein Rucksack – das gab fünf Kopeken, manchmal auch überhaupt nichts. In letzter Zeit zahlte man gut für die Aufbewahrung von Toilettenpapier, dessen Rollen wie eine Girlande auf einer Schnur aufgezogen waren: mehr als für die Aufbewahrung von Klavierauszügen für die Oper oder Papierrollen mit Diplomzeichnungen. Eine Kiste mit einem Eßservice mindestens drei Rubel. Für einen Klapptisch aus Leningrad mit Gummirädern hatte man ihm neulich einen Fünfer gegeben. Und einmal hatte er eine Stoßstange gehabt, und zwar nicht irgendeine, sondern eine von Mercedes. Dafür hatte der Gast aus dem Kaukasus einen ganzen Zehner lockergemacht.

Die geheimnisvolle Welt des Organisierens hatte mit der benzinbetriebenen Säge, die mit den einheimischen Touristen in die Tschechoslowakei fuhr, und dem Kronleuchter, der von dort ins Land zurückkehrte und in dem gleich zehn weitere Kronleuchter versteckt waren, um so sicher durch den Zoll zu kommen, in die Garderobe jenes dem Bahnhof gegenüberliegenden Cafés Einzug gehalten.

Der Gerechtigkeit halber muß hier angemerkt werden, daß Semjon Palytschs Verhältnis zu seinen Gästen nicht durch ausschließlich merkantile Überlegungen bestimmt wurde. In ehrlicher Selbstlosigkeit verstaute Semjon Palytsch mitunter auch einen Kinderwagen oder ein Dreirad, einen Roller oder einen Berg Papierwindeln in seiner Garderobe, und niemals nahm er auch nur eine einzige Kopeke für Kindersachen, denn er liebte Kinder, obwohl er unglücklicherweise keine eigenen hatte.

Semjon Palytsch kannte sich mit Pelzmänteln und -mützen aus, wie ein professioneller Kürschner, und mit Kopfbedeckungen für den Sommer nicht schlechter als der Schirmmützenmacher aus der Stoleschnikow-Gasse. Wie viele seiner Kollegen liebte es auch Semjon Palytsch – sozusagen als geistige Gymnastik –, die Berufe seiner Gäste zu erraten. Im allgemeinen gelang es ihm. Doch es gab auch Fehlschläge.

Einmal hatte Semjon Palytsch einen Alten in einem unansehnlichen

Jackett mit schwarzen Flicken an den Ellenbogen, der ihm irgend etwas auf ukrainisch erklären wollte, ziemlich grob von der Tür zurückgedrängt. Der Alte kam ihm vor wie ein unbedeutender Dienstreisender aus irgendeinem Kryschopol, erwies sich aber ausgerechnet als kanadischer Millionär ukrainischer Herkunft, und noch dazu als Friedenskämpfer. Diese Geschichte brachte Semjon Palytsch eine ernsthafte Rüge ein und ließ ihn bei der Einschätzung der Kunden ein wenig vorsichtiger werden.

An diesem Herbsttag des Jahres 1982 wischte Semjon Palytsch vor Öffnung des Cafés ein paar Tomatenkerne vom Garderobentresen, die dort unbegreiflicherweise festgeklebt waren. Er war ein wenig niedergeschlagen.

Seine Niedergeschlagenheit rührte daher, daß er gestern in der Billardhalle von Ostankino einen Fünfziger verplempert hatte, als er auf Anraten eines Sergeanten der Milizabteilung – jene verbarg sich schüchtern in demselben Gebäude, in der sich auch die Billardhalle befand – auf den Zauberer des Queue namens Aschot gesetzt hatte.

Aschot hatte dem wie ein Dandy wirkenden Vorsitzenden einer usbekischen Kolchose eine Vorgabe gelassen. Der Usbeke hatte aus den unergründlichen Taschen seines gestreiften Steppmantels immer wieder kleine Stücke einer gedörrten Melone herausgeholt und hatte, während er diese ganz in Ruhe lutschte, eine Kugel nach der anderen in die Billardlöcher versenkt. Als dann Aschot an der Reihe gewesen war, hatte er die entscheidende Kugel verfehlt …

Oder war Semjon Palytsch vielleicht deshalb so niedergeschlagen, weil heute am frühen Morgen, als er gerade mit dem Teelöffel sein tägliches weichgekochtes Ei aufklopfte und mit Schlucken, die langsamen, majestätischen Akkorden glichen, sich nachdenklich selbst begleitend seinen Kefir trank, ein Vogel unbestimmter Gattung durch die Lüftungsklappe in seine Junggesellenwohnung an der Grocholski-Straße hineingeflogen war, was nichts Gutes zu bedeuten hatte. Und der Vogel wollte einfach nicht wieder wegfliegen, flatterte zuerst vom Schrank auf den orangefarbenen Lampenschirm, dann von dort wieder woanders hin und beschmutzte ganz unerwartet mit einem Klecks die in einem Nußholzrahmen auf dem Nachttisch stehende Fotografie des Idols aus Semjon Palytschs weit zurückliegender Jugend – Wsewolod Bobrow, der sich in dem unvergeßlichen Jahr '45 zum Tor der Mannschaft »Arsenal« vorgekämpft hatte. Unvergeßlich blieb dieses Jahr, da es auf dem Schlachtfeld des Krieges den Sieg über die Faschisten brachte und auf dem Fußballfeld mit einem Gesamtergebnis von 19:9 die überwältigenden Siege von »Dynamo« in der Heimat des Fußballs, in England. Damals hatte es in der Sowjetunion noch kein Fernsehen gegeben, aber das ganze Land hatte mit angehaltenem Atem auf den heiseren Redefluß des nach Stalin und Marschall Schukow dort wohl berühmtesten Mannes gelauscht – des Radiokommentators Wadim Sinjawski, der mit seiner Stimme die Fußballer in ihren »Dynamo«-Trikots, deren Gestalten im Schlamm des auch als »Erbsensuppe« bekannten englischen Nebels kaum zu erkennen waren, stereoskopisch aus den Radiowellen formte, so als seien diese biegsamer Ton. Was war das damals für ein Fußball, was für ein Fußball!

»Das Leben fliegt davon wie Rauch von weißen Apfelbäumen«, zitierte Semjon Palytsch aus dem Gedicht des Vaters eines der von ihm auf der Welt am meisten verehrten Menschen – des Fußballstatistikers Konstantin Jesenin. »Aber hat es überhaupt weiße Apfelbäume gegeben? Rauch hat es wohl gegeben. Viel Rauch.« Und nach einem Blick auf die Uhr, die bereits zehn zeigte, ging er die Tür des Cafés »Roter Frühling« öffnen, erfüllt von dem Bewußtsein, unabänderlich dazu verdammt zu sein, sie bis zu seinem Tode öffnen und schließen zu müssen.

Es wartete keine Menschenmenge, aber eine kleine Ansammlung von Leuten stand dennoch da. Hauptsächlich Milchbärte in Jeans und den khakifarbenen Windjacken der studentischen Baubrigaden, ohne Kopfbedeckung oder Gepäckstücke. Nur einer hatte eine Gitarre in einem Futteral aus Zelttuch bei sich.

Aber Semjon Palytsch glaubte an eine alte Bauernweisheit: Wie der erste Gast, so der ganze Tag.

Der erste Gast, der abseits von allen anderen stand, war ein Mann in recht fortgeschrittenem Alter, der noch dazu eine westliche grüne Schirmmütze mit blutrot und golden glitzerndem Muster trug. Sein Gesicht kam Semjon Palytsch unglaublich bekannt vor. Es war in diesem Gesicht etwas so Bekanntes, so Berühmtes, wenn ihm auch vielleicht schon der Zug von etwas Eingemottetem anhaftete. Und dennoch hatte dieses Gesicht eigentlich nichts Besonderes an sich. Die Nase war so, wie man sie überall antreffen konnte: ein bißchen groß und gleichzeitig stupsnasig. Man konnte nicht sagen, daß sie rot sei, aber sie war auch nicht weiß. Die Augen bläulich, wie mit Wasser verdünnt. Ein Gesicht, das man, ehrlich gesagt, nur schwer in Erinnerung behielt, das aber dennoch irgendwelche undeutlichen Erinnerungen wachrief.

»Kommen Sie der Reihe nach vor ... Nicht drängeln! Es sind genug Plätze für alle da«, begrüßte Semjon Palytsch die Eintretenden herzlich, aber ein wenig gebieterisch und nahm dem ersten Gast seine Schirmmütze aus der Hand. »Woher kenne ich ihn nur?« Seine Hände waren wie die eines Schlossers und Arbeiters, doch gleichzeitig waren sie unnatürlich bleich wie die eines Badewärters aus dem Sandunow-Dampfbad.[2]

Semjon Palytsch fühlte sofort, daß diese Schirmmütze – wenn sie auch nicht mehr ganz neu war – nicht aus irgendeinem Hinterhof-Bouclé gemacht war, sondern aus erstklassigem Tweed. Als er die Mütze auf einen Metallhaken hängte, warf Semjon Palytsch wie zufällig einen Blick auf das Futter. Es war speckig, aber auf dem fast ausgeblichenen Stoff glänzte golden ein Etikett mit dem Eiffelturm.

»Ob der wohl zu den ehemaligen Stachanow-Leuten gehört, die über die Gewerkschaft Karriere gemacht haben und jetzt die ganze Welt bereisen?« Für alle Fälle lächelte Semjon Palytsch respektvoll übers ganze Gesicht:

»Für Schirmmützen geben wir keine Nummern aus. Sie waren noch nicht oft bei uns ...« Der letzte, fast untertänig klingende Satz war so etwas wie ein Angelhaken, doch der Gast biß nicht an. Er grummelte ein paar unverständliche Worte und begab sich in den Saal.

Semjon Palytschs Augen glitten über die Gestalt des Gastes, immer noch tastend, immer noch abschätzend. »Nein, doch keiner von denen, die ständig im Ausland sind.«

Außer der Schirmmütze hatte nichts sonst an dem Gast auch nur irgendeine Beziehung zum Eiffelturm, weder das offensichtlich aus inländischer Produktion stammende Hemd in der rosaroten Farbe technischen Alkohols mit dem altmodischen, zu breiten und zu spitzen Kragen und den verschiedenen schwarzen und weißen auf Junggesellenart angenähten Knöpfen noch die glänzende Hose aus leuchtend blauem Aeroflot-Cheviot, auf der eine Bügelfalte nicht einmal angedeutet war, auch nicht die nilpferdartigen dunklen Schuhe, die Kohlenspuren auf dem Parkett hinterließen.

Der Gast setzte sich an einen freien Tisch unter einem bunten Mosaik, auf dem ein Flötenspieler in schneeweißen Fußlappen zu sehen war, die den englischen Gamaschen aus der indischen Kolonialzeit ähnelten. Dieser Gast paßte irgendwie überhaupt nicht zu dem Mosaik, zu den bunten Eiskugeln und dem bereits beginnenden melodischen Klappern der

Löffelchen in den Metallbechern. An ihm haftete unauslöschlich etwas von Hausfluren, in denen es nach Katzen riecht und wo sich drei für eine Flasche Wodka zusammentun, von Schlangen an Bierbuden, deren von Fischschuppen gelb phosphoreszierende Tresen erzittern, wenn die getrockneten Stockfische daraufgeschlagen werden.

Die Kellnerinnen schwammen hochmütig an dem einsamen Gast vorbei, wie majestätische Schlachtschiffe an einem schäbigen Schlepper, der zufällig an der Anlegestelle gestrandet war.

Das einzige, was sich an dem Gast von seiner sonst allgemeinen Verwahrlosung abhob, war seine Haarpracht, die er offensichtlich sorgfältig pflegte. Sie wies bereits ziemlich viele graue Haare auf, war jedoch noch dicht und borstig und wurde von einem ordentlichen schnurgeraden Scheitel unterteilt. Dieses Haar verlieh dem Gast eine gewisse Noblesse.

Es war ein merkwürdiger Gast: heruntergekommen und gleichzeitig würdevoll.

Es war das in der Vergangenheit entschwindende Gesicht des russischen Handwerkers, der einst Flöhe mit Hufeisen beschlagen hatte[3], inzwischen aber längst vergessen hat, wie man dies anstellt. Dieses Gesicht hörte nicht auf, Semjon Palytsch zu beschäftigen, es beunruhigte die Tiefen seines Unterbewußtseins, quälte ihn, da er es erkannte, ohne es wiederzuerkennen.

Semjon Palytsch überlegte, ob er diese Schlafmützen von Kellnerinnen daran erinnern sollte, den einsamen Gast doch endlich zu bedienen.

Die Kellnerinnen mochten keine einsamen Gäste, außer natürlich, wenn diese ein rein weibliches Interesse in ihnen wachriefen. Einsame Gäste konnten sich vor niemandem brüsten, wenn sie Trinkgeld gaben. Die Kellnerinnen schätzten es nicht sonderlich, wenn man sie in unbedeutenden Fällen an etwas erinnerte, gleichzeitig verziehen sie es einem aber nicht, wenn man sie in besonderen Fällen nicht erinnerte.

Semjon Palytsch hatte sich schon dazu durchgerungen, sie daran zu erinnern, den Gast zu bedienen, aber in diesem Moment erblickte er sich selbst zufällig in einem gesprungenen Spiegel, der von zwei Gummipfropfen zusammengehalten wurde, seit im vergangenen Jahr irgend jemand verwegen eine Flasche hineingeworfen hatte, und er stellte erleichtert fest: Das Gesicht des Gastes erinnerte ihn nicht an irgendeine Berühmtheit, sondern an ihn selbst, an den Garderobier Semjon Palytsch Trufanow. Als wären sie beide – der einsame Gast und er – ein und demselben Fließband entsprungen: dieselben weder roten noch weißen Nasen, dieselben bläulichen, wie mit Wasser verdünnten Augen. Allerdings hatte Semjon Palytsch keine solch gepflegte Haarpracht, sondern lediglich ein paar gestriegelte, dünne Härchen …

»Fast mein Doppelgänger«, belächelte sich Semjon Palytsch traurig. »Sozusagen ein ungelöstes Phänomen der Natur … Ja, wir sind beide ziemlich gealtert, mein unbekannter Bruder … Die schwarzen Vögel fliegen schon vor unserem Fenster. Trotzdem halten wir uns noch. Noch tragen uns unsere Beine, sozusagen. Und ich habe doch gleich gemerkt, daß mir dein Gesicht irgendwie bekannt vorkommt. Wie sollte es mir auch nicht bekannt vorkommen? Schließlich rasiere ich mich jeden Morgen, und wenn es mir auch zuwider ist, aber in den Spiegel muß ich doch blicken.« Und der Garderobier verwarf seinen Entschluß, die Kellnerinnen an diesen Gast zu erinnern. Es war schließlich kein besonderes gesellschaftliches Verdienst, ihm, Semjon Palytsch, ähnlich zu sehen. Man konnte nicht behaupten, daß Semjon Palytsch sich selbst unterschätzte, aber Leute, die ihm ähnlich sahen, überschätzte er deshalb noch lange nicht.

Plötzlich jedoch zuckte Semjon Palytsch zusammen. Jemand hatte ihm lässig eine Schirmmütze in die Hand gedrückt. Semjon Palytschs Zucken erklärte sich dadurch, daß auf dem Futter der Mütze dasselbe Etikett mit dem Eiffelturm golden glänzte.

Süß und gefährlich stieg die Erinnerung an alte italienische Filme über die Mafia in ihm auf: *Unter dem Himmel von Sizilien*, *Kein Frieden unter dem Olivenbaum*, die Semjon Palytsch früher einmal in dem inzwischen abgerissenen Kino »Perekop« gesehen hatte, das in einem ehemaligen Rotlichtviertel lag, wie Kuprin es in dem berühmten Werk *Die Gruft* beschrieben hatte. In der Eingangshalle des Cafés »Roter Frühling« tauchten plötzlich die unsichtbaren Schatten von Massimo Giorotti und Ralf Vallone auf. Es war, als hätte man – um eine unerbittliche Vendetta anzukündigen – bei einem sizilianischen Festessen soeben einen blutigen Hasen auf den Tisch geworfen, der mit der Waffe eines unrasierten Mafioso getötet worden war.

Vor Angst erstarrt, hob Semjon Palytsch langsam seine Lider, die schwer geworden waren wie die eines Wij[4]. Er wartete darauf, daß man ihm gleich einen in der Mitte durchgerissenen Tausendlireschein zustecken und die fehlende Hälfte von ihm verlangen würde. So weit konnten zwei am selben Tag auftauchende Eiffeltürme auf dem Futterstoff zweier Schirmmützen einen bescheidenen Moskauer Garderobier bringen. Aber nichts Derartiges geschah. Es geschah etwas weitaus Aufregenderes.

Vor Semjon Palytsch stand ein stämmiger untersetzter Mann mit leicht ungleichen, tiefliegenden braunen Augen, mit langen, nicht zu seiner Größe passenden Gorilla-Pranken, der schwerfällig von einem Fuß auf den anderen trat. Er war wie der einsame Gast ebenfalls jenseits der Fünfzig und hatte wie er einen sorgfältig gepflegten grauen Schopf. Auf der Lederschulter des Jacketts, auf dem schwarze Lichtreflexe schillerten, lastete der noppenbesetzte – rutschfeste – Riemen eines Fotokoffers der Marke Nikon.

Semjon Palytsch durchfuhr es wie ein Blitz, und mit wackligen Beinen flüsterte er:

»Alexej Petrowitsch? Sie persönlich? Allein?«

Alexej Petrowitschs Haar verlor augenblicklich sein graues Aussehen und begann in anthrazitfarbenem Glanz zu leuchten. An den Händen wuchsen Torwarthandschuhe. Anstelle des Lederjacketts umspannte den elastisch vibrierenden Körper ein schwarzer Pullover mit den daran hängengebliebenen, smaragdgrün leuchtenden Grashalmen des Fußballfelds. Die Eingangshalle des Cafés »Roter Frühling« verwandelte sich in ein Fußballtor, in dem der Große Torwart, der in dem ihm zu Füßen liegenden England des Jahres '45 nur der »Tiger« genannt wurde, tatsächlich wie eine Raubkatze hin- und hersprang, den Ball aus der Ecke herausholte, ihn vom Kopf des Stanley Mathews oder vom Schuh des Tommy Lawton abfing.

»Ich habe hier ein Treffen«, erklärte Alexej Petrowitsch und knallte, seinem Alter wenig angemessen, munter mit einem Kaugummi. »Mit einem alten Freund.«

Semjon Palytsch zog augenblicklich seine Schlüsse, kam zu einem Ergebnis und meldete in strammer Haltung:

»Der Herr wartet schon, Alexej Petrowitsch. Der Herr hat genau dieselbe Schirmmütze. Sozusagen eine materialisierte Parole. Aber ich habe ihn nicht erkannt, ich bitte um Verzeihung. Der Herr ist mir zwar recht bekannt vorgekommen, dennoch habe ich ihn nicht erkannt.«

»Die Jahre ...«, lächelte der Große Torwart freudlos. »Denkst du etwa, daß mich noch viele Leute erkennen? Aber das ist doch Lysa ...«

»Salysin? Prochor Timofejitsch? Er selbst?« fragte Semjon Palytsch nach Atem ringend. »Ja, das war doch, sozusagen, ein großartiger Verteidiger ... Nicht schlechter als Kotschetkow ... Allerdings hat er Pech gehabt mit seinen Mannschaften. Aber wer Ahnung hat, der kennt Salysins Wert. Wie konnte mir das bloß passieren, oje, oje … Geben wir den Apparat ab, Alexej Petrowitsch? Bei mir liegt er wie in einem Safe.«

»Nein danke«, schob der Große Torwart die fürsorglichen Hände beiseite. »Meinen eigenen Apparat – ich hatte mich nur kurz umgedreht – hat man mir beim Hockey gegen die Kanadier gestohlen. Der hier ist von der TASS. Die haben mir kurzfristig aus der Patsche geholfen. Aus Hochachtung … Einige erinnern sich eben noch.«

»Wieso einige, Alexej Petrowitsch? – Die ganze Nation, sozusagen …« Semjon Palytsch wurde ganz zappelig.

»Na, na – was redest du da daher – die Nation …«, dämpfte der Große Torwart seine Begeisterung. »Mehr als die Hälfte der Bevölkerung wurde bereits geboren, nachdem wir von der Bühne abgetreten sind … Wie soll die sich schon an uns erinnern? Und wo ist nun Lysa?«

Semjon Palytsch berührte ehrfürchtig den ledernen Ellenbogen des Großen Torwarts, so als sei dieser eine nationale Reliquie, und geleitete ihn zu dem Tischchen, an dem der Große Verteidiger saß und noch immer nicht bedient worden war.

Die zwei ehemaligen Nationalhelden umarmten und küßten sich. Es war offensichtlich, daß sie einander seit langem nicht mehr gesehen hatten.

Semjon Palytsch schmolz in dem Bewußtsein dahin, einem historischen Moment beizuwohnen. Als er sich stolz und mit dem erhabenen Gefühl der Dazugehörigkeit nach allen Seiten umblickte, bemerkte er voller Bitterkeit, daß die Milchbärte in ihren Jeans und mit den Windjacken der studentischen Baubrigaden nicht einmal die Köpfe umwandten. Semjon Palytsch dachte seufzend, daß man der neuen Generation all das unmöglich erklären konnte, denn die Epoche, in der diese beiden Männer die Lieblinge der ganzen Nation gewesen waren, war vorbei. Und heute machte man sich nicht einmal mehr die Mühe, sie zu bedienen.

Semjon Palytsch stürzte Hals über Kopf zum Buffet und packte mit zitternden Händen die erstbeste Kellnerin. Semjon Palytsch brachte vor Erregung kein Wort hervor.

»Was ist denn los mit dir, bist du übergeschnappt?« fragte ihn die Kellnerin und schob ihn mit kräftigen Händen beiseite, so als sei er leicht wie eine Feder.

»Ariadna!« quäkte Semjon Palytsch fast heulend. »Bedienung! So erstklassig wie es nur geht! Champagner! Den vom Direktor mit dem schwarzen Etikett ›Abrau Djurso‹! Eine Schachtel ungarischen Konfekts! Gemischtes Eis! Bananen! Apfelsinen! Ich zahle! Wir haben Alexej Petrowitsch höchstpersönlich zu Gast! Den Tiger, sozusagen! Verstehst du, Ariadna? Und dann noch der Salysin! Prochor Timofejitsch! Verstehst du? Das sind Berühmtheiten der höchsten Kategorie!«

»Wer?« Ariadna begriff nichts. »Aus der ›Zeitmaschine‹, oder was?«

Und für alle Fälle richtete sie ihre Frisur, als sie ihre wuchtige Brust auf die Theke des Buffets legte:

»Soi, gib mir doch mal ein Pfund Bananen aus deinen Notreserven … Hochverehrte Leute, verstanden? Entweder aus der ›Zeitmaschine‹ oder vielleicht auch aus der ›Abteilung für den Kampf gegen die Unterschlagung sozialistischen Eigentums‹ …«

»Na, wie geht's dir, Lysa?« fragte der Große Torwart ein wenig gönnerhaft und probierte nach einem Schluck »Abrau Djurso« von dem violettfarbenen Eis, in dem eine echte Johannisbeere fror.

»Na ja, so einigermaßen«, antwortete Salysin friedfertig, dem ungewohnten Stechen der Bläschen der ihm wenig vertrauten, schwachprozentigen goldenen Flüssigkeit nachspürend.

»Du bist ja abgetaucht wie ein Schwerverbrecher, der abkassiert hat, Lysa … Hast die Wohnung gewechselt … Hab' nur mit Mühe deine Telefonnummer herausbekommen … Wie ich hörte, hast du dich von Elka scheiden lassen?«

»Ja«, brummte Salysin unwillig.

»Warum denn das bloß?«

»Wir haben vom Charakter her nicht zusammengepaßt.«

»Nach drei Jahrzehnten? Hast wieder geheiratet, was?«

»Nein.«

»Das heißt also, du bist jetzt allein?«

»So ist es.«

»Trinkst du?«

»Ich degustiere.«

»Und wo arbeitest du?«

»Leiter des Lagers in einem Sportgeschäft. Und du bist, wie ich sehe, Fotograf geworden?«

»Mich hat man zuerst zum Wachtposten im Diamantenfonds gemacht, Lysa. Aber das war nichts für mich. Da wurde man ja allein schon von der versteckten Alarmanlage verrückt. Früher hat man mich fotografiert, und jetzt fotografiere ich. Die Umkehrung des Schicksals, wie Kolka Oserow sagt. Ich trainiere ein wenig. Meine Sprungkraft ist zwar dahin, aber der Ball klebt noch immer an den Handschuhen …«

»Und wozu?« fragte Salysin leise.

»Was ›wozu‹?« entgegnete der Große Torwart erstaunt.

»Wozu trainierst du immer noch?« wiederholte Salysin ebenso leise und drehte den zarten Fuß des Glases zwischen seinen ungeschickten Fingern.

»Wie – wozu? Um die sportliche Kondition nicht zu verlieren …«

»Und wozu brauchst du diese Kondition in deinem Alter?«

»Für die Selbstachtung … Außerdem organisiere ich Veteranenspiele … Freundschaftsspiele … Die Leute interessieren sich dafür, kommen hin.«

»Ich war mal bei so einem Spiel. Da geh' ich nie wieder hin. So eine Schande«, entgegnete Salysin mit einem unversöhnlichen Kopfschütteln.

»Was redest du da daher?« fragte der Große Torwart verdutzt. »Die Jungs sind natürlich nicht mehr so schnell, aber ihre Handschrift im Spiel haben sie sich bewahrt. Das ist doch Propaganda für die Traditionen unseres Fußballs.«

»Erzähl mir nichts. Und erschreck mich bloß nicht mit Propaganda …«, versuchte Salysin ihn zu zügeln. »Um die Kondition zu bewahren, kann man auch Langlauf betreiben. Aber mit solchen Bierbäuchen, wie sie deine Stars aus den Freundschaftsspielen haben, würde ich nur nachts durch dunkle Alleen laufen. Und ihr wackelt vor der ganzen Nation mit euren Bäuchen, bringt Schande über eure Namen. Und dann treibt ihr mit dieser Schande auch noch Geld ein …«

»Wir leben noch nicht im Kommunismus, wo man auch ohne Geld auskommen kann«, bemerkte der Große Torwart mit zunehmender Wut. »Und das ist ja schließlich nicht irgendeine Schieberei …«

»Doch!« behauptete Salysin mit einem nachdrücklichen Kopfschütteln. »Schieberei mit dem eigenen Namen.«

Der Große Torwart wurde krebsrot, erhob sich ein wenig von seinem Stuhl, und in seinen ungleichen Augen begannen Funken zu tanzen.

Der Garderobier Semjon Palytsch, der das Gespräch der beiden Ballgiganten aus der Ferne verfolgte und sich vor Ärger darüber, daß er nichts hörte, insgeheim alle Nägel abbiß, erstarrte vor Entsetzen: Bahnte sich da etwa eine Schlägerei an?

Die Kellnerin Ariadna, die bereits informiert worden war, wer diese beiden Gäste waren, grinste wollüstig im Vorgefühl eines kleinen Skandals, und in ihrem Mund blitzte eine Reihe goldener Zähne. Aber es kam zu keinen Handgreiflichkeiten, auch wurde kein Geschirr zerschlagen. Die Funken des Tigers in den Augen des Großen Torwarts wichen dem gutmütig-verschmitzten Glänzen der Erinnerung, und er setzte sich wieder auf seinen Stuhl, nachdem er Salysin mit seiner Pranke mit den eingezogenen Krallen auf die Schulter geklopft hatte.

»Du bist ja noch immer der alte Kämpfer gegen die Schieberei, Lysa! Ich erinnere mich, wie du Pyscha den Ball abgenommen hast – er liegt auf dem Spielfeld, windet sich scheinbar in Todeskrämpfen, und du packst ihn unter den Achseln und sagst: ›Steh auf, hör auf mit der Schauspielerei‹. Und weißt du noch, wie du in Paris bei dem Linksaußen Goschka drei Kilo schwarzen Kaviars entdeckt und losgebrüllt hast: ›Was treibst du eigentlich – spielst du Fußball, oder bist du ein Schieber?‹ Und dann hast du ihm in der für dich typischen provinziellen Ehrenhaftigkeit befohlen, diesen Kaviar in die Toilette zu kippen. Und Goschka, dieser Hundesohn, hat wie ein kleines Kind geflennt, aber dann hat er schließlich die Spülung gezogen. Du hast ihn gezwungen, alles bis zum letzten Kaviarkügelchen aus den Dosen herauszukratzen, und zwar nicht mit irgendwas, sondern mit der Kleiderbürste aus dem Hotel. Wahrscheinlich sind die späteren Hotelgäste noch lange Zeit mit kleinen russischen Kaviarkügelchen auf den Anzügen herumgelaufen …«

Doch der Große Torwart wurde trotz dieser Erinnerungen nicht weich und brachte den umstrittenen Ball wieder ins Spiel: »Aber jetzt wirfst du ganz umsonst mit dem Wort ›Schieberei‹ um dich, Lysa. Wenn ich deine Pingeligkeit nicht kennen würde – ich hätte dir eine aufs Maul gegeben. Natürlich geht es sozusagen auch ums Geld bei diesen Freundschaftsspielen … Aber immerhin haben die Jungs es auch schwer in ihrem Leben, ach, sogar ziemlich schwer … Es gibt eben, wie du selbst weißt, nicht für alle ehemaligen Fußballer Arbeit als Trainer. Nicht alle haben es so gut getroffen wie ich und Witka Ponedelnik, bei einer Zeitung, oder sogar wie du, in einem Lager. Aber es geht ja nicht nur ums Geld, Lysa! Bist du denn wirklich eine so gefühllose Kreatur? Weißt du denn etwa nicht, Lysa, was das bedeutet – die Sehnsucht nach dem Spiel? So eine Sehnsucht, daß du mit dem Fuß nach allem trittst, was dir unterkommt – nach einer Konservenbüchse, nach einer Zigarettenschachtel, einem Eisklumpen, einem Stück Ziegelstein, nach Apfelsinenschalen. Und wie einem ein Schauer durch alle Glieder geht, wenn da irgendwelche Jungs in einem heruntergekommenen Hinterhof den Ball vor sich herjagen und er plötzlich zu dir hinrollt, dieser runde, zertretene liebe Kleine, und dich mit seinen Rundungen neckt, wie der kleine Pfannkuchen aus dem Märchen.«

»Meinen Pfannkuchen hat der Fuchs schon längst gefressen …«, murmelte Salysin düster zwischen den Zähnen.

»Meinst du mit dem Fuchs unser Alter?« fragte der Große Torwart, indem er das Bild bissig aufgriff.

»Das Leben«, bemerkte Salysin lapidar.

»Uns kann das Leben vielleicht verschlucken, ohne daß etwas übrigbleibt, aber an dem Fußball verschluckt es sich.« Erneut funkelten die Augen des Großen Torwarts wie die eines Tigers und flackerten und tanzten so unterschiedlich, als ob sie zu zwei verschiedenen Menschen gehören würden. »Der Ball – das ist der Pfannkuchen, der den Großvater, die Großmutter verläßt und uns zwei graue Wölfe ebenso. Auch vor dem Fuchs nimmt er Reißaus. Er rollt zu den Kindern, Lysa. Eine Kindheit ohne Ball – das ist keine Kindheit. Weißt du, warum viele der heutigen Fußballer solche Schlappschwänze sind? Ja, weil sie ihre Kindheit verloren haben. Sie spielen nicht mit dem Fußball, sie dienen ihm. Schieberei, wie du zu sagen pflegst. Und dabei entsteht der Fußball doch in den Hinterhöfen, in der Kindheit. Der Ball, der ist … wie soll ich sagen … irgendwie wie die Erdkugel … Wenn die Kinder den Ball schießen – dann wollen sie die Erdkugel in die Richtung lenken, die ihnen gefällt …«

»Dir ist es ja auch gelungen, die Erdkugel in deinen Torwarthandschuhen festzuhalten, ich aber habe sie erst spät zum erstenmal berührt, und auch das – nur mit der Stiefelspitze. Und sofort haben sie sie mir wieder abgenommen … Schade, daß ich nicht in der Nationalelf spielen durfte«, meinte Salysin mit einem traurigen Grinsen.

»Ja, mit dir sind sie übel umgesprungen … Ich habe die Geschichte gehört, wie du deine Hühnchen aus dem Bordell herausgeholt hast und sie dich dann dafür angeschwärzt haben. Wo war das doch gleich – in Uruguay, oder?«

»In Santiago de Chile … Noch vor Allende …«

»Aber in Paris sind wir beide dann doch gemeinsam gewesen. Ich erinnere mich sogar daran, wie wir diese Zwillings-Mützen gekauft haben. Auf dem Flohmarkt – dem rosaroten Traum aller Sowjetmenschen. Ich habe diese Mütze heute extra aufgesetzt anläßlich dieses feierlichen Ereignisses – unseres Treffens.«

»Ich habe keine andere«, entgegnete Salysin mit einem finsteren Blick.

»Hör mal, Lysa, was ist mit dir los – hegst du so etwas wie Klassenhaß gegen mich?« fragte der Große Torwart geduldig, runzelte aber streng die Stirn. »Unsere Schicksale haben natürlich einen unterschiedlichen Verlauf genommen, doch wir sind immer noch Spieler derselben Klasse, verstanden? Wie schon im *Dschungelbuch* über Mogli gesagt wird: ›Wir sind von einem Blut – du und ich‹. Das ist unsere Fußballer-Devise, und damit basta! Und unsere Schicksale hätten sich auch anders fügen können. Ich habe von Anfang an Glück gehabt – aus der sowjetischen Militärmannschaft im Iran, wo ich übrigens Stalin bewacht habe, hat Michej mich direkt zu ›Dynamo‹ geholt. In so einer Mannschaft würde es sogar ein Idiot zu Gold oder Silber bringen. Dich aber hat man dorthin gesteckt, wo es früher nicht einmal nach Bronze gerochen hat. Du warst die einzige Rettung für die Mannschaft. Was warst du für ein Stürmer – nur Kolja Dementjew und natürlich noch das allgemein anerkannte Genie von ›Lokomotive Moskau‹, Kolja Klysch, haben auf dem Feld die Übersicht so gut bewahren können wie du. Und dann bist du plötzlich Verteidiger geworden, aber was für einer! Wenn du an der Spitze der Verteidigung standest, dann war diese der reinste Beton, nicht schlechter als dieser italienische ... wie heißt er doch gleich ... Catenacchio. Selbst erfahrene Wölfe sind gar nicht mehr so richtig zu sich gekommen, wenn du, Lysa, dich wie ein junger Kettenhund an ihren Beinen festgebissen hattest. Und weißt du noch, wie du Klunja den Ball abgenommen hast, als der einen Moment nicht aufgepaßt hatte, über das ganze Feld durchmarschiert bist und das Ding messerscharf zwischen den Torwarthandschuhen hindurch reingeschlagen hast? Die gesamte Ostkurve, wo die besten Kenner auf den billigsten Plätzen sitzen, hat damals zu schreien angefangen: ›Lysa in die Nationalelf!‹ Nur schade, daß deine besten Jahre damals schon vorbei waren. Aber jetzt bist nicht nur du, sondern wir alle beide im selben Lagerschuppen gelandet: dem der ehemaligen Fußballer. Aber die Veteranenspiele – die sind eine heilige Angelegenheit. Und wenn auch nur mit dem einen Ziel, die Fußballschuhe noch einmal zuschnüren und von einem alten Freund einen weichen Paß zugespielt zu bekommen ...«

»Aha, das klingt so, als wolltest du mich nun doch noch anwerben?« stichelte Salysin. »Spekulierst du auf die Erinnerungen?«

»Ja, wie redest du eigentlich mit mir, als sei ich ein fliegender Händler und Tagelöhner!« rief der Große Torwart empört. »Du bist es, der hier spekuliert, Lysa. Mit deiner stolzen Einsamkeit spekulierst du. Glaubst du, daß du besser bist als alle anderen?« Der Große Torwart knöpfte den Nikon-Koffer auf und holte aus einer der unzähligen Innentaschen einen Stapel Flugkarten hervor. Aus dem Stapel zog er eine Karte heraus und streckte sie Salysin hin.

»Lies.«

»Ohne Brille sehe ich nichts«, antwortete Salysin versonnen. »Und auf die Brille habe ich gestern meinen Teekessel gestellt.«

»Moskau–Kischinew«, las der Große Torwart vor. »Dritter November, das heißt morgen. Acht Uhr fünfundvierzig morgens.«

»Ich habe dir mein Einverständnis nicht gegeben«, schnitt ihm Salysin das Wort ab.

»Das Ticket ist nicht auf dich ausgestellt. Auf Lecha Sbitnjew«, erklärte der Große Torwart mit einem durchdringenden, abwartenden Blick.

»Ich soll für dich also auch noch den Lückenbüßer spielen?« antwortete Salysin aufgebracht.

»Was ist los, weißt du es etwa nicht?« fragte der Große Torwart erstaunt und vorwurfsvoll.

»Was weiß ich nicht?«

»Wir haben ihn vor einer Woche beerdigt.«

»Lecha? Sbitnjew?« fragte Salysin ungläubig nach und konnte es nicht fassen. »Er hat doch nicht getrunken, nicht geraucht ... Hat Briefmarken gesammelt ... Wie konnte das passieren?«

»Ein idiotischer Tod. Ein Fahrradfahrer hat ihn umgefahren ...«

»Ja, gibt's denn das – ein Fahrradfahrer, und dann tödlich verunglückt?«

»Sieht so aus, als ob es das gäbe ... Wir sind wohl zerbrechlich geworden, Lysa ... Er kommt mit zwei Tüten Kartoffeln aus einem Gemüsegeschäft und will nach Hause, und als er über die Straße geht, kommt da ein Junge auf einem Fahrrad hinter einem Oberleitungsbus hervorgeschossen. Lecha fällt mit dem Kopf auf den Asphalt und ist sofort tot ... Klawka verflucht sich selbst, weil sie ihn losgeschickt hat, Kartoffeln zu kaufen ...«

»Warum hat mir denn niemand etwas gesagt ...«, brummte Salysin.

»Wie soll man dir denn etwas sagen, wenn du nicht aufzufinden bist? Wenn du für deine Fußballfreunde nicht da bist?«

»Ich bin doch da«, antwortete Salysin resigniert. »Ich bin da ...«

»Das werden wir noch sehen ... Begreifst du jetzt, warum ich Lechas Ticket nicht zurückgegeben habe? Ich halte den Platz frei. Und am Flugplatz können wir es auf deinen Namen umschreiben lassen. Sie haben uns gutes Geld für die Reise versprochen – einen Hunderter für jedes Spiel. Und dann gibt's da noch jede Menge Obst. Doch wir haben jetzt mit den Jungs beschlossen – die gesamten Einnahmen gehen an Lechas Familie. Klawka quält sich mit Herzkrämpfen, und sie hat doch drei Kinder. Die sind zwar nicht mehr klein, aber Kinder sind es doch. Sie müssen erst noch auf die Beine kommen. Und Lecha hatte, ob du's glaubst oder nicht, ganze vierzehn Rubel auf seinem Sparkassenbuch. Was ist, spielst du für Lecha?«

»Ja …«, antwortete Salysin, der noch ganz benommen war. »Was war er doch für ein Mittelfeldspieler … Aber ich bin doch Verteidiger!«

»Macht nichts, wir werden das vor Ort sehen. Nur noch eines … Schaffst du es auch?« fragte der Große Torwart ohne Mißtrauen, aber mit einer gewissen Vorsicht. »Wann hast du das letzte Mal einen Ball gespielt, Lysa? Aber ehrlich!«

»Gestern«, schnaufte Salysin verlegen.

»So-o …«, sagte der Große Torwart vorwurfsvoll und gedehnt. »Und uns machst du dafür, daß wir bei den Veteranen mitspielen, zur Schnecke! Und wo hast du gespielt?«

»Na, bei uns, an der Peschtschannaja-Straße …, im Hof mit den Jungs … Da spiele ich halt ein wenig mit …«, verriet ihm Salysin sein Geheimnis.

»Ach Lysa, tief in deiner Seele bist du ein Egoist.« Wütend kippte der Große Torwart ein Glas Champagner, und der Tonfall seiner Stimme wurde nüchtern und geschäftsmäßig. »Die Reise dauert eine Woche. Ein Spiel pro Tag. Abends – Treffen mit den Fans in den Clubs. Die Chefs in deinem Geschäft überlaß mir, ich werde sie anrufen und sie im Namen der Zeitung bitten, dir freizugeben. *Fußball und Hockey*, das ist eine höchst angesehene Zeitung, verstanden? Die Mannschaft trifft sich morgen am Flughafen Wnukowo beim Informationsbüro.« Der Große Torwart legte den Stapel Flugkarten in den Koffer zurück, schloß alle Reißverschlüsse und fügte väterlich hinzu: »Aber bleib hier nicht zu lange sitzen, Lysa. Pack deine Sachen und schlaf dich gut aus. Bis morgen …«

Salysin nickte mit seinem ergrauten Schopf.

Der Garderobier Semjon Palytsch sah zu seinem Erstaunen plötzlich, daß einer der beiden berühmten Männer fortging, der andere jedoch blieb. »Haben sie sich etwa zerstritten? Auf ihre alten Tage?« bangte er, doch behende brachte er dem Großen Torwart eine der Schirmmützen mit dem Eiffelturm, ohne die beiden zu verwechseln. Salysins Mütze hätte man aufgrund ihrer allgemeinen Speckigkeit auch unmöglich mit der immer noch gepflegten Mütze des Großen Torwarts verwechseln können.

»Danke für die Aufmerksamkeit ...«, sagte der Große Torwart. »Leider habe ich es eilig. Wirf ein Auge auf meinen Freund, damit ihn niemand beleidigt.«

»Sie haben sich nicht zerstritten«, dachte Semjon Palytsch erleichtert. »Gott sei Dank, sie haben sich nicht zerstritten. Aber wie können sich so berühmte Leute auch zerstreiten? Man kann sie doch an den Fingern abzählen.« Und mit einem Blick auf den in der Tiefe des Saales sitzenden Salysin fragte er:

»Na, und wie geht's dem anderen Herrn, Alexej Petrowitsch? In Form?«

»Alles okay«, sagte der Große Torwart ohne den Schatten eines Zweifels und steckte sich einen neuen Kaugummi zwischen die noch kräftigen und frischen Zähne. Und ohne ein in jedem Fall beleidigendes Trinkgeld zu geben, tauchte er zartfühlend durch die Tür des gastfreundlichen Cafés »Roter Frühling« in die riesige und große Welt hinaus, in der es von Fahrradfahrern nur so wimmelte.

Semjon Palytsch hob mit fast religiöser Andacht das Kaugummipapier auf, das der Große Torwart hatte fallenlassen, und seufzte traurig. Der Kaugummi stammte aus Donezk.

Salysin war plötzlich allein und blickte mit gebremstem Erstaunen auf eine halbleere und eine noch volle Flasche Direktorenchampagner mit dem schwarzen Etikett »Abrau Djurso«. Es war ein für ihn ganz ungewohntes Getränk. Auf den Flaschen erblickte Salysin die ihm unverständliche Aufschrift »Brut«.

»Soll ich lieber niemanden mehr an Ihren Tisch setzen?« fragte Ariadna verständnisvoll, als sie das zweite Glas und die zweite Eisschale abräumte, in der das versunkene Löffelchen des Großen Torwarts in einer weißen Flüssigkeit schwamm.

Salysin antwortete nicht, und Ariadna entfernte sich taktvoll.

Und auf dem blauen Plastiktischchen wuchs unter den schweren Ellenbogen des in Gedanken versunkenen Salysin und unter den zwei Flaschen das grüne Gras eines Fußballfeldes. Direkt am Rand des Tisches dribbelte in seiner unvergleichlichen Art der um ein Vielfaches verkleinerte Lecha Sbitnjew, als sei dies die Randmarkierung des Feldes, hielt den winzigen Ball am Rande des Aus, und ohne daß er ihm entwischte, sprang er über die ihm gestellten Beine hinweg. Lecha hatte wie im Jahre '45 ein Trikot ohne Nummer und dieselben – bis zum Knie reichenden – schwarzen Sporthosen an, über die die Londoner Fans anfangs so laut gelacht hatten, bis sich dann die verblüfften Verteidiger von »Chelsea« daran festklammern mußten, als zum erstenmal in der Geschichte ein Ball von einem russischen Fußballschuh an den hilflos gespreizten Handschuhen des Torwarts Woodley vorbei in das Tor der Urheimat des Fußballs geschossen wurde.

Lecha war einer von Lysas Idolen gewesen – einer jener »elf Unbekannten mit den gleichen Mänteln«, die im nebligen Herbst 1945 während der vier Spiele auf britischen Fußballfeldern insgesamt neunzehn Tore geschossen hatten. Kinder der Baracken und Gemeinschaftswohnungen, wo an den Korridorwänden gleich mehrere Fahrräder hingen und in den Küchen gleichzeitig mehrere Frauen an den Herdplatten standen – jede wachte über ihren eigenen Kochtopf –, diese russischen Fußballer, die ärmsten auf der ganzen Welt, waren in völlig identische, neue schwere Mäntel gekleidet, die im letzten Augenblick gleich für die gesamte Mannschaft gekauft worden waren, damit sich niemand blamierte.

Sie hatten mit einem Ball aus Stoffetzen in den öden Hinterhöfen das Fußballspielen gelernt und sich ihre Knie an dem Mauerschutt aufgeschlagen, in ihren Handflächen leuchteten lila die Nummern vom Schlangestehen. Sie waren noch immer die jungen Wölfe aus Marina Roscha, Taganka, Rasguljai und Sokolniki, aus den krummen Gassen des Arbat[5], die wie eine hitzige, halbverhungerte und nichts fürchtende Hinterhofbande in die britischen Stadien stürmten, um die in Fußballertrikots gekleideten Besitzer von Nachtbars, Farmen und Sportgeschäften zu bezwingen.

Auf dem Plastiktischchen drehte sich vor Salysins Augen in immerwährendem Fußballtanz Sewa Bobrow, der Schaljapin[6] des russischen Fußballs, das Genie des Durchmarsches, das sich dem Verteidiger entgegenstellte und gleich darauf hinter dessen Rücken auftauchte, der elegante stupsnasige Meister des Umspielens Peka Dementjew, das alles sehende, auch auf dem Rücken mit Augen ausgestattete Genie des Passes Grischa Fedotow, der wie ein Büffel auf das Tor zustürmende Sanja Ponomarjow, der mit seinem Fuß den Ball in eine gußeiserne Kanonenkugel verwandelte, der dünne Wasja Karzew, der den Spitznamen »Tuberkulose« trug und mit seinen schwächlich scheinenden Beinen den Ball wie mit einem Hammer ins Tor schmetterte.

»Eine Sekunde«, sagte die heranschwimmende Ariadna süß warnend, und in dieser Sekunde, in der sie den Tisch säuberte, wischte sie mit der

Serviette die winzigen Fußballergestalten, die Salysins sehnsüchtige Phantasie heraufbeschworen hatte, wie lebendig gewordene Zinnsoldaten zu Boden.

»Soll ich sie öffnen?« fragte Ariadna und umfaßte mit ihren gedunsenen, sommersprossigen Fingern den Körper der zweiten Flasche. Erst jetzt bemerkte Salysin, daß die erste Flasche leer war.

»Ich mach' es selbst«, sagte Salysin wahrscheinlich nur, um irgend etwas zu tun.

Er hatte in mehr als einem halben Jahrhundert noch immer nicht gelernt, Champagnerflaschen zu öffnen, und als er mit einigem Entsetzen bemerkte, daß die Flasche bereits warm war, riß er das silberne Hütchen ab und begann, die Drahtschlinge aufzudrehen. Der Draht brach wie absichtlich, und Salysin mußte mit dem Eislöffelchen hantieren, das sich hilflos in seinen Händen bog. Endlich knallte der Korken, und ein schaumiger Strahl spritzte wie aus einem Feuerlöscher auf die Leute, die am Nachbartischchen saßen.

»Verzeihung«, stammelte Salysin, biß sich auf die Lippen und richtete den Strahl verkrampft auf sein Glas. »Entschuldigen Sie vielmals.«

»Kann vorkommen, Väterchen ...«, lachte ein bebrillter Bursche mit einer sich pellenden Nase und einer studentischen Baubrigaden-Jacke mit der Aufschrift »Philologische Fakultät der MGU«[7] gutmütig und machte nicht einmal den Versuch, die Spritzer von sich abzuwischen.

Dieses lässige und ein wenig gönnerhafte »Väterchen« versetzte Salysin einen schmerzhaften Stich, und er erinnerte sich an seine beiden inzwischen schon erwachsenen Kinder, die er nur selten noch gesehen hatte, nachdem Elka ihm seine abgewetzte Sporttasche vor die Tür gestellt hatte. Elka war erschüttert gewesen von seiner Dummheit, in das chilenische Bordell zu gehen, um seiner Mannschaft aus der Klemme zu helfen. Er hatte sich damit unvernünftigerweise selbst ans Messer geliefert, und das Ergebnis war gewesen, daß man ihn von seinem Trainerposten, auf den Elka ihn ihrer Meinung nach ganz allein gehievt hatte, gefeuert hatte. Den Wächter eines Sportgeschäfts konnte sie allerdings nicht gebrauchen.

Ehemalige Fußballer teilten sich für Elkas Verständnis in zwei Kasten: die höchste – ihr gehörten jene an, die führende Positionen im Fußball erreicht hatten, und die niederste – das waren jene, die einfach nur die »Bühne« verlassen hatten und in die Namenlosigkeit, in das unprivilegierte Leben ohne Auslandsreisen zurückgekehrt waren.

Die höchste Kaste ließ Elka nicht im Stich, verschaffte ihr eine Stellung, und jetzt schaukelte sie mit den fülliger gewordenen Hüften eines ehemaligen Mannequins berufsbedingt durch die Korridore des Sportkomitees, denn sie war die Sekretärin jenes ehemaligen Verteidigers geworden, der Lysa früher einmal, in einem Halbfinale, das während eines Dauerregens stattgefunden hatte, böse gefoult hatte. Die Schiedsrichter hatten das ausgestreckte Bein nicht einmal bemerkt, mit dem er Salysin direkt auf den Rist gestiegen war.

Anstandshalber hatte Elka Salysin immerhin zur Hochzeit ihrer Tochter mit einem jungen vielversprechenden Diplomaten eingeladen, der dann irgendwohin nach Sambia gefahren war. Sie hatte ihren ehemaligen Ehemann zur Seite genommen, und während sie ihm mit schockiertem Blick den Krawattenknoten neu band, hatte sie ihm gesagt: »Hochzeit ist Hochzeit, aber danach läßt du dich besser nicht mehr blicken, Salysin.«

Salysin ließ sich nicht mehr blicken. Und seinen Sohn hatte er zum letztenmal am Steuer eines silbernen Volvo gesehen, der an einer Ampel neben dem Schankwagen hielt, an dem Salysin zusammen mit seinen alten Freunden aus der Fabrik Bier trank und beim Schwelgen in alten, die Seele bedrückenden Fußballererinnerungen getrocknete Brassen genießerisch über einer Zeitung zerteilte. Es kam Salysin so vor, als hätte sein Sohn ihn erkannt und sich abgewandt. Sein Sohn arbeitete irgendwo in den oberen Sphären der Autoreparaturwerkstatt UPDK, und Kontakte mit heruntergekommenen Verwandten schienen ihn nicht zu interessieren. Er hatte seinen Vater allerdings einmal angerufen und ihn gefragt, ob es in seinen Lagerbeständen vielleicht australische Waffen für die Unterwasserjagd gäbe …

»Was, Sie gehen schon?« fragte Ariadna erschrocken, als sie sah, daß Salysin aufstand.

»Ich gehe nur telefonieren«, murmelte Salysin mit der ihm so verhaßten Unterwürfigkeit, die er beim Umgang mit Kellnern immer wieder an sich feststellte.

Am Telefonapparat im Foyer reichte ihm Semjon Palytschs diensteifrige Hand zwei Kopeken, die glänzten, als seien sie aus Gold.

»Ich bin es, Bötchen …«, sagte Salysin und war vor Aufregung plötzlich ganz heiser, als er die älter gewordene, aber für ihn immer noch liebste Stimme auf der Welt hörte, die ihm früher einmal so zärtliche Worte zugeflüstert hatte, wie er sie weder vorher noch nachher je wieder gehört hatte.

»Lysik!« Ob dieses unerwarteten Glücks rang die Stimme nach Atem, so wie sie auch damals nach Atem gerungen hatte, als sie einander in einem weit zurückliegenden, ganz anderen Leben geliebt hatten. »Hast du mich also doch noch angerufen, Lysik. Alles in allem nach zwanzig Jahren …«

»Ich habe dich all die Jahre angerufen, Bötchen … Um deine Stimme zu hören. Aber dann habe ich immer den Hörer aufgelegt.«

»Ich wußte, daß du es warst, Lysik. Ich habe dich schließlich auch angerufen und habe auch den Hörer aufgelegt, nachdem ich deine Stimme gehört hatte. Hast du gewußt, daß ich es war?«

»Ja.«

»Ist dir etwas passiert?«

»Lecha Sbitnjew ist umgekommen, durch ein Fahrrad. Komm her.«

»Ich weiß. Ich war auf der Beerdigung. Ich habe schließlich schon drei deiner Freunde beerdigt. Jedesmal, wenn ich da hingehe, denke ich, ich sehe dich. Aber du hattest dich immer betrunken. Wo bist du, Lysik?«

»Im ›Roten Frühling‹ am Rigaer Bahnhof … Komm.«

»Ich komme. Nur … nur bin ich inzwischen alt und häßlich geworden … Dein Bötchen ist ausgetrocknet …«

»Und ich bin vom Trinken ganz aufgeweicht.«

»Laß dich nur jetzt nicht aufweichen. Ich komme.«

Und plötzlich erschrak Salysin. Der einzige Mensch, den er fürchtete auf der Welt, war Bötchen. Vor Elka hatte er sich nicht gefürchtet – er hatte die Streitereien mit ihr gefürchtet. An Bötchen fürchtete er alles, ganz besonders jedoch ihre Augen.

13.

»HAT IHRE GITARRE SECHS SAITEN ODER SIEBEN?«

»Alewtina, du hast recht«, dachte Paltschikow, während er nichtsdestotrotz mit dem professionellen Blick eines Untersuchungsrichters die zum Weißen Haus marschierende Menschenmenge nach langhaarigen Hippies mit Gitarren absuchte. »Seit unserer Kindheit hat man uns eingehämmert, daß wir der Heimat dienen sollen. Und was bitte ist die Familie – etwa was anderes als unsere Heimat? Wenn diese Aufregung erst vorbei ist, Alewtina, dann beginnen wir ein neues, sauberes Kapitel in unserem Leben. Woraus ist das nur bloß: ›Wo es nicht besser wird, da wird es schlechter, aber vom Schlechten zum Guten ist es abermals nicht weit‹? Woraus? Und wo sind die Langhaarigen mit den Gitarren?«

Es gab zwar Langhaarige in der Menschenmenge, doch die hatten keine Gitarren. Und diejenigen, die Gitarren dabeihatten, waren nicht langhaarig. Die Menschenmenge war nach wie vor nicht sehr groß. Die bestellten Handschellen hätten bei weitem gereicht.

Das Weiße Haus in seiner Schutzlosigkeit rief in Paltschikow Entsetzen hervor. Es gab zwar Barrikaden, aber diejenigen, die sie bewachten, hatten keine Waffen. Der Haupteingang wurde von einigen wenigen, verwirrten Milizionären gedeckt, die die Leute ganz nach Intuition durchließen oder es ihnen eben nicht erlaubten.

Ungefähr sechs Männer in Zivil der Bewachungsfirma Alex mit den Gesichtern von Boxern und Karatekämpfern standen mit ihren Maschinenpistolen am Nebeneingang hinter der Glastür und mahlten wie in dem Film *Feuer in Old-Chicago* Kaugummi zwischen ihren Kiefern, um sich selbst mit zur Schau gestelltem Amerikanismus ihre Kaltblütigkeit zu beweisen.

Paltschikow erkannte einen der Wachtposten: Der Bursche hatte sich eine Zeitlang als Schutzgelderpresser verdingt, hatte Abgaben in den Kooperations-Restaurants eingetrieben und war jetzt ganz unerwartet auf die Seite der Verteidiger der Demokratie übergelaufen.

»Die Menschen werden reifer«, sagte sich Paltschikow mit einem Grinsen.

Ein paar betagte Angler schlugen Pflöcke in den Rasen neben dem Weißen Haus und spannten Nylonschnüre dazwischen auf.

»Was zaubert ihr denn hier?« fragte Paltschikow erstaunt.

»Das, lieber Mann, ist für den Fall des Sturms«, erklärte einer der betagten Angler leutselig. »Wenn diese, na, diese Putschkisten angelaufen kommen, dann stolpern sie über die Schnüre und schlagen hin.«

Paltschikow wußte nicht, ob er lachen oder ordentlich fluchen sollte. Er fluchte ordentlich, doch ohne dabei einen Laut von sich zu geben. »Um das Weiße Haus zu erstürmen, braucht es alles in allem nur hundert blaue Barette. Gott sei Dank ist dies ein Putsch der Feiglinge ... Doch wo sind denn nun bloß meine Gitarristen?«

Und plötzlich erblickte er in der Menge von hinten einen Kopf mit langen Haaren, die einem verwickelten Kupferdraht ähnelten, und ein abgewetztes Gitarrenfutteral aus schwarzem Leder mit fast gänzlich abgescheuerten ausländischen Aufklebern.

Paltschikow stürzte diesem Kopf nach, legte seine Hand auf eine von schwarzem Leder bedeckte Schulter und stellte schließlich mit süßer Stimme die Frage:

»Verzeihen Sie die Neugier, aber hat Ihre Gitarre sechs Saiten oder sieben?«

Der Mann drehte sich um, und verwirrt erkannte Paltschikow in ihm den gealterten Leadsänger einer in den Sechzigern einst berühmten Popgruppe – es war der Erste Sowjetische Langhaarige.

»Sechs«, antwortete der Erste Sowjetische Langhaarige und schüttelte Paltschikows Hand nicht allzu freundlich von seiner Schulter ab.

»Ein Autogramm, machen Sie mir die Freude ...«, versuchte sich Paltschikow, den einfältigen Fan mimend, herauszureden.

»Autogramme gebe ich erst nach dem Sieg ...«, sagte der Erste Sowjetische Langhaarige und beugte sich ein wenig zum Schilfstengel irgendeines schwarzen Mikrophons hinunter, um diesen historischen Aphorismus für die Ewigkeit aufzeichnen zu lassen.

Aber dann erblickte Paltschikow in der Menge vier langhaarige Burschen in Jeansjacken und mit Gitarren, die in Futteralen aus Zelttuch in Tarnfarben steckten. Sie gingen konzentriert im Gänsemarsch.

Paltschikow bemerkte, daß ihre Jeansjacken und die Futterale alle gleich aussahen und ganz neu waren, so als hätte man sie in einem Kleiderfundus ausgeteilt. Ihre Gesichter waren ebenso gleich und unverbraucht – auch sie stammten aus ein und demselben Fundus. Kein einziges besonderes Kennzeichen, mit Ausnahme ihrer militärischen Haltung. Ja, und auch dieser kleine Abstand, den sie untereinander hielten, wirkte militärisch. Waren sie es? Aber Paltschikow wollte sich nicht noch einmal in die Irre führen lassen.

Er schloß sich ihnen an und versuchte, ihre Gespräche zu belauschen. Aber sie schritten schweigend einher, und es war zu spüren, daß sie genau wußten, wohin sie gingen und warum.

Plötzlich kratzte sich einer der Burschen am Hinterkopf. Vielleicht hatte dort ein Gedanke zu kribbeln angefangen. Aber er kratzte sich ganz sonderbar am Hinterkopf – nicht in den Haaren, sondern darunter. Paltschikow drängte sich näher an diesen Burschen heran und fixierte mit forschendem Blick dessen Hinterkopf. Zwischen den weizenblonden Hippiezotteln erspähte Paltschikow einen frisch ausrasierten Hals, und die kleinen Haarstoppeln waren eindeutig schwarz. Die langen Haare waren eine Perücke.

Paltschikow überholte den Burschen – an der Seite, an der die Gitarre in ihrem Futteral hing – und blieb wie zufällig mit seiner Hand daran hängen. Das, was sich da im Futteral verbarg, konnte alles mögliche sein, nur keine Gitarre.

Plötzlich wandte sich einer der Burschen um, drängte sich schräg durch die Menge und verschwand etwas abseits in einer verglasten Telefonzelle. Die drei anderen Zotteldrillinge bauten sich um die Telefonzelle herum auf und verdeckten von drei Seiten den Burschen darin, und es war nicht zu erkennen, was dieser dort drinnen tat.

Paltschikow trat an sie heran, als wäre nichts geschehen.

»Jungs, habt ihr ein Zweikopekenstück zum Telefonieren?«

Die Zotteldrillinge schüttelten verneinend die Köpfe, ohne sich auch nur den Anschein von Freundlichkeit zu geben. Paltschikow begann ohne Hast, in seinen Taschen zu kramen, und zog dann mit einem Freudenschrei ein Zehnkopekenstück hervor, von dem er Tabakkrümel blies.

Während er noch mit diesen Täuschungsmanövern befaßt war, erspähte er in den Lücken zwischen den mächtigen sportlichen Schultern der Zottelburschen den vierten Genossen, der jedoch in der Telefonzelle keineswegs ins Telefon, sondern in ein Walkie-talkie sprach.

Jetzt gab es für Paltschikow keinerlei Zweifel mehr daran, daß dies eben jene »Hippies« waren, vor denen ihn sein alter Freund Hauer gewarnt hatte, als sie auf dem roten Teppich gestanden hatten.

»Junger Mann, Sie sind nicht allein auf der Welt …«, fing Paltschikow laut zu schimpfen an, und er drängte sich zwischen die Zottelburschen hindurch an die Scheibe, um mit der Münze dagegenzuklopfen.

Doch die eisernen Finger eines Zottelburschen ergriffen seinen Arm am Handgelenk, und es war zu spüren, daß er an derartige Griffe gewöhnt war. Die Münze fiel klimpernd auf den Asphalt neben ein Parteibuch, das irgend jemand zerrissen hatte.

An jenem Tag wurden viele dieser Bücher zerrissen und verbrannt.

»Unser Kolunja hat da schwierige familiäre Auseinandersetzungen …«, erklärte der Zottelbursche, mit angespanntem Lächeln in Richtung Telefonzelle nickend, und lockerte endlich seinen Griff um Paltschikows Hand.

Da er offenbar gespürt hatte, daß hier etwas schieflief, stürmte »Kolunja« mit dem verräterisch aus seiner Hemdbrust hervorragenden glänzenden Schwänzchen einer Antenne aus der Zelle heraus und taxierte Paltschikow blitzschnell mit bissigen Augen.

»Bitte, Sie sind dran«, mimte »Kolunja« nicht sehr überzeugend Höflichkeit und hielt die Tür der Telefonzelle einladend auf.

Paltschikow beugte sich zu Boden, um die Münze aufzusammeln, und verspürte einen fürchterlichen Schlag am Kopf.

Als er wieder zu sich kam, hörte er, wie ein paar Stimmen über seinem Kopf sagten:

»So etwas Gewissenloses … Sogar an solch einem Tag besaufen die sich, der da hat sich den Kopf aufgeschlagen, und jetzt liegt er da …«

»Aber was bleibt uns denn noch, wenn man uns selbst das Recht auf ein anständiges Besäufnis nimmt?«

Paltschikow befühlte seinen Kopf. Es war nur wenig Blut daran, und die Wunde war nicht tief, aber es drehte sich alles um ihn.

»Die haben mit dem Inhalt des Gitarrenfutterals zugeschlagen. Wahrscheinlich mit einem Gewehrkolben. In dem Futteral ist ein Gewehr. Auseinandergenommen. Wahrscheinlich Scharfschützen«, überlegte Paltschikow mühsam.

Da er nicht die Kraft hatte aufzustehen, setzte sich Paltschikow unter mißbilligendem Gemurre auf die Bordsteinkante:

»Geh lieber und wasch dir die Augen …«

»Verdammter Alkoholiker, daß dich der Teufel hole …«

»*Excusez-moi*, wenn Sie vielleicht auch etwas Intimes mit diesem Mann verbindet, so gehört es sich doch wirklich nicht, davon zu erzählen. Zuerst muß man ihm einen Verband anlegen …«, ertönte eine Stimme aus einer anderen Epoche, die das »R« nicht richtig rollte.

Wie durch einen Nebelschleier sah Paltschikow, daß vor ihm irgend etwas blendend strahlte. Mit Mühe konzentrierte er seinen Blick auf diesen leuchtenden springenden Punkt. Es war ein Brillant. Ein großer. Bestimmt drei Karat. Alter russischer Schliff. Aus den Zeiten von Katharina der Großen. Man erzählte, daß Fürst Potemkin drei Leibeigene nach Paris entsandt habe, damit sie dort die Kunst des Diamantschleifens erlernten, und daß er der russischen Zarin einen Ring mit dem ersten Brillanten russischen Schliffs geschenkt habe. Paltschikow hatte sich einmal mit einem Juwelier-Fall befassen müssen und kannte sich seitdem ein bißchen mit Edelsteinen aus.

Dieser Brillant, dessen Fassung wie ein kleines goldenes Netz aussah, wurde für kurze Augenblicke von einem Sonnenstrahl getroffen und flammte auf, um dann wieder im Schatten zu verschwinden und zu verlöschen. Er schimmerte an einer faltigen, von braunen Altersflecken übersäten, doch schönen gepflegten Hand, die aus einer Handtasche geschäftig ein Flakon mit dem nie aus der Mode kommenden Parfum »Madame Rochas« hervorholte und den geschliffenen Glaspfropfen öffnete.

»Halten Sie mir doch einmal Ihren Kopf hin, ich werde die Wunde desinfizieren«, sagte die russische Pariser Dame. »Wer hat Sie denn nur so …? Die hätten sie umbringen können.«

»Darauf sind sie auch programmiert«, antwortete Paltschikow nicht ihr, sondern eher sich selbst und schrie unbewußt auf: »Au, das brennt … Aber der Duft ist angenehm …«

»Mit diesem Duft ist die Geschichte der russischen Lyrik verbunden«, lächelte die russische Pariser Dame, gab sich dann allerdings keineswegs nostalgischen Erinnerungen hin, sondern riß mit erstaunlich festen Zähnen gekonnt ihr batistenes, mit Initialen verziertes Spitzentüchlein in Streifen, verknotete diese miteinander und verband Paltschikow damit den Kopf. »Raten Sie mal, wessen Zeilen das sind:

›Ich, ich, ich! Welch wildes Wort!
Sollte jener dort – ich sein?
Wie kann Mutter ihn nur lieben,
diesen schmutzig-gelben, halbergrauten
Alleswisser, schlangengleich?‹«

»Wenn ich mich nicht täusche, ist das von Chodasewitsch[1]«, sagte Paltschikow unter leichtem Stöhnen.

»Nein, Sie täuschen sich nicht.« Und plötzlich fing die russische Pariser Dame zu weinen an und wiederholte mit tränenerstickter Stimme: »Sie täuschen sich nicht … Sie täuschen sich nicht … Sie täuschen sich nicht …«

Paltschikow war das alles sogar ein wenig peinlich. Er warnte sie für alle Fälle ganz verwirrt:

»Ich bin, ehrlich gesagt, kein Spezialist für Lyrik. Meine Frau erzieht mich dazu. Sie ist ein Profi, was Reptilien und Dichter angeht. Sie hat gesagt, daß Chodasewitsch einer der besten Dichter der Emigration war. Stimmt das?«

»Gut, daß Georgi Iwanow die Worte Ihrer Frau nicht gehört hat. Ich fürchte, daß sie ihn davon nicht hätte überzeugen können«, antwortete die russische Pariser Dame mit einem Kopfschütteln. »Aber meiner Meinung nach sind sie beide die besten gewesen. Aber jetzt zu dem Parfum. Zum allerersten Mal hat mir dieses Parfum niemand anderer geschenkt als eben gerade Chodasewitsch. Natürlich heimlich, damit seine Frau Nina es nicht merkte. Sie hätte ihm das nie verziehen. Vor allem, weil ich jünger war als sie«, erinnerte sich die russische Pariser Dame.

»›… einen schmutzig-gelben, halbergrauten Alleswisser, schlangengleich.‹ Toll. Damit könnte er fast mich gemeint haben«, wiederholte Paltschikow, während er langsam wieder zu sich kam. »Aber kann es etwa jemanden geben, der alles weiß?«

»Nein, und das ist vielleicht auch besser so«, antwortete die russische Pariser Dame. »Sonst wäre das Leben fürchterlich. Und langweilig.«

»Aber manchmal würde ich schon gern wissen, was all diese Halunken so denken«, brummte Paltschikow. »Das wäre zwar fürchterlich, aber auch nützlich … Das Leben ist so kurz, es gibt viele gute Bücher, aber noch mehr Halunken.« Paltschikow seufzte schwer und fragte für alle Fälle: »Erinnern Sie sich vielleicht daran, woraus das ist: ›Wo es nicht besser wird, da wird es schlechter, aber vom Schlechten zum Guten ist es abermals nicht weit‹?«

»*Sincèrement*, ich erinnere mich an diese Worte, aber woraus sie sind – nein … Von irgendwo weit weg, aus den Klassikern …«, überlegte die russische Pariser Dame. »Mein Gedächtnis beginnt mich im Stich zu lassen. Nina jedoch verblüfft mich immer wieder. Wie ich schon sagte, sie ist schließlich älter, als ich es bin, aber sie erinnert sich an alles.« Die russische Pariser Dame schmunzelte plötzlich nicht gerade rachsüchtig, aber doch ziemlich boshaft mit den Mundwinkeln: »Natürlich nur dann, wenn sie sich erinnern will ...«

Und plötzlich trat – durch die Menschen hindurch, die zum Weißen Haus, das von Panzern umzingelt war, hingingen und -liefen –, direkt aus den dreißiger Jahren kommend, der noch immer ein wenig in sie verliebte Wladislaw Felizianowitsch Chodasewitsch auf sie zu – seiner alles sehenden, eisenharten Ehefrau Nina zum Trotz. Mit seinem Strohhut, der überhaupt nicht zu dem unauffällig gestopften russischen, seitlich geknöpften Hemd paßte, das ihm Gorki auf Capri geschenkt hatte, ähnelte er einem pedantischen, peinlich genauen Apothekergehilfen, der von dem häufigen Kontakt mit allen möglichen Giften selbst ein wenig giftig geworden war. Chodasewitsch stand neben der Barrikade aus dem Eisenschrott einer anderen, ihm unbekannten Epoche, in einem ihm unbekannten Rußland, über das er geschrieben hatte:

»Ich habe dir das quälende Recht, dich zu lieben und dich zu verdammen, abgetrotzt.« Und in seinen Händen hielt er ein Sträußchen Veilchen aus Antibes sowie ein in goldenes Papier gewickeltes und mit einem roten Band verschnürtes Schächtelchen, in dem jener allererste Flakon »Madame Rochas« lag. Mit den stolzen Augen eines hochmütigen Paria über seine Brillengläser hinwegblickend, versuchte er, seine Aufregung zu verbergen, und fragte:

»Herzlichen Glückwunsch zum Namenstag! So, jetzt sind Sie also bereits zwanzig. Aber wie können Sie nur so einen alten sterbenden Pedanten lieben? Beeilen Sie sich, sonst werden die Nazis im Café ›La Coupole‹ noch all unsere Escargots essen und unseren Chablis trinken.«

Und sie, seine junge Verehrerin und Schülerin, lachte und raschelte mit weißen Rüschenvolants, mit im Wind flatternden kastanienbraunen Haaren, in die sie sofort eines seiner Veilchen gesteckt hatte, verführerisch um ihn herum:

»Ach Gott bewahre, was denken Sie denn! Kann man so ein Monstrum etwa lieben, das seinen eigenen Worten zufolge ›den Gelbmäulern, den Poeten, Ekel, Wut und Angst einflößt‹?« Und dann machte sie eine Pause und flüsterte ihm ins Ohr: »Es ist mir eine Ehre ...«

Und sie wickelte sich mit all ihrem Geraschel um ihn, aber er, den es berufsbedingt nach einer Zurückweisung verlangte, damit er eine neue

Rechtfertigung hatte, sich unglücklich zu fühlen und sich in sich selbst zurückzuziehen, er geriet in Verwirrung und brummte ein paar unverständliche Worte vor sich hin. Und plötzlich begriff sie, was sich hinter dem undurchdringlichen Panzer des galligen, unbarmherzigen Gesetzgebers der russischen Pariser Literaturmode verbarg: Er war schüchtern.

Sie wurde keine berühmte Dichterin, wie ihr das ein anderer Gesetzgeber der Literaturmode vorausgesagt hatte – Georgi Adamowitsch, ein winziger lieber Mensch mit einem schnurgeraden, brillantineglänzenden Scheitel auf dem eleganten Porzellankopf, mit kaum hörbarem weichen Schritt auf sanften, fast katzenhaften Pfötchen, in denen sich die unbarmherzigen Tigerkrallen eines Zerstörers von Leumund und Karriere verbargen. Er war es gewesen, der die Worte geschrieben hatte: »Wann kehren wir nach Rußland zurück? Es ist soweit, nun aufzubrechen. Zwei Kupfermünzen auf den Lidern, gekreuzt die Hände auf der Brust.«

Die weiße Emigration starb gemeinsam mit ihren Dichtern aus. Chodasewitsch starb – wie auch Blok – eines natürlichen Todes. Bevor sie sich auf den Weg zur Beerdigung machte, preßte sich seine Schülerin den Glaspfropfen des von ihm geschenkten Parfums »Madame Rochas« an die Schläfen. Zu seinem Tod schrieb sie ein Gedicht, das mit den Worten begann: »Unsere Liebe hatte kaum Zeit genug zu gescheh'n«.

Bei der Beerdigung trat sie still zu Nina, und diese küßte sie und vergab ihr. Doch als sie das nächste Mal – dreißig Jahre später – an der Uferpromenade der Seine an einem Bücherstand aufeinandertrafen, taten die zwei stolzen alten Damen so, als hätten sie einander nicht bemerkt, und standen – einander verstohlen musternd – im Abstand von ungefähr zwanzig Büchern unbeweglich da, während sie in den Büchern blätterten – die eine in den *Lettres de Russie* von de Custine, die andere im *Untergang des Abendlandes* von Spengler.

Während des Krieges ging Chodasewitschs Schülerin in die Résistance. Nicht weil sie besonders mutig gewesen wäre, sondern weil sie einfach meinte, daß es unehrenhaft sei, es nicht zu tun. Sie war nicht für das Heldentum, sondern für die Unmöglichkeit von Unehrenhaftigkeit erzogen worden.

Nach dem Krieg beerdigte sie Georgi Iwanow – selbst wenn seine Hosen ausgefranst waren, verlor er nichts von seiner Eleganz, und selbst wenn er betrunken war, verlor er nichts von seinem Charme.

Er wirkte auch in seinem Sarg elegant, und es schien, als würden sich unter seinen Stirnhaaren jeden Moment die müde-spöttischen Augen öffnen, als würde er sie nach ihren Gedichten fragen: »Nun, befassen Sie sich noch immer mit diesen aussichtslosen Dingen?«

Sein bitterer Spott über diese aussichtslosen Dinge war jedoch gespielt. Er hatte einmal prophezeit, daß er mit seinen Gedichten nach Rußland zurückkehren würde:

Es gibt in Rußland die Gräber der Lieben nicht mehr,
Es gab sie vielleicht, ich hab' es vergessen …
Ich kenn' keine Grenzen mehr, kein Meer, keinen Fluß …
Ich weiß nur, es blieb dort der Russe zurück.
Russe im Herzen. Russe in seinem Verstand.
Wenn ich ihn seh', werd' ich ihn versteh'n.
Sofort, ohne Worte, und dann werd' ich lernen,
Im Nebel sein Land zu erkennen.

Dann starb Adamowitsch, der es, Gott sei Dank, vor seinem Tod noch geschafft hatte, die von ihm einst so mißachtete Zwetajewa in einem Gedicht um Verzeihung zu bitten: »Alles durch Zufall, alles wider Willen …«

Dann starb Vater Alexandr Turinzew, ein schöner Mann, ein gewandter Redner, ein großes Talent, ein Husar im Priesterrock, der nicht Dichter, sondern Pope geworden war, nur weil er lieber redete als schrieb – ganz besonders mit der schöneren Hälfte der Menschheit.

Länger als alle anderen hielt sich Kyrill Pomeranzew, der mit jeder Beerdigung immer mehr austrocknete und zusammenschrumpfte, bis er dem Skelett der russischen Emigrantenlyrik ähnelte. Unmittelbar vor seinem Tod verfaßte er ein kleines Gedicht, das er der Nachwelt wie ein Rätsel hinterließ:

Nicht Gorbatschow regiert das Land
Und auch nicht das ZK,
Die Perestroika ändert nicht
Die letzten siebzig Jahr'.
Und auch die Glasnost war umsonst,
Selbst wenn Trompeten klingen,
Solang der Tote balsamiert
hockt über allen Dingen.

Es starb Georgi Iwanows Witwe – Irina Odojewzewa. Sie war noch in ein Flugzeug gekrochen, um in Rußland zu sterben.

Chodasewitschs Schülerin hörte auf, Gedichte zu schreiben, weil alle, denen sie diese hätte vorlesen wollen, gestorben waren. Nur Nina lebte noch. Nina reiste nach Moskau und schrieb danach ganz unerwartet eine Postkarte aus Amerika nach Paris an ihre ehemalige Rivalin: »Fahr nach Rußland. Wir werden nicht mehr dorthin zurückkehren, aber wir sind alle schon längst wieder dort.«

Und Chodasewitschs Schülerin kehrte zum erstenmal in ihre Heimat zurück, als sie siebzig Jahre alt geworden war – so alt wie die Oktoberrevolution, die sie direkt aus der Wiege heraus in die Fremde geworfen hatte. Doch die Oktoberrevolution war allem Anschein nach gerade dabei, an Altersschwäche zu sterben, was man von der russischen Pariser Dame keineswegs behaupten konnte.

Das erste, was sie in ihrer Heimat besichtigte, war nicht der Kreml, nicht das Puschkin-Museum, waren nicht die Kirchen – es waren die Buchläden. Sie suchte nach jenen, die sie unwiederbringlich verloren hatte – nach den toten Dichtern der toten Emigration.

Sie wurde unangenehm überrascht von den Unmengen an Kriminalromanen und Sexbüchern, die sich auf den Ladentischen stapelten, und dachte voller Schmerz daran, daß die in der Welt am weitesten verbreitete Fälschung der Freiheit die Freiheit des Abgeschmackten war.

Doch dann sah sie irgendwo in einer Fußgängerunterführung ein zwischen Ian Fleming und Chaise eingeklemmtes Buch von Chodasewitsch, und als sie es aufschlug, blickte sie in die harten und schüchternen Augen ihres Lehrers, der nun doch noch in die Heimat zurückgekehrt war.

Hätte Wladislaw Felizianowitsch im Paris der dreißiger Jahre, wo ihm alles in allem fünfzig bis hundert Leser geblieben waren, ahnen können, daß mehr als ein halbes Jahrhundert später, in seiner Heimat, die ihn doch immer verschmäht hatte, ein Mann in der Menge so selbstverständlich erraten würde: »Wenn ich mich nicht täusche, ist das von Chodasewitsch?«

Es hatte sich gelohnt, vor dem Tod zurückzukehren – und sei es nur, um von irgend jemandem diese Worte zu hören. Nicht alles war zurückgekehrt, aber alle waren zurückgekehrt. Die einen vor ihrem Tod, die anderen danach.

Selbst in diesen Fußgängerunterführungen, in denen Welpen, *Matrjoschkas* und Bücher verkauft wurden, konnte man sie – wenn man nur gut genug aufpaßte – sehen: Hier beugte sich Berdjajew[2] mit angehaltenem Atem hinter der *Kunst des oralen und analen Sex bei den Volksstämmen der Tuaregs* hervor, dort kroch der von Dail Carnegy erdrückte Lew Schestow[3] ächzend hervor, und dort blickte Samjatin[4] mit einem Auge traurig unter den durch die anspruchslose Freiheit wiederbelebten Burroughs und Edgar Wallace hervor.

Die russische Pariser Dame dachte erleichtert: »Es gibt also noch Hoffnung ... Natürlich waren unendlich viele kluge und talentierte Menschen getötet worden, sie waren in den Gefängnissen verfault und in die Emigration getrieben worden, aber wenn sie in ihre Heimat zurückkehrten – und sei es erst nach ihrem Tod –, konnten sie Rußland so vielleicht helfen, klüger und talentierter zu werden? Ach, Alexandr Alexandrowitsch Turinzew, lieber Sascha, verschwenderisch freigebig in deinen Gesprächen und frevelhaft faul, wenn es darum ging, dich selbst, dein Leben, zu Papier zu bringen, warum hast du nur nicht auf meinen Rat gehört und deine Memoiren geschrieben? Dann wärst auch du mit einem Buch in die Heimat zurückgekehrt ... Und ich? Warum habe ich aufgegeben, warum habe ich aufgehört zu schreiben wie auch Larisa Andersen – diese Schönheit aus Harbin, die einst im Kabarett gesungen hatte und dann mit ihrem Mann – einem französischen Zollbeamten – für immer nach Tahiti ausgewandert war? Ich hatte gedacht, daß Rußland gestorben sei. Das war die Wahrheit. Rußland ist einmal gestorben, aber dann ist es wiederauferstanden. Ein anderes Rußland, das dem vorigen nicht ähnelt, ein fremdes Rußland, aber dennoch unser Rußland, so sehr wir es auch verfluchen mögen. Es hat so viele der eigenen Leute umgebracht, aber dennoch hat es Hitler besiegt. Jetzt ist auch dieses Rußland gestorben. Es wird ein neues geboren werden. Wie wird dieses Rußland sein?«

Die russische Pariser Dame ging zum Weißen Haus, nicht um den ihr kaum bekannten Jelzin zu verteidigen, sondern die ihr sehr gut bekannten toten russischen Dichter, die gerade erst wieder in ihre Heimat zurückgekehrt waren und – wenn der Putsch glücken würde – vielleicht wieder für lange Zeit zur Persona ingrata werden könnten. Es wäre bitter, wenn in Rußland wieder eine Generation nach der anderen aufwachsen würde, denen man zum Beispiel dies vorenthalten hätte:

> Taman[5] ... Der Nebel ... Die Wüste lauscht Gott.
> Wie weit ist es noch bis zum Morgen!

Und allein geht Lermontow hinaus auf den Weg,
Mit seinen Silbersporen klirrend …

Und plötzlich kamen der russischen Pariser Dame wieder die Zeilen in den Sinn, die ihr der Mann mit der Kopfverletzung eben erst zitiert hatte: »Wo es nicht besser wird, da wird es schlechter, aber vom Schlechten zum Guten ist es abermals nicht weit.«

»*Mon Dieu*, ich weiß, woraus das ist … Natürlich, ich weiß es!« rief sie und wandte sich an Paltschikow. Aber der war schon lange nicht mehr neben ihr.

Paltschikow trat an einen Milizionär heran, der den Haupteingang des Weißen Hauses bewachte, und zeigte ihm schweigend die Papiere, die ihn als Untersuchungsrichter auswiesen.

»Durchlaß nur mit Spezialpassierschein«, sagte der Hauptmann der Miliz mit einem Achselzucken und fügte mit gesenkter Stimme hinzu: »Ich kann Ihnen nur raten, heute nicht mit diesem Wisch aufzutrumpfen. Wissen Sie denn nicht, daß unser Minister auf der Seite der Putschisten ist?«

Paltschikow ging zum Nebeneingang, wo unter den Prachtkerlen der Firma Alex auch der ihm bekannte, mit einer Maschinenpistole ausgestattete Schutzgelderpresser stand, der sich zum Verteidiger der Demokratie hatte umschulen lassen. Paltschikow klopfte mit dem Finger an die Scheibe.

Der Ehemalige Schutzgelderpresser trank schwer atmend ein Heineken aus der Dose. Die Maschinenpistole auf dem Bauch hob und senkte sich bei jedem Schluck.

Der rechte Fuß des Ehemaligen Schutzgelderpressers, der in einem brasilianischen Krokodillederschuh steckte, stand besitzergreifend auf einem Pappkarton mit weiteren, noch nicht geleerten Bierdosen.

Der Ehemalige Schutzgelderpresser reagierte auf das Klopfen, erkannte Paltschikow und öffnete die Tür einen Spalt breit.

»Ich bin völlig sauber, Chef. Hier ist alles okay«, sagte er mit einem gutmütigen Grinsen. »Wer alten Streit in Erinnerung bringt, dem sollen die Augen ausfallen. Putschisten, *no pasarán!* Willst 'n Bierchen?«

»Ich muß zum Präsidenten«, sagte Paltschikow, »eine wichtige Mitteilung.«

»Chef, ich habe jeden Respekt vor dir, aber woher weiß ich, auf wessen

Seite du bist. Alles ist durcheinandergeraten im Hause Oblonski, wie der bärtige Turgenew ganz richtig bemerkt hat[6].«

»Und auf wessen Seite bist du selbst?« interessierte sich Paltschikow.

»Auf der Seite, auf der es Dosenbier gibt«, lachte der Ehemalige Schutzgelderpresser laut.

»Und wenn die deine Akte sehen, die ich noch im Computer habe?« erpreßte Paltschikow ihn ein klein wenig.

Der Ehemalige Schutzgelderpresser geriet ins Grübeln und seufzte.

»Und du würdest mir meine Kleinigkeit sozusagen als Präsent aus dem Computer holen?« fühlte der Ehemalige Schutzgelderpresser ihm auf den Zahn.

Paltschikow mochte es gar nicht, lügnerische Versprechungen zu machen. Er überlegte, wog ab. Die Sache war es wert.

»Versprochen«, sagte er. »Eine Dose Bier als Draufgabe.«

Sein Bier schlürfend, ging Paltschikow durch den Korridor und lachte bitter auf: »Man hätte mich auch mit derselben Aufgabe hierhergeschickt haben können wie diese Gitarristen, und dieser Hüter der Demokratie hätte mich glatt durchgelassen ...«

Zehn Minuten später stand er in der Tür des Empfangszimmers des Präsidenten von Rußland. Zwei junge Wachtposten, die mit ihren Maschinenpistolen und den deutlich zu sehenden Schwellungen unter den Achseln den freiwilligen Komsomolzen auf den Propagandaplakaten ähnelten, versperrten ihm den Weg.

Einer der beiden riß Paltschikow die fast leere Dose aus der Hand und blickte mit scheinbar durchdringendem Blick in das Loch. Der andere betastete ihn unhöflich und in beinahe anstößiger Weise.

Hinter ihrem Rücken tauchte, weich und lautlos auftretend, ein dritter auf – er hatte ein dünnes graues Bürstenbärtchen über der Oberlippe, eine gebrochene Nase und Ljubjanka-Augen.

Die Augen erdrückten, die Augen bohrten, die Augen trieben jedermann in die Ecke.

Er und Paltschikow waren alte Bekannte und hatten sich auf den Versammlungen zum Kampf gegen das organisierte Verbrechen kennengelernt. Paltschikow hatte schon damals bemerkt, daß dieser Mann immer Labyrinthe auf ein Blatt Papier zeichnete.

»Und?« fragte der Liebhaber der Labyrinthe abwartend.

»Ein paar Minuten mit dem Präsidenten«, bat Paltschikow bescheiden.

»Er hat keine einzige übrig«, antwortete der Liebhaber der Labyrinthe. »Aber worum geht es?«

Paltschikow begriff, daß man ihn nicht zum Ohr des Zaren vorlassen würde, so daß er mit dem Ohr des Bojaren würde vorliebnehmen müssen. Aber mit wessen Ohr war dieses verbunden?

»Es besteht die Gefahr eines Attentats«, sagte Paltschikow.

»Wir ergreifen alle notwendigen Maßnahmen«, antwortete der Liebhaber der Labyrinthe vorsichtig. »Wir sind Profis.«

Paltschikow erinnerte sich an die um das Weiße Haus gespannten Angelschnüre, grinste jedoch nicht, denn ihm war jetzt nicht danach zumute.

»Die Gefahr ist konkret«, sagte Paltschikow. »Vier Scharfschützen mit Hippie-Perücken. Gewehre mit Zielfernrohren in Gitarrenfutteralen.«

»Woher stammt die Information?« fragte übermäßig schnell der Liebhaber der Labyrinthe, der aus irgendeinem Grund gerade die Informationsquelle in Erfahrung bringen wollte, nicht jedoch, wo sich die Scharfschützen in diesem Moment befanden.

»Die Information stammt von einem Schlag auf den Kopf.« Paltschikow zeigte auf seinen Kopf, der mit den batistenen, mit Initialen versehenen Streifen eines Spitzentaschentuches verbunden war.

Die Ljubjanka-Augen versuchten, sich in ihn zu bohren, trafen aber auf Eisen, zogen sich zurück und irrten verwirrt hin und her.

»Steckst du etwa mit ihnen unter einer Decke, du Hund?« dachte Paltschikow, und nun war er es, der seine Augen und Worte in den Liebhaber der Labyrinthe zu bohren begann:

»Wenn der Präsident auf dem Balkon auftritt, sollte er entweder eine kugelsichere Weste tragen oder von Schilden gedeckt werden ...«

»Na, das sind dann schon die Details«, sagte der Liebhaber der Labyrinthe gereizt. »Ich denke nicht, daß sich das im Fernsehen gut machen wird.«

»Wird es sich etwa gut machen, wenn sie ihn umbringen?« rief Paltschikow.

»Danke für den Hinweis, Genosse«, erklang eine tiefe Stimme, und in der Tür erschien der Präsident von Rußland, der den vor Überraschung zusammenzuckenden Liebhaber der Labyrinthe zur Seite schob und Paltschikow die Hand hinstreckte. »Entschuldige, das ›Herr‹ will mir noch immer nicht so recht über die Lippen. Obwohl ich gegen die Partei-Apparatschiks kämpfe, bin ich ja selber einer von ihnen.«

»Genosse ist ein Wort, das schon Puschkin verwendet hat«, bemerkte Paltschikow.

»Tatsächlich?« fragte der Präsident von Rußland aufrichtig erstaunt.

»›Genosse, glaub mir, er wird scheinen ...[7]‹«, erinnerte Paltschikow.

»Stimmt! Das hat man uns ja schon in der Schule beigebracht«, erinnerte sich der Präsident von Rußland erfreut und lachte laut auf. »Eine kugelsichere Weste werde ich nicht anziehen, ich bin auch ohne nicht gerade ein Model. Aber einen Schild brauchen wir für alle Fälle. Willst du ihn halten?«

In seiner Frage schwang ganz unerwartet traurige Unsicherheit mit, Unsicherheit gegenüber sich selbst, gegenüber jenen, die ihn umgaben, und Paltschikow spürte, wie einsam dieser große, plumpe, etwas grobschlächtige Bolschewik war, der da glaubte, daß das Wort »Genosse« von den Bolschewiken erdacht worden sei, um einen Namen zu haben für die, die waren wie er selbst. Und dennoch hatte er sich gegen diese Bolschewiken erhoben. Es war dies seinem Wesen nach ein Aufstand gegen sich selbst. Er war heute morgen ganz nach alter bolschewistischer Tradition auf den Panzer vor dem Parlament geklettert, wie Lenin damals auf den Panzerspähwagen, und er hatte dabei die Panzerfahrer halb im Scherz, halb im Ernst gefragt:

»Na was, Jungs, ihr werdet doch nicht auf euren Präsidenten schießen?«

Aber unter diesem Panzer schien sich die Erde förmlich aufzuwerfen, um ihn zu erheben und sichtbar zu machen auf Millionen von Fernsehschirmen in der ganzen Welt – in dem Pariser Bistro, in dem englischen Pub und in der italienischen Trattoria. Von diesem Panzer herab setzte er die Vergangenheit, der er selber angehört hatte, außer Kraft.

Der Präsident ahnte nicht, daß das Allerschwerste ihn nicht jetzt, sondern erst später erwarten sollte.

Die grauen Haare des Präsidenten oberhalb des großflächigen, auf den ersten Blick entschlossenen, bei näherem Hinsehen jedoch verwirrten Gesichts waren wie ein Schaumspritzer der aufgewühlten Geschichte, die ihn vom Boden der Baracke hinauf auf den Kamm einer Sturmwelle gespült hatte. Die Geschichte half ihm, aber die Geschichte hilft niemals umsonst. Die Abrechnung stand noch bevor.

Paltschikow begriff, daß er den Mord am Präsidenten von Rußland nicht zulassen durfte, auch wenn dieser nicht der Mann war, den man fragen konnte, woraus die Zeilen stammten: »Wo es nicht besser wird, da wird es schlechter, aber vom Schlechten zum Guten ist es abermals nicht weit.«

»Ich halte den Schild«, sagte Paltschikow, obwohl er noch nie zuvor die Gelegenheit gehabt hatte, einen Schild vor einen Präsidenten zu halten.

14.

EINE WIDMUNG MIT FEHLERN

»Das ist Jewtuschenko. Lassen Sie ihn durch«, ertönte ein Schaljapin-Baß hinter einer Maske.

Die Strumpfmaske war aus schwarzer Wolle und hatte drei schmale Schlitze für die Augen und den Mund.

Die Augen waren jung, aber durchdringend. Im Mund flutschte eines dieser durchsichtigen, bei Kindern so beliebten Karamelbonbons hin und her.

Maske und Stimme gehörten einem Riesen in der gefleckten Uniform der Landetruppen, der mit seiner Maschinenpistole an dem kleinen Personaleingang des Weißen Hauses stand wie ein aus dem Museum stammender Ritter mit heruntergelassenem Visier.

Er war einer der Landetruppenangehörigen, die auf die Seite des russischen Parlaments übergelaufen waren, und die Maske war keine Theaterrequisite. Noch wußte niemand, wie all das enden würde, jeder von ihnen konnte vor ein Tribunal gestellt werden – gleichermaßen wegen der Ausführung von Befehlen wie auch wegen ihrer Mißachtung. Alles hing davon ab, wer siegen würde. Also trug man besser eine Maske.

Die Hand, die eben noch souverän auf der Maschinenpistole gelegen hatte, berührte majestätisch meine Schulter, und dank ihres Schutzes gelangte ich schließlich ins Innere des Weißen Hauses.

Ich hatte alles mögliche erwartet, nur nicht das, was ich jetzt erblickte:

Das Weiße Haus WAR FAST MENSCHENLEER!

In der Eingangshalle saßen auf den Marmorstufen der mit einem parteiroten Teppich bedeckten Treppe alles in allem um die dreißig bewaffnete Angehörige der Landetruppen, die ganz offensichtlich nicht wußten, was sie machen sollten. Ihre Gesichter wirkten gelangweilt und unsicher.

Der Bücher- und Zeitungskiosk war geschlossen. Hinter der Glaswand standen nebeneinander Nabokovs *Lolita*, Jelzins *Aufzeichnungen eines Unbequemen*, eine wie durch ein Wunder aus Schiwkow[1]-Zeiten übriggebliebene Tube bulgarischer Zahnpasta und das französische Parfum »Salvador Dalí«, hinter dem der große Magier höchstpersönlich aufzutauchen schien, verwundert den ohnehin schon aufgezwirbelten Bart zwischen den Fingern drehend und erfolglos versuchend, den Surrealismus der Geschichte in seiner russischen Ausprägung zu begreifen.

Ein Spatz, der – niemand wußte, wie – ins Weiße Haus hineingeflogen war, flatterte in der Garderobe von einem leeren Metallhaken zum nächsten, und die Nummernschildchen, die er mit seinen Füßchen berührte, klirrten leise.

An einer Wand, von der der Stuck abblätterte, lehnte eine mit weißen Spritzern verschmierte Stehleiter, und neben ihr stand auf einer alten Zeitung mit einem Foto von Gorbatschow und Reagan, die einander die Hände schüttelten, ein kleiner Eimer mit Farbe, aus dem der Pinsel eines Malers ragte. Dieser hatte es offensichtlich für das Klügste gehalten, heute nicht zu erscheinen.

Der Parlamentskater, der einmal während einer tödlich langweiligen Rede rettend auf den Präsidiumstisch gesprungen war, kratzte heute erfolglos an der Tür der ihn nährenden Kantine, die noch nicht geöffnet war.

Die Korridore der Macht waren wie ausgestorben. Die Besucher, die immer gern bereit waren, mit zwei schüchternen Fingerchen einen höflichen Briefumschlag auf eine Ecke des Empfangstisches zu legen, waren verschwunden.

Verschwunden waren die Beamten, die nicht weniger schüchtern und voller Zartgefühl immer gern bereit waren, diese Briefumschläge geflissentlich zu übersehen.

Verschwunden waren die Ehefrauen der Beamten, die aus jener Kantine, an deren Tür der Kater kratzte, prall gefüllte Taschen heraustrugen, aus denen wie in einem Horrorfilm deutsche Würstchen wie abgeschnittene, in Zellophan verpackte Finger oder auch kubanische Bananen wie die grünen Nasen ertrunkener Menschen herausragten.

Nur der Schatten Worotnikows[2] – die Statue des letzten kommunistischen Kommandeurs – wandelte durch dessen ehemalige Besitztümer, wobei er hinter seiner Brille, die er in der Klinik des parteiabtrünnigen Doktor Fjodorow erhalten hatte, seine kargen Männertränen verbarg.

Es schien, als hätten die Panzer nicht das letzte Bollwerk der Demokratie, sondern ein Vakuum umzingelt.

Und plötzlich erblickte ich einen roten Luftballon.

Der Ballon schwebte hinter einer Biegung des endlos erscheinenden, leeren Korridors der Macht hervor.

Der Ballon tanzte leicht über den Teppichläufer und schleifte das Band, das irgend jemand losgelassen hatte, hinter sich her.

Hinter dem Luftballon her sprang ein drei- bis vierjähriger Junge um die Ecke, der versuchte, das Band, dann wieder den Luftballon selbst zu packen, was ihm jedoch nicht gelingen wollte.

Der Junge hatte ein ebenso rundes Gesichtchen, wie der Ballon es gehabt hätte, hätte man ihm mit einem fröhlichen Pinsel neugierige Augen, eine sommersprossige Stupsnase und knospengleiche Lippen aufgemalt.

Ein Luftzug trieb den Ballon zu dem offenen Korridorfenster, wo auf dem Fensterbrett in einer runden, ursprünglich für dänische Kekse bestimmten Blechdose, die irgend jemand wahrscheinlich in jener Tischlein-deck-dich-Kantine gekauft hatte, noch die kalten Zigarettenstummel von gestern lagen.

Der Junge verfolgte den Ballon bis zu diesem Fensterbrett, doch als er ihn endlich packen wollte, erwischte er ihn nur mit den Fingerspitzen.

Das war genau das, was der Ballon sich gewünscht hatte. Er sprang hoch, tauchte durch das Fenster und flog in den blauen unendlichen Raum hinaus, hoch über die Panzer, die Barrikaden, über die bislang noch ungewohnt erscheinenden dreifarbigen Fahnen, über die Stadt, die noch nicht wußte, was sie erwartete.

Der Junge begann bitterlich zu weinen.

»Du brauchst nicht weinen. Du wirst noch so viele Ballons haben«, sagte ich zu ihm. »Aber zu wem gehörst du denn, Junge? Wie bist du denn nur hierhergeraten?«

»Ich bin mit der Oma hier.«

»Und wo ist die? Was macht sie hier?«

»Sie ist hier die Allerwichtigste. Hörst du sie, Onkel?«

Ich lauschte.

Irgendwo in weiter Ferne, am Ende des Korridors, war das Klopfen einer einsamen Schreibmaschine zu hören.

Ich nahm den Jungen an der Hand, und wir folgten diesem ersten von mir vernommenen Lebenszeichen eines Menschen im Weißen Haus.

Die Oma saß an einer Schreibmaschine und tippte ein paar verknitterte, mit Korrekturen übersäte, handgeschriebene Manuskriptseiten ab. Die Oma rauchte und stieß – was man bei Frauen nur sehr selten sieht –

den Rauch durch die schmalgeschnittenen, ein wenig wütend wirkenden Nasenlöcher wieder aus.

Die Oma war schön und fast noch jung. Ihre Augen waren unglaublich grün und riesengroß, wie zwei aus einem Malachit gehauene Hühnereier.

Die Oma hatte den Schwanenhals einer Ballerina, der aufgestellte Kragen ihrer Bluse ragte jedoch fast bis zum Kinn empor, um die Falten zu verbergen. Die Krähenfüße um die Malachit-Augen herum allerdings konnte sie nicht verbergen. Ihr graues Haar trug sie mit Würde, als sei es eine Krone aus Silber und Ebenholz.

Ohne sich von der Schreibmaschine loszureißen, loderten die kalten Malachitflammen nur für einen kurzen Moment über ihre Brillengläser hinweg, und zu meinem großen Erstaunen sagte die Oma mit einem kaum wahrnehmbaren, spöttischen Lächeln:

»Danke, Schenja. Ich bin gerührt. Ich hätte nicht gedacht, daß du einmal meinen Enkel hüten würdest.«

Ich konnte meinen Blick nicht von ihrem Gesicht abwenden, durch dessen Falten hindurch langsam das Gesicht des fünfzehnjährigen Mädchens hervortrat, das sie gewesen war, als ich sie zum erstenmal gesehen hatte. Sie hatte schon damals diese Malachit-Augen gehabt, nur waren jetzt viel mehr schwarze Flecken darin als früher.

Sie war die Enkelin der Kinderfrau meines ersten Sohnes, und diese hatte das Mädchen manchmal auf unsere Datscha mitgebracht. Dieses Mädchen hatte einem Engel geglichen, der danach strebte, so schnell wie möglich zu einem gefallenen Engel zu werden. Ihre Nasenlöcher, die damals noch nicht wütend, sondern nur ungeduldig gewesen waren, hatten gebebt vor lauter Gier, zur Frau zu werden.

Als ich in den Malachit-Augen des Mädchens diesen weiblichen Lockruf auffing, hatte ich unwillkürlich meinen Blick abgewandt. Lolitas haben mir immer Angst gemacht. Oder hatte ich Angst vor mir selbst? Einmal hatten wir sie mit zum Baden genommen. Das Mädchen hatte keinen Badeanzug gehabt und deshalb einen von meiner Frau bekommen. Als alle anderen noch badeten, war sie aus dem Teich gestiegen und hatte einen Schritt auf mich zu gemacht – von dem nassen glänzenden Badeanzug wie von einer fremden ausgeliehenen Haut umspannt, die ihr ein Recht auf mich zu geben schien. Plötzlich hatte ich blau-rote Blutergüsse auf ihren zerbrechlichen dünnen Beinen und Armen gesehen.

»Was ist das?« hatte ich verwirrt gefragt.

»Ach, da hat mich der Nachbarhund gebissen«, hatte sie unbekümmert abgewinkt.

Das Mädchen hatte mir furchtlos, ihre Absicht nicht verbergend in die Augen geblickt, und ich war unwillkürlich zurückgewichen. Sie hatte noch einen Schritt gemacht, und ich war abermals zurückgewichen. Damals hatte ich das erstemal gesehen, wie wütend ihre Nasenlöcher beben konnten. Nach diesem Tag war sie nicht mehr mit auf unsere Datscha gekommen.

Fünf Jahre später hatte sie mich angerufen, was sie früher nie getan hatte. Als ich zu der Ecke fuhr, an der wir uns verabredet hatten, hatte ich in der zwanzigjährigen, leicht geschminkten, leicht grimmigen Schönheit kaum das frühere, eckige junge Mädchen wiedererkannt und gesehen, daß in ihren Malachit-Augen viele neue schwarze Flecken aufgetaucht waren. Nachdem sie heftig die Autotür geöffnet und sich ungestüm neben mich gesetzt hatte, hatte sie sofort gesagt:

»Du kannst dir gratulieren ... Du brauchst kein schlechtes Gewissen mehr zu haben. Ich bin bereits volljährig. Ich hatte bereits einen Mann. Und ich kann nicht einmal schwanger von dir werden, denn schwanger bin ich bereits ...«

Und dann, als wir allein waren, hatte sie zu weinen angefangen, aber ganz ohne Tränen. Ich habe nie mehr gesehen, daß irgend jemand so lange weinte, ohne dabei eine einzige Träne zu vergießen.

»Du hast damals überhaupt nichts begriffen«, hatte sie mit ihren trockenen Tränen geschluchzt. »Du hast Angst vor meiner Liebe gehabt. Doch ich wollte so schnell wie möglich mit dir zusammensein – nicht, weil ich verrückt war, wie du vielleicht gedacht hast. Mir hat damals mein Stiefvater nachgestellt. Ich habe meiner Mutter kein Wort davon gesagt – es hätte sie umgebracht. Jede Nacht habe ich in meinem Zimmer Barrikaden errichtet, aber er ist trotzdem gekommen und hat mich gequält. Ich hatte überall blaue Flecken, erinnerst du dich? Ich wollte, daß mein erster Mann einer sei, den ich auch liebte. Habe ich etwa kein Recht dazu gehabt?«

Sie hatte sich eine Zigarette angesteckt, tief inhaliert und, wie ich damals zum erstenmal gesehen hatte, den Rauch wie ein Mann durch ihre schmalgeschnittenen Nasenlöcher ausgestoßen.

Sie hatte noch einmal inhaliert und dann knapp gesagt:

»Aber jetzt werde ich mich bemühen, dich nicht zu lieben. Wir brauchen uns danach nicht mehr zu treffen.«

Seit damals hatte ich sie mehr als zwanzig Jahre nicht mehr gesehen, so lange, bis in dem leergefegten Korridor des von Panzern umzingelten Weißen Hauses ein roter Luftballon über den Teppichläufer getanzt war und ihr Enkel mich zu dem einsamen Hämmern ihrer Schreibmaschine geführt hatte.

Jetzt war sie kaum älter als vierzig, doch sie war bereits Großmutter.

»Gut, daß du heute hierher gekommen bist«, sagte die Großmutter, ohne mit dem Tippen aufzuhören. »Gu-u-ut!«

»Und wozu bist du hierher gekommen, noch dazu mit deinem Enkel?« konnte ich mich nicht zurückhalten.

»Irgend jemand muß schließlich die Erlasse tippen und Tee kochen«, antwortete sie grinsend. »Die anderen Angestellten haben es heute mit der Angst zu tun gekriegt, doch wir, die Sekretärinnen, wir sind gekommen ...«

Die Tür flog auf, und ein Dicker mit nervös umherirrendem Blick stürzte herein. Die unteren Knöpfe seines Hemdes standen offen, so daß ein Bauch heraushing, der auf ungezählten Regierungsbanketten zu Zeiten der Stagnation wie auch zu Zeiten nach der Stagnation liebevoll gehegt worden war, denn der Besitzer dieses Bauches war der unersetzbare Leiter all dieser Bankette.

»Wo ist der Erlaß des Präsidenten?« knurrte der Meister aller Bankette.

»In Arbeit ...«, antwortete die Großmutter ruhig, während ihre Hände über die Tasten der Schreibmaschine flogen.

»Das ist der reinste Mord ...«, brachte er halb grunzend, halb kreischend hervor.

»Immer mit der Ruhe ... Schließlich muß ich es nicht nur einfach abtippen«, warnte die Großmutter ehrlich. »Ich habe hier einiges verbessert ...«

»In welchem Sinne?« Der Meister aller Bankette rang angesichts dieser Eigenmächtigkeit nach Atem.

»Im Sinne der Grammatik und im Sinne des Sinns ... Um den Präsidenten scharwenzelt so viel Volk herum ... Hätte man nicht wenigstens einen einzigen noch nicht erschlagenen Intellektuellen anheuern können, damit der Korrektur liest? Übrigens, knöpfen Sie Ihr Hemd zu, sonst könnte Ihr Körper mich – Gott behüte – noch um den Verstand bringen ... Da haben Sie Ihren Erlaß ...«

Der Meister aller Bankette stopfte die getippten Seiten in eine bordeauxfarbene Ledermappe mit goldenem Prägeaufdruck und schrie wutentbrannt:

»Was ist das für ein Kunsthandwerk hier! Was geht hier überhaupt vor? Irgendwelche Außenstehenden sind beim Tippen von Präsidialerlassen dabei. Irgendwelche mysteriösen Kinder kriechen einem vor den Füßen herum ...«

»Ich bin nicht mysteriös. Ich krieche auch nicht, sondern gehe schon selbst mit meinen eigenen Beinen«, unterbrach ihn der Junge.

»Dieses für Sie so mysteriöse Kind ist mein Enkel. Und wissen Sie, warum ich ihn mitgenommen habe?« fauchte die zwischen dem Meister aller Bankette und der Tür stehende Großmutter, während sie sich jenem drohend näherte. »Um mich, falls sich diese Mißgeburten heute nacht tatsächlich zu einem Sturm entschließen sollten, mit einem Kind auf dem Arm vor die Panzer zu stellen! Verstanden? Aber ich werde nicht Sie verteidigen, denn Sie hängen ja nur an ihren Banketten und an der Möglichkeit, nach den Banketten die Reste zu stehlen. Ich werde diese für Sie so mysteriösen Kinder verteidigen, dieses für sie so mysteriöse Volk und mich selbst, diese für Sie so mysteriöse Frau, der sie nichtsdestotrotz bei jeder günstigen Gelegenheit unter den Rock zu greifen versuchen. Ich habe Erfahrungen mit Barrikaden. Ich habe schon in meiner Kindheit Barrikaden in meinem Zimmer errichtet!«

Der Meister aller Bankette drückte sich mit der Mappe unter dem Arm ängstlich in die Ecke, knöpfte gehorsam und mit zitternden Händen die Knöpfe seines Hemdes zu und rückte sich die Hose zurecht.

Doch die zornige Großmutter war nicht zu beruhigen:

»Und wissen Sie, wer dieser Mensch ist, den Sie als Außenstehenden bezeichnen? Vielleicht ist er der einzige Mensch, den ich in meinem Leben je geliebt habe. Er hat sich freilich nicht dazu herabgelassen ... Aber das ist seine Sache ...«

Der Meister aller Bankette, der mich endlich genauer betrachtete, preßte die Mappe mit dem zukünftigen Erlaß fest an seine Brust:

»Verzeihen Sie, daß ich Sie nicht sofort erkannt habe ... Ich hätte mir nie träumen lassen, daß Sie mit meiner Tippse bekannt sind.« Und er verbesserte sich augenblicklich voller Furcht: »Verzeihen Sie, mit meiner Sekretärin. Kann ich Ihnen vielleicht helfen?«

»Ich muß zum Präsidenten«, antwortete ich.

»Geht in Ordnung ...«, versprach der Meister aller Bankette grunzend, wobei er mich mit der Hand, in der er die Mappe hielt, umarmte und vor sich her in Richtung Tür schubste. »Das organisieren wir … Sie werden den Präsidenten sehen, klar doch …«

Er hatte Ähnlichkeit mit dem Kellner aus der Teestube von Sima, der sich bei der Bestellung »Sülze, Borschtsch, Ragout, Kompott« nach allen Seiten umblickte, einen geheimnisvollen Gesichtsausdruck annahm und dem Kunden vielsagend ein »Machen wir … Für Sie machen wir das« vertrauensvoll ins Ohr flüsterte, obwohl auf der von fettigen Fingern völlig verschmierten Speisekarte nichts anderes zur Wahl stand.

Doch nachdem er gemeinsam mit mir zur Tür hinausgeeilt und den furchterregenden Krallen seiner rebellierenden Angestellten entkommen war, wurde der Meister aller Bankette augenblicklich ein anderer Mensch und begann, sich zu beschweren:

»Alles ist in Aufregung … Wenn mich der Präsident anschreit, dann sollte ich doch sozusagen als Kompensation auch das Recht haben dürfen, meine Sekretärin anzuschreien? Wenn mich aber sowohl der Präsident anschreit als auch meine Sekretärin, wo bleiben denn da die Menschenrechte? Übrigens, müssen Sie den Präsidenten gerade jetzt stören? … Nicht ganz der richtige Moment. Ich bin ein unbedeutender Mensch … Sie sollten sich besser an seinen Pressesprecher wenden. Der ist ein geheimnisvoller Mensch … Der kann alles.« Und der Meister aller Bankette entschlüpfte grunzend über die Korridore der Macht, die so gewunden waren wie er selbst.

Im Empfangszimmer des Geheimnisvollen Sprechers blickte sein junger, sorgfältig gebügelter Assistent aus dem Fenster, wobei er einen Fuß auf das Fensterbrett gestellt hatte.

Als er das Knarren des Parketts unter meinen Schritten hörte, drehte er sich hastig um, faßte für alle Fälle mit der Hand nach seiner Waffe, musterte mich, erkannte mich, beruhigte sich und teilte mir seine Informationen mit, so als sei er dazu verpflichtet, vor mir Rechenschaft abzulegen:

»Es gibt Hinweise darauf, daß sich in der Menge Scharfschützen befinden, die den Auftrag haben, den Präsidenten umzubringen.«

Der am anderen Fenster stehende Wachtposten mit einer Maschinenpistole – ein nicht sehr großer, gutaussehender Kaukasier, offensichtlich ein Tschetschene, der dem jungen Clark Gable ähnlich sah – fügte hinzu:

»Und über die Leningrader Chaussee kommen neue Panzer. Heute nacht wird es wohl zum Sturm kommen.«

In diesem Moment betrat der Geheimnisvolle Sprecher das Zimmer.

Geheimnisvoll war er insofern, als nicht zu durchschauen war, wer hinter ihm stand, wie er überhaupt in die Politik geraten war und was er dort wollte. Niemand wußte, wer er war: ob ein Rechter oder ein Linker. Er war rechter als die Linken und linker als die Rechten. Aber als einen Mann des Zentrums konnte man ihn ebenfalls nicht bezeichnen. Er war, um sich in der Sprache des Fußballs auszudrücken, ein Libero.

Nach dem Putsch schrieb eine Zeitung, ich hätte erzählt, daß ich am ersten Tag des Putsches ganz einfach zu dem Geheimnisvollen Sprecher gegangen sei, so als sei dieser mein alter Freund. Das wäre denn nun doch eine ein wenig zu vorlaute Äußerung meinerseits gewesen. Der Geheimnisvolle Sprecher konnte gar nicht mein alter Freund sein, denn an jenem Tag sah ich ihn das erstemal von Angesicht zu Angesicht. Obwohl er eigentlich nicht wirklich da war.

Der Geheimnisvolle Sprecher ging sage und schreibe einen Zentimeter von mir entfernt vorbei und blickte mit unsichtbaren Augen durch mich hindurch.

»Ich werde offensichtlich reich werden«, scherzte ich, zum Assistenten gewandt. »Er hat mich nicht erkannt.«[3]

»Er hat Sie nicht gesehen«, seufzte der Assistent. »Ich werde ihm sofort Bescheid sagen.«

Der Geheimnisvolle Sprecher stand am Fenster und blickte nach unten.

»Die Menschenmenge wird größer, aber nur langsam ... Es sind nur wenige Leute. Katastrophal wenig ...«, grübelte er laut.

Ich störte ihn nicht dabei, mich nicht zu bemerken, und schwieg. Endlich drehte er mir seinen Kopf zu und reagierte – zwar ohne zur Schau gestellte Herzlichkeit, aber doch mit, ich würde sagen, intimer Förmlichkeit:

»Danke, daß Sie gekommen sind, Jewgeni Alexandrowitsch.«

»Was kann ich tun?« fragte ich.

»Sie haben schon etwas getan«, sagte er. »Wollen Sie, daß ich Ihnen mein Buch schenke?«

Nachdem er es signiert und mir hingestreckt hatte, sagte er ohne jedes Lächeln:

»Vielleicht ist das mein letztes Autogramm ...«

Mir kam es damals vor, als meinte er es ehrlich.

In diesem Moment hätte nicht nur ich, sondern auch der Geheimnisvolle Sprecher es für unwahrscheinlich gehalten, daß er im Dezember zusammen mit dem Präsidenten von Rußland im Büro des gestürzten Präsidenten der UdSSR Whisky trinken würde und daß jener wie ein armer Verwandter eintreten und demütig auf die an seinem Tisch thronenden neuen Herren blicken würde.

Und ganz und gar unwahrscheinlich wäre es dem Geheimnisvollen Sprecher in diesem Moment vorgekommen, daß ausgerechnet er in eine Wohnung umziehen würde, die einmal für Breschnew bestimmt gewesen war, und daß ihn irgend jemand eines Tages beschuldigen würde, er sei ein Gegner der Reformen und der freien Presse.

Diejenigen, die Geschichte machen, ahnen nie, was die Geschichte aus ihnen machen wird.

Aber für diesen 19. August will ich all denen Gerechtigkeit widerfahren lassen, die sich an jenem Tag den Panzern und der Vergangenheit entgegengestellt haben. Wie schlecht auch immer die Gegenwart sein mag, die Wiederkehr der Vergangenheit wäre noch schlimmer.

»Ich möchte den Präsidenten sehen«, sagte ich zu dem Geheimnisvollen Sprecher. »Vielleicht fragen Sie ihn über das Haustelefon, ob er mich empfangen kann?«

Der Geheimnisvolle Sprecher blickte unerwartet finster drein, zuckte mit den Schultern und antwortete lustlos:

»Wir haben da unsere eigenen Umgangsformen ...«

Als er mein Erstaunen bemerkte, fügte er besänftigend hinzu:

»Gehen Sie doch einfach zu ihm. Er wird sich freuen.«

»Wenn ich den Präsidenten nicht sehe, könnten Sie ihm eine Nachricht von mir übermitteln?« fragte ich.

»Ich werde es versuchen«, antwortete mir der abermals finster blickende Geheimnisvolle Sprecher, was weder ein Versprechen noch eine Absage bedeutete.

Sogleich schrieb ich auf ein Stück Papier eine kurze Nachricht an den Präsidenten von Rußland: »Ich danke Ihnen und wünsche Ihnen Ausdauer, Mut und Weisheit.«

Während ich durch die Korridore des Weißen Hauses in das Empfangszimmer des Präsidenten von Rußland ging, schlug ich aufs Geratewohl das Buch des Geheimnisvollen Sprechers auf, das den Titel *Der bürokratische Staat* trug, und stieß auf folgende Zeile:

»›Gewalt ist immer eine Geste der Schwäche‹ – diese glänzende Formel hat uns Nikolai Berdjajew hinterlassen, und wenn sich die Bolschewiken für stark gehalten hätten, hätten sie ihre eigene Lehre wohl nicht so mißachtet und hätten nicht den Weg des Terrors gewählt, selbst wenn dieser, wie sie meinten, von der Geschichte gerechtfertigt gewesen wäre. Im übrigen gibt es wohl kaum irgendeine Rechtfertigung für den Terror ...«

Die damalige Ironie des Schicksals lag darin, daß mir dieses Buch genau an jenem Tag geschenkt wurde, an dem der Hauptakteur eben dieses Buches – die Bürokratie – wie grünes gepanzertes Plasma das Weiße Haus umzingelte und drohte, die junge Demokratie zu ersticken.

Die bevorstehende Ironie des Schicksals sollte darin liegen, daß die Bürokratie später zu einem der Hauptakteure im Weißen Haus werden sollte, die als papierenes Plasma die Demokratie von innen heraus zu ersticken drohte.

Aber damals schlug ich die erste Seite auf, um die Widmung des Geheimnisvollen Sprechers zu lesen, und schrie beinahe laut auf. In die Widmung hatte sich ein Fehler eingeschlichen. Ein Schreibfehler. Es fehlten zwei Buchstaben.

»Für Jewgeni Alexandrowitsch Jewtuschenko in Hochatung.
19. August 1991«

In meiner tiefsten Seele bin ich ein Sammler, und ich dachte sofort, daß die Widmung durch den Fehler eines Mannes, der in unmenschlicher Erschöpfung und Anspannung an diesem tragischen Tag zwei Buchstaben in dem Wort »Hochachtung« vergessen hatte, nur noch wertvoller geworden sei.

Unterdessen bemerkte ich auf meinem Weg zum Präsidenten von Rußland, daß die Korridore des Weißen Hauses sich ein wenig belebt hatten.

Hier und da waren kleine Ansammlungen der aus verschiedenen Städten eingetroffenen Deputierten zu sehen.

In den Gesichtern der einen stand Entschlossenheit, andere flüsterten verängstigt miteinander, wieder andere flüsterten ebenfalls, doch mit erwartungsvoller Schadenfreude.

An mir vorbei schleppte ein Mann mit eiligen Schritten und mit Augen, die sich für einen ehrlichen Menschen übermäßig oft umschauten, eine Tasche mit der Aufschrift »Puma«, die fast das Parkett berührte, und der Geruch von Fusel streifte mich. Der Mann sah aus wie ein betrunkener Giftpilz in dem blauen Kittel eines Lagerarbeiters.

Hinter ihm her stürzte eine Frau, die Ähnlichkeit mit einem Steinpilz hatte, einen weißen Kittel sowie auf dem Kopf eine Kochmütze trug und einen Schöpflöffel schwang.

Als sie den Mann eingeholt hatte, schlug sie mit dem Schöpflöffel so erbarmungslos direkt auf die Hand, die den »Puma« umkrallte, daß die Tasche auf den Teppich fiel.

Nachdem der Lagerarbeiter den »Puma« verloren hatte, begann er zu zittern wie ein Schakal und verschwand hinter einer Biegung der Korridore der Macht, die sich mit Deputierten gefüllt hatten, als seien es Shakespearesche Gespenster, die sich nicht entscheiden konnten, wem sie sich anschließen sollten.

Die Steinpilz-Frau fiel wie zum Beten auf die Knie, betastete fieberhaft die Tasche, öffnete zur Sicherheit den Reißverschluß ein wenig und beruhigte sich erst, als ihr aus den Innereien des »Pumas« Krebskonserven mit der Aufschrift »Chatka« und braun glänzende, finnische Zervelatwürste entgegenblitzten.

»Schämen die sich denn gar nicht? Sogar diesen, wie heißt es doch gleich noch – diesen Putsch benutzen sie, um zu stehlen«, beschwerte sich die Steinpilz-Frau. »Junger Mann, könnten Sie mir helfen, die Tasche zur Kantine zu bringen? Wir öffnen bald, kommen Sie doch und probieren Sie unseren Kaffee. Ich mache Ihnen einen brasilianischen.«

Zu zweit – jeder einen der Griffe fassend – schleppten wir die mit den Krebskonserven klirrende Puma-Tasche, der ein starker Duft westlicher Räucherwaren entströmte, bis zur Tür, durch die unmittelbar nach der Steinpilz-Frau auch der auf sein Frühstück wartende Parlamentskater hindurchschlüpfte.

Kurz darauf befand ich mich in einem Zimmer, in dem zwei Assistenten des Präsidenten von Rußland, an ihre Telefone geschmiegt, mit heiseren Stimmen über den tausend Werst breiten Sumpf der russischen Weiten hinwegbrüllten, diesen Sumpf, der bereit zu sein schien, das Weiße Haus zu verschlucken, als sei es eine Murmel, die man zufällig in den heimtückisch schwankenden Schlamm hatte fallen lassen.

Das Land teilte sich an diesem Tag in drei Länder. Eines wollte verängstigt ins Gestern zurückkehren. Das zweite wußte zwar noch nicht, wie das Morgen sein würde, wollte aber nicht in das Gestern zurück. Das dritte wartete ab.

Das erste Land, das den Umsturz begrüßte, war von Anfang an nicht sehr groß. Das zweite Land, das sich dem Umsturz entgegenstellte, war ebenfalls nicht allzu groß.

Als das größte Land im Land stellte sich das dritte heraus.

Doch die Panzer auf den Straßen von Moskau taten das Ihre. Sie verbreiteten Schrecken. Allerdings nicht so sehr, wie diejenigen, die diese Panzer geschickt hatten, es gehofft hatten. Sie verbreiteten Schrecken, da sie zeigten, daß die einem Panzer ähnelnde Vergangenheit wieder zurückkehren und anfangen konnte, Menschen bei lebendigem Leibe zu zermalmen. Die Angst vor der Rückkehr der Vergangenheit half, die Angst als solche zu überwinden.

Während die anderen Republiken noch abwägten und Ausflüchte machten, schloß sich eine russische Stadt nach der anderen dem Widerstand an, wie Helme, die nacheinander am Horizont auftauchen. In den Telefonhörern der Assistenten des Präsidenten erklangen ohne Unterlaß Stimmen: Es meldete sich Jaroslawl mit seinem betont ausgesprochenen »O«, Irkutsk mit seinen Zischlauten, Nowgorod mit seinem langgezogenen Singsang, St. Petersburg, das noch Leningrad hieß, mit seiner gestochen scharfen Aussprache.

Man rief nicht nur aus den Städten an, sondern auch aus den Dörfern.

Man rief von den Komandoren aus an.

Man rief über ein Funktelefon von einem Fischkutter in der Barentssee an.

Man rief von der Lermontow-Halbinsel Taman an.

Es rief ein pensionierter Major der Pioniereinheiten an, der früher einmal Berlin entmint hatte. Er bot sich an, die Zugänge zum Weißen Haus zu verminen.

Es rief das Akademiemitglied Lichatschow an und bat, nicht auf den Kreml und andere historisch wertvolle Gebäude, ja eigentlich überhaupt nicht zu schießen.

Man rief aus der Moskauer Taxizentrale an und bot zehn Wagen für eventuelle Fahrten an.

Man rief aus dem Haus der Bühnenveteranen an – man war jederzeit bereit, Konzerte auf den Barrikaden zu geben.

Man rief aus der Russischen Warenbörse an – man trug sich an, fünfzig dreifarbige Flaggen anzuliefern, und fragte, wie viele warme Frühstücksportionen für die Verteidiger des Weißen Hauses benötigt würden.

Es rief der Fünftkläßler Witja Filjuschkin an – er kannte einen unterirdischen Gang, durch den ein Angriff auf das Weiße Haus gestartet werden könne.

Man rief aus einer Sowchose bei Moskau an – man schickte einen Kesselwagen mit Milch und zwei Wagen Kartoffeln.

Es riefen Baumontagearbeiter an – fünf Kräne.

Es rief der Chirurg Juli Krelin aus dem Kunzewski-Krankenhaus an – Verbandszeug und Jod.

Einer der Assistenten des Präsidenten von Rußland – er war nicht sehr groß und stämmig und hatte das vor Anspannung himbeerfarben gerötete Gesicht eines Wirtschaftsfunktionärs – verlangte das Äußerste von seiner krächzenden Stimme und suchte sich per Telefon politischen Rückhalt zu holen, als gelte es, eine Mangelware zu organisieren.

Der andere – ein Oberst im Ruhestand mit dem Aussehen eines Generals – schritt ohne Eile, doch wichtigtuerisch mit dem Telefonhörer an einer langen Schnur durch das Büro und verließ sich nicht auf die Stimme, sondern auf die überzeugende, fast marschallsmäßige Intonation eines Heerführers, der sich weise den Anschein gibt, als sei er sich des Sieges sicher.

Beide sprachen sie am Telefon mit so fester Stimme, als befänden sie sich in einer uneinnehmbaren Festung, in der es eine Unzahl von Kriegern gab.

Ich jedoch, im Inneren dieses Hauses, sah, daß diese Marmormauern nicht besser schützen würden als Papierparavents. Ich fühlte mich, als sei ich im Palast »La Moneda« während des Putsches durch Pinochet. Wir hatten zwar zu unserem Unglück keinen Allende auf unserer Seite, doch dafür hatten die Putschisten zu unserem Glück auch keinen Pinochet.

Und plötzlich, nach einem der vielen schnarrenden Ferngespräche, fingen die Augen des Wirtschaftsfunktionärs zu lachen an, und er winkte mich mit dem Finger schelmisch zu sich heran, um mir den von all den Anrufen fast glühenden Telefonhörer in die Hand zu drücken.

»Das Weiße Haus?« vernahm ich zwischen Zischen, Knacken und irgendwelchen fremden Stimmen eine heisere, aber gleichzeitig spinnwebenfeine Stimme, die über Tausende von Kilometern hinweg kaum hörbar aus ganzer Kehle schrie: »Das Weiße Haus? Hier spricht die Station Sima aus dem Gebiet Irkutsk. Wir stehen hinter euch. Hört ihr uns, Weißes Haus? Wir stehen hinter euch ...«

»Das Weiße Haus hört ...«, antwortete ich ganz außer Atem vor Aufregung mit einem schneidenden Schmerz in den Augen, so als hätte man mir mit einem Diamanten hineingestochen.

Offensichtlich war es die Stimme meines Freundes Kolja Simenkow, doch vielleicht war es auch die Stimme meines verstorbenen Onkels Andrej Iwanitsch – des sibirischen Chauffeurs, der während des Krieges meine kleinen Kinderhändchen neben seine nach Staufferfett riechenden Hände auf das Lenkrad des Lastwagens gelegt hatte, der nicht mit Benzin, sondern Birkenholz angetrieben wurde und der den Schlamm der aufgeweichten Taigawege mit seinen mit Ketten bespannten Rädern auseinanderspritzte.

Die Stimme war verschwunden, aber ich hielt noch immer den Hörer ans Ohr gepreßt, als könne ich das Schnattern der Enten in den Pfützen auf den mit rauchgrauem Steppengras bewachsenen Wegen meiner Kindheit hören, das Girren der gespornten Vögel im Taubenschlag meines Onkels, das Abschiedsgebrüll der schwarzen Kuh Sorka mit der weißen Stirn, die wir in den Kriegsjahren schlachten mußten, den unter den Kufen der Schlitten und den bestickten Pelzstiefeln der Mädchen wie frischer Kohl knirschenden Schnee, der funkelte wie zerstoßener Kristall, das Knarren der eisbedeckten Brunnenkette, die den einer silbernen Krone aus Eiszapfen gleichenden Eimer aus dunkler Tiefe emporzog, die weißen Monde aus gefrorener Milch, die die Leute unter den Armen vom Basar nach Hause trugen, und die Liedchen, die zusammen mit dem schneeweißen Wölkchen des Atems von den vom Frost geküßten Lippen der Mädchen kamen:

Ich will nicht sterben
Am Morgen mit dem Tau.
Ich will laufen durchs Heu,
Barfuß durchs Heu.

Beide Assistenten des Präsidenten, der Wirtschaftsfunktionär und der Oberst, der wie ein General aussah, spürten – wie ich glaube –, daß ich für einige Augenblicke weit, weit weg von ihnen gewesen war, aber sie taten, als hätten sie nichts bemerkt.

»Fragen Sie den Präsidenten, womit ich helfen kann?« bat ich den Wirtschaftsfunktionär.

Als der Wirtschaftsfunktionär zurückkehrte, antwortete er:

»Mit Ihrem Wort. Der Präsident hofft, daß es von der Welt gehört werden wird. Und jetzt wird der Präsident vom Balkon aus sprechen und lädt Sie ein, mit ihm zu kommen.«

Der Wirtschaftsfunktionär führte mich durch eine Reihe von Korridoren, und plötzlich, so als sei er durch eine Wand getreten, kam uns mit schwerem, aber energischem Schritt der Präsident von Rußland entgegen, wie ein daherschreitender Findling aus dem Ural. Neben ihm gingen der Ministerpräsident – weiß wie ein Birkenröhrling –, dessen Bauerngesicht keinerlei Panik zeigte, sondern etwas begriffen zu haben schien, und der Vizepräsident, der mit seinem Schnurrbart à la Denis Dawydow[4] und seiner Pistolenkugeln und Umarmungen entgegengereckten Brust zu den himmlischen Husaren zu gehören schien.

Ich war nie ein selbstvergessener Anhänger dieses grob geschliffenen Mannes aus dem Ural gewesen, dem es nicht beschieden war, ein erlesenes Instrument der Geschichte zu werden.

Rußland hatte ihn zum Präsidenten gewählt, die Geschichte jedoch hatte ihn zum Rammbock bestimmt. In dieser Rolle war ihm das Fehlen feinerer Nuancen sogar von Nutzen.

An jenem Tag begeisterte er mich. Nicht als Politiker. Als Naturereignis.

In dem engen Korridor der Macht konnten wir nicht einfach so aneinander vorbeigehen. Ich streckte dem Präsidenten unwillkürlich die Hand hin, und es entschlüpfte mir zu meinem eigenen Entsetzen ein aufrichtiges, doch geradezu lächerlich schwülstiges:

»Im Namen des russischen Volkes sage ich Ihnen Dank!«

Ich wäre am liebsten im Boden versunken vor Scham ob meiner eigenen, fast opernreifen Worte, die mir das russische Volk natürlich keineswegs aufgetragen hatte.

Ohne seinen Schritt zu verlangsamen, drückte mir der Präsident von Rußland im Gehen die Hand, lächelte breit und zwinkerte fröhlich:

»Nun denn, werden wir uns also gemeinsam prügeln ...«

Mich halb umarmend, zog er mich mit sich, und gemeinsam mit ihm und seinem Gefolge stand ich plötzlich auf dem Balkon mit Blick auf die Moskwa.

Der Präsident hatte zuerst geplant, auf der gegenüberliegenden Seite des Weißen Hauses aufzutreten, im letzten Moment hatte ihn der Sicherheitsdienst jedoch gebeten, den Ort zu wechseln.

Als der Präsident am Mikrophon stand, hoben zwei Männer schußsichere Schilde vor ihn – bis hinauf zum Kinn. Aber mir kam sofort der Gedanke, daß man ihm ja auch genausogut in den Kopf schießen könnte.

Ich blickte nach unten, und mir wurde ganz anders zumute.

Ein Massenaufstand jenes »Volkes«, in dessen Namen ich dem Präsidenten eben erst so aufgeblasen Dank gesagt hatte, war vor dem Balkon keineswegs zu sehen.

Es hatten sich höchstens anderthalb tausend Menschen versammelt, die nicht mehr schienen als ein armseliges Häufchen – vor dem Hintergrund der mit Panzern vollgestellten und mit Barrikaden versperrten Uferstraße, vor dem Hintergrund des bleiernen Flusses mit den gleichgültig darauf schwimmenden Lastkähnen, vor dem Hintergrund der Brücke, die durch jenen quergestellten Autobus gesperrt wurde, in welchem noch am Morgen die russische Pariser Dame *Le Monde* gelesen hatte, vor dem Hintergrund dieser Brücke, auf der kreuz und quer Autos parkten, unter denen auch die Klapperkiste des Jewtuschenkologen Nummer eins war, und schließlich vor dem Hintergrund des Hotels »Ukraine« auf dem gegenüberliegenden Ufer, wo am Denkmal des Taras Schewtschenko[5] auch heute – wie immer – die Devisenprostituierten und Schwarzmarkthändler herumlungerten und wo von den Balkonen und durch die Fenster ausländische Hotelgäste diese recht malerischen großen Erschütterungen Rußlands, die zu vermeiden Stolypin[6] einst recht nachdrücklich empfohlen hatte, mit ihren Videokameras aufnahmen.

In der Menge entdeckte ich ein nervös verkrampftes Gesicht mit unglücklich edlen Augen und den Ohren einer Springmaus. Es gehörte einem Akademiemitglied und Wirtschaftswissenschaftler, der seine hoffnungslosen Versuche, die Leninsche Losung »Kommunismus ist die sowjetische Macht plus Elektrifizierung« in die Losung »Kapitalismus ist die antisowjetische Macht plus Privatisierung« umzuwandeln inzwischen wohl aufgegeben hatte.

Und dann entdeckte ich noch den mit Asche von Prima-Zigaretten bestreuten, verzückten grauen Bart des mit der Partei alt gewordenen, von Dostojewski-Zitaten strotzenden Aljoscha Karamasow, der vor einem Jahr als erster angeregt hatte, den einbalsamierten Lenin endlich der Erde zu übergeben.

Und dann entdeckte ich noch das mit seiner Brille wie mit einem Signalfeuer leuchtende Gesicht des Chronisten der Leningrader Blockade und der Partisanentragödien Weißrußlands, der angesichts des ununterbrochenen, bereits seit vierundzwanzig Stunden anhaltenden Loderns zivilen Edelmuts hochrot von innen heraus zu glühen schien.

Und dann entdeckte ich noch den Kämpfer für den russischen Weizen und andere Getreide- und Gemüsesorten, dessen Gesicht von landwirtschaftlicher Leidenschaft so verkohlt war, daß es einer stark angebrannten, gebratenen Kartoffel ähnelte.

Das Erscheinen dieser Menschen hier an diesem Tag war nur natürlich.

Einige Menschen jedoch erschienen mir unnatürlich. Sie umrahmten die Menge wie Meeresschaum, so als sei dies ein von irgend jemandem inszeniertes Schauspiel.

Sie begrüßten den Auftritt des Präsidenten von Rußland so unbändig wild, daß sie ihm mit ihrem verdächtig lange anhaltenden Applaus den Mund stopften.

Nachdem der Präsident seine Rede bereits begonnen hatte, war er einige Male gezwungen innezuhalten. Anfangs war er gerührt, weil er die Sabotage für ehrlichen Enthusiasmus hielt, dann geriet er in Verwirrung.

Die begeisterten Schreie lähmten ihn. Er begriff nicht, was hier vor sich ging. Seine Lippen spitzten sich kindlich gekränkt. Er ähnelte einem Bären, der in einem Spiegel auf sein eigenes Abbild stößt, durch das er nicht hindurchgehen kann.

Die schreienden Verehrer sahen betrunken aus. Das schien nicht weiter verwunderlich – auf Befehl der Junta hatte man an jenem Tag alle Wodkavorräte zum Verkauf freigegeben.

Aber bei genauerem Hinsehen bemerkte ich, daß die Augen der Betrunkenen völlig nüchtern waren. Und dann entdeckte ich unter diesen nüchtern betrunkenen Gesichtern ein Gesichtchen, das ich niemals mit einem anderen verwechseln würde.

Ein zärtlich lächelndes, rundes, einem mit Butter bestrichenen Pfannkuchen ähnelndes glänzendes Gesichtchen, weißblonde Augenbrauen und eine leicht himbeerfarbene Glatze, die an den Seiten von weißblondem Flaum eingefaßt war. Er war es gewesen, der vor mehr als dreißig Jahren versucht hatte, mich mit seinem roten Büchlein zu verzaubern, das er mir in seiner klebrigen Handfläche, die er wie ein Zauberer öffnete, gezeigt hatte. War der denn etwa immer noch nicht pensioniert? Oder wurden DIE nie pensioniert?

»Jel-zin! Jel-zin! Jel-zin!« skandierte er mit dem niemals alternden Eifer eines Komsomolzen und ließ mit seinem Applaus den Präsidenten von Rußland nicht zu Wort kommen.

Ich bemerkte, daß alle anderen nüchtern Betrunkenen dem Rhythmus folgten, den diese wahrscheinlich immer noch genauso klebrigen Handflächen vorgaben.

Jetzt hatte der Präsident offensichtlich verstanden. Er wartete nicht mehr ab, daß diese falschen Verehrer verstummen würden. Er erhob seine Stimme, ließ sie anschwellen, bis sie den Trompeten von Jericho glich, und begann, damit die Schreie und den Applaus zu übertönen.

Das Echo der Worte des Präsidenten prallte mächtig von einem Verstärker zum anderen und erreichte die an der Brücke stehenden Panzer, die von hier aus winzig erschienen, und auf dem Turm eines der Panzer erschien die dreifarbige neue Flagge und flatterte wie ein Schmetterling.

Und dann sah ich, wie aus dem Personalausgang an der Seite des Weißen Hauses die Steinpilz-Frau herauskam, die nicht mehr ihre Kochmütze, dafür jedoch die besagte Puma-Tasche trug und versuchte, möglichst unbemerkt zu bleiben.

Es sah nicht so aus, als befänden sich die Delikatessen, die sie dem stehlenden Lagerarbeiter empört abgenommen hatte, auf dem Weg zu sowjetischen, an Polio erkrankten Kindern.

Es kam mir so vor, als sei der »Puma« noch dicker geworden, als hätte dieses Dschungelraubtier mehrere wuchtige Lachse auf einmal verschluckt und außerdem noch an die zehn Dosen schwarzen Kaviars und Dorschleber in eigenem Saft verspeist.

Die Steinpilz-Frau warf das Bündel auf den Sitz eines Lada – ein Modell in der Exportausführung – und schien direkt in die Barrikaden, in die hervorstehenden rostigen Stangen der Moniereisen hineinzufahren. Doch das schien nur so.

In den Barrikaden hatte man umsichtig eine kaum erkennbare, dennoch existierende Lücke für die »eigenen Leute« freigelassen.

15.

NUR SCHLANGEN HÄUTEN SICH

Das Blechschild mit der Aufschrift »Python retilacutus« erzitterte von dem Knirschen der Panzerketten, die ganz in der Nähe des Tierparks vorbeirollten.

Pythons hängen nicht weniger als die Spanier an ihrem nachmittäglichen Schlaf – der Siesta.

Aber heute fand die Python keinen Schlaf.

Sie erinnerte sich an ihre Heimatinsel Solebab, wo es so viele leckere Frösche und Moskitos gegeben hatte, wo sie sich, einen zerstreuten Lemuren verdauend, majestätisch auf einem Baum geaalt hatte, wie auf einem faltigen Finger, der sich unter dem Gewicht der edlen Ringe bog, von denen ihm gleich mehrere auf einmal übergestreift worden waren, oder wie sie im Fluß geschwommen war und dabei mit ihrem schönen gefährlichen Körper zur Seite stiebende Fische und Lotusblumen – diese weißen Laternen mit den gelben Lampen ihrer Blütenstempel – gestreift hatte.

Und Pita erinnerte sich auch daran, wie sie sich einmal an eine Wasserstelle herangeschlichen hatte, an dessen Ufer sich die Spuren von Ziegenhufen und Tigerpfoten in die Tonerde gedrückt hatten, die sich durch die mütterliche Gleichgültigkeit der Natur gleichermaßen mit schokoladenbraunem Wasser gefüllt hatten.

Eine wunderschöne Ziege war, um sich am klaren Wasser zu laben, bis zu den Knien in den Fluß getrabt, sie spiegelte sich darin, trank, schlürfte mit ihren samtigen Lippen durstig ihre eigene Schönheit, in die das Funkeln der Sonne eingestreut war, und konnte ihren Durst lange nicht löschen.

Am Ufer jedoch stand ihr dünnes, der Mutterbrust noch nicht entwöhntes Zicklein mit einem Fell, das die Mama gerade erst mit ihrer Zunge abgeleckt hatte. Es lernte laufen, und es knickte mit seinen dünnen Beinchen immer wieder ein. Es stand im Sonnenlicht, und seine schwarz dampfende Flauschigkeit wurde von der Sonne umsäumt, so als sei der Umriß des Zickleins mit einem goldenen Stift auf Kohlepapier gezeichnet und dann ausgeschnitten worden.

Pita verspürte bei diesem Anblick unwillkürliches Entzücken, aber der Jagdinstinkt war stärker als ihr Schönheitsempfinden und ihre Barmherzigkeit.

Pita kroch an das Zicklein heran und schoß mit ihrem gemusterten Körper los, um es blitzschnell mit mehreren Windungen zu umschlingen.

Aber da fing das Zicklein so kläglich und in so hohen Tönen zu blöken an, als sänge der goldene Lichtschein auf seinem Fell. Pita versuchte, ihre Muskeln zu lockern, damit das Zicklein sein Abschiedslied zu Ende singen könne, doch die Muskeln wollten nicht gehorchen, sie hörten auf eine andere, uralte Stimme in ihr, und so drückten sie weiter und erdrosselten das Zicklein mitsamt seinem Lied.

Die Ziege, die ihr Söhnchen gehört hatte, sprang mit der verzweifelten Furchtlosigkeit einer Mutter zu Hilfe, doch in diesem Moment packte sie eine Tigerin an der Seite, die, nachdem auch sie gerade Junge geworfen hatte, ebenso abgemagert war wie die Ziege, und deren zwei Tigerjunge ebenfalls gehen lernten und ganz in der Nähe auf Beute warteten.

Als das tote Zicklein sich in Pitas Innereien unter ihrer Haut entlangbewegte, kam es ihr vor, als würde es noch immer singen.

Menschen fielen die Pythons niemals an.

Einmal jedoch hatte eine um den Verstand gekommene, alte, zehn Meter lange Python einen jungen Malaien erdrosselt und dann verschluckt, und Pita hatte begriffen, daß ein Unglück unvermeidlich auf sie zukam. Die Schlangen, die sich zu einer Beratung zusammengefunden hatten, beschlossen, die Menschenmörderin zu bestrafen, warfen sich eines Nachts alle gemeinsam auf sie und erdrosselten sie. Doch das half nichts.

Die Menschen veranstalteten eine Treibjagd auf die Schlangen, und Pita gelangte, in Netze verstrickt, schließlich in dieses so weit von der Insel Solebab entfernte Land, in dem im Winter die frierenden Wolken nicht als Regentropfen, sondern als weiße Flocken zur Erde fielen, die den vereisten Blütenblättern einer Lotusblüte ähnelten.

Im Tierpark der großen Stadt fühlte sich Pita ungeschützt wie ein Zicklein, das vom Würgegriff einer gigantischen steinernen Schlange erdrosselt wird.

Die Freiheit war für sie bereits etwas Ungewohntes, die Unfreiheit jedoch noch nichts Gewohntes geworden, und sie konnte das, wofür man sie fütterte – die erniedrigende Verpflichtung, sich anstarren zu lassen –, nur schwer ertragen.

Allerdings hatte sie ihre zwei Beschützerinnen – Alewtina und Nastenka – ins Herz geschlossen und war jedesmal froh, wenn diese zu ihr kamen.

Als aber heute Wowtschik und Lewtschik zu ihr hereinkamen und nach Imbirnaja-Wodka stanken – er erinnerte Pita an den Geruch der Hyänen –, spürte sie mit jeder Schuppe die drohende Gefahr.

»Iß doch ein wenig von unseren russischen Delikatessen, Verehrte ...«, sang Wowtschik süßlich und schüttete aus einer durch und durch mit Fett getränkten Tüte giftig-gelbe Piroggen auf den Boden.

»Mit Fleisch, meine Liebe, mit Fleisch. Das wirst du doch nicht verschmähen, probier mal«, fiel Lewtschik in den Gesang ein.

Doch Pita rührte sich nicht.

»Sei so lieb, meine Gute, oder haben wir uns etwa ganz umsonst in Unkosten gestürzt, he?« setzte Wowtschik seine Überredungskünste ein.

»Du beleidigst uns ... Wir haben schließlich von ganzem Herzen ...«, fing Lewtschik an zu winseln.

Aber Pita preßte ihre Ringe nur noch fester zusammen und widerstand den verdächtigen Leckereien.

»Dieses kriechende Scheusal ist nicht dumm. Eine Schlange, und dabei ist sie wie ein Mensch – hat genauso Angst um die eigene Haut«, sagte Wowtschik mit gesenkter Stimme. »Wir müssen wohl Plan Nummer zwei anwenden ...«

Kurze Zeit später tauchten die beiden wieder auf, diesmal bewaffnet – Wowtschik mit einer hölzernen Heugabel, mit dem im Tierpark sonst das Heu in die Schober der Antilopen, Zebras, Elche und Jaks geworfen wurde, und Lewtschik mit einem Vorschlaghammer.

Das tote Zicklein begann in Pita alarmiert zu blöken. Pita spannte ihre Muskeln, machte sich bereit und bemerkte mit ihrem smaragdgrünen scharfen Auge, daß Wowtschik und Lewtschik die Tür hinter sich nicht geschlossen hatten.

»Gleich, ich drücke sie mit der Heugabel am Kopf zu Boden, und du mußt dann sofort mit dem Hammer zwischen die Augen ... Und dann noch mal auf den Schädel, zur Sicherheit. Aber daß du mir die Haut nicht verdirbst«, flüsterte Wowtschik Lewtschik ins Ohr und pirschte sich, zärtlich schnurrend und gleichzeitig mit der Heugabel zielend, an die Schlange heran:

»Na, wovor hast du denn Angst, du Undankbare? Wir haben dich doch immer gefüttert und getränkt. Du kennst uns doch.«

Und Lewtschik, der mit dem Vorschlaghammer in der Hand Ballettschritte um Pita herum vollführte, gab schon fast Koloraturen zum besten:

»Wir sind doch nur bescheidene Arbeiter. Du darfst der Arbeiterklasse doch nicht so mißtrauen, Bürgerin ... Das ist undemokratisch ... Wir bringen dir sozusagen unser ganzes Arbeiterherz entgegen, und du ...«

Noch immer scherzend, hielt Wowtschik die Heugabel bereits dicht vor Pitas Kopf, während Lewtschik den Vorschlaghammer hin- und herschwang und Maß nahm. Aber Pita entschlüpfte der von Wowtschik nach vorn geschleuderten Heugabel, kam dem ausholenden Vorschlaghammer zuvor, rammte Lewtschik ihren Kopf in den Bauch und warf ihn zu Boden.

Pita sammelte sich und stürmte energisch durch die geöffnete Tür davon.

Sie strömte durch die Alleen des Tierparks wie ein sich windender, kaffeebraun-goldener Fluß.

Als die Papageien und Kolibris die frei dahineilende Python erblickten, begannen sie hinter ihren Gittern vor Schreck im Chor zu kreischen, und ein riesiger Pavian versuchte neiderfüllt, mit seinen zottigen Armen die Eisenstangen zu zerbrechen und sich dieser Flucht anzuschließen.

Pita zwängte sich unter dem geschlossenen Tor des Tierparks hindurch und erstarrte plötzlich vor Verwirrung und Angst.

Die Fahrbahn entlang bewegten sich riesige grüne Reptilien mit Köpfen auf dem Rücken und langen furchterregenden Nasen.

Sie krochen donnernd dahin.

Die Menschen blickten diese Reptilien finster an und bemerkten deshalb Pita nicht.

Pita wich zurück und blickte sich um. Wowtschik und Lewtschik liefen suchend, Heugabel und Vorschlaghammer schwenkend, die Allee entlang.

»Genossen, haltet diese Anakobra!« flehte Wowtschik die Allgemeinheit an.

»Komm zurück, ich vergebe dir alles ...«, beschwor Lewtschik, als sänge er eine Romanze.

Pita begriff, daß gerade diese »bescheidenen Arbeiter« die gefährlichsten Tiere von allen waren, und wollte fort von ihnen und über die Straße, wobei sie sich fast unter die Panzer geworfen hätte. Im letzten Moment machte sie halt, drehte sich weg von den stählernen Raupenketten, um in den Torbogen eines alten, ein wenig heruntergekommenen Häuschens zu verschwinden.

Ein Knirps, der unter einem hölzernen Schutzdach im Sand spielte, fing voller Entzücken und Entsetzen zu schreien an, während er mit seiner kleinen Metallschaufel auf sie zeigte:

»Oma, guck mal – der Drache Gorynitsch[1]!«

Die Großmutter blickte in die ihr gewiesene Richtung, sah nichts und niemanden und schüttelte den Kopf:

»Ach, so ein kleiner Lügenbold ...«

Pita war längst über alle Berge.

Alewtina schöpfte gleich Verdacht, als sie sah, daß die Tür zu Pitas Käfig offenstand.

»Man hat Pita gestohlen ...«, sagte Nastenka weinend.

Alewtina sah die herumliegenden giftig-gelben Piroggen und hob eine davon auf. Die Pirogge war zerbrochen, und in ihr waren irgendwelche Tabletten zu sehen.

Alewtina nahm eine heraus, drehte sie zwischen den Fingern, leckte daran. Der Geschmack kam ihr bekannt vor. »Das ist doch Phenobarbital«, stellte Alewtina fest, als sie jene Schlaftabletten erkannte, ohne die sie nicht mehr einschlafen konnte, seit sie Paltschikow davongejagt hatte.

»Sollte sie etwa jemand eingeschläfert und getötet haben?« brummte Alewtina bestürzt.

»Pita ist schlau. Sie nimmt von Fremden niemals etwas an«, verteidigte Nastenka Pita.

Sie stürzten davon, um Pita im ganzen Tierpark zu suchen. Aber das einzige, was die scharfäugige Nastenka fand, war eine kaffeebraun-goldene Schuppe, die auf der Allee lag, und eine Vertiefung – eine Spur, die sich auf der zum Ausgang führenden sandigen Allee eingegraben hatte.

Als sie am Ausgang auf die finsteren Burschen Wowtschik und Lewtschik stießen und ihre niederträchtigen Visagen, die hölzerne Heugabel sowie den Vorschlaghammer in ihren Händen erblickten, schöpfte Alewtina Verdacht. Eigentlich waren ihre Visagen ja immer schon niederträchtig gewesen.

»Habt ihr Pita gesehen?« fragte Alewtina für alle Fälle.

»Ich muß Ihre Vipern und Nattern – freiwillig würde ich die ja nie angucken – nur während der Arbeitszeit beobachten«, fuhr Wowtschik auf, »und da war sie schon entwischt ...«

»Eins, zwei, drei, auf allen vieren ... ging das Schlangentier spazieren«, ergänzte Lewtschik boshaft.

Als sie aus dem Tierpark herauskamen, erblickte Alewtina die Menschenmenge, die zum Weißen Haus eilte, einer von ferne tönenden, von Lautsprechern verstärkten Stimme entgegen. Die Menschenmenge war nicht groß, wuchs aber beständig an.

»Sagen Sie, haben Sie vielleicht eine Schlange gesehen?« fragte Alewtina.

»Was für eine Schlange denn?« antwortete man ihr mit einem Blick, als sei sie verrückt.

Und als sie erklärte: »Eine Python«, da fühlten sich die Menschen in ihrer Befürchtung nur bestätigt und zogen es vor, schweigend ihren Schritt zu beschleunigen.

Alewtina mochte derartige Menschenaufläufe nicht, besonders wenn es politische Menschenaufläufe waren, aber sie war gezwungen, sich den von ihr so verachteten »gemeinsamen Reihen« anzuschließen.

Die Stimme kam immer näher. Die Stimme ertönte von einem Balkon herunter, der auf die Uferstraße wies. Die Stimme brandmarkte diejenigen als Staatsverbrecher, die die Panzer auf die Straßen befehligt hatten.

Alewtina und Nastenka schauten auf der Suche nach Pita unter die quergestellten Oberleitungsbusse, Kräne, Lastwagen und sogar unter die auf der Uferstraße stehenden Panzer, aber die Flüchtige war nirgends zu entdecken.

Und plötzlich schrie Nastenka auf, mit dem Finger auf den Balkon weisend:

»Papa!«

Alewtina zuckte zusammen und schaute zum erstenmal an diesem Tag aufmerksam in Richtung des Bollwerks der russischen Demokratie, der sie nicht mehr vertraute als den reaktionären Kräften Rußlands.

Auf dem Balkon erblickte sie ihren aus dem Schoß der Familie vertriebenen Ehemann.

Paltschikow hielt einen schußsicheren Schild vor den Präsidenten, der an den emotionalsten Stellen seiner historischen Rede immer wieder mit dem Präsidentenkinn auf diesen Schild aufschlug.

»Was macht Papa da?« fragte Nastenka.

»Er schützt die kostbare Brust des Präsidenten vor Schüssen«, antwortete Alewtina böse.

»Und wer schützt Papas Brust vor Schüssen?« fragte Nastenka besorgt.

»Dein Papa gehört nicht zum Volkseigentum wie der Präsident, und deshalb schützt niemand seine Brust. Er ist zu meinem Unglück unser Familieneigentum. Ich und du, wir sind ihm ganz einerlei, deshalb liefert er sich den Schüssen aus. Es gibt nicht nur Staatsverbrecher, sondern auch Familienverbrecher. So einer ist er. Er braucht gar nicht darauf zu hoffen, daß ich ihm alles verzeihe, wenn er getötet wird. Und wenn sie ihn nicht töten, lasse ich mich von ihm scheiden«, verkündete Alewtina unversöhnlich.

»Wenn du dich von Papa scheiden läßt, heirate ich ihn!« Nastenka ließ nicht zu, daß man Paltschikow beleidigte.

In diesem Moment waren durch die donnernde historische Rede des Präsidenten hindurch von irgendwoher auf der Uferstraße die historisch bedeutungslosen, dennoch aber nicht weniger bewegenden Schreie zu hören:

»Leute, eine Schlange! Ach was, das ist keine Schlange – sondern eine Riesenschlange! Und wenn sie giftig ist? Vielleicht züchten die Kooperativen diese Dinger für ihre Schuhe, Taschen und Portemonnaies! Ja, aus so einer, da könnte man ja gleich ein paar Koffer machen. Nein, wahrscheinlich haben die Putschisten eine Schlange aus dem Tierpark auf uns losgelassen! Ein Ablenkungsmanöver, Bürger. Und wenn diese Schlange nun vom KGB auf Demokraten angesetzt worden ist? Umzingelt sie, umzingelt sie. Schlagt sie tot, kein Mitleid! Die haben ja auch kein Mitleid mit uns. Mit Steinen muß man sie töten, mit Stöcken und Knüppeln! Man muß von hinten mit der Brechstange rangehen! Laßt sie nicht entwischen!«

Alewtina und Nastenka stürzten, sich an den Händen fassend, Pita zu Hilfe.

Die unglückliche, verzweifelte Schlange war bis in die Höhen der Barrikade hinaufgeklettert, wand sich zwischen den Moniereisen und den Fahnenstangen der dreifarbigen Flaggen und versuchte, den Steinen und Schlägen auszuweichen. Aber ihre wunderschöne gemusterte Haut war schon an mehreren Stellen verletzt.

Die Verfolger kletterten der Schlange auf die Barrikade nach, um das eingeschüchterte Tier endgültig zu erschlagen, aber da nahm Alewtina ihre letzten Kräfte zusammen, überholte sie und stellte sich mit ausgebreiteten Armen zwischen sie und Pita:

»Faßt sie nicht an!« übertönte Alewtina die Verfolger mit ihrem fast schon Schaljapin ähnelnden Baß. »Das ist die einzige malaysische Python in allen Tierparks der Sowjetunion!«

»Ich bin auch der einzige … Für meine Mutter bin ich der einzige«, knurrte ein großer Bursche, der eine Moniereisenstange in seinen Pranken hielt, auf denen neben dem Wappen der UdSSR sein eigener Name in seiner Koseform eintätowiert war: »Mischanja«. »Und wenn sie mich mit ihrem Giftzahn beißt, dann wird meine Mama keinen einzigen Sohn mehr haben.«

»Pita beißt nicht! Pita ist nicht giftig! Pita kann flüstern!« schrie Nastenka.

Aber diese wissenschaftlich-sentimentalen Argumente beeindruckten die Verfolger nicht sonderlich. Da kam Alewtina die Erleuchtung, und sie hielt ihnen mit ihrem Baß einen ökonomisch fundierten Grund entgegen:

»Kommt zu euch! Diese Schlange kostet zwanzigtausend Dollar!«

Diese Zahl lähmte die Angreifer. Die erhobenen Moniereisenstangen, Stöcke und Knüppel erstarrten und sanken dann wieder herunter.

»Ja, ein teures Tier …«, meinte Mischanja und kratzte sich den Hinterkopf. »Im Vergleich zu diesem Tier bin ich billig. Ich verdiene auf meinem Latrinenwagen im Monat ungefähr anderthalbtausend Rubel. Wieviel Rubel geben sie einem heute gleich für einen Dollar?«

Das Thema der harten Devisen interessierte die Menge, und man überlegte, einander widersprechend, hin und her. Weiter weg Stehende kamen näher.

»Ja, das kommt ganz drauf an, wo, Väterchen … In der Bank hat er einen Preis, an der Börse einen anderen, in Ismailowo einen dritten«, erklärte ein kompetenter junger Bursche, der hochmodern ganz in Jeans gehüllt war – eine Jacke mit bestimmt zehn Reißverschlüssen, ein Hemd mit Perlmuttdruckknöpfen, Wrangler-Hosen mit ungemein dekorativen, kunstvoll plazierten Scheuerstellen auf den Knien, und sogar die Schirmmütze war aus Jeansstoff und hatte ein aufgenähtes Täschchen, ebenfalls mit einem Reißverschluß zu öffnen.

»Ich persönlich orientiere mich an den Preisen auf dem Puschkinplatz. Und da liegt der Dollarpreis in der derzeitigen historischen Phase bei fünfzig …«

»Ich bin nicht dein Väterchen!« schnauzte Mischanja ihn an und runzelte die Stirn. »Halt mal, helft mir mal beim Rechnen, Leute, wieviel von meinen Gehältern dieses Untier da kostet.«

Der Jeansbursche zog einen Solar-Taschenrechner hervor und erwiderte prompt:

»Zweitausend von Ihren Gehältern oder hundertsiebenundsechzig Jahre und ein paar Zerquetschte!«

»Was soll das heißen – ich muß also anderthalb Jahrhunderte Scheiße hin- und herfahren und habe dann immer noch nicht genug für so ein Scheusal verdient?« schrie Mischanja wütend. »Nein, das Schlangenleben im Tierpark – das ist ja richtig menschlich. Da brauchst du nicht nebenbei noch arbeiten gehen, um zu überleben, Schlange stehen brauchst du auch nicht, das Essen wird dir wie in Ostap Benders[2] Traum auf einem Tellerchen mit einem blauen Rand gebracht. Du brauchst nur herumzuliegen und dich exponieren. Natürlich bleibt diese wenig angenehme Tatsache, daß du in einem Käfig sitzt, aber viele – oh, sehr viele! – würden so ein sattes Leben im Käfig der Freiheit mit hungrigem Magen vorziehen. Mich wundert eigentlich, daß unser Volk nicht im Kollektiv darum bittet, im Tierpark aufgenommen zu werden.«

Inzwischen war Pita abermals verschwunden, nachdem sie in dem aufgehäuften Eisenschrott und den Betonplatten einen Spalt gefunden hatte. Alewtina und Nastenka knieten vor diesem Spalt, wo in der dunklen Tiefe der Barrikade zwei mißtrauisch funkelnde Smaragde blickten und sich auf dem gemusterten Stengel des Halses wiegten.

»Pita, ich bin es, Alewtina ... Komm da heraus. Hier wird dich niemand mehr anfassen, das verspreche ich dir. Laß uns nach Hause gehen«, bat die tiefe, flehende Stimme.

»Pita, ich bin es, Nastenka. Ich habe solche Sehnsucht nach dir. Ich habe einen Lolli für dich. Du magst diese Lollis doch so, daß du sie immer zusammen mit dem Stiel verschluckst ...«, bat ein dünnes Stimmchen.

Aber der verschüchterten Pita schien es, als hätten Wowtschik und Lewtschik Alewtinas und Nastenkas Stimmen gestohlen und würden versuchen, sie mit diesen Stimmen herauszulocken, um sie dann zu töten und ihr die Haut vom Leib zu ziehen.

Da sprang plötzlich ein kleiner tadschikischer Panzerfahrer auf die Barrikade, und unter einem riesigen, in der Größe seinem Träger nicht im geringsten angemessenen Helm blitzten Augen hervor, die wie lackiert aussahen, länglich geschwungen waren wie Datteln mit Wimpern, so lang, daß sich Schmetterlinge auf ihnen hätten niederlassen können. Der tadschikische Panzerfahrer machte allen anderen ein Zeichen, ihn nicht zu stören, hockte sich vor dem Spalt in der Barrikade auf die Fersen nieder, legte die Hände zu einem Röhrchen zusammen, als seien diese eine Flöte, und fing an, eine sanfte, beschwörende, gleichsam überirdische Melodie zu spielen.

Und wie durch Zauberei tauchte aus dem Leib der Barrikade zuerst Pitas verletzter Kopf mit den noch immer mißtrauisch blickenden Augen und dann die ganze Pita auf.

Nastenka befeuchtete einen Finger mit ihrem Speichel und begann, damit leicht über Pitas Wunden zu streichen.

»Was haben sie nur mit dir gemacht, du Ärmste!« Alewtina küßte Pita auf den Kopf. »Laß uns so weit wie möglich von hier fortgehen!«

Und die Menschen, die Pita eben noch verfolgt hatten, traten erstaunt auseinander und gaben den Weg frei für diese drei Frauen, von denen eine erwachsen, die zweite ein kleines Mädchen und die dritte – eine Schlange war, die die beiden anderen sehr liebte.

»Wundersam sind deine Wege, o Herr. Eine Python auf den Barrikaden ...«, lächelte die russische Pariser Dame und zitierte unwillkürlich: »Nur Schlangen häuten sich ...«

Aber sie schaffte es nicht fortzufahren.

Dies tat eine klingend hohe Stimme an ihrer Stelle:

»Wir wechseln die Seele, nicht den Körper ...«

Die russische Pariser Dame drehte sich um und erblickte neben sich einen jungen Mann, der der Zeile von Brjusow[3] glich: »Ein Jüngling bleich mit heißem Blick«.

Dieser heiße Blick ging gar nicht einmal von dessen Augen aus, sondern kam aus unsichtbarer, wahrscheinlich immer brennender Tiefe.

Es konnte kein Irrtum sein, es waren die Augen eines jungen Mannes, der zum Dichter geboren war. Zu einem Dichter bereits des einundzwanzigsten Jahrhunderts. Es waren jedoch nicht nur seine Augen.

Es waren gleichzeitig auch die Augen der von ihr so sehr geliebten unvergeßlichen Männer wie Borja Poplawski, Wolodja Korwin Piotrowski, Sascha Ginger, Wolodja Smolenski, Dowid Knut, Juri Odartschenko und die anderer Dichterfreunde aus der Pariser Emigration, die es nicht geschafft hatten, in die Heimat zurückzukommen. In die Heimat, die diese Dichter zu deren Lebzeiten nicht mehr in ihre offenen Arme hatte schließen können, weil ihr die Hände gefesselt worden waren. Früher einmal hatten sie in ihrem kleinen Kreis in Paris ein Spiel gespielt, das sie fröhlich »Erinnerei« genannt hatten: Irgend jemand zitierte irgend jemandes Gedichtzeile, und ein anderer setzte sie fort.

Die russische Pariser Dame hatte dieses Spiel schon seit langem nicht mehr gespielt. All ihre Partner für dieses Spiel waren gestorben. Überhaupt war von allen Literaten der Pariser Zeit nur ihre ehemalige Rivalin Nina, die schließlich Amerikanerin geworden war, noch am Leben. »Erinnerei« hatte Nina jedoch niemals gespielt, da sie es für kindischen Unfug hielt.

Die russische Pariser Dame litt schon so viele Jahre an ihren überreichen Erinnerungen, die sie mit niemandem teilen konnte.

Und plötzlich spürte sie, daß sie in diesem jungen Mann endlich einen neuen Partner für das »Erinnerei«-Spiel gefunden hatte, und mit diesem liebsten Spiel ihrer Jugend schien sie selbst jünger zu werden.

Allerdings war aus dem fröhlichen Spiel jetzt ein trauriges geworden, weil all jene, die sie zitieren wollte, nicht mehr unter den Lebenden weilten.

Sie warf einen ersten Stein zur Prüfung des Terrains:

»›Ich fürchte nicht das Volk, das sich empört. Es rächt sich für die blinden Jahre‹ ...«

Der Dichter des Einundzwanzigsten Jahrhunderts warf das Steinchen zurück:

»›Und für deine Schellen, Freiheit, schlitzt es die Bäuche mit dem Jagdspieß auf‹ ...« Mit freudiger Hastigkeit fügte er hinzu, als sei dies ein Examen in seinem Lieblingsfach: »Don Aminado. Der eigentliche Familienname war Schpoljanski. Lebensdaten 1888 bis 1957. Das Gedicht wurde 1920 geschrieben. Dabei könnte es auf die heutige Zeit gemünzt sein ...«

Die russische Pariser Dame prüfte ihren Partner erneut:

»›Wer bin ich, meine Herrn? Nur eine Selbsternannte‹ ...«

»›Die überreich Glückseligkeit verschenkt‹ ...«, setzte der Dichter des Einundzwanzigsten Jahrhunderts fort.

»... ›Und jede Schramme, jede Wunde dieser Welt‹ ...«, sie schaffte es kaum, die dritte Zeile auszusprechen, bevor er schon die vierte erwiderte:

»... ›sagt mir, daß Mutter ich nun bin‹ ... Jelisaweta Kusmina-Karawajewa, Mutter Maria. Geboren 1891. Umgekommen 1945 in einem der Hitlerschen Konzentrationslager, wo sie freiwillig in die Gaskammer ging. Ebenso ist auch Raissa Bloch gestorben.«

»Was, Sie kennen sogar Raissas Gedichte?« fragte die russische Pariser Dame verblüfft, und sie zitierten gemeinsam, wie mit einer einzigen

Stimme – er schallend laut über die ganze Barrikade hinweg und sie fast flüsternd:

In der hallenden Stunde der frühen Gebete
Laß dich still auf die Knie nieder,
Du sollst nicht rufen, nicht warten, nicht streiten.
Du sollst nur beten, daß man dich vergißt,
Wie man jene vergaß, die vorher waren.
Wie jene, die später kommen erst.

»Sie war meine beste Freundin. Aber ich konnte sie nicht retten«, konnte die russische Pariser Dame nur mühsam antworten. »Ich habe gedacht, daß alle außer mir sie vergessen hätten. Das heißt, sie lebt noch ..., sie ist hier ... in Rußland ... Darf ich Sie küssen?«

Der Dichter des Einundzwanzigsten Jahrhunderts errötete und geriet in Verwirrung, doch er schloß die Augen und gestattete es ihr gern, ihn auf die Stirn zu küssen und mit der Hand, an der sie den Brillanten ersten russischen Schliffs aus den Zeiten Potemkins trug, das Kreuz über ihm zu schlagen.

»Sagen Sie ...«, fragte sie, vor Angst stammelnd, »erinnern Sie sich daran?«

Und mit plötzlich eiskalt gewordenen Lippen sprach sie kaum hörbar:

»›Unsere Liebe hatte kaum Zeit genug zu gescheh'n‹ ...«

»Natürlich erinnere ich mich«, antwortete der Dichter des Einundzwanzigsten Jahrhunderts nachsichtig und fuhr voller Leichtigkeit fort:

Ich winsle, wie eine Wölfin um ihr Junges im Fangeisen,
Bereit, dir all die rostigen Wunden zu lecken,
Aufs zerrissene Fell leg ich dir den Wiesennebel,
Aber du bist schon tot, zerquetscht im Pariser Fangeisen,
Nicht herauszureißen von dort, weder ganz noch zerstückelt.
Leb wohl, du mein totes, scheues und freies Wölflein.
Für ewig bist du mir teurer als alle Gezähmten.
Aber es gibt keine Freiheit, und alle Länder sind –
ob weicher, ob härter, ob größer, ob kleiner – nur Fangeisen.
Leb wohl, mein Wölflein, für viele ein grausamer Wolf.
Es gibt vielleicht zahnlosere, nicht aber bessere, reinere,

und über dem Friedhofskampf zwischen den Wölfen und Hunden
heul' ich als Wölfin nicht mehr, sondern als geschlagene Hündin nur.

Sofort kommentierte der Dichter des Einundzwanzigsten Jahrhunderts das eben zitierte Gedicht:

»Geschrieben anläßlich des Todes von Chodasewitsch. Wurde ein einziges Mal, und zwar 1939, in den *Zeitgenössischen Notizen* gedruckt. Die Verfasserin ist Anna Korsinkina. Gehörte zur französischen Résistance. Geboren 1917. Todesdatum unbekannt.«

»Und warum glauben Sie, daß sie gestorben ist?« fragte die russische Pariser Dame mit angehaltenem Atem.

»Na, es wird langsam Zeit …«, antwortete der Dichter des Einundzwanzigsten Jahrhunderts mit der gutmütigen Grausamkeit eines Kindes. »Sie ist immerhin genauso alt wie die Revolution.«

Die russische Pariser Dame dachte: »Vielleicht ist es wirklich an der Zeit? Nein, ist es nicht. Der Mensch stirbt erst dann, wenn sein Gedächtnis stirbt. Dann kann er den anderen nichts mehr geben und sich nicht mehr mit sich selbst unterhalten. Ein Leben ohne Erinnerungen wird sinnlos. Dann kann man auch sterben. Aber solange wir uns noch an etwas erinnern, das für andere wichtig sein könnte, ist es eigentlich sogar ungehörig zu sterben.«

Eine nicht mehr junge, aber riesige Frau mit jungen blauen Laternen-Augen und ein Mann mit einem ordentlichen grauen Schopf und einem gelben Trikot mit der Aufschrift »BRAZIL« hatten, während sie von einem Lastwagen Säcke mit Sand abluden und auf die Barrikaden warfen, den Gedichten gelauscht.

»Wenn ich Gedichte schreiben könnte, würde ich über dich auch etwas Ähnliches schreiben«, sagte Bötchen, als sie den nächsten Sack geschickt an den Ohren faßte und ihn an Salysin weitergab.

»Aber ich bin, soviel ich weiß, noch nicht gestorben …«, grinste Salysin und warf den Sack ächzend ganz oben auf die Barrikade.

»Ach, Lysik … Weißt du, woran man die Liebe messen kann? An der Angst vor dem Tod des Menschen, den man liebt«, sagte Bötchen und fuhr fort, die Säcke zu wenden und an Salysin herunterzureichen. »Du bist in mir schon oft gestorben, Lysik, so sehr habe ich um dich gefürchtet. Aber man kann auch für eine kurze Zeit sterben. Es ist nicht schön, für immer zu sterben, wenn man geliebt wird. Das ist Verrat … Sieh zu, daß du nicht stirbst, Lysik, solange ich noch am Leben bin. Erinnerst du dich daran, daß bei Grin alle Erzählungen mit den Worten endeten: ›Sie lebten lange und glücklich und starben am selben Tag …‹ Laß uns am selben Tag sterben, ja, Lysik?«

»Aber du hast mich doch schon einmal dazu überredet, gemeinsam zu sterben. Und dann hast du es dir anders überlegt. Erinnerst du dich?« fragte Salysin schelmisch und nahm aus ihren Händen den nächsten Sack entgegen.

»Natürlich erinnere ich mich …«, seufzte sie. »Das war in Moldawien, in der Stadt Drokija, nach dem Veteranenspiel zwischen der ehemaligen Nationalelf der UdSSR und der dortigen Winzerauswahlmannschaft, als du dein allerbestes Tor geschossen hast. Lysa, was stehst du da ’rum, ich hab hier einen schweren Sack in den Händen. Na, vorsichtig, überheb dich nicht – er ist naß …«

16.

EIN TEPPICH IM FUSSBALLTOR

Da der Garderobier des Cafés »Roter Frühling«, Semjon Palytsch, von Salysin über die baldige Ankunft »einer Bekannten« bereits informiert worden war, erkannte er diese sofort, obwohl er sie nie zuvor gesehen hatte.

Semjon Palytsch teilte alle Frauen in zwei Kategorien ein: in die, die man in einem Schlafwagenabteil für zwei Personen ruhig zusammen mit einem unbekannten Mann fortfahren lassen konnte, und die, die man besser überhaupt nirgendwohin fahren ließ.

Diese Frau hätte man ohne Bedenken selbst in einem Waggon voller Soldaten des Zuges Moskau–Wladiwostok fortfahren lassen können – man hätte ihr nichts anhaben können.

Semjon Palytsch gefiel schon auf den ersten Blick einfach alles an ihr: Die blauen Laternen der Augen, mit denen man sich in keinem Nebel verlaufen würde, der weißschäumende Wasserfall ihrer Haare, das wettergegerbte Gesicht mit den hervorstehenden Wangenknochen und sogar die roten Fäuste – grobschlächtig, aber dafür zuverlässig.

»Die müßte man mit Salysin verheiraten, ach, das wäre was ...«, seufzte Semjon Palytsch ob dieser Idee, die ihm plötzlich durch den Kopf geschossen war.

Früher einmal hat es in Rußland den Beruf des Flurbereinigers gegeben. Er war ausgestorben. Dafür war ein anderer Berufszweig aufgetaucht – der des Familienbereinigers. Am häufigsten wurden diejenigen zu Familienbereinigern, denen es nicht geglückt war, sich eine eigene Familie zu schaffen.

Semjon Palytsch empfand es als eine ungeheuer empörende Ungerechtigkeit, daß im Privatleben eben gerade diejenigen unglücklich waren, die anderen soviel Glück schenkten – berühmte Schriftsteller, Musiker, Schauspieler, Sportler. Semjon Palytsch war längst klar geworden, daß alle Menschen auf dieser Welt mehr oder weniger unglücklich waren – und sei es nur deshalb, weil sie sterben mußten. Und die Berühmtheiten, die aufhörten, berühmt zu sein, starben vor ihrer Zeit, vor ihrem eigenen Tod.

Der Ruhm führt sehr oft zum Tod des Privatlebens. Für den Ruhm braucht man Zeit, und diese Zeit stiehlt sich der Ruhm von der Zeit mit der Familie. Ein berühmter Mensch hat es sehr schwer zu erkennen, wer wirklich ihn selbst oder nur seinen Ruhm liebt. Viele Männer werden, wenn der Ruhm fort ist, auch von ihren Frauen verlassen.

Berühmte Menschen verwechseln die Liebe zu ihrem Ruhm oftmals mit der Liebe zu sich selbst und die Liebe zu sich selbst mit der Liebe zu ihrem Ruhm. Der Ruhm impft sogar dem kühnsten Menschen die Angst vor dem Verlust dieses Ruhms ein. Berühmtheiten gehen der großen Liebe oft zaghaft aus dem Weg, weil sie fürchten, diese könne ihnen die Kraft nehmen, die sie für den Ruhm brauchen. Berühmtheiten – das sind unglückliche Glücksschenker.

Was waren die glücklichsten Momente im Leben des Garderobiers Semjon Palytsch gewesen?

Er war glücklich gewesen, wenn ihn die Mutter in seiner Kindheit aus den wutentbrannten Händen des prügelnden Vaters gerissen und ihn so kräftig an sich gedrückt hatte, daß er meinte, mit ihr zu verschmelzen, so wie zu jener Zeit, an die er sich nicht mit dem Gedächtnis, sondern etwas anderem erinnerte. Seit damals hatte er es sogar darauf angelegt, dem Vater unter die zornigen Hände zu geraten – wenn ihn nur die Mutter dafür wieder an sich drückte.

Er war glücklich gewesen, als der Krieg zu Ende gegangen war, als er – ein blutjunger kleiner Soldat in Berlin – durch den Kugelhagel der Hitlerjugend hindurch gemeinsam mit ein paar anderen, ebenso blutjungen kleinen Soldaten auf ein Dach geklettert war – ganz ohne jeden Vorgesetzten – und als erster die rote Fahne zwischen die verbogenen Eisenstangen des Dachgerippes gestoßen hatte. Später waren die von Fotokorrespondenten umgebenen Vorgesetzten aufgetaucht – die vom Geheimdienst und die von der Spionageabwehr –, und sie hatten die kleinen Soldaten mit den nicht näher überprüften Biographien von der Fahne weggeschoben und um die Fahnenstange herum eine künstlerische Komposition aus zuvor ausgewählten, den Personalakten zufolge einwandfreien Helden aufgebaut, die die unzerstörbare Freundschaft der Völker illustrieren sollte.

Dieses Foto war um die ganze Welt gegangen, aber niemand konnte Semjon Palytsch dieses Glücksgefühl nehmen, das er empfunden hatte, als er mit Tränen in den Augen auf dem Dach gestanden hatte, als er in der einen Hand das Schiffchen mit dem roten Stern geschwenkt hatte und in der anderen – der verletzten, die dann für immer verkrüppelt bleiben sollte – nur mühsam die Fahnenstange mit dem Tuch gehalten hatte, das flatterte wie ein rotes Segel auf dem Schiff, auf dem man segeln konnte, wohin man wollte. Aber das Schiff war nicht sehr weit gesegelt. Den wahren Sieger stieß man vom Segel, vom Ruder fort.

Die wahren Sieger waren nach dem Sieg überflüssig. Nach dem Sieg kamen die Sieger der Sieger. Aber das Glücksgefühl im Augenblick des Sieges war ihm geblieben.

Für Semjon Palytsch und viele andere Kriegsinvaliden wurde nach dem Sieg der Fußball zum letzten Glück.

Das einzige Postament, mit dem das Land viele seiner Helden und Retter belohnte, waren die fahrbaren, aus ein paar groben Brettern zusammengezimmerten niedrigen Wägelchen auf vier Rädern. Die vom Krieg verstümmelten Invaliden rollten – als seien sie ihre eigenen lebenden Büsten – polternd zu den Fußballspielen, indem sie sich mit kurzen Handkrücken, die wie Bügeleisen aussahen, vom Bürgersteig abstießen.

Der Applaus der Armprothesen klang lauter als der der unversehrten Hände. Vor diesen Männern schlecht zu spielen wäre eine Schande gewesen. Vielleicht war der Fußball in Rußland nach dem Krieg deshalb so großartig.

Die Invaliden waren im ganzen Land die Leute mit der größten Redefreiheit. Diejenigen, denen man bereits die Beine abgeschnitten hatte, konnte man nicht mehr damit erschrecken, daß man ihnen auch noch die Zungen herausschneiden würde. Die Invaliden fanden sich nicht damit ab, als fremde dreckige Hände anfingen, sich in die Fußball- und die Eishockeyangelegenheiten einzumischen – in den Bereich, den sie, die Invaliden, als ihr einziges Besitztum erachteten, als ihr letztes Glück.

Ingrimmig haßten die Invaliden-Fans den Aufkäufer, der die besten Spieler in seine Privatmannschaft bei der Luftwaffe holte – den Sohn des Generalissimus, den General Wasili Stalin, der auch »Fritz« genannt wurde und tatsächlich einem deutschen General ähnelte mit seinem bösen Wolfsgesicht, mit dem grauen Militärmantel und dem Wolfspelz an dessen Kragen; die anderen sowjetischen Generäle trugen so etwas nicht, sondern begnügten sich mit dem traditionellen Persianerkragen.

Als vor den Augen der Fans in der »Ostkurve« die vom Söhnchen des Generalissimus gerade erst gekaufte ehemalige »Spartakus«-Troika – Nowikow, Sikmund und Schiburtowitsch – in Trikots mit den Tigerstreifen der Luftwaffe auf das Eishockeyfeld lief, um gegen »Spartakus«, die Lieblingsmannschaft der Invaliden, anzutreten, kam es zum Eklat.

Nach dem Spiel umzingelte eine wutentbrannte Menge von »Spartakus«-Fans die ehemaligen »Spartakus«-Spieler und Wasili Stalin. Auf Händen getragen, schaukelten die Invaliden auf ihren fahrbaren Untersätzen über der Menge hinweg. Die Invaliden, die weder Arme noch Beine hatten, spuckten den »abtrünnigen Verrätern« und ihrem Gönner ins Gesicht. Die Invaliden, die Arme hatten, rissen den Spielern die Hockeyschläger aus den Händen und schlugen damit aus voller Kraft auf sie und den Sohn des Generalissimus ein, der sein ausgemergeltes zuckendes Alkoholiker-Gesicht verschüchtert hinter seinem mit Rauhreif bedeckten Wolfskragen versteckte.

Ein Befehl von Stalin selbst, der die alkoholisch-sportlichen Schrullen seines Söhnchens nicht besonders mochte, war wohl kaum der Grund für die beginnende Vertreibung der Invaliden auf ihren Rollbrettern aus Moskau, welche angeblich das Stadtbild verschandelten. Der Grund lag wohl eher in der tierischen Angst Berijas, daß der zunehmend vergreisende Tyrann die seinem Sohn geltenden Schläge mit den Hockeyschlägern nicht als bloße Unachtsamkeit verstehen, sondern als Komplott auslegen könnte. Semjon Palytsch verabschiedete einen Frontgenossen, der beide Beine und einen Arm verloren hatte und nun von der Miliz umgesiedelt und auf die im hohen Norden gelegene Insel Walaam geschickt wurde. Und nachdem sie zum Abschied ein Viertel Wodka »niedergemacht« hatten, sagte der Freund, während er sich die betrunkenen Tränen mit seiner Prothesenhand abwischte:

»Der Krieg hat mir die Beine genommen. Und eine Hand. Jetzt nimmt man mir auch noch den Fußball. Jetzt mußt du also für uns beide zu ›Dynamo‹ gehen. Wirf ein Auge auf den Neuen – Lysa. Fedotow tritt schon bald von der Bühne ab, aber dieser neue Bursche hat Fedotows Stil …«

So hatte Semjon Palytsch zum erstenmal Salysins Spitznamen, der später berühmt werden sollte, gehört. Sein invalider Freund, der wegen seiner Unansehnlichkeit aus der Hauptstadt verjagt worden war, hatte in dem eckigen jungen Burschen den großen Spieler mit den verwegenen und schlauen Beinen gewittert, der durch die Schule der Hinterhöfe gegangen war.

Lysa schenkte Semjon Palytsch viele glückliche Momente, ihm und all den anderen, für die der Fußball die letzte noch verbliebene Freiheit war, zu tun, was sie wollten – wenn auch nur mit den Beinen. Diese Freiheit der Beine bezog sich nicht auf die Flucht ins Ausland.

Als Semjon Palytsch im Café »Roter Frühling« sein gealtertes ungepflegtes Idol erblickte, wünschte er sich mit allen Fasern seines Herzens, daß die Gerechtigkeit triumphieren und Salysin zu guter Letzt glücklich werden möge – zum Beispiel mit dieser großen und zuverlässigen Frau, die unmittelbar nach dem Telefongespräch erschienen war, das übrigens nicht dank irgendeiner, sondern mittels einer aus den Händen des treuen Verehrers Semjon Palytsch entgegengenommenen Münze stattgefunden hatte.

Bötchen hatte am Telefon sofort begriffen, daß Salysin betrunken und unglücklich war.

Das hatte sie nicht überrascht.

Sie wußte, daß er trank.

Sie wußte, daß er unglücklich war.

Das Schlimmste für sie war jedoch, daß er gar nicht glücklich sein wollte. Nicht einmal mit ihr.

Er saß allein da, hatte den Kopf gesenkt und drehte ein leeres Sektglas in seinen sehnigen Händen.

Sie trat von hinten an ihn heran, legte ihre wettergegerbten roten Bergsteigerhände mit derselben Uhr, deren Glas vom Anpressen an die Felsen voller Schrammen war, auf sein graues, aber noch immer nicht lichter gewordenes Haar.

»Danke«, sagte er und rieb seinen Hinterkopf an ihren starken und zärtlichen Handflächen, fühlte all deren Linien und Unebenheiten.

»Dreh dich nicht um«, sagte sie. »Ich fürchte, daß ich alt geworden bin.«

Doch er gehorchte nicht und drehte sich heftig um, faßte sie an den Schultern, ohne sie jedoch an sich zu ziehen, schob sie vielmehr ein wenig von sich weg, um sie besser betrachten zu können.

Die blauen Laternen waren nicht gebrochen, sie waren unversehrt.

Die hellblonden Haare hatten Mitleid gehabt mit ihrer Besitzerin und die grauen Fäden – die fast dieselbe Farbe hatten – gut versteckt. Ihre früheren Haare aus jungen Jahren und die ergrauten waren schwer zu unterscheiden.

Falten? Es gab sie natürlich. Aber die blauen Laternen waren wie zwei kleine lebendige Baikalseen, in denen die Pupillen glänzten wie junge silberne Omul-Fischlein, und sie blendeten so sehr, daß sie es dem Blick nicht gestatteten, auf den Falten zu verweilen. Das war sie. Seine Frau. Seine Frau, die er seit dreißig Jahren nicht mehr gesehen hatte.

»Schau mich nicht an ...«, sagte sie, ohne die Augen zu senken, denn sie verging vor Sehnsucht nach seinem Gesicht.

Als er noch gespielt hatte, hatte sie ihn wenigstens aus der Ferne sehen können. Selbst als er Trainer geworden war, hatte sie ihn sehen können: Er tauchte immerhin auf der Ersatzbank oder hinter dem Tor auf. Aber als er aus der Welt des Fußballs verschwand, als hätte ihn der Erdboden verschluckt, blieb ihr nur seine Fotografie und ihrem Gedächtnis seine vielen, den Fans unbekannten Gesichter, angefangen von dem des leidenden Jungen, der sich – als sie ihn das erstemal gesehen hatte – als Opfer des Marinoroschinski-Cocktails unter einem Gummibaum auf einem Balkon in Ismailowo übergeben hatte.

Jetzt, wo er sowohl Ruhm als auch Geld wieder von sich gegeben hatte, war er ganz leer. Und er füllte diese innere Leere mit dem Zigarettenqualm der Einsamkeit und goß sie mit allem voll, was ihm in die Hände kam.

Wieder war er schwach, wieder hatte er sein Innerstes nach außen gestülpt, wie damals, auf dem Balkon, und wieder brauchte er Hilfe. Dennoch war er es. Ihr Mann.

Die Kellnerin Ariadna schwebte mit einer neuen Flasche »Abrau Djurso« an das Tischchen heran und meinte auf Anweisung von Semjon Palytsch mit singender Stimme:

»Von einem Verehrer, der jedoch anonym bleiben will.«

»Können wir die mitnehmen?« fragte Bötchen unerwartet.

»Natürlich«, antwortete Ariadna überaus entgegenkommend, wenn auch ein wenig enttäuscht – sie bediente gern nette Menschen, und es tat ihr immer leid, wenn diese dann gingen. Auf den Plätzen, wo eben noch nette Menschen gesessen hatten, tauchten dann immer entweder dem Gesetz der Niedertracht oder dem der Ausgewogenheit folgend irgendwelche gemeinen Visagen auf. Auf den Plätzen der gemeinen Visagen hingegen fanden sich bei weitem nicht immer nette Leute ein.

Semjon Palytsch jedoch freute sich darüber, daß die Frau die Flasche Champagner mitnehmen wollte. Das tat man nur, wenn man noch nicht auseinandergehen wollte, und das hieß, Gott sei Dank, daß sie Salysin heute nacht nicht alleinlassen würde.

Salysin schlief im Taxi ein und schnaufte wie ein Säugling. Aber Bötchen war dennoch glücklich, denn sein Kopf hatte schon seit so vielen Jahren nicht mehr an ihrer Schulter gelegen.

Als sie ankamen, stellte sich heraus, daß Salysin seine Schlüssel verloren hatte.

Er weckte die Hausmeisterin auf und bat sie um eine Axt. Diese nächtliche Bitte jagte der Hausmeisterin einen tödlichen Schrecken ein, obwohl sie wohl kaum *Schuld und Sühne* gelesen hatte. Salysin steckte die Klinge der Axt durch die Türritze und versuchte, die Tür zu öffnen. Es flogen zwar Späne, aber die Tür öffnete sich nicht. Salysin wurde durch diesen Kampf mit der Tür wieder nüchtern und sogar ein wenig fröhlich.

»Na, laß es uns gemeinsam versuchen – mit einem Anlauf«, schlug er Bötchen vor.

Sie nahmen, wie in ihrer Jugend einander an den Händen haltend, Anlauf und stießen mit dem Rücken an die kunstlederne abgewetzte Türbespannung, auf der am Briefschlitz der Name der einzigen Zeitung aufgeklebt war, die Salysin abonniert hatte: *Fußball und Hockey*.

Die von der Axt bereits gelockerte Tür knackte und knirschte, um dann, als sich die Scharniere endlich aus dem Rahmen lösten, nach innen zu stürzen. Gemeinsam mit der Tür stürzten auch Salysin und Bötchen kichernd zu Boden, ihre Gesichter stießen zusammen, und sie küßten einander – das erstemal, seit Bötchen vor dreißig Jahren versucht hatte, Selbstmord zu begehen, und sich aus dem Fenster hatte stürzen wollen.

Die aufgebrochene Tür stürzte direkt auf ein im Eingangsflur stehendes, mit Sporttrophäen vollgestopftes Schränkchen: Pokale, Statuen, Wimpel und Salysins ganze ruhmreiche Vergangenheit purzelten zu Boden, zusammen mit dem zerschlagenen Glas.

Bötchen öffnete selbst die Champagnerflasche und goß die golden tanzenden Bläschen in einen Stahlpokal, auf dem ein Kreuzer, ein Fußball und der Gratulationsspruch »Von den Fans der Schwarzmeerflotte« in Gedichtform eingraviert waren:

»Wir wünschen dir von Herzen fein:
für ewig fünfundzwanzig zu sein!«

Sie beugten sich von beiden Seiten über den stählernen kalten Rand des Pokals, gaben den Tanz der goldenen Bläschen einander von Mund zu Mund weiter, und Bötchen flüsterte:

»Warum sollte das unmöglich sein, Lysik – für ewig fünfundzwanzig bleiben?«

Und dann sah sie ihn flehend an. Mit diesem besonderen Blick. Er erinnerte sich noch gut daran, was dieser flehende Blick bedeutete – er hatte ihn nur lange nicht gesehen. Er wußte, daß er gegen diesen Blick nichts machen konnte, und mit einem Seufzer nickte er zustimmend. Bötchen goß voller Freude den restlichen Champagner in den Pokal und lief wie ein kleines Mädchen, das die Erlaubnis für einen Streich erhalten hatte, mit dem Pokal in der Hand in die Nacht hinaus, wobei sie ihm ein Zeichen machte, daß er auf sie warten möge.

»Wo ist sie hin?« dachte Salysin besorgt, ohne sich vorstellen zu können, was sie sich bloß ausgedacht haben mochte. Aber kurz darauf hörte er ein Klopfen am Fenster. An dieses Fenster hatte noch nie irgend jemand geklopft, denn immerhin befand es sich im vierten Stock. Salysin drehte sich um und sah, daß in der mit den Moskauer Lichtern bestreuten Dunkelheit der funkelnde Pokal mit dem über den Rand schäumenden Champagner ans Fenster klopfte. Es hielt ihn schwankend die eine Hand der Bergsteigerin, während deren andere Hand den Fenstersims fest umspannte und wie durch ein Wunder das Gewicht des großen geschickten Körpers in der Luft hielt.

Salysin stürzte zum Fenster, das den ganzen Sommer nicht geöffnet worden war, zerrte den Rahmen auf, wobei er den ausgetrockneten, noch vom letzten Winter stammenden Kitt mit herausriß, zog Bötchen ins Zimmer hinein und fragte dann verzweifelt:

»Bist du immer noch so verrückt?«

»Noch schlimmer«, antwortete sie. »Ich bin dreißig Jahre lang zu dir hinaufgeklettert, Lysik ...«

Am Morgen darauf saßen sie bereits im Flugzeug von Moskau nach Kischinjow.

Die jungen Stewardessen dachten nicht einmal im Traum daran, daß diese elf nicht mehr ganz jungen – in der Mehrzahl hatten sie das Alter von Großvätern – vom Leben ziemlich mitgenommenen Passagiere, die von einem plumpen Alten mit zwei ungleichen Augen angeführt wurden, der selbst im Halbschlaf einen auf seinen Knien stehenden Nikon-Koffer fest an sich preßte, daß diese Herren niemand anderes waren als die ehemalige Fußballnationalmannschaft der UdSSR.

Auf den Plakaten, die bereits auf den Straßen der vier moldawischen

Städte hingen, stand in großen Lettern »Nationalmannschaft der UdSSR«, und in Klammern folgte – in winzigen, kaum bemerkbaren Buchstaben – »Veteranenmannschaft«.

Moldawien war die Republik des Weins, und in allen Städten standen ihnen Spiele gegen die Auswahlmannschaften der dortigen Weinkellereien bevor. Der in Geld ausgezahlte Erlös ging an die Familie des verstorbenen Lecha Sbitnjew, der in Wein ausgezahlte jedoch – an die Mannschaft.

Der Mannschaftskapitän – er war gleichzeitig der älteste von allen –, der Große Torwart mit dem Spitznamen Tiger, war anfangs etwas ungehalten über das unerwartete Auftauchen einer Frau in Lysas Gesellschaft, kam dann aber zu dem Schluß, daß es so sogar besser sei – sie würde es nicht zulassen, daß er sich bereits vor dem Spiel betrank. Nach dem Spiel jedoch war das Trinken, noch dazu in Moldawien, wo der Wein scheinbar direkt aus der Erde zu sprudeln schien, geradezu eine Gottespflicht.

Bötchen liebte Fußball, denn sie liebte Lysa.

Ihr gefiel es, wie Lysa Fußball spielte – wie er seinen Gegner mit dem Ball nicht umspielte, sondern wie Bobrow damit direkt auf ihn losging – es kam ihr vor, als würde er mit seinem grauen Schopf den Brustkorb des Gegners durchstoßen und an dessen Rücken wieder herausspringen.

Und plötzlich begriff sie zum erstenmal, wie der Ball selbst mit Lysa spielte und auf welch wunderschöne Art und Weise er dies tat. Der Ball war ein lebendes, ewig junges Wesen, das seine Jugend an diejenigen weitergab, die mit ihm spielten und mit denen er spielte. Bötchen begriff, daß man offensichtlich ein ganzes Leben lang Fußball spielen konnte. Früher hatte sie gedacht, daß dies nur im Tennis möglich sei.

Und dann begriff sie noch, daß es für die großen Könner einer Sache kein Alter gibt. Wenn die großen Profis vielleicht auch nicht mehr das konnten, was die Jungen vollbrachten, so konnten sie doch immer irgend etwas, wozu außer ihnen kein Mensch sonst in der Lage war.

Die großen Profis konnte man in ihrem Alter zwar überholen, nicht jedoch übertreffen, denn sie waren von der Natur nur in Einzelexemplaren fabriziert worden.

Glatzköpfig oder grauhaarig, mit eingefallenen ausgemergelten Wangen oder hängenden, an den Bierschankwagen erworbenen Bäuchen, gequält von den Kniescheiben und Fußknöcheln, die die Schmerzen der Fouls und durchlittenen Operationen nicht vergessen hatten, gepeinigt von ihren Ischiasnerven, von Gicht, Hämorrhoiden und Gürtelrosen, von

Prostata-Leiden und Bluthochdruck, von der Trunksucht oder den Syndromen der Abstinenz, umspielten diese fünfzig- bis sechzigjährigen Fußballer mit Leichtigkeit die zwanzig- bis fünfundzwanzigjährigen jungen Stiere, die die moldawischen Weinkellereien gegen die Altmeister ins Feld geführt hatten. Und trotz der Vorfreude auf die aromatischen, mit Goldmedaillen prämierten Weine mit den Namen »Negru de Purkar«, »Cabernet«, »Fetjaska« und »Lidija«, die nach den Spielen auf lukullischen Banketten ausgeschenkt wurden, knallten sie den Ball immer wieder ins Tor, von dessen Latte durch die Erschütterung die gastfreundlich, aber vorschnell dort angebrachten Weinranken und Trauben herunterfielen.

Natürlich war ihr Tempo nicht mehr das von früher – die Veteranen spielten im Rhythmus eines Tango, die Platzherren jedoch im Rhythmus eines zuckenden Rock'n'Roll, der sich mit dem moldawischen Volkstanz Schok zu mischen schien. Aber der Ball klebte an den langsamen, dafür jedoch zärtlich ihn berührenden Füßen der Veteranen, wollte nicht von ihnen lassen und schien dann ganz von allein, ohne ihre Hilfe, geschickt ins Dribbeln zu verfallen, um die jungen Winzer immer wieder an der Nase herumzuführen, die sich nur wundern konnten, wie diese Rentner sie so einfach austricksen konnten, und bereits wütend zu werden begannen.

Erstaunlich war auch, daß sich mit den Jahren zwar die Gesichter, die Haltung und das Gewicht der Veteranen verändert hatten, ihre Handschrift im Spiel aber die alte geblieben war, so daß viele der älteren Moldawier auf den bis zum letzten Platz gefüllten Tribünen mehr die »alten« Gäste als die eigenen jungen Spieler anfeuerten und mit Freudentränen in den Augen ihre eigene Jugend wiedererkannten – wenn Kostja Krischewski erneut seine berühmte »Schere« in der Luft vollführte, wenn der unermüdliche schweißnasse Walja Bubukin wie in den unvergessenen »Lokomotive«-Zeiten, als er mit Antonewitsch zusammenspielte, zwar nicht höher, aber dafür umsichtiger als die jungen Winzerspezialisten sprang und mit seiner wie eine Billardkugel glänzenden Glatze den Ball wie ein Magnet anzog, wenn der Pasternak und Gumiljow verehrende, leidenschaftliche Kartenspieler Serjoscha Salnikow, der schon 1944 im Pokalfinale einen Eckball à la Mazzola – bevor Mazzola selbst dafür berühmt geworden war – ins Tor geschossen hatte, nun diesen Trick so viele Jahre später in Moldawien elegant wiederholte, wenn der goldzahnige, nach wie vor berückend schöne Lech Paramonow mit dem von seinen Verehrerinnen einst so geliebten, großen dunklen Muttermal auf der Wange, aus dem nach wie vor drei dünne, bezaubernd gelockte Härchen sprossen – früher waren sie weizenblond gewesen, jetzt glänzten sie silbrig –, den Ball mit der Brust annahm, so als hätte er zwischen den Rippenbögen eine extra für den Ball geschaffene Vertiefung, so daß dieser dort einen kurzen Augenblick lang hängenblieb, bevor er dann an seinem Körper gleichsam herunterfloß und von seinem Schuh sanft angenommen wurde, wenn der Verteidiger »Onkel« Kolja Senjukow, der aussah, als würde er gern einen trinken, sein Geschäft als Schlosser jedoch trotzdem großartig verstand und der früher so viele berühmte Stürmer auf geniale Art und Weise daran gehindert hatte, genial zu spielen, wenn er jetzt, da er bereits Urgroßvater war, ohne Unterlaß an den feurigen Moldawiern hing wie ein klebriger Schatten, wenn der Schütze des olympischen Tors in Australien, Tolja Iljin, mit den alterslos rosaroten Wangen wie früher unaufhaltsam zwischen allen Fallen hindurchschlüpfte wie ein Melonenkern zwischen den Fingern und mit einem Hechtsprung ein Tor schoß, obwohl man ihm vor dem Spiel die Fußballschuhe ein wenig hatte aufschneiden müssen – so sehr war das Gelenk des großen Zehs von der Arthritis angeschwollen –, wenn der Ball förmlich klebenblieb an den Handschuhen des Tigers, der sich in die Ecke des Tores warf und dann mit einer solchen Wucht auf seine Hüfte flog, daß so ein wieder erwachter alter Nierenstein ihn in der darauffolgenden Nacht vor Schmerz die Wände hochgehen lassen sollte.

Und Salysin spielte beinahe so leichtfüßig und jung wie vor uralten Zeiten im Stadion der »Sturmvögel«, als ein Mädchen mit blauen Laternen-Augen ihm eine einzelne, vor aller Augen von einem Beet gepflückte Dahlie gereicht und laut gesagt hatte: »Du bist ein Genie.«

Und nur sie, die ehemalige Bergsteigerin, wußte, wie er sich nach den Spielen in den schwülen Zimmern der Provinzhotels fühlte, wo an den Wänden Stilleben mit Früchten und Gemüse neben den Portraits von Breschnew hingen, auf den die lokalen Autoritäten so stolz waren, als gehöre auch er zu den in Moldawien angebauten Früchten und Gemüsesorten.

Salysin sprang mitten in der Nacht auf und tanzte mit blutig gebissenen Lippen von einem nackten Fuß auf den anderen springend über den Boden, um die schrecklichen Krämpfe in seinen strapazierten Beinen zu lindern, und Bötchen rieb seine gußeisernen Waden mit dem allerbesten Kognak der Republik aus einem Zehnliter-Kanister der Weinkellereien ein.

Die Fußball-Veteranen wurden mit Blumen und Flaschen überhäuft.

Angesichts der Schönheit ihres Spiels verzieh man ihnen, daß sie, ohne auch nur die geringste Dankbarkeit für die moldawische Gastfreundschaft zu zeigen, in den ersten drei Spielen elf Tore schossen und daß der Tiger sowie sein Ersatzmann, der noch relativ junge »Altmeister« Pschenitschnikow, nicht einen einzigen Ball durchließen.

Aber natürlich strömten die Zuschauer vor allem deshalb in Scharen herbei, um den legendären König des Fersenpasses, der den Spitznamen »Elefant« trug, leibhaftig zu erleben.

Er war der blauäugige Pele des russischen Fußballs – und er war wahrlich nicht weniger talentiert. Abgesehen von dem genialen Bobrow, dem die verzweifelten Verteidiger, als sie versucht hatten, ihn zumindest mit den Händen festzuhalten, einmal die Hosen heruntergezogen hatten, stellte man niemandem sonst so viele Beine wie dem Elefanten. Die Hinterhof-Unbändigkeit des Bobrowschen Durchmarschs vereinigte er mit der Unvorhersagbarkeit seines eleganten, mit der Ferse gespielten Passes. Der König des Fersenpasses lief nicht gerne ohne den Ball, und manchmal reizte er die Fans bis zur Weißglut damit, daß er scheinbar vor sich hin döste und ohne Eile über den Fußballrasen schlenderte. Doch die Berührung des Balles mit seinen Schuhen erweckte ihn aus seinem Schlummer wie der Kuß das Dornröschen. Tatsächlich ansonsten einem schwerfälligen Tolpatsch, einem Elefanten im Tierpark ähnlich, erwachte der König des Fersenpasses dann aus seinem stehenden Schlaf und verwandelte sich in einen Kampfelefanten aus Hannibals Armee, der die feindlichen Reihen mit seinen Stoßzähnen niederstreckte.

Im Unterschied zu Pele, der Herr seiner eigenen Beine war, verfügten über die Beine des Königs des Fersenpasses alle, die sich dazu befugt sahen – unablässig schulmeisterte und bespöttelte man ihn. Man schickte ihn auf die Kolchose zur Kartoffelernte, wo seine durchfrorenen Finger übrigens neben den Fingern eines Professors für Philosophie und Mathematik, eines Chirurgen und eines Elektronikers die Knollen aus der nassen kalten Erde klaubten. Sie alle zwang man ebenso wie ihn, ihre patriotische Pflicht zu erfüllen, damit sie sich nicht etwa zuviel einbildeten. Aus lauter Neid auf seinen internationalen Ruhm, aus Ärger über seine unabhängige Gleichgültigkeit Strafpredigten gegenüber dichtete man ihm »Star-Allüren« an und dachte sich dann auch noch eine Vergewaltigung aus, obwohl sich ihm die Mädchen von allen Seiten nur so an den Hals warfen und eigentlich fast schon ihn vergewaltigten. Einige seiner besten Jahre verbrachte der König des Fersenpasses hinter Stacheldraht (wenn man ehrlich ist, muß man sagen, es war nicht der Stacheldraht der schlimmsten Sorte – er spielte auch dort Fußball, wenn auch mit Mördern, Dieben, Gaunern und den Soldaten von den Lagerwachttürmen).

Als der König des Fersenpasses mit dem Heiligenschein des Märtyrertums um den kahler gewordenen Kopf zurückkehrte, war er in der harten Unfreiheit deutlich fetter geworden. Trotzdem spielte er aber noch ganz vorzüglich, wenn auch etwas schwerfällig, und man zog es vor, ihn nicht mehr ins Ausland zu lassen – schließlich hätte er zu guter Letzt auch noch weglaufen können.

Im Gegensatz zu vielen seiner Teamkollegen lechzte er jedoch nicht nach ausländischen Kleidern und allen möglichen HiFi-Anlagen. Von einer Frau verlangte er nur eines, daß sie ein guter Kumpel sei, und unter allen Wodkasorten liebte er den billigsten am allermeisten – den mit dem schwarzen Verschluß. Er war sogar bereit, ihn warm zu trinken, wenn es nur ein Salzgürkchen dazu gab, an dem unbedingt ein nasser Zweig Dill und ein Blättchen der schwarzen Johannisbeere kleben mußten.

Seine ganze »Überheblichkeit« war nichts weiter als eine im Neid entstandene Legende. Der Spitzname »Elefant« paßte zu ihm. Er kannte seinen Wert, blieb aber immer so gutmütig wie dieses große, seine Kraft niemals mißbrauchende Tier, dessen Beine von den Eisenketten der Gerüchteküche gefesselt waren und das den unförmigen Balken des eigenen Ruhms mit seinem Rüssel freudlos mit sich herumschleppte.

Ganz zu Beginn des ersten Spiels in Moldawien zog sich der König des Fersenpasses eine Zerrung im Bein zu, und als ihn die dortigen Fans vom Spielfeld führten, mochten sie es einfach nicht glauben, daß ihre eigenen, vor Begeisterung schwitzenden Schultern tatsächlich von den Armen ihres auf einem Bein hüpfenden, verletzten Idols umarmt wurden.

Man verehrte ihn dermaßen, daß er nicht einmal zu spielen brauchte – es genügte vollkommen, daß er sich vor den Spielen zeigte und grüßend mit der Hand winkte, damit die Fans angesichts dieses Besitzers des »Goldenen Fußballschuhs« Europas, der für sie fast eine Art Gewissensgefangener war, in religiöse Ekstase gerieten.

Und so fuhr er mit der Mannschaft von Stadt zu Stadt und döste leicht angetrunken im Autobus vor sich hin wie ein lebendiges Souvenir, das man anfassen und sogar bewirten konnte.

Voller Entgegenkommen erlaubte er es, daß man sich Arm in Arm mit ihm fotografieren ließ, und das geschah dann auch so oft, als sei er seine eigene, aus Sperrholz ausgesägte Silhouette.

Eigentlich waren alle Spieler der »Nationalmannschaft der UdSSR (Veteranenmannschaft)« umgängliche und gesellige Menschen. Mit einer Ausnahme.

Die Ausnahme trug den Fußballer-Spitznamen »Marke«. Als Stürmer war er weniger talentiert als effektiv, und er schoß seine Tore dank zweier Eigenschaften, die in keiner direkten Beziehung zum Talent standen: seiner Schnelligkeit und seiner Unverfrorenheit.

Ein leichter Fäkaliengeruch haftete Marke bereits seit seiner Jugend an, doch im Alter begann er regelrecht zu stinken. Auch seine Augen waren mit der Zeit nicht besser geworden – sie wieselten jetzt nicht nur wie früher unstet, sondern gleichzeitig auch aufdringlich hin und her. Wenn in ihnen manchmal so etwas wie ein kleiner Gedanke schimmerte, so war es immer ein und derselbe Gedanke: Wo ließ sich am besten etwas für sich selbst herausschlagen? Wo gab es etwas zu spekulieren, stibitzen, schummeln, betrügen? Seine einzige relativ positive Eigenschaft war, daß er nicht einmal versuchte, angenehm zu wirken.

Marke war kein maskierter, sondern ein aufrichtiger Lump.

Salysin bemerkte erst im Flugzeug Moskau–Kischinjow, daß Marke zur Nationalelf gehörte, denn sonst wäre er nicht mitgeflogen. Früher einmal hatte Marke ihn auf das schlimmste verraten.

Es war nach ihrer Reise in das Chile vor der Zeit von Allende gewesen, bei der Salysin als Zweiter Trainer der Nationalmannschaft der UdSSR für eine Reihe von Spielen gegen lateinamerikanische Mannschaften dabeigewesen war.

In die Nationalmannschaft hatte man auch den König des Fersenpasses aufgenommen – er wurde zum erstenmal nach seiner Gefängnishaft wieder ins Ausland gelassen. Dies war nur auf Salysins ausdrückliche Bitte hin geschehen, und dieser trug nun auch persönlich die Verantwortung dafür.

»Ehrenwort, ich laufe nicht davon«, hatte der König des Fersenpasses versprochen, während er sich am Hinterkopf kratzte. »Sonst würdet ihr ja alle Schwierigkeiten bekommen.«

Die Spiele waren Freundschaftsspiele, aber aus alter Tradition hatten die Chefs der sowjetischen Mannschaft für ihre Männer drakonische Regeln aufgestellt: Durch die Straßen durften sie nur bummeln, wenn sie mindestens zu dritt waren, Bekanntschaften durften gar keine geschlossen werden – nicht mit Männern und erst recht nicht mit Frauen –, um zehn Uhr abends mußten alle ins Bett, und natürlich herrschte striktes Alkoholverbot.

Das war umso bedrückender, als in demselben Hotel die brasilianische Mannschaft wohnte und die sowjetischen Fußballer mitansehen mußten, wie die Brasilianer nach jedem Spiel tranken – allerdings in Maßen und meistens Piña Colada –, im Restaurant Mambo tanzten mit Mädchen, die biegsam waren wie die Lianen in ihrem heimatlichen Dschungel an den Ufern des Amazonas, und diese dann mit auf die Hotelzimmer nahmen.

Dabei hatten die Brasilianer nicht die geringste Angst vor ihrem Trainer, der sich nur darin von ihnen unterschied, daß er statt Piña Colada mexanischen Tequila trank, dazu eine Prise Salz leckte, die er sorgsam in die Vertiefung zwischen Daumen und Zeigefinger der linken Hand streute, und außerdem den Lianen-Mädchen kichernde Pummelchen vorzog, die aussahen wie eine dunkelhäutige lateinamerikanische Variante der Kantinenköchinnen der Moskauer Nahrungsmittelkette.

Die sowjetischen Fußballer beobachteten mit düsteren Mienen, wie ihr Erster Trainer, der Mannschaftschef und der KGB-Mitarbeiter, der offiziell als Zweiter Masseur mitreiste, beim Abendessen für sich selbst eine Flasche Wodka auf den Tisch stellten und diese mit sadistischem Vergnügen leerten – vor den Augen aller anderen, die nur Borschomi-Mineralwasser tranken, das die Nationalmannschaft der UdSSR im Flugzeug kistenweise mitgebracht hatte, weil sich ausländisches Mineralwasser eventuell negativ auf die Treffsicherheit hätte auswirken können.

Salysin war gegen diese Folter, woraufhin der Erste Trainer nur laut lachte:

»Macht nichts. Die sollen ruhig ihre Willenskraft trainieren. Dann sind sie im Spiel wütender.«

Salysin wußte, daß – sobald die Troika der Chefs betrunken schlafen gehen würde – die sowjetischen Fußballer in ihren Hotelzimmern die versteckten Wodkaflaschen, die von zu Hause mitgebrachten Räucherwürste und den Schmelzkäse hervorholen, sich heimlich betrinken und dabei ihr Geld bei »Siebzehn und Vier« und Poker verjubeln oder manchmal auch beim »Schummeln« um Kopfnüsse spielen würden.

Eines Abends hatte Salysin, bevor er noch an der Tür eines der Stürmer klopfen konnte, die überraschend leicht nachgebende Türklinke niedergedrückt und war dann schnell wieder aus dem Zimmer gestürzt, als er durch den Spalt der Toilettentür gesehen hatte, daß der junge Stürmer, nach dem sich in Moskau ungezählte Verehrerinnen verzehrten, mit heruntergelassenen Hosen vor der auf das Waschbecken gelegten nackten Titelblattdame einer Zeitschrift stand und sich mit – eher vor Ekel vor sich selbst als vor Vergnügen – verzerrtem Gesicht von dem ihn quälenden Verlangen befreite.

Das alles konnte zu nichts Gutem führen. Und so geschah es dann auch.

Eines Nachts wurde Salysin gegen drei Uhr morgens vom Klingeln des Telefons geweckt.

»Genosse Salysin?« fragte eine höfliche männliche Stimme mit einem kleinen fremdländischen Akzent.

»Mhh, ich ...«, antwortete Salysin vorsichtig, da er mit Instruktionen für den Fall möglicher Provokationen gespickt worden war.

»Ich bitte Sie ergeben um Verzeihung für diesen so späten Anruf«, fuhr die Stimme mit dem Akzent fort, wobei sie sich für einen Ausländer irgendwie zu gewählt ausdrückte. »Ich bin Chilene. Ich habe die Lumumba-Universität[1] abgeschlossen. Ich muß Sie unbedingt sprechen. Ich bin unten im Foyer ...«

»Aber es ist schon spät ...«, brummte Salysin und versuchte, sich ein Bild davon zu machen, ob dies eine Provokation war oder nicht.

»Zu meinem großen Bedauern ist es eben gerade jetzt erforderlich. Ich befürchte, daß es sonst zu spät sein könnte ... Aber sagen Sie niemandem von Ihren Leuten auch nur das geringste.«

»Wenn er darum bittet, daß ich niemandem etwas sagen soll – dann kann es nur eine Provokation sein«, entschied Salysin für sich.

Aber die Stimme im Telefon war beharrlich:

»Ich fühle, daß Sie mir nicht vertrauen, Genosse Salysin ... Ich verstehe, daß es unter den Bedingungen einer kapitalistischen Umgebung gefährlich ist, übermäßig vertrauensselig zu sein ... Aber, Genosse Salysin, während meines Werdegangs als Student bin ich zu all Ihren Spielen gegangen. Wollen Sie, daß ich es Ihnen beweise? Hier mein Lieblingstor, das Sie geschossen haben ... Luschniki[2] ... Das Viertelfinalspiel gegen ›Spartakus‹ ... Es steht eins zu eins. Die vierundvierzigste Minute der zweiten Halbzeit. ›Spartakus‹ greift an ... Simonjan gibt den Ball mit einem hohen Schuß über das ganze Feld an Tatuschin rechts außen ab und läuft dann selbst ganz frei durch die Mitte zum Elfmeterraum, wo er auf den Ball wartet. Sie, Genosse Salysin, springen hinzu und schieben ein Bein vor den von Ihnen im voraus erahnten Paß. Tatuschin stürzt und schafft es gerade noch, den Ball an Simonjan abzugeben, aber da Sie den Ball ja berührt haben, rollt dieser nur ganz langsam. Der gestürzte Tatuschin winkt mit seinen Armen erregt dem Schiedsrichter zu und gibt vor, daß Sie ihn gefoult hätten. Simonjan denkt, daß der Schiedsrichter gepfiffen habe, der Pfiff jedoch im Gebrüll der hunderttausend Leute untergegangen sei, und er bleibt ebenfalls stehen. Und da, Genosse Salysin, erstürmen Sie die Pause, wie es ein russischer Dichter einmal ausgedrückt hat. Sie springen auf, als würde Sie eine verborgene Feder nach vorne schleudern. Sie schaffen es, den träge rollenden Ball fast schon von Simonjans Rist wegzuschlagen, und laufen dann wie in einem Slalom nach vorn, einen nach dem anderen umspielend: Parschin, den eigentlich nicht zu umspielenden Netto, dann diesen Rotblonden – wie heißt er doch gleich ...«

»Tischenko«, soufflierte der verdatterte Salysin.

»Von hinten laufen Ihnen zwei wutschnaubende Verteidiger in die Fersen. Aus dem Tor kommt Ihnen der Torwart entgegengelaufen, er wirft sich Ihnen zu Füßen ... Kawasaschwili, wenn ich mich nicht irre? Aber Sie springen über seine gespreizten Handschuhe hinweg und fliegen gemeinsam mit dem Ball einen Augenblick vor dem Schlußpfiff ins Netz, wo Sie dann hängen und glücklich hin- und herschaukeln ... Der Torwart sitzt auf der Erde, schlägt vor Ärger mit der Faust auf den Boden und weint. Aber Sie helfen ihm freundschaftlich auf die Beine, und Sie gehen zusammen vom Feld, Arm in Arm ... Richtig?«

»Alles richtig ... Sie könnten bei der Zeitschrift *Fußball und Hockey* anfangen und würden nicht schlechter als Lew Filatow persönlich schreiben«, sagte Salysin. »Ich glaube Ihnen. Ich komme nach unten. Ich werde niemandem etwas sagen. Aber sind Sie tatsächlich Chilene?«

Zu dieser späten – oder auch frühen – Stunde war im Foyer des Hotels »Carrera« niemand mehr mit Ausnahme des Pförtners und eines korrekt gekleideten Polizeioffiziers mit einem klassischen lateinamerikanischen Schnauzbärtchen, den hier alle – die professionellen Tangotänzer, die Falschspieler und die Präsidenten – trugen. Offensichtlich war der Offizier eingetreten, um sich aufzuwärmen, denn die Nächte waren in Santiago schon kühl.

Salysin ließ seinen Blick auf der Suche nach dem so außerordentlich gut russisch sprechenden Chilenen, der ihn angerufen hatte, erstaunt durch das Foyer schweifen, als plötzlich ganz unerwartet der Polizeioffizier auf ihn zutrat, salutierte und ihm seine nicht sehr große, freundliche Hand hinstreckte.

»Ich bin es, der Sie angerufen hat. Wundern Sie sich nicht über meine Polizeiuniform. Das ist keine Verkleidung. Ich arbeite tatsächlich in der Internationalen Polizei Santiago. Ich wollte das nicht am Telefon sagen, um Sie nicht zu erschrecken. Eigentlich bin ich ja Linguist auf dem Gebiet der Slawistik. Aber mit so einem Beruf ist es in Lateinamerika schwer, eine Arbeit zu finden.«

Das entschuldigende Lächeln auf dem Gesicht des Polizei-Slawisten wich tiefer Bekümmernis.

»Wissen Sie, wo sich Ihre Fußballer im Moment aufhalten und was sie tun?«

»Sie sind hier im Hotel und schlafen«, antwortete Salysin verwundert, aber beunruhigt. »Wo sollen sie denn sonst sein?«

»Genosse Salysin, ich bin gezwungen, Sie zu enttäuschen – die gesamte Nationalmannschaft der UdSSR hält sich im Moment in einem Freudenhaus auf. Die einzige Ausnahme ist der Torwart Lew Jaschin, der dieser kapitalistischen Versuchung widerstehen konnte. Wenn ich mich der sowjetischen Kanzleisprache bedienen darf, über die ich mein Diplom geschrieben habe: Aus dem Freudenhaus hat uns ein ›Signal‹ erreicht ...«, konstatierte der Polizei-Slawist ohne Spott, aber auch ohne besondere Tragik in der Stimme, während er sich mit professionellem Vergnügen in experimenteller Geschraubtheit übte. »Nichts Schlimmes. Auch Puschkin und Blok haben ihren gefallenen Schwestern mitfühlende Aufmerksamkeit zuteil werden lassen und wurden dafür mit nicht geringerem Mitgefühl von jenen bedacht. Ich glaube nicht, daß sich Kuprin während seiner Arbeit an der *Gruft* einer unmittelbaren Studie des Materials entzogen hat. Die Burschen sind jung, ihr Blut kocht. Man hält sie ja – wie sagt man das auf russisch? – an der kurzen Schnur ...«

Salysin korrigierte ihn nicht. Ihm war jetzt nicht nach sprachlichen Nuancen zumute.

»Um ihre Gesundheit brauchen Sie sich keine Sorgen zu machen ...«, fügte der Polizei-Slawist beruhigend hinzu. »Wie man so schön sagt, je häufiger aus einem Glas getrunken wird, desto gründlicher wird es gespült. Aber Ihre Ritter des Lederballs haben vergessen, daß der Inhalt ihrer Portemonnaies bescheidener ist als ihre slawischen Anwandlungen von Freigebigkeit. Aber ist das nicht auch schon Dostojewski in Monte Carlo passiert? Für die Liebe haben Ihre Jungs, das muß man ihnen lassen, bezahlt. Aber dann muß wohl ein Nechljudow-Schuldkomplex[3] in ihnen erwacht sein, und sie haben angefangen, nicht nur selber zu trinken, sondern auch voller Sentimentalität die Mädchen zu bewirten, und in diesen Häusern ist das ein teures Vergnügen ... Madame hat uns angerufen, hat sich beschwert, daß ihre Kunden nicht genug Geld hätten, und wollte, daß wir vorbeikommen, um ein Protokoll aufzunehmen. Aber wenn ein Protokoll aufgesetzt wird, geht eine Kopie an die sowjetische Botschaft. Auch Presseberichte wären unvermeidbar. Ihre Jungs könnten die größten Schwierigkeiten bekommen. Habe ich als Slawist das moralische Recht, die Diskreditierung einer Nationalmannschaft zuzulassen, dessen Angehörige die Sprache von Tolstoi und Tschechow sprechen – zumal ich nun schon einmal bei der Polizei bin? Verzeihen Sie die direkte Frage, Genosse Salysin: Haben Sie Geld?«

»Wieviel?« fragte Salysin, der sich langsam an den geschraubten Stil gewöhnte, in dem sein unerwarteter neuer Bekannter seine Gedanken darlegte. Er war einen jener unvorsichtigen Kontakte eingegangen, von denen in den Merkblättern für ins Ausland reisende Sowjetbürger nachdrücklich abgeraten wird.

Der Polizei-Slawist prüfte mit einem liebevollen Blick auf seine in der Zweiten Moskauer Uhrenfabrik hergestellten Uhr die Zeit.

»Genau vor einer Stunde beliefen sich die Schulden den Informationen von Madame zufolge auf dreihundert Dollar, wenn man in dieser Währung rechnet«, meinte der Polizei-Slawist mit unglücklichem Achselzucken und fügte nicht ohne professionellen Genuß hinzu: »Und ein paar ›Zerquetschte‹.«

»Ich habe genau dreihundert«, sagte Salysin erfreut und versuchte zu vergessen, daß das seine Reisespesen für den ganzen Monat waren, für die er auf strengsten Befehl seiner Frau Elka einen Maxi-Pelzmantel aus chilenischem Lama – wenn möglich, sogar zwei – kaufen sollte.

»Die Zerquetschten nehme ich auf meine Kappe«, sagte der Polizei-Slawist wie ein echter Caballero.

Als sie zu der den sowjetischen Fußball zersetzenden lateinamerikanischen Spelunke kamen, stieß das Polizeiauto mit dem Blaulicht auf dem Dach fast an den zerdellten Kofferraum eines abgeblätterten dreckig-gelben Taxis ohne Fahrer mit ausgeschalteten Scheinwerfern.

»Merkwürdig«, schüttelte der Polizei-Slawist den Kopf. »Die Taxifahrer bringen ihre Kunden normalerweise ins Freudenhaus, ohne selbst hineinzugehen.«

Das Freudenhaus, dessen weiße Säulen unschuldig schimmerten, wirkte von der Straße aus durchaus anständig und erinnerte Salysin irgendwie an die Villa des Schriftstellerverbandes an der Worowski-Straße, in dessen Sekretariat er einmal vor der Veranstaltung »Meister der Feder treffen auf die Meister des Balls« einen Kaffee mit Kognak getrunken hatte.

Madame, die in ihrem schwarzen Spitzenumhang einer ausgezeichnet restaurierten Ruine vergangener Schönheit ähnelte, empfing sie auf der Türschwelle und hielt in ihren faltigen Händen, an denen zahlreiche Ringe steckten – auf einer konnte man die kaum noch sichtbaren Spuren einer wieder entfernten Tätowierung erkennen –, ein silbernes Tablett mit zwei langstieligen Gläsern.

Der Rausschmeißer, der eine gebrochene Boxernase hatte und einen himbeerfarbenen Orchestersmoking mit einer ebenso himbeerfarbenen Fliege trug, schoß synchron zur Ankunft des Polizeiautos den Korken einer Flasche in den schon morgendlich dämmernden Himmel. Diese Flasche sollte wohl Champagner enthalten, ihr Etikett wurde jedoch sorgsam unter einer nicht mehr ganz frischen Serviette vor neugierigen Blicken verborgen.

»*Bienvenido, jefe …*«, sagte die ehemalige Priesterin der Leidenschaften honigsüß und hielt den Ankömmlingen das Tablett entgegen, auf dem die Flüssigkeit in den Gläsern – sie war zu giftig-zitronengelb, um »Veuve Clicquot« oder »Dom Perignon« zu sein – aus ganzer Kraft, doch erfolglos zu perlen versuchte. »*Como modesta administradora del amor, estoy a sus ordenes …*«

»Wir müssen es trinken«, flüsterte der Polizei-Slawist Salysin zu, »für das Geschäft.«

»Eine Provokation?« dachte Salysin mechanisch, ließ sich dann aber seufzend auf das Risiko ein und trank. Die Flüssigkeit in den Gläsern erinnerte ihn an den Marinoroschinski-Cocktail seiner frühen Jugend.

Salysin und der Polizei-Slawist folgten der Hausherrin und traten in das Foyer des Freudenhauses, wo die Administradora del amor, einen Finger vor die Lippen haltend, einen theatralisch schweren Vorhang aus dunkelrotem Samt mit goldenen Troddeln öffnete.

Das erste, was im Empfangszimmer auffiel, war eine rissige hölzerne Christusstatue mit einer Dornenkrone aus verrostetem Eisendraht. Auf einem der Dornen war eine nicht zu Ende gerauchte Zigarette der Marke »Krasnopresnenskaja« aufgespießt, und von einem anderen Dorn hing eine über den Kopf gestreifte, nicht aufgebundene Krawatte mit einem Etikett der Krawattenfabrik von Dnepropetrowsk. Vor dem Hintergrund der geschmacklosen, pseudo-barocken Stuckwände mit Pfeile tragenden Amoretten aus Gips, als Wandleuchter fungierenden Amoretten aus falscher Bronze und weiteren, rosaroten Amoretten auf den himbeerfarbenen, im Ton zur Uniform des Rausschmeißers passenden Tapeten eröffnete sich ein malerischer Anblick, der den Polizei-Slawisten an das Bild *Nach der Schlacht auf dem Kulikowski-Feld* von Wasnezow erinnerte.

Auf dem Boden, auf den Sofas, den Liegen, Kissen und Hockern ruhten die Fußballer der Nationalmannschaft der UdSSR wie ermordete, verwundete oder einfach nur von der Liebe und dem Zechgelage erschöpfte Recken, aus deren Körpern die Pfeile der Amoretten unsichtbar hervorragten, und schnarchten unschuldig. Sie waren bereits wieder angezogen – wenn es auch einige nur schlecht geschlossene Stellen an ihren Hosen gab – und umarmten im Schlaf ihre neu gewonnenen Freundinnen.

Nur einer von ihnen schlief nicht – Marke. Die nackten Beine – an denen er keine Hosen, aber doch immerhin die schwarzen, vaterländischen, bis zum Knie reichenden Sporthosen trug – auf türkische Art und Weise untergeschlagen, saß er aus irgendeinem Grund ausgerechnet mitten auf dem Deckel eines abblätternden, einst weißen Flügels, der übrigens auch mit Amoretten bemalt war. Diese waren allerdings nicht mit Pfeil und Bogen, sondern mit triumphierend in die Höhe gehaltenen Trompeten ausgestattet. Er kicherte niederträchtig vor sich hin und goß den sogenannten Champagner – es war offensichtlich das Hausgetränk in diesem ehrwürdigen Etablissement – in die wie rosige Muscheln unter dem giftigen Strahl geöffneten Frauenlippen mit verschmiertem Lippenstift.

Die Lippen gehörten zwei angetrunkenen Nymphen, deren Brüste wie gelbliche Rettiche lustig hin- und herschaukelten und die vollkommen nackt waren – sah man einmal ab von den schwarzen Spitzenstrümpfen mit den rosafarbenen Strumpfbändern, die in jedem gebildeten Kunden die Erinnerung an die Zeiten Toulouse-Lautrecs wachrufen mußten. Aber Marke gehörte zweifelsohne nicht zu dieser Sorte Kunde.

Er war von Natur aus derartig unverfroren und liederlich, daß er, als er den Zweiten Trainer der Nationalelf, einen ihm unbekannten Polizeioffizier und die ihm – so kam es ihm offensichtlich vor – bereits bestens bekannte Madame erblickte, triumphierend brüllte:

»Seid willkommen in unserer Hütte! Tantchen, noch mehr Champagner für meine Freunde und die hiesigen Kaderoffiziere! Ja, nun beweg schon deinen Hintern, zum Teufel! Marke wird euch bewirten!«

»Und wovon wird er uns bewirten?« fragte Salysin leise, bemüht, sich zu beherrschen.

»Ach, hör auf, Onkel Lys. Spiel dich hier nicht auf. Was ist los, bist du etwa besser als alle anderen?« rief Marke, während seine Augen hin und her wieselten. »Wir haben doch schon bezahlt. Aber die haben uns geprellt. Ich habe dieser Tante gesagt: ›Her mit dem Beschwerdebuch‹, aber sie versteht ja nichts ...«

»Halt den Mund!« preßte Salysin zwischen den Zähnen hervor, so daß Marke augenblicklich zusammenfuhr und verstummte.

»Aufstehen!« kommandierte Salysin allen anderen laut.

Die Nationalmannschaft der UdSSR kam langsam wieder zur Besinnung. Die Fußballer, die auf dem Feld grob und folglich weniger talentiert waren, wurden auch hier grob und schüttelten ihre Freundinnen von sich, ohne mit der Wimper zu zucken. Diejenigen, die sich auf dem Feld keine Grobheiten herausnahmen, taten es auch hier nicht, sondern befreiten sich vorsichtig aus den Umarmungen und bemühten sich, niemanden zu wecken. Salysin erinnerte sich an die Worte des großen Trainers Arkadjew: »Wozu seid ihr grob? Seid ihr etwa unbegabt?«

»Die Rechnung, wenn Sie so freundlich wären«, wandte sich der Polizei-Slawist auf russisch an Madame.

»*Perdón, no lo entiendo, jefe*«, rief die Administradora del amor etwas verwirrt.

»*La cuenta, por favor*«, besann sich der Polizei-Slawist, der vergessen hatte, daß sich noch nicht alle Hausherrinnen in allen Freudenhäusern die Sprache Tolstois und Tschechows angeeignet hatten, und ging zum Spanischen über.

Und plötzlich sah Salysin, daß auf dem Teppich ein Mann schlummerte und dabei durch seine fleischigen Nasenlöcher, aus denen schwarzgraue buschige Haare wuchsen, fast lokomotivenartige Pfiffe ausstieß. Er war im Unterschied zu allen anderen allein geblieben und stand ganz offensichtlich in keiner Beziehung zur Nationalelf der UdSSR. An seinen zottigen Bauch, von dem durch das schwere Atmen ein paar Hemdknöpfe abgerissen waren, preßte er Autoschlüssel an einem Metallanhänger mit einer Abbildung des Ararats – offenbar das kostbarste seiner Besitztümer.

»Und wer ist das da?« fragte Salysin die verlegen ihre Augen abwendenden Fußballer.

Plötzlich sprang Marke herbei, der bereits in Schuhen und Hose steckte und es auch geschafft hatte, seine von Christi Dornenkrone abgenommene Krawatte aus Dnepropetrowsk überzustreifen.

»Onkel Lys, das ist ein sehr verdächtiger Armenier, der sich als hiesiger Taxifahrer ausgegeben hat ..., ein Emigrant und Provokateur ..., ein Agent des Imperialismus, der uns hierher geschleppt hat ... betrügerisch ... gegen unseren Willen ..., er hat es provoziert ... Das war alles er, Onkel Lys, alles er.«

»Wozu lügst du«, ertönte eine ruhige, fast nüchterne Stimme, und Salysin sah, daß außer Marke noch ein weiterer Fußballer nicht geschlafen hatte. »Er ist mit Blumen zu uns in die Umkleidekabine gekommen, ganz verheult. Er hat früher einmal selbst in Eriwan gespielt. Er ist in deutsche Kriegsgefangenschaft geraten, und die Amerikaner haben ihn dann befreit. Er hatte Angst zurückzukehren und hatte ja auch ganz recht, es nicht zu tun. Und so hat ihn das Schicksal ans Ende der Welt, nach Chile, verschlagen. Schon ein Vierteljahrhundert sitzt er hinter dem Steuerrad in seinem Taxi, aber in einem Bordell ist er jetzt zum erstenmal ... Du selbst bist ihm doch auf den Leib gerückt wie eine Klette, damit er uns hierher bringt ... Es sieht also ganz so aus, als seist du der Provokateur, Marke, du.«

Der das sagte, war der Alain Delon wie aus dem Gesicht geschnittene, düster blickende, schwarzhaarige und schöne Halbverteidiger vom Zentralen Sportverein der Armee, dessen Gesicht von Narben übersät war, die von den Autounfällen stammten, die ihm fatalerweise ständig passierten. Das Leben spielte mit ihm ein grobes Spiel, obwohl er selbst auf dem Spielfeld niemals grob wurde.

Der Alain Delon vom Zentralen Sportverein der Armee saß ohne jede Freundin mit dem Rücken zu allen anderen und dem Gesicht zum Fenster einsam in einem tiefen Sessel und spielte auf einem winzigen Taschenschachspiel gegen sich selbst. Neben dem Schachbrett stand eine fast leere Flasche Smirnow-Wodka.

Salysin wußte, daß die nüchtern wirkende Stimme des Alain Delon täuschte. Nach außen hin konnte er sich lange Zeit nichts anmerken lassen, doch dann brach er irgendwann ganz plötzlich zusammen. Es war dann, als würde in ihm etwas verbrennen.

Marke wollte schon aufbrausen, aber Salysin warf ihm ein harsches »Kusch!« hin.

Und plötzlich bemerkte Salysin, daß der König des Fersenpasses nicht da war.

In Salysin schien alles stillzustehen.

Hatte er sich etwa doch entschlossen hierzubleiben?

Wo aber würde dieser Dummkopf hier solche Fans wie zu Hause finden, wo ein Stück gutes Schwarzbrot und ein Salzgürkchen mit einem Zweig Dill und einem Blättchen der schwarzen Johannisbeere daran?

»Wo ist der Elefant?« hörte sich Salysin mit einer ihm fremd scheinenden Stimme fragen.

Und plötzlich ertönte es von irgendwo oben:

»Hier bin ich ...«

Salysin hob den Kopf und sah, daß der schuldbewußt lächelnde, gutmütig betrunkene König des Fersenpasses die Wendeltreppe vom Obergeschoß herunterkam – und daß eine blutjunge hübsche Chilenin die, nachdem sie ihre Berufsschminke abgewischt und die schwarzen Haare aus den Spangen gelöst hatte, einem langmähnigen Wildpferd aus Feuerland ähnelte – buchstäblich an ihm hing und ihn abküßte.

Das Mädchen schleppte den Elefanten zu Madame und fing an, unter Tränen irgend etwas zu plappern, wobei sie sich eine Kette mit einem goldenen Kreuz vom Hals riß und sie Madame hinhielt.

»Was geht hier vor?« fragte Salysin den Polizei-Slawisten.

»*Lo que pasa, es que la muchacha está enamorada de él*«, antwortete ihm der Polizei-Slawist lächelnd und wechselte rechtzeitig ins Russische: »Wie es aussieht, hat sich die Muchacha in ihn verliebt. Er hat sie geküßt, und das war der erste Kuß ihres Lebens. Denn solche wie sie küßt man schließlich nicht. Sie weiß, daß die Gäste nicht genug Geld haben, und deshalb will sie ihrer Herrin das Liebste, was sie besitzt – das Kreuz aus ihrer Kindheit – zum Bezahlen der Rechnung geben ...«

Die Muchacha warf sich dem König des Fersenpasses an die Brust und fing an, auf ihn einzureden und seine Hand, die er verlegen zu verstecken versuchte, mit Küssen zu bedecken.

»Sie sagt, daß sie aus der Bergwerksstadt Antofagasta komme. Ihr Vater sei in dem dortigen Bergwerk ums Leben gekommen und habe ihre Mutter mit fünf Töchtern zurückgelassen. Und sie sei gezwungen gewesen, ihre älteste Tochter hierher zu bringen, damit die anderen Töchter nicht vor Hunger umkommen müßten. Die Muchacha bittet ihn, sie von hier fortzubringen, und sagt, daß sie ihm und seiner Familie ihr ganzes Leben lang eine treue Dienerin sein würde und daß seine Frau nie erfahren würde, daß er sie geküßt habe …«

Der König des Fersenpasses trat verlegen von einem Fuß auf den anderen, errötete bis über beide Ohren und wußte nicht, wohin vor Verlegenheit.

Keiner der Fußballer lachte. Nur Marke versuchte zu kichern, aber Alain Delon preßte ihm seine eiserne Handfläche finster auf den stinkenden Mund.

Die Administradora del amor prüfte das Kreuz mit den Zähnen und gab es, mit den Schultern zuckend, wieder zurück.

»*No vale nada.*«

Auf ihr Zeichen hin führten die Freundinnen das weinende Mädchen fort.

Der Rausschmeißer in dem himbeerfarbenen Smoking brachte die Rechnung auf einem Tellerchen. Die »Zerquetschten« hatten sich wie durch Zauberei vermehrt.

Die Administradora del amor strich die Zerquetschten mit ihrem goldenen Parker-Stift etwas zusammen und beugte sich zum Polizei-Slawisten, um ihm mit dem knirschenden Lächeln eines koketten Krokodils ins Ohr zu flüstern:

»*Solamente para Usted, jefe … Porque Usted no puede visitarnos cualquier dia despues del trabajo para un pequeño masajito.*«

Salysin warf drei Hundertdollarscheine, der Polizei-Slawist ungefähr dieselbe Summe chilenischer Pesos in einem Haufen auf das Tellerchen. Den chilenischen Armenier konnten sie nur mit Mühe wecken, und er war nicht in der Lage, sein Auto zu fahren. Es schüttelte ihn die Angst vor der Syphilis, vor seiner Frau und wer weiß noch wovor. Aber die armenische Weisheit half ihm einzusehen, daß ein Teil der Spieler im Kofferraum untergebracht werden mußte – sonst hätte die Nationalelf der UdSSR in den zwei Autos nicht Platz gefunden.

Salysin fuhr das klappernde, halb auseinanderfallende Taxi mit zwei polternden Stürmern im Kofferraum, denen er dort mit Vergnügen einen Platz angewiesen hatte: nämlich Marke und der in seiner Unverfrorenheit ebenfalls unerträglich aufrichtige Stürmer mit dem Spitznamen Bunja. Selbst als er am Steuer saß, konnte Salysin hören, wie aus dem Kofferraum Schreie und Flüche tönten – es waren wahrscheinlich die üblichen Auseinandersetzungen –, wer wieder einmal wem und wann den Paß nicht zugespielt hatte. Doch plötzlich erblickte Salysin im Rückspiegel etwas ganz Unglaubliches: Der König des Fersenpasses, der auf dem Rücksitz zwischen den in der Dunkelheit aneinandergepreßt schlafenden Fußballern – sie sahen aus wie Sardinen in der Büchse – eingeklemmt war, weinte.

Eigentlich weinte er gar nicht, denn Weinen ist ja bereits eine aktive Handlung. Seine Tränen rollten einfach von ganz allein aus seinen starren, wie gelähmt wirkenden Augen.

»Was ist los mit dir?« fragte Salysin leise, damit es niemand sonst hörte.

»Sie ... sie ... hat mir die Hand ... die Hand geküßt«, preßte der König des Fersenpasses mühsam hervor. »Und dabei bin ich doch ... ich bin doch ... ich bin es doch gar nicht wert ...«

Nachdem er die Nationalelf der UdSSR nicht direkt vor dem Hotel, sondern eine Straßenecke weiter ausgeladen hatte – er wollte die schon fast erstickten Stürmer, die nicht so sehr in Gefahr waren, durch einen Mangel an Sauerstoff als vielmehr durch Selbstzerfleischung zu ersticken, nicht vor den Augen des Pförtners aus dem Kofferraum herausziehen – und nachdem er dann dem Polizei-Slawisten von ganzem Herzen gedankt hatte, brachte Salysin den chilenischen Armenier zu seiner lateinamerikanischen Ehefrau.

Eine mächtige Señora in einer Küchenschürze, die mit blutigen Stückchen von Hackfleisch beschmiert war, das sie offensichtlich gerade durch den Wolf drehte, äscherte sie mit ihrem Blick ein. Und ohne auch nur zu fragen, wo ihr Mann die Nacht verbracht hatte, verabreichte sie ihm für alle Fälle – und gleichzeitig auch dem völlig unschuldigen Salysin – ein paar Ohrfeigen, die nach rohem Fleisch und Zwiebeln rochen. So endete also die Geschichte mit dem chilenischen Freudenhaus relativ glimpflich.

Doch als sie aus Chile nach Hause zurückgekehrt waren, erhielt Salysin eine weitere Ohrfeige – man entließ ihn als Trainer der Nationalelf der UdSSR.

Da er offensichtlich befürchtete, daß ihn irgend jemand wegen seiner Initiative hinsichtlich der Exkursion ins Freudenhaus denunzieren könnte, entschloß sich Marke, den Ereignissen zuvorzukommen, und wandte sich als erster an den ihm nicht unbekannten KGB, der ihm einmal aus der Patsche geholfen hatte, als er, betrunken am Steuer seines Autos sitzend, einen Menschen tödlich verletzt hatte.

Marke erwies sich als unerwartet begabt im Genre der Science-fiction-Denunziation. Das Sujet seines aktuellen Werkes war folgenden Inhalts:

Die Nationalelf der UdSSR sei nach dem Spiel von einem Armenier, der sich für den sowjetischen Konsul ausgab, in ein Restaurant eingeladen worden. Der wachsame Marke habe aber gleich erraten, daß das Restaurant in Wirklichkeit ein getarntes Freudenhaus war und der angebliche Konsul und Armenier ein Emigrant und Provokateur. Auf einen Skandal in der Regenbogenpresse spekulierend, habe die Wirtin des Etablissements sie hintergangen, indem sie ihnen Champagner, den sie nicht getrunken hätten, und Mädchen, die sie nicht berührt hätten, auf die Rechnung gesetzt habe. Er, Marke, habe dem Zweiten Trainer Salysin diese Provokation sofort telefonisch mitgeteilt, der sei jedoch nicht mit einem Vertreter der sowjetischen Botschaft, sondern in Begleitung eines Mannes in der Uniform eines Offiziers der chilenischen Polizei zum Ort des Geschehens gekommen. Dieser Mann, der verdächtig gut russisch sprach (in Wirklichkeit wahrscheinlich ein Agent des CIA), habe versucht, die sowjetischen Fußballer durch seine angeblich freundschaftliche Anteilnahme und die Übernahme eines Teils der Rechnung zu bestechen. Die einfachen Mannschaftsmitglieder schwer erniedrigend, habe Salysin mit der zur Schau gestellten Freigebigkeit eines Kaufmannes aus Mitteln, deren Herkunft völlig unbekannt ist, den anderen Teil bezahlt, anstatt kategorisch gegen die freche finanzielle Erpressung der Nationalelf der UdSSR durch die Administration des Freudenhauses zu protestieren.

Es habe der Versuch einer jungen, aber offensichtlich erfahrenen Spionin vorgelegen, mit Hilfe einer gekonnt gespielten, gefühlsduseligen Szene einen moralisch schwankenden Stürmer von der Rückkehr in die Heimat abzubringen. Diese Spionin habe meisterhaft auf den Saiten der dem Stürmer an Orten des Freiheitsentzuges widerfahrenen persönlichen Kränkungen gespielt. Allerdings sei es dem politisch reifen Kern der Mannschaft unter seiner, Markes, Leitung gelungen, diesen Versuch zum Scheitern zu bringen. Er, Marke, habe es geschafft, die Nationalelf der UdSSR moralisch aufzubauen und allen Provokateuren zu zeigen, daß sowjetische Sportler allen offenen und heimlichen Feinden unserer Heimat Rußland, wo der Sport wie auch die Arbeit eine Sache der Ehre, der Tapferkeit und des Heldentums seien, entschiedenen und unversöhnlichen Widerstand entgegenbringen, wie sie dies schon in der Vergangenheit getan haben, es in der Gegenwart tun und auch in der Zukunft tun werden.

Es hat wohl kaum irgend jemand – weder im KGB noch im Sportkomitee – Markes Werk ernst genommen. Aber ein Signal war ein Signal, und man mußte darauf reagieren. Um so mehr auf ein Signal, das einen Ort wie dieses Freudenhaus betraf.

Salysin fand sich auf der Straße wieder. Die einzige Arbeit, die er bekam, war die im Lager eines Sportwarengeschäfts.

Seine Frau Elka, die ihm nicht verzieh, daß er ihr keinen chilenischen Lamafellmantel mitgebracht hatte, konnte den Nachtwächter eines Sportgeschäfts nicht gebrauchen.

Salysin war ganz allein.

Aus diesem Grund spielte er, als er nach so vielen Jahren für die Zeit der Moldawien-Tournee in einer Mannschaft mit Marke war, diesem keinen einzigen Paß zu.

Wenn er, von wem auch immer, das alte neidvolle Lied von der Überheblichkeit des Königs des Fersenpasses hörte, schnitt Salysin dem Betreffenden unbarmherzig das Wort ab, denn er erinnerte sich daran, wie er vor langer Zeit im Rückspiegel die Tränen gesehen hatte, die in dem zerdellten armenischen Taxi in der in weiter, weiter Ferne liegenden Stadt Santiago de Chile über das fassungslose Gesicht des Königs gelaufen waren.

Doch hier, in Moldawien, stand ihnen nun das letzte Spiel gegen die Mannschaft der Weinkellerei des bezaubernden grünen Städtchens Drokija bevor. Bötchen und Salysin schlenderten Arm in Arm durch die Straßen, vorsichtig auf die fein gewebten Schatten der Bäume tretend, und stiegen über glänzende Steinstufen in kühle Kellergewölbe hinab, wo die Winzer diesem durchaus nicht mehr jungen Paar aus dunkelgrünen großen Korbflaschen, die nur mit Farnblättern verschlossen wurden, damit die Flaschen nicht explodierten, den noch blutjungen, rosa funkelnden »Lidija« einschenkten, der mit seinem stürmischen fliederfarbenen Schaum über den Rand der geschliffenen Gläser perlte.

Die Menschen hier waren gastfreundlich, aber in einem der Weinkeller stürzte sich ganz unerwartet ein Mann mit sei es von Schlaflosigkeit oder sei es vom Trunk rot entzündeten Augen auf sie, der auch sonst mit seiner ganzen Person wie entzündet wirkte:

»Was verderbt ihr unseren moldawischen Wein! Ihr versteht doch sowieso nichts davon! Ihr solltet besser bei euch zu Hause in Rußland auf dem Ofen hocken und euren Wodka saufen!«

»Wenn wir vom moldawischen Wein nichts verstehen, warum bringen Sie es uns nicht bei?« fragte Bötchen ihn freundlich und ohne beleidigt zu sein. »Wir könnten Ihnen vielleicht auch das eine oder andere beibringen ...«

»Die geborene Arina Rodionowa«, dachte Salysin wieder, wie schon damals, als sie einige der Opfer des Marinoroschinski-Cocktails in die Badewanne seiner Tante gesteckt hatte, als seien es kleine Ferkelchen.

»Ihr habt uns schon einiges beigebracht ...«, fing dieser entzündete Mann mit Haß in der Stimme zu keuchen an. »Diese Nation, die Moldawier, die hat es doch nie gegeben. Wir sind Rumänen. Ihr zwingt uns, unsere in Moldawien geschriebene, rumänische Literatur in kyrillische Buchstaben umzuschreiben, obwohl sie, bevor ihr bei uns aufgetaucht seid, immer in lateinischen Buchstaben geschrieben wurde. Und jetzt, wenn wir, die sogenannten moldawischen Schriftsteller, in Rumänien gedruckt werden, muß man unsere rumänischen Worte, die in kyrillisch geschrieben sind – stellt euch das mal vor! – ÜBERSETZEN! –, in die lateinische Schreibweise übersetzen ... Das habt ihr uns BEIGEBRACHT!«

»Das waren doch nicht wir. Ich nicht und auch er nicht«, sagte Bötchen hart, aber nicht böse. »Wir haben euch nicht gezwungen, mit kyrillischen Buchstaben zu schreiben. Uns selbst hat man auch gezwungen, mit kyrillischen Buchstaben zu schreiben, aber bloß nicht das, was wir denken. Und dann ist auch die Muttersprache eine fremde Sprache.«

Aber der entzündete Mann wollte nicht einmal hören, was sie sagte, und ging, weiter vor sich hin brummend und mit geballten Fäusten davon.

»Ich kann ihn verstehen, Lysik«, sagte Bötchen, während sie ihm nachblickte. »Aber warum will er uns nicht verstehen? Sind wir etwa schuld an Stalin und Berija?«

»Und an Breschnew?« fragte Salysin und antwortete selbst: »Wenn wir es erdulden, sind auch wir schuldig.«

»Weißt du, Lysik, ich fürchte, daß diese ganze Völkerfreundschaft nur leeres Gewäsch ist«, meinte Bötchen nachdenklich. »Und hinter diesem Gewäsch steht Blut. Aber dafür bezahlen werden diejenigen, die an diesem Blut keine Schuld haben. ›Die Ahnen haben grüne Trauben gegessen, aber es sind die Enkel, denen sich der Mund zusammenzieht.‹ Na, Lysik, rate mal, woraus das ist.«

»Ich weiß nicht. Ich weiß so vieles nicht«, antwortete er betrübt.

»Aus der Bibel!« sagte sie feierlich und drückte mit ihrem Finger auf seine Nasenspitze, so als sei er ein kleiner Junge.

Vor dem Spiel lagen Bötchen und Salysin, vor Hitze vergehend, auf dem angenehm knarrenden, an den Bettpfosten mit dicken Knäufen versehenen Metallbett – auf der Bettdecke mit dem leicht knirschenden, ordentlich gestärkten Bezug, der mit liebevoll ausgeführtem provinziellen Kettenstich, Rauhreif ähnelnden Spitzen, Applikationen und Rüschen verziert war – und liebten sich. Und der Kissenberg wirkte so sorgsam unberührt, daß sie es nicht übers Herz brachten, ihn zu zerdrücken, und Bötchen legte ihn auf den Fernseher, wo er stand wie eine Pyramide aus Zucker.

Breschnew mit seinen schwarzen Augenbrauen reckte auch hier an der Wand siegreich seine sternengeschmückte Brust, aber sie beachteten ihn nicht, so als sei er nur ein Teil des Mobiliars. Bötchen streichelte Salysins von der Hitze erschöpften, immer noch kräftigen Körper mit einer vor Kälte beschlagenen Flasche Borschomi-Wasser, und er brauchte nur die Hand aus dem Bett heraushängen zu lassen, um in dem geflochtenen Korb auf dem Boden die erfrischenden Goldbarren der Birnen zu ertasten, die violetten, mit blauem Nebel überzogenen Weintrauben und die dickwangigen roten Äpfel, die in einer einzelnen Hand keinen Platz fanden …

»Stärkt mich mit Wein, erfrischt mich mit Äpfeln, denn ich bin erschöpft von der Liebe«, flüsterte Bötchen Salysin zu.

»Und woraus ist das, Lysik?«

»Was willst du denn bloß von mir …«, knurrte er.

»Aus dem Lied der Lieder«, sagte sie und legte ihm eine Weintraube auf die Lippen.

»Ich habe eine ganze Menge Liederbücher«, sagte er, »aber ein Lied der Lieder habe ich noch nicht darin gefunden.«

»Das ist nicht aus einem Liederbuch«, lachte sie. »Das ist wieder aus der Bibel. Übrigens, gar kein so schlechtes Buch. Was ist, hast du nie eine Bibel aufgeschlagen, Lysik?«

»Doch«, sagte er verlegen. »Aber nur kurz. Als wir in Amsterdam gespielt haben, haben irgendwelche jungen Christen allen Jungs aus unserer Mannschaft eine russische Bibel geschenkt … Aber dann hat unser Zoll alle konfisziert. Und was ist mit dir, bist du gläubig geworden?«

»Auf meine Art …«, wich Bötchen aus. »Aber ich habe in diesen Jahren viel gelesen, Lysik. Das habe ich dir zu verdanken.«

»Mir?« fragte Salysin mürrisch und ungläubig.

»Du hast mir die Einsamkeit geschenkt, und die Einsamkeit hat mir die Bücher geschenkt. Weißt du, Bücher – das ist so ähnlich wie Bergsteigen. Damit einem nicht schwindelig wird, muß man sich an die Bücher genauso anpressen wie an die Felsen. Dann stürzt man nicht ab. Ich habe viel gelesen, irgendwie bin ich klüger geworden. Aber was soll ich mit ihm machen, mit dem Verstand? Ich tausche den Verstand gegen das Glück. Mit dir zusammen geht es mir in jedem Fall besser als mit den Büchern. Ich liebe dich so sehr, Lysik«, und sie ergriff seine Hand und bedeckte sie mit Küssen.

Und plötzlich tauchte über dem Hotelbett etwas Blinkendes, Hin- und Herschaukelndes auf, und es war nicht auszumachen, wie es dorthin geraten war. Als Salysin sich an den Anblick gewöhnt hatte, erkannte er, daß es der Rückspiegel des zerdellten armenischen Taxis aus Santiago de Chile war – nur erblickte er dieses Mal nicht den König des Fersenpasses darin, sondern sich selbst – mit starren Augen, aus denen die Tränen unaufhaltsam und wie von selbst flossen. Es war sein anderes Ich. Doch auch dieses Ich war er selbst. Diesem anderen Ich kamen nur mit Mühe jene Worte der Scham und Reue über die Lippen:

»Sie … sie … hat mir die Hand … die Hand geküßt. Und dabei bin ich doch … ich bin es doch gar nicht wert …«

»Es geht mir jetzt so gut, Lysik, so gut …«, sagte Bötchen, während sie sich liebevoll an ihm rieb und dabei ebenfalls weinte – aber endlich vor Glück. »Gott hat vielleicht ganz recht daran getan, als er uns für so lange Zeit getrennt hat, denn sonst wäre mir nicht so … so …, ich kann es gar nicht sagen, wie … Weißt du, mir kommt es vor, als wäre ich gerade auf den schwersten, den allerhöchsten Berg gestiegen … und das nicht allein, sondern mit dir, meinem Liebsten. Und mir ist, als werde ich nie etwas Wunderbareres erblicken können als das, was ich jetzt von diesem Gipfel aus sehe. Wenn das wirklich so ist, dann frage ich mich, wozu ich noch auf irgend etwas hinaufklettern soll, wozu ich noch irgend etwas suchen soll. Wäre es nicht vielleicht besser, sich zu umarmen und sich gemeinsam nach unten zu stürzen? Es wären nur unsere Körper, die auf der Erde zerschellen würden, unsere Seelen jedoch würden sie durchschlagen und in eine ganz andere Dimension geraten, wo es keinen Tod gibt und kein Ende der Liebe.«

»Schön …«, sagte Salysin. »Schön, aber schrecklich. Soll das heißen, daß man, um nicht sterben zu müssen, sterben muß? Aber von dort ist noch niemand zurückgekehrt, um zu erzählen, wie es dort ist. Und wenn es dort keine Bücher gibt? Ich zum Beispiel möchte noch die Bibel lesen. Die Bibel hat, wie es scheint, noch niemanden schlechter gemacht.«

»Außer die Inquisitoren«, berichtigte Bötchen.

»Und wenn es dort, wohin du mich so gastfreundlich einlädst, keinen Fußball gibt?« fuhr Salysin mit einem schelmischen Grinsen fort. »Es fällt mir schwer, mir das Dribbeln in der Schwerelosigkeit vorzustellen, oder eine Mauer aus lauter körperlosen Wesen im Elfmeterraum, vor allem aber, wie es ist, wenn man den Ball beim Schießen nicht spürt. Doch weder selbst spielen noch zusehen? Ich kann ohne das Spiel nicht sein. Falls ich einmal gelähmt sein sollte, werde ich verlangen, daß man mich in meinem Rollstuhl immerhin auf die Aschenbahn hinter dem Tor stellt. Soll es doch so aussehen, als sei ich unbeweglich und zu nichts mehr fähig. Ich werde mich trotzdem in die Beine der jungen Spieler hineinversetzen und werde weiter Tore schießen – selbst wenn es fremde Fußballschuhe sind, mit denen ich es tue. Nein, ich will von keinem Gipfel in einen mir unbekannten Abgrund springen, aus dem ich nie mehr wieder herausklettern kann. Nicht einmal mit dir, Bötchen …«

Bötchen ließ eine Hand aus dem Bett baumeln und suchte sich tastend den kühlsten Apfel heraus, biß einmal hinein und streckte Salysin die Frucht mit dem Abdruck ihrer Zähne hin, der sich sofort mit leicht schäumendem Saft füllte.

»Überredet … Das Sterben wird abgesagt, Lysik! Wenn du eines Tages verräterischerweise vorhaben solltest zu sterben, werde ich dich schon wachrütteln, ich werde dich wiedererwecken, und wenn ich dich schlagen muß! Guck mal, was ich für Fäuste habe! Und wenn ich vorhabe zu sterben, dann kitzle mich, kitzle mich, damit ich nicht sterbe – du weißt doch, wie kitzelig ich bin! Vielleicht bedeutet zu lieben – einander nicht sterben zu lassen? Wenn wir ohnehin sterben müssen, wozu dann noch zum Teufel den eigenen Tod organisieren! Laß uns lieber wunderbare Verrücktheiten organisieren! Alle, die zu wunderbaren Verrücktheiten nicht fähig sind, sterben vor ihrer Zeit. Ist es etwa vielleicht nicht schon der Tod, wenn man sich tödlich langweilt? Laß uns nicht vor unserer Zeit sterben! Und wenn wir schon sterben müssen – dann wie bei Grin[4] … Ja, Lysik? Deine Hand darauf!«

Salysin gab ihr seine Hand. Sie schlug die beiden rechten Hände, die sich in dem Versprechen, nie sterben zu wollen, vereinigt hatten, mit der zur Faust geballten linken Hand auseinander.

Aber Salysin bekam wieder Angst vor ihr. Er verspürte sogar Erleichterung, als er ein Klopfen und die knurrende Stimme des Tigers an der Tür hörte:

»Allgemeine Versammlung! Die ganze Mannschaft – zu mir ins Zimmer!«

Alle versammelten sich, einschließlich des wieder einmal leicht angetrunkenenen Königs des Fersenpasses. Aber er mußte sich ja auch nur zeigen und brauchte nicht zu spielen.

Der Tiger hatte einen tragischen Gesichtsausdruck angenommen:

»Die Situation ist kritisch, Jungs ... Ich fürchte, daß sich ein Konflikt zwischen den Nationen zusammenbraut ... Was haben wir vor dem letzten – dem vierten – Spiel erreicht? Zur Schande unseres Sportlergewissens – in drei Spielen drei Siege. Elf Bälle in den Toren der so gastfreundlichen Platzherren. Ist das nicht allzu grausam? Das hätte ich nicht von euch gedacht, das hätte ich nicht gedacht ...«

Es waren schuldbewußte Seufzer zu hören.

»Hättet ihr denn nicht ein paar Tore weniger schießen können?« fragte der Tiger viel zu spät.

»Hätten wir, Alexej Petrowitsch, hätten wir können ...«, erwiderte Marke nervös. »Ich habe mir ja förmlich ein Bein ausgerissen – erst habe ich den Ball zu lange gehalten, dann wieder habe ich ihn über die Aus-Linie rollen lassen! Wenn mir die anderen nur wenigstens einmal einen ungenauen Paß zugespielt hätten! Immer direkt auf den Fuß haben sie gespielt, immer nur genaue Vorlagen. Kein einziger Fehler – das ist doch einfach untragbar! Das ist doch, wenn Sie so wollen, eine Diskreditierung des professionellen Spiels. In so einer Atmosphäre kann man doch einfach nicht arbeiten. Und dabei sollte man doch das Nationalgefühl des anderen respektieren und im Namen der Völkerfreundschaft verlieren können. Denn eine derartige Niederlage der hiesigen Mannschaften könnte politische Konsequenzen mit sich bringen.«

Der Tiger blickte mit seinen ungleichen Augen zur Seite, um den verächtlichen Hohn einem Menschen gegenüber, der selbst schwarzen Humor als Befehl verstand, nicht zeigen zu müssen.

»Ich komme zu dem unerfreulichen Schluß«, folgerte der Tiger, »daß das Endergebnis, offen gesagt, nicht gerade von einer humanen Einstellung den Gastgebern gegenüber zeugt. Ich möchte auch die schmachvolle Tatsache anführen, an der ich persönlich die Schuld trage, daß sie es bisher auch zu keinem Ehrentor gebracht haben. Man wird uns unter diesen Umständen wohl nie mehr in diese Republik einladen ... Wir müssen also mobil machen und zum Abschied verlieren. Hinterlassen wir zumindest mit dem letzten Ergebnis einen positiven Eindruck! Übrigens ist der Mittelstürmer dieser Winzermannschaft der junge großzügige Werksdirektor. Ich greife vor und enthülle ein Geheimnis: Eben gerade hat er verfügt, daß man jedem von uns nach dem Spiel zusätzlich zwei Flaschen eines fünfundzwanzig Jahre alten Regierungskognaks in Schmuckkartons aus einem besonderen Degustationslager überreichen soll und außerdem je eine bestickte moldawische Bluse für unsere Kampfgenossinnen daheim sowie eine Kiste Obst für unsere Enkel. Laßt uns diesem jungen Direktor dabei helfen, daß er seinen Nachkommen voller Stolz erzählen kann, wie er früher einmal mit seinen eigenen Füßen ein paar Bälle an dem Tiger höchstpersönlich vorbei in das Tor der Nationalelf der UdSSR geschossen hat!«

»Das machen wir, Alexej Petrowitsch! Wir werden der Winzerjugend helfen!« rief Marke, zu allem bereit.

»Falls sie nicht treffen, bin ich bereit, ein Eigentor zu schießen«, schloß sich Bunja an.

»Ich werd' dir helfen!« drohte ihm der Tiger mit erhobener Faust. »Es geht doch darum, die hiesigen Talente zum Erblühen zu bringen ... Und vergeßt nicht, daß die wichtigste Blüte für uns dieser junge Direktor ist. Wir müssen am Anfang Widerstand leisten und uns dann geschickt ein paar Blößen geben, damit dieser Mann, der so viel für uns getan hat, die Möglichkeit zum Durchbruch erhält. Wir müssen immerhin so etwas wie ein bißchen Dankbarkeit zeigen.«

»Das ist doch alles Schieberei«, erwiderte Salysin und schüttelte angewidert seinen grauen Haarschopf. »Ich mache da nicht mit. Ihr könnt euch Blößen geben, soviel ihr wollt. Ich bin doch keine Dirne.«

»Ich gebe mir auch keine Blöße!« stimmte Onkel Kolja Senjukow mit ein, während er energisch mit der Faust auf den Tisch schlug. »Bei uns in Samara ist der Striptease noch nicht in Mode gekommen!«

Alle anderen aber rangen mit widersprüchlichen Gefühlen. Auf der einen Seite wollten sie einfach nur von ganzer Seele spielen und das gegnerische Tornetz ohne jede Rücksichtnahme mit dem Ball bombardieren, auf der anderen Seite jedoch wußten sie, daß sie vielleicht tatsächlich etwas mehr Rücksicht nehmen sollten, um nationale Konflikte zu vermeiden.

»Ist es nicht ganz egal?« winkte Alain Delon melancholisch ab. »Tut uns eine Niederlage etwa weh?«

Seine Äußerung brachte die Entscheidung. Die Fußballer dachten bei sich: »Tatsächlich! Tut es uns etwa weh? Wir sind schließlich keine herzlosen Egoisten, es wird uns kein Stein aus der Krone fallen.« Das Alter der Veteranen half ihnen, Großherzigkeit vor Ehrgeiz walten zu lassen.

Die Abstimmung brachte einen Kompromiß: In der ersten Halbzeit wollten sie spielen, was das Zeug hielt, sich von ihrer besten Seite zeigen, aber die Platzherren nicht durch die Erstürmung ihres Tores demoralisieren. Die zweite Halbzeit wollten sie mit Angriffen beginnen, dann aber nach dem Stanislawski[5]-System zunehmend außer Atem geraten, Pässe falsch zuspielen und dem Gegner wohlwollend einen bequemen Durchmarsch zum Tor ermöglichen.

Wenn auch das nicht helfen sollte, würden sie einen Elfmeter gegen sich selbst provozieren, indem sie ein Handspiel oder ein auffälliges Foul arrangierten – eine Verletzung der Platzherren, insbesondere des Direktors, war dabei jedoch ausgeschlossen.

Falls die Platzherren auch bei einem Elfmeter danebenschießen sollten, würden sie sich mit wohlüberlegter Unbesonnenheit in den Angriff stürzen, auf die gegnerische Feldhälfte laufen und sich einladende »Blößen« geben, wobei sie jedoch aufpassen mußten, daß der Gegner sich nicht im Abseits befand.

Das Endergebnis stimmten sie lange miteinander ab, einigten sich schließlich aber auf den vorläufigen Endstand von 1:0 für die Platzherren.

Doch die Ereignisse sollten sich dann ganz anders entwickeln.

Die an den Kräften zehrende Hitze wurde von einem stürmischen, aber glücklicherweise kurzen Platzregen beendet. Dennoch hatte sich das Spielfeld in einen Sumpf verwandelt. Doch ungeachtet des Morasts, der sich Fußballfeld nannte, war das Stadion so gedrängt mit Menschen besetzt wie ein moldawischer weißzahniger Maiskolben mit Körnern.

Es war das letzte Spiel, es war ein Sonntag, und die Fans der Veteranen – dieser lebendigen Reliquien des sowjetischen Fußballs – kamen aus Kischinjow, aus anderen, kleineren Städten und den umliegenden Dörfern angereist – in neuen Ikarus-Bussen, klapprigen Reisebussen und Lastwagen, auf Traktoren, Bulldozern, Raupenschleppern und Kränen, in Privatwagen, auf Motorrädern, Fahrrädern und schließlich auch auf den quietschenden zweirädrigen Karren, die es schon zu Zeiten von Puschkin gegeben hatte, als dieser, um von dem Wein zu kosten, mit Zigeunern und einem Bären an der Kette im Schlepptau, in ein rotes Hemd gekleidet über die bessarabischen Basare geschlendert war.

Um das Stadion herum entstand aus all den unterschiedlichen Fahrzeugen so etwas wie ein riesiges Zigeunerlager und gleichzeitig ein großer Markt, und es war nur schade, daß Puschkin nicht dabei war.

In einem Karren, vor den ein schwanenweißes Pferd gespannt war, lag auf duftendem frischen Stroh ein einziger, handgewebter wunderschöner Teppich: schwarz mit riesigen roten Rosen, die aussahen wie die zum Kuß geöffneten Lippen einer Riesin.

Die Besitzerin dieses Teppichs, eine hochgewachsene Bäuerin mit Ohrringen – sie schien diese Rosen nach dem Vorbild ihrer eigenen Lippen gewebt zu haben –, stemmte ihre Hände in die Hüften und schleuderte, von ihren Haaren wie von einer Gewitterwolke umhüllt, Blitze aus ihren dunklen, überreifen Kirschen ähnelnden Augen auf diejenigen, die den Teppich befühlten, aber nicht kauften:

»Ein Teppich ist kein Huhn. Wieviel du ihn auch betatschst, er legt doch keine Eier.«

Inzwischen waren die Mannschaften zum Aufwärmen auf das Feld gelaufen.

Als der junge Torwart der Winzerauswahlmannschaft in eine Pfütze plumpste, rief das lediglich ein mitfühlendes Gelächter hervor.

Aber als der ergraute Tiger, der sich im Tor schon nicht mehr so sehr aus Wachsamkeit den herbeifliegenden Bällen gegenüber, sondern eher aufgrund seines Alters nach vorne beugte, ausrutschte und in den Dreck fiel – noch dazu mit dem Gesicht voran –, war dies für die Fans ein unerträglicher Anblick. Und die leidenschaftlichsten Fans waren wie immer die Invaliden.

Weitergereicht von Hand zu Hand, schwebte über den Köpfen der Menschen auf dem Markt ein wie durch ein Wunder unversehrt gebliebenes Überbleibsel der einst so riesigen Armee der beinlosen Invaliden, ein Überbleibsel, das auf seinen vier Rollen aus dem fernen, bereits in Vergessenheit geratenden Krieg, aus dem Stalinschen »Sozialismus in einem einzelnen Land« direkt in den Breschnewschen »entwickelten Sozialismus« gerollt war.

Früher einmal, als sie dem noch jungen Bobrow und Tiger applaudiert hatten, waren die Gesichter der Invaliden ebenfalls jung und knabenhaft gewesen. Das waren die Invaliden, die überlebt hatten.

Jetzt waren nur noch einige wenige der schon fast ausgestorbenen Invaliden übriggeblieben. Sie kamen auf ihren polternden Wägelchen zu diesem Fußballspiel, um ihre Idole zu sehen, die ebenfalls langsam zu einer aussterbenden Spezies wurden.

Der Invalide, der über den Markt schwebte, war weder in ein zerrissenes Matrosenhemd noch in eine Feldbluse gekleidet, wie die Invaliden gleich nach dem Sieg. Er hatte einen Strohhut auf und ein mit drei »Tapferkeits«-Medaillen klimperndes schneeweißes Festtagshemd an, das von niemandem anders als von ihm persönlich bestickt worden war.

Diesen Invaliden kannte man in ganz Drokija, denn nachdem er seine Beine verloren hatte, hatte er seinen Händen meisterhaft beigebracht, im Kreuzstich ausgefertigte moldawische Folkloremuster zu sticken, und eines seiner bestickten Handtücher war auf der Weltausstellung in Brüssel zu sehen gewesen.

Der Invalide machte ein Zeichen, daß man ihn auf den Karren neben dem handgewebten Teppich niedersetzen möge, und schwenkte dann einen fliederfarbenen Fünfundzwanzigrubelschein hin und her, so als läute er die Sturmglocke:

»Bürger der Stadt Drokija! Heute haben wir sozusagen die Fußballhelden der Sowjetunion bei uns zu Gast. Können wir da etwa ruhig zusehen, wie sich der weltberühmte Torwart Alexej Petrowitsch – der Tiger – in unserem Dreckloch abplagt? Wir sollten diesem Veteranen was Gutes tun! Laßt uns unser Geld für einen unserer moldawischen Teppiche zusammenschmeißen, und wir legen ihn unserem Gast ins Tor!«

In den aufgehaltenen, unermeßlich weiten Rock der Teppichbesitzerin flogen die Rubelscheine, die Dreier, Fünfer, Zehner und Fünfundzwanziger, bis sie einen regenbogenfarbenen Hügel zerknitterter Geldscheine bildeten. Die Besitzerin hatte noch nicht einmal ihr Geld gezählt, da packten die Fans den Teppich schon an der Kante, so als sei er ihr unanfechtbares Eigentum, und liefen mit ihm auf das Spielfeld, um ihn im Tor über dem Schlamm auszubreiten.

Der Tiger nahm es wie etwas Selbstverständliches hin, so als hätte er in seinem Tor ein ganzes Leben lang immer nur auf Teppichen mit roten Rosen gestanden. Geschäftig schritt er auf dem Teppich hin und her, rückte ihn mit den Füßen zurecht, um nicht über die Falten zu stolpern, und baute sich in der klassischen Torwarthaltung auf, die Hose mit den Fingerspitzen der sich bereits erwartungsvoll in höchster Spannung befindlichen Handschuhe hochziehend. Gerüchten zufolge hatte ihm 1945 die damals noch blutjunge englische Königin diese Handschuhe geschenkt.

Ein Fotoreporter der lokalen Provinzzeitung, der einem nassen Spatzen ähnelte, fiel direkt in einer Pfütze neben dem Torpfosten selbstaufopfernd auf die Knie und war vor Begeisterung ganz außer Atem, denn der Tiger, der inzwischen ja sein Kollege war, hatte ihm für die Dauer des Spiels seine Nikon anvertraut und ihm darüber hinaus auch noch erklärt, wo er zu drücken habe. Das erstemal so ein Zauberspielzeug wie einen japanischen ZOOM in den Händen haltend, konnte der Fotoreporter nicht genug von diesem Spielchen bekommen und holte das Gesicht des Großen Torwarts immer wieder dicht an sich heran, um es dann wieder weiter wegzuschieben.

Als sich der Tiger ächzend und ein wenig stöhnend von dem Teppich erhob, der die Schmerzen der Landung nach dem Sprung ein wenig gedämpft hatte, und mit einem Handschuh einer der gestickten roten Rosen dankbar über das zottige Haar strich, richtete der Fotoreporter das Teleobjektiv abermals auf das berühmte Gesicht und sah etwas, was die Tausenden von Zuschauern nicht bemerken konnten. In den Gesichtsfalten des Großen Torwarts flossen Tränen herab, wie Frühlingsbäche in den Schützengräben nach der Winterblockade von Leningrad.

Als der schwere, nasse, fast unregierbare Ball durch einen schwarzgelockten Burschen der Weinkellerei, der dem Aleko von Puschkin ähnelte, erneut in Richtung Tor flog, schwang der Tiger seinen ihm nicht mehr richtig gehorchenden Körper nur mit Mühe in die Höhe, konnte den Ball aber trotzdem noch mit den Fingerspitzen seiner Handschuhe über das Tor hinweglenken. Die Handschuhe hatte er tatsächlich in England geschenkt bekommen, nur nicht von irgendeiner Königin, sondern vom Torwart von »Chelsea«, Victor Woodley, nachdem sie an den beiden Enden des Spielfeldes fast blind in den Londoner Nebel, die sogenannte »Erbsensuppe«, gesprungen waren.

In dem immer wieder gestopften schwarzen Pullover, den er abergläubisch auch heute anhatte, stand der Tiger nun schon seit vierzig Jahren im Tor. In eben diesen Pullover hatte sich der gewöhnlich so tadellose Gentleman Stanley Mathew mit dem aristokratischen Ärger einer ausgesucht gepflegten Dogge festzubeißen versucht, um ihn, diesen um seine Beine herumwieselnden Straßenköter, von den Augen des Schiedsrichters unbemerkt nach unten zu ziehen, als sie damals im Wembley-Stadion in der Luft um den Ball gekämpft hatten.

Berija, der Schirmherr der Mannschaft »Dynamo«, hatte ihm mit dem Humor eines Folterers schäumenden Champagner aus der Flasche direkt in den Kragen eben dieses Pullovers gegossen, als sie unmittelbar nach dem Sieg über ihre Rivalen – die armenische Mannschaft – noch in der Umkleidekabine waren. Der Stalinsche Henker vermutete hinter den Armeniern – und er täuschte sich nicht – Marschall Schukow, der ihn schließlich unmittelbar nach Stalins Tod verhaften ließ.

Der Teppich lag in dem Fußballtor wie ein handgewebtes Zeugnis der Verehrung der Fans für ihren Veteranen.

Die Pläne der scheinheiligen Barmherzigkeit den Platzherren gegenüber gingen zum Teufel. Es war unanständig, schlecht zu spielen, wenn man so verehrt wurde. Kein Tor zu schießen, das ließ schon der Stolz nicht zu.

Und so geschah es dann auch.

Es war Alain Delon, der es schoß. Er benahm sich, als sei er während der allgemeinen Absprache so sehr in seine eigenen düsteren Gedanken vertieft gewesen, daß er nichts gehört hatte. Aber vielleicht war es ja auch tatsächlich so gewesen.

Alain Delon spielte den durch die Pfützen platschenden Ball bis zum Elfmeterraum und holte zum Schuß aus. Der junge, noch unerfahrene Torwart warf sich – davon überzeugt, daß der schwere Ball tief fliegen würde – in die linke untere Ecke. Die Richtung hatte er gut eingeschätzt, nicht aber die Flughöhe des Balles.

Der Ball ging tatsächlich ins linke Eck – aber ins obere. Alain Delon tat so, als würde er ihn mit der Fußspitze abschlagen, schaffte es aber, im letzten Moment den Berührungspunkt zwischen Ball und Schuh zu ändern, und traf den Ball mit dem Rist.

Es stand 1:0, aber nicht für die so gastfreundlichen Platzherren.

Der Verräter an dem allgemeinen Beschluß, »kein Tor zu schießen, um den Gegner nicht zu demoralisieren«, ging zur Spielfeldmitte, mit dem düsteren, aber vornehmen Ausdruck eines Individuums, das seine Pflicht erfüllt hat – wenn auch gegen den Willen des Kollektivs, das ihn ganz unvornehm zu unterdrücken versucht hatte.

Während der Pause knurrte der Tiger mit nicht weniger düsterer, aber vornehmer Miene eines Spielführers, der seinen internationalen Verpflichtungen gerecht wird:

»Kinder, unsere Eigenliebe haben wir jetzt genug gepflegt. Langsam heißt es, der Ehrenhaftigkeit Genüge zu tun. Laßt uns allen Mut zusammennehmen und verlieren.«

Es verlief alles wie eine gut inszenierte Niederlage.

Zuerst griffen sie stürmisch an. Dann gerieten sie außer Atem.

Die Versuche, einen Elfmeter gegen das eigene Tor zu provozieren, mißglückten allerdings. Immer wieder berührten sie den Ball mit der Hand und foulten ganz offensichtlich, aber der moldawische Schiedsrichter, der spürte, daß alle Sympathien der Fans auf der Seite der zugereisten Großväter lagen, fürchtete die Lynchjustiz und pfiff kein einziges Mal.

Da faßten sie den Entschluß, sich »Blößen« zu geben.

Alle liefen auf die Spielfeldhälfte der Platzherren.

Auf der Hälfte der Gäste blieben nur Salysin und Onkel Kolja Senjukow zurück, die es nach wie vor ablehnten, sich Blößen zu geben.

Der Tiger lief einmal demonstrativ aus dem Tor und bis über die Linie des Strafraums hinaus, um auf die ideale Möglichkeit, den Ball über ihn hinwegzuspielen, so deutlich wie möglich hinzuweisen. Ein anderes Mal stand er einladend an dem einen Torpfosten und machte so die Hälfte des Tores zu einer für ihn unerreichbaren toten Zone.

Marke und Bunja waren ganz besonders bemüht, wie zufällig Fehler zu machen und dem jungen Direktor mit einer Vorlage zum Durchbruch zu verhelfen.

Acht Mann im Team der Veteranen hörten praktisch zu spielen auf oder – noch schlimmer – spielten für den Gegner, dabei immer bemüht, den Anschein des Widerstands zu bewahren. Die Fans sahen, daß sich auf dem Feld Merkwürdiges tat, schoben aber den offensichtlichen Leistungsabfall im Spiel der Veteranen auf ihr Alter.

Tödliche Müdigkeit läßt sich nach dem Stanislawski-System leichter darstellen als unbegrenzte Energie. Aber wenn die unbestechlichen Spieler Salysin und Onkel Kolja Senjukow die unbegrenzte Energie nur »spielten«, dann waren sie darin mindestens so gut wie Jean Gabin und Innokenti Smoktunowski[6]. Ganz allein zurückgeblieben, waren diese beiden Unbeugsamen die einzigen, die fortfuhren, gegen sieben bis acht vorstürmende Winzer gleichzeitig zu kämpfen, wie rasend von einem zum anderen zu stürzen und ein Tor zu verhindern, obwohl das Tor praktisch leerstand.

Salysin und Kolja verwandelten sich in zwei Shiva-Götter, mit dem Unterschied, daß sie nicht ungezählt viele Arme, sondern jede Menge Beine hatten, die sich gegen die überlegenen Kräfte des Gegners wehrten.

»Und das riesig erscheinende Bein Eliawas ...«, blitzte es irgendwo in einem abgelegenen Kämmerchen in Salysins Erinnerung auf, es war ein Satz aus einem vor langer Zeit in der Zeitung *Roter Sport* erschienenen Fortsetzungsromans – eines Fußballromans von Ilja Baru –, als plötzlich das tatsächlich riesig erscheinende Bein des jungen Direktors der Weinkellerei in gefährlichem Spiel den Ball vor seinem Kopf wegfing.

Der Schiedsrichter befand sich im Zustand der absoluten moralischen Kapitulation, ließ alle Fünfe gerade sein und glich das vorherige Übersehen des Handspiels mit dem Übersehen dieser neuen Regelverletzung aus.

Durch kein Pfeifen für das ganz offensichtlich hoch gespielte Bein gestoppt, faßte der junge Werksdirektor neuen Mut, nahm den landenden Ball auf und planschte, Dreckfontänen um sich verbreitend, durch die Pfützen in Richtung des Tors der Nationalelf der UdSSR. Einen Ball im Tor des Tigers zu plazieren, wünschte er sich weit mehr als die Übererfüllung jedes Fünfjahresplans.

Der Tiger gab sich sofort den Anschein, als hantiere er an seinen scheinbar gelösten Schnürsenkeln herum, und gab gastfreundlich das Tor frei.

Der vollends abgekämpfte, aber dennoch nicht aufgebende Onkel Kolja lief auf den Direktor zu und schien ihn auch einholen zu können. Da stürzte ihm ganz unerwartet Marke zu Hilfe.

»Sollte in ihm etwa sein Gewissen erwacht sein?« dachte Salysin befremdet und stellte sich für alle Fälle neben den Torpfosten.

Aber das, was nun geschah, hatte er nicht einmal von Marke erwartet.

Marke stürzte sich von hinten wie zufällig auf Onkel Kolja, warf ihn wie zufällig um und stieß den Urgroßvater zweier Kleinkinder in den glucksenden schlammigen Dreck. Dieses Mal hätte der Schiedsrichter fast gepfiffen, doch in den Fußballregeln ist eine Strafe für Fouls an eigenen Mannschaftsmitgliedern leider nicht vorgesehen.

Der junge Direktor lief mit Volldampf auf das Tor der Nationalelf der UdSSR zu. Auf einer Linie mit ihm liefen, keuchend wie glänzende Lokomotiven, kämpferisch drei weitere Winzer.

Der Tiger sah ein, daß er seinen Trick mit den Schnürbändern unmöglich weiter fortsetzen konnte, und so mimte er zumindest andeutungsweise den zum Sprung bereiten Torwart. Er spreizte seine Beine und schuf zwischen ihnen eine fast sibirisch anmutende Weite – los, meine Lieben, haut den Ball rein, wie in einen Triumphbogen, schien er damit zu sagen.

Aber neben ihm stand Salysin, wild entschlossen, das Tor sowohl vor dem jungen Direktor als auch vor dem alten, einem falschen Verständnis von Internationalismus erlegenen Torwart zu retten.

Salysin befahl sich selbst, im Falle eines Schusses zu vergessen, daß er Hände hatte. Der Schiedsrichter konnte einen Elfmeter verhängen, und die Winzer konnten diesen zufälligerweise in ein Tor verwandeln.

Der junge Direktor wälzte sich bereits schwer atmend in den Strafraum, schoß aber aus irgendeinem Grund nicht.

Der Tiger ließ sein Tor im Stich, anstatt es zu decken, bot er es wie auf einem Tablett zum Schuß an, indem er dem jungen Direktor ausweichend entgegenlief.

Aber der Große Torwart hatte die Angst vor seinem Ruhm nicht einkalkuliert. Der junge Direktor schreckte davor zurück, selbst auf das Tor des Tigers zu schießen, und gab den Ball zum Schuß an einen seiner Angestellten ab.

Der Tiger warf sich ihm absichtlich nicht genau vor die Füße – sondern anderthalb Meter weiter seitlich. Der Winzer riß die Augen vor Entsetzen auf, denn nun mußte er sofort eine eigene Entscheidung treffen. Doch seine Nerven versagten, denn sein vom Laufen keuchender Chef war gleich neben ihm und hätte es ihm nicht verziehen, wenn man ihm die Ehre eines Tores gegen die Nationalelf der UdSSR weggeschnappt hätte. Schon fast im Torraum spielte der Angestellte den Ball zum Direktor zurück, und der stieß ihn in die untere Ecke.

Aber über den schwarzen Teppich mit den roten Rosen hinweg warf sich im Tiefflug eben dorthin auch der den Schuß im voraus erahnende Körper Salysins, und mit der äußersten Spitze seines grauen nassen Haarschopfs schlug er den Ball aus dem fast schon eroberten Tor.

Der Ball flog nicht weit und blieb in einer Pfütze neben dem Pfosten hängen. Salysin sprang blitzschnell wieder auf und schoß den Ball an den Rand des Spielfelds, dorthin, wo Onkel Kolja bereits wieder auferstanden war, wie Phönix aus dem Dreck.

Doch der Ball wurde vom Matsch gebremst, verhedderte sich in den

Wasserlachen und kam zum Stillstand, noch bevor er den Strafraum verlassen hatte.

Doch bereits zwei andere Winzer bewegten sich auf ihn zu, wutentbrannt ob des verfehlten Tores.

Da fing das Herz des Tigers, das bisher weit über dem Kampf gestanden hatte, plötzlich laut zu schlagen an, und es klang wie der Gong, der in den unvergeßlichen Zeiten des Radiofußballkommentators Wadim Sinjawski – dieses genialen Erfinders des Fernsehens per Radio – stets fünf Minuten vor Spielende ertönt war. Der Tiger erwies sich als sentimentaler als alle Ränkespiele des Fußballdschungels. Der Fußballer besiegte den Diplomaten in ihm. Endlich von seinem Recht, mit den Händen zu spielen, Gebrauch machend, packte er den Ball und schleuderte ihn zu Onkel Kolja durch die Luft, in der es glücklicherweise keine Pfützen gab.

Onkel Kolja, der den Ball mit dem gemütlichen Bäuchlein eines Urgroßvaters weich annahm, stürzte sich mit solchem Hinterhofeifer auf das Tor der Winzerauswahlmannschaft, als verkörpere er all seine Enkel und Urenkel gleichzeitig. Es war ein ermüdender Lauf durch den Morast, aber nicht nur Onkel Kolja und der Ball blieben im Schlamm stecken, sondern auch die Winzer, die mit ihrer jugendlichen Energie die Bremswirkung des Drecks nicht einkalkuliert hatten.

Onkel Kolja kannte sein Geschäft und hielt den Ball nicht umsonst so lange – er band die Verteidiger an sich.

Onkel Kolja sah, daß am anderen Ende des Spielfelds der durch niemanden aufzuhaltende Salysin zum Tor der Winzer fegte.

Salysin hatte schon die Mittellinie überquert und konnte jeden Moment ins Abseits geraten. Es wurde Zeit, ihm einen Paß zuzuspielen. Aber ein flacher Schuß wäre bei diesem Dreck nicht weit gekommen. Und den vom Wasser aufgequollenen Ball in die Luft zu heben und einen hohen Paß über das gesamte Feld hinüberzuschlagen war hoffnungslos. Es war ein Paß über zwei Stationen nötig.

Und plötzlich winkte vom Mittelkreis aus der zwischen Onkel Kolja und dem laufenden Salysin stehende Alain Delon mit einem nassen Ärmel wie mit einer im Kampf von Kugeln durchsiebten roten Flagge.

Onkel Kolja schoß den Ball mit aller Kraft nach oben, und dieser schaffte es, durch die Luft bis hin zu dem düsteren Schönling zu fliegen, wobei er vom Himmel die Köpfe der Spieler mit Wasser bespritzte.

Alain Delon ließ den das Wasser von sich schüttelnden Ball gar nicht erst auf den Boden fallen, sondern lenkte ihn im Flug weiter zu Salysin. Salysin umspielte mit Leichtigkeit den ersten Winzer, dann den zweiten. Vor ihm stand noch ein Verteidiger und der hin- und herjagende Torwart.

Doch plötzlich erblickte Salysin von links den aus seinem Strafraum herausgelaufenen und plump zum Tor der Winzer rennenden Tiger, der, um sich bemerkbar zu machen, gleich beide Fäuste in den legendären englischen Handschuhen in die Höhe gehoben hatte.

Salysin spielte einen Paß. Verteidiger und Torwart der Winzer dachten, daß der Tiger selbst schießen würde, und warfen sich ihm entgegen. Aber der Tiger holte nur zum Schein aus und lenkte den Ball dann mit der Fußspitze an den inzwischen frei stehenden Salysin. Und jetzt gönnte sich Salysin das kindliche Vergnügen, mit ganzer Kraft nach dem Ball zu treten, auch wenn gar nicht die Notwendigkeit dazu bestand. Und der Ball flog wie ein Kugelblitz mit einem Kranz von Wasserspritzern in das nasse Netz hinein.

Es gab nicht die Spur eines Konflikts zwischen den Nationen. Die Schönheit des Spiels besänftigte alle. Das ganze Stadion applaudierte wie wild, und die Kenner erörterten hitzig diese taktische Neuheit, die von den Veteranen gezeigt worden war.

In die Umkleidekabine hereingestürzt kam jener entzündete Mann, den Salysin und Bötchen in einem der Weinkeller getroffen hatten.

»Verzeihen Sie«, sagte er, »ich habe Sie gestern nicht erkannt und Sie für … na ja, mit einem Wort, für jemand anderen gehalten. Mir hat das Moskauer Hauptzensuramt gestern eine Erzählung aus der Zeitschrift *Kodry* gestrichen. Begreifen Sie bitte, wie mir zumute war. Sie haben grandios gespielt.«

Alle anderen hatten die Dusche bereits verlassen, aber Salysin stand noch immer unter dem Wasserstrom, prustete voller Vergnügen wie ein schaumbedecktes Schlachtroß, das nach dem Kampf in einen Fluß eintaucht.

Und plötzlich erblickte er durch den Wasserstrahl hindurch hinter der Trennwand aus Rauchglas eine leicht verwischte Silhouette.

Die Silhouette kratzte an der Trennwand.

»Lysik, ich bin es …«

»Das sehe ich …«, antwortete er verwirrt. »Dies hier ist doch eigentlich die Herrendusche.«

»Na und? Jetzt kann man doch sowieso nicht mehr erkennen, wer eine Frau ist und wer ein Mann …«, lachte sie auf. »Lysik, ich wollte dir nur noch einmal sagen, was ich dir vor dreißig Jahren im Stadion der ›Sturmvögel‹ gesagt habe. Du bist ein Genie … Das war dein allerbestes Spiel … Und dein allerbestes Tor … Kann ich zu dir reinkommen?«

Und wie so viele unzählige Male zuvor platzte Salysin heraus:

»Was ist los mit dir, bist du verrückt geworden?«

»Hast du dich etwa immer noch nicht daran gewöhnt, Lysik, daß ich das bin und daß sich das auch nicht ändern läßt?«

Und plötzlich sah er, daß sich die Silhouette auskleidete.

»Was machst du denn da – hier sind doch überall Leute!« rief er ganz außer sich.

»Welche Leute?« fragte sie ruhig, und während sie ein Kleidungsstück nach dem anderen von sich warf, erschien ihre Gestalt auf der Rauchglasscheibe genauso jung, wie sie früher gewesen war.

»Was heißt das – welche Leute? Die Mannschaft, die Fans, die Korrespondenten …«

»Es ist niemand mehr da. Niemand! Sie sind alle weggegangen … Ich habe ihnen gesagt, daß ich dich massieren werde … Und das war keine Lüge.« Und sie tauchte unter den Strahl der Dusche und wand sich um ihn, als sei sie eine mit ihm, sich selbst und allen anderen spielende, weiche, aber gefährliche Welle des Baikalsees, die aufgrund ganz unerklärlicher Naturgesetze hierher, nach Moldawien, geraten war. Und später führte sie ihn von dem Bankett weg, das in einem Restaurant in einem mit Schnitzereien verzierten Bauernhaus neben dem örtlichen Fernsehturm stattfand, und bat ihn flehentlich:

»Lysik, darf ich?«

Er ahnte bereits, worum sie ihn bitten würde, und zuckte resigniert mit den Schultern. Er erinnerte sich daran, daß der Große Genießer einmal über sie gesagt hatte: »Das ist eine gefährliche Frau. Eigentlich ist sie nicht einmal eine Frau. Sie ist eine Naturkatastrophe.«

Und sie kletterte hoch, hoch auf den Fernsehturm hinauf, bis ganz nach oben zu den roten Feuerchen, die brannten, damit kein Flugzeug gegen den Fernsehturm stieß, und von dort oben schrie sie Salysin etwas zu, das sich mit dem Wind vermischte, mit dem Rauschen der Bäume, mit dem Schlagen der Nachtigallen, und plötzlich bekam er wieder Angst vor ihr – dieses Mal stärker als je zuvor.

Er bekam Angst vor ihrer komischen besessenen Gier, auf alles mögliche hinaufzuklettern – wenn es nur hoch genug war.

Er bekam Angst vor seiner Schuld ihr gegenüber, die darin bestand, daß er sie verraten und ganze dreißig Jahre lang alleingelassen hatte. Eine Frau zu verlassen, die einem ihre Liebe wie ein Kind in ihren Armen entgegenhält, das ist so, als verließe man eine Frau, die tatsächlich ein Kind hat. Er wußte, daß er im allgemeinen kein Schuft war. Aber vor ihr fühlte er sich wie ein Schuft.

Er bekam Angst davor, daß ihn diese Schuld zerfressen, zersetzen würde, wenn sie zusammenbleiben würden.

Er bekam Angst davor, daß Bötchen selbst unglücklich werden könnte, wenn sie sah, daß er unglücklich war und daß dies eine neue Grausamkeit bedeuten würde.

Er bekam Angst davor, daß sie bemerken könnte, daß er nicht mehr der junge Mann war, den sie einst liebengelernt hatte, sondern ein zerzauster versoffener Schatten seiner selbst, der den Glauben an das Leben fast völlig verloren hatte. Er bekam Angst davor, daß sie ihn dann nicht mehr lieben und dadurch ihren einzigen Lebenssinn verlieren würde. Und er wußte, daß sie, die vor keiner Kletterpartie Angst hatte, sich genausowenig davor fürchten würde, sich in einen Abgrund zu stürzen.

Nach ihrer Ankunft in Moskau sagte er – genau wie schon vor dreißig Jahren –, daß sie sich besser nicht mehr sehen sollten. Er log ihr vor, daß er sich um seines Sohnes willen mit seiner Frau versöhnen wolle.

Bötchen verstand, daß er sie belog, aber sie zeigte es nicht.

Sie blieb das Boot, das auf ihn wartete.

Salysin tauchte unter.

Das einzige Fädchen, das ihn mit der Vergangenheit verband, blieb der Fußball. Doch jetzt nahm er nur noch an den Beerdigungen der Veteranen teil, nicht mehr an ihren Spielen.

Als erster aus jener Nationalelf der UdSSR, die in Moldawien gespielt hatte, starb Alain Delon.

Nicht nur zufällig lag auf seinem schönen düsteren Gesicht schon in Chile und dann auch in Moldawien der warnende Schatten des Todes. Auch all seine Autounfälle waren wie eine Warnung gewesen. Aber er hörte nicht darauf und setzte sich auch weiter angetrunken ans Steuer. Zum Glück tötete er niemanden, wie Marke das getan hatte, doch er konnte sich nicht vor sich selbst retten.

Dann starb der König des Fersenpasses. Er war Bobrows Nachfolger gewesen. Wer aber wurde sein Nachfolger?

Dann starb der Tiger. Wer sollte seine englischen Handschuhe bekommen?

Salysin ging selten, aber doch von Zeit zu Zeit zum Fußball. Es schien ihm, als hätte der Ball nicht mehr den Klang, den er früher immer gehabt hatte. Die Luft, mit der der Ball aufgeblasen wurde, war eine andere geworden.

Es tauchten völlig andere Fans auf, die sich selbst »Fanatiker« nannten. Es waren jugendliche Fanatiker, aber nicht Fanatiker des Fußballs, sondern nur ihrer »eigenen« Mannschaft.

Die Fanatiker waren die »Kinder der langweiligen Jahre in Rußland«. Sie marschierten in Kolonnen zu den Spielen und trugen Schals und Skimützen in den Farben ihrer Mannschaften.

Sie hatten ihre eigenen Anführer, ihre eigenen Gesetze.

Sie wollten keine hilflose Herde sein.

Sie wurden zum Rudel – zu einer Herde mit Reißzähnen.

In den Stadien klatschten die Fanatiker in ihre Hände, als seien es Maschinenpistolen, während sie die Namen ihrer Mannschaften skandierten und die Mannschaften der Rivalen beschimpften.

Sie genossen das billigste aller Vergnügen – das Vergnügen des Hasses. Leere läßt sich am einfachsten mit Feinden auffüllen.

Die Miliz schleppte die Fanatiker aus den Stadien heraus, verprügelte sie, steckte sie in ein Polizeiauto und verschickte Strafanzeigen an die Schule, ans Technikum oder in die Berufsschule, woraufhin die Jugendlichen mit einem »Wolfspaß« auf die Straße gesetzt wurden. Das alles nannte sich Erziehung.

Aber was konnte ihnen ihr Heimatland denn auch anbieten? Genau die Langeweile, gegen die sie sich aufgelehnt hatten? Diese zahnlos nuschelnde Schildkröte im Rang eines Generalsekretärs?

Indem man sie verfolgte, reizte man die Jugendlichen nur noch mehr. Einige von ihnen trugen bereits Portraits von Hitler in ihren Medaillons und versammelten sich an seinem Geburtstag – zu allem Überfluß auch noch gegenüber dem Puschkin-Denkmal.

Einmal versuchte Salysin im Stadion, ein paar Fanatiker zu beruhigen, als diese mit vor Haß glühenden Augen kreischten:

»Knall ihm die Stiefelspitze in die Eier! Drück ihm die Kopfschlagader ab! Gib ihm was vor die Stirn, mach ihn zum Clown! Brich den Widerlingen die Rippen! Im Gleichschritt, eins, zwei, drei – das Alte machen wir zu Brei!«

Salysin versuchte, sie zum Aufhören zu bewegen, aber da hatte er sich verrechnet.

»Halt die Klappe, du Hämorrhoide!« antwortete ihm kurz angebunden ein pickeliger Knabe mit einem winzigen selbstgemachten Ohrstecker in Form eines Hakenkreuzes in seinem rosigen Ohr mit dem weißblonden flaumigen Haar darauf.

Nach dem Spiel ging Salysin einsam durch die Straßen und überlegte, wo er etwas trinken sollte. Fast alle, mit denen er gern einen getrunken hätte, waren gestorben. Es blieben zwei oder drei Telefonnummern übrig – das Ergebnis eines ganzen Lebens.

Er versuchte, von einer Telefonzelle aus zu telefonieren, aber in allen Kabinen waren die Hörer mit der Halterung zusammen herausgerissen worden. Schließlich fand er eine Zelle mit herausgeschlagenem Glas, aber einem unversehrten Hörer. Er wählte jene Nummer, die er zu wählen fürchtete, da es die Nummer seiner Schuld war. Mit den Jahren hatte sich seine Schuld nicht verringert, sondern vergrößert. Es verringerte sich lediglich das restliche Leben.

Gewöhnlich wählte er nur die Nummer und hängte wieder auf, wenn er die Stimme gehört hatte. Jedesmal antwortete die Stimme: »Lysik, bist du das?«

Man konnte fast denken, daß sie von niemandem außer ihm angerufen wurde. Und vielleicht war es ja tatsächlich so?

Dieses Mal erfuhr er nicht einmal, ob sie auf sein Klingeln geantwortet hatte oder nicht, denn aus dem Tor des Stadions rollte eine randalierende Horde heraus, die alles andere mit ihrem Poltern und Grölen übertönte.

In ihre siegreich erhobenen Tröten blasend, auf von den Abfalleimern gerissene Deckel einschlagend, die Schals über den Köpfen schwingend, mit Steinen und leeren Flaschen auf Autos, Ladenauslagen und Hausfenster werfend, die Stände der Eisverkäuferinnen und sogar Kinderwagen vom Bürgersteig stoßend, kamen die Fanatiker in geschlossener Formation die Uferstraße entlang.

Sie schrien:

»Im Gleichschritt, eins, zwei, drei – das Alte machen wir zu Brei!«

Bei all diesem Getöse eine menschliche Stimme zu vernehmen war unmöglich. Salysin legte den Telefonhörer auf und ging langsam den Bürgersteig entlang, bemüht, sich möglichst weit von der Kolonne fernzuhalten und möglichst nah an den Hauswänden zu bleiben.

Aber die Horde hämmerte förmlich mit Beinen und Armen auf sein Trommelfell ein:

»Im Gleichschritt, eins, zwei, drei – das Alte machen wir zu Brei!«

Vor der Kolonne marschierte, von seinen persönlichen Bewachern umgeben, die ihn vor rivalisierenden Fanatikern beschützen sollten, der Anführer mit einem einem Schinken gleichenden Gesicht und den Muskeln eines Bodybuilders, über die sich das Trikot der vergötterten Mannschaft spannte. An seinem Stiernacken baumelte ein kleines Plastik-Skelett.

Der Anführer war deutlich älter als die von ihm – niemand wußte, wohin – geführten Jugendlichen, und im Gegensatz zu deren Augen, in denen die Flammen eines dummen, den Feind suchenden Hasses brannten, waren die Augen des Anführers die eines kalt berechnenden Mordbrenners und Organisators.

Salysin erinnerte sich plötzlich daran, daß er diesen Anführer auf dem Markt gesehen hatte, wo jener mit einem Beil knirschende Rinderhälften zerlegt und die blutige Klinge an seiner weißen Schürze abgerieben hatte, während um ihn, den Herrn im Land des Fleisches, die Damen wie frisches Blut witternde Fliegen schmeichelnd herumgesummt waren: »Dimulik, haben Sie auch nicht vergessen, mir ein Lendenstück zurückzulegen?« – »Dimulik, kann ich nicht vielleicht bei Ihnen Knochenmark bestellen, aber welches ohne Knochen?« – »Dimulik, könnten Sie mir vielleicht etwas von dieser Seite da abschneiden, aber bitte nur weiches Fleisch ohne Knochen!« – »Dimulik, warum haben Sie mir denn die Sehnen an diesem Hammelbein nicht herausgeschnitten?« – »Dimulik, könnten Sie mir nicht dabei helfen, große Hahnenkämme zu besorgen? Ich habe gehört, daß sie ganz phantastisch schmecken sollen, wenn man sie zusammen mit Hühnerleber durch den Fleischwolf dreht.«

»Im Gleichschritt, eins, zwei, drei – das Alte machen wir zu Brei!« brüllte die marschierende Kolonne der potentiellen Fleischer – oder auch des potentiellen Fleisches unter den Beilen der Zukunft.

Die menschliche Lawine überschwemmte die Bürgersteige, sog den fassungslosen Salysin wie ein Trichter in sich ein und schleifte ihn mit sich.

»Jungs, das ist doch der alte Knacker, der uns das ganze Fußballspiel verdorben hat!« schrie mit gefährlicher Freude in der Stimme der pickelige

Knabe mit dem Hakenkreuz-Ohrstecker ... »Hat keinen Schimmer vom Fußball, aber tönt klug rum ... Dem werden wir's zeigen, Jungs!«

Die Stimme der Massen drang bis zum Anführer vor. Dimulik beugte sich leicht zu einem seiner Bewacher und ließ lässig, aber bedeutungsschwer fallen:

»Zur Ausführung bringen ... Aber daß mir nur alles fein säuberlich ...«

Dimulik grinste spöttisch und fügte hinzu:

»Ohne Spritzer auf der Schürze.«

Der Befehl wurde von einem zum anderen weitergegeben.

Und plötzlich bildete sich um Salysin herum ein Karussell noch jungenhafter, von triumphierender Grausamkeit entstellter Gesichter. Das Karussell begann, ihn zu drehen, rückte ihm auf den Leib, warf ihn von der Uferstraße in eine Gasse und dann in den Eingang eines noch nicht fertiggestellten Hauses. Ganz plötzlich wurde es still, und es war nur der ängstliche Atem der Salysin umzingelnden Jugendlichen zu hören. Es waren um die zwanzig Fanatiker gegen einen einzigen.

»Ach, hätte ich jetzt doch nur Onkel Kolja Senjukow dabei«, dachte Salysin wehmütig.

Der erste Schlag kam, wie er es vermutet hatte, von hinten.

Wenn irgend jemand den ersten Schlag macht, verschwindet die Angst der anderen sofort.

Sie schlugen lange auf ihn ein. Ohne Spritzer. Aber er war halbtot.

Der halbe Tod schien ihnen jedoch noch zu wenig.

Sie schleppten den bewußtlosen Salysin auf den Treppenabsatz des obersten Stockwerks. Sie banden einen Schal in den Farben ihrer Lieblingsmannschaft an den Metallgriff der Deckenklappe, die auf den Bodenraum führte. Sie hoben Salysins bewußtlosen Körper hoch. Der pickelige Knabe mit dem Hakenkreuz-Ohrstecker im Ohr band ihm den Schal mit einer Schlinge geschickt um den Hals.

»Laßt uns abhauen!« kommandierte er geschäftig.

Die Fanatiker ließen den Körper los und stürzten Hals über Kopf die Treppe hinunter. Sie waren noch unerfahrene Henker und warteten das Ergebnis nicht ab.

Glücklicherweise war die Klappe aus inländischem Sperrholz gemacht, und der Griff, dessen Schrauben augenblicklich aus dem mürben Material herausbrachen, fiel zusammen mit dem Körper zu Boden.

Der halb erstickte Salysin kam tief in der Nacht wieder zu sich und war weder in der Lage, sich zu bewegen, noch um Hilfe zu rufen, denn seine Stimmbänder waren verletzt.

Seinen Kopf hatte er sich auf dem Betontreppenabsatz blutig geschlagen.

Salysin lockerte nur mühsam die Schlinge.

Nur schwer entströmte der Atem seiner Kehle, mit dem Laut einer Dampflokomotive.

Gegenüber befand sich eine mit Baumaterial vollgestopfte Wohnung, deren Türen noch nicht eingehängt und deren Fenster noch nicht verglast worden waren. Durch die leeren Fenster hindurch blickten die mit ihren eigenen Angelegenheiten beschäftigten Sterne gleichgültig auf den eben erst von den Toten auferstandenen Salysin.

Aber mitten aus dieser noch nicht bezogenen Wohnung war eine Stimme zu hören: »... Bei dem unser aller Schicksal entscheidenden Aufbau des Sozialismus in einem einzelnen Land muß sich das gesamte sowjetische Volk noch enger um unseren großen Führer Josif Wissarionowitsch Stalin scharen und die sich unserem Volk in den Weg stellende trotzkistisch-bucharinistische Hydra endgültig zermalmen. Wie unser großer Schriftsteller Alexej Maximowitsch Gorki, der von den Knechten des Imperialismus verbrecherisch vergiftet worden ist, schon sagte: ›Wenn sich der Feind nicht ergibt, wird er vernichtet.‹«

Salysin sah voller Verwunderung genauer hin und bemerkte, daß die Stimme aus dem schwarzen Teller eines Radiolautsprechers drang, der an der Wand hing. Salysin erkannte diesen Radiolautsprecher an dem daraufgeklebten halben Gesicht des früher einmal berühmten Fußballers Andrej Starostin von »Spartakus«.

Vor langer, langer Zeit, in der Kindheit des kleinen Lysa, war der Kater Mursik vom Schrank auf das Radio gesprungen, das von morgens bis abends davon sprach und sang, wie glücklich die Sowjetmenschen seien. Die Krallen des Katers hatten dabei das schwarze Papier des Radiolautsprechers zerrissen, das von dem unendlichen Glück, das von dort nach außen drang, stets ein wenig vibrierte. Der kleine Lysa hatte die zerrissenen Stellen mit Streifen aus Zeitungspapier überklebt, und auf einem dieser Streifen war eine Gesichtshälfte von Andrej Starostin, dieses zu jener Zeit berühmten Fußballers von »Spartakus«, zu sehen, der zusammen mit seinen Brüdern – ebenfalls Fußballer – verhaftet worden war.

Fotografien von »Volksfeinden« wollten die Menschen damals schleunigst loswerden, denn für den Besitz derselben konnten sie ebenfalls als Volksfeinde beschuldigt werden. Und sie übermalten die gefährlichen Gesichter auf Gruppenaufnahmen, rissen Bilder aus Familienalben und Büchern. Aber auf dem Radiolautsprecher klebte nur ein halbes Gesicht, und außer dem kleinen Lysa wußte niemand, wem dieses Gesicht als Ganzes gehörte.

Unter dem Radiolautsprecher seiner Kindheit erblickte Salysin ein ihm bekanntes Eisenbett. Auf dem Boden neben dem Bett war ein Stilleben ausgebreitet: eine geleerte Flasche Portwein der Marke »777«, eine offene Konservenbüchse mit zerschnittenen Rändern – Fisch in Tomatensoße –, in der Zigarettenstummel lagen, zwei Haufen Kleider von unbestimmter Farbe – ein Haufen mit Männer-, einer mit Frauenkleidern –, mit Solidol eingefettete Stiefel, die sich mit ihren schiefen Absätzen wie betrunken an ein Paar Filzschuhe schmiegten, und eine Zinnstatue – er konnte sich nicht vorstellen, wie und wozu sie hierhergeraten war – mit einem Reiter in einer Budjonnowka-Mütze[7], der noch immer seinen einsamen kleinen Spielzeugsäbel schwang, jedoch schon lange nicht mehr wußte, gegen wen und wofür er kämpfte.

Salysins verstorbene Eltern, die einander und die gesamte restliche Menschheit dafür haßten, daß sie nichts hatten, um den Kater wegzuspülen, saßen an die einander gegenüberliegenden Bettenden gelehnt und spielten auf der mit Zigarettenasche bestreuten Bettdecke Schafskopf. Die Karten waren speckig, zerrissen, und einige der Könige und Damen hatten wie Andrej Starostin ebenfalls nur ein halbes Gesicht, so als seien auch sie Volksfeinde, die ihre Gesichter als Ganzes verbergen mußten.

Die Mutter, die es einst nicht fertiggebracht hatte, Salysin zu ertränken, hielt in ihrer Hand mit den dreckigen, seit langem nicht mehr geschnittenen Fingernägeln ein Pikas, wandte ihren ungekämmten Kopf zur Seite und blickte böse auf ihren eigenen, in seinem Blut liegenden Sohn, der bereits seit langem älter war als sie selbst.

»Hast du gehört – wenn sich der Feind nicht ergibt, wird er vernichtet? Und wenn sich der eigene Sohn nicht ergibt?« fragte sie böse mit heiserer Stimme.

»Dann wird auch der Sohn vernichtet …«, kicherte der Vater finster, während er mit zitternden Händen einen Zigarettenstummel aus der Konservenbüchse herausfummelte und ihn erneut anzurauchen versuchte.

»Ich habe Sie gewarnt, Salysin …«, war eine fast vergessene, einschmeichelnde Stimme zu vernehmen, und der Große Genießer hielt hochmütig die züngelnde Flamme des schwarz-goldenen Cartier-Feuerzeugs an das nasse dreckige Schnäuzchen des Stummels in der Hand von Salysins Vater. »Sie sind kein großer Spieler geworden, weil es Ihnen an Charakter gefehlt hat, die sogenannten Gewissensqualen zu überwinden.«

Es trat die wie ein Krim-Goldbarren gebräunte Tante mit ihrem General ein, der in der einen Hand einen Stauß grauen Steppengrases, in der anderen eine Holzkiste mit Weintrauben der Sorte »Damenfingerchen« hielt:

»Was liegst du hier herum, Neffe, noch dazu in einer Blutlache? Und wo ist dieses riesige Mädel mit den blauen Laternen? Ich habe dir doch gesagt, heirate sie, aber du hast ja nicht auf mich gehört … Wer soll denn jetzt deine Lagerfeuer auf dem Flügel löschen?«

Es trat Bötchens Mutter ein, die einen Haufen von ihr selbst gehacktes Feuerholz an die Brust drückte:

»Ich bin schon seit langem tot, aber noch immer hacke ich nachts Holz. Für dich und die Tochter … Vielleicht kommt ihr ja an den Baikalsee. Daß du ihr nichts Böses tust. Sie ist doch jetzt ganz allein …«

»Steh auf, Lysik …«, flüsterte Bötchen. »Das ist nicht gerecht, wenn du vor mir stirbst. Wie haben doch abgemacht, wie in den Erzählungen von Grin zu sterben, wo es heißt: ›Sie lebten lange und glücklich und starben am selben Tag …‹ Ich war die ganze Zeit erpicht darauf, dich hoch hinauf, ganz hoch hinauf mit mir zu nehmen … Aber es darf nicht zu hoch oben sein, Lysik. Dort gibt es kein Leben. Dort gibt es nur Kälte und die Sterne. Kriech nach unten, Lysik … Dort ist das Leben, dort sind die Menschen, dort bin ich, dort sind wir beide, dort klingt der Fußball … Kriech hinunter, Lysik.«

Und Salysin kroch hinunter, das eigene Blut auf dem Treppenabsatz verschmierend. Und als er mit dem Gesicht über den Beton schleifte, hörte er mit dem linken Ohr ein leises, aber deutliches Trappeln neben seiner Wange.

Salysin öffnete mit Mühe ein halbes Auge und sah, daß der Igel Tschunja neben ihm trippelte, und die besorgten Glasperlen in dem stachligen Gesichtchen blitzten ein wenig und zeigten ihm den Weg.

Salysin kroch zur Treppe und streckte beide Arme aus, um sich damit an den nach unten führenden Stufen festzuhalten und seinen Körper hinabzuziehen, aber er erstarrte für einen Augenblick, als er sah, daß die Stufen von einem schwarzen Teppich mit roten Rosen bedeckt waren und daß unten, auf dem nächsten Treppenabsatz der Tiger in seinem immer wieder gestopften Pullover und den englischen Handschuhen stand und sich zum Sprung vorbereitete, um den entkräfteten Körper seines Kameraden aufzufangen, sollte er die Stufen herunterrollen.

Die ganze Nacht kroch Salysin mit dem Kopf und den Armen voran Stufe für Stufe aus dem zwölften Stockwerk nach unten, und auf jedem Treppenabsatz erwartete ihn jemand – einmal die Jungen aus Marina Roscha mit dem Kunstlederball und ebensolchen kunstledernen, in den öden Hinterhöfen zerschlissenen Schuhen, einmal der Garderobier Semjon Palytsch, in dessen Händen jede Menge Zweikopekenstücke glänzten, als seien sie Goldmünzen, einmal der König des Fersenpasses, der vor Scham vor der chilenischen Muchacha, die ihm in einem Freudenhaus die Hand geküßt hatte, weinte, einmal der Polizei-Slawist mit einer Bibel, die sowohl auf spanisch als auch auf russisch geschrieben war, einmal einfach ein Eimerchen mit blauer Farbe, das darauf wartete, daß Salysin wieder bis zum Knie hineintrat, während er in dem Schuppen dieses und nur dieses eine Mädchen umarmte, das Augen hatte wie blaue Laternen.

Und auf allen Treppenstufen, über die Salysin jetzt qualvoll kroch, waren nicht nur die roten Rosen des moldawischen Teppichs verstreut, sondern auch lebendige Gladiolen, Nelken, Kapuzinerkresse, Astern, Stiefmütterchen, Chrysanthemen, Kornblumen und Vergißmeinnicht. Bötchens Stimme sprach singend wie die von Arina Rodionowna leise vor sich hin:

»Die hast du von Puschkin bekommen. Die von Juri Dolgorukow[8]. Die von Opa Krylow[9]. Und dieser Türkenbund aus der Taiga – die sind einfach nur von mir.«

Er kroch die ganze Nacht lang die Treppe hinunter.

Vom Treppenabsatz des ersten Stockwerks, des letzten vor der ebenen Erde aus, erblickte Salysin unten einen goldenen Streifen des Morgens, der sich durch die Türspalte des Hauseingangs hindurchzwängte, und er sah die in dem Lichtstrahl ebenfalls golden tanzenden Staubkörner.

Aber Salysin war vollkommen entkräftet. Sein Herz schien vergessen zu haben, wo sein Platz war.

»Bötchen, verzeih mir, daß ich unsere Absprache verletze ... Jetzt scheine ich tatsächlich zu sterben«, flüsterte Salysin tonlos.

Er hatte nicht mehr die Kraft, sich bis zu dem neuen, bereits anbrechenden Tag zu schleppen.

Aber plötzlich schepperte und polterte etwas auf dem Treppenabsatz neben Salysin. Er drehte mit Mühe seinen schwer werdenden, ihm schon ganz fremd erscheinenden Kopf und erblickte neben sich den Invaliden aus der Stadt Drokija auf seinem hölzernen Wägelchen, mit den drei »Tapferkeits«-Medaillen auf dem schneeweißen Festtagshemd, das er mit seinen Händen – die waren Gott sei Dank heil geblieben – selbst bestickt hatte.

»Was liegst du hier und rührst dich nicht?« fragte der Invalide.

»Keine Kraft ...«, krächzte Salysin heiser.

»Doch«, sagte der Invalide. »Ich sage dir, du hast noch Kraft ...« Und er kommandierte, als sei er an der Front: »Mir nach!«

Das hölzerne Wägelchen, das nur von den beiden kräftigen und gleichzeitig zarten Pranken des stickenden Invaliden gelenkt wurde, sprang polternd die Stufen hinunter.

»Komm hierher!« schrie der Invalide, auf dessen Medaillen schon die Morgensonne spielte, in die er jetzt hinausrollte.

»Sieh nur, wie viele Leute auf dich warten!«

Und Salysin sah in der von ihm aufgestoßenen Tür, auf dem Bürgersteig und noch weiter auf der Fahrbahn eine riesige Ansammlung seiner größten Fans – der Kriegsinvaliden, die aussahen wie Denkmäler, als die sie von ihrer geliebten Heimat auf hölzerne Postamente erhoben worden waren – die Heimat, die die Liebe derjenigen, die sie liebten, längst nicht immer erwiderte. Und Salysin kroch im Fieberwahn weiter nach unten, bis er schließlich aus dem Hauseingang auf die Straße fiel, wo in Wirklichkeit niemand war.

Es war lange Zeit niemand da, so als gäbe es überhaupt keine Menschen mehr, weder in dieser Stadt noch sonst irgendwo auf der Erde.

Salysin verlor erneut das Bewußtsein und lag mit ausgebreiteten Armen auf dem Bürgersteig.

Erst als ihm jemand auf die Hand trat, begriff er, daß es noch Menschen auf der Erde gab.

Jene, die fast zu seinen Mördern geworden wären, konnten sich auch nicht im entferntesten vorstellen, daß sie an ihrem Schal in den Farben ihrer Lieblingsmannschaft einen großen Fußballspieler aufgehängt hatten. Sie hatten ihn für einen alten Nörgler gehalten, diesen Mann, der so viele Jahre lang eben diese Farben in den Stadien des Landes und der ganzen Welt verteidigt hatte.

Und Salysin schien es seitdem, als sei er tatsächlich gestorben.

Er fühlte erst, daß er noch lebte, als der Igel Tschunja ihn am 19. August 1991 am Schnürsenkel seines nicht ausgezogenen Schuhs zog und hinter dem Fenster eine von der Glasscheibe gedämpfte Stimme ertönte:

»Ich bin es, Bötchen.«

17.

»DER MENSCH KANN DER SCHEISSE NICHT ENTRINNEN«

Der Marschall trug nur selten Zivilkleidung. Er mochte sie nicht und fühlte sich darin wie ein Schauspieler, den man mit Gewalt dazu gezwungen hatte, eine Rolle zu spielen, die ihm überhaupt nicht lag.

Mit eben diesem Gefühl wanderte der Marschall, den Kragen seines alten chinesischen Mantels hochgeklappt, am Abend des 19. August durch den Nieselregen um das Weiße Haus herum. Er hatte diesen Mantel in jenen unvergeßlichen Jahren gekauft, als im Radio jeden Tag das Lied *Moskau–Peking* gespielt wurde: »Russe und Chinese – Brüder auf ewig. Stalin und Mao hören uns …«

Wenn der Marschall übrigens seinen Mantelkragen hochgeklappt hatte, damit niemand sein Gesicht erkannte, so war diese Sorge gänzlich unberechtigt.

Die Militäruniform war so sehr mit ihm und dem Bild, das sich die Menschen von ihm machten, verknüpft, daß ihn in Zivil niemand mehr erkannt hätte. Nur seine schwarzen Schuhe mit den Schlaufen waren die eines Generals oder eines Marschalls.

In dem altmodischen Mantel, der nicht weniger altmodischen Schirmmütze aus Bouclésstoff, dem engen Anzug und dem karierten Sporthemd hätte er ein pensionierter Schlosser oder Dreher sein können – einer jener Arbeiter, die in den begrünten Moskauer Hinterhöfen mit ihren Dominosteinen den Takt vorgaben für die letzten Stunden des Sozialismus, der sich inzwischen selbst besiegt hatte, oder einer jener, die sich erfinderisch am Eingang der Geschäfte drängelten, wo sie die von den slawophilen Philosophen nicht vorhergesehene, aber dennoch ureigen russische Idee »eines halben Liter Wodkas für drei« in die Tat umsetzten.

Kurz gesagt – ohne die schwarze Limousine mit dem Chauffeur im Offiziersrang, ohne die goldenen Schulterklappen und die roten Biesen eines Marschalls wirkte er mit seinem leicht pockennarbigen Allerweltsgesicht eines Handwerkers vom Lande wie einer jener Proletarier, die den rebellischen Parteiapparatschik aus der Vergessenheit hervorgeholt hatten wie aus einem Teich voller Blutegel, ihn dann zum Präsidenten von Rußland gemacht hatten und jetzt gekommen waren, um das von Panzern umzingelte Weiße Haus zu verteidigen.

In Wahrheit war alles ganz anders.

Die Unterschrift des Marschalls stand nicht neben den Namen der Verschwörer. Doch niemand anderer als er selbst war das Verbindungsglied zwischen den offenen und den heimlichen Verschwörern. Sowohl die einen als auch die anderen – keiner traute dem anderen über den Weg – vertrauten ihm ganz, denn sie alle wollten nur die eigene, ihnen entgleitende Macht retten, während er um die bloße Idee der Macht kämpfte.

An der Verschwörung nahmen vertrauensselige Menschen teil, die nicht einmal ahnten, daß irgend jemand für sie die Fäden zog. Aber es gab sie, die hinter den Kulissen versteckten Marionettenspieler. Bevor sie sich jedoch selbst auf das Eis wagten, ließen sie dessen Haltbarkeit durch die Panzer prüfen.

Die klügste Teilnahme an einer Verschwörung sieht immer aus wie Nichtbeteiligung.

In einer Verschwörung reicht – wie in der Liebe (die ja ebenfalls eine Art Verschwörung zwischen zwei Menschen ist) – nicht nur ein halb ausgesprochenes Wort, sondern sogar schon ein halber Blick, ein halbes Nicken aus. Bei einer Verschwörung können die Befehle, die jenen erteilt werden, die die Panzer dirigieren, auch schweigend erteilt werden.

Niemand weiß jemals alles, ganz besonders nicht bei Verschwörungen.

Der Marschall wußte ebenfalls nicht alles, aber dennoch zuviel, um hoffen zu können, verschont zu werden, falls die Verschwörung mißglückte. Oder selbst dann, wenn sie glückte.

Dem Marschall selbst wäre der Gedanke jedoch nie gekommen, daß er an einer Verschwörung beteiligt war, und das Wort »Putsch«, das er in einem ausländischen Radiosender gehört hatte, kränkte ihn. Der Marschall glaubte aufrichtig, daß es sich hier nicht um eine Verschwörung handelte, sondern um die Rettung seiner Heimat.

Er ging das Risiko mit einem seiner Meinung nach reinen Gewissen ein. Er war kein Feigling und stets bereit, sein Leben für folgende drei Worte hinzugeben: Heimat, Großmacht, Kommunismus.

Als der Afghanistan-Veteran das Akademiemitglied Sacharow des Verrats beschuldigte und diese Worte wie eine Beschwörungsformel herausschrie, die fast den gesamten Volksdeputiertenkongreß dazu brachte aufzustehen, war auch der Marschall aufgesprungen, hatte applaudiert und reinigende patriotische Tränen geweint.

»Für die Heimat!« hatte 1941 auf seinem brennenden Panzer gestanden, aus dem er in seinem bereits brennenden Kampfanzug herausgesprungen war, um sich dann, auf die Flammen einschlagend, in einen mit Regenwasser gefüllten Granattrichter zu werfen.

Es wäre zwar nicht angebracht gewesen, auf die Panzer, die unter seinem Kommando in der Tschechoslowakei und später in Afghanistan einzogen, die Worte »Für die Heimat!« zu schreiben, aber der Begriff »Befehl der Heimat« existierte trotzdem noch.

Und jetzt brach seine Heimat – die Sowjetunion – auseinander wie der Turm zu Babel und begrub unter seinen Trümmern die, wie er meinte, wichtigste Stütze der Großmacht – die Armee – und diesen wunderbaren Traum von der weltweiten Gerechtigkeit – den Kommunismus.

Der Marschall hatte weder Marx noch Engels je gelesen, obwohl ihre Gesammelten Werke in seinem Arbeitszimmer standen, und davon, was Kommunismus eigentlich bedeutete, hatte er eine recht nebulöse Vorstellung. Aber Menschen solch hohen Ranges wurden nicht examiniert. Man ging allgemein davon aus, daß sie selbst der Kommunismus waren. Einen anderen Glauben hatte der Marschall nicht, und es war bereits zu spät, sich auf einen neuen Glauben umschulen zu lassen.

Der Marschall war immer stolz darauf gewesen, daß er »aus dem Volk stammte«. Deshalb nahm er an, daß das Volk so dächte wie er selbst, der Marschall. Doch sowohl er selbst als auch das Volk hatten sich schon vor langer Zeit geändert.

Das Volk hatte aufgehört, an die Traumvorstellung vom Kommunismus zu glauben. Dieser Traumvorstellung – sie war wie das reine deutsche Gretchen in ihrer gestärkten Schürze, diese durch die Liebe von Marx zu Engels und von Engels zu Marx gezeugte Tochter, die ihren Väterchen mit einem Knicks ein Bier reichte –, dieser Traumvorstellung hatten die dreckigen Mörder von Jekaterinburg mitten in der Blutlache der Zarenfamilie ihre Unschuld geraubt. Dann hatte Stalin sie auf einem Bett aus Lagerstacheldraht vergewaltigt. Dann war Chruschtschow munter grunzend auf sie geklettert. Dann war der impotente Breschnew auf ihrem leblosen Körper herumgerutscht und hatte bei dem Versuch eines leidenschaftlichen Kusses sein Gebiß verloren. Andropow und Tschernenko, diese nach Luft ringenden Bergsteiger, hatten es kaum geschafft, auf den fast schon erkalteten Körper dieser Traumvorstellung hinaufzuklettern – sie waren ihrem Alter und ihren Fähigkeiten nach einfach nicht dafür geeignet –, und oben angelangt, waren sie sofort gestorben – auf ihr, der ebenfalls Sterbenden. Und Gorbatschow hatte sie dann bereits tot übernommen.

Es war für die Verschwörer zu spät, die Leiche jener Traumvorstellung in Delacroix' vollbusiges Mädchen mit der roten Fahne zu verwandeln. Und noch dazu waren die Verschwörer eigentlich McMahons und Thiers, die nur dachten, daß sie Kommunarden seien.

Zum Sieg konnte den Verschwörern nur die Angst verhelfen.

Als der Putsch jedoch tatsächlich begann, erschraken am allermeisten jene, die ihn initiiert hatten.

Der Marschall hatte gewußt, daß diese Leute feige waren, aber er hatte nicht gedacht, daß sie es in diesem Ausmaß seien. Es war dies ein Putsch der zitternden Hände.

Der Fernsehkameramann, der während deren Pressekonferenz sein Objektiv auf die Hände des Vizepräsidenten richtete – ängstliche, behaarte und willenlose Hände – und sie in einer Großaufnahme dem ganzen Land und der ganzen Welt vorführte, hat für die Geschichte eine wichtige Rolle gespielt.

Ein großer strategischer Fehler der Verschwörer lag darin, daß sie vergessen hatten, wie häßlich sie waren, obwohl nicht ausgeschlossen ist, daß sie dies noch nie auch nur geahnt hatten. Solange sich die Verschwörer hinter den Panzern versteckt hielten, erschienen sie furchterregend. Als sie jedoch hinter den Panzern hervor- und in die Fernsehapparate hineinkrochen, hatten sie bereits verloren, denn es war nicht nur unmöglich, sie zu lieben, sondern auch, sie zu fürchten.

Eine junge Moskauer Journalistin, die ihnen die spöttische Frage stellte: »Sagen Sie, begreifen Sie eigentlich, daß Sie einen Staatsstreich angezettelt haben?«, stoppte mit ihrem rosigen Mädchenfinger mit dem abblätternden Nagellack das Rad der Geschichte, das schon zurückzurollen schien.

Am Morgen wurde das Weiße Haus von Panzern umzingelt.

Am Abend wurde das Weiße Haus von denselben Panzern verteidigt.

Aus den Mündungen der Panzerwaffen ragten Gladiolen und dreifarbige Fähnchen.

Auf einem der Panzer saßen, so als hockten sie vor einer Bauernkate, die jungen Panzerfahrer Arm in Arm mit Mädchen aus der Provinz und sie sangen ziemlich unharmonisch, aber mit großem Vergnügen im Chor das Jeseninsche Lied:

> Du mein kahler Ahorn, Ahorn voller Eis,
> Was stehst du wankend unter weißem Schneegestöber?

Und einer der Panzerfahrer, der mit melancholischer Verwegenheit seine Wange an die Ziehharmonika schmiegte und mit den Fingern lässig über die Tasten tanzte, hatte tatsächlich Ähnlichkeit mit Jesenin. Aber die goldenen Späne seiner Locken würden wohl nicht mehr sehr lange unter dem Panzerfahrerhelm hervorquellen, denn von Zeit zu Zeit wurden Soldatenhaare – sowie sie nur begannen, auf dem Kopf aufmüpfig in die Höhe zu schießen – von dem erbarmungslosen Rasierapparat des Militärfriseurs bis auf die Wurzel abgeschnitten.

Der Marschall kochte fast vor lauter Wut, als die Panzerfahrer nicht aufsprangen und strammstanden, um ihm zu salutieren, aber da fiel ihm plötzlich wieder ein, daß er – in Zivil war.

Der Soldat vom Dorf jedoch, der sich im Marschall verbarg, dachte voller Traurigkeit: »Ich habe doch auch einmal auf der Ziehharmonika gespielt ... Schade, daß ich es verlernt habe.« – »Der Verfall der Armee«, dachte der Marschall und ballte in den mit irgendwelchen harten Krümeln angefüllten Taschen des unerträglichen Ziviljacketts fassungslos seine Fäuste.

Der Soldat vom Dorf seufzte: »Was für nette Jungs ... Und die Mädchen sind noch besser ...« Besonders gut gefiel ihm ein braunäugiges Mädchen aus der Provinz mit einem Portrait von John Lennon auf der ausgewaschenen Jeansjacke und einem silbernen Krebs auf der Kapitänskappe. Den Marschall erinnerte sie irgendwie an seine Frontliebe – die ebenso braunäugige Militär-Verkehrspolizistin, deren Locken unter dem schief sitzenden Schiffchen herauslugten und die mit ihren Fähnchen für die Panzer den Verkehr regelte.

Nach dem Krieg hatte er, da er den in Offizierskreisen ihr anhaftenden üblen Ruf gefürchtet hatte, nicht sie, sondern die Tochter eines Mitglieds des Generalstabs geheiratet. Doch seine erste Liebe sollte seine einzige bleiben, und all die Jahre hatten sie sich in ihrem kleinen gemütlichen Schlupfwinkel heimlich getroffen, den er »Unterstand« getauft hatte und wo sie ihre Fotografien von der Front aufbewahrte – Aufnahmen, die sie nie miteinander zeigten, die aber in einem gemeinsamen Rahmen aus Birkenholz hingen. Die Fotografien waren jung geblieben, sie selbst jedoch waren alt geworden. Und dennoch kochte ihm seine gealterte, aber ihn trotzdem noch immer liebende Liebe dasselbe Gericht, das sie auch in den echten Unterständen gegessen hatten – Hirsebrei mit Grieben –, und sie sang ihm alte russische Romanzen vor und begleitete sich dabei selbst an dem »Beuteklavier«, das ihr vollkommen fußballverrückter Neffe und diese angetrunkene Bande aus Marina Roscha einmal während ihres Urlaubs fast in Flammen hätten aufgehen lassen, obwohl sie vor ihrer Abfahrt doch streng befohlen hatte: »Daß mir nur ja kein Lagerfeuer auf dem Flügel angezündet wird!«

All diese Bilder ließ das braunäugige Mädchen, das auf dem besänftigten, neben dem lebenden Ring der einander festhaltenden Verteidiger des Weißen Hauses stehenden Panzer saß, in der Seele des Marschalls wieder auferstehen.

Der Marschall hatte erwartet, hier jede Menge Gesindel – Langhaarige, Hippies, Punks, Drogensüchtige, Schwarzmarkthändler, Spekulanten, »Intermädchen«, Dissidenten, Zionisten und »baltische Emissäre« – zu erblicken, all jene, die in seiner Vorstellung »Vaterlandsfeinde« waren – und nun erblickte er überwältigt jene, die nichts anderes waren als eben sein Vaterland.

Der lebende Ring, der das Weiße Haus wie eine letzte Hoffnung umgab, bestand aus Menschen, für die es nichts Neues war, dicht gedrängt nebeneinander zu stehen und die Luft ihres Nachbarn einzuatmen. Der lebende Ring bestand aus Menschen aus der Schlange. Der lebende Ring war gleichfalls eine Schlange – eine Schlange für die Hoffnung. Aber in den Schlangen vor den Geschäften blickten sich die Menschen gegenseitig auf die Hinterköpfe. In der Schlange für die Hoffnung jedoch hatten sich die Menschen an den Händen gefaßt und wandten ihre Gesichter denen zu, die ihnen diese Hoffnung nehmen wollten.

Der Marschall dachte zu seiner eigenen Überraschung, daß er schon seit langem nicht mehr so viele gute Menschen auf einmal gesehen hatte. Hier waren die Arbeiter, die jene gepanzerte Regierungslimousine – von ihnen spöttisch »Mitgliederfuhre« genannt – in Handarbeit zusammengebaut hatten – die Limousine, in der der Marschall an ihnen vorbeigefahren war, während sie ihn, für Wurst und Wodka in einer Schlange stehend, mit klassenbedingt düsteren Blicken begleitet hatten. Die Arbeiter, die die vom Marschall so andächtig geliebten rubinroten Sterne über dem Kreml hergestellt hatten, wie auch die Panzer, die sich heute gegen sie, die Arbeiter, wenden sollten.

Hier waren die bettelarmen Ärzte, die der Mehrzahl der Medikamente und sogar des Rechts, sie zu verschreiben, beraubt worden waren und die dennoch so viele Menschenleben retteten – unter anderen auch das des Marschalls selbst: Als er in gewirkter Trainingshose, einem kurzärmeligen Hemd und in Hausschuhen mit seiner deutschen Schäferhündin, die wie er selbst zunehmend älter wurde und die ihm noch Erich Honecker nach einem vorzüglich geglückten Manöver der Staaten des Warschauer Pakts geschenkt hatte, eines Nachts seinen Rundgang gemacht hatte, hatte er versucht, sich ein wenig zu entfernen von jenem ihm schon zum Halse heraushängenden geschützten Gelände, wo hinter den gußeisernen Klöppelspitzen des Zaunes nur Hunde herumspazierten, die zumindest den Rang eines Generals bekleideten. Der Marschall war hingefallen, hatte in einer kaum beleuchteten Gasse das Bewußtsein verloren, aber sie hatten ihn in der Intensivstation des Kreiskrankenhauses aus dem Tod zurückgeholt, indem sie die einzigen Spritzen, die sie hatten – vorsintflutliche Modelle –, in einem Sterilisator abgekocht hatten, auf dessen hüpfenden Deckel der feucht gewordenen Stuck von der Zimmerdecke geklatscht war, und indem sie das stockende Herz dieses ohne Ausweispapiere aufgefundenen Alten massiert hatten, bis schließlich gegen Morgen die Panik verbreitenden Wächter der Regierungsgesundheit in ihren weißen Kitteln hereingestürmt waren.

Hier waren die Schullehrer, denen die Geschichte ihre Geschichtsbücher weggenommen hatte und die diese Geschichte heute selber schrieben, und der Marschall meinte, in ihren Augen die goldenen Reflexe der Petroleumlampe zu sehen, die wie ein Krug voller Licht zu Hause bei seinem ersten Dorflehrer auf dem Tisch gestanden hatte. Anfang der dreißiger Jahre, als die Dorfkirche in ein Gemüselager umgewandelt und der Pope als Kleinkulake erschossen worden war, hatte jener Lehrer die Kinder bei Tageslicht gelehrt, was die Staatsmacht ihm zu lehren befahl, und am Abend – beim Schein der Petroleumlampe – hatte er den Kindern von dem verratenen und gekreuzigten Vater aller Menschen erzählt, dessen Antlitz von den Portraits des Ersatzvaters Stalin für lange Zeit verdrängt worden war. Aber dann hatte man auch den Lehrer erschossen.

Hier waren die von Garin-Michailowski[1] besungenen russischen Ingenieure, die noch vor der Revolution ganz ohne Raupen und Bagger in nur vierzehn Jahren die Ostsibirische Eisenbahnlinie gebaut hatten, deren neue Gleise von unerschrockenen Bären beschnüffelt worden waren; die Ingenieure, die die Moskauer Metro, die schönste in der ganzen Welt, gebaut hatten, wo man sich in den dreißiger Jahren über die wunderschönen Rolltreppen hinab immerhin für ein Weilchen vor den Festnahmen und Mördern auf der Erde in ein unterirdisches Märchen aus Marmor hinflüchten konnte; die Ingenieure, die der düsteren Kriegstechnik von Krupp ihre fröhlichen russischen Feuerstickerinnen, die »Stalinorgeln«, entgegengesetzt hatten und nach dem Krieg kleine Metallwesen in die sternenübersäte schweigsame Unendlichkeit geschickt hatten, wo sie ein in allen Sprachen gleich klingendes »Bib-bib-bib« von sich gegeben hatten.

Aber von allen Ingenieuren erinnerte sich der Marschall am deutlichsten an einen, den er als junger ungeduldiger Major 1943 wegen verbrecherischer Langsamkeit beim Wiederaufbau einer von den Deutschen gesprengten Brücke, über die die Panzer fahren sollten, hatte erschießen lassen wollen. »Solange nicht alles so ist, wie ich es gelernt habe, lasse ich die Panzer nicht darüberfahren! Und wenn Sie mich erschießen!« hatte der vor Schlaflosigkeit ganz grüne, kleine unrasierte Ingenieur, dessen sich ablösende Schuhsohle mit einem Stück Telefonschnur am Stiefel festgebunden war, borstig wie ein Igel gesagt. Bis er ihn dann noch in der Nacht mit den Worten geweckt hatte: »Meine zweihundert Gramm Wodka Sonderration, Major – ich habe sie mir verdient! Jetzt ist alles so, wie ich es gelernt habe!« Und als die Panzer über die furchterregend knarrende provisorische Holzbrücke fuhren, stand der Ingenieur schwankend darunter, hin und wieder einen Schluck aus der zerdellten Aluminiumfeldflasche des Majors nehmend, und schwenkte triumphierend seine Fellmütze mit den Ohrenklappen: »Sie ächzt, aber sie hält! Wie ich es gelernt habe! Wie ich es gelernt habe!«

Wo war dieser Ingenieur jetzt? Vielleicht hier, in diesem lebenden Ring, in dieser lebenden Barrikade?

Hier waren die Physiker, die, unfreiwillig in zweit- und drittklassigen Klitschen arbeitend, die zur Geheimsache erklärte Gedankenfreiheit gerettet hatten und der Welt einen Kapitz, einen Landau und schließlich einen Sacharow geschenkt hatten, dessen Rede der Marschall mit seinem frenetischen Applaus auf dem Volksdeputiertenkongreß erstickt hatte, weil jener dort seiner Meinung nach die Armee beleidigt hatte, jener Sacharow, den er als großen Wissenschaftler, der so viel für die Verteidigung des Landes getan hatte, aber dennoch verehrte.

Hier waren die Kriegsveteranen, aber nicht jene, die aus der zweiten Reihe auf die eigenen Leute geschossen hatten, sondern diejenigen, die in der ersten Reihe als Kanonenfutter dienten.

Hier waren die Menschen mit diesen besonderen Lageraugen. Auf unerklärliche Weise erkannte der Marschall diese Augen immer und versuchte, nicht in sie hineinzusehen, denn das Gefühl der Scham vor der Geschichte hätte seinen militärischen Patriotismus nur unnötig verkompliziert.

Hier waren viele der Lieblingsschauspieler des Marschalls, unter ihnen Inna Tschurikowa und Nikolai Karatschenzew in Begleitung ihres Regisseurs Mark Sacharow, der die heutige Vorstellung abgesagt hatte. Und es hatten sich sogar ein paar Schriftsteller eingefunden.

Hier waren Studenten, die den Enkeln des Marschalls ähnelten, und Schüler, die seinen Urenkeln glichen. Vielleicht waren auch sie irgendwo hier?

Hier waren junge Mütter, die sich nicht fürchteten, der Vergangenheit mit Kinderwagen den Weg zu versperren.

Hier waren die wunderbaren russischen Großmütter, deren Stricknadeln die ganze lebende Barrikade irgendwie gemütlich und häuslich wirken ließen.

In einem feuerroten Schopf, der von drei ebenso feuerroten Jungen umgeben war, erkannte der Marschall einen Armeekundschafter mit dem Spitznamen van Gogh, der als Gefangener in einem Kellerloch der Mudschahedin mit dem zurechtgeschliffenen Eisenbeschlag eines Armeeschuhs die Kette durchgefeilt hatte, mit der er an die Wand gefesselt war, sich auf den Gefängniswärter gestürzt hatte, als dieser das Essen brachte, und mit dessen Schlüsseln die anderen angeketteten Kriegsgefangenen befreit hatte. Danach hatten sie zusammen die Wachtposten mit ihren bloßen Händen erledigt, sich bewaffnet und waren mit einem Hubschrauber unter einem Kugelhagel entkommen. Aber als der Marschall van Gogh in Kabul eigenhändig einen Orden an die Brust geheftet und ihn gefragt hatte, was er sich wünsche, hatte van Gogh ganz und gar nicht vorschriftsmäßig geantwortet: »Daß dieser Mist bald aufhört ...«

Als der Marschall van Gogh hier erblickte, zog er den Mantelkragen instinktiv noch höher. Der Marschall wollte nicht, daß van Gogh ihn erkannte.

Und noch weniger wollte er, daß ihn die grauhaarige Frau mit den braunen Augen erkannte, die mit einer Kelle geschäftig Tee ausschenkte, der in einem rußbedeckten Eimer über dem Lagerfeuer brodelte. Die Frau verteilte die Papierbecherchen an jene Hände, die sich ihr aus dem lebenden Ring entgegenstreckten.

Aber diese Frau liebte den Marschall und spürte seinen Blick. Sie zuckte zusammen, drehte sich langsam um und erstarrte mit zwei dampfenden Papierbecherchen in den Händen.

Sie erkannte den Marschall sogar in seinem chinesischen Mantel aus jenen Tagen des Liedes *Moskau–Peking* und kam ihm langsam entgegen, wobei sie sich sorgsam bemühte, den Tee nicht zu verschütten, so als hätte sie ihn in ihrem Unterstand nur für sie beide gekocht.

Sie trat an ihn heran und hielt ihm den Tee hin.

»Verbrenn dich nicht. Gott sei Dank, du bist hier ... Ich habe Angst gehabt.«

»Wovor hast du Angst gehabt?« fragte der Marschall scharf.

»Ich habe Angst gehabt ..., ich habe Angst gehabt, daß du ... auf deren Seite ... Aber du bist nicht auf deren Seite, du bist auf unserer Seite.«

»Tonja, hör zu ...«, versuchte der Marschall, ihr zu erklären, aber sie war so glücklich, daß sie nicht darauf achtete.

»Weißt du, wer noch hier ist? Mein Neffe, Lysik. Und weißt du, wer bei ihm ist? Dieses Mädchen aus Sibirien, das damals die Jungen in meinem Badezimmer ausgenüchtert hat ... Erinnerst du dich noch?«

»Nein ... Tonja, das ist alles viel komplizierter, als du denkst«, bemühte sich der Marschall verzweifelt einzuwenden.

»Wie kannst du das vergessen haben? So eine Riesengroße. Augen wie zwei blaue Pflastersteine. Und rote Fäuste, als hätte man sie gerade erst in einer Bauernschmiede zurechtgehämmert ... Ich habe Lysik schon damals gesagt: ›Heirate sie‹, aber er hat ja nicht auf mich hören wollen, der Dummkopf ... Weißt du, wie viele Jahre sie auf ihn gewartet hat? Fast vierzig Jahre. Und jetzt hat es doch noch geklappt. Und ich warte schon fast ein halbes Jahrhundert auf dich.«

Der Marschall wußte, daß sie jetzt weinen würde. Tonja weinte immer nur dann, wenn sie über dieses Thema sprach. Aber jetzt hielt sie ihre Tränen zurück, ließ sie nicht aus ihren Augen treten, und die braunen Augen – von den Tränen vergrößert – wurden ganz jung, genauso, wie sie einst bei Weimar gewesen waren, als sie gleich nach dem Sieg im Museumspark von einem Gewitter überrascht worden waren. Ihre Augen schienen damals ebenfalls viel größer, weil sie sich bis zum Rand mit dem blinkenden Regen gefüllt hatten. Tonja hatte sich in ihrer am Leibe klebenden, nassen Feldbluse auf eine von einer Granate zersplitterte Eiche gesetzt, hatte dem Major fröhlich erst das eine, dann das andere Bein hingehalten, und er hatte ihr die mit Wasser vollgelaufenen Stiefel ausgezogen, und sie hatte – begeistert von der unerwarteten Freiheit – selig ihre schneeweißen kindlichen Zehen bewegt, die die Soldatenfußlappen endlich hatten abwerfen können. Und dann hatte sie erst den einen, dann den anderen Stiefel genommen und das Wasser aus ihnen heraus direkt auf den Kopf des ohnehin schon bis aufs Hemd durchnäßten Majors gegossen. Wie in ihrer Kindheit hatte sie ihm zugerufen: »Los, fang mich doch!« Mit den Stiefeln in den Händen war sie barfuß die alte Allee entlanggelaufen, die sich vielleicht noch an Goethes Schritte erinnerte, und der Major war ihr nachgestürzt, bis sie plötzlich einen Schuß gehört hatten. Der Major war in eine Pfütze gefallen, hatte sich sofort hinter einen Baum gerollt und, nachdem er seine Pistole gezogen hatte, auf eine nur undeutlich sich abzeichnende Gestalt zurückgefeuert, die sich in der Ferne unter dem strömenden Regen schimmernd abzeichnete. Die Gestalt war gestürzt. Als sich der Major mit geladener Pistole ihr vorsichtig genähert hatte, hatte er einen Hitlerjungen mit blonden Augenbrauen und vor Entsetzen weit aufgesperrten Augen entdeckt, der ganz sinnlos immer wieder auf den Abzugshahn seiner bereits leergeschossenen Maschinenpistole gedrückt hatte. Und in der Pfütze um sein Bein herum war die dunkelrote Rose seines Blutes gewachsen.

Tonja war ihm nachgelaufen und hatte sich an den Arm des Majors gehängt:

»Schieß nicht … Er muß einem ja leidtun …« Und sie hatte dem Hitlerjungen zugeschrien: »Der Krieg ist vorüber! Deutschland hat kapituliert …«

»Nein! Das glaube ich nicht!« hatte der Hitlerjunge gemurmelt, dann aber begriffen, daß es die Wahrheit war, und er hatte bitterlich zu weinen begonnen, und die Maschinenpistole war aus seinen Händen in die Pfütze gefallen.

Und Tonja hatte sich mitten in dieser Pfütze hingekniet, hatte das vom Blut aufgequollene Hosenbein zerrissen. Er war an der Wade verletzt worden, aber die Wunde war nicht tief.

»Du kannst glücklich sein«, hatte Tonja in gebrochenem Deutsch gesagt, nachdem sie eine Verbandstasche geholt und die Wunde verbunden hatte.

»Wie kannst du nur! Das ist doch ein kleiner Faschist ... Wenn der noch Patronen gehabt hätte, hätte er uns beide niedergemäht ...«, hatte der Major voller Wut gerufen.

»Das ist ein kleiner Junge ... Ein kleiner, unglücklicher betrogener Junge ...«, hatte Tonja gesagt und plötzlich mit ihren Augen zum Major hochgeblickt. »Werden wir beide je einen Sohn haben?«

Sie hatten keinen Sohn bekommen, obwohl Tonja sich das sehr gewünscht hatte. Der Major wollte es nicht. Er fürchtete eine Spaltung seines Lebens. Doch die Spaltung war trotzdem eingetreten. Und jetzt war es zu spät. Tonja war schon fast siebzig und er bereits darüber. Sie liebten einander noch immer, und es schien unmöglich, diese Liebe jemals zu verlieren.

Aber jetzt bekam der Marschall Angst, denn es war durchaus möglich, daß Tonja nun am Ende ihrer beider Leben aufhörte, ihn zu lieben, wenn sie erfuhr, daß er in Wirklichkeit nicht auf ihrer, sondern auf deren Seite war. Und außerdem bekam er Angst, weil er wußte, daß das Weiße Haus erstürmt werden sollte. Entweder heute oder morgen. Der voraussichtliche Zeitpunkt dafür war in beiden Fällen halb vier Uhr morgens. Er wußte, daß die Spezialgruppe »Alpha« mit dieser Aufgabe betraut worden war.

Noch am Morgen hätten für die ganze militärische Operation zwanzig Minuten gereicht. Zu dem Zeitpunkt waren im Weißen Haus nicht mehr als hundert bewaffnete Menschen gewesen und davor nicht mehr als anderthalbtausend Unbewaffnete. Aber diesen Moment hatte man verpaßt.

Der Marschall schätzte, daß – ausgehend von der Anzahl der auf die Seite der Verteidiger des Weißen Hauses übergelaufenen Soldaten und Omonow-Truppen – sich inzwischen mindestens tausend bewaffnete Männer im Inneren des Gebäudes befanden. Vor seinen Mauern standen sechs Panzereinheiten, und in dem lebenden Ring hatten sich um die dreißig- bis vierzigtausend Menschen versammelt.

Es war natürlich nach wie vor durchaus möglich, das Weiße Haus zu erstürmen, um den Präsidenten von Rußland zu verhaften und zu deportieren. Doch dazu war Unterstützung aus der Luft, vorbereitendes Maschinengewehr- und Granatfeuer sowie das in Tiflis erprobte Giftgas erforderlich, bevor man dann mit Maschinenpistolen in den Nahkampf gehen konnte.

Der Vizepräsident von Rußland, ein verwegener Pilot, der wie van Gogh ebenfalls aus afghanischer Kriegsgefangenschaft geflüchtet war, sprach durch ein Megaphon, bat Frauen und Kinder, den lebenden Ring zu verlassen, und warnte alle anderen vor der drohenden Lebensgefahr.

Doch jene, die gekommen waren, gingen nicht mehr fort.

Der Marschall nahm an, daß man inzwischen mindestens zwei- bis dreitausend Menschen würde töten müssen, um die Operation durchführen zu können. Und unter diesen Toten konnte auch Tonja sein.

»Warum trinkst du den Tee denn nicht? Er wird doch kalt«, sagte Tonja. »Ich fühle mich so wohl jetzt ... Wie an der Front ... Wir beide haben schon so lange nicht mehr gemeinsam an einem Lagerfeuer gesessen. Komm, setzen wir uns. Direkt hier, auf die Barrikade.«

Selbst dann, wenn ein Lagerfeuer nicht im Wald, sondern neben einer Barrikade entzündet wird, kommt es dort immer wieder zu Gesprächen aus übervollem Herzen.

Ein Bursche mit zottigen Pranken, auf deren einer sein eigener Name in der Koseform »Mischanja« und das Wappen der UdSSR eintätowiert waren, sprach, während er auf seinen Tee blies und ihn in kleinen, zarten Schlucken schlürfte:

»Mir hat meine Sarema damals gesagt: ›Mischanja, bist du vielleicht krank?‹ Ich hab' ihr geantwortet: ›In welchem Sinne?‹ Und sie ganz schamlos, wie es bei uns auf dem Dorf vor lauter Schüchternheit kein einziges Mädchen über die Lippen bringen würde: ›In ganz direktem Sinne – im männlichen.‹ Da sage ich ihr auch gleich ohne Umschweife: ›In diesem Sinne bin ich sogar sehr gesund. Morgens könnte ich das Ding als Wagenheber benutzen.‹ Und sie mit der Offenheit einer Zuchtstute: ›Vielleicht sollten wir uns dann besser morgens treffen und nicht abends?‹ Ich erklär' ihr das auf die intelligente Art: ›Es geht doch nicht um die Tageszeit. Es geht um meine Absichten, und die sind die allerernsthaftesten. Es hängt mir zum Halse heraus, in Moskau als einsamer Junggeselle zu wohnen, mir in den Kantinen ein Magengeschwür zu holen und in stinkenden Hauseingängen im Stehen Liebe zu machen.‹ Einmal hab' ich sogar schon gedacht, daß ich die Syphilis hätte, weil auf diesem empfindlichen und herausragenden Teil ein lila Fleck aufgetaucht ist. Aber der Arzt hat geguckt und gelacht: ›Das‹, sagt er, ›ist der Wagenhebereffekt ... Ich rate Ihnen, vom vertikalen zum horizontalen Umgang mit der Damenwelt überzugehen.‹ – ›Mit einem Wort, liebe Sarema‹, sage ich, ›ich bin nicht impotent, sondern ein Mensch vom Lande, aus dem Herzen Rußlands, einer mit Gefühl für Tradition, und ich will dich zuerst heiraten – wenn du natürlich damit einverstanden bist –, und bis zur Hochzeit halte ich es irgendwie schon noch aus …‹

Da fängt sie auf einmal zu weinen an und sagt: ›Ich bin natürlich einverstanden, weil man solche anständigen Männer, wie du einer bist, Mischanja, in ganz Rußland wie eine Stecknadel im Heu suchen muß, genau wie Buchweizengrütze, und die gibt es wenigstens auf Bezugsschein. Aber ich will auch anständig sein und dich vorwarnen, daß ich keine Jungfrau mehr bin … Was sollen wir es also bis zur Hochzeit aufschieben – wir können gleich jetzt anfangen, ob nun vertikal oder horizontal, aber ich möchte es schon so lange, und habe mich immer nur geniert, es dir zu sagen.‹ – ›Du bist für mich in deiner Seele eine Jungfrau, und das ist wichtiger, als nur an diesem einen bestimmten Körperteil Jungfrau zu sein‹, sage ich. ›Und ich möchte die Tradition bewahren. Wir werden es zusammen abwarten.‹

Und da fängt meine Sarema laut zu schluchzen an und schnieft unter Tränen: ›Ich hätte nie gedacht, ich hätte nie vermutet, daß ich einmal einen so keuschen Mann treffen würde.‹

Und ich tröste sie, aber ohne Hände, ich halte Distanz, sonst hätte ich es doch nicht mehr abwarten können, und ich erzähle ihr von mir das einzige, was ich früher im Gespräch immer delikat umgangen habe: ›Wenn wir uns nun schon mit der Hochzeit einig sind, will ich dich noch warnen, Sarema, was meinen Beruf angeht.‹ – ›Warum denn warnen?‹ schmiegt sie sich an mich und versucht, ganz illegal mit ihrer Hand das anzufassen, was sie nicht anfassen soll. ›Ich weiß doch, daß du Chauffeur bist und kein Geiger. Ich bin ja selbst auch keine Pianistin, sondern Schleiferin.‹

An dieser Stelle bringt mich meine Verlegenheit fast ins Stocken, aber ich überwinde mich und presse die harte Wahrheit aus mir heraus, wie angetrocknete Zahnpasta aus der Tube: ›Ein Chauffeur bin ich zwar in der Tat, Saremalein, aber ein ganz besonderer … Ich bin ein Latrinenfuhrmann …‹

Sie erstarrt augenblicklich. Ihre Augen werden riesengroß, so als ob sie mich zum erstenmal sähe, so als ob ich ein Luftschiff voller Exkremente wäre und nicht in ihr Blickfeld hineinpassen würde.

Ich mit allem traurigen Verständnis dafür, daß diese Neuigkeit für ihre unvorbereitete Seele nicht leicht zu verkraften ist: ›Aber wie du siehst,

Saremalein, rieche ich kein bißchen unangenehm, denn mit den Fäkalien als solchen komme ich gar nicht direkt in Berührung, sondern nur mit einem Rohr. Wenn irgendwo was verstopft ist, stecke ich mein geriffeltes Gummiteil entweder in die Jauchegrube oder in die Kanalisationsluke, und es saugt nach dem Prinzip einer Pumpe dann alles Nötige ganz von alleine ab. Übrigens, mit dem Kanalisationsdeckel – das muß ich betonen – habe ich nur über eine Brechstange Kontakt. Es passiert zwar manchmal, daß das Rohr an den Windungen durchgescheuert wird, und dann kommt es zu einer Störung, zu einem Durchsickern, aber ich habe schließlich eine Gummischürze an, Gummistiefel und Gummihandschuhe mit Stulpen bis ganz zum Ellenbogen ... Irgend jemand muß ja schließlich die Scheiße aus unserer heimatlichen Erde absaugen, sonst würden wir alle noch darin ersticken. Der Dichter Majakowski zum Beispiel, dessen enorm großes und geschätztes Denkmal hier auf diesem Platz steht, der hat voller Stolz über sich selbst geschrieben: ›Ich bin ein Latrinenfuhrmann und ein Müllmann auch ...‹«

»Wasserträger ...«, verbesserte ihn einer der Zuhörer skrupulös – es war der Dichter des Einundzwanzigsten Jahrhunderts.

»Ich habe beschlossen, Majakowski zu verbessern, weil ich von dieser Sache mehr verstehe als er ... ›Müllmann‹ – das ist ehrenhafter«, verteidigte sich Mischanja nicht ohne Stolz. »Aber es geht hier nicht um Majakowski, sondern um Sarema. Ich also zu ihr als Schlußfolgerung aus dem Obengesagten: ›So und so ist das also, Saremalein, von der moralischen Seite aus gesehen, ist das die sauberste Arbeit überhaupt. Und von der materiellen Seite aus gesehen, machen sich Exkremente bei der Gehaltszahlung nur positiv bemerkbar.‹

Aber sie fängt plötzlich am ganzen Körper zu zittern und zu zucken an, und dann rennt sie Hals über Kopf weg, als hätte ich die Pest. Sie hat sich in ihrer Phantasie ein zu schönes Bild von mir gemacht, ein zu duftendes ... Ich hab' versucht, sie anzurufen, aber sie hat, sowie sie meine Stimme hörte, immer gleich aufgelegt. Habe ich etwa durch den Telefonhörer hindurch nach Exkrementen gestunken? Ich war beleidigt. Schließlich ist sie selbst auch nicht aus Marzipan, und aus ihrem Hintern fallen auch Häufchen in die Kanalisation. Aber wenn es uns, die Latrinenfuhrmänner, nicht gäbe, dann würden die Rohre verstopfen, und all diese Haufen würden sich gegen jene erheben, die sie fallengelassen haben, und in wahren Fontänen aus den Toiletten hervorsprudeln ... Ich habe mich aus

Kummer über diese proletarische Beleidigung ordentlich betrunken. Es gibt da so ein Lied: *Der Mensch kann dem Schicksal nicht entrinnen.* Aber wenn mein Leben auch aus Scheiße besteht, muß denn die Hymne meines ganzen Arbeitslebens deshalb etwa lauten: *Der Mensch kann der Scheiße nicht entrinnen?*

Und ein halbes Jahr später höre ich dann, daß meine weinende, aber dennoch arglistige Sarema heiraten will. Ja, wen denn wohl? Einen Kantinenkoch, einen von denen, die das arbeitende Volk mit verfaultem Zeug vergiften und das frische staatliche Fleisch über Strohmänner, die angeblich aus der Kolchose kommen, verkaufen ... Ich bringe also in Erfahrung, wo die Hochzeit stattfinden soll – bei dem Koch, in seiner neuen Genossenschaftswohnung, und zu meinem Glück liegt die im Erdgeschoß. Da kommt mir diese Idee des revolutionären Protests. Als die Hochzeit in vollem Gange ist, komme ich mit meinem Latrinenwagen angefahren, der bis zum Anschlag voll ist mit grünem Durchfall aus der Kaserne, stecke mein Rohr in die Fensterklappe, aus der man hört, wie sie ›Bitter!‹[2] schreien, und dann spritzt der Strahl der aromatischen Gerechtigkeit aus dem aufgerissenen Rachen meines geriffelten und wertvollen Ungeheuers ... Na ja, man hat mich danach, das ist ja klar, verurteilt, erst wollten sie mir fünf Jahre aufbrummen, aber die Laienrichter haben mir dann aufgrund ihrer Arbeitersolidarität nur drei gegeben, und auch die nur auf Bewährung. Aber diesem Koch hat, soweit ich weiß, keins der bewährten Mittel geholfen – wie oft er seine Wohnung auch neu tapeziert und desodoriert hat, sie hat trotzdem nach der flüssigen grünen Sehnsucht der Soldaten gestunken, fürchterlich gestunken. Und niemand wollte diese erstickende Zweizimmer-Orchidee gegen eine andere Wohnung tauschen ... Ich habe der Scheiße viel zu verdanken. Die Scheiße hat mich politisiert. Was hält Rußland zusammen? Die Arbeiter! Aber wer ist in Rußland der Herr? Die Köche – diese Diebe! Die, die selbst nicht essen, was sie uns zusammengebraut haben. Man braucht den Chefs nur in die Gesichter sehen – alles fette Visagen, die von den Köchen gut gefüttert werden. Der feinkörnige Kaviar ist für sie, und die gepreßte Scheiße bleibt für uns. Wenn ich dieses giftige Wort ›Scheißokratie‹ höre, dann ist das für mich wie ein Kompliment ... Ich bin aber nur für so eine Demokratie, die endlich auch die respektiert, die ein ganzes Leben lang fremde Scheiße gewissenhaft wegmachen ...«

Mischanja verstummte und wärmte sich die Hände über dem Feuer, und die Lichtreflexe der Flammen tanzten unruhig auf dem tätowierten Wappen der UdSSR, und es hatte den Anschein, als würde es jeden Moment Feuer fangen.

»Der Mensch kann der Scheiße nicht entrinnen«, wiederholte der Marschall seufzend für sich. »Sie hat auch mit mir ihr stinkendes Spiel getrieben – die fremde Scheiße ... Aber ist es tatsächlich die Scheiße von Fremden?«

»Tragen Sie doch bitte etwas Eigenes vor ...«, bat die russische Pariser Dame den Dichter des Einundzwanzigsten Jahrhunderts.

»Woher wissen Sie, daß ich schreibe?« fragte er überrascht.

»Ich weiß es nicht – ich ahne es ...«, antwortete die russische Pariser Dame mit einem Lächeln.

»Eigentlich bin ich von meiner Ausbildung her Architekt, und es ist noch nichts gedruckt worden von mir ...«, erklärte er mit zitternder Stimme, und sie begriff, daß Wladislaw Felizianowitsch und der Dichter des Einundzwanzigsten Jahrhunderts dasselbe Geheimnis hatten – ihre Schüchternheit. »Aber ich nehme an einem Seminar der Zeitschrift *Jugend* teil, und im September wird eine Besprechung meiner Gedichte erscheinen. Ich kann Ihnen ein neueres, noch nicht ganz ausgefeiltes Gedicht vortragen ... Es heißt *Flüchtlinge.*«

Seine eigenen Gedichte trug er nicht so gut vor wie fremde – gehemmt und undeutlich sprechend, war er bemüht, seine Unsicherheit zu verbergen, unterstrich sie dadurch aber nur noch mehr:

»Wir gehen und gehen durch die Steppe,
durch die Wälder, durch die Sümpfe und das Gras,
wir müssen noch lange liegen und gehen,
noch viele werden in Gräben liegen.
Das Schicksal ist hart: du kommst an, du nicht,
du erzählst deinen Enkeln all das,
du stirbst, wenn der Morgen dämmert,
geblendet vom Hahn der Pistole.
Aber gehen müssen wir, die Schwielen zerreißend,
und nicht essen, nicht schlafen, nicht trinken,
durch die Wälder, über Hügel, durchs freie Feld!
Wir wollen leben, leben wollen wir!«

»Sehr ehrlich …«, sagte die russische Pariser Dame und wiederholte, »ehrlich.«

»Das klingt wie eine Verurteilung«, lachte der Dichter des Einundzwanzigsten Jahrhunderts nervös. »Übrigens weiß ich selbst, daß es schlecht ist …«

»Nein, es ist nicht schlecht, aber gefährlich … Das Urteil haben Sie in Ihrem Gedicht eigentlich selbst unterschrieben. Das Herbeireden des eigenen Unglücks hat schon so viele Dichter umgebracht. Es sind ihnen genau die Tragödien passiert, die sie für sich vorausgesagt haben. Seien Sie vorsichtiger mit den Prophezeiungen für sich und andere. Werden Sie das Gedicht umschreiben, ja?«

»Ich werde es mir durch den Kopf gehen lassen«, antwortete der Dichter des Einundzwanzigsten Jahrhunderts, um sich nicht durch die überschnelle Bereitschaft zum Umschreiben seines Gedichts zu erniedrigen.

Der Marschall dachte plötzlich voller Schrecken daran, daß er früher einmal, in seiner Jugend, als er kleine Gedichte geschrieben, Jesenin nachgeahmt und ebenfalls seinen eigenen Tod vorausgesagt hatte:

Mein Tod kommt von hinten,
Das ist schlimmer als Krieg.

»Und noch eine Frage«, fuhr die russische Pariser Dame fort. »Sie haben dieses Gedicht *Flüchtlinge* genannt. Wovor diese Flüchtlinge davonlaufen, das ist klar. Aber wohin sie flüchten – das bleibt unklar … Und dabei ist das Wichtigste doch nicht, wovor man flüchtet, sondern wohin … Wissen Sie, was meiner Auffassung nach zur Zeit in Rußland passiert? Ich glaube nicht, daß dies hier eine Revolution ist. Es ist eine Flucht. Die Menschen wissen, wovor sie davonlaufen – vor dem Gulag, vor der Partei, vor dem Sklavenhalter-Staat … Aber das Schlimme dabei ist, daß die Menschen nicht wissen, wohin sie laufen. Deshalb könnten sie erneut dort ankommen, von wo sie geflohen sind. Wie wär's damit, wenn Sie anstatt der düsteren Weissagungen etwas Glückliches prophezeien würden? Versuchen Sie es, geben Sie sich Mühe, mein Täubchen. Malen Sie ein Fenster der Hoffnung auf die blinde Wand, und dann wird sie sich öffnen in eine andere Luft, eine ganz andere, die Sie noch nie zuvor geatmet haben. Auch die Geschichte ist ein lebendiges Wesen und läßt sich durch Suggestion beeinflussen. Reden Sie der Geschichte keine Angst vor sich selbst ein, reden Sie ihr nicht ein, daß sie verdammt sei, blutig und frevlerisch zu sein. Das haben schon so viele Schriftsteller getan. Sollen sie doch … Wir in der Emigration haben diese Sünde ebenfalls begangen.«

»Wir in der Emigration?« Der Marschall meinte, sich verhört zu haben … »Eine Emigrantin? Wie ist denn die hierhergeraten? Dann hat der Chef des KGB wohl doch recht gehabt, als er auf der Geheimsitzung davon gesprochen hat, daß diese ganze sogenannte Demokratie vom Ausland initiiert sei und daß sogar in den obersten Sphären der Macht Agenten ausländischer Geheimdienste sitzen würden?«

Der Marschall hatte noch nie einen lebenden Emigranten von nahem gesehen und erschrak sogar ein wenig angesichts dieses so unerwarteten Kontakts. Schon das Wort »Emigrant« allein war für ihn dasselbe wie »Antipatriot«.

Doch das, was die Emigrantin diesem Jüngling gesagt hatte, bewegte den Marschall.

»Wenn solche Mütterchen bei uns im Geheimdienst die Propaganda-Abteilung leiten würden, dann wäre die Armee nie auseinandergefallen …«, dachte der Marschall traurig.

»Erschrecken Sie die Geschichte nicht … Helfen Sie ihr und den Menschen, an sich selbst zu glauben«, fuhr die russische Pariser Dame, an den Jüngling gewandt, fort. »Pessimist zu sein – das ist der einfachste Weg, klug zu erscheinen. Lieben Sie das Leben, fürchten Sie sich nicht davor, naiv zu wirken. Mein Lieber, schreiben Sie dieses Gedicht um Gottes willen um, und zwar so schnell wie möglich. Wer weiß, was sonst …«

Und plötzlich spürte der Marschall auf seinen Lidern etwas Schweres, Fröstelndes – so als hätte man ihm zwei Stückchen Eis daraufgelegt. Der Marschall spürte, daß ihn irgend jemand durchdringend musterte.

Ihm war nicht wohl in seiner Haut, und als er den Kopf hob, sah er, daß ein unbekannter Mann, an eine umgedrehte Mülltonne gelehnt, neben der Barrikade stand. Er war grauhaarig, ohne gelbe Strähnen, wirkte korrekt, aber nicht auf militärische Art, hatte eisige Augen, die einem eine Gänsehaut einjagen konnten, und nippte ebenfalls an Tonjas Tee aus einem ebensolchen Papierbecherchen. In diesen Augen war keinerlei Stellungnahme zu erkennen – weder Mißbilligung noch Billigung oder Neugier, nicht einmal forschendes Interesse lag in ihnen, – aber ebensowenig Gleichgültigkeit. Die Augen nahmen an allen Geschehnissen teil, blieben dabei aber abwesend wie die eines Außenstehenden. In diesen Augen war weder hochmütige Betrachtung noch kalte Beobachtung oder schadenfrohes Lauern, sondern eine achtungsvolle Aufmerksamkeit dem Leben gegenüber – das, wofür Gott die menschlichen Augen wahrscheinlich erschaffen hatte. Aber in diesem Blick lag gleichzeitig etwas Unterwerfendes, das den ganzen Körper des Marschalls mit der unerklärlichen Bereitschaft erfüllte zu gehorchen. Dabei war in den Augen des Unbekannten nichts, was auch nur im entferntesten an einen militärischen Befehl erinnert hätte. Die Bereitschaft zu gehorchen kroch dem Marschall kalt die Wirbelsäule empor, so als hätte sie schon immer in seinem Rückenmark geschlummert und nur darauf gewartet, daß sie dieser einschüchternde Blick zum Leben erweckte. Aber der Marschall war es nicht mehr gewohnt, sich unterzuordnen, denn für Männer seines Dienstranges gab es bereits fast niemanden mehr, der das Recht gehabt hätte, ihnen zu befehlen.

Der Marschall versuchte, seinen Blick von jenem abzuwenden, aber er spürte dennoch die gebieterische Last jener Augen, die einem eine Gänsehaut einjagen konnten, auf sich.

»Ein Hypnotiseur oder so was Ähnliches …«, vermutete der Marschall ärgerlich, obwohl ihm alle Messings und Kaschpirowskis[3] zusammen bisher nicht ihren Willen hatten aufzwingen können. Mit Ausnahme eines einzigen Mannes.

Stalin.

Einmal war der Marschall – damals noch einer der jüngsten Generäle des Landes – überraschend zu einer Besprechung über Verteidigungsfragen zu dem bereits alternden Generalissimus eingeladen worden, wo er auch zum erstenmal den jungen Sacharow getroffen hatte. Jener war damals noch keineswegs ein Dissident, sondern ein der besonderen Geheimhaltungsstufe unterworfener Nuklearspezialist gewesen. Ja, und auch das Wort »Dissident« war in der Stalin-Ära noch unbekannt gewesen.

Stalin, der mit einer Pfeife zwischen den Zähnen an der grünen Waldwiese des langen Tisches entlanggeschritten war und laut über die Möglichkeit eines zukünftigen Atomkriegs nachgedacht hatte, hatte den Pfeifenqualm direkt in den Nacken des jungen Generals geblasen. Der Strahl des Qualms war ihm in den Kragen und mit brennender, seinen Willen lähmender Kälte über seinen Körper gekrochen.

Eisig war der Qualm aus Stalins Pfeife.

Daran erinnerte sich der Marschall unter dem eisigen Blick des Unbekannten ganz unwillkürlich.

In dem Versuch, dieses – weshalb auch immer – in ihm wieder auferstandene Gefühl der gehorsamen Unterordnung loszuwerden, machte der Marschall – weshalb auch immer – ein paar Schritte nach vorn, so als würde ihm dies nicht irgend jemand, sondern irgend etwas befehlen, und fragte, sich deswegen über sich selbst ärgernd, mit unhöflicher Schärfe:

»Wer sind Sie?«

Der Unbekannte streckte ihm die Hand entgegen, und dem Marschall blieb nichts anderes übrig, als sie zu ergreifen.

»Romanow.«

Die schmale Hand war ebenfalls eisig, und es waren keinerlei von schwerer Arbeit herrührende Schwielen auf ihr zu ertasten, was übrigens trotz seiner Arbeiter- und Bauernherkunft auch schon seit langem für die Hand des Marschalls galt.

Der Marschall stellte sich nicht vor, und der Unbekannte fragte nicht nach.

Der Marschall versuchte zu scherzen:

»Zu welchen Romanows gehören Sie denn? Doch wohl nicht etwa zu jenen?«

Der Unbekannte lächelte mit den Mundwinkeln:

»Zu jenen.«

Der Marschall erstarrte.

»Wie bitte?« fragte er erschüttert. »Stammen Sie etwa in direkter Linie ...?«

»In der allerdirektesten ... Mein Ururgroßvater war Alexander II., mein Urgroßvater Alexander III. Meine Großmutter war Xenia Romanowa, die Tochter des Großfürsten Alexander. Mein Großvater war der Graf Woronzow-Daschkow. Mein Vater war Nikita Romanow, meine Mutter Maria Woronzowa-Daschkowa. Ich selbst bin Nikita Nikitowitsch. Ich wurde 1923 in London geboren«, antwortete der Unbekannte gewissenhaft und ein wenig gelangweilt, wenn auch ohne Geringschätzung seines Gesprächspartners. Es war ihm anzumerken, daß er all dies seinen neugierigen Mitmenschen schon viele Male hatte erklären müssen.

Unfähig zu begreifen, was er da hörte, betrachtete der Marschall die Hand, die er eben noch gedrückt hatte. Die Adern auf der Hand waren blau. Der Marschall wandte seinen Blick auf seine eigene Hand, aber auch auf der waren die Adern blau. Was also war dann mit dem »blauen Blut« gemeint?

»Gestatten Sie, aber wie sind Sie hierhergeraten?« fragte der Marschall niedergeschlagen, während er sich mit bitterem Spott sagte: »Ach, deshalb hat es mich wohl auch so befangen gemacht, als er mich ansah. Die Gene. Die Untertanen-Gene. Ich bin ja schließlich ein Marschall, der von Leibeigenen abstammt ...«

»Ich bin zum Kongreß meiner Landsleute hierhergekommen. Diese grauhaarige Dame dort – Antonina Gerasimowna Korsinkina, eine gute Bekannte – war auch auf diesem Kongreß. Nur ist sie aus Paris angereist und ich aus New York. Und wie Sie sehen, hat der Kongreß in einem tragischen Zusammentreffen gerade heute morgen begonnen – am Tag des Versuchs eines Umsturzes ...«, antwortete Romanow ruhig auf seine neugierige Frage.

»Was haben Sie da gesagt?« fragte der Marschall erstaunt nach. »Warum denn ein Versuch?«

»Ja, weil der Umsturz mißglückt ist ...«, antwortete Romanow ruhig. »Ich unterrichte immerhin Geschichte und ...«, er lächelte, »habe ja eine gewisse Beziehung zu ihr.«

Der Marschall lenkte das Gespräch auf ein anderes Thema.

»Sind Sie das erstemal in der Sowjetunion?«

»Nein, ich bin schon zweimal hiergewesen ...«

»Und waren Sie auch im Winterpalast?«

»Natürlich.«

»Und haben Sie so etwas wie Kränkung darüber empfunden, daß man Ihnen alles weggenommen hat?«

»Nein. Es ist nur richtig, daß dort ein Museum ist.«

»Aber was haben Sie denn dann gefühlt?«

Romanow dachte nach:

»Ich suche nach dem passenden Wort. Aber ich glaube, ich habe es gefunden. Ich fühlte ein Zittern. Dieses Zittern hatte keinerlei Beziehung zur Politik. Ich war nur zum erstenmal in meinem ganzen Leben in dem Land, in dem alle um mich herum in meiner Muttersprache sprachen – russisch.«

Der Marschall war erschüttert. Sogar in seiner Kindheit, als er und die anderen Dorfkinder »Rote und Weiße« gespielt hatten, war er immer ein »Roter« gewesen. Zum ersten Mal in seinem Leben stand nun ein leibhaftiger »Weißer« vor ihm. Und was für ein »Weißer« – weißer ging es nun schon gar nicht mehr, ein »Weißer«, der in direkter Linie von der Zarenfamilie abstammte. Und dieser Weiße haßte ihn, den Roten, nicht, und auch er, der Rote, haßte ihn, den Weißen, keineswegs.

Die gesamte Erziehung des Marschalls rebellierte in ihm gegen diese ideologische Schlaffheit, gegen die für einen wahren kommunistischen Offizier unzulässige Sympathie, die er zuerst für eine weiße Emigrantin und jetzt sogar für einen Sprößling der Zarenfamilie empfand, die beide mit völlig unklaren Absichten auf der Barrikade aufgetaucht waren.

»Und was halten Sie von den zaristischen Generälen, die zu Hitler übergelaufen sind?« fragte der Marschall und zwang sich dabei, feindselig und mißtrauisch zu bleiben.

»Nichts«, sagte Romanow. »Aber davon hat es nur wenige gegeben. In den Emigrantenkreisen wurde erzählt, daß ein Vertreter von Göbbels zu Anton Pawlowitsch Denikin[4] gekommen sei und ihm vorgeschlagen habe, eine Note an die sowjetischen Soldaten zu unterschreiben, in der diese dazu aufgerufen wurden, sich zu ergeben. Der bereits uralte klapprige General soll seinen uralten klapprigen Burschen gebeten haben, die Feldtasche zu öffnen und ihm die weißen Parade-Glacéhandschuhe zu bringen. Und als der Bursche ihm diese gebracht hatte, soll der General dem Deutschen, der ihn so beleidigt hatte, eine nach Mottenpulver riechende, aber dennoch eindeutige Ohrfeige verabreicht haben. In unserer Familie hat es keine Kollaborateure gegeben. Die beiden Großfürsten Michail haben während des Zweiten Weltkrieges bei der englischen Marine gedient. Mein Cousin – Fürst Andrej – ist als Matrose auf einem Begleitschiff bis nach Murmansk gekommen. Und der Sohn von Fürst Fjodor Alexandrowitsch, Michail, hat in der französischen Résistance gekämpft, bei den ›Maquis‹, Antonina Gerasimowna war übrigens ihr Verbindungsmann in Paris.«

Der Marschall erinnerte sich plötzlich daran, daß er kurz nach dem Krieg nach Swerdlowsk – das ehemalige Jekaterinburg – gekommen war, um dort die Truppen zu inspizieren.

Eines Abends, während eines Trinkgelages mit den dortigen Militärs, kam es irgend jemandem in den Sinn, eine Spritztour zum Ipatjew-Haus zu machen, um den Gast aus Moskau mit dem Anblick dieser revolutionären Sehenswürdigkeit zu verwöhnen. Es war bereits spät, und sie mußten den Wachtposten wecken, der ganz verschüchtert war ob dieses nächtlichen Einfalls so vieler hochrangiger Militärs auf einmal, denen junge Soldaten mit schlaftrunken zufallenden Augen Körbe voller Proviant und Flaschen hinterherschleppten. Dem Gast aus Moskau war ein wenig merkwürdig zumute, als er sich, im Dampfbad aufgeweicht, mit angetrunkenen Augen und einem Glas Wodka in der Hand, in seiner Uniformjacke, deren Kragen aufgeknöpft war, in einem Spiegel erblickte, über den ein nur schlecht geklebter Sprung verlief und vor dem sich die letzte russische Zarin vielleicht zum letztenmal gekämmt hatte. Die Militärs stiegen lärmend in den Keller hinab, wo die Morde verübt worden waren, und ein angetrunkener Oberstleutnant mit einer kaukasischen Pelzmütze, die er sich verwegen in die nicht sehr ausgeprägte Denkerstirn geschoben hatte, zog mir nichts, dir nichts eine Pistole heraus und begann, triumphierend auf die Wände zu feuern. Die neuen Kugeln durchlöcherten den Putz, und als er abbröckelte, legte er auf den gemauerten Ziegelsteinen die Narben der alten Einschüsse bloß. Der Gast aus Moskau befahl zwar strengstens, mit der Schießerei aufzuhören, verspürte jedoch bei dieser ganzen Geschichte keinerlei Gewissenbisse.

Gewissensbisse verspürte er jetzt, auf der Barrikade, als er zum erstenmal erfuhr, daß die von jenen Kugeln verschont gebliebenen Romanows keineswegs den Weg der Vergeltung eingeschlagen hatten, sondern gemeinsam mit ihm, dem jungen Soldaten von einst, mit der Waffe in der Hand jene Heimat verteidigt hatten, die so grausam zu ihnen gewesen war.

»Aber sagen Sie, warum sind Sie hier auf der Barrikade?« fragte der Marschall leise.

Romanow zuckte mit den Schultern.

»Das hat nichts mit der Politik zu tun. Es fällt mir schwer, das zu erklären. Und übrigens wirken auch Sie nicht wie ein Mensch, der sich für Politik interessiert, wir beide sind ja ungefähr gleich alt ... Ich habe einfach das Gefühl gehabt, daß mein Platz heute hier sei. Das ist Ihnen doch sicher genauso gegangen?«

Der Marschall ließ den Kopf sinken.

»Mitja, noch einen Tee ...«, trällerte Tonja und hielt in ihren Händen ein dampfendes Papierbecherchen, das so heiß war, daß sie es von der einen Hand in die andere schob.

Aber der Marschall war verschwunden, so als hätte Tonja es sich nur eingebildet, daß sie ihn eben erst auf der Barrikade getroffen hatte.

18.

DAS TABLETT MIT DEM SORBET

Der Kurator der Spezialabteilung »Alpha« des KGB, der General mit den Narben, wäre heute ebenfalls gern verschwunden und im Erdboden versunken.

Es war der schlimmste Tag seines Lebens nach jenem Tag in Kabul, als er – bereits mit den Narben im Gesicht, damals jedoch noch Oberst – die Landetruppen befehligt hatte, die mit ihren Maschinenpistolen in den Palast des Nasufullah Amin eingedrungen waren und mit ihren Salven jeden, der ihnen in den Weg kam, niedergemäht hatten.

Unter all den an jenem Tag Ermordeten erinnerte er sich ganz besonders an zwei: an den jungen Diener, der wie ein Balletttänzer durch den Korridor flog und in der ausgestreckten Hand ein silbernes Tablett mit einem eiskalten, beschlagenen Kristallkrug mit Sorbet darin hielt, in dem Rosenblätter schwammen. Der Diener dachte, daß ihn niemand sähe, und vollführte auf dem kupfern glänzenden Parkettboden selbstvergessen Pirouetten. Vielleicht war er in irgend jemanden – sagen wir, in eine Palastdienerin – verliebt und hatte ihr gerade einen ersten, nach Kebab und Sumak duftenden Kuß geraubt; dabei hatte er in der Umarmung mit der Hand ganz unerwartet nicht ihre Wirbelsäule, sondern einen Flechtstrang mit Knoblauch und roten Peperoni an der Küchenwand ertastet, an die er ihren Körper gepreßt hatte – diesen Körper, der heiß war wie ein eben erst in glühender Asche gebackenes Fladenbrot, das warm atmend darauf hoffte, man möge es gleich – noch bevor es abkühlen konnte – auseinanderbrechen. Aber vielleicht strömte auch nur die Jugend wie das Sorbet süß durch seine Venen, ließ ihn zusammen mit den Rosenblättern in diesem Tanz herumwirbeln und trug ihn direkt vor die stählernen Schnauzen der Maschinenpistolen in den Händen dieser merkwürdigen Leute in ihren mit Sehschlitzen versehenen Masken.

Von den Salven bereits durchsiebt, krümmte sich der Diener, fiel – wobei er wie durch ein Wunder noch immer das Tablett auf seiner Handfläche hielt –, vollendete seine Pirouette und starb mitten im Flug, nachdem er aus erstaunten Augen noch einen Blick auf seine Mörder geworfen hatte und die kaffeebraunen Pupillen den letzten Glanz des in ihnen sterbenden Lebens versprüht hatten.

Der zweite Ermordete, an den er sich für alle Zeit erinnern würde, war Amins Leibwächter, der hinter einer Säule mit der gleichen »Kalaschnikow«, wie er sie selbst hatte, hervorsprang und diese, wie man bei »Alpha« sagte, »aus dem Bauch heraus« bediente. Und als sie ihn niedergemäht hatten und ihn, der bereits am Boden lag, mit einer kurzen Salve endgültig erledigen wollten, schaffte er es, zum Klang des zerspringenden Kristallkruges heiser zu röcheln: »Was schießt ihr denn auf eure eigenen Leute, ihr Hunde«, und der Oberst erkannte in ihm voller Entsetzen Petja Motyl, einen der besten Kursteilnehmer der KGB-Schule, der vor gar nicht langer Zeit mit ein paar anderen Männern auf die Bitte Amins zu seiner persönlichen Bewachung hierher entsandt worden war. Petja war beim KGB dadurch zu Berühmtheit gelangt, daß er in einem Theaterstück, das eine Laienspielgruppe im Dserschinski-Club inszeniert hatte, die Rolle des Hamlet großartig gespielt hatte. Fragmente aus diesem Stück hatte man sogar im Zentralen Fernsehprogramm zeigen wollen, aber die Oberste Leitung des KGB hatte dies verboten – Petja war ein Mitarbeiter, dessen Arbeit der obersten Geheimhaltungsstufe unterlag, und Petja hätte enttarnt werden können – nicht einmal Shakespeare war dies wert. Also mußte er sein schauspielerisches Talent auf anderem Gebiet entfalten. Aber die Rolle des Leibwächters von Amin hatte ihm kein Glück gebracht. Die Regisseure dieses Stücks hatten beschlossen, Amin zu liquidieren. Und die Tatsache, daß sich an seiner Seite ein paar sowjetische Leibwächter befanden, die diese Regisseure ihm selbst zur Verfügung gestellt hatten, diese Tatsache hatten sie in der Eile ganz einfach vergessen. Oder sie gaben vor, so vergeßlich gewesen zu sein, und hatten als Antwort auf die von Petja gestellte Hamletsche Frage beschlossen, daß Petja Motyl nicht sein sollte.

Der Oberst des KGB, der nach dieser glänzenden Operation – als solche wurde sie von den Chefs bezeichnet – General geworden war, versuchte, sich nicht mehr an das Gesicht des von ihm ganz unabsichtlich ermordeten Ljubjanka-Hamlets zu erinnern, doch am 19. August tauchte es wieder vor ihm auf, als entstiege es den Tiefen eines Flusses, obwohl er doch schon vor langer, langer Zeit den schweren Stein des Vergessens an Petjas Körper gebunden hatte.

Als er damals in Kabul Petja erkannt hatte, war er für einen Moment erstarrt und hatte unverwandt auf das Nichtwiedergutzumachende gestiert, das er angerichtet hatte.

Petja lag am Boden, sein Kopf mit den verräterisch unter dem afghanischen Turban hervorlugenden, russischen Locken lag auf dem silbernen Tablett, das der ermordete Diener noch immer in seiner Hand hielt. Um Petjas Kopf herum glitzerten Kristallsplitter, und in dem auf dem Tablett verspritzten Sorbet schaukelten Rosenblätter.

Und neben Petjas mit Blut und Sorbet bespritztem Kopf erstarrten die genarbten Bergschuhe des Obersts, über denen summend eine goldene Wespe kreiste.

Daran erinnerte sich der General mit den Narben heute, da er an der Barrikade stand, zu der er sich – ebenso wie der Marschall – in Zivil begeben hatte, um den für morgen oder übermorgen nacht geplanten Sturm auf das Weiße Haus zu überdenken.

Der lebende Ring um das Weiße Haus schien ihm aus einer Vielzahl von Petjas zu bestehen, die er abermals ermorden mußte. Die Stimmung des Generals mit den Narben war mehr als mies.

»Da ist so ein abgerissener Alter. Er sagt, er sei der Marschall, und will unbedingt zu Ihnen. Aber er hat keinerlei Dokumente bei sich«, erstattete ein geschniegelter, die Hacken zusammenschlagender Adjudant Bericht.

»Hier im KGB geht es auch ohne den wie im Irrenhaus zu. Ich weiß ja selbst bald nicht mehr, welcher Macht ich dienen soll, der sowjetischen oder der antisowjetischen, und wo welche Macht ist«, brummte der General mit den Narben finster. »Schick ihn zum Teufel.«

»Aber er sieht dem Marschall irgendwie ähnlich. Ich habe den Marschall zwar nur auf Fotografien und oben auf dem Mausoleum gesehen. Aber irgendwie sieht der so ähnlich aus«, warnte der Adjudant vorsichtig.

Der General mit den Narben nickte gereizt:

»Na gut. Laß ihn rein.«

Der Moment des Nichterkennens dauerte nur Bruchteile einer Sekunde. Der Alte, der dem Marschall ähnlich sah, trat – so als sei er hier zu Hause – an den Bücherschrank heran und öffnete die Klappe eines ihm offensichtlich bestens bekannten Regals. Dort standen Gläser und Flaschen. Die Auswahl war um vieles besser als in den Berjoska-Läden[1]. Der General mit den Narben hatte früher einmal das gesamte Sortiment an Getränken des nicht ohne Hilfe des KGB verhafteten Direktors des Delikatessengeschäfts »Elysée« konfisziert und hatte es im Verlauf selbst mehrerer Jahre noch nicht geschafft, dieses Sortiment auszutrinken, obwohl er in dieser Beziehung durchaus kein Kostverächter war.

Der Alte entschied sich für einen ungarischen Aprikosenschnaps, nahm sich aber kein Glas, sondern trank mit krampfhaft zuckendem Adamsapfel direkt aus der Flasche und wischte sich dann mit dem Ärmel seines Mantels die Lippen ab. All dies entsprach durchaus der Vorstellung, die man gemeinhin von einem pensionierten Arbeiter in einem chinesischen Regenmantel hat.

Aber der General mit den Narben stand stramm, denn er hatte unter der proletarischen, verdreckten Mütze den Marschall der Sowjetunion erkannt. Der Adjudant verwandelte sich in eine Salzsäule mit den Abzeichen des KGB.

Der Marschall setzte sich in einen Sessel und lehnte sich mit geschlossenen Augen müde zurück.

Der General machte dem Adjudanten ein Zeichen, und dieser ging hinaus.

»Erinnerst du dich an den rothaarigen Kundschafter in Afghanistan mit dem Spitznamen van Gogh?« fragte der Marschall, ohne die Augen zu öffnen.

»Natürlich«, antwortete der General mit den Narben. »Ich habe ihn zur ›Alpha‹ holen wollen, aber er war nicht zu überreden. Er ackert irgendwo als Schlosser oder Dreher ...«

»Weißt du, wo ich ihn gerade gesehen habe?«

»Ich kann es mir vorstellen«, lachte der General freudlos. »Am Weißen Haus. Wo soll er denn sonst sein. Ich komme selbst gerade von dort. Ich habe Salysin gesehen, den Fußballer ... Ja, ja, genau den – Lysa. Dabei hat man doch gesagt, daß er zu saufen angefangen habe.«

»Hör mal, du als Geheimdienstler mußt doch auch Physiognom sein«, begann der Marschall vorsichtig. »Wie sind dir die Leute dort vorgekommen?«

»Unser Volk ist im allgemeinen ganz in Ordnung. Nur mit den Chefs hat es kein Glück«, sagte der General, während er sich aus einer dunkelgrünen Flasche, auf der der Umriß eines Dreispitzes zu schaukeln schien, einen Napoleon in sein Glas goß.

»Aber die Chefs, das sind doch immerhin du und ich«, fuhr der Marschall mit noch immer geschlossenen Augen fort. »Sind wir beide denn so schlecht? Weder du noch ich stehlen, wie die es getan haben, deren Vorräte wir jetzt trinken. Wir dienen der Heimat doch wirklich ehrlichen Herzens …«

»Aber mir kommt es manchmal so vor, als hätte ich über mir noch einen anderen Chef. Aber das ist ganz und gar nicht das Zentralkomitee oder mein Minister oder der KGB. Die Angst – das ist der Chef, und das Büro dieses Chefs sitzt direkt in meinen Eingeweiden, da sitzt es«, sagte der General mit den Narben. »Aber jetzt ist eine andere Angst in mir gewachsen. Die Angst vor der Ausführung der Befehle, die mir mein Chef, die Angst, gibt … Einfacher gesagt, ich will kein Schuft sein. Aber schließlich ist doch genau das meine Pflicht – Befehle auszuführen.«

Der Marschall öffnete endlich seine Augen:

»Führ sie einfach nicht aus …«

Der General mit den Narben erhob sich und stand abermals stramm:

»Genosse Marschall, ich bin ein Mann der Armee. Befehlen Sie mir, diesen Befehl nicht auszuführen. Befehlen Sie es mir unter vier Augen.«

»Ich befehle es«, sagte der Marschall und setzte sich seine verdreckte Mütze wieder auf.

Als der Marschall hinausging, wollte der Adjudant gerade ein neusilbernes Tablett hereinbringen, auf dem Tee in ebenfalls neusilbernen Teegläsern stand.

Für einen Armeeangehörigen balancierte der Adjudant das Tablett überaus anmutig auf seiner Handfläche – genauso wie jener Diener in Amins Residenz.

»Bringen Sie mir das nächste Mal den Tee nicht mehr auf einem Tablett«, sagte der General finster.

19.

DAS BESTE VON MEINEN SCHLECHTEN GEDICHTEN

Die erste Nacht des Putsches war überstanden.
Die erste Nacht war der erste Sieg.

Irgend jemand hatte der Gruppe »Alpha« den Befehl, das Weiße Haus in dieser Nacht zu stürmen, doch nicht gegeben. Die Profis der Lande- und Abwehrtruppen waren von einer für sie selbst ganz unerwarteten Angst zurückgehalten worden – der Angst zu töten. Sie hatten begriffen, daß sie zu viele würden töten müssen und daß dies der Anfang eines erneuten Großen Tötens sein könnte, dem sie früher oder später selber zum Opfer fallen würden.

Diese Angst war mehr als bloße Angst.

Die Angst zu töten hatte sich in Gewissen verwandelt.

Die lebende Barrikade aus einander haltenden Händen, die das Weiße Haus umgab, hatte Rußland vor den Fratzen der Vergangenheit gerettet.

Die lebende Barrikade ahnte damals zu ihrem eigenen Glück als auch Unglück noch nicht, daß sie sich dadurch nicht vor den Fratzen der Zukunft gerettet hatte.

Die Nachtluft war gewesen wie die Luft vor einer Schlacht.

Die Schlacht hatte nicht stattgefunden, aber es kam mir so vor, als sei die Morgenluft wie die Frühlingsluft des Sieges, die sich wie durch ein Wunder aus dem Moskauer Mai des Jahres 1945 in den Moskauer August des Jahres 1991 hinübergerettet hatte.

1945 handelte ich wie viele Kriegskinder an der Ecke Sretenka/Gartenring mit Zigaretten der Marke »Nord«, die ich in ganzen Schachteln kaufte und einzeln weiterverkaufte. Die Zigaretten waren dünn wie die Kinder des Krieges, und deshalb nannten wir sie »Nägelchen«.

Als bekanntgegeben wurde, daß das faschistische Deutschland kapituliert habe, brachten alle Moskauer Jungen ihre Tabakvorräte auf den Roten Platz und verteilten sie gratis. Die Eisverkäuferinnen schleppten ihre an Schulterriemen hängenden blauen Bauchläden hierher und bewirteten jedermann mit den vor Kälte dampfenden Waffelbecherchen mit Soft-Eis und Eis am Stiel. Die Mineralwasserverkäuferinnen rollten ihre heute leider verschwundenen Wägelchen mit den gestreiften Sonnensegeln und den Gummirädern zum Mausoleum und schenkten jedermann auf Wunsch entweder von dem »Wasser ohne alles« ein, das in den geschliffenen Gläsern einen Siegestanz vollführte, oder ließen aus dem Hahn an dem gläsernen Röhrchen den samtig-roten Strahl des Kirschsirups großzügig in die silbernen Bläschen fließen.

Auf dem Roten Platz ertönte die bei weitem ungewöhnlichste Musik, die ich jemals gehört hatte.

Mehrere hundert Koffergrammophone, die von ihren Besitzern hierher gebracht worden waren, standen direkt auf dem Steinpflaster, auf dem die Narben von den Eisenfelgen der Räder jenes Karren noch zu sehen waren, auf dem man einst den rebellierenden Kosaken Stenka Rasin[1] hierher gebracht hatte.

Und nun schluchzten neben dem Richtplatz, auf dem Stenka gevierteilt worden war, leiernde Schallplatten unter den Grammophonnadeln über sein Schicksal, wobei sich das Lied über die ungebundene Verwegenheit Rußlands mit dem verschmitzten mexikanischen *Cucaracha*, der *Moonlight-Serenade* von Glenn Miller, dem *Die Ladies fahren Fahrrad* von Dina Durbin, dem Lied der englischen Piloten *Wir fliegen und holpern auf einem Ehrenwort und einem Flügel durch die Dunkelheit*, dem Bernes-Lied aus Odessa *Die Boote voller Äschen*, dem italienischen *Santa Lucia* und dem ukrainischen *Burschen, spannt die Pferde aus* vermischte.

Fünfzigtausend Menschen tanzten auf dem Roten Platz gleichzeitig zu Hunderten von verschiedenen Melodien – zum Foxtrott *Rio-Rita* und zum Walzer *In den Bergen der Mandschurei*, zu den *Champagnerspritzern*, zu argentinischen Tangorhythmen und auch ganz einfach zu russischen Stegreifmelodien.

Es gab nur wenige Männer, und die waren meist verwundet, aber die Frauen tanzten miteinander oder mit kleinen Jungen. Am Tag des Sieges war auf dem Roten Platz kein einziges Paar leichter Schuhe zu sehen, alle Frauen trugen entweder Stiefel oder aber mit Satin bespannte Holzschuhe.

Auf dem Mausoleum saßen Arm in Arm ein Invalide auf seinem hölzernen Wägelchen und ein französischer Pilot, der wahrscheinlich zur Fliegerstaffel »Normandie–Neman« gehörte, und beide nahmen abwechselnd immer wieder einen großen Schluck aus einer Flasche Beuteschnaps. Auf dem Platz warf man unter Hurra-Gebrüll amerikanische Offiziere in die

Luft, und die Jungen hoben neugierig die ihnen aus den Taschen fallenden Münzen auf, um sie mit den Zähnen zu prüfen. Ich habe meine erste amerikanische Münze bis heute aufbewahrt. Damals probierte ich auch zum erstenmal amerikanischen Kaugummi – es war ein Kaugummi mit Erdbeergeschmack. Aber ich dachte, daß es ein Bonbon sei, und verschluckte ihn, was mir später ziemliche Verdauungsprobleme verursachte.

Allen, die sich damals auf dem Roten Platz versammelten, schien es, als müsse jetzt ein ganz anderes, ein glückliches Leben beginnen.

So schien es uns auch am Morgen des 20. August, als sich zu der Versammlung am Weißen Haus, das die erste Belagerungsnacht überstanden hatte, an die zweihunderttausend Menschen einfanden.

Es wurden Reden vom Balkon herunter gehalten, aber diesmal war es nicht mehr der Balkon, der zum Fluß hinausging, sondern der, der zum Gartenring, auf den zukünftigen »Platz des Freien Rußlands«, hinausführte.

Aus dem Empfangszimmer des Präsidenten von Rußland begleitete mich – damit ich mich in den Ein- und Ausgängen nicht verirrte – der Bescheiden-Elegante Demokrat, der mich mit der Makellosigkeit seines Scheitels in jeder beliebigen Lebenslage, selbst unter den widrigsten Umständen immer wieder in Erstaunen versetzte. Von ihm ging bei jedem seiner Worte, bei jedem seiner Schritte eine sanfte, rücksichtsvolle Selbstsicherheit aus. Mit ebensolcher Selbstsicherheit führte er mich durch die gestern noch leeren, heute jedoch bereits wieder mit Menschen gefüllten Korridore der Macht. Aber plötzlich wurde mir bewußt, daß er mich, wenn auch ohne den Schatten eines Zweifels auf seinem Gesicht, doch eindeutig nicht in die richtige Richtung führte. Dies wurde mir endgültig klar, als wir aus dem Weißen Haus heraustraten und er einen Dienstwagen heranwinkte, der mich zum Moskauer Stadtrat bringen sollte.

»Verzeihen Sie, aber der Assistent des Präsidenten hat mich gebeten, hier aufzutreten, nicht im Stadtrat«, korrigierte ich ihn vorsichtig.

Er hielt mitten in seiner Vorwärtsbewegung auf den bereits heranrollenden Wagen zu inne und – und das verblüffte mich! – verharrte nicht einmal für einen kleinen Moment in dieser Haltung, sondern ging mit derselben sanften und rücksichtsvollen Selbstsicherheit in die genau entgegengesetzte Richtung, wobei er eine fast ballettreife, anmutige Pirouette vollführte. In seinen von der Schlaflosigkeit gezeichneten Augen rührte sich nichts.

Es war die sichere Anmut eines Schlafwandlers.

Ich dachte, daß ihm wahrscheinlich eine große Zukunft bevorstand, denn die Politik war offensichtlich nichts anderes als die Kunst der Pirouetten, bei der in unverminderter Geschwindigkeit eine gänzlich andere Richtung einzuschlagen und dabei genau dieser gelassen-kluge Anschein zu wahren ist, so als hätte man derartige Drehungen prophetisch bereits vorausgesehen.

Der Balkon des Weißen Hauses ähnelte dem Deck eines Schiffes, das trotz eines fürchterlichen Sturmes nicht gesunken war und [illegible] in den Heimathafen zurückkehrte.

Diejenigen, die auf dem Deck standen, und diejenigen, die unten am Ufer warteten, winkten einander fröhlich zu. Ich aber begann, mit den Augen nach jenem Mann mit der von Kükenflaum eingefaßten, himbeerfarbenen Glatze zu suchen, der vor fünfundzwanzig Jahren versucht hatte, mich mit seinem roten Büchlein zu verzaubern, und erst gestern morgen die Rede des Präsidenten von Rußland mit scheinheiligem Komsomolzen-Enthusiasmus übertönt hatte. Die empfindlichste Nase hat nicht der Haß, sondern der Ekel.

Meine Nase spürte, daß dieser Mann irgendwo hier war, in der Menge, die verfrüht den noch lange nicht endgültigen Sieg feierte.

»Sie haben gedacht, daß wir Vieh seien und Angst vor ihnen haben würden ... Aber wir sind kein Vieh mehr und werden es nie mehr wieder sein!« donnerte die erbarmungslose Stimme einer Pythia, in der sich drei Gestalten verbargen: das dürre Mädchen Ljuska, das in der Vorkriegszeit in Sewa Bagrizki verliebt gewesen war und zu den Lesungen der Dichter gelaufen war, die dann – knapp zwanzigjährig – im Krieg getötet wurden; dann die furchtlose Krankenschwester, die beim Trinken mit jedem Mann mithalten konnte und mehr als hundert Verwundete eigenhändig vom Schlachtfeld geschleppt hatte, denen sie es einfach nicht gestattete zu sterben; und schließlich die von den sowjetischen Zeitungen fast als Spionin beschimpfte, verbissene und rauhe Mitstreiterin des vielleicht sanftesten Kämpfers für die Freiheit – des Akademiemitglieds Sacharow.

Während ich in der Schlange vor dem Mikrophon stand, hatte ich nicht die geringste Ahnung, was ich sagen sollte. Das, was hier geschah, war mehr als Politik. Es war Geschichte, und die Geschichte ist immer mehr. Aber es war Geschichte, die sich direkt vor den Augen der Menschen vollzog, Geschichte, die sich selbst noch nicht begriffen hatte.

Ich ging in Gedanken fieberhaft all meine Gedichte durch. Nichts paßte. Und wieder tauchten diese ureigenen, russischen Worte auf, die vielleicht die gelungenste Verkörperung des Besten in der Seele eines jeden von uns waren – eines jeden von uns, der in dieser Sprache nicht nur spricht, sondern auch denkt, diese Sprache, die von jenem Mann geschaffen worden war, dessen Augen den Samenkörnern eines afrikanischen Zauberbaums ähnelten, die von den Meereswinden in die harschen Schneewehen des Nordens getragen worden waren.[2]

Genosse, glaub mir, er wird scheinen,
Der Stern des zauberhaften Glücks.
Aus tiefem Schlaf wacht Rußland auf,
Und auf des Zarenreichs Ruinen
Wird uns're Namen schreiben man.

Allerdings klang die letzte Zeile in mir jetzt nicht wie eine stolze Behauptung, sondern so, als sei sie eine Frage: »Wird uns're Namen schreiben man?« Mit einem großen Fragezeichen versehen.

Aber als ich mich gerade entschieden hatte, daß ich anstatt einer Rede diese Zeilen von Puschkin vortragen würde, trat ein Volksdeputierter der UdSSR ans Mikrophon, der sie nicht so sehr deklamierte als vielmehr herausschrie – ein Untersuchungsrichter, der damit offensichtlich die Namen jener Untersuchungsrichter für besonders wichtige Fälle meinte, die korrupte Kolchosvorsteher in Mittelasien entlarvt hatten.

Scheinbar hingen diese Zeilen nicht nur in der Luft, sondern waren die Luft selbst.

Was also sollte ich nun tun?

Ich wollte keine Rede halten, aber gar nichts zu sagen war auch unmöglich.

Vor mir standen noch drei Redner. Es blieben mir vielleicht noch fünfzehn Minuten. Fieberhaft wühlte ich in meinen Taschen. Weder ein Notizblock noch ein Heftchen noch ein Stift. Ich hatte nichts zum Schreiben und nichts, worauf ich hätte schreiben können.

Ich berührte meinen Vordermann in der Reihe an der Schulter:

»Etwas zum Schreiben.«

Er drehte sich um, leuchtete mich mit dem Nordlicht seines im Lager ergrauten Bartes an, und ich erkannte in ihm den Dissidenten und Journalisten Lew Timofejew, einen jener Menschen, die ich einst hinter dem

Stacheldraht hatte hervorholen können, und der sich von vielen anderen angenehm dadurch unterschied, daß er mich – nach dem Prinzip »Keine einzige gute Tat wird ungestraft bleiben« – später dafür nie mit Dreck beworfen hatte.

Er lächelte mich mit traurigen, aber freundlichen Augen über die Brillengläser hinweg an und reichte mir einen Fünfunddreißig-Kopeken-Plastikkugelschreiber – einen von denen, die meine Mutter an ihrem Zeitungskiosk verkaufte:

»Nun denn, jetzt bin ich an der Reihe, Ihnen aus der Patsche zu helfen, Jewgeni Alexandrowitsch.«

Ich hatte nur das Blatt mit Jelzins Erlaß, in dem er die Junta für illegal erklärt hatte. Ich drehte den Erlaß um. Das erste, was ich auf die Rückseite kritzelte, war:

Es erwacht das Gewissen der Panzer.

Dann über den wichtigsten Verteidiger des Weißen Hauses, obwohl dieser unsichtbar geblieben war:

Und heute kommt zu unserem Parlament Sacharow,
die gesprungenen Brillengläser schüchtern sich putzend.

Danach entstand das Bild für das Weiße Haus selbst:

Und das russische Parlament, wie der verletzte Marmorschwan der Freiheit …

Wenn ein Dichter selbst seine Gedichte nicht liebt, wie sollten sie dann andere lieben können? Aber neben einer gewissen gesunden Selbstverliebtheit muß man als Dichter auch den ironischen Zwerg in sich sorgfältig pflegen, der einen erbarmungslos auslacht und sich mitunter in heilendem Spott ergeht – »Ein verletzter Marmorschwan … Und noch dazu einer der Freiheit. Und wer soll die Leda für diesen Schwan spielen? Rußland, oder wer? Das ist so schön, daß man hinterher glatt an einem Stück Scheiße riechen möchte. Du hast doch selbst einmal geschrieben: Hochtrabende Worte – das ist niederer Stil«, spottete der freundschaftlich-feindliche Zwerg in mir voller Hohn. »Also, was ist das Weiße Haus denn seinem

Wesen nach? Eine bürokratische Institution, das ist alles. Denk an meine Worte: Diejenigen, die es heute verteidigen, wird man später nicht hineinlassen. Unter anderen auch dich.«

Aber dieses Mal hörte ich nicht auf meinen Zwerg. Dieser Moment in der Geschichte war an sich einfach pathetisch. »Ein verletzter Marmorschwan« – genau so sah in jenen Tagen das russische Weiße Haus in meinen Augen aus. Für diese drei Tage hatte es aufgehört, eine bürokratische Institution zu sein, und sich in ein Symbol verwandelt.

Der Rhythmus des Gedichts, das unter dem Fünfunddreißig-Kopeken-Plastikkugelschreiber entstand, den mir der ehemalige Lagerinsasse geliehen hatte, wurde breit, episch, schwergewichtig, fast ein Hexameter. Das war nur natürlich. Ich befand mich selbst mitten in einem Epos, ich war ein Teilchen darin.

Bescheidenheit hat noch nie zu meinen größten Charakterfehlern gehört. Als es sich herausstellte, daß ich nach der Fügung des Schicksals der einzige Dichter im belagerten Weißen Haus war, begriff ich, daß das Gedicht, das ich gerade auf die Rückseite des Jelzinschen Erlasses kritzelte, für immer in die Geschichte eingehen würde, egal, wie es auch sein mochte.

Natürlich wünschte ich mir, daß es kein schlechtes Gedicht sein solle. Aber die Geschichte verweigerte mir unbarmherzig die Zeit für eine Überarbeitung. Vor mir standen nur noch zwei Redner, und das bedeutete, daß mir alles in allem noch ungefähr zehn Minuten blieben.

Ich brauchte eine erste einleitende Zeile mit einem Reim auf den Namen Sacharow in der dritten Zeile. *S achanjem* – »Mit Stöhnen« – wäre der Betonung nach wohl der genaueste Reim.

Aber heute war kein Tag des Stöhnens. *Sawanow*? – »Leichenhemden«? Aber dann wäre der Reim zu elegant, zu gewählt. Der Inhalt forderte eine ungeschliffenere Form ohne barocke Schnörkel, einen weniger verspielten Reim, der sich am besten nicht so offensichtlich anbot. Der zusammengesetzte Reim *bes stracha w row* – »ohne Angst in den Graben« – würde zu unnatürlich klingen, würde eine metaphorische Überlastung bedeuten. Dieses Gedicht ganz ohne Reim zu belassen war aber auch nicht möglich – seine langen Zeilen verlangten nach einem Reimende wie nach einer Halterung, damit sie nicht auseinanderfielen. Der Reim durfte jedoch kein bloßes Schmuckwerk sein, sondern mußte sich aus dem Sinn der Worte ganz natürlich ergeben.

Diesen Tag im August wird man in Liedern besingen, in Sagen …

So konnte man anfangen – »in Sagen – Sacharow«. Eine entfernte Assonanz. Aber das war besser als ein in der ersten Zeile schon zu erratender Reim für die dritte Zeile. Der Name Sacharow mußte ganz plötzlich auftauchen und durfte nicht im voraus erahnt werden – so wie er selbst auf den Barrikaden auch nicht erahnt worden, sondern einfach aufgetaucht war.

Mochten die Menschen, denen ich jetzt gleich dieses bislang noch nicht vollendete Gedicht vortragen würde, begreifen, daß sie selbst die Geschichte waren. Mochte es sie stärken. Und mich zusammen mit ihnen.

Wir sind heut' ein Volk, und nicht die betrogenen Dummchen.

»Wir sind heut' ein Volk« … Eigentlich war es doch einfach und treffend. Aber der in mir sitzende ironische Zwerg schüttelte spöttisch seine rote Mütze mit dem Troddel daran:

»Aber dieses ›nicht die betrogenen Dummchen‹ – das ist schwach. *Duratschki* – ›Dummchen‹, und dann *otschki* – ›Brillengläser‹ … Das ist doch konstruiert. Kann man da etwa nichts Feineres und gleichzeitig Stärkeres finden?«

»Laß mich in Ruhe … Natürlich könnte man das«, flüsterte ich dem Zwerg in mir voller Verzweiflung zu, ohne dabei jedoch aufzuhören, das Papier zu bekritzeln. »Aber woher soll ich die Zeit dazu hernehmen?«

Vor mir stand nur noch ein Redner. Nur noch fünf Minuten. Mein Gott, wenn er doch nur ein wenig länger sprechen würde …

»Aber warum mußt du es denn unbedingt heute vortragen, warum nicht irgendwann später, wenn alles gut abgewägt und ausgefeilt ist? Kannst du es nicht abwarten, oder was?« fragte der Zwerg mit einem Achselzucken.

»Na, weil eben alles seine Zeit hat. Weil ich nicht zu denen gehöre, die erst nach der Schlägerei anfangen, die Fäuste zu schwingen«, fuhr ich ihn böse an.

Der Zwerg war beleidigt, versteckte sich und verstummte.

Es gibt Gedichte, die einfach nur Gedichte sind. Aber es gibt auch Gedichte, die Taten sind. Leider hört eine gekonnt ausgefeilte, aber verspätete Tat immer auf, eine Tat zu sein. Eine Tat jedoch, die zur rechten Zeit kommt, kann eben nicht immer besonders ausgefeilt sein. Aber was wäre gewesen, wenn ich mein ganzes Leben lang nur immer auf die professionellen Ausfeiler gehört hätte, die ihre Gedichte zu derartigem Hochglanz aufpolieren, daß die Finger auf ihren glatten Parkettseiten die Rauhheit des Lebens nicht mehr erspüren können, welche einem die Splitter des fremden Schmerzes unter die Fingernägel stößt, so daß dieser Schmerz sofort zum eigenen wird? Dann gäbe es weder *Babi Jar* noch *Die Erben Stalins* noch diesen Roman, der nur so tut, als sei er ein russisches Märchen.

Der Redner am Mikrophon senkte bereits seine Stimme, so als hebe er zum Endspurt an.

Der Jelzinsche Erlaß in meinen Händen war auf seiner Rückseite über und über bedeckt mit meinen Kritzeleien, und es war unmöglich, auch nur ein einziges weiteres Wörtchen irgendwohin dazwischenzuquetschen.

Ich drehte den Erlaß um und begann, mein Gedicht auf der Vorderseite zwischen die Zeilen des Erlasses zu schreiben.

Wie in den Kriegszeiten, als es in Sima keine Schulhefte mehr gab und ich meine Diktate schrieb, indem ich meine 86er Feder in das Porzellan-Tintenfaß tauchte und die Wörter zwischen die Zeilen der Frontmitteilungen des Sowjetischen Informationsbüros preßte. Und meinen ersten Roman habe ich zwischen die Zeilen einer zweibändigen Ausgabe von Marx und Engels geschrieben.

Die Möglichkeit, ein Gedicht zu schreiben und es dann auf dieser bereits jetzt legendär gewordenen Versammlung vorzutragen, hatte sich blitzartig ergeben. Deshalb glichen auch meine Gedanken Blitzen, die mir wie wild durch den Kopf schossen. Diese Gedanken sahen ungefähr so aus:

»›Es erwacht das Gewissen der Panzer ...‹ Das haben wir, das ist fertig. Aber auf diesem, diesem ersten Panzer, dessen Gewissen erwacht ist, wer stand darauf? Jelzin. Genau das war dann auch der Wendepunkt der Geschichte. Das darf nicht übergangen werden. ›Es erwacht das Gewissen der Panzer. Auf den Panzer hinauf klettert Jelzin ...‹ Halt, halt, Schenja, du hast dir doch geschworen, die Namen von lebenden Politikern in deinen Gedichten nie wieder zu erwähnen. Nicht genug, daß du in den Gedichten deiner Kindheit Stalin verherrlicht hast. Das wird dir bis heute hämisch angekreidet, wobei alle vergessen, daß du damals noch ein kleiner Junge warst. 1956 warst du so erschüttert von Chruschtschows Rede gegen Stalin, daß du schon in die Partei eintreten wolltest. Aber in demselben Jahr haben die Panzer auf den Straßen von Budapest, die auf Chruschtschows

Befehl dorthin geschickt worden waren, deine Illusionen schnell wieder zerstört. Allerdings hast du dich 1960 auf Kuba in den jungen Castro verliebt – in das erste Staatsoberhaupt, von dem du je gesehen hast, daß er flammende Reden ganz ohne Notizzettel hielt, demokratisch in Buchläden und Nachtbars hineinspazierte und das – in Ermangelung von Hemingway, der Kuba rechtzeitig verlassen hatte – dich, der du vor Freude ganz aus dem Häuschen warst, zum Angeln eingeladen hat. Du hast Fidel mit der ganzen Aufrichtigkeit des unvorsichtigen und romantischen, bereits in Idiotie übergehenden Idealismus besungen: ›Und flammend wie Mozart (!!!), steht Castro auf dem Gipfel der Musik ...‹ Es ist gefährlich, in seinen Gedichten lebende Politiker zu erwähnen, selbst wenn diese im gegebenen historischen Moment Begeisterung hervorrufen. Wer weiß schon, was sie im nächsten Moment tun würden? Und du, der du sie besungen hast, wirst mit ihnen verbunden sein und bis zu einem gewissen Maß für sie verantwortlich gemacht. Also laß das Wort ›Jelzin‹ in diesem Gedicht weg. Woher willst du wissen, wie er später werden wird?«

Aber heftig gebot ich mir selbst Einhalt. Halt, halt, Schenja. Genug davon, sich mit Verdächtigungen im vorhinein alles zu vergiften ... Warum glaubst du, daß diejenigen, die dich noch gar nicht betrogen haben, dies in Zukunft tun werden? Es ist besser, in seinem Vertrauen getäuscht zu werden, als in seinem Verdacht. Kann dir einfache menschliche Dankbarkeit denn etwa schaden? Ist es etwa möglich, die Wahrheit über diese Tage zu sagen, ohne jene plumpe, aber mächtige Gestalt aus dem Ural auf dem Panzer zu erwähnen?

Ich strich den Namen nicht.

Und ich gab dem Gedicht einen Namen. Er war trocken – einfach »Der 19. August« – und sollte unterstreichen, daß dieses Gedicht alles in allem nur eine Skizze war.

Wie durch einen Nebel hindurch hörte ich die Stimme des Versammlungsleiters:

»Der Volksdeputierte und Dichter Jewgeni Jewtuschenko ...«

Ich trat ans Mikrophon, das mir glühend heiß von den vorangegangenen Reden schien.

Vor mir befand sich das größte Publikum meines Lebens – mindestens zweihunderttausend Menschen, und was für Menschen!

Aber mir schien es, als hörten mich in diesem Moment auch die beiden für mich unwiederbringlich verlorenen, 1937 verhafteten Großväter und mein zu früh gegangener Vater, der mir beigebracht hatte, Gedichte zu schreiben und zu lesen, der auf dem Waganski-Friedhof unter einem Granitstein liegt, in den ein genialer Vierzeiler aus seiner Jugend eingemeißelt war:

> Wild schießend auf die Sehnsucht,
> lief ich davon in rasender Flucht.
> Aber die Sterne, sie sind zu hoch,
> Und zu hoch ist der Preis für die Sterne.

Es schien mir, als hörten mich auch meine verstorbenen Dichter-Lehrer – angefangen von Pasternak –, die an mich geglaubt hatten und mir noch ihren rettenden Segen hatten erteilen können.

Aber man hatte mich nicht nur als Dichter, sondern auch als Volksdeputierten angekündigt.

Ich war in Charkow zum Volksdeputierten gewählt worden.

Warum gerade dort? Als mich 1963 die Zeitungen, die den »Volkszorn« sorgfältig zu organisieren verstanden, einen »Chlestakow«[3] nannten, »dem das Verräterblut unauslöschlich an den Händen klebt«, kehrte ich gerade mit dem bulgarischen Dichter Stefan Zanew in einem alten Moskwitsch von Suchumi nach Moskau zurück. In Charkow fing der Vergaser zu stottern an. In der Reparaturwerkstatt erkannte mich ein Charkower Ingenieur, der sein eigenes Auto hier ebenfalls kurierte, und schlug mir vor, mit einer Dichterlesung in seinem Projektierungsinstitut aufzutreten.

Ich fragte ihn:

»Haben Sie denn gar keine Angst vor dem ›Ausbruch des Volkszorns‹?«

Er brach in Lachen aus und wollte es genau wissen:

»In welcher Form ziehen Sie den Volkszorn nach Ihrem Auftritt denn vor – als süße oder salzige Piroggen?«

Stefan machte die schelmische Andeutung:

»Er zieht den Volkszorn mit schönen Beinen vor ...«

Damals trug ich in mein Notizbuch die ironischen Worte ein: »Wie zärtlich ist doch der Zorn meines Volkes ...«

In Charkow wurden wir mit allen drei Varianten des zärtlichen Volkszorns versorgt, und so blieben wir eine ganze Woche in der Stadt.

Am Sonnabend lud man uns zur Eröffnung eines neuen Buchladens namens »Poesie« auf dem Puschkin-Platz ein. Ich hatte gedacht, daß sich in dem Laden ein paar Dutzend Lyrik-Liebhaber einfinden würden. Aber als wir mit dem Moskwitsch zu dem Platz kamen, ließ mich der Anblick, der sich mir hier bot, erstarren.

Auf dem Platz hatten sich an die zehntausend Menschen versammelt. Der Straßenverkehr war lahmgelegt. Aus den Fenstern der in den Staus steckenden Autos, Straßenbahnen und Autobusse blickten keineswegs verärgerte, sondern vielmehr überaus neugierige Gesichter. Von Volkszorn konnte keine Rede sein.

Auf der Vortreppe der winzigen Buchhandlung »Poesie« hatte man anstelle eines Rednerpults ein auf den Kopf gestelltes, hölzernes Anschovis-Faß aufgebaut, das Mikrophon war jedoch von dem Milizionär höflich, aber bestimmt entfernt worden, da man keine Genehmigung für eine Veranstaltung auf offener Straße erwirkt hatte. Vor zehntausend Menschen ohne Mikrophon eine Lesung abzuhalten war praktisch unmöglich, und schon bald begann meine Stimme heiser zu klingen und schließlich ganz zu versagen.

Aber in diesem Moment ließen von dem Balkon im zweiten Stockwerk gutmeinende Frauenhände ein Einkaufsnetz an einer Wäscheleine, an der noch die hölzernen Klammern steckten, direkt in meine Hände herab. Darin schaukelte wie ein Passagier in einem Fesselballon eine zartblaue, mit rosa Schmetterlingen verzierte chinesische Thermoskanne, und in dieser wiederum befand sich heiße Milch für meine brüchige Stimme.

Als meine Brüder vom Schriftstellerverband und später dann auch die Wahlmänner des Moskauer Stadtteils Proletarski meine Kandidatur niedergeschmettert hatten, ich daraufhin aber von gleich vierzehn Wahlkreisen der UdSSR aufgefordert wurde, in der zweiten Runde bei ihnen zu kandidieren, entschied ich mich aus diesem Grund für Charkow.

Und als ich nach Charkow zurückkehrte, organisierte es der Koordinator meiner Wahlkampagne, der Historiker Waleri Mescherjakow, der zu einem meiner nächsten Freunde wurde, daß mein erster Auftritt auf demselben Platz, vor demselben Buchladen »Poesie« stattfand. Und wie in einem Märchen wurde mir von demselben Balkon dieselbe chinesische Thermoskanne heruntergelassen, deren Lack in all den Jahren ein wenig abgeblättert war, die sich aber die rosa Schmetterlinge und Reste von blauer Farbe auf den ziemlich verbeulten Rundungen hatte bewahren können. Und dieselbe, mit der Zeit bereits ergraute Frau rief von ihrem Balkon herunter:

»Schenja, wir haben diese Milch die ganzen zwanzig Jahre für Sie warmgehalten!«

Und ich trug mein Gedicht vom Balkon des Weißen Hauses so vor, als hätte ich gerade erst wieder einen Schluck dieser Charkower Milch getrunken, die trotz all der verstrichenen Zeit nicht kalt geworden war.

Diesen Tag im August wird man in Liedern besingen, in Sagen.
Wir sind heut' ein Volk und nicht die betrogenen Dummchen.
Und uns'rem Parlament eilt heute zu Hilfe Sacharow,
die gesprungenen Brillengläser schüchtern sich putzend.
Es erwacht das Gewissen der Panzer.
Und auf den Panzer hinauf klettert Jelzin,
Und neben ihm – nicht die Gespenster früherer Kremlherr'n,
sondern die noch nicht verlorenen russischen Meister
und die todmüden Frauen – Opfer der Schlangen.
Nein, nie wieder wird Rußland knien für ewige Jahre!
Mit uns sind Puschkin, Tolstoi. Mit uns das ganze erwachte Volk
Und das russische Parlament,
wie der verletzte Marmorschwan der Freiheit,
verteidigt vom Volk, schwimmt es in die Unsterblichkeit ...

Ich habe auch früher schon viele schlechte Gedichte geschrieben.

Aber dieses ist das beste von meinen schlechten Gedichten.

20.

DER CELLO-MANN

Dieser große Musiker, der ständig seine Brille fallenließ und zerbrach, weil er mit tierisch-kindlicher Lebensgier immerzu seinen unbändig neugierigen Kopf hin- und herdrehte, hatte viele Frauen gehabt, aber bei keiner einzigen von ihnen hatte er sich je so wohl gefühlt wie bei seinem Cello.

Er hatte sowohl bei den Frauen als auch beim Cellospiel ungeheuren Erfolg. Aber während sich im Lauf der Zeit einige der Frauen als Schlampen erwiesen, sangen die Celli nicht nur gut in seinen Händen, sondern erwiesen sich außerdem auch als treu.

Man hatte ihn rachsüchtig aus dem Land getrieben, weil er auf seiner Datscha bei Moskau den bärtigen Großen Lagerspezialisten beherbergt hatte, der – wie es den Anschein hatte – das Papier nicht beschrieb, sondern mit verrostetem Lagerstacheldraht zerkratzte.

Und dank des weiblichen Wohlwollens, das alle Celli der Welt dem unersättlichsten all ihrer Liebhaber entgegenbrachten, erwählten sie – so als hätten sie sich untereinander abgesprochen – aus den Reihen ihrer hölzernen, aber leidenschaftlich mit allen Saiten vibrierenden Körper das seltenste Cello der Welt, eine Schwester unter ihnen, deren Vater Stradivari gewesen war, zu seiner endgültigen Gefährtin aus.

Der geforderte Preis – zweihunderttausend Dollar – schmetterte den Musiker nieder, der sich im Westen noch nicht ganz eingelebt hatte. Ein Schweizer Musikliebhaber lieh ihm das Geld.

Der große Musiker, der aber damals noch kein Millionär war, war erschüttert, als die beinahe durchsichtigen, mit Pigmentflecken bedeckten Greisenhände vor seinen Augen einen Scheck über zweihunderttausend Dollar ausschrieben und ihm dieses schmale und gewaltige Papierchen hinhielten wie die Eintrittskarte in ein vollkommen anderes Leben.

Damals konnte er nicht ahnen, wie schnell er diese Schulden zurückzahlen können würde.

Wie verzaubert strömte das Geld in rauhen Mengen den Tönen des magischen Cellos entgegen.

Er wollte Dirigent sein und wurde es auch. Doch es war abermals das Cello, das ihn zum Dirigenten machte. Selbst wenn er dirigierte, schien es vielen dennoch so, als spiele er auf einem Cello – auf einem Riesencello, in dem jeder Musiker die Rolle einer Saite unter dem Bogen spielte, der nur so aussah wie ein Dirigentenstab.

Wenn er auf dem Cello spielte, verschmolzen die beiden zu einem Ganzen, und er wurde zum Cello-Mann.

Der Cello-Mann war der westlichste Russe in Rußland und der russischste Russe im Westen. Von seinen Auslandstourneen hatte er alles nach Hause mitgeschleppt, was man im Flugzeug, im Zug oder auf einem Lastwagen nur irgendwie transportieren konnte – vom Manschettenknopf bis zum Auto. Seine Kauflust war fast die einer Frau.

Auf seiner Datscha, die er sich bei Moskau gebaut hatte, stammte alles aus dem Ausland – die Dachziegel und das Parkett, die Türklinken, die Ausstattung der Bar, die Toilettenbecken und die Wasserhähne für Kalt- und Warmwasser in der Badewanne. Dies alles mußte den bei ihm untergeschlüpften Großen Lagerspezialisten in Wut versetzen, da dieser voller Entrüstung alle Verlockungen aus dem Ausland – zu denen er sowohl den Kommunismus als auch Cocktailshaker zählte – zutiefst ablehnte.

Als man dem Cello-Mann während eines Aufenthalts im Westen als Strafe für unzulässige »Freiheiten« schadenfroh die sowjetische Staatsbürgerschaft entzog, konzentrierte sich nun seine Kauflust im Ausland nostalgisch auf alles Russische.

So wie auf seiner russischen Datscha kein einziger russischer Nagel zu finden war, so stammte in seinem Pariser Domizil, einer seiner vielen Wohnungen, die er überall in der Welt hatte, kein einziger Stuhl und kein einziges Teeglas aus dem Westen.

An den Fenstern hingen schneeweiße Spitzenvorhänge mit den zaristischen Monogrammen. Das Kristall war alter Familienbesitz – der der Fürsten Golyzin. Der ovale Malachittisch auf den goldenen Löwenpranken stammte – wie man sich erzählte – direkt aus dem Winterpalast. An den Wänden hingen nicht irgendwelche Picassos und Matisses, sondern Bilder von Lewitan, Polenow, Serow, Repin und Sawrasow.

Der Kühlschrank war gefüllt mit Pelmenis[1], die ihm eine ehemalige Armeepilotin in großen Mengen zubereitete. Sie war eine verbissene russische Patriotin, die nur deshalb ins Ausland übersiedelt war, weil ihre vor Unternehmungslust strotzende Tochter die Schnapsidee gehabt hatte, einen Künstler und Dissidenten zu heiraten, der nicht die im Frühling in ihre heimatlichen Brutkästen zurückkehrenden, patriotischen Saatkrähen malte, sondern irgendwelche wenig angenehmen feisten, hellroten Visagen, von denen es im Leben ohnehin schon genug gab, so daß man sie eigentlich nicht auch noch auf Bildern sehen mochte.

Die Pilotin bewachte – gleichsam als lebende Ergänzung zur japanischen Alarmanlage – diesen aus Malachit und Spitzen bestehenden Pariser Ausstellungspavillon der Vergangenheit Rußlands und sang zur Gitarre:

Am Abend, am Abend, am Abend,
Wenn die Piloten, seien wir ehrlich,
Faul auf ihrer Haut sich wälzen,
Landen wir am Tisch,
Reden dies und das
Und singen unser lustig Lied …

Wenn der Hausherr nicht in Paris war, wurde die Pilotin als Nachtwächterin in der leeren Wohnung so gut bezahlt wie eine Professionalistin von den Champs-Elysées – wie eine von denen, die in Nerzjacken gehüllt mit ihren gestriegelten Schoßhündchen an der Leine einladend hin- und herschlenderten.

Die Pilotin hatte ganz wie der Cello-Mann alles Russische in Unmengen in ihre Pariser Wohnung geschleppt – wie zum Beispiel einen Kühlschrank der Marke Sil, der auf einem Lastwagen zusammen mit den Bildern des Schwiegersohns ins Ausland gebracht worden war.

Der erfahrene sowjetische Zollbeamte hatte, als er das Gepäck vor seiner Abfertigung barbarisch »filzte«, auf einen Sack gezeigt, der ursprünglich mit vietnamesischem Reis, jetzt hingegen mit etwas Weichem vollgestopft war, und gefragt:

»Und was ist das?«

»Putzlappen«, hatte die Pilotin geantwortet.

»Was?« hatte der Zollbeamte nachgefragt, offensichtlich der Meinung, daß solche Scherze der Bürgerin hier wohl ganz fehl am Platze wären.

»Ganz gewöhnliche Putzlappen. Boden-, Küchenlappen …«, hatte die Pilotin würdevoll erklärt. »Ein Putzlappen ist für eine Frau dasselbe wie der Propeller für ein Flugzeug.«

Die Zöllner, die sich sicher waren, daß diese Bürgerin log, hatten den

Sack geöffnet und den Inhalt auf den Boden geschüttet, um in den Putzlappen nach versteckten Wertgegenständen zu suchen. Aber sie hatten nichts dergleichen finden können.

Doch schon in den ersten Tagen der Emigration hatten sich die Putzlappen selbst als außerordentlich wertvoll erwiesen. Denn in Paris konnte man zwar alles kaufen, aber die Putzlappen, die es hier gab, waren aus Nylon, saugten das Wasser schlecht auf, fühlten sich unangenehm an und waren nicht zu vergleichen mit den guten, alten russischen Putzlappen, die beim Abwischen eines Tisches oder beim Wischen eines Fußbodens plötzlich mit dem Knopf eines ehemaligen Ärmels, den man abzuschneiden vergessen hatte, über die Oberfläche schaben konnten.

Manchmal, wenn sie gemeinsam mit dem Cello-Mann ein Gläschen Wodka in einem Zug leerte, seufzte die Pilotin, und während sie mit dem Recht der Älteren einfach zum Du überging, sagte sie:

»Hast du dort, in der Sowjetunion, noch irgendwelche Verbindungen nach oben?«

»Nein, eher schon meine Frau ...«, antwortete er mit einem Grinsen, denn er erinnerte sich daran, wie eines der »Portraits«, welche mit organisierter Begeisterung während der Demonstrationen auf dem Roten Platz vom Volk in die Höhe gehalten wurden, mit sturer Plumpheit seiner Frau den Hof zu machen versucht hatte.

»Dann könnte sie denen doch ganz im geheimen zuflüstern, daß es Zeit wird, Frankreich und die UdSSR zu vereinigen. Die kleinen Franzosen würden sich zuerst natürlich ein wenig anstellen, aber dann würden sie sich sicherlich fügen. Denn immerhin ist Frankreich ja ein bemerkenswertes Land, ganz ehrlich: keine Schlangen, und sogar im Winter gibt es frische Erdbeeren. Die kennen den Begriff ›Saisonobst‹ überhaupt nicht. Und was für Blumen! Nur mit einem hat Frankreich kein Glück gehabt – mit seiner Bevölkerung. So ein Pech muß man sich mal vorstellen – überall nur Franzosen, und was das Empörendste ist – die sprechen alle kein Wort Russisch. Überall gibt es Fleisch zu kaufen, man wird förmlich erschlagen davon, doch die sind ja so tief gesunken, daß sie unglückliche Schnecken mit Knoblauch zu Tode quälen und dann mit einer Gabel aus ihrem Haus herausholen. Und diese, na, wie heißen sie doch gleich, diese Austern, die schlucken sie lebendig herunter, so daß sie kläglich in den Därmen piepsen. Die braten Frösche, und vielleicht sogar auch Kröten, und essen sie dann mit all den Warzen daran. Einmal habe ich in einem Schaufenster einen Käse gesehen, der wimmelte vor lauter Würmern, und die essen so was mit dem größten Vergnügen. Würde die Hygieneaufsicht bei uns in der UdSSR so eine Schweinerei etwa zulassen? Ja, bei unserem Volk hätte der Käse gar nicht so lange 'rumgelegen, bis er in einen solchen Zustand kommt. Nein, man sollte uns, die Russen, nach Frankreich umsiedeln und die Franzosen in unsere Schlangen – für Waschpulver, für Kinderstrumpfhosen und für Bananen ... Sollen sich doch unsere Leute, die so viel unter der kapitalistischen Umzingelung leiden mußten, endlich einmal in eben diesem Kapitalismus ein wenig erholen, auf dieser Pariser Hauptstraße – wie heißt sie doch gleich –, der Schimpansen-Elise spazierengehen, die Veilchen vom Montmartre schnuppern, sich mit Vitaminen vollstopfen, ihre Museen und Tamtams anschauen ...«

»Champs-Elysées ...«, verbesserte sie der Cello-Mann. »Und wo haben Sie denn hier in Paris Tamtams gefunden?«

»Na, wenn die mit ihren schwarzen Strümpfen die Beine bis über den Kopf hochwerfen, so daß man sogar die Unterhosen sehen kann. Am Anfang habe ich ja gedacht, daß das eine einzige Schamlosigkeit ist, aber dann habe ich es selbst einmal probiert, als mich niemand sehen konnte. Ich wollte mein Bein hochschmeißen, aber höher als bis zum Bauch habe ich es nicht geschafft. Da habe ich so richtigen Respekt vor denen bekommen – vor diesen Tamtamisten ... Das ist keine leichte Arbeit, das kann ich Ihnen sagen ...«

»Ach so, Cancan ...«, erwiderte der Cello-Mann lachend und versuchte, die Franzosen vor dieser für sie ganz überraschenden Deportation zu schützen. »Aber wenn unsere Leute Frankreich bevölkern würden, dann würden sie auch hier ganz schnell Schlangen einführen. Manchmal habe ich das Gefühl, daß, selbst wenn man uns in die Sahara umsiedeln würde, der Sand dort ziemlich schnell zur Mangelware werden würde ...«

Am 19. August rief die Pilotin den Cello-Mann an und sagte mit sich vor Aufregung überschlagender Stimme:

»Hast du gehört, was die da treiben? Panzer gegen das eigene Volk. Ich würde ja nach Moskau fliegen. Flügel habe ich ja noch, aber die Landeklappen sind verrostet. Na und du, fliegst du hin?«

Er hatte daran gedacht, hatte sich aber noch nicht entschließen können. Aber als die Pilotin ihn fragte, entschied er sich. Vielleicht, weil er sich an Schostakowitsch erinnerte. Wie man diesem Genie die Seele zerbrochen hatte, als man ihn zwang, alles mögliche einzugestehen und alle möglichen Papierchen zu unterschreiben! Sollten diese Seelenbrecher etwa wieder zurückkehren und andere, zukünftige Genies verhöhnen? Sollten sie die Musik wieder in das Bordell der Politik stecken, wo sie wie eine Prostituierte gezwungen wäre, alles gehorsamst auszuführen, was den besonders hochverehrten Kunden gefiel?

Der Cello-Mann erinnerte sich mit Entsetzen daran, wie ein teuflisch begabter Bildhauer – von der Zusammenarbeit mit den professionellen Verbietern und dem Kampf gegen sie dem Wahnsinn nahe – mit ihm Wodka aus einer leeren Konservenbüchse getrunken hatte, während sie in seinem Atelier gesessen hatten, das mit geächteten Skulpturen vollgestopft war, die dieser Staat nicht gebrauchen konnte, und geschrien hatte:

»Laß uns doch ehrlich sein, mein Alter! Vor uns haben wir einen riesigen Arsch, und alle drängeln sich, ihn abzulecken. Aber wir könnten ihn schließlich doch ein wenig qualifizierter lecken!«

Sollte all das etwa wiederkehren?

Er nahm sein Cello mit. Es war ja schließlich nicht einfach nur ein Musikinstrument, sondern ein Teil seiner selbst. Er glaubte so sehr an sein Cello, daß es ihm sogar schien, es würde – sollte man es einmal stehlen – in fremden Händen keinen Klang entfalten.

Wenn er sein Cello dabeihatte, war ihm leichter zumute. Er fürchtete sich dann nicht so sehr. Schließlich war auch er nur ein Mensch und hatte Angst. Aber mehr als vor allem anderen hatte er davor Angst, daß er in diesen Tagen nicht dort sein könnte, wo er sein sollte.

Das war keine Politik. Es war jene Staatsbürgerschaft, die man ihm nicht hatte aberkennen können.

Am Flughafen Moskau-Scheremetjewo hielten die Zollbeamten den Cello-Mann zurück, denn er hatte einen ausländischen Paß und kein sowjetisches Einreisevisum. Da legte er ihnen ein in diesem Moment leider weder auf Audio- noch auf Videotechnik aufgezeichnetes, beispielloses Konzert der russischen Ausdruckskraft hin, so daß die Zollbeamten sich gezwungen sahen, die Flüche als Einreisevisum anzuerkennen.

Aus dem Weißen Haus hatte man dem Cello-Mann einen Wagen und einen Begleiter geschickt.

Der Begleiter war schweigsam, und auf die Frage »Wie sieht es dort aus?« antwortete er kurz: »Es könnte schlimmer sein.«

Auf seinem Gesicht lag ein Schatten von Besorgnis, die keinerlei Bezug zu der Berühmtheit hatte, die er begleitete. Der Begleiter hatte die gebrochenen Augen eines Menschen mit familiären Problemen.

Gott sei Dank machte er weder dem Cello-Mann noch der Musik im allgemeinen eine Liebeserklärung. Als sie schon fast am Weißen Haus angelangt waren, fragte er ganz unvermittelt:

»Erinnern Sie sich vielleicht an diese Worte: ›Wo es nicht besser wird, da wird es schlechter, aber vom Schlechten zum Guten ist es abermals nicht weit‹?«

»Natürlich. Natürlich …«, fuhr der Cello-Mann von seinem Sitz auf, hocherfreut darüber, daß dieser Schweiger endlich zu sprechen anfing.

»Und woraus ist das?« fragte Paltschikow mit vorsichtiger Hoffnung in der Stimme.

Der Cello-Mann wurde ganz betrübt, putzte seine Brille mit einem zerknitterten Taschentuch, so als ob er dadurch vor seinem geistigen Auge den Namen des Urhebers dieser Worte besser entziffern könnte.

»Woraus das ist, da stehe ich vor einem Rätsel. Sie müssen entschuldigen …«, und er begann, mit seinem Tuch nicht mehr die Brille, sondern seine Glatze abzuwischen, so als hoffe er, sich so bis zur Quelle des Zitats vorarbeiten zu können.

»Na, wenn nicht einmal der sich daran erinnert …«, dachte Paltschikow traurig.

»Sagen Sie, werde ich mit meinem Cello auch nicht lächerlich wirken, dort, auf den Barrikaden?« fragte der Cello-Mann unerwartet schüchtern.

»Wenn alle nur Maschinenpistolen in den Händen hielten – was wäre das für ein Leben«, antwortete Paltschikow mit einem Achselzucken und einem beruhigenden Lächeln: »Die Menschen werden sich sehr über Sie freuen. Und über Ihren Kontrabaß.«

»Waren Sie jemals bei einem meiner Konzerte?« fragte der Cello-Mann, ohne ihn zu verbessern.

»Zu meiner Schande, nein«, seufzte Paltschikow. »Sie waren ja lange, lange nicht mehr in Rußland. Und als Sie dann zum erstenmal zurückgekommen sind, hat meine Frau mir die Hölle heiß gemacht, damit ich Karten besorge, aber es hat nicht geklappt. Fast alle Karten wurden gegen Devisen verkauft. Und für Karten vom Schwarzmarkt reichte das Geld nicht. Und außerdem gehört sich das in meinem Beruf auch nicht. Ich bin Untersuchungsrichter.«

Der Cello-Mann zückte einen Kugelschreiber, zog aus seiner Tasche das dort zufällig hineingeratene Programmheft seines letzten Londoner Konzerts hervor und fragte geschäftig:

»Ich schreibe Ihnen Freikarten aus. Für zwei Personen?«

»Wenn es Ihnen keine Umstände macht, für drei«, sagte Paltschikow. »Ich habe noch eine Tochter. Nastenka.«

Der Cello-Mann hielt ihm das Programmheft hin, auf dem in schwungvollen Buchstaben stand:

»Einlaß für drei Personen für mein erstes Konzert in Rußland nach dem Putsch«.

»Danke«, sagte Paltschikow, »jetzt ist mein Familienleben gerettet.«

Als der Cello-Mann dann auf den Balkon des Weißen Hauses hinaustrat und sich an das Mikrophon begab, schien ihm die Aufregung plötzlich die Kehle zuzuschnüren, und eine ganze Zeitlang brachte er kein einziges Wort heraus.

Die zweihunderttausend Menschen umfassende Menge half ihm mit ihrem Applaus, die Pause der Aufregung zu überbrücken. Die Menschen waren glücklich, ihren von den Zeitungen, nicht aber von ihnen selbst vergessenen Liebling wiederzusehen. Und dann verstummten die Menschen – bereit, ihm zuzuhören, aber durch das Mikrophon war nur ein stockender Atem, ein kehliges Rasseln, ein krampfhaftes Schluchzen zu hören. Auch das war eine Rede – wenn auch nicht mit Worten, so doch mit dem Atem. Im Tierpark hielt man diese von den Verstärkern über die Hausdächer ausgestrahlte Rede offensichtlich für eine der Tiersprachen, denn die Paviane antworteten mit durchdringenden Schreien, die Tiger mit samtigem Brüllen.

Der Cello-Mann wurde von dem unerklärlichen, nie zuvor erlebten Gefühl ergriffen, daß er jeden dieser zweihunderttausend kenne, daß er sich mit dem einen von ihnen in den Hinterhöfen mit den Schultaschen geprügelt hatte, mit einem anderen, von einem Filzstiefel auf den anderen tretend, für Brot in der Schlange gestanden hatte oder auf den Gleisen der klirrenden Straßenbahn, in der die rosaroten Blättchen der Fahrkarten an den vom Rauhreif mit Palmen bemalten Fenstern klebten, durchgeschüttelt worden war oder wieder mit einem anderen auf den Tribünen des Stadions »Weg mit dem Schiedsrichter!« geschrien hatte, als man seinem Liebling – dem großartigen Lysa – wieder einmal ungestraft ein Bein gestellt hatte oder bis zur Heiserkeit gestritten hatte, wenn man sich – nach alter russischer Tradition in der Küche sitzend – mit Politik befaßte, ohne zu ahnen, daß die Stunde nicht mehr fern war, da sich die Politik mit ihm befassen und ihn aus der Heimat jagen würde. Und unter den zweihunderttausend Gesichtern, die da unten vor ihm in trügerischem Siegestaumel strahlten, erkannte er ein Gesicht, das früher nie gestrahlt hatte und es auch heute nicht tat.

Es war das Gesicht Tante Paschas, der Putzfrau des Konservatoriums, mit einem gepunkteten Kopftuch, das sie auf Bäuerinnenart unter dem Kinn zusammenband, mit demselben Kopftuch, mit dem er sie auch zum erstenmal gesehen hatte, als er noch ein ganz junger, unbekannter Student gewesen war. Schon damals war sie grauhaarig und so uralt gewesen, daß man annehmen mußte, sie würde niemals noch um mehr als weitere dreißig Jahre altern können.

Einmal, als er in einem leeren Raum geübt hatte, hatte sie in einfühlsamer Lautlosigkeit mit ihrem in einen nassen Lappen gewickelten Scheuerbesen das Parkett gewischt. Und dann hatte sie innegehalten, hatte ihr Kinn auf den Stiel des Scheuerbesens gestützt und ihm lange, lange zugehört. Nachdem sie dann schüchtern um seine Erlaubnis gebeten hatte, war sie immer zu seinen Übungsstunden gekommen und hatte ihm immer – selbst wenn sie nicht unbedingt wischen mußte – stehend gelauscht, so als täte sie dies aus Respekt vor der Musik, und immer hatte sie ihr Kinn auf dieselbe Art und Weise auf den Stiel des Scheuerbesens gestützt.

Und als er das erstemal in dem Großen Saal des Konservatoriums aufgetreten war und sich viel zu lange vor dem noch dünnen Applaus verbeugt hatte, hatte er Tante Pascha erblickt, die ganz am Ende des Mittelganges gestanden hatte. An diesem Abend hatte ihm niemand Blumen geschenkt. Es hatte einen Blumenkorb von seiner Familie gegeben, aber das zählte irgendwie nicht. Aber plötzlich war Tante Pascha mit kleinen, schüchternen Schritten durch den Gang auf ihn zugekommen, und in ihren Armen hatte ein wahrscheinlich sehr teurer Strauß weißer Rosen gelegen, so als wolle sie ihm eine kleine, zarte Wolke schenken.

Um ihm die Blumen zu reichen, hatte sich Tante Pascha auf die Zehenspitzen gestellt, und er hatte seine Brille verloren, die von seiner vor Aufregung schweißnassen Nase direkt in die Rosen gerutscht war. Und er war auf die Knie gefallen und hatte ihr die winzige Hand geküßt, dessen Zeigefinger mit einem Verband umwickelt war. Sie hatte vor kurzem, als sie den Müll mit den bloßen Händen aus einer Ecke herausholte, in die der Scheuerbesen nicht hineinpaßte, in die Splitter einer Flasche gefaßt.

Und jetzt stand Tante Pascha in dieser zweihunderttausend Menschen umfassenden Menge und stützte sich mit dem Kinn auf den noch nicht abgegriffenen Schaft der noch nicht verschlissenen, zu neuem Leben erweckten dreifarbigen Flagge Rußlands.

Das Cello war bei ihm, und der große Musiker hätte natürlich spielen können – für Tante Pascha und für all die anderen. Aber er war ein Profi und konnte es nicht zulassen, daß die Reinheit des Klangs von den nicht professionell angeordneten Versammlungsmikrophonen und -verstärkern verfälscht würde. Und außerdem war die Musik, die er jetzt hätte spielen wollen, noch von niemandem komponiert worden. Das, was er in diesem Moment spürte, wurde am besten durch die Musik seines eigenen Atems ausgedrückt. Und schließlich hauchte er alles in allem ein paar undeutliche Worte ins Mikrophon – daß heute der glücklichste Tag seines Lebens sei.

21.

»IN DER NOT SPRINGE ICH FÜR DICH EIN«

Der Beifallssturm der Menge von zweihunderttausend Menschen schreckte die Tauben von den Dächern der mit elektronischen Abhörwanzen gespickten neuen Gebäude der amerikanischen Botschaft auf.

Die sowjetischen Wanzen saßen wie die Schmerzen einer Gehirnhautentzündung in fast jedem Ziegelstein, wie übrigens auch die amerikanischen Wanzen – Brüder in der gemeinsamen Sache – in fast jedem Stein des Gebäudes der sowjetischen Botschaft in Washington saßen.

Der Kalte Krieg lag im Sterben. Den Abhöranlagen ging es bestens.

Der Kalte Krieg ließ sich aus den Gehirnen leichter entfernen als die Wanzen aus den Ziegelsteinen.

Wahrscheinlich hatte die frühere skandalöse Entdeckung der sowjetischen Wanzen niemandem mehr Ärger beschert als demjenigen, dem jetzt, am 20. August 1991, auf der Versammlung vor dem Weißen Haus der Beifall galt.

Am Mikrophon auf dem Balkon stand der Kosmopolitische Georgier, der die ganze Welt bereist hatte und dessen graue Haare den Resten einer heimatlichen Kaukasus-Wolke ähnelten, die wie durch ein Wunder trotz all der Transkontinentalflüge noch immer nicht zerstoben war.

Die Menge begrüßte ihn begeistert, denn er war es gewesen, der einige Monate vor dem schicksalhaften August drohend seinen Rücktritt erklärt und in seiner erschütternden Rede vor dem Obersten Sowjet davor gewarnt hatte, daß sich ein Putsch vorbereite. Daran erinnerte sich die Menge noch gut.

Aber die Menge, die bekanntlich immer ein kurzes Gedächtnis hat, hatte großmütig und treuherzig vergessen, daß sich der Kosmopolitische Georgier vor ein paar Jahren gemeinsam mit den anderen Mitstreitern des Generalsekretärs gegen den unerwartet bockigen Mann aus dem Ural gestellt hatte, als dieser mit dem Kopf durch die Wände des Leninmausoleums wollte, dessen roter Marmor mit den fünf unberührbaren Buchstaben auch der Baustein seines eigenen Charakters war. Damals hätte es sich niemand auch nur vorstellen können, daß dieser Mann aus dem Ural eines Tages der Präsident von Rußland werden könnte, denn alle hatten gedacht – unter anderen auch der Generalsekretär –, daß er für immer aus dem Sattel geworfen worden sei.

Doch man half dem Mann aus dem Ural, den Sattel der Politik abermals zu besteigen – dieser unbezähmbaren Stute, die ihn schon einmal auf die feuchte Mutter Erde abgeworfen hatte. Der Kosmopolitische Georgier war selbst rechtzeitig von dieser verräterischen Stute abgesprungen – allerdings war er es nicht gewohnt, nicht im Sattel zu sitzen, und so ging er selbst zu dem Mann aus dem Ural, den er einst abgesetzt hatte, denn sonst konnte er nirgendwo mehr hin, und irgendwohin mußte er ja nun einmal.

Und außerdem sehnte sich der Kosmopolitische Georgier – nachdem er so viele Länder passiert hatte, wie er Zeitschriften in den Flugzeugen durchgeblättert hatte – nicht nur nach der Politik, sondern auch nach seiner Heimat. Doch gerade seine Heimat erwies sich als das einzige Land auf dem Erdball, wo er inzwischen zur Persona non grata geworden war.

Man sagt, daß es kein größeres Heimweh gibt als das nach Rußland. Warum? Ja, weil es nirgendwo auf der Welt etwas gibt, was Rußland gleichkommt.

Aber es gibt noch ein anderes Heimweh, das in seinem Schmerz nicht weniger groß ist, obwohl das Land, dem diese Sehnsucht gilt, in geographischer Hinsicht weit kleiner ist – das ist die Sehnsucht nach Georgien – *Dardi Samscheblose.*

Nirgendwo sonst gab es solche Gastfreundschaft wie in Georgien, wo ein Gast leben konnte, ohne auch nur einmal Geld aus seiner Tasche holen zu müssen, wo man im Hause des Gastgebers nichts loben durfte, da man es sonst sofort geschenkt bekam – und sei es der wertvolle Dolch des Ururgroßvaters aus der Zeit der Kaiserin Tamara, der – fast weinend – von der Wand genommen wurde.

Nirgendwo sonst gab es solche Hochzeiten und Beerdigungen wie in Georgien – für tausend und manchmal sogar zweitausend Gäste, auf denen die Hunderte von Verwandten, Nachbarn und Bekannten Geld schenkten – jeder soviel er konnte – und jede Summe sorgfältig in dem dicken Familienbuch notiert wurde. Und wenn dann diejenigen, die einst ihr Scherflein gegeben hatten, selbst zu einer Hochzeit oder einer Beerdigung luden, durfte man nicht weniger schenken, als man damals von ihnen bekommen hatte.

Nirgendwo sonst gab es dieses Privileg, der einzige Präsident der Welt zu sein, der nicht gestürzt werden kann – der Präsident der Tafelrunde, der Tamada, und nirgendwo sonst gab es eine solch unbändige mündlich vorgetragene Lyrik wie die Trinksprüche in Georgien.

Nirgendwo sonst lebten so viele Völker friedlich nebeneinander wie noch vor kurzem in Georgien, obwohl sie manchmal auf ihre ganz eigene Art und Weise gegeneinander stichelten – mehr mit Scherzen als mit Dolchen.

Die Georgier selbst unterteilten sich in verschiedene Gruppen, und nur das Wort »Georgier« vereinte sie miteinander. Die georgische Nation war wie die geologische Schnittstelle des Kaukasus. Redegewandte, schauspielernde Kartaliner. Spitzfindige, unternehmungslustige Mingrelen. Der mingrelischen Sprachgruppe zugehörige, weise, ein wenig mißtrauische Lasen, deren Zahl in Georgien gering, in der Türkei jedoch hoch war, wo sie Gurdschen genannt wurden. Eigensinnige, aber treuherzige Kachetinen. Verschlossene, stolze Tuschetinen. Pschawen, die in ihren leichten, das Bein umarmenden Lederstrümpfen weich über die Gebirgspfade und Wolken schritten, dafür aber hart blieben, wenn es um ein Ehrenwort ging. Mtiulen, diese kühnen Krieger und scharfäugigen Jäger, die dem Fuchs stets nur ins Auge schossen, um sein Fell nicht zu verderben. Besonnene, nur langsam begreifende Lechtschumen mit ihrem nicht unklugen Mißtrauen gegenüber allen politischen Versprechungen. Lebensfrohe, leicht entflammbare Imeretenen. Schwer entflammbare, blauäugige Adscharen, die aber – einmal entflammt – gleich explodierten und in deren Häusern man sowohl die Bibel als auch den Koran finden konnte. Majestätische, wie aus den Felsen herausgemeißelte Chewsuren. Schweigsame Swanen, die bedrohlich wirkten wie die Turmhäuser, in denen sie lebten. Meschetinen, die zu Füßen alter Tempel lebten und aussahen wie aus deren Mauern entstiegene Fresken. Ratschinen mit Patronenwesten, die mit Pistolenkugeln und Scherzen vollgestopft waren. Vorsichtige, bedächtige Gurier, die nie einen überflüssigen Schritt taten und nie ein überflüssiges Wort fallenließen. Wahrscheinlich hat es deshalb in den Regierungen Georgiens so viele Gurier gegeben. Man witzelte sogar über sie: »Der Schrei eines Neugeborenen in Gurien ist mindestens der Schrei des Provinzparteisekretärs«.

Die georgische Sprache ähnelte dem Poltern eines über Steine hinwegrollenden Flusses.

Neben den Georgiern lebten friedlich die schüchternen, an ihrer geringen Anzahl leidenden, in den Zeiten Berijas zur Hälfte ausgerotteten Abchasen, die eine eigene Sprache sprachen, dem Zischen eines Gebirgswasserfalls ähnlich. Osseten aus der persischen Sprachgruppe, die sich selbst Alanen nannten und tragischerweise in einem Adlerhorst geboren wurden, das von dem Säbel der Geschichte in zwei Teile gehauen worden war. Geschäftige Armenier, die ihrem Wesen nach alle Juweliere waren, selbst wenn sie als Schmied oder Bauer arbeiteten. Die einst von Stalin in die kasachischen Salzwüsten deportierten unverwüstlichen Nachkommen der Argonauten – die pontischen Griechen, die überlebt hatten und nun zurückgekehrt waren. Die einst ebenfalls deportierten türkischen Meschetinen, die unablässig versuchten, in ihre vielsprachige, aber eindeutig historische Heimat zurückzukehren. Die in der ganzen Welt verfolgten Kurden, die in Georgien ein sicheres Zuhause gefunden hatten. Die georgischen Juden, die in Georgien Gott sei Dank nie erfahren mußten, was ein Pogrom ist. Die hier ansässigen Russen und Ukrainer, die es bis zur Perfektion gelernt hatten, Saziwi, Pchali und Tscharko zuzubereiten, und mit einem unverwechselbaren slawisch-georgischen Akzent sprachen. Und sogar die einzigen sowjetischen Schwarzen, die in vierter Generation hier lebten, nachdem der Wille des Schicksals sie einst in die abchasischen Berge verschlagen hatte.

Gäbe es Georgien nicht, hätte es weder den *Recken im Tigerfell* von Rustaweli[1] noch viele, großartige russische Gedichte je gegeben. Wenn die russischen Dichter in Petersburg oder Moskau in Ungnade gefallen waren, überhäufte man sie in Tiflis mit Blumen und badete sie wie eine seltene Pferderasse zärtlich in rotsamtigem Kindsmareuli-Wein.

Doch es war etwas geschehen mit Georgien.

Die verführerische, aber grausame Erfahrung der Unabhängigkeit verwandelte sich für einige in eine häßliche Unabhängigkeit von jeglichem Gefühl für die schrecklichste Sünde, die es geben kann – den Mord. Noch vor kurzem war nicht vorauszusehen gewesen, daß dieses Land, das von dem dort geborenen Majakowski als Paradies bezeichnet worden war, zur Hölle werden könnte, daß jene, die in denselben Kindergarten und in dieselbe Schule gegangen waren, Brot und Salz sowie den Tschatscha auf Hochzeiten und Beerdigungen miteinander geteilt hatten, anfangen könnten, einander zu töten, nachdem sie von den Wolfsbeeren des Neids und des Hasses gekostet hatten.

Der Kosmopolitische Georgier, der sich nach seiner Heimat sehnte, ahnte damals noch nicht, wie gefährlich seine Rückkehr für ihn werden sollte. Denn es ist um vieles einfacher, fremde Länder miteinander zu versöhnen, als seine eigenen Landsleute. Denn jede der feindlichen Seiten versucht, einen auf ihre Seite zu ziehen, und keiner kann es in seiner Blindheit verstehen, daß die Gerechtigkeit niemals nur auf der einen Seite liegt.

Die Kreuzigung ist ja gerade deshalb ein so erhabenes Symbol, weil Christi Hände nach beiden Seiten des Kreuzes hin ausgebreitet sind, er selbst jedoch, wie die Wahrheit, in der Mitte bleibt.

Selbst in seinen schlimmsten Alpträumen hatte der Kosmopolitische Georgier nicht geahnt, daß er nach seiner Rückkehr – egal, wohin er sich wenden würde – immer nur in Blut treten würde, daß sich, solange alle gemeinsam im Unrecht waren, fast jede Tat, aber auch jede Untätigkeit als Fehler erweisen müßte, daß ihn nicht nur die ossetischen und abchasischen, sondern manchmal auch die georgischen Frauen, wo er doch gerade erst zum Christentum konvertiert war, einen Mörder nennen und vor ausländischen Korrespondenten Plakate schwenken würden, auf denen neben seinem Namen Hakenkreuze prangen würden.

Über den Kosmopolitischen Georgier kursierte eine Unmenge von Gerüchten und Legenden, und es war schwer zu unterscheiden, was davon der Wahrheit entsprach und was frei erfunden war.

Aber er war nicht als Kosmopolitischer Georgier geboren worden, sondern einfach als Georgier. Genauer gesagt, nicht einfach als Georgier, sondern als Gurier.

Er war der Sohn des Gurischen Lehrers. Er liebte die Kunst. Aber mehr als alles andere zog ihn die magische Kunst an, Menschen zu führen. Er war immer ein Anführer gewesen – zuerst bei den Kinderspielen, dann bei den Pionierspielen, dann bei den Komsomolzenspielen, dann bei den Parteispielen.

Danach wurde er Innenminister von Georgien. Auf diesem Posten war es bereits leichter, all den geheimen Gesetzen bei der Führung menschlicher Seelen auf die Spur zu kommen.

Es hieß, daß er angefangen habe, von dunklen Existenzen der Schattenwirtschaft Schmiergelder anzunehmen, weil er die Verstrickungen der Mafia anders nicht hätte entknoten können. Das Geld soll er dann anonym an Kindergärten und Krankenhäuser gespendet haben – die Quittungen hat er selbstverständlich aufbewahrt. Wie immer sich all das auch zugetragen haben mag, er entdeckte, daß einer der Fäden direkt in das

Schlafzimmer des damaligen Ersten Parteisekretärs Georgiens führte – eines ehemaligen Generals, der seinem Wesen nach kein Gierhals, sondern eher ein etwas dümmlicher, unter dem Pantoffel seiner ukrainischen Ehefrau stehender Befehlsempfänger war. Die Schmiergelder für Ernennungen zum Gebietsstaatsanwalt und zum Sekretär des Exekutivkomitees wie auch dafür, daß man die Könige dieser Untergrundgeschäfte in Ruhe ließ, flossen in Form von Brillanten an sie, die ukrainische Ehefrau.

Seinen eigenen Kopf riskierend, unternahm der Sohn des Gurischen Lehrers etwas noch nie Dagewesenes – er stellte einen Kandidaten für die Wahl ins Politbüro wie auch dessen Frau unter Hausarrest und fuhr erst danach nach Moskau, um Bericht zu erstatten. Er hätte alles verspielen können, doch er gewann. Breschnew unterstützte den berechnenden, das Risiko wagenden Gurier, was einigermaßen sonderbar schien, da er selbst mindestens den Hausarrest verdient hätte, wenn man bedachte, wieviel sich seine Kinder und ihr Anhang – sich hinter seinem Namen verschanzend – in die Taschen gesteckt hatten.

Jetzt wurde der Sohn des Gurischen Lehrers selbst zum Chef. Es hieß, daß er auf einem Plenum darum gebeten haben soll, bei der Abstimmung über einen Beschluß zum Kampf gegen Schwarzmarktgeschäfte nur mit der linken Hand zu stimmen. Ohne rechtzeitig zu begreifen, warum sie die linke und nicht die rechte Hand heben sollten, hätten die Delegierten einstimmig für den Beschluß gestimmt. Da habe der Sohn des Gurischen Lehrers mit der charmant schmeichelnden Stimme eines Tigers in der Haut eines Gentlemans gefragt:

»Ich habe einige Dutzend goldene Rolex, Cartiers, Seikos und andere Uhren gezählt, die es in sowjetischen Geschäften nicht zu kaufen gibt. Wie können Sie, Genossen, mit reinem Gewissen für den Kampf gegen Schwarzmarktgeschäfte stimmen, wenn die direkten Beweise dieses Schwarzmarktes an Ihren Handgelenken hängen?«

Er schloß viele illegale und halblegale Privatfirmen wie auch inoffizielle Fabriken – so eine Schokoladen- und eine Strumpffabrik, die heimlich in Höhlen betrieben wurden. Leider gab es in Georgien danach weniger Schokolade zu kaufen als früher – weniger Strümpfe übrigens auch. Als der Sohn des Gurischen Lehrers jedoch anfing, die Übeltäter verhaften zu lassen, erschrak er selbst, da er begriff, daß in diesem Fall der Bau von Gefängnissen zum wichtigsten Bauvorhaben werden würde – und daß es dafür niemals genügend Baumaterial geben würde.

Über das Fernsehen wandte er sich mit dem Angebot an das ganze Land, daß jeder, der etwas gestohlen habe, es jetzt, solange es noch nicht zu spät sei, dem Staat im Guten zurückgeben möge, und versprach in diesem Fall Straffreiheit. Auf ein paar Leute wirkte das. Aber nicht auf alle.

Man legte im Opernhaus Feuer, als er sich dort aufhielt.

Man schoß auf seinen Wagen, als er sich nicht darin befand – der Chauffeur wurde verletzt.

Man erzählt, daß georgische Fußballfans einmal in einem Stadion vor Wut auf den Schiedsrichter getobt haben sollen, als dieser kurz vor Spielende einen Elfmeter gegen die Platzherren verhängte.

Die Menge sei auf das Spielfeld geströmt, wie Lava aus dem Schlund eines Vulkans. Die Fußballspieler hätten den vor Angst zitternden, unglückseligen Schiedsrichter wie ein lebender Ring umgeben, um ihn vor der Lynchjustiz zu schützen. Sonst wäre er wohl in Stücke gerissen worden – aller Wahrscheinlichkeit nach in kleine Stücke.

Da habe der Sohn des Gurischen Lehrers, nachdem er seinen Leibwächtern verboten hatte, ihn zu begleiten, die Regierungsloge verlassen, um dem Schiedsrichter ungeschützt zu Hilfe zu eilen. In der Menschenmenge gab es eine Vielzahl von Verwandten jener Leute, die aufgrund der Sanktionen, die der Sohn des Gurischen Lehrers verhängt hatte, verhaftet worden waren, und es wäre ein leichtes gewesen, ihn jetzt umzubringen.

Doch ihn rettete eben die Tatsache, daß er ohne jeden Schutz auf das Spielfeld gekommen war, denn selbst seine Feinde waren von seiner Zivilcourage beeindruckt. Die Menge wich vor ihm zurück und erlaubte ihm, den eben noch dem Untergang geweihten Schiedsrichter an der Hand wegzuführen.

Danach gab es keine Attentate mehr. Viele haßten ihn auch weiterhin, aber er war populär geworden. Dies allerdings führte zu einer anderen Gefahr, die jetzt bereits von der Parteizentrale ausging.

In Moskau hatte man immer ein wenig Angst vor den allzu selbständigen Chefs der Republiken. Man pflegte sie des Nationalismus zu verdächtigen und sie bei passender Gelegenheit abzusetzen.

Er warf Moskau einen Knochen hin und äußerte in einer Rede den schönen, aber unüberlegten Satz, daß die Sonne für die Georgier im Norden aufgehe.

In den Beziehungen zu Moskau half das. Nicht aber in denen zu Georgien.

An diesem Knochen bissen sich die Nationalisten sofort fest und nannten ihn einen Speichellecker und Verräter.

Einer der Anführer der Nationalisten war der Sohn des Georgischen Klassikers.

Als der Sohn des Georgischen Klassikers noch ein Junge gewesen war, waren die Lehrer, um ihm seine Prüfungen abzunehmen, zu ihm nach Hause gekommen, hatten sich in der Diele mit pochendem Herzen die Schuhe ausgezogen und waren auf Socken in das zukünftige Museum eingetreten.

Es heißt, daß der Vater, der Klassiker, einmal – sei es im Scherz, sei es im Ernst – zu seinem Sohn gesagt haben soll: »Es ist dir bestimmt, Kaiser von Georgien zu werden!«

Der Sohn hatte das ernst genommen. Er bereitete sich auf diese Rolle vor. Von Kindesbeinen an sprach er mehrere Sprachen, übersetzte englische Lyrik ins Georgische, machte sich mit der Weltgeschichte, mit Philosophie und Literatur vertraut.

Die Russen haßte er keineswegs – dafür kannte er ihre Kultur viel zu gut. Aber er tat so, als ob er sie haßte, denn das war – seiner Meinung nach – erforderlich, um Kaiser von Georgien zu werden.

Überhaupt hegte er fast gegen niemanden Haß – sondern lediglich Verachtung.

Nur einen Menschen haßte der Sohn des Georgischen Klassikers wirklich – das war der Sohn des Gurischen Lehrers, der – seiner Meinung nach – illegal den Platz des Regierungsoberhauptes in Georgien innehatte.

Das Verhältnis zwischen den beiden entwickelte sich zu einer sich über Jahre erstreckenden shakespearischen Tragödie mit dem Namen »Zwei und die Macht«. Sie waren beide herausragende Persönlichkeiten, attraktive und charmante Männer, und die Macht spielte in dieser Tragödie die Rolle der Frau, die keiner der beiden dem anderen überlassen wollte.

Der Sohn des Georgischen Klassikers und seine Mitstreiter aus den Reihen der Nationalisten – unter ihnen auch der furcht- und selbstlose Volkstribun und die georgische Charlotte Corday, die die Kommunisten haßte wie die kollektive Verkörperung eines Marat – begannen, illegale Proklamationen zu verfassen, in denen sie die Unabhängigkeit Georgiens forderten.

Der Sohn des Gurischen Lehrers versuchte über Dritte, manchmal aber auch höchstpersönlich, seine widerspenstigen Landsleute dazu zu überreden, ihren separatistischen Eifer zu mäßigen.

Aber sie waren Georgier, und Georgier machen nur ungern einen Rückzieher.

Der Sohn des Gurischen Lehrers befürchtete, daß Moskau ihm vorwerfen könnte, er beschütze Nationalisten, und befahl deshalb, diese zu verhaften. Allerdings riet ihm seine Erfahrung in der Menschenführung, den Gegnern auf keinen Fall die Chance zu geben, sich in den Nimbus eines Märtyrers zu hüllen – denn dann wären sie selbst als Tote gefährlicher geworden, als sie es zu Lebzeiten je gewesen waren. Er wußte, daß es der beste Weg war, seine Gegner zu entwaffnen, indem man sie durch ihre eigenen Reuebeteuerungen diskreditierte.

Den Volkstribun und Charlotte Corday dazu bringen zu wollen, irgend etwas zu bereuen, war aussichtslos. Sie waren notfalls sogar bereit, auf dem Scheiterhaufen zu sterben. Das Gefängnis machte ihnen nichts aus, es stärkte nur ihre Selbstachtung und die Überzeugung von der Gerechtigkeit ihrer Sache.

Dem Sohn des Georgischen Klassikers jedoch machte das Gefängnis schwer zu schaffen, es schlug ihm auf die Seele. Er war kein Feigling, aber er konnte Langeweile nicht ertragen, und im Gefängnis langweilte er sich auf das unerträglichste. Es trieb ihn zur Verzweiflung, daß er dasselbe essen mußte wie alle anderen, dasselbe anziehen mußte wie alle anderen. Man jagte ihm einen Schrecken damit ein, daß er die besten Jahre seines Lebens im Gefängnis verbringen könnte. Er beschloß, seinen verfluchten Feind hinters Licht zu führen und so zu tun, als bereue er. Und so bereute er öffentlich, und zwar im georgischen Fernsehen. Man entehrte ihn ganz bewußt in den Augen seiner Anhänger, die ihn für einen unerschütterlichen Helden, einen unbestechlichen Freiheitskämpfer gehalten hatten.

Aber hier verkalkulierte sich der Sohn des Gurischen Lehrers in der Kunst der Menschenführung. Er vergaß, daß ein Feind, den man auch nur ein einziges Mal durch Reue erniedrigt hatte, zu einem noch fürchterlicheren Feind wurde.

Der Sohn des Gurischen Lehrers beging noch einen weiteren groben Fehler. Ein paar Kinder hochgestellter georgischer Beamter beschlossen, sich aus dem ihnen zum Hals heraushängenden Kommunismus ihrer Papas zu verabschieden. Das Szenario ihrer Flucht war operettenhaft romantisch. Die jungen Leute traten als Hochzeitsgesellschaft auf – mit einem echten Geistlichen, mit einer Braut ganz in Weiß und einem Bräutigam mit einer Fliege. Dank der klingenden Namen ihrer Väter passierten sie die VIP-Lounge im Flughafen von Batumi, ohne von irgend jemandem kontrolliert zu werden. Dabei hatten sie in der Hochzeitstorte eine Pistole versteckt, und in der Luft verlangten sie dann von dem Piloten, er möge in der Türkei auf einem amerikanischen Militärstützpunkt landen. Der Pilot verwies auf die Notwendigkeit, Treibstoff zu tanken, und landete in Tiflis. Ohne auch nur zu versuchen, die Lage auf feinfühlige und humane Art und Weise in den Griff zu bekommen, erstürmte die Einsatztruppe das Flugzeug und eröffnete das Feuer. Es war ein grausames und unsinniges Blutbad.

Es gibt keine Politik, die Menschenleben wert wäre, aber die Politik läßt sich davon nur schwer überzeugen.

Der Sohn des Gurischen Lehrers begann, die Politik, der er so ehrlich gedient hatte, insgeheim zu hassen.

Als der ehemalige Besatzungsjunge gerade erst mächtig zu werden begann, aber noch nicht Generalsekretär geworden war, ging er einmal mit dem Sohn des Gurischen Lehrers in Pizunda spazieren, umschwirrt von Glühwürmchen atmeten sie den Duft der Eukalyptus-Bäume und des Meeres. Da entfuhr es dem Sohn des Gurischen Lehrers:

»Es ist alles durch und durch verfault. Man müßte alles ändern.«

Ihm wurde eiskalt, und leichenblaß senkte er den Blick, denn diese Worte konnten sein politisches Ende bedeuten.

Aber plötzlich hörte er zur Antwort:

»Ja, so kann es nicht weitergehen …«

Er hob seinen Blick und sah in andere, ihn verstehende Augen, die zu leuchten begonnen hatten, so als seien sie Lämpchen, die man ganz unerwartet angeknipst hatte.

Vielleicht war dieser Moment der Beginn der Perestroika.

In einem nicht gerade leichten, doppelten Kampf mit den georgischen und den russischen Stalinisten finanzierte der Sohn des Gurischen Lehrers den antidiktatorischen Film *Die Beichte*. Er wollte, daß sich Stalins Heimat von dem unverdienten Stigma eines »Volkes von Stalinisten« befreien sollte.

Als er bereits zum Außenminister ernannt worden war, wurde der Film nach alter hochherrschaftlicher Tradition zuerst auf den Regierungsdatschen gezeigt, um das Okay von oben zu erhalten; dort rief er jedoch bei einigen »Portraits« und ihren Gattinnen Empörung hervor. Aber der Kosmopolitische Georgier wußte sich durchzusetzen, obwohl er in Moskau noch ein Neuling war und sich auf den Parkettböden der Hauptstadt wie auf einem Minenfeld bewegte. Er ging in das Büro der rechten Hand des Generalsekretärs – des aufgeweckten Mannes aus Jaroslawl, der ebenfalls aus einem kleinen Dorf stammte, dessen Vater aber kein Lehrer, sondern ein Bauer und dessen Mutter überhaupt eine Analphabetin gewesen war.

Der Mann aus Jaroslawl mit seiner bäuerlichen Kartoffelnase und seinen schlauen, aber gutmütigen Augen hinkte ein wenig, denn er war während der Leningrad-Blockade an der Wolchow-Front verwundet worden. Jedoch keineswegs lahm in Fragen der Kunst, hatte er Schriftstellern und Regisseuren oft dabei geholfen, die Zensur an der Nase herumzuführen.

»Mir als Georgier ist es peinlich, für einen georgischen Film einzutreten ...«

Der Mann aus Jaroslawl erriet augenblicklich die dahinterstehende Absicht:

»Und das ist auch nicht notwendig. Ich werde mich darum kümmern ...«

Und sogleich malte er sich aus, die Leute vom Film dazu zu veranlassen, ihn ganz persönlich schüchtern darum zu bitten, diesen Film nicht für den allgemeinen Verleih, sondern für eine Art Probeverleih freizugeben – mit nicht mehr als drei oder vier Kopien. Und dann könnte das Zelluloid-Vögelchen aus seinem Käfig entfleuchen, und es einzufangen wäre bereits ganz und gar sinnlos. Das Vögelchen flog bis nach Cannes und kehrte mit einem goldenen Zweig im Schnabel von dort zurück.

Der Mann aus Jaroslawl, der anderthalb Jahre später von dem bequem im Gefängnis sitzenden KGB-Chef als Spion beschimpft werden sollte, konnte nicht ahnen, daß man seine im Kreml geführten Telefongespräche eines Tages im Geheimarchiv des Assistenten des Präsidenten der UdSSR, Boldin, auf Tonband aufgezeichnet finden würde. Der Mann aus Jaroslawl sollte dann, vor Aufregung in Dialekt verfallend, den zu diesem Zeitpunkt bereits ehemaligen Präsidenten der UdSSR fragen:

»Sagen Sie, ja, wie konnten Sie bloß all die Jahre mit mir zusammenarbeiten, wenn Sie doch wußten, daß man mich abhört?«

Und der ehemalige Präsident sollte dann seinen Blick ein wenig abwenden und mit den Schultern zucken:

»Wie kommen Sie darauf, daß ich von diesen Bändern gewußt habe? Ja, meine Telefongespräche haben die doch sicher auch aufgezeichnet.«

Und wer weiß, wo hier die Wahrheit ist?

Und der Präsident von Rußland konnte nicht ahnen, daß er nur anderthalb Jahre später einen der Begründer des freien russischen Journalismus, ohne den er niemals Präsident geworden und es im August nicht geblieben wäre, aus dem Fernsehen herauswerfen sollte. Ohne ihn humanerweise auch nur vorzuwarnen, sollte er ihn den Deputierten, die am ersten Tag des Putsches schadenfroh auf den Korridoren des Weißen Hauses miteinander flüstern würden, wie einen Knochen vorwerfen.

Doch all das lag noch in der Zukunft und sollte erst nach dem Putsch passieren.

Bevor es jedoch zu dem von ihm vorausgeahnten Putsch kam, tat der Sohn des Gurischen Lehrers alles, damit der Ozean zwischen den USA und der UdSSR schmaler würde, damit die Sowjetarmee aus Afghanistan abziehe, damit die Berliner Mauer endlich zusammenstürze. Für Georgien jedoch reichte seine Zeit nicht aus.

Der Sohn des Georgischen Klassikers schlief jedoch nicht. Nachdem über den Rustaweli-Prospekt die Panzer gerollt waren, um die die Unabhängigkeit fordernden Demonstranten einzuschüchtern, nachdem es nach Giftgas zu riechen begonnen hatte, nachdem die Pioniereinheiten mit ihren Schaufeln ein paar blutjunge georgische Mädchen erschlagen hatten, trug eine Welle von patriotischen Tränen den Sohn des Georgischen Klassikers nach oben.

Der Sohn des Georgischen Klassikers erreichte beinahe, was ihm sein Vater in seiner Kindheit prophezeit hatte, doch angesichts der bescheideneren Ausgangsposition beschloß er, Präsident von Georgien zu werden.

Zu Beginn der Wahlkampagne starb der von der Perestroika aus dem Gefängnis befreite Volkstribun unter rätselhaften Umständen bei einem Autounfall, und Charlotte Corday, die ebenfalls in diesem Auto gesessen hatte, mußte mit vielen Knochenbrüchen ins Krankenhaus gebracht werden.

Als der Sohn des Georgischen Klassikers von seinen politischen Gegnern hämisch gefragt wurde, warum er seinen Idealen öffentlich abgeschworen habe, antwortete er, daß er dies in Absprache mit dem Volkstribun getan habe, um den Freiheitskampf im Untergrund fortzusetzen.

Vielleicht ist es tatsächlich so gewesen. Doch der Volkstribun war tot und konnte diese Worte nicht bestätigen. Charlotte Corday jedoch bestätigte sie nicht.

Trotzdem wurde der Sohn des Georgischen Klassikers zum rechtmäßig gewählten Präsidenten von Georgien und verkündete – vom Volk begeistert empfangen – die Unabhängigkeit Georgiens.

Doch plötzlich erwies sich, daß Unabhängigkeit und Freiheit verschiedene Dinge waren. Es erwies sich, daß der ehemalige Dissident allzu nervös auf die Redefreiheit reagierte, besonders auf die Freiheit der gegen ihn selbst gerichteten kritischen Reden. Er begann, georgische Zeitungen zu verbieten, Korrespondenten auszuweisen – Korrespondenten aus Moskau und aus dem Ausland. Es ist paradox, daß er, der er selbst ein freidenkerischer und feinsinniger Intellektueller gewesen war, andere freidenkerische Intellektuelle nicht leiden konnte und sogar den Begriff des »kriminellen Intellektuellen« für sie erdachte. Bekannte Schriftsteller und Regisseure wandten sich von ihm ab. Seine Ausdrucksweise einigen ausländischen Staaten gegenüber war recht unvorsichtig, und so erhielt er aus dem Ausland keinerlei Unterstützung. Er geriet in Konflikt mit seinen eigenen Garden.

Er war davon überzeugt, daß all dies von seinem verfluchten Erzfeind organisiert worden war, der aus Moskau jeden seiner Schritte durch ein überaus scharfes Fernrohr beobachtete.

Vielleicht war einiges tatsächlich von dort organisiert worden. Aber der Sohn des Georgischen Klassikers, der sein ganzes Leben lang gegen die Macht gekämpft hatte und diese dann selbst verkörperte, war so naiv zu glauben, daß man ihn weiterhin genauso lieben würde wie zu Zeiten seines Lebens als Dissident. Damals in seiner Jugend hatte er nicht begriffen, wie reizvoll das Lebens eines Oppositionellen eigentlich war, den man zwar ständig beobachtete und jeden Moment ins Gefängnis sperren konnte, der aber als Held verehrt und verhätschelt wurde.

Die Menschen idealisieren die von der Macht Verfolgten immer und verzeihen ihnen alles. Aber den ehemals Verfolgten, die dann selbst die Macht verkörpern, verzeihen die Menschen nichts. Die Macht hypnotisiert wie eine Kobra nur die Feiglinge unter den Menschen. Die Macht ist der stärkste Magnet für Neid, Mißtrauen und Bosheit.

Das hatte der Sohn des Gurischen Lehrers schon in Georgien in vollem Ausmaß zu spüren bekommen, und er spürte es noch mehr, als er zum Kosmopolitischen Georgier wurde.

Er wollte für sein Leben gern in seine Heimat zurückkehren, hatte gleichzeitig jedoch davor eine tödliche Angst. Deshalb fühlte sich der Kosmopolitische Georgier wie am Rande eines Abgrunds, als er auf dem Balkon vor einer Menge von zweihunderttausend Menschen stand. Das Gefühl der ihn magnetisch anziehenden Macht erfaßte ihn wie das Gefühl eines ihn unausweichlich anziehenden Unglücks.

»Wen werde ich *Genazwale*[2] nennen, wenn ich zurückkehre? Und wer wird mich *Genazwale* nennen? Wie fürchterlich ist es, sich in jenen zu täuschen, die man einmal *Genazwale* genannt hat ...«

Und so als wolle er sich an jenen rächen, die ihn auf den nackten, kalten Gipfel der Macht gehoben hatten, von dem ihn grimmige Winde in den Abgrund hinunterfegen konnten, schrie der Kosmopolitische Georgier die Worte heraus, die die Menge von zweihunderttausend Menschen erstaunt aufstöhnen ließ:

»Wir müssen von den Putschisten verlangen, daß sie uns die Möglichkeit geben, den Präsidenten der UdSSR zu sehen und zu hören. Wenn er unter Hausarrest steht, müssen wir alles tun, um ihn zu retten. Aber wenn er ein Verräter ist, gibt es für ihn kein Pardon!«

Und plötzlich erblickte er in der Ferne, viele tausend Kilometer weit weg, ein grünes, dünnes, beinahe durchsichtiges Blättchen Zizmati, das im Becken einer Quelle schaukelte.

Als der durch die ganze Welt gereiste Kosmopolitische Georgier nach drei Jahren zum erstenmal wieder für einen Tag in sein Heimatdorf Abascha, in sein Elternhaus gekommen war, hatte er das Gefühl gehabt, als sei auf seinem Heimathof die Erdanziehungskraft stärker als auf der übrigen Welt.

Die Erde des Heimathofes mit den Abdrücken der Hühnerklauen und Hundepfoten, mit den an den Zaun gelehnten Hacken, mit den Gummigaloschen der Tante, in deren eine ein flaumiges Küken hineingeklettert war und nun angestrengt, aber erfolglos versuchte, wieder hinauszugelangen, mit den ins Gras gefallenen violetten Schmuckstücken der Feigenbäume, in deren blutroten Rissen gestreifte Wespen vergnüglich herumwimmelten – diese Erde hatte sich von seinen Fußsohlen nicht gelöst, hatte an ihnen geklebt und diese so zu überreden versucht, nicht wegzugehen, weil keine Erde sonst einen so verstand wie die Erde des Heimathofes, auf dessen Oberfläche sich bei genauerem Hinsehen die lebenden Schatten der schon lange verstorbenen Eltern wie auch der eigene dünne Kinderschatten immer noch bewegten, schwankten und schaukelten.

Das große Zimmer im ersten Stock, wo sich einst die ganze Familie am Tisch versammelt hatte, war leer, und auf dem sauber geschrubbten Holzboden waren Walnüsse mit kleinen Flecken in einem großen braunen Quadrat zum Trocknen ausgelegt und wurden von der durch die Zweige der Quitten- und Dattelbäume hindurch ins Fenster tröpfelnden Sonne vergoldet.

Und auf dem Tisch standen die von dem Marktfotografen in Lantschchuti etwas grob retuschierten Portraits seiner Eltern, die besorgt auf ihren Sohn blickten, der sich mit einer so gefährlichen, verlogenen und undankbaren Sache wie der Politik befaßte und ihnen damit zu ihren Lebzeiten wie auch noch nach ihrem Tod so viel Kummer bereiten sollte.

Schon in seiner Kindheit hatte er es geliebt, die geographische Weltkarte auf dem Fußboden auszubreiten, sich auf sie zu legen und sich einmal mit der Wange an Afrika anzuschmiegen, ein anderes Mal mit der neugierigen Nase Paris anzustupsen, sich einmal mit dem Ellenbogen auf New York zu stützen, um dann mit seinem nackten Fuß am italienischen Stiefel Maß zu nehmen, einmal Brasilien mit der Hand zu streicheln und ein anderes Mal mit dem Fingerchen vorsichtig den Nordpol zu berühren.

Als man eines Tages in der Dorfschule einen bunten Abend unter dem Motto »Was will ich werden?« veranstaltet hatte, war der kleine Gurier aufgesprungen und herausgeplatzt:

»Außenminister!«

Natürlich hatten alle gelacht.

Aber nun war es tatsächlich so gekommen.

»Es ist Zeit loszufahren …«, mahnte der Assistent, zartfühlend zum Ohr des Kosmopolitischen Georgiers gebeugt, als er sah, daß dieser wie erstarrt auf die Portraits seiner Eltern blickte und lautlos seine Lippen bewegte, so als unterhalte er sich mit ihnen.

Er erinnerte sich daran, wie sein Vater ihn, als er noch ein Kind gewesen war, einmal gefragt hatte:

»Verstehst du wirklich, was das georgische Wort *Genazwale* bedeutet?«

»Na … Freund, sogar mehr als Freund. Irgend etwas wie ein dicker Freund …«, hatte der Junge undeutlich gemurmelt.

»Im Prinzip schon richtig. Aber die ursprüngliche Bedeutung dieses Wortes heißt eigentlich: ›In der Not springe ich für dich ein‹ … Ein *Genazwale* ist der Mensch, zu dem du zu werden bereit bist, wenn es diesem schlecht geht«, hatte der Vater erklärt, und sein Sohn hatte es sich für alle Zeit gemerkt.

»Warum nennst du mich nicht *Genazwale*?« fragte der Kosmopolitische

Georgier seinen Assistenten ganz unerwartet. »Du bist doch schließlich zur Hälfte Georgier. Was ist, wärst du nicht bereit, in der Not für mich einzuspringen?«

Der Angesprochene verlor für einen Moment die Fassung, sammelte sich dann aber wieder:

»Für einen Untergebenen gehört es sich nicht, Sie so zu nennen. Aber ich bin bereit, in der Not für Sie einzuspringen. Nur könnten Sie diesen Moment übersehen.«

»Wie das?« fragte der Kosmopolitische Georgier nach.

»Sie sind zu beschäftigt«, antwortete der Assistent ausweichend und verlagerte das Gespräch auf eine geschäftliche Ebene: »Wir müssen die für das Mittagessen mit den lokalen Behörden in Lantschchuti angesetzte Zeit kürzen, obwohl das in Georgien – wie Sie wissen – nicht ganz einfach ist. Dann mit einer Jak[3] zum Flughafen in Tiflis, und von dort ohne Aufenthalt in Tiflis nach Moskau.«

»Was soll das heißen, ohne Aufenthalt in Tiflis?« fragte der Kosmopolitische Georgier nach. »Wenigstens einen kurzen Moment – nur einmal die Uferstraße des alten, wiederaufgebauten Tiflis entlangfahren. Das ist doch immerhin durch meiner Hände Arbeit entstanden ...«

»Das geht nicht«, breitete der Assistent die Arme aus. »Um vier Uhr null-null müssen wir fliegen. Um sechs Uhr erwartet uns der Generalsekretär schon auf dem Alten Platz. Und morgen um sieben Uhr fliegen wir nach Indonesien mit einer Zwischenlandung in Thailand.«

Der Kosmopolitische Georgier fügte sich seufzend. Wer die Politik wählt, wird freiwillig zum Sklaven seiner eigenen Assistenten.

Der Kosmopolitische Georgier stieg vom ersten Stock über die Holztreppe, die noch dieselbe Melodie wie in seiner Kindheit knarrte, nach unten in den Hof hinab, aber zum Befremden seiner beunruhigten Leibwächter wandte er sich plötzlich nicht zum Tor, wo ein Zug trauerschwarz glänzender Staatslimousinen stand, sondern ging in den Hof hinein.

Die Leibwächter trippelten ihm wachsam nach.

Der Kosmopolitische Georgier trat an das kleine Becken für das Quellwasser heran, das mit gesprungenen Granitsteinen ausgemauert war, in deren moosigen Ritzen zartes Gras und die kleinen gelben Blüten des Hahnenfußes wuchsen. Das Wasser plätscherte in einem gewundenen eiskalten Strahl, der sich aus dem abgeschnittenen Ende eines Zinkrohres hinauspreßte.

Unter diesem Strahl hatte man wahrscheinlich gerade erst Grünzeug gewaschen, denn auf der kristallklaren Oberfläche des winzigen Sees, der in dem mit kleinen Steinen ausgelegten Bett ruhte, schaukelte ein Blättchen Zizimati, und auf dem Boden glänzte das winzige, flammenrote Lämpchen eines Radieschens mit seinem schneeweißen Bauchansatz.

Aber plötzlich erblickte der Kosmopolitische Georgier noch etwas anderes auf dem Grund. Vorsichtig, fast andächtig steckte er seine Hand hinein und zog ein uraltes silbernes Teelöffelchen heraus, das ihm seine Großmutter zu seiner Geburt geschenkt hatte. Früher einmal, vor ungefähr fünfzig Jahren, hatte ihm die Großmutter einen tüchtigen Klaps gegeben, weil er dieses Löffelchen verloren hatte. Aber das Löffelchen war nicht verlorengegangen. Ein ganzes halbes Jahrhundert lang hatte es sich vor fremden Augen im Wasser versteckt, und jetzt, da es seine Augen, obwohl schon um vieles gealtert, wiedererkannt hatte, hatte es geblinkt, hatte in seine Hände zurückkommen wollen, hatte wieder zu ihm gefunden.

Der Kosmopolitische Georgier beugte sich vor und versuchte, den Strahl der Quelle mit den Lippen aufzufangen, aber da packten ihn, ohne sich lange zu zieren, Hände von hinten und zerrten ihn von dem Quellbecken fort.

Es war der Chef der Leibwächter – früher hatte er ein Auge auf Gromyko geworfen und jetzt auf ihn.

»Das geht nicht.«

»Was geht nicht?« fragte der Kosmopolitische Georgier und versuchte, seinen Zorn zu unterdrücken.

»Den Mitgliedern des Politbüros ist es untersagt, Wasser aus ungeprüften Quellen zu trinken. Die Vorschriften verbieten es. Man weiß ja nie, welche Mikroben da drin sein könnten.«

»Das ist die Quelle meiner Kindheit!« rief der Kosmopolitische Georgier empört und fügte leise, fast flehend das georgische Wort für »Quelle« hinzu: »*Zcharo* ...«

»In Ihrer Kindheit waren Sie kein Mitglied des Politbüros«, sagte der Chef der Leibwächter in vollem Ernst, ohne auch nur den Versuch zu machen zu scherzen. Seinen Untergebenen rief er zu:

»Erfrischungsgetränke. Schnell!«

Einer der Untergebenen, der zum Wagen gelaufen war, schleppte keuchend eine Schaumstoff-Kühltasche an und öffnete sie. In der Tasche lagen ordentlich mit Eiswürfeln bestreute sowjetische Pepsi-Cola, Fanta,

Lagidse-Limonade mit einem Weinkorken und Mineralwasser aus Jessentuki und Borschomi.

Da dachte der Kosmopolitische Georgier zum erstenmal in seinem Leben, welches – wie das Leben eines jeden Politikers – nichts anderes war als der ständige Kampf um die Macht, voller Sehnsucht:

»Und wozu ist dieser ganze Kampf um die Macht notwendig, wozu? Damit man mir verbietet, aus der Quelle meiner Kindheit zu trinken?«

Aber es war bereits zu spät, den Beruf zu wechseln.

22.

DER JAPANISCHE FLUCH

Die Versammlung, die wie eine verfrühte Siegesfeier wirkte, ging weiter, aber nicht alle Anwesenden waren damit beschäftigt, aufzutreten oder zu applaudieren. Einige wenige begriffen, daß der Sieg noch weit entfernt war. Sogar Kinder begriffen das.

»Papa, aber da ist ja ein Loch in der Barrikade …«, sagte der älteste der jungen van Goghs.

»Da paßt ja sogar ein Panzer durch …«, sagte der mittlere der jungen van Goghs.

»Die Panzer kommen nicht hierher. Alle Panzer gehören jetzt uns …«, sagte der jüngste der jungen van Goghs.

»Die Panzer wissen selbst nicht, wem sie gehören und wohin sie sollen. Und die, die in ihnen drin sitzen, wissen es auch nicht«, antwortete der alte van Gogh. »Na los, an die Arbeit, Jungs …«

Und sie begannen, das Loch »für die eigenen Leute« zu schließen – dasselbe Loch, durch das am Vortag noch die Buffet-Dame mit dem mit Kaviar und Krebsen vollgestopften »Puma« in ihrem Lada in Exportausführung hindurchgeschlüpft war.

Van Gogh hatte die Kinder nicht mit auf die Barrikade genommen, sie hatten ihren Vater in diesem Durcheinander, das noch immer blutig enden konnte, von allein gefunden. Jetzt war es zu spät und außerdem auch zu gefährlich, sie wieder wegzuschicken. Hier, auf der Barrikade, konnte er die Kinder wenigstens im Auge behalten.

Ihre Gesellschaft machte van Gogh fröhlicher. Über den rostigen Stangen der Moniereisen, den Mülltonnen und den Schlackensteinplatten sahen sein roter Kopf und die drei ebenso roten, kleineren Köpfe wie vier Sonnenblumen aus, die direkt hier, auf der Barrikade wuchsen.

Bötchen blickte Salysin an und wies dann mit den Augen auf die Kabine eines Baukrans. Ihre Augen baten um seine Erlaubnis. Früher einmal, in Sibirien, hatte sie den Beruf des Kranführers erlernt. Dort hatte sie ihre Höhenangst verloren und war dann Bergsteigerin geworden.

Salysin begriff nicht ganz, was sie auf dem Kran machen wollte, aber er nickte seufzend. Ein paar Minuten später war Bötchen bereits geschickt die Metallstufen emporgeklettert und saß zum großen Entzücken der jüngeren van Goghs, die ihre Sonnenblumenköpfe in den Nacken gelegt hatten, in der Kranführerkabine.

»Was hat sie sich da bloß wieder ausgedacht?« dachte Salysin mißtrauisch.

Der Arm des Baukrans bewegte sich langsam, und der Haken senkte sich über einem auf dem Bürgersteig stehenden Eisenkäfig herab, in dem hinter einem wuchtigen Vorhängeschloß eingeschlossen dickbauchige Wassermelonen schmachteten, die von den offensichtlich vom Putsch eingeschüchterten Verkäufern hier vergessen worden waren.

Schon ganz trübsinnig geworden, weil ihnen niemand auch nur die geringste Aufmerksamkeit schenkte, zerbarsten die Wassermelonen beinahe mit ihrem roten Saft, der unter ihrer smaragdgrünen Haut verborgen war.

Salysin erriet Bötchens Vorhaben und befestigte den Haken des Krans an dem Eisenkäfig.

Der Käfig hob sich schaukelnd in die Höhe, so daß die grünen Schwänzchen der Wassermelonen vor Angst erzitterten. Dann schwebte der Käfig langsam wieder hinunter und verschloß das Loch in der Barrikade. Aber Bötchen lockerte das Drahtseil im letzten Augenblick zu schnell, und der Käfig landete nicht sanft auf dem Boden, sondern knallte mit seinem ganzen Gewicht auf den Asphalt.

Ein paar Wassermelonen barsten, und aus den frischen roten Bruchstellen, die wie mit leichtem Rauhreif überzogen schienen, starrten die feuchten Äuglein der Melonenkerne überwältigt und voller Neugier auf die Welt, die sich ihnen zum erstenmal eröffnete.

Die kleinen van Goghs fingen an zu schreien und stürzten zu dem Käfig hin. Es war nicht möglich, die Wassermelonen im Ganzen von dort herauszuholen, und die kleinen van Goghs steckten ihre kleinen Hände durch die Eisenstäbe, um ihre Finger tief in das üppige, duftende Fruchtfleisch zu graben.

Nachdem sie kleine, süß schmelzende Stücke aus dem Käfig befreit hatten, stopften die kleinen van Goghs diese direkt in den Mund.

Ihre Wangen waren mit Rosen aus Melonensaft bemalt und mit wie schwarze Muttermale anmutenden Kernen beklebt. Und Bötchen, die inzwischen von dem Kran wieder heruntergeklettert war und die kleinen van Goghs betrachtete, lächelte mit dem Gesicht, aber nicht mit den Augen.

»So viele Jahre lang habe ich mir gewünscht, einen kleinen Lysik zu haben«, flüsterte Bötchen und ließ ihren Kopf an Salysins Schulter sinken.

»Wenn wir heiraten, wirst du auch mit dem großen Lysik genug Scherereien haben ...«, versuchte Salysin zu scherzen. »Übrigens, demnächst werde ich ja wieder kindisch werden – dann hast du deinen kleinen großen Lysik.«

Aber plötzlich ertönte von der anderen Seite der Barrikade das hochmütig-fordernde Hupen eines Autos – einmal, ein zweites Mal, ein drittes. Dieser verzogenen Stimme nach zu schließen war das Auto daran gewöhnt, daß sich vor ihm stets alle Tore öffneten, und es meinte offenbar, daß sich auf sein Hupen hin wie nach dem Zauberspruch »Sesam, öffne dich!« selbst Barrikaden gastfreundlich auftun müßten.

Durch die Eisenstäbe des Melonenkäfigs hindurch sah Salysin einen schwarzen Mercedes mit dem Nummernschild einer Staatslimousine. Das Hupen hörte nicht auf.

Dann ertönte vor der Barrikade eine wutentbrannte Chefstimme:

»Was soll diese Eigenmächtigkeit, zum Donnerwetter? Wer hat die Erlaubnis erteilt, die Durchfahrt zu versperren?«

Salysin kletterte auf den Käfig mit den Wassermelonen und richtete sich in voller Größe auf.

»Ich!«

Unten, am Fuß der Barrikade, tobte ein großer Chef von kleiner Statur, dessen Glatze die Farbe einer geplatzten überreifen Wassermelone hatte. Er hatte ein wie mit Speck eingefettetes Verbrechergesicht mit harten Wangenknochen und einer niedrigen Stirn. Ein spitz zulaufendes Kinnbärtchen sollte intellektuell wirken, vermochte seinen Träger jedoch weder angenehmer noch ein kleines bißchen intelligenter erscheinen zu lassen.

Noch stärker in Wut geratend, weil er gezwungen war, von unten nach oben zu sprechen, rief er mit schon fast kreischender Stimme:

»Dafür werde ich dich zur Rechenschaft ziehen. Dein Name!«

»Salysin.«

»Von welcher Organisation?«

»Aus der Fußballnationalmannschaft der UdSSR«, antwortete Salysin spöttisch.

Das kleine Männchen verstummte. Musterte ihn. Erkannte ihn.

Auf seinem Verbrechergesicht blitzte etwas fast Menschliches auf. Das Gesicht versuchte, freundlich zu lächeln, was ihm jedoch nur schlecht gelang – selbst die Wangenknochen knirschten ob dieser ungewohnten Übung. Unfreundlichkeit wirkte auf diesem Gesicht bei weitem natürlicher. Aber in den schmalen asiatischen Schlitzen flimmerten dennoch zwei blaue Augen, die irgendwie fast interessiert wirkten – zwei Augen, deren Blau allerdings nicht der natürlichen Farbe von Korn- oder Glockenblumen, sondern der Plastikfärbung der himmlischen finnischen Toilettenbecken entsprach, die bei der sowjetischen Handelselite so beliebt waren.

Der Mann hatte den Beruf des Händlers niemals bewußt ergriffen. Er war Händler von Natur aus. Salysin erkannte ihn sofort.

Man nannte ihn den »Schlagkräftigen Demokraten«.

Eigentlich hatte er früher überhaupt nicht zu den Demokraten gezählt, aber als »Walroß«[1] hatte er schon immer Löcher durchs Eis geschlagen und darin gebadet, selbst wenn das Thermometer unter vierzig Grad Frost fiel.

Sein ganzes Leben lang hatte er jedoch immer nur mit den richtigen Leuten in den Eislöchern gebadet. Vor der Perestroika mit der Nomenklatura und danach mit der Demokratura.

»Ich traue meinen Augen nicht – mein Lieblingsfußballer! Man kann schon sagen, das Idol meiner Kindheit!« rief der Schlagkräftige Demokrat und, von Grobheit auf Schmeichelei umschaltend, schnurrte er: »Na, kann man die kleine Barrikade hier denn nicht ein wenig auseinanderschieben, damit mein Wagen hindurchpaßt, ja? Mich erwartet nämlich der Präsident höchstpersönlich. Er hat mich eben gerade angerufen. Wie soll ich denn sonst zu ihm hinkommen?«

»Zu Fuß«, antwortete Salysin kurz. »Das hier ist immerhin eine Barrikade und nicht die Tür einer VIP-Lounge.«

Da er begriff, daß er so nicht zum Ziel kam, wechselte der Schlagkräftige-Demokrat augenblicklich die Schallplatte.

Er war einer dieser Plattenspieler-Menschen, denen man jede beliebige Scheibe auf den Plattenteller legen konnte – die *Internationale* genausogut wie das *Gott beschütz' den Zaren* oder *God bless America*, und wenn es irgendwann einmal wieder notwendig sein sollte, so auch *Moskau–Peking* und *Artilleristen, Stalin hat befohlen.*

Als er jedoch die Schallplatte wechselte, tauschte er das Du keineswegs gegen ein Sie aus. Das Du war eine unausrottbare, gönnerhafte Parteigewohnheit.

»Eigentlich hast du ja recht. Kann man etwa von einer ernsthaften Verteidigungslinie sprechen, wenn es darin eine Durchfahrt für Sonderfahrzeuge gibt? ... Ach was, bin ich in meiner Kindheit etwa nicht über Zäune geklettert?! ... Na los, Stepa, hilf mir hinauf!« rief der Schlagkräftige Demokrat und kletterte mit Hilfe seines Chauffeurs tatsächlich auf den Melonenkäfig hinauf, wobei er sich vor aller Augen förmlich verdemokratisierte und Salysin eindrucksvoll umarmte:

»Auf dem Fußballfeld war es uns nicht bestimmt aufeinanderzutreffen, wir gehörten zu verschiedenen Generationen. Hier also bekommen wir die Gelegenheit, uns zu treffen – auf dem Schlachtfeld für die Demokratie. Ich verehre Menschen wie dich. Harte Prinzipien vor allem. Unter uns Gesangsbrüdern gesagt – ich selbst bin da ja genauso. Doch ich bin gezwungen, meine Prinzipientreue zu verbergen. Man könnte sie sonst als Unflexibilität auslegen. Und dann ist man erledigt. Laß uns gehen, begleite mich zum Präsidenten.«

»Verzeihen Sie, aber ich bin mit ihm nicht näher befreundet«, murmelte Salysin.

»Das läßt sich ändern. Ich war mit ihm auch nicht näher befreundet, doch notgedrungen ... Die Geschichte selbst hat uns, wie man so schön sagt, zu Brüdern gemacht. Gehen wir, gehen wir, nur keine Hemmungen. Er wird sich vom Fußball her sicherlich auch noch an dich erinnern. Du stellst dein Licht zu sehr unter den Scheffel. Aber denk mal in der dritten Person an dich selbst. Weißt du, das hilft manchmal. Salysin – das ist doch eine ganze Epoche unseres Fußballs ... Das ist doch – wie man so schön sagt – Spitzenklasse ...«, schmeichelte der Schlagkräftige Demokrat gönnerhaft, während er sich durch die den Reden lauschende Menge hindurchdrängte und, als sie den Schlagbaum passieren mußten, der Miliz lässig zurief:

»Laßt uns durch. Das hier ist der große Fußballer Salysin, was ist los, erkennt ihr ihn etwa nicht?«

Sein eigenes Verbrechergesicht war schon so sehr zu einem Exponenten der Demokratisierung geworden, daß niemand seine Papiere kontrollierte – man salutierte vor ihm.

»Wie schade, daß du nicht zu unseren Freundschaftsspielen kommst.

Du könntest doch mal für die Mannschaft unseres Apparats spielen, ja? Wie steht's bei dir übrigens mit einer Hütte? Genier dich bloß nicht, sag es nur geradeheraus. Wenn wir irgend jemandem helfen, dann doch dem Salysin. Aber du mußt uns natürlich auch unterstützen. Spiel für uns, trainier uns ... Denn so spielt uns die Schauspieler-Altherrenmannschaft ständig an die Wand. Glaubst du etwa, daß die ›Stars‹ einem keine Beine stellen? Mir hat Dschigarchanjan[2] einmal ins Schienbein getreten, als wollte ich ihm die Rolle des Sokrates wegschnappen. Aber wozu soll ich schon den Sokrates spielen? Nur gut, daß Alla Pugatschowa[3] nicht Fußball spielt, denn die weiß ganz genau, wohin man mit dem Bein am besten haut.«

Salysin wußte, daß der Schlagkräftige Demokrat früher einmal ebenfalls hatte Fußballer werden wollen und durchaus sportliches Talent hatte, wenn dieses auch nicht übermäßig groß war. Doch jedesmal, wenn man ihn in irgendeine Mannschaft aufnahm, setzte er heimlich und leise Trainer und Mannschaftskapitän unter Druck, säte Zwietracht unter den Fußballspieler, und ohne jemals auf dem Spielfeld unersetzbar geworden zu sein, wurde er es unmerklich in allen Geld- und Wohnungsfragen der Mannschaftsmitglieder.

Niemand konnte besser schieben, handeln und organisieren als er. Seine größte Leidenschaft waren Wohnungs- und Datschengeschäfte. Er genoß den An- und Verkauf von Immobilien wie ein geborener Zuhälter den An- und Verkauf der unter seiner Fuchtel stehenden Prostituierten.

Vom Fußballspieler entwickelte er sich zum Fußballverwalter, zum Genie der abgesprochenen Unentschieden, Siege und Niederlagen.

Und dann tauschte er das Fußballfeld gänzlich gegen das Betätigungsfeld Immobilien ein. Zuerst kaufte er sich den Posten des Direktors eines Tauschbüros und dann ein hohes Amt in der Stadtverwaltung. Dort verkaufte er selbst Posten und Wohnungsberechtigungsscheine. Salysin hatte gehört, daß er auf diesem Betätigungsfeld genau so lange Finger entfaltet hatte, wie er auf dem Fußballfeld Beine gestellt hatte. Aber es wäre Salysin nie in den Sinn gekommen, daß die vor dem gleißenden Stadionflutlicht nicht zu verbergende Mittelmäßigkeit in der einen Sache zu Genialität in einer anderen Sache werden könnte – besonders, wenn es bei dieser anderen Sache um Wohnungen ging.

Der sowjetische Staat war ein vielarmiger Shiva-Gott mit Atombomben auf der einen Handfläche, mit qualmenden Fabrikschloten und polternden Wasserkraftwerken auf der zweiten, mit über die dritte Handfläche wankenden, verweinten Bäuerinnen, die mit einer Gerte ihre letzten schwarzbunten Milchkühe auf den staatlichen Schlachthof trieben, mit tapferen Soldaten, die über die vierte Handfläche marschierten, mit Ballerinen, die auf der fünften den Tanz des Sterbenden Schwans vollführten, und schließlich mit winzigen Fußballspielern – unter ihnen auch Salysin –, die einen winzigen Ball über die sechste, mit grünem Stadiongras bedeckte Handfläche jagten. Es war unmöglich, alle Handflächen zu zählen. Aber eine der mächtigsten Hände dieses staatlichen Shiva-Gottes war die Hand mit den darin zusammengepreßten Wohnungsberechtigungsscheinen. Selbst die politische Macht scharwenzelte vor der Wohnungsmacht.

Die Mitglieder des Politbüros riefen an, um schüchtern um eine »kleine Wohnung in der Nähe der Arbeitsstelle« zu bitten, in der sie dann entweder ihre Sekretärin oder aber ihre Masseuse unterbrachten.

Wenn die großen Tiere des KGB mit schmalzigem Lächeln etwas nettes Verbotenes, von ausländischen Verlagen in russischer Sprache Gedrucktes – so zum Beispiel vom Zoll konfiszierte Werke wie *Russische unzensierte Gassenhauer*, *Lukas Mudischtschew* von Barkow, ein Sammelband armenischer Witze von »Radio Eriwan«, der *Wendekreis des Krebses* von Henry Miller oder manchmal sogar ein Solschenizyn – als Geschenk vorbeibrachten, erwähnten sie wie zufällig, daß ihre Kinder groß geworden seien und daß es für sie an der Zeit sei, eine eigene Wohnung zu beziehen.

Die Mitarbeiter des Innenministeriums, die trotz allem nichts dagegen hatten, die ihnen zur Verfügung stehende Wohnfläche zu vergrößern, überreichten schüchtern die in Bestechungsaffairen unprotokolliert beschlagnahmten Videorecorder, die so abermals zu Bestechungsgeldern wurden, wobei sie jetzt jedoch aus vornehmeren Quellen stammten – aus den Händen der Kämpfer gegen die Bestechlichkeit.

Der Schlagkräftige Demokrat, der schon zu Zeiten der »Stagnation« durchschlagend operiert hatte – wenn auch keineswegs als Demokrat –, hatte auch vor der Perestroika nicht schlecht gelebt. Nur eines nagte an ihm – die Tatsache, daß ihm der Sozialismus mit seinem Monopol für größere Immobilien keine Möglichkeit gab, sich wahrhaft zu entfalten. Denn das wollte er gern. Er lechzte danach zu spekulieren, aber am besten gleich in weltweitem Maßstab. Nicht nur mit Wohnungen, sondern mit alten Villen, Palästen, Stadtvierteln und dann vielleicht auch mit

Städten, Verwaltungskreisen, schließlich mit ganzen Ländern. Er war ein fast ehrlicher Mensch – es verlangte ihn nicht danach zu stehlen, was nicht niet- und nagelfest war; es verlangte ihn danach zu privatisieren. Und da entschied er sich, sich jenen anzuschließen, die den Sozialismus gegen den Kapitalismus austauschen wollten.

Dieser Schritt kam für ihn einem Umzug von einer Wohnung in eine andere gleich. Er war riskant, würde vermutlich aber einiges abwerfen. Nur deshalb beschloß er – er, den die Partei an ihrem Busen gesäugt hatte, er, den die Partei an ihrer mütterlichen Hand aus dem Spiel mit dem Fußball hinaus- und in das um vieles ertragreichere Spiel mit dem Wohnraum eingeführt hatte –, diese zunehmend alternde, ihn zunehmend störende Mama zu verraten.

Nur deshalb betrieb er – einer der Baumeister des Sozialismus, oder besser: einer der Diebe des Baumaterials für den Sozialismus – mit großem Vergnügen dessen Zerfall.

Die langjährige Verpachtung von Gebäuden unter dem Deckmäntelchen eines Großumbaus war eine Form des heimlichen Verkaufs, mit der man so viel Geld scheffeln konnte, wie es sich die Bestechungsspezialisten aus den Zeiten der »Stagnation« nicht einmal hatten träumen lassen.

Er begann bescheiden – mit Villen. Er nahm persönlich – Gott bewahre – kein Geld an. Man brachte ihm auch keines. Man überwies es ihm. Nein, nicht in Rubeln. Nein, nicht in die Schweiz. Dort konnte man zu leicht »auffliegen«. In das Fürstentum Liechtenstein. Und außerdem nach Andorra. Und dann noch auf die Insel Guernsey. Und auf die Kanarischen Inseln.

Er wurde von der Kreditkartensucht ergriffen. Der Sucht nach goldenen Kreditkarten, versteht sich, mit denen man in jeder Stadt der Welt sofort bis zu fünftausend Dollar bar auf die Hand erhalten konnte. Ihm gefiel es, in seliger Einsamkeit wollüstig über die Erhebungen auf dem kühlen Körper der Kreditkarten zu streicheln, obwohl diese doch nichts weiter als die eingestanzte Nummer und sein Name in lateinischen Buchstaben waren.

Er hatte eine American-Express-Karte mit dem Profil eines römischen Legionärs darauf, die in den Vereinigten Staaten, nicht jedoch in Europa geschätzt wurde, eine Visa-Karte mit der schrägen blauen Aufschrift zwischen den blauen und gelben Streifen, die in Europa und den Ländern der dritten Welt gängiger war, eine Mastercard mit den beiden verschiedenfarbigen, einander liebkosenden Kugeln und dann noch die silberblaue Karte der Chase Manhattan Bank mit dem »24 Hours Service«, die man zu jeder Tages- und Nachtzeit in einen New Yorker Automaten stecken konnte, um dann die gewünschte Summe anzugeben, woraufhin einem die von der Maschine abgezählten Dollars mit gehorsamem Rascheln leise in die Hand glitten. Und dann war da noch die magische Telefonkarte von AT&T, die es einem gestattete, von jedem beliebigen Telefonautomaten in jeder beliebigen zivilisierten Stadt der Welt sogar in Mytischi[4] anzurufen – leider jedoch nicht umgekehrt.

Diese Auswahl an Kreditkarten wäre für einen durchschnittlichen wohlhabenden Amerikaner durchaus nicht ungewöhnlich gewesen, für einen sowjetischen Beamten mit einem Rubelgehalt jedoch war sie die sehr individuelle Verkörperung des Kommunismus in einer einzelnen Brieftasche.

Doch das war noch nicht alles.

Der Schlagkräftige Demokrat hatte neben den Bankkonten im Westen auch ein paar andere Besitztümer: die Restaurants »Mama-Odessa« und »Papa-Rostow« in Brighton-Beach, wo man, ohne auch nur zu fragen, unter samtiger roter Bete versteckten Hering servierte und marmorne Sülze mit scharfem Meerrettich, schneeweiße junge Spanferkel mit Petersilie zwischen den Zähnen, gesäuerten Kohl, der an den Schnittstellen goldene Blasen warf, in Honig und Roggenstroh eingelegte Antonow-Äpfel, echte russische Salztomaten und Zwiebeln mit an den Seiten klebenden Blättchen der schwarzen Johannisbeere, Dillstengeln und Knoblauchzehen und ohne den blamablen Zusatz von Essig und Pfeffer in der Marinade, Wodka mit dem schwarzen Etikett »Stolitschnaja Kristall«, Eis in einem einzigen großen Kristallblock sowie die in der Zeit eingefrorenen Lieder mit dem Titel *Der Morgen rötet mit zartem Licht die Mauern des alten Kremls*, *Leb wohl, geliebte Stadt*, *Katjuscha* und *Eine einsame Ziehharmonika*.

Und dann besaß er noch ein paar verpachtete Hauser in Los Angeles auf dem Santa Monica Boulevard, eine Gemäldegalerie in Seattle, welche die von dem Schlagkräftigen Demokraten selbst verachteten russischen Abstrakten, Konzeptualisten und andere moderne »-isten« an treuherzige Amerikaner verkaufte, eine kleine Fabrik in New York, in der für nostalgische Emigrantenmägen die nach sowjetischen Rezepten hergestellte Leberwurst mit Eiern produziert wurde, die in ihrer historischen Heimat in den stürmischen Wogen der Perestroika spurlos verschwunden war.

Und dann hatte er einen vorläufig noch nicht verwirklichten Traum – irgendein winziges Inselchen auf den Seychellen oder aber auf den Bahamas zu kaufen, wohin er sich bei eventuellen neuen Stürmen in der Heimat absetzen könnte.

Die Perestroika bedeutete nicht nur für die ehrlichen Menschen, sondern auch für die Gauner Hoffnung. Die ehrlichen Menschen erwarteten von der Perestroika die Freiheit des Wortes und der Gedanken – die Diebe erwarteten die Freiheit zu stehlen.

Aus der gesamten Weltgeschichte hatte der Schlagkräftige Demokrat eines gelernt: Alle Systeme gehen zu guter Letzt zugrunde, die Bestechung aber überlebt.

Er sah, daß die an die Macht gekommenen idealistischen Demokraten hilflos waren. Sie brauchten die Gauner, um zu überleben. Aber da sie die Gauner brauchten, wurden sie entweder deren Geisel oder aber selbst zu Gaunern.

Salysin war verblüfft, wie leicht sich alle Barrieren und Türen – einschließlich der zum Präsidenten – vor dem Schlagkräftigen Demokraten öffneten. Er schlüpfte so überzeugt durch sie hindurch wie durch ein ihm bestens bekanntes Eisloch.

Der Präsident von Rußland trug kein Jackett, und die Ärmel seines Hemdes waren aufgekrempelt. Seine Augen waren vor Schlaflosigkeit gerötet und nicht angeheitert, sondern heiter.

Der Präsident von Rußland telefonierte mit dem Präsidenten der USA. In seiner linken Hand hielt er den Telefonhörer, und in der rechten – bei ihm recht ungewöhnlich anmutend – eine Flasche Kefir. Der Kefir war fest geworden und wollte sich keinem der Versuche des Präsidenten beugen, ihn während des historischen Gesprächs direkt aus dem Flaschenhals zu trinken. Der Präsident klemmte den Telefonhörer zwischen Ohr und Schulter, befreite seine linke Hand und schlug mit der Handfläche auf den Boden der Kefirflasche, wobei er mit langjähriger Routine vorging, die jedoch nicht vom Umgang mit Milchgetränken stammte. Aber der widerspenstige Kefir unterwarf sich nicht dieser rauhen Gewalt.

Während die anwesenden Mitstreiter tatenlos zitternd auf den Telefonhörer starrten, befreite der Schlagkräftige Demokrat die Kefirflasche mit zärtlicher Entschlossenheit aus den ungeschickten Fingern des Präsidenten, nahm ein auf dem Tisch liegendes, mit Intarsien verziertes und auf der Klinge mit der Gravur »Dem teuren Genossen Wortnikow von den Stahlarbeitern aus Slatoust« versehenes Papiermesser, rührte damit den widerspenstigen Kefir direkt in der Flasche um, goß ihn in ein dünnwandiges Teeglas, das von einem mit einem kleinen Arbeiter und einer Kolchosbäuerin verzierten Teeglashalter aus Neusilber gehalten wurde, und brachte es dem Präsidenten mit einem Gesichtsausdruck, als wäre er für diese besondere Mission extra ins Weiße Haus gekommen.

Vom Rand des Teeglases löste sich ganz unvermutet eine Zitronenscheibe und schwamm auf der Kefiroberfläche. Aber ohne dies zu bemerken, stürzte der Präsident von Rußland den Kefir zusammen mit der Zitrone hinunter, um sich endlich die von den Telefongesprächen und Reden ganz ausgetrocknete Kehle anzufeuchten. Wenn der Präsident der USA auf der anderen Seite des Ozeans im Telefonhörer ein verdächtiges Gluckern vernommen haben mochte und womöglich – den einseitigen Informationen des CIA über die Russen vertrauend – geglaubt hatte, daß es sich hierbei um Wodka handle, dann sollte er sich dieses eine Mal getäuscht haben.

Sowie der Präsident den Hörer aufgelegt hatte, schmiegte sich der Schlagkräftige Demokrat mit flüsternden Lippen an das Ohr, in dessen Trommelfell noch das Echo der Stimme der Supermacht vibrierte.

Dem leicht angewiderten Gesichtsausdruck des Präsidenten zufolge schien er dem Schlagkräftigen Demokraten, dessen klebrige Lippen sein Ohr berührten, keine sonderlich große Sympathie entgegenzubringen, aber irgend etwas verbot es ihm – so kam es Salysin vor –, sich abzuwenden. Irgend etwas verband die beiden. Zu vertraulich wandten sich die klebrigen Lippen des Schlagkräftigen Demokraten an das Ohr des Präsidenten.

Nachdem dieser Beinahe-Kuß mit dem Präsidentenohr vollzogen war, rief der Schlagkräftige Demokrat, feierlich auf Salysin weisend – so als habe er ihn höchstpersönlich neun Monate unter dem Herzen getragen und unter fürchterlichen Qualen geboren –, nun dem Präsidenten zu:

»Wen habe ich Ihnen da wohl mitgebracht! Erkennen Sie ihn?«

Der Präsident musterte mit gerunzelter Stirn den grauen Haarschopf, das gelbe Trikot mit der Aufschrift »BRAZIL«, ging dann endlich über zu einem gutmütigen, breiten Lächeln des Erkennens und stellte schließlich die aufrichtig gemeinte, jedoch nicht besonders taktvolle Frage:

»Salysin? Lysa? Sind Sie etwa noch am Leben?«

»Gerade noch …«, antwortete Salysin grinsend.

Der Präsident drückte ihm mit aller Herzlichkeit die Hand, und auf seiner breiten Proletarierhand spürte Salysin Schwielen. Vom Tennis. Der Präsident ließ sich gern von der Politik ablenken, was ihm übrigens auch sonst stets großes Vergnügen bereitete.

»Ich habe im Verlauf eines Tages noch nie so viele Berühmtheiten auf einmal gesehen wie heute. Gerade eben habe ich den Musiker empfangen, der auf dem … na, wie heißt es doch gleich … na, dieses, der auf diesem Dingsda spielt … Der ist doch tatsächlich den ganzen Weg von Paris hierhergekommen. Und jetzt du. Ich habe, ehrlich gesagt, gedacht, daß du schon …«

»Aber er ist nicht schon …, sondern gerade erst …«, kicherte der Schlagkräftige Demokrat.

Der etwas sentimental gestimmte Präsident unterbrach sein Kichern:

»Ach, Salysin, weißt du eigentlich, daß du mich einmal eine Mütze aus Hirschkalbsfell gekostet hast?«

»Woher soll ich das denn wissen?« erwiderte Salysin mit einem mißtrauischen Achselzucken.

»Als junger Bursche bin ich damals zum erstenmal mit meinen Freunden, solchen Burschen wie ich, in die Hauptstadt gekommen. Haartollen bis zu den Brauen, Schlaghosen, ausladend wie die Weiten des Urals, enorm ausladend. Plötzlich sehen wir – ein Plakat für ein Fußballspiel, und es spielt die Mannschaft jenes berühmten Lysa, dieses Lysa, von dem wir alle nur im Radio gehört hatten … Fernseher waren damals bei uns im Ural zwar schon aufgetaucht, aber die waren für uns arme Schlucker zu teuer … Wir haben die ganze Nacht vor dem Dynamo-Stadion an der Kasse gestanden, aber am Morgen sind dann die Karten direkt vor unserer Nase ausgegangen. Und auf dem Schwarzmarkt kosteten sie dreimal soviel. Mein einziger Reichtum war damals diese Mütze aus Hirschkalbsfell … Ich mußte sie also auf dem Flohmarkt verscherbeln, und für das Geld haben wir dann die Eintrittskarten für das Fußballspiel doch noch gekauft … Mir hat es nicht leid getan um meine Mütze. Du hast gespielt wie ein junger Gott … Aber jetzt siecht unser Fußball dahin, man mag ja gar nicht mehr zuschauen …«

»Alles privatisieren, privatisieren …«, sprudelte der Schlagkräftige Demokrat voller Vorfreude und ratternd wie ein Maschinengewehr hervor.

In das Büro flatterten die im Vergleich zum Vortag bedeutend fröhlicheren Beamten nacheinander herein und hielten geöffnete Kunstledermappen, auf denen mit den goldenen Prägebuchstaben die Worte »Zur

Unterschrift« prangten, in ihren ausgestreckten Händen bereit. Aber der Präsident, der sich ganz auf das lyrische Fußballthema eingestellt hatte, schien sie gar nicht zu bemerken.

»Hier geht es doch nicht um die Privatisierung. Wenn man eine verendete Schindmähre privatisiert, wird sie dadurch noch lange nicht zum Trabrennpferd. Es liegt an den Menschen. Warum gründen wir eigentlich nicht endlich eine Russische Nationalelf an Stelle der Nationalmannschaft der UdSSR und machen Salysin zum Trainer?«

»Genial. Wie immer genial – und so einfach!« rief der Schlagkräftige Demokrat aus.

»Ich brauche keine Erwachsenen-Nationalmannschaft. Die sind doch schon alle verdorben«, sagte Salysin, der diesen Vorschlag ernst nahm. »Ich wäre für eine Knaben-Nationalmannschaft. Die würden heranwachsen, und ich würde aus ihnen eine Jugend-Nationalmannschaft machen. Und erst dann eine Herren-Nationalmannschaft. Das wäre ein anderer Fußball. Einer à la Bobrow und Strelzow. Genau der, den wir verloren haben.«

»Ich bin dafür«, sagte der Präsident und rief dem Schlagkräftigen Demokraten zu: »Damit betraue ich dich, du bist doch unser großer Fußballkenner.« Der Präsident seufzte schwer und begann, die ihm vorgelegten Papiere zu unterzeichnen, ohne dabei so recht hinzusehen.

»Wird erledigt«, nickte der Schlagkräftige Demokrat erfreut. »Aber vielleicht sollte Salysin jetzt auf der Versammlung auftreten? Wir müssen jetzt jeden für uns erreichbaren berühmten Namen benutzen ...«

Der Präsident, der sich ansonsten nicht gerade durch besondere Feinfühligkeit in der Wortwahl auszeichnete, runzelte diesmal feindselig die Stirn.

»Natürlich wäre es schön, wenn du auftreten würdest, Salysin. Aber ›benutzen‹ – das ist ein übles Wort. Danach kommt immer gleich das andere Wort ›wegwerfen‹. Da könnte man doch auf den Gedanken kommen, daß mich auch jemand benutzt und dann wegwirft, oder?«

»Na, was sagen Sie denn da. Das Volk liebt Sie doch so sehr«, rief der Schlagkräftige Demokrat, während er gleichzeitig seine Arme ausbreitete.

»Das Volk hat den Zaren geliebt. Und als man ihn umgebracht hat, Lenin. Das Volk hat Trotzki, Bucharin, Kirow geliebt. Und als man sie umgebracht hatte, Stalin. Und ich habe ihn auch geliebt«, bemerkte der Präsident düster.

Die sich im Büro drängelnden Leute warfen einander Blicke der Befremdung zu. Aber auf dem Tisch stand lediglich eine leere Kefirflasche.

»Was ist denn an diesem – man kann ja schon sagen – Siegestag bloß in Sie gefahren?« fragte der Schlagkräftige Demokrat mit einem mahnenden Lächeln.

Der Präsident hätte zu gern noch etwas getrunken, doch weder in der Flasche noch im Glas war Kefir übriggeblieben. Und er wollte niemanden um irgend etwas bitten.

»Wenn ich ihn auch nur um ein Glas Tee bäte, würde er von mir dafür die Erlaubnis verlangen, den Kreml zu privatisieren!« dachte der Präsident böse.

Und Salysin wurde von besorgten, demokratischen Händen zärtlich unterm Arm gepackt und auf den Balkon ans Mikrophon geleitet. Wie aus weiter Ferne hörte er eine Stimme sagen:

»Das Wort geht jetzt an den Stolz des vaterländischen Sports, den legendären russischen Fußballer, den Spieler der Nationalmannschaft der UdSSR, den Mitstreiter von Bobrow und Strelzow, den persönlichen Freund von Pele und heute erbitterten Kämpfer für Freiheit und Demokratie – Prochor Salysin …«

Ob sich tatsächlich so viele Menschen in der Menge an diesen einst so klingenden Namen erinnerten oder ob nur einfach die allgemeine Stimmung so gehoben, so feierlich war – die Menschen hießen Salysin nicht nur mit Beifall, sondern auch scheinbar mit einem Lächeln der Erinnerung willkommen.

Es war die erste Rede seines Lebens. Er hatte Lampenfieber wie in seinem ersten Spiel für die Nationalmannschaft der UdSSR.

Irgendein Korrespondent kroch bis an das Mikrophon heran und zielte mit einer Nikon auf Salysin, und als er den Fotoapparat von seinem Auge sinken ließ, erschien dahinter das Gesicht von Alexej Petrowitsch, dem Tiger, der noch immer nicht einsehen wollte, daß er längst gestorben war.

Irgendwo weit, weit weg ertönte ein Klingen.

Nicht in einer anderen Straße. In einer anderen Zeit.

Es war nicht der Klang von Glocken. Es war der Klang des Fußballs. So klang der Ball nur, wenn Bobrow ihn schlug. Es war ein Paß aus der Jugendzeit.

Und von dort unten kam von van Gogh als Antwort ein Klirren, denn er hielt es nicht mehr aus und stemmte die Tür des Eisenkäfigs mit einem

Brecheisen auf, und die Wassermelonen tanzten über die Barrikade von Hand zu Hand, von einem Verteidiger des Weißen Hauses zum nächsten. Eine Wassermelone auseinanderzuschneiden – das war keine ganz einfache Angelegenheit.

Aber die Melonenbarrikade winkte Salysin mit ihren roten Halbmonden zu.

Salysin sammelte sich. Doch von einem für ihn typischen Spruch, den er seit seiner Jugend nicht loswurde, konnte er sich auch jetzt nicht freimachen. Damals, als er noch so verteufelt gern fluchte, im letzten Moment dann aber doch nur die ersten Silben undeutlich aussprach, war ihm immer etwas entschlüpft, das in etwa so klang wie »Ach, du Sch-Shizuoka«.

Und Salysin fing zu sprechen an:

»Die Geschichte – sie ist nicht rund wie ein Fußball, aber sie kann genauso wie ein Fußball in jede Richtung rollen ... und dabei noch Menschen erschlagen, ach, du Sch-Shizuoka. Die guten Trainer haben früher begabte Jungs in den öden Hinterhöfen gesucht, haben sie gefördert, ach, du Sch-Shizuoka ... Genauso muß man auch das Volk fördern, ach, du Sch-Shizuoka. Vom Kindergarten an, ach, du Sch-Shizuoka. Aber wir haben unser Volk stattdessen in eine Fußballmanschaft mit Eisenkugeln an den Beinen verwandelt, ach, du Sch-Shizuoka.

Der beste Trainer meines Lebens, Boris Arkadjew, hat einmal gesagt: ›An das nächste Spiel muß man denken, noch bevor man das aktuelle beendet hat‹ – ach, du Sch-Shizuoka. Dieses Spiel haben wir wohl gewonnen, ach, du Sch-Shizuoka ... Aber ein gewonnenes Spiel kann man im nächsten Spiel noch einmal verlieren, ach, du Sch-Shizuoka. Laßt uns auch das nächste Spiel gewinnen, ja, ach, du Sch-Shizuoka? Damit unser Leben besser wird und damit der Fußball besser wird, ach, du Sch-Shizuoka ...«

Salysin hatte es kaum geschafft, von dem nach all den Reden glühend heißen Mikrophon zurückzutreten, als ihm noch auf dem Balkon ein aufgeregter junger japanischer Fernsehjournalist mit einem anderen Mikrophon versehentlich fast die Zähne ausschlug. Ihm nach drängte sich mit der Anmut eines Ballettänzers der Kameramann durch die Menge.

»Der Fernsehsender ›Asahi‹ ... Verzeihen Sie, Salysin-san, aber warum wiederholen Sie immer wieder ›Shizuoka‹ Was haben Sie damit sagen wollen? Hat das vielleicht irgendwie mit dem Problem der Kurilen zu tun?«

Der Japaner war nervös. Vielleicht verband er etwas ganz Privates mit den Kurilen? Vielleicht waren dort die Gräber seiner Ahnen?

»Nein«, antwortete Salysin mit einem Kopfschütteln. »Das hat überhaupt nichts damit zu tun …«

23.

KRATZ DIE KURVE!

Salysin verließ das Weiße Haus, aber die Reden auf dem Balkon wurden noch fortgesetzt.

Die Leute erkannten Salysin.

Von allen Seiten streckten sich ihm Hände entgegen, die die seinen schütteln wollten. Es waren Hände von Arbeitern – mit ihren Schwielen –, Hände von sogenannten Intellektuellen – weich, aber mit einem vom Kugelschreiber stammenden harten Hügelchen am Mittelfinger –, Hände von Rentnern – faltig, mit bereits dunkler werdenden Lebenslinien –, Hände von Studenten – frisch wie Apfelschalen …

»Paß auf, daß du nicht unter die Volksdeputierten gerätst«, sagte ihm van Gogh mit einem spöttischen Grinsen. »Einem von unseren Installateuren, auch einer aus Afghanistan, dem ist doch glatt die Frau mit seinen zwei Kindern weggerannt, als man ihn zum Deputierten gewählt hat. Ich hab' ja versucht, sie zu versöhnen, aber sie wollte das auf keinen Fall: ›Wenn er mich wenigstens mit einem Weib betrogen hätte, aber mit der Politik …‹, hatte sie gesagt. ›Das ist doch dasselbe, als würde man seine Frau mit einem Kanalrohr betrügen.‹«

Bötchen reichte ihm einen roten Melonenhalbmond.

»Ich habe dich noch nie über Lautsprecher gehört … Weißt du, ich habe mich gefühlt, als würde man dich mir wieder wegnehmen«, sagte sie traurig. »Es war überhaupt nicht deine Stimme. Als ich dich so lange nicht gesehen habe, habe ich in meinen Träumen oft mit dir gesprochen. Aber in meinen Träumen hast du ohne Mikrophon mit mir geredet.«

Und plötzlich schlich sich jemand von hinten an Salysin heran und hielt ihm – wie bei dem Kinderspiel – mit den Händen die Augen zu. Die Hände wiesen keinerlei Schwielen von der Arbeit auf, waren aber auch nicht die eines Intellektuellen – hart und grob waren sie nicht von der Arbeit, sondern von Natur aus. Die Handflächen waren breit, kalt und rauhglitschig wie zwei Schollen. Sie rochen nach nicht-sozialistischen Zigaretten und sowjetischem Waffenöl.

Diesen zweiten Geruch kannte Salysin gut – er hatte ein doppelläufiges Gewehr, mit dem er zwar nur selten auf die Jagd ging, das er aber regelmäßig einfettete.

Salysin wäre jede Wette eingegangen, daß der Mensch, der ihm da so schalkhaft mit den Händen die Augen zuhielt, erst heute seine Waffe gereinigt hatte.

»Na …«, brummte Salysin ohne große Begeisterung und versuchte, die über seinen Augen fest verschränkten, wenig angenehmen, feuchten Finger dieser Hände auseinanderzubiegen. »Wer ist das? Jetzt ist nicht die Zeit für solche Scherze …«

»Jede Zeit ist für Scherze gut, Lysa«, erklang ein leicht beleidigtes kleines Lachen. »Na, erkennst du mich nicht einmal an meiner Stimme? Vergißt deine Fußballkumpel, ignorierst die alten Freunde.« Die Stimme war genauso unangenehm wie die Finger, aber sie roch nicht nach Waffenöl, sondern nach Wodka.

Salysin erkannte die Stimme, und er riß die Finger entschlossen auseinander, drehte sich heftig um, vermied es aber, einer dieser Hände seine eigene zu reichen.

Vor ihm stand niemand anderer als Marke mit all seiner einzigartigen, unansehnlichen Aufrichtigkeit und glänzte über und über, so als hätte man ihn selbst mit Waffenöl eingefettet.

»Du hast ein merkwürdiges Verständnis von Freundschaft«, lachte Salysin angewidert auf. »Das Verständnis eines Schriftstellers … Schreibst so dies und das über deine Freunde …«

Marke war aufrichtig erstaunt:

»Was meinst du denn, etwa diese alte chilenische Geschichte? Ja, ich habe dich doch mit meinem Brief an den KGB vor einem noch viel heftigeren Schlag bewahrt, habe alles abgeschwächt, ausbalanciert. Du bist doch nur dank meiner Intervention und der deiner Fans im Komitee – das sind übrigens echte Pfundskerle! – mit dem Schrecken davongekommen. Die hätten dir sonst noch was Politisches angehängt … Es gibt noch gute Menschen auf der Welt, wie man so schön sagt – die Behörden zum Beispiel, mit allen Vorbehalten, natürlich. Das war vielleicht das Humanste, was ich je in meinem Leben getan habe, und da stellt sich dann heraus, daß du mich wegen meiner Güte all die Jahre auf dem Kieker gehabt hast … Ja, wie es so schön heißt: Keine einzige gute Tat bleibt ungestraft.«

Marke senkte seine Stimme und fügte fast flüsternd hinzu:

»Aber ich will dir trotzdem noch einmal etwas Gutes tun.«

Er blickte sich um, und als er neben Salysin Bötchen bemerkte, sagte er mit der ihm eigenen Unverfrorenheit:

»Weib, können Sie uns wohl unter vier Augen miteinander reden lassen? Wir haben hier ein Gespräch unter Männern.«

»Das ist meine Frau«, sagte Salysin scharf. »Ich habe keine Geheimnisse vor ihr.«

»Nett, Sie kennenzulernen«, sagte Marke und rief, nachdem er Bötchen eingehend gemustert hatte, mit gespielter Begeisterung aus:

»Ach, wir sind doch alte Bekannte! Noch von den moldawischen Gastspielen, sozusagen ... Was waren das für Abende in der moldawischen Steppe! Aber Sie waren damals ... wie soll ich es sagen ... nicht gerade schöner ... Sie sind ja auch jetzt durchaus ... aber ... in gewissem Sinne ...«, fing Marke zu zappeln an.

»Jünger«, half ihm Bötchen streng.

»Das habe ich nicht gerade gesagt ..., nein ...«, drohte Marke kichernd mit dem Finger. »Na, mit einem Wort, ich gratuliere zur Hochzeit ...«

»Komm zur Sache ...«, unterbrach ihn Salysin. »Du hast schließlich angekündigt, daß sie gut sei, diese Sache, um die es geht.«

»Dabei bin ich auch sonst ein guter Mensch, nur bemerkt das fast niemand«, erwiderte Marke gekränkt mit einem Achselzucken. »Ich bin, wie man so schön sagt, ein Altarist ... Alles opfere ich auf dem Altar der Freundschaft ... Erinnerst du dich noch an unsere Devise: Kratz die Kurve!?«

»Nun ja ...«, sagte Salysin zurückhaltend.

Marke fuhr fort, sprach aber nun bereits nicht mehr nur mit gesenkter Stimme, nicht einmal mehr im Flüsterton, sondern mit pfeifendem Hauchen – ein wenig nach Wodka, ein wenig nach Tabak riechend:

»Weißt du, wo ich jetzt bin?«

»Woher soll ich das wissen?« antwortete Salysin mit einem säuerlichen Lächeln, bei dem er seinen Widerwillen nur schwer überwinden konnte.

»Dort ...«, hauchte Marke mit besonderer Bedeutsamkeit, und Salysin verspürte in dem aromatischen Bukett seines Atems eine gewisse Zahnfäule. »Dort, verstehst du? Ich trainiere sie. Allgemeine Körperertüchtigung, Fußball und Schießübungen ... Mit militärischem Rang ... Freier Zutritt ... Nun also, Lysa – kratz die Kurve! ... Gefahr im Verzug! ... Gestern nacht haben sich die ›Alpha‹-Leute ins Hemd gemacht ..., haben sich vor dem Blut erschreckt, verstehst du … Das sind mir vielleicht Memmen … Aber da gibt es noch eine andere Gruppe …, die allerallergeheimste von allen … Da schneiden sie die Angst zusammen mit den Zungen heraus. Ich weiß da so einiges. Sie sind schon benachrichtigt worden, kapiert? Die Sache wird blutig enden. Mach, daß du nach Hause kommst, Lysa, zusammen mit deinem sibirischen Recken! Ihre Fäuste helfen hier auch nicht weiter … Das Gemetzel kann jeden Moment losgehen, und zwar ein solches Gemetzel, daß euer Weißes Haus wie ein Papierschiffchen im Blut untergehen wird … Die warten nur auf das Signal …«

»Ich glaube dir nicht, Marke. Meiner Meinung nach ist das alles nur Schaumschlägerei«, heuchelte Salysin.

»Ich? Ein Schaumschläger?« Marke kam in Fahrt. »Die Scharfschützen sitzen doch schon auf dem Dach.«

»Auf welchem Dach?« hakte Bötchen in fast gleichgültigem Ton nach.

»Na da, auf dem da … siehst du?« hauchte der durch ihr Mißtrauen höchst verärgerte Marke rasselnd.

»Ich sehe niemanden …«, erwiderte Bötchen kopfschüttelnd, während sie das Haus, auf das er zeigte, musterte.

»Na, denkst du denn, daß das Idioten sind, die sich offen zeigen? Sie sind da … sie sind bereit. Jeden Moment können sie zu schießen anfangen.«

»Auf den Präsidenten?«

»Auf den zuallererst … Aber es geht ja nicht nur um ihn. Auch wenn er sich nicht zeigt – sie werden trotzdem schießen. Die brauchen Blut, Lysa, Blut … Auf beiden Seiten … Dann kann der Zauber losgehen … Und dann versuch später mal nachzuvollziehen, wer angefangen hat. Dann werden sich auch die ›Alpha‹-Leute anschließen. Mach, daß du wegkommst, bevor was passiert, Lysa, zusammen mit deiner …« Und Marke bestätigte seinen unerschütterlichen Ruf als der in der Natur sonst nur selten vorkommende Aufrichtige Lump und verschwand in der ständig anwachsenden Menschenmenge, die nicht wußte, daß auf sie gezielt wurde.

Bötchen blickte zu dem Dach hin, auf das Marke gezeigt hatte. Dort war niemand zu sehen. Aber plötzlich blitzte in der dreieckigen Öffnung eines Dachbodenfensters etwas auf. Ein doppeltes Blinken, das fast zu einem einzigen verschmolz. Es tauchte auf und verschwand sofort wieder.

»Sieht aus wie ein Fernglas«, sagte Bötchen.

Dann war noch einmal ein kurzes Blinken zu sehen. Es zuckte ein wenig. Dann verschwand es ebenfalls.

»Ein Zielfernrohr«, murmelte Salysin vor sich hin. »Die nehmen wohl schon Augenmaß, was?«

Bötchen sah Salysin flehend an.

Sie mußte ihm nicht erklären, was dieser Blick zu bedeuten hatte.

Früher, als er sich unfreiwillig an der verblüffenden Freiheit ihres Benehmens begeistert hatte, hatten ihn diese unsinnigen Kletterpartien oft geärgert, er hatte oft einen roten Kopf bekommen, wenn andere Leute sahen, was sie anstellte, aber dennoch hatte er niemals Angst um sie gehabt.

Er hatte gewußt, daß sie es schaffen würde, ihm einen Eiszapfen vom Kremlturm zu holen, einen flaumigen Weidenzweig von der halbzerstörten Kuppel einer verlassenen Dorfkirche, eine noch warme Feder aus einem Adlerhorst.

Heute bekam er das erstemal Angst um sie.

24.

ÜBER DIE, DIE LABYRINTHE LIEBEN

»Ihnen fallen ja schon die Augen zu. Sie sollten sich zumindest ein halbes Stündchen hinlegen«, sagte Paltschikow zum Präsidenten von Rußland, als er ihn in sein Büro begleitete.

Der Präsident, der hinter vorgehaltener Hand gequält gähnte, seufzte hoffnungslos wie ein riesiges Kind, das von einer Vielzahl ungebetener, einander in ihren Ratschlägen widersprechender Kindermädchen in die eine, dann wieder in die andere Richtung gezogen wird:

»Wo soll ich die denn wohl hernehmen, diese halbe Stunde ... Ich soll vom Balkon sprechen, aber die Thesen sind noch nicht fertig. Es muß entschieden werden, wer nach Foros fliegen soll. Der französische Botschafter hat angekündigt, daß Mitterrand anrufen wird ...«

»Wenn er anruft, dann wecke ich Sie. Die nächste halbe Stunde gehört Ihnen«, sagte Paltschikow und zog den Präsidenten am Ellenbogen energisch in das an das Büro anschließende Ruhezimmer.

»Daß nur ...«, der Präsident geriet ins Stocken. »Nun, eigentlich, aber daß mir keiner davon erfährt, daß ich ... hier ... nun, schlafe ... Sonst würde man es noch mißverstehen ...«

»Die mißverstehen sowieso immer alles ...«, beruhigte ihn Paltschikow recht hintergründig.

Der Präsident legte sich, ohne erst die Schuhe auszuziehen, auf den Diwan und schlief augenblicklich ein.

Im Schlaf ähnelte er noch mehr einem eigensinnigen, beleidigt schmollenden, riesigen Kind. Er pfiff ein wenig durch die Nase, und die in seiner Kindheit durch eine Granate verletzten Finger schienen etwas zu drükken – vielleicht einen im Traum gefangenen Grashüpfer oder vielleicht auch das im Wachen ergriffene, schwere Reichszepter.

Paltschikow trat aus dem Büro heraus, drängte den auf der anderen Seite bereits nach der Klinke greifenden Liebhaber der Labyrinthe mit der Tür leicht zurück und sagte ihm, so als wolle er dessen Boxernase mit seinen Worten noch platter drücken:

»Der Präsident arbeitet an der Rede. In der nächsten halben Stunde soll ihn absolut niemand stören, und es darf niemand mit ihm verbunden werden. Außer Mitterrand.«

Paltschikow hatte nicht das Gefühl, daß der Liebhaber der Labyrinthe ihn im Laufe des vergangenen Tages auch nur ein klein bißchen liebgewonnen hatte.

Paltschikow kehrte ins Büro zurück, und als er in seinem Rücken beruhigt das auch weiter andauernde Kinderpfeifen hörte, setzte er sich an den Tisch des Präsidenten. Es gelang ihm nicht, sich wie der Präsident von Rußland zu fühlen, aber er gab sich auch gar keine große Mühe. Er versuchte, die fehlenden Glieder in der Ereigniskette herauszufinden. »So ein Kind ist er ja eigentlich auch wieder nicht«, dachte Paltschikow. »Wie hat er es bloß geschafft, am ersten Morgen des Putsches heil und unversehrt von seiner eigenen, von KGB-Leuten umzingelten Datscha bis zum Weißen Haus zu kommen? Warum haben sie zugelassen, daß er kam? Auch wenn es unsere eigenen, sowjetischen Leute sind – solche Vollidioten können sie doch gar nicht sein! Das heißt, man hat ihnen den Befehl gegeben, ihn nicht anzufassen. Wer? Nur ein einziger Mann war in der Lage, das zu tun. Der Chef des KGB, der sogenannte »Cherub«. Aber warum? Vielleicht hat es vor dem Verlassen des Weißen Hauses zwischen ihnen ein Gespräch gegeben? Vielleicht hat der Präsident von Rußland versichert, daß er zum Weißen Haus fahre, um in einer Rede die Putschisten zu unterstützen, und hat sie hinters Licht geführt, hat sie überlistet? Und selbst wenn es so gewesen war, was sonst hätte er tun können? Er hatte keine andere Wahl. Irgendwann einmal wird irgend jemand der Sache auf den Grund gehen ... Aber vielleicht auch wird niemand das je tun ... Ja, übrigens, fast hätte ich es vergessen ...«

Paltschikow wählte aus dem Gedächtnis eine Nummer auf dem Telefon mit dem Staatswappen der UdSSR.

Im Hörer erklang die Stimme von Hauer – des Assistenten des Kristallklaren Kommunisten, Paltschikows Freund aus den Kindertagen in Pawlow Posad. Wie schon am Vortag lispelte die Stimme, denn die sich so stürmisch entwickelnden historischen Ereignisse gestatteten es Hauer natürlich nicht, sich an Stelle der von der Öffentlichkeit getadelten goldenen Zähne solche aus Porzellan einsetzen zu lassen.

»Na, wie geht's deinem Chef?« fragte Paltschikow.

»Er macht sich Sorgen ... Ist zu einem Geistlichen gefahren. Ich hätte nicht gedacht, daß er gläubig ist«, lispelte Hauer ein wenig befremdet. »Es kommt ja immer darauf an, was das für ein Geistlicher ist ...«, drückte sich Paltschikow darum herum, seine Meinung zu äußern. »Und wir haben hier eine große Versammlung. Viele junge Leute. Es sieht ganz gut aus. Kein einziger Hippie darunter. Gestern haben sie sich noch hier herumgetrieben, aber heute scheinen sie wie vom Erdboden verschluckt. Haben sich plötzlich wohl für ihre eigenen Zottelhaare geschämt.«

»Du schaust nicht genau genug«, sagte Hauer. »Hast du übrigens einen Mantel dabei? Es heißt, daß es heute nacht ein Gewitter geben soll.«

»Ich habe da eine Bitte«, sagte Paltschikow. »Ich bin hier einem Burschen etwas schuldig. Ich brauche seine Akte. Na, erinnerst du dich an den Burschen, der Schutzgelder im Restaurant Rasguljai und in dem Café an der Roschdestwenka-Straße erpreßt hat, sich dann aber wohl zurückgezogen hat und zur ›Alex‹ gewechselt ist? ... Ja-ja, genau der ... Dein Namensgedächtnis ist wirklich gut ... Die Leute von Pawlow Posad sind nicht ohne. Kannst du mal im Computer nachsehen?«

»Ich bin gerade dabei ... Er ist natürlich alles andere als ein Engel ... Aber keine Schwerverbrechen in der Akte. Erpressung, aber alles nur große Worte. Und ansonsten fast nur kleine Geschäfte ... Soll ich die chemische Reinigung in Gang setzen?«

»Ja, ganz dringend.«

»Schon erledigt. Dieser ehrenhafte Mensch hat sich nie mit Erpressung abgegeben. Die Akte hat die Nummer ›Bendsch 7690049‹.«

Das Gespräch wurde durch den Anruf von Mitterrand unterbrochen, und Paltschikow mußte den Präsidenten wecken, bevor die ihm zugestandene halbe Stunde verstrichen war.

Dann brachte man dem Präsidenten einen Entwurf der Thesen für die bevorstehende Rede.

Paltschikow mußte die Lage im generellen und auf dem Balkon im speziellen überprüfen. Hauers Worte: »Es heißt, daß es heute nacht ein Gewitter geben soll« gingen ihm nicht aus dem Kopf.

Paltschikow trat auf den Balkon hinaus. Er war mit Menschen überfüllt und schien Schlagseite zu haben, wie ein Schiffsdeck, auf dem ein großer, vielleicht zu leichtsinniger Ball stattfand.

Beredte Liberale, die gestern morgen aus irgendeinem Grund nicht zu sehen gewesen waren, tanzten jetzt der Reihe nach Walzer mit ein und derselben Dame – der Demokratie –, deren Taille sie vulgär abtasteten.

Viele waren gekommen, um sich zu zeigen, um sich ins Gästebuch der Geschichte einzutragen.

Geschickte Verwandlungskünstler der eigenen Gesichter zauberten heute – ein wenig verspätet – bescheidenes Heldentum und heilige Bereitschaft zur Selbstaufopferung in ihre Züge.

»In der ganzen Weltgeschichte hat es nicht so viele Helden im Kampf für die Demokratie gegeben wie heute hier auf diesem Balkon«, dachte Paltschikow spöttisch, während er seinen Blick im Zickzack durch dieses Gewimmel schweifen ließ und das Ausmaß der Gefahr für den bevorstehenden Auftritt des Präsidenten von Rußland abschätzte. Ein Bild von einem Mann reizte Paltschikow ganz besonders, denn es lief, ohne daß auch nur die entfernteste Notwendigkeit dazu bestand, mit einem Schutzhelm und einer Maschinenpistole vor der Brust auf dem Balkon hin und her, wobei es die Umstehenden wie zufällig mit der Mündung streifte. Als sich das Bild von einem Mann endlich genug an dem Klicken der Fotoapparate um sich herum ergötzt hatte, drängelte es sich – den ihm angeborenen, etwas unangenehmen, aber dennoch unwiderstehlichen Charme ausnutzend – außer der Reihe zum Mikrophon vor.

»Die Maschinenpistole«, sagte Paltschikow nicht sehr laut, aber hart und streckte fordernd seine Hand aus.

Das Bild von einem Mann begriff aufgrund der machtvollen Kürze von Geste und Worten sofort, daß Paltschikow das Recht hatte, eine solche Forderung zu stellen.

»Aber die Maschinenpistole ist doch gar nicht geladen«, flüsterte er Paltschikow so leise zu, daß niemand außer ihm es verstehen konnte.

»Um so besser«, antwortete Paltschikow.

Die Maschinenpistole hüpfte erleichtert in seine Arme.

Paltschikow hängte sich die Maschinenpistole für alle Fälle mit der Mündung nach unten über die Schulter.

Er trat an die Balkonbrüstung und begann, die Menschenmenge aufmerksam zu mustern.

Er hatte seit langem nicht mehr so viele gute Menschen auf einmal gesehen.

Die Menschen dort unten gefielen ihm im großen und ganzen besser als die Menschen auf dem Balkon.

Die Menschen dort unten waren aufrichtiger und freier. Wenn sich auf dem Balkon zwei umarmten, dann hatte das immer politische Gründe.

Dort unten aber umarmte man sich einfach so.

Auf dem Balkon küßten immer nur Männer andere Männer, und sie küßten sich immer nur als Kampfgenossen im Gefecht für die Demokratie.

Dort unten aber küßten sich Männer und Frauen, besonders Panzerfahrer und Trechgorsk-Mädchen[1], was mit dem Kampf für die Demokratie Gott sei Dank nur indirekt etwas zu tun hatte.

Paltschikow erinnerte sich plötzlich daran, wie er Alewtina zum erstenmal, das heißt beinahe zum erstenmal geküßt hatte. An jenem Tag hatten sie sich auch zum erstenmal gesehen.

Es war geschehen, als sie – noch Studenten an der Moskauer Universität – in der Mensa den siebten November[2] gefeiert hatten.

Der achtzehnjährige Paltschikow, der gerade sein erstes Studienjahr an der Juristischen Fakultät absolvierte, hatte den Draht am Korken einer Flasche Cidres, des damals beliebten Studenten-Sekts, abgedreht, und ganz plötzlich war der Korken von einem schaumigen Strahl, der mitten auf das an der Wand hängende Portrait von Chruschtschow spritzte, aus dem Flaschenhals gejagt worden.

Die Studenten hatten lachend losgeprustet, aber der Komsomolzenführer, der damals ebenfalls achtzehn Jahre alt gewesen war, jedoch schon seit dem Kindergarten stets unauffällig elegant aussah und einen von keinem Ereignis zerstörbaren Scheitel trug, hatte sie streng unterbrochen.

»Ich kann daran nichts Komisches finden ... Den Freunden der Heiterkeit möchte ich im übrigen sagen, daß sie nur dank unserer Partei so fröhlich sein können, denn sie hat ihnen die Möglichkeit gegeben, jetzt frei zu lachen – über wen auch immer. Ich hätte sie gern einmal lachen gesehen, wenn ihnen das mit einem Portrait von Stalin zu dessen Zeit passiert wäre ...«

Aber ein Paltschikow vollkommen unbekanntes Mädchen mit zwei dunklen Johannisbeeren unter den Brillengläsern und mit zwei kohlrabenschwarzen Zöpfen, die von ihrem Kopf abstanden wie die beiden Hörner eines Teufels, hatte nur noch lauter gelacht.

»Verzeihen Sie, wer sind Sie?« fragte der Komsomolzenführer wichtigtuerisch und versuchte, sie mit strengem Blick zum Schweigen zu bringen.

»Ich – bin nicht Sie ... Ich bin ...« – sie hatte nicht aufhören können zu lachen – »ich bin Biologin.« Und sie hatte sich vor lauter Lachen nur noch mehr geschüttelt. »Eigentlich spezialisiere ich mich – auf Tiere ... Und im speziellen – auf Reptilien.«

Da ihr vor Lachen die Tränen gekommen waren, hatte sie die Brille abgenommen und begonnen, sie abzuwischen, und ihre schwarzen Johannisbeeren waren ohne Brille noch größer geworden, funkelten jetzt aber nicht mehr lachend, sondern vielmehr zornig:

»Ich kann die Politik einfach nicht ausstehen ... Keine Politik! Ich lehne es ab zu verstehen, warum ich unbedingt irgend jemandem dankbar dafür sein soll, daß man mich nicht verhaftet ...«

Paltschikow hatte sie nach Hause begleitet. Da hatte er bereits gewußt, daß sie Alewtina hieß.

Der Nachtfrost hatte die Pfützen vom Vortag mit einer Eisschicht überzogen, und der zukünftige Jurist und die Biologin waren gemeinsam ein paarmal auf dem verräterischen, aber wunderschön glänzenden, silbernen Asphalt ausgerutscht und hingefallen.

Die Haustür ihres alten Hauses in der Neopalimowski-Gasse, von dem schon der Putz abgeblättert war, war halb herausgerissen und hatte quietschend an einer letzten Angel gehangen.

Paltschikow war mit Alewtina in den Hausflur getreten und hatte beschlossen, sie zu küssen, wenn sie die Treppe hinaufsteigen würden.

Aber es hatte sich herausgestellt, daß Alewtina im Erdgeschoß wohnte.

Auf der Straße war es mondhell und kalt gewesen, im Hausflur dunkel und warm. Es hatte nach Katzen gerochen.

Ihre Augen, die schwarzen, feuchten Johannisbeeren, waren fast mit der Dunkelheit des Hausflurs verschmolzen, und wo sie sich gerade befanden, hatte er nur noch erraten können, wenn die Scheinwerfer der auf der Straße vorbeifahrenden Wagen Lichtspritzer an ihre Brille geschleudert hatten, so daß die Gläser aufzulodern schienen.

Paltschikow hatte sie vorsichtig um die Schultern gefaßt, und sie war nicht zurückgewichen. Sie hatte ihn ein wenig gefürchtet, aber noch mehr hatte sie gefürchtet, ihn abzuschrecken.

Er hatte sein Gesicht langsam dem ihren genähert. Alewtina hatte gespürt, daß er sie auf die Augen küssen wollte, und hatte mit zwei Fingern schon nach dem Brillenbügel greifen wollen, um die Brille abzunehmen, als sie plötzlich über Paltschikows Schulter hinweg etwas auf der Straße erblickte.

Mitten auf der Straße war eine einsame Gestalt, die sich nur mit Mühe aufrecht halten konnte, hin- und hergeschwankt und hatte im Gespräch mit sich selbst mit den Armen herumgefuchtelt. Nur mit Mühe hatten die

Autos, die sich beim Bremsen auf dem eisigen Untergrund wie Kreisel drehten, verhindern können, die Gestalt umzufahren.

Alewtina hatte es nicht dazu kommen lassen, daß sie geküßt wurde, sondern hatte sich aus den Armen Paltschikows gerissen und war auf die Straße gestürzt. Sie hatte sich an den betrunkenen Mann geklammert, der sowohl seine Mütze als auch jede Vorstellung davon verloren hatte, wer und wo er sei, und der unglücklich irgend etwas über seine Frau brummte, die ihn verlassen hatte.

Paltschikow war zur rechten Zeit herbeigelaufen, und auch gemeinsam hatten sie es nur mit Mühe geschafft, den Ärmsten zur Seite zu ziehen. Sonst hätten ihn die Autos, an deren Steuer in dieser Festtagsnacht jede Menge ebenfalls betrunkener Fahrer saßen, wohl unvermeidlich umgefahren.

Der Mann war mit dem Gesicht nach unten in eine Schneewehe gefallen, hatte sie umarmt wie ein kaltes, aber weiches lebendes Wesen und war in Tränen ausgebrochen.

»Er wird hier erfrieren«, hatte Alewtina gesagt. »Ich muß ihn wohl mit nach Hause nehmen.«

»Nach Hause? Du kennst ihn doch überhaupt nicht ...«, hatte Paltschikow verwundert gefragt.

»Wenn er aufwacht, werden wir uns eben miteinander bekanntmachen«, hatte Alewtina lachend erwidert.

»Und deine Eltern, was sagen die, wenn sie ihn sehen?«

»Die sind blind ...«, hatte Alewtina gesagt.

»Damit macht man doch keine Scherze ...« Paltschikow war ein wenig zusammengezuckt. »War sie wirklich so boshaft, daß sie zu solchen Scherzen fähig war?«

»Sie sind wirklich blind ...«, hatte Alewtina leise wiederholt. »Und sie sind alt. Ich bin ihre einzige Tochter, sehr spät geboren. Ich befürchte, daß sie bald sterben ... Hör mal, könntest du nicht bei mir übernachten? Denn sonst ist mir mit diesem Onkelchen irgendwie doch ein wenig unheimlich zumute. Wenn es ihm nun in der Nacht richtig schlecht geht? Und außerdem ist er so schwer ...«

So hatten Alewtina und Paltschikow also ihre erste Nacht miteinander verbracht – in ihrem winzigen, sieben Quadratmeter großen Zimmerchen, wo sie auf dem Diwan geschlafen hatte, er auf vier zusammengeschobenen Stühlen. Und auf dem Boden zwischen ihnen hatte – wie das Schwert zwischen Tristan und Isolde – der endlich friedlich schnarchende Maurermeister Wassil Wassilitsch gelegen, als der sich der Mann am nächsten Morgen nicht ohne Würde vorgestellt hatte.

Sie hatten gemeinsam mit Alewtinas Eltern gefrühstückt, die frühmorgens in die Genossenschaftswerkstatt der Blindengesellschaft gegangen waren, wo sie alte Autositze neu bezogen. Alewtinas Mutter war an Paltschikow herangetreten und hatte ihre Hände auf sein Gesicht gelegt. Ihre feinfühligen, sehenden Finger waren langsam über sein Gesicht gewandert, wobei sie voller Hoffnung etwas zu suchen schienen und voller Angst waren, statt dessen etwas anderes zu finden.

»Er hat ein gutes Gesicht«, hatte die Mutter zu Alewtina gesagt. »Ich kann nicht sagen, daß es schön sei, aber es ist menschlich.«

Daran erinnerte sich Paltschikow auf dem Balkon des Weißen Hauses, als er sah, wie die Panzerfahrer die Trechgorsk-Mädchen küßten.

Und plötzlich bemerkte er, daß in der Ferne – aber eigentlich doch nicht so weit entfernt – auf dem Dach eines der Gebäude irgend etwas blinkte. Aber es sah nicht aus wie Alewtinas Brille.

Paltschikow merkte sich die Stelle. Es war ein dreieckiges Bodenfenster. Das Blinken verschwand wieder. Aber dann tauchte erneut etwas Blinkendes auf, das sich erst ein wenig hob, dann ein wenig senkte, ein wenig nach links, dann wieder nach rechts glitt. Hauer hatte ihn nicht umsonst gewarnt.

Sich durch die Menschen in den Korridoren drängend, stürmte Paltschikow Hals über Kopf quer durch das Weiße Haus und stürzte in das Büro des Liebhabers der Labyrinthe.

»Paltschikow, Genosse aus der Alma mater! Wie viele Jahre sind seitdem ins Land gezogen! Es ist schön, dich in unseren Reihen zu sehen, und noch dazu an so einem Tag!« rief der im Büro stehende Bescheiden-Elegante Demokrat, in dem Paltschikow den ehemaligen Komsomolzenführer wiedererkannte.

Der Bescheiden-Elegante Demokrat schien es eilig zu haben und unterstrich mit seinem ganzen Auftreten, daß eben diese seine bescheidene Eleganz die unschlagbarste Waffe der Demokratie gegen die grobe militärische Gewalt war.

Der Liebhaber der Labyrinthe starrte Paltschikow mißtrauisch an. Die graue Bürste seines Oberlippenbärtchens spannte sich. Die Flügel der gebrochenen Boxernase zuckten ein wenig.

»Ich habe die Scharfschützen entdeckt …«, sagte Paltschikow, vom Laufen ganz außer Atem. »Auf dem Nachbardach. Wir müssen sie uns schnappen. Gib mir ein paar Leute. Aber Profis.«

»Wie viele?« fragte der Liebhaber der Labyrinthe, ohne seinen starren Blick von Paltschikow abzuwenden.

»Fünf Männer«, schätzte Paltschikow.

»Ach, der hat Wünsche … Wo soll ich denn so viele wohl hernehmen? Profis sind rar wie Falschgeld … Du wirst mit einem auskommen müssen … Du hast mir doch gesagt, daß es vier Scharfschützen sind? Kann ein Demokrat mit zwei Putschisten etwa nicht fertigwerden?« fragte ihn der Liebhaber der Labyrinthe mit kaltem Spott. »Geh zum Personalausgang. Dort wird ein Mann auf dich warten. Die Parole ist ›Klemme‹.«

»Nun denn, Alewtina – jetzt können die mich umbringen, und wir beide haben uns nicht einmal miteinander versöhnt«, sagte Paltschikow fast laut zu sich selbst, als er entschlossen durch die Labyrinthe der Macht ging. »Und dann werde ich niemals erfahren, wer geschrieben hat: ›Wo es nicht besser wird, da wird es schlechter, aber vom Schlechten zum Guten ist es abermals nicht weit‹.«

An der Tür des Personalausgangs hauchte ihm irgend jemand zusammen mit dem Geruch nach eindeutig nicht einheimischem Bier ins Ohr:

»Klemme.«

Paltschikow drehte sich um.

Vor ihm stand schmunzelnd der Ehemalige Schutzgelderpresser.

Auf seinem Bierbauch glänzte mit kaltem, fetten Lächeln eine Maschinenpistole.

25.

DER LETZTE FELSEN

Der Baikal hatte Bötchens Vater geholt, als sie noch ganz klein gewesen war. Aber sie erinnerte sich gut an den Vater. Oder kam ihr das vielleicht nur so vor? Seine Augen waren wie zwei große Tropfen aus dem Baikalsee, die in tiefen Granithöhlen lagen. In seinem jungen Bart leuchteten glitzernde Schuppen des nur hier beheimateten Omul. Seine Hände rochen nach dem Rauch der Lagerfeuer, nach Fisch und dem Bootsmotor. Er war groß und liebte es, sie hoch in die Luft zu heben.

In ihrer Kindheit war es Bötchen so vorgekommen, als sei er nicht ertrunken, sondern in irgendwelche Höhen fortgeschwebt, wie auch der Rauch seiner Lagerfeuer immer aufgestiegen war. Und wenn sie einen Felsen erklomm, kam es ihr immer so vor, als müsse er dort, in der Höhe, auf sie warten. Aber auf keinem einzigen Felsen hatte sie ihn je gefunden.

Doch vor gar nicht allzu langer Zeit hatte sie ihren Vater endlich wiedergesehen.

Es war im Traum geschehen. Der Vater saß auf einem Gipfel und flickte ein altes Netz. Er war so alt wie in dem Moment, als er gestorben war. Und sie war inzwischen bereits um vieles älter als er.

»Wer bist du?« fragte der Vater.

»Ich bin deine Tochter«, antwortete sie.

»Aber ich erkenne dich nicht«, sagte er mißtrauisch.

Sie zeigte ihm ihre linke Hand, wo über dem Handgelenk eine Narbe von einem Bärenjungen zu sehen war, das er ihr einmal geschenkt hatte. Erst da erkannte sie der Vater.

»Du hast dich sehr verändert«, sagte der Vater seufzend. »Früher einmal hattest du einfach weiße Haare. Und jetzt sind sie grau. Na, und wo sind deine Enkel?«

Sie ließ ihren Kopf sinken.

»Ich habe nicht einmal Kinder, Vater.«

»Hast du nie geliebt?«

»Doch.«

»Und er dich auch?«

»Ja.«

»Na, und wo sind dann die Kinder?«

»Frag nicht, Vater.«

Der Vater umarmte sie und vergrub seine jungen, braungebrannten Finger in den grauen Haaren seiner Tochter:

»Möchtest du, daß ich dich wieder zu einem kleinen Mädchen mache und du dein Leben neu beginnen kannst?«

»Ich weiß nicht.«

»Es gibt nur eine Bedingung. Du wirst deine Erinnerungen verlieren.«

»Das heißt, ich werde auch ihn vergessen?« fragte sie voller Angst.

»Wen, ihn?« fragte der Vater nach.

»Den, den ich mein ganzes vorheriges Leben lang geliebt habe.«

»Du wirst ihn vergessen ... Aber wozu willst du dich auch an ihn erinnern? Er hat dir doch kein Glück geschenkt?«

»Doch, er hat mir Glück geschenkt ...«

»Irgendwie verstehe ich dich nicht recht ... Wo ist es denn, dein Glück?«

»Ich kann es nicht erklären ... Nein, Vater, ich will die Erinnerungen nicht gegen die Jugend tauschen.«

Der Vater verschwand, und Bötchen sah, daß sie allein auf einem vollkommen kahlen Gipfel stand. Seitdem hatte sie nicht mehr von ihrem Vater geträumt.

Und jetzt kletterte die schon fast sechzigjährige Bötchen mühsam über die rostige Feuerleiter auf den Felsen des grauen, düsteren Gebäudes gegenüber dem Weißen Haus. Salysin und van Gogh hatten mit Bötchen abgesprochen, daß Bötchen die Scharfschützen nur vom Boden verscheuchen sollte, so daß Salysin und van Gogh sie dann auf der Straße überwältigen konnten.

Van Gogh hatte ihr zwei Rauchbomben gegeben – das einzige, was er in der Eile bei einem Bekannten, einem Fallschirmjäger aus Afghanistan, hatte auftreiben können. Das Gewicht der Rauchbomben in der zerschlissenen Zelttuchtasche zog ihre Schulter nach unten.

Bötchen war nie zuvor so außer Atem gekommen. Nie zuvor war ihr in luftiger Höhe so schwindlig geworden. Bötchen wollte ihr Alter vergessen, aber es rief sich von selbst in Erinnerung.

»Bis du jetzt einverstanden, deine Erinnerungen zu verlieren und dafür jung zu werden?« erklang die Stimme des Vaters.

»Nein«, flüsterte sie. »Ich will jung sein, aber ich will meine Erinnerungen nicht verlieren.«

»So was gibt es nicht«, sagte der Vater. »Man kann das eine nur dann bekommen, wenn man dafür etwas anderes aufgibt.«

»Aber ist denn die Erinnerung an die Jugend nicht dasselbe wie die Jugend?« fragte sie.

»Ich wünschte mir, daß es so wäre, aber dann würde ich noch leben«, antwortete der Vater traurig.

Der Vater war nicht auf dem Gipfel dieses leblosen Felsens, er konnte auch gar nicht dort sein. Er war weiter oben.

Auf dem Gipfel dieses Felsens waren Menschen, die gelernt hatten, auf andere zu schießen.

Salysin und van Gogh versuchten im Hof, die von innen fest verriegelte Tür aufzubrechen, die in den Hausflur mit der Bodentreppe führte. Aber die Tür war mit Eisen beschlagen und gab nicht nach.

Paltschikow und der Ehemalige Schutzgelderpresser bemerkten schon aus der Ferne eine kleine Gestalt, die die Feuerleiter hinaufkletterte, und beschleunigten ihre Schritte. Dann erblickten sie einen Mann mit grauem Haar und einem gelben Trikot mit der Aufschrift »BRAZIL« sowie seinen Gefährten mit einem Schopf, der einer roten Sonnenblume glich. Verzweifelt schlugen sie mit ihren eigenen Körpern, dann mit rostigen Rohren gegen die eisenbeschlagene Haustür. Paltschikow und der Ehemalige Schutzgelderpresser sahen sich an und stürzten ihnen zu Hilfe.

»Und wo, bitte, ist meine Akte, Chef?« fragte der Ehemalige Schutzgelderpresser plötzlich böse und fast haßerfüllt, während ihm die Maschinenpistole im Laufen gegen den Bauch schlug. »Hast dein Versprechen wohl vergessen, was?«

»Ich halte mein Wort. Die Akte unter der Nummer ›Bendsch 7690049‹ ist durch die chemische Reinigung gelaufen. Die Fettflecken sind raus«, erwiderte Paltschikow, ebenfalls laufend, und die Maschinenpistole des Bilds von einem Mann sprang auf seiner Brust auf und ab.

»Na, du bist in Ordnung, Chef!« keuchte der Ehemalige Schutzgelderpresser mit verblüffter Kurzatmigkeit.

»Verdammt, ich habe ganz vergessen, daß die Maschinenpistole gar nicht geladen ist!« brüllte Paltschikow voller Wut auf sich selbst.

»Nimm mein Ersatzmagazin.« Der Ehemalige Schutzgelderpresser wurde plötzlich ganz freigebig.

»Was trödelt ihr so! Feuert auf das Türschloß, aber schnell, zum Donnerwetter!« brüllte van Gogh den Herbeieilenden zu.

»Nein«, sagte Paltschikow. »Keine Schüsse. Nur im äußersten Notfall.«

In diesem Moment holte die kleine Gestalt auf der Feuerleiter zum Wurf aus und schleuderte etwas nach oben in Richtung Dachbodenfenster. Von unten konnte man nur schlecht erkennen, ob sie getroffen hatte oder nicht. Nein, sie hatte nicht getroffen – die Rauchbombe fiel in die Dachrinne. Aber der Rauch stieg auf und verhüllte das Fenster. Aus dem Dachboden konnte man jetzt nur noch blind schießen.

Der Ehemalige Schutzgelderpresser wies mit einem Blick auf einen herrenlosen, mit Vogelmist bekleckerten Stapel Schlackensteinplatten.

Die vier Männer legten sich ins Zeug und stellten die obere Platte auf ihre Seitenkante, nachdem sie ein paar Kippen sowie eine leere Flasche Imbirnaja-Wodka, die auf ihr gelegen hatten, heruntergeworfen hatten.

Der Ehemalige Schutzgelderpresser packte eine in einer Pfütze herumliegende Planke und legte sie unter die Platte.

Dann stemmten sich alle vier gegen die Platte, und diese rutschte schließlich gehorsam über die nasse Planke wie ein alles zermalmender Rammbock. Die Tür stürzte in den Hausflur hinein, und die Männer rannten die Treppe hinauf.

Und Bötchen, deren Handflächen orange waren von dem Rost der Feuerleiter und blutig von den Metallwarzen und Nägeln darauf, sah plötzlich, daß die Feuerleiter nicht ganz bis zum Dach reichte. Das letzte Stück war entfernt worden – wohl, weil es durch und durch verrostet gewesen war.

Das Dachbodenfenster war nun ganz nah.

Bötchen sah durch den Rauch hindurch bereits die Umrisse von Hippie-Köpfen, die an dem dreieckigen Fenster vorbeihuschten, hörte Fetzen von fassungslosen Flüchen. Die Scharfschützen hatten begriffen, daß sie entdeckt worden waren.

Bötchen hatte nur noch eine Rauchbombe, und dieses Mal wollte sie unbedingt genau ins Dachbodenfenster treffen, um sicherzugehen, daß die Scharfschützen auch wirklich vom Rauch erstickt würden.

Bötchen kletterte so hoch sie konnte, und schließlich stützten sich nur noch ihre Knie auf die letzte Metallstufe der demontierten Leiter, während ihr ganzer Körper oberhalb der Knie ins Freie ragte und vom Wind hin- und hergeschaukelt wurde. Bötchen nahm die letzte Rauchbombe aus der Tasche, verbrannte sich die Finger, als sie sie anzündete, und schleuderte sie in das Dachbodenfenster – direkt in das Fluchen eines Unbekannten hinein.

Aber durch den heftigen Wurf verlor sie ihr Gleichgewicht, und der Halt, den sie hatte, erwies sich als zu gering. Und außerdem schlug ihr eine mit Rauch vermischte Windbö gegen die Brust, und dann brach auch noch die letzte verrostete Stufe, die sie dennoch mit den Händen hatte packen können. Und so stürzte Bötchen nach unten auf die Erde, die ihr nicht verziehen hatte, daß sie, Bötchen, stets hoch über ihr hatte sein wollen.

Ohne noch zu wissen, was mit Bötchen geschehen war, stürmte Salysin mit einem abgesägten Rohr in der Hand schwer atmend und wild entschlossen die Stufen empor.

Aus der Bodenluke in der Decke des obersten Stockwerks quoll Rauch ins Treppenhaus, und es hingen bereits die Beine eines der Scharfschützen herunter, der eben auf den Treppenabsatz springen wollte. Doch die anderen zogen ihn zurück. Die Scharfschützen hatten beschlossen, über die Dächer zu fliehen.

Und als er sich durch den erstickenden Rauch hindurch auf das Dach vorgekämpft hatte, suchte Salysin mit seinen Augen nicht nach den Scharfschützen, sondern nach Bötchen.

Die nicht ganz bis ans Dach reichende, rostige Leiter zitterte leise im Wind und war leer, und die letzte Metallstufe war zerbrochen.

Salysin verfolgte langsam, wie versteinert, mit seinen Augen die Leiter nach unten – Stufe für Stufe, Absatz für Absatz, und schließlich erblickte er unten eine Menschenmenge, die einer auf dem Asphalt sprießenden Blume glich und in deren Herz – winzig wie ein Blütenstaubfaden – eine unbewegliche Gestalt lag.

Als Salysin dort, auf dem Asphalt, auf Bötchen zutrat, hatte noch niemand daran gedacht, ihr die Augen zu schließen. Es waren noch immer dieselben blauen Laternen, die jetzt aber in Höhen blickten, bis zu denen sie in ihrem ganzen Leben kein einziges Mal hinaufgeklettert war, in die sie aber jetzt wohl gerade aufstieg.

»Wenn du willst, werde ich das Bötchen sein, das immer auf dich wartet!« sagte eine Stimme, und Salysin begriff, daß sie erneut auf ihn warten würde, nur dieses Mal an einem ganz anderen Ort als auf der Erde.

»Verzeih mir, Bötchen«, hörte Salysin seine eigene Stimme in sich sprechen. »Verzeih mir, daß wir nicht lange und glücklich miteinander gelebt haben und nicht an einem Tag gestorben sind.«

Bötchens Mutter faltete ihrer Tochter langsam die Hände auf der Brust, und wie eine Kerze glitzerte zwischen den Fingern plötzlich der kristallene Eiszapfen, den Bötchen ihm einst vom Kremlturm geholt hatte.

Alexej Petrowitsch, der Tiger, streifte langsam einen Torwarthandschuh von seiner Hand und schloß mit behutsamen Fingern die schwer wie Marmor gewordenen Lider, unter denen die blauen Laternen für immer verschwanden.

Um sie herum trippelte Tschunja, versuchte mit seinem schwarzen, glänzenden Näschen erfolglos, Bötchen wachzurütteln, und leckte den orangefarbenen Rost der Feuerleiter von ihren Händen. Mit den traurigen Perlen seiner Augen verabschiedete sich Tschunja schuldbewußt von Salysin und sah ihn dabei so an, als würden sie sich irgendwann einmal wiedersehen – an jenem ganz anderen Ort als die Erde, wo Bötchen auf ihn wartete.

»Und dabei solltest du doch der Tote sein, Chef«, sagte der Ehemalige Schutzgelderpresser zu Paltschikow. »Sie hat deinen Tod auf sich genommen. Und vielleicht nicht nur deinen.«

»Und warum hast du mich nicht getötet?« fragte ihn Paltschikow. »Das hat man dir doch befohlen ...«

»Weil du in meinem Leben der erste Mensch warst, der mich nicht betrogen hat, Chef. Du mußt die Maschinenpistole noch sichern«, antwortete der Ehemalige Schutzgelderpresser.

26.

DIE ZEILE AUS DEM TRAUM

Es schien, als sei der Oberleitungsbus direkt dem Lied über den letzten Oberleitungsbus entsprungen.[1]

Dieser Oberleitungsbus würde nirgends mehr hingelangen, außer in die anderen Lieder, die man über ihn noch schreiben würde.

Er war zu einem Teil der Barrikade an der Einfahrt in den Tunnel auf dem Gartenring geworden.

Seine aus den Drähten gesprungenen Stromabnehmer mit den Rädchen daran schaukelten in der nassen und angsterfüllten Moskauer Nacht, der zweiten Nacht des Putsches, leicht hin und her.

Und in ihm schliefen auf den durchgescheuerten Sitzen jene, die in der vorangegangenen Nacht keinen Schlaf gefunden hatten: seine Passagiere, Matrosen, die der Stadt nun tatsächlich zu Hilfe gekommen waren – wie in jenem Lied, das aus dieser Stadt nicht mehr wegzudenken war.

Und einer dieser übermüdet eingeschlafenen Matrosen war der Dichter des Einundzwanzigsten Jahrhunderts.

In dieser Nacht erschien ihm im Traum eine Zeile.

Die Zeile spazierte durch seinen Traum, so als spaziere ein unbekanntes Mädchen die Straße entlang. Und plötzlich drehte sie sich um, sah ihn an und lächelte.

Er hatte diese Zeile auf den Straßen Moskaus seit jenem Moment gesucht, als die russische Pariser Dame ihm zärtlich und besorgt gesagt hatte: »Seien Sie vorsichtiger mit den Prophezeiungen für sich und andere! Werden Sie das Gedicht umschreiben?«

Nach dem Gespräch mit ihr wiederholte er in Gedanken immer wieder:

Du stirbst, wenn der Morgen dämmert,
geblendet vom Hahn der Pistole.

Und plötzlich geriet er ganz außer sich, so als höre er irgendwo das Knirschen dieses merkwürdig langsam und schwer sich spannenden Hahns.

Natürlich war es verführerisch, auf so wunderschöne Weise der Verdammnis preisgegeben zu sein.

Die wunderschöne Verdammnis bedachten selbst Feiglinge mit Applaus, welche die fremde Kühnheit für ihre eigene hielten. Und außerdem war die wunderschöne Verdammnis bei den Mädchen beliebt. Manchmal war es die eigene, aber meistens die der anderen.

Und er wollte den Mädchen gefallen. Er wollte seine Schüchternheit überwinden, die die russische Pariser Dame hinter all seiner literarischen Besserwisserei in ihm entdeckt hatte, so wie sie diese einst auch in Wladislaw Felizianowitsch entdeckt hatte, der auf sie, das blutjunge Mädchen, gewartet hatte und das Sträußchen Veilchen aus Antibes in seinen unsicheren Fingern mit den ebenfalls veilchenblauen Tintenflecken gedrückt hatte, diesen Fingern, mit denen er geschrieben hatte: »Ich, ich, ich! Welch wildes Wort!«

Aber Wladislaw Felizianowitsch war ein Dichter des neunzehnten Jahrhunderts gewesen, der in das zwanzigste Jahrhundert hineingeraten war, während jener liebenswerte, ehrgeizige Jüngling, der fürs Leben gern den Stempel dieser so wunderschönen Verdammnis tragen wollte, ein Dichter des Einundzwanzigsten Jahrhunderts war, den es in dasselbe zwanzigste Jahrhundert verschlagen hatte.

Eigentlich war er gar nicht dieser düstere Romantiker, als der er erscheinen wollte, und mehr als alles andere auf der Welt liebte er das Buch vom braven Soldaten Schwejk und hausgemachte Quarkknödel mit Kirschen.

Aber die Zeilen, in denen er selbst seinen Tod herbeigerufen hatte, waren bereits niedergeschrieben, und die Zeile, die das, was er heraufbeschworen hatte, wieder rückgängig machen konnte, war ihm nur im Traum erschienen, und auch das nur in einem Oberleitungsbus, der einem Lied entsprungen war.

Die geträumte Zeile wollte ihn retten.

Die geträumte Zeile machte einen Schritt auf ihn zu, und er machte einen Schritt auf sie zu.

Die geträumte Zeile streckte ihm ihre Hand entgegen und er ihr die seine.

Aber in diesem Moment krachte ein fürchterlicher Schlag gegen den Oberleitungsbus – der erste Panzerwagen der Tamaner Division hatte einen Kriegsberichterstatter im Rang eines Kapitäns vom Weg gedrängt, der wie ein lebendes Kruzifix mit ausgebreiteten Armen – in einer Hand einen Fünfunddreißig-Kopeken-Plastikkugelschreiber haltend – vergeblich versucht hatte, die Kampfkolonne aufzuhalten.

Der Dichter des Einundzwanzigsten Jahrhunderts sprang auf, rieb sich die Augen und stürzte aus dem Oberleitungsbus hinaus, dorthin, wo die Menge wütete und die Panzerwagen mit einem Hagel aus Steinen und Flüchen überzog.

Im Laufen versuchte er fieberhaft, sich an die ihm gerade erst im Traum erschienene, rettende Zeile zu erinnern, aber sie war aus seinem Gedächtnis verschwunden.

Vor sich erblickte er einen ebenfalls zu den Panzerwagen laufenden Afghanistankämpfer, der ein Stück Zeltplane in der Hand trug und dem er noch vor kurzem am Lagerfeuer neben dem Weißen Haus seine Gedichte vorgelesen hatte.

Der Afghanistankämpfer hatte keinen Kommentar zu den Gedichten abgegeben, ihn jedoch mit Suppenwürfeln aus der Armeeverpflegung bewirtet, die er in Tee aufgelöst hatte, weil es am Lagerfeuer kein einfaches heißes Wasser mehr gab. Der Afghanistankämpfer war einige Jahre jünger als er, sah aber älter aus – wie alle Afghanistankämpfer.

Und jetzt sprang der Afghanistankämpfer los und versuchte, die Zeltplane über den Sehschlitz des Panzerwagens zu werfen.

»Bleibt stehen, oder ich pisse euch auf die Köpfe!« schrie der Afghanistankämpfer, wie später jene erzählten, die daneben gestanden hatten. Aber andere, die behaupteten, ebenfalls daneben gestanden zu haben, hatten nichts Derartiges gehört. In der Geschichte gibt es immer wieder Momente, wo einfach zu viele Menschen daneben stehen, als daß man ihnen allen Glauben schenken könnte.

Der Richtkanonier drehte den Panzerturm hin und her und versuchte, den Afghanistankämpfer abzuwerfen. Der Afghanistankämpfer konnte den Schlägen der entfesselten Mündung kaum ausweichen. Da fuhr der Panzerfahrer einige Male mit einem Ruck an, um dann ebenso ruckhaft wieder zu bremsen, und als er dann die Tunnelwand rammte, warf er den Afghanistankämpfer endlich auf den Asphalt. Aber durch den Aufprall öffnete sich die Einstiegsluke, und der Afghanistankämpfer, der wieder auf die Beine gekommen war, sprang wie ein der Folter entkommenes Stehaufmännchen in sie hinein.

Schüsse fielen, und der Panzerfahrer riß seinen BMP 536 so heftig herum, daß der Afghanistankämpfer aus der Luke geschleudert wurde. Ein Zipfel seiner Kleider blieb am Lukendeckel hängen, und als der Panzer wie betrunken in den Tunnel schlingerte, schleifte er den Körper über den Asphalt hinter sich her.

Der Dichter des Einundzwanzigsten Jahrhunderts wollte dem Afghanistankämpfer zu Hilfe eilen und ihn von dem Gefährt befreien, aber ein anderer, ihm unbekannter Mensch aus der Menge kam ihm zuvor und wurde augenblicklich von einer Kugel niedergestreckt. Es fielen so viele Schüsse, daß es unmöglich war zu bestimmen, von wo geschossen wurde – nur aus dem Panzerwagen oder auch noch von woanders her.

Der Asphalt im Tunnel rötete sich unter den blutverschmierten, entfesselten Raupenketten, und an einer von ihnen drehte sich wie rasend der abgerissene, festgeklemmte Ärmel des Afghanistankämpfers, der vielleicht erst gestern von seiner Mutter sorgfältig gestopft worden war.

»Mörder!« brüllte die Menge. »Was macht ihr, ihr Faschisten!«

Auf den Panzer flogen Molotowcocktails, und er ging in Flammen auf.

Und aus dem brennenden Bauch sprangen junge Soldaten heraus – von der Geschichte irregeführt, nicht begreifend, was hier geschah, zu Tode erschrocken, in keiner Weise irgendwelchen Faschisten ähnlich – und schossen mit Pistolen, die in ihren Händen zitterten, wild um sich und sinnlos in die Luft.

Aber der Dichter des Einundzwanzigsten Jahrhunderts sah nur noch Mörder in ihnen, die – ganz und gar zufällig – an seiner Stelle einen anderen, einen ihm unbekannten Menschen, erschossen hatten. Dieser Mensch hatte den Tod des Dichters des Einundzwanzigsten Jahrhunderts auf sich genommen, und das war ungerecht, weil er sich seinen eigenen Tod nicht prophezeit hatte.

Der Dichter des Einundzwanzigsten Jahrhunderts hatte Angst, denn er erinnerte sich zwar an die Warnung der russischen Pariser Dame, nicht jedoch an die rettende Zeile aus seinem Traum. Doch er war noch so jung, daß er sich seiner Angst schämte, obwohl diese doch manchmal nichts anderes als ein lebensnotwendiger Selbsterhaltungstrieb ist.

Und so besiegte er seine Angst, lief weiter und schrie, sich dem von ihm heraufbeschworenen Tod stellend:

»Mörder, schießt auch auf mich!«

Einige, die »daneben gestanden hatten«, erzählten später, daß er genau diese Worte geschrieen habe.

Andere, die »daneben gestanden hatten«, erzählten später, daß er nicht geschrieen habe, sondern einfach einen Stein auf den anderen Panzerspähwagen BMP 521 geworfen habe, in den sich die heulenden, unglücklichen und verzweifelten Mörder – vielleicht waren sie es ja auch gar nicht gewesen – geflüchtet hatten, um sich vor der Lynchjustiz der Meute zu retten.

Die Kugel, die ihn tötete, wurde bei der Obduktion nicht gefunden. Vielleicht wird sie eines Tages wieder auftauchen.

Ich gehöre nicht zu jenen, die »daneben gestanden hatten«.

Aber ich war dort, auch wenn ich nicht dort war, und das gibt mir das Recht, dieses Kapitel so zu beenden:

Und als er in das Blut jener stürzte, die seinen Tod auf sich genommen hatten, trat die Zeile aus dem Traum still an ihn heran und fing an zu weinen, denn sie hatte es nicht geschafft, ihn zu retten.

27.

DIE PANZER ZIEHEN AB

Nastenka liebte Bücher und hatte schon als ganz kleines Mädchen, damals, als ihre erste Mama im Tierpark durch die Krallen eines Eisbären umgekommen war, lesen gelernt.

Aber ihre zweite Mama – Alewtina – hatte ganz besondere Bücher, die sie von ihren schon lange verstorbenen, blinden Eltern geerbt hatte.

Wenn niemand zu Hause war, öffnete Nastenka diese schweren, ungefügen, in der Blindenschrift geschriebenen Bücher und fuhr mit den Fingerkuppen die Buchstaben entlang.

Nastenka beherrschte die Blindenschrift nicht und dachte sich deshalb immer genau den Inhalt aus, den sie gerade lesen wollte.

Über diese Bücher unterhielt sie sich mit den beiden Menschen, die sie so sehr liebte, die sie aber schon vor so langer Zeit verlassen hatten: mit ihrer ersten Mama und mit ihrem zweiten Vater, der jedoch der einzige war, den sie je kennengelernt hatte – mit Paltschikow.

»Hör nicht auf Mama, wenn sie dich fortjagt. Danach sitzt sie da und weint. Mama hat dich sehr lieb, aber sie sagt das nicht dir, sondern Pita. Ich habe sie neulich belauscht«, sagte Nastenka zu Paltschikow, der sich irgendwo zwischen den erhabenen Buchstaben der Blindenschrift verbarg. »Aber Mama mag die beiden Tanten überhaupt nicht, mit denen du dich immer triffst – Tante Arbeit und Tante Politik. Sei doch weniger bei denen und öfter bei Mama.«

Nastenka ertastete eine Antwort, indem sie mit ihren rosigen Fingerkuppen die in der Blindenschrift geschriebenen angeblichen Worte ihres Vaters las:

»Ich kehre bald zurück, Nastenka. Ich bin vor Mama schuldig, doch ich werde mich bessern. Ihr könnt mich ruhig bestrafen: Stellt mich in die Zimmerecke und gebt mir keine Bonbons. Aber ich liebe Mama und dich und Pita, und ich habe Sehnsucht nach euch. Und grüß dein Mondfahrzeug von mir. Sei nur vorsichtig mit ihm, denn sonst läuft es ganz weit weg.«

Nastenka hörte gewöhnlich auf ihren Vater. Aber eines Tages, an einem heiteren Augustmorgen, setzte sie ihren weißen Sonnenhut auf, damit ihr die Sonne nicht auf den Kopf brannte, und ging in den Hof hinaus, um dort das Mondfahrzeug spazierenzuführen. Nastenka schenkte dem Poltern auf der Straße keine Beachtung. In den letzten drei Tagen hatte sie sich schon daran gewöhnt. Es waren die Panzer.

Das Mondfahrzeug trippelte seelenruhig die Allee des kleinen Parks im Hof entlang, und Nastenka spielte ein wenig mit dem roten Nachbarkätzchen. Aber als sie sich umdrehte, war das Mondfahrzeug spurlos verschwunden.

Nur mühsam die leichte Spur auf der sandigen Allee verfolgend, stürzte Nastenka auf die Straße und riß erschrocken die Augen auf.

Das Mondfahrzeug, das wohlbehalten vom Rand des Bürgersteigs hinuntergesprungen war, überquerte langsam schwankend, aber selbstsicher die Fahrbahn. Doch in diesem Moment bog eine Panzerkolonne um die Ecke und näherte sich drohend diesem winzigen, friedlichen und schutzlosen Wesen. Die Panzer zogen aus Moskau ab.

Nastenka stürzte auf die Fahrbahn, um das Mondfahrzeug vor den Raupenketten zu retten.

Das Mondfahrzeug war nicht unter den ersten Panzer geraten, sondern an ihm vorbeigesprungen, doch nun bewegte sich der nächste direkt darauf zu.

Dies alles erblickte auch der Marschall, der in seiner Schirmmütze aus Bouclèstoff und seinem altmodischen chinesischen Mantel den Abzug der Panzer beobachtete, und er stürzte dem Mädchen nach, so daß er fast selbst von einem Panzer überrollt worden wäre. Doch zu seinem eigenen Glück rutschte der Marschall plötzlich aus. Als er sich wieder erhob, zuckte selbst er zusammen, er, der drei Kriege gesehen hatte – den gegen Finnland, den Zweiten Weltkrieg und den in Afghanistan –, und erstarrte.

Ungefähr an der Stelle, wo eben noch das Mädchen und das Mondfahrzeug gewesen waren, rollten jetzt die Panzer, die von all dem nichts bemerkt hatten, einer nach dem anderen vorbei und walzten mit den Raupenketten alles, was davon übriggeblieben war, in den Asphalt hinein – den weißen Sonnenhut und Splitter aus Plastik und Plexiglas. Und als der letzte Panzer vorbeigerollt war, war selbst von dem Sonnenhut nichts mehr zu sehen, und es waren nur noch ein paar einzelne weiße Fädchen übrig, die irgendwelchen grauen, in die Fahrbahn eingepreßten Haaren glichen.

Dem Marschall hatte man bereits berichtet, daß in dieser Nacht im Tunnel drei junge Männer umgekommen waren.

Der Marschall hatte einen Entschluß gefaßt.

28.

EIN JACKETT AUS ZWEITER HAND

Auf den Schultern des mit Verwünschungen und Flüchen beschmierten Dserschinski-Denkmals saß ein angetrunkener Bursche in einer Jeansjacke und legte nicht ohne Wollust eine aus einem Drahtseil gebundene Schlinge um den grün gewordenen Bronzehals des romantisch verklärten Inquisitors.

Gleich würde man ihn umstürzen. Die Kräne standen bereit.

Der einst junge polnische Revolutionär hatte, von der Ochranka[1] hinter Gitter gebracht, in seinem Gefängnis-Tagebuch geschworen, alles zu tun, damit es auf der Welt keine Gefängnisse mehr gäbe.

Er hatte es ehrlich gemeint, jedoch vorschnell niedergeschrieben.

Eben dieser Mann, den man auch den »Eisernen Felix« nannte, wurde zum Begründer der in der gesamten Menschheitsgeschichte mächtigsten Polizei-, Spionage- und Gefängnisorganisation, die einige Male Bezeichnung und Führung gewechselt hatte: Tscheka, GPU, NKWD, MGB und schließlich KGB[2].

Wäre er nach einer flammenden Revolutionsrede nicht plötzlich an einem Herzanfall gestorben, hätte man ihn schließlich in den Kellern der Ljubjanka zu Tode gefoltert – wie so viele Tschekisten, die zuvor so viele Menschen in denselben Kellern gefoltert hatten.

Ihn hatte vorläufig nur die Tatsache gerettet, daß er ein Denkmal geworden war.

Doch jetzt war es gefährlich geworden, ein Denkmal zu sein.

Der Bescheiden-Elegante Demokrat, der der bevorstehenden Aktion den Anschein von Würde verleihen wollte, sprach etwas Mahnendes zu der rasenden Menge, aber kaum jemand hörte ihm zu.

Ich verspürte keinerlei Mitleid mit dem Eisernen Felix, doch die blinde Zerstörungswut, die die Menge erfaßt hatte, erschreckte mich. Diese Zerstörungswut konnte sich gegen alles nur Erdenkliche richten. Mir kam wieder in Erinnerung, wie die wildgewordene Menge bei Stalins Beerdigung durch Privatwohnungen hindurch versucht hatte, näher an den aufgebahrten Sarg heranzugelangen, und dabei in einer der Wohnungen ein kleines, auf dem Fußboden krabbelndes Kind erdrückt hatte.

Heute nacht sah ich auf dem Dserschinski-Platz nicht die wunderbaren Gesichter jener Menschen, die als lebender Ring das Weiße Haus geschützt hatten (diese Menschen hatten das Ihre getan und schliefen sich jetzt nach drei schlaflosen Nächten aus), sondern die erbosten, fletschenden Visagen der Vandalen, die sich während des Putsches bestens ausgeruht hatten. Diese Vandalen hatten am Anfang des Putsches wahrscheinlich neugierig dessen Ausgang abgewartet und waren dann nach dem ruhmlosen Ende in der Nacht wie die Schakale auf dem Schlachtfeld aufgetaucht.

Von allen Seiten waren sie mit rachsüchtig geblähten Nasenlöchern und wild triumphierenden, ungesund glänzenden, vom Rausch der Zerstörung geweiteten Pupillen herbeigelaufen. Irgend jemand schlug vor, das Denkmal nicht einfach zu demontieren, sondern mit Dynamit in die Luft zu sprengen. Es ertönten Aufrufe, das Gebäude des KGB sofort zu erstürmen, aus dem die zu Tode erschrockenen Majore und Generäle mit einem Auge ängstlich hinter den leicht zurückgeschobenen Gardinen hervorlugten.

In der Menge grölten an verschiedenen Enden des Platzes gleichzeitig mehrere Redner, aus denen durch das berauschend wirkende Gefühl der Straflosigkeit alles heraussprudelte, was sich in den Jahren der Zensur, der Irrenhäuser und der Dissidentenprozesse in ihnen angestaut hatte. Doch ihr Protest gegen die Häßlichkeit und die Intoleranz gestaltete sich als ebenso häßlich und intolerant.

Die Epoche hatte sich als Mutter von Mißgeburten erwiesen, die den Erzählungen von Maupassant entsprungen zu sein schienen, als Mutter, die mit dem unheildrohenden Plan schwanger ging, ihre Kinder als Hofnarren zu verkaufen, als zynische Monster-Mutter, die ihre ungeborenen Kinder im Leib mit Riemen zusammenschnürte oder sie nach der Geburt in irgendwelche Förmchen preßte, um ihre Knochen auf das bizarrste zu verbiegen. Die moralische Verkrüppelung sowohl der Unterdrücker als auch der Unterdrückten hat dann auch die zukünftige Tragödie der antikommunistischen Revolution vorausbestimmt.

Die ehemaligen Unterdrücker konnten die Unfreiheit nicht beibehalten, und die ehemals Unterdrückten beschmutzten nun die Freiheit mit Rachsucht, Unkultiviertheit und Geschmacklosigkeit.

Ganz in meiner Nähe zuckte in der Menge, wie von Krämpfen geschüttelt, ein Mann, den seine an Hysterie grenzenden Minderwertigkeitskomplexe ziemlich mitgenommen hatten, er erstickte fast an seinem Haß, der offensichtlich allen berühmten Persönlichkeiten galt und der ihm wie eine eitrige Fontäne aus Mund, Nase und Ohren spritzte, und er rief:

»Es wird Zeit, nicht nur die politischen, sondern auch die literarischen Speichellecker von ihren Sockeln zu stürzen: all diese Tschekisten und Spitzel, von Puschkin angefangen! Ja, ja, Puschkin, Leute! Es reicht langsam, unsere Denkmäler zu idealisieren! Wer, wenn nicht Puschkin, ist denn zum Chef der Gendarmerie gelaufen, zu Benkendorf[3], um ihn anzubetteln, daß er sich beim Zaren für ihn einsetzen möge? Und Gorki, der den Weißmeerkanal besungen hat, obwohl der doch auf den Knochen von Gefangenen gebaut wurde? Von Majakowski ganz zu schweigen – der war ja selbst ein Tschekist!«

Ein grauhaariger Mann in krummer Haltung und mit einer geschlossenen Reihe von Stahlzähnen im Mund ertrug es nicht länger und sagte die leisen, aber gut vernehmlichen Worte:

»Das ist ja alles nicht wahr. Puschkin ist nur zum Chef der Gendarmerie gegangen, um seinen *Boris Godunow* durch die Zensur zu bekommen … Und wie viele Menschen hat Gorki doch während der Revolution gerettet … Ich war selbst Häftling auf den Solowetzki-Inseln, als Gorki dorthin kam. Man hat uns gewaschen, hat uns die Haare geschnitten, uns Kleider gegeben und druckfrische Zeitungen in die Hand gedrückt. Zum Zeichen unseres Protests haben wir die Zeitungen verkehrt herum gehalten. Gorki hat verstanden, was wir damit sagen wollten. Er ist auf mich zugetreten und hat die Zeitung umgedreht. In seinen Augen standen Tränen. Ich bin sicher, daß Gorki nur zum Weißmeerkanal gefahren ist, um von Stalin die Genehmigung zur Ausreise zu erhalten und um dann im Ausland der ganzen Welt die Wahrheit über die Lager zu berichten. Aber Stalin hat Gorki durchschaut, und man hat ihn ermordet. Und Majakowski ist kein Henker, sondern ein Opfer … Sie sollten sich schämen …«

Aber in diesem Moment erkannte der haßverzerrte Mann mich, und er stöhnte siegessicher auf ob dieser süßen Möglichkeit, nicht nur die Toten, sondern einen lebendigen Menschen in aller Öffentlichkeit beleidigen zu können.

»Ja, das ist doch Jewtuschenko! Sieh mal einer an, er ist es tatsächlich, höchstpersönlich, wahrscheinlich eben aus Amerika zurückgekehrt, so zugänglich, ganz ohne seine vielen Ehefrauen und Verehrerinnen, und noch dazu zu Fuß – nicht am Steuer seines schwarzen Mercedes! Was für eine

Ehre für uns alle! Aber sagen Sie uns doch, teures zukünftiges Denkmal, wenn Sie tatsächlich ein so ehrenhafter Mensch sind, warum haben Sie dann niemals hinter Gittern gesessen? Für welche Verdienste hat Sie die Sowjetmacht denn so behütet? Sind Sie nicht doch vielleicht manchmal in eben dieses gastfreundliche Gebäude dort drüben spaziert, wie einige Ihrer Schriftstellerkollegen erzählt haben?«

Ich glaube, ich habe nichts gefühlt, außer einer tödlichen Müdigkeit. Es hat nicht einmal geschmerzt. All das hatte ich bereits so oft gehört. Ich drehte mich einfach um und ging fort.

Ohne zu wissen, was Freiheit ist, haben wir für sie, die Dulcinea der Intellektuellen Rußlands, gekämpft. Ohne ihr je wachen Auges ins Gesicht geblickt zu haben, sie nur aus unseren sozialen Träumen kennend, haben wir gedacht, daß sie wunderbar sein müsse. Aber die Freiheit hat nicht nur eine Vielzahl verschiedener Gesichter, sondern auch jede Menge Fratzen, und einige davon sind unerträglich abstoßend. Eine dieser Fratzen der Freiheit – das ist die Freiheit der Beleidigungen.

Ich erinnerte mich daran, wie zu Zeiten Breschnews ein aus Funk und Fernsehen gut bekannter Zerberus, der zu Hause eben die Literatur sammelte, die er ansonsten so gnadenlos verfolgte, nach einem meiner Fernsehvorträge über die Dichtung der Dekabristen fast aufgeheult hätte: »Ja, warum wiederholen Sie denn nur immer wieder so entzückt das Wort ›Freiheit‹ wie ein Auerhahn auf der Balz, wenn sich der Jäger an ihn heranschleicht? Wollen Sie Ihr eigenes Verderben heraufbeschwören? Ja, wenn man dem Pöbel die Freiheit gibt, dann fängt er früher oder später an, diejenigen niederzutrampeln, die ihm diese Freiheit gegeben haben! Sie eingeschlossen, mein Täubchen. Ich hasse schon das Wort ›Freiheit‹ ... Ihr süßes Wort ›Freiheit‹ riecht nach Blut ...«

Der Mann war gar nicht dumm gewesen, wenn auch ein Reaktionär.

Ich erinnerte mich daran, wie ich auf diesem Platz einmal eine Versammlung geleitet hatte, die anläßlich der feierlichen Enthüllung eines Gedenksteins für die Opfer des Krieges gegen das eigene Volk abgehalten worden war. Der große Findling stammte von den Solowetzki-Inseln, aus dem ersten Konzentrationslager in der Geschichte Europas, das auf persönliche Initiative Lenins gegründet, dann aber viele Jahre lang vom Institut für Politische Kosmetik – besser bekannt unter dem Pseudonym »Institut für Marxismus-Leninismus« – sorgsam geheimgehalten worden war. Wer weiß, vielleicht hatte auf diesem Findling einst Vater Florenski oder das damals noch junge zukünftige Akademiemitglied Lichatschow gesessen?

Am Morgen des Tages, an dem der Gedenkstein enthüllt werden sollte, rief mich der neue Vorsitzende des KGB, der den Spitznamen »Cherub« trug und später einmal eine der zentralen Figuren des Putsches sein sollte, zum erstenmal persönlich an.

»Wir wissen, daß Sie heute die gegenüber unserem Haus stattfindende Versammlung leiten werden«, sagte er und bemühte sich, seine Nervosität zu verbergen. »Unsere Mitarbeiter würden an dem Gedenkstein gern einen Kranz vom KGB niederlegen, in Erinnerung an die in jenen Jahren umgekommenen Tschekisten. Sie haben doch keine Einwände?«

»Nein«, antwortete ich.

»Aber es könnte zu Ausschreitungen kommen ...«, fügte er hinzu. »Ich hoffe, daß es keine Versammlung des Hasses wird. Wir haben ja schließlich nichts gegen die Aufstellung eines Gedenksteins in unserer Nachbarschaft gehabt.«

»Die Enthüllung soll ein Requiem und keine Versammlung des Hasses werden«, antwortete ich.

Doch ungeachtet der Kirchenfahnen und der Weihung des Steines kam alles ganz anders. Neben den Ikonen wurden für dieses Ereignis völlig unpassende, vulgäre politische Karikaturen und platte, höhnische Losungen hochgehalten. Das Requiem mißlang. Niemand erinnerte an die Namen der umgekommenen Dissidenten und die Namen von Sacharow und Solschenizyn, ohne die dieser Gedenkstein hier nie hätte aufgestellt werden können. Fast alle Reden wurden zu einem gehässigen Dialog mit dem KGB, zu einer in der gegebenen Situation völlig ungefährlichen Drohgebärde in Richtung der verhängten Fenster. Wer weiß, ob denjenigen, die hinter diesen Vorhängen herauslugten, nicht vielleicht gerade während dieser nicht enden wollenden Drohungen die Idee des Putsches in den Sinn gekommen war. Und ich war entsetzt, wie würdelos – ganz besonders angesichts dieses Findlings von den Solowetzki-Inseln – sogenannte »progressive« Redner, deren Auftritte überhaupt nicht vorgesehen waren, die Mitglieder der Organisation »Memorial« auseinanderstießen, um sich auf das hölzerne Podium zu drängeln. In ihren Seelen war nichts außer völlig entfesselte, um Bestätigung heischende Gehässigkeit. Sollte sich die Menschheit wirklich in einem Teufelskreis befinden, aus dem es keinen Ausweg gab?

Was sollte man tun, wenn man Zeuge einer Gewalttat wurde? Nicht dagegen angehen, weil auch Auflehnung Gewalt bedeutete? Die Revolution vermeiden, weil jede beliebige siegreiche Revolution immer auch die darauffolgende Reaktion beinhaltet? Sollte etwa auch der heilige Georg zu einem Drachen geworden sein, der in nichts besser war als das von seinem Schwert durchbohrte Ungeheuer? Sollte man den Menschen also die Freiheit verweigern, weil sie sie in die Freiheit der Haltlosigkeit und der Beleidigungen verkehren würden, in die Freiheit des Stehlens, der Gaunereien, der Morde? Sollte man darauf warten, daß sich alles von selber finden würde? Doch ist es nicht schmachvoll, die Geschichte völlig tatenlos zu beobachten ...

Solch widersprüchliche Gedanken gingen mir auf dem Dserschinski-Platz durch den Kopf, als ich vor dem Denkmal des Inquisitors mit der Drahtschlinge um den Hals stand, die ihm vielleicht von anderen potentiellen Inquisitoren umgelegt worden war – oder von jenen, die diese Inquisitoren selbst auf den Plan riefen: durch ihre Zerstörungswut, die größer war als der Drang, etwas Neues zu erschaffen, durch ihre Rachsüchtigkeit, die sie nicht in die vornehme Vergeltung der Großherzigkeit umzuwandeln verstanden.

Das schreckliche Gebäude, in dem meine beiden Großväter verhört worden waren und in dem man versucht hatte, mich anzuwerben, lag vor mir, wie ein gigantisches Denkmal, dessen Wurzeln tief, tief in die Vergangenheit reichten, bis zur Opritschnina[4], den Foltertürmen, der Leibeigenschaft und dem Tatarenjoch.

Es war für einen sowjetischen Schriftsteller schon allein physisch unmöglich, dem KGB nicht zumindest ein einziges Mal zu begegnen, denn der KGB war überall.

1960 gehörte ich einer sowjetischen Delegation an, die zu den Weltjugendfestspielen in Helsinki fuhr.

Es waren zauberhafte und verrückte Tage, infiziert mit den zerstörerischen Mikroben des naiven, berauschenden Glaubens an eine weltumspannende, revolutionäre Bruderschaft, als der damals noch junge und unbekannte Jacques Brel, der dann später mein Freund werden sollte, auf dem sowjetischen Passagierschiff mit seinen Liedern auftrat; und als der offensichtlich zum erstenmal ins Ausland reisende Muslim Magomajew[5] mit den Pickeln eines Teenagers im Gesicht und in einem ausgeliehenen Konzertjackett mit deutlich zu kurzen Ärmeln mein gerade erst populär gewordenes Lied *Wollen die Russen den Krieg?* in einer finnischen Schule sang, in der die französische Delegation wohnte; oder als Israelis und Araber Arm in Arm die Straßen entlangspazierten; als Kubaner und Amerikaner im Chor schrien *Cuba – si, y Yankees – si!*; und als ich mich in eine junge, sehr linke Kalifornierin verliebte, die wie ich gerade voller Begeisterung aus Kuba zurückgekehrt war.

Wir waren nicht nur ineinander, sondern auch beide in Fidel Castro verliebt und konnten uns nur in einer dritten Sprache – auf spanisch – miteinander verständigen. Das hinderte uns aber nicht daran, uns eines Nachts auf dem Rasen irgendeines uns nicht weiter bekannten finnischen Parks zu lieben. Als wir am Morgen aufwachten, prusteten wir mit vorgehaltener Hand fröhlich drauflos, denn wie sich herausstellte, hatten wir die Nacht direkt vor einem sehr wichtigen Palast verbracht, vor dem zwei Soldaten, erstarrt wie Götzenbilder, Wache hielten. Es verblüffte mich, daß auf dem schwarzen Strumpf meiner linken Kalifornierin ein ganz gewöhnliches Loch prangte, aus dem das rosige, fröhliche Auge ihrer Ferse hinausschaute, so als sei sie irgendein Moskauer Mädchen aus Marina Roscha.

Doch nicht nur wir, sondern auch die Geheimdienste der verschiedenen einander bekämpfenden Länder und Systeme agierten als die Hauptpersonen bei diesen Festspielen.

Hier traf ich auch den Mann mit den Bohrer-Augen wieder – zum erstenmal, nachdem er mich vor ein paar Jahren erfolglos anzuwerben versucht hatte. Aber dieser Mißerfolg war wohl nur eine Kleinigkeit unter all seinen vielfältigen Aktivitäten gewesen und hatte sich offensichtlich nicht negativ auf seine Karriere ausgewirkt. Wie ich gehört hatte, war er vor den Festspielen zum General ernannt worden, obwohl er seine Generalsuniform in Helsinki selbstverständlich nicht trug. Er war für die Sicherheit der sowjetischen Delegation verantwortlich.

Dieses Amt war nicht ganz ohne Grund geschaffen worden, denn an der Skulptur der »Drei Schmiede« im Stadtzentrum wurden von rechten Extremisten immer wieder Demonstrationen gegen die Festspiele abgehalten.

Einer jungen Moskauer Ballerina brach man während ihres Auftritts auf einer Freilichtbühne in einem Park die Kniescheibe mit einer Coca-Cola-Flasche, und in der Nacht vor der Eröffnungsfeier zündeten Hooligans den russischen Club an. Von dem Hafenkai aus, wo wir auf der »Georgien«

wohnten, rasten immer wieder sowjetische, mit Sportlern und KGB-Agenten vollgestopfte Autos durch die mit Brandgeruch erfüllte Nacht.

Es war strengstens verboten, von Bord des Schiffes zu gehen, aber es gelang mir dennoch, mich zu verdrücken. Am Ufer erwartete mich meine Kalifornierin, die das Loch in ihrem Strumpf inzwischen gestopft hatte. Auch das verblüffte mich, denn ich war überzeugt gewesen, daß Amerikanerinnen ihre Strümpfe nicht stopfen, sondern sie einfach wegwerfen. Gemeinsam mit ihr ging ich – Hand in Hand – durch die grimmigen Anti-Festspiel-Schreie hindurch wie über das dünne, gefährliche Eis des Kalten Krieges, dessen Kinder wir waren. Und während wir auf diesem Eis immer wieder einbrachen, konnten wir es auf diesem Weg schließlich zerbrechen.

In der Nacht stürzten der Rotwangige Komsomolzenführer und der Mann mit den Bohrer-Augen unrasiert in meine Kajüte hinein. Sie rochen nach Qualm und Kognak.

»Die Laune ist bei allen absolut im Eimer«, sagte der Rotwangige Komsomolzenführer. »Könntest du nicht irgend etwas schreiben, um die Jungs wieder aufzumuntern?«

»Ich habe bereits etwas geschrieben«, antwortete ich und las das gerade in jenem Moment erst zu Papier gebrachte Gedicht *Der rotznasige Faschismus* vor.

Die strahlend blauen Augen des Rotwangigen Komsomolzenführers, die stets zwischen Sentimentalität und Erbarmungslosigkeit hin- und herzuspringen pflegten, hielten jetzt für einen Moment inne und wurden feucht.

»Das ist es … Wenn du immer nur solche Gedichte schreiben würdest, wärst du überhaupt nicht mit Gold aufzuwiegen. Wir würden aus dir einen Nationaldichter machen. Wozu mußt du denn unbedingt diese anderen Gedichte schreiben, die … ganz woanders hinführen. Na, lohnt es sich denn, mit Kanonen auf Spatzen zu schießen, auf alle Bürokraten … oder, wie du sie nennst, auf die Stalinisten und Antisemiten. Dafür gibt es doch die Zeitschrift *Krokodil*[6]. Ich verteidige sie nicht, doch … sie gehören doch irgendwie zu uns, sind unsere eigenen Leute. Es gibt äußere Feinde, und die sind schlimmer. Das sind Feinde unseres ganzen Landes – wie du sie genannt hast – Faschisten. Und die sind nicht immer rotznasig und jung.«

»Aber für mich sind sowohl die einen als auch die anderen Faschisten«, sagte ich. »Und wenn ich keine Gedichte über unsere eigenen Faschisten schreiben würde, dann hätte ich auch nicht das Recht, über fremde zu schreiben ...«

Der Rotwangige Komsomolzenführer war diesmal nicht zu Diskussionen aufgelegt. Er sollte mich dann ein paar Monate später verraten. Doch jetzt hatte ich ihn in bürokratische Begeisterung versetzt, und er lief an Deck und rief:

»Alle nach oben pfeifen! Jewtuschenko wird ein neues Gedicht vortragen!«

In meiner Kajüte wohnten zwei weitere Männer, und in diesem Moment hatten auch sie Tränen in den Augen: der eine ein Vorarbeiter aus einem Bergwerk, der andere ein ukrainischer Dichter, der damals überzeugter Kommunist war und heute überzeugter Antikommunist ist. Seine Augen glitzerten feucht vor lauter Neid. In seinen Augen stand stets ein nervöses Glitzern, sie suchten ständig nach einem Objekt für seine Mißgunst und leuchteten dann hingerissen auf, wenn sie ein solches gefunden hatten. Was das für ein Objekt war, das spielte dann nur noch eine untergeordnete Rolle.

Auch diese beiden sollten mich verraten. Der Arbeiter tat es sehr bald und aller Wahrscheinlichkeit nach unter Druck von oben. Der Dichter beging seinen Verrat allmählich – unter Druck von innen. Neid – auch das ist eine Art Verrat. Auch er hatte sein *Babi Jar* geschrieben, allerdings erst dreißig Jahre nach meinem. Als sich auf der traurigen Fünfzig-Jahre-Gedenkfeier von Babi Jar ausländische Korrespondenten um mich drängten, ertrug er es nicht länger und stöhnte hinter mir haßerfüllt:

»Also, kannst du nicht einmal an so einem Tag ohne deine Show auskommen?« So als ob ich mich selbst um Gunst buhlend vor die Fernsehkameras gedrängt und ihm den weltweiten Ruhm gestohlen hätte, für den zu zahlen er vor dreißig Jahren Angst gehabt hatte, den er jetzt aber gratis bekommen wollte.

»Geht ein wenig an Deck spazieren«, sagte der Mann mit den Bohrer-Augen, in denen an diesem Tag keine Träne zu sehen war – vielleicht hatte es auch noch nie eine darin gegeben. »Nichts ist gesünder als frische Luft ...«

Der Arbeiter und der Dichter entschuldigten sich gehorsam.

Der Mann mit den Bohrer-Augen zog eine noch nicht ganz geleerte Flasche Kognak aus der Tasche, nahm einen Schluck und sagte:

»Hm ... Die Dichter, die mit Denunziationen über Sie zu uns kommen, schreiben keine solchen Gedichte … Aber Sie sollten trotzdem ein wenig vorsichtiger in der Auswahl Ihrer Freunde und Bekanntschaften sein. Sie denunzieren sich damit ja selbst. Aber wissen Sie …, ich habe damals … angefangen, Sie zu lesen … und nicht nur dienstlich. Also, ganz generell, wenn ich Ihnen irgendwann einmal behilflich sein kann – es kann ja alles mögliche geschehen – hier ist meine Telefonnummer für alle Fälle.«

Tatsächlich hat er mir später – zwar nicht immer, aber doch einige Male – geholfen, wenn ich gezwungen war, ihn wegen verschiedener Dissidenten und abgelehnter Ausreiseanträge anzurufen. Er selbst hat mich niemals angerufen und mich nie um irgend etwas gebeten.

Doch ganz unabhängig von seiner persönlichen Einstellung zu mir behielt man mich ständig im Auge.

Die Gerüchte machten mich zum Helden, der ich nie gewesen bin. Es war mir manchmal einfach nur gelungen, meine Angst zu besiegen. Doch der Sieg einzelner Individuen über ihre eigene Angst war gefährlich für ein System, in dem alles auf Angst gebaut war. Ein solcher Sieg forderte ja auch andere dazu auf, ihre Angst zu besiegen.

Damals entschlossen sich die professionellen Desinformanten, entheroisierende Legenden über mich in Umlauf zu bringen.

Wie ein hochqualifiziertes Streichorchester spielte die ideologische Abteilung des Hauses an der Ljubjanka auf den Salieri-Saiten des Minderwertigkeitskomplexes und des Neides zart ihre Machiavelli-Melodie. Die Kunst, die Intellektuellen gegeneinander auszuspielen, war eine der ausgefeiltesten Künste des KGB. Und, leider, die Vertreter der schreibenden Zunft erwiesen sich als pathologisch empfänglich dafür, schlecht über die eigenen Kollegen zu denken, denn das verschaffte ihnen das trügerische, aber schmeichelnde Gefühl der eigenen moralischen und literarischen Überlegenheit.

1968 war ich das einzige Mitglied des Schriftstellerverbandes gewesen, das Breschnew ein Protesttelegramm gegen den Einmarsch unserer Panzer in die Tschechoslowakei geschickt hatte. Ein anderes Mitglied, ein Dichter der vorangegangenen Generation, bei dem ich viel gelernt hatte, platzte eines Tages heraus:

»Du hast uns alle beleidigt. Auch mich!«

»Wie denn das?« fragte ich mit aufrichtigem Erstaunen.

»Ja, weil ich darüber genauso denke wie du. Wenn ich aber so ein Telegramm geschickt hätte, hätte man mich fertiggemacht. Aber dir ist das ja alles ganz egal. Du bist ja der Liebling unseres Volkes. Dir wird alles verziehen …«

Auf eben diesen Saiten spielte auch der KGB, als er versuchte, meinen Ruf zu untergraben.

Jener Dichter hatte übertrieben. Mir wurde bei weitem nicht alles verziehen. Im Staatsverlag Goslitisdat stoppte man die Veröffentlichung eines meiner Bücher. Man verbot mir meine Auftritte. Man sagte meine Reise nach England ab, wo ich von den Studenten von Oxford für eine Professur vorgeschlagen worden war. Plötzlich erschienen in der englischen Presse Artikel des einst so zornigen jungen Mannes Kingsley Amis und auch anderer Zeitgenossen, die in dieser oder jener Form ihren Zweifel daran kundtaten, ob mein Telegramm überhaupt existiere, ob sich nicht vielleicht der KGB diese Geschichte ausgedacht habe, um mein Ansehen zu heben und mir zu dem Oxforder Professorenmantel zu verhelfen? Diese Falschinformationen wurden vom KGB höchstselbst über sogenannte »gut informierte Quellen« verbreitet. Die englischen »Kämpfer für die Freiheit« – eine Freiheit, die sie nichts gekostet hatte – verschluckten den ihnen vorgehaltenen Angelhaken mitsamt dem Wurm der Verleumdung und spülten ihn mit einem Krug Guinness hinunter.

Eben zu dieser Zeit habe ich jene vier Zeilen geschrieben:

Viel hat die Welt mir gegeben,
Aber nicht vergönnt wurde mir
Das Recht, ganz frei zu wählen
Zwischen Mist und Scheiße hier.

Ich war in die Vereinigten Staaten eingeladen worden, um Mark Twains Fahrt den Mississippi entlang zu wiederholen. Aber ein professioneller Wohlmeinender aus dem Schriftstellerverband teilte mir mit vielsagend gesenkter Stimme mit, was er mit halbem Ohr gehört habe: Der Chef des KGB sei gegen diese Reise und habe vorgeschlagen, daß ich ihn besuchen möge – noch dazu, wo er doch ebenfalls Gedichte, genauer gesagt Sonette schreibe.

Der Schöpfer der Sonette und Irrenhäuser war ein verschlossener Mann mit einer Hakennase und ungesunden roten Flecken im Gesicht, und sein Hemd war bis oben hin zugeknöpft, wie die Reime eines Sonetts. Er benahm sich äußerst distanziert und erklärte sofort in aller Schärfe, daß man mich im Schriftstellerverband belogen habe, daß der KGB keine einzige meiner Reisen verboten habe und daß er von all dem überhaupt zum allerersten Mal höre. Und plötzlich entdeckte ich in seinen wenig ausdrucksvollen Augen etwas Menschliches, etwas wie Sehnsucht:

»Der Mississippi, sagen Sie? Das ist wahrscheinlich ein wunderschöner Fluß …«

Dann gestattete er sich unerwartet, aufrichtig zu sein.

»Ich habe Sie das erste Mal gesehen, als Sie die abstrakte Kunst so einfühlsam vor Chruschtschow verteidigt haben. Wissen Sie, was mich bei Ihnen vorsichtig gemacht hat? Ihre Augen. In ihnen stand ein so fanatischer Glanz wie auch bei diesen Bürschchen aus dem Club ›Petöfi‹ in Budapest, als sie dazu aufriefen, die Kommunisten zu hängen.«

Dieser Satz jagte mir eine Gänsehaut über den Rücken – denn immerhin war er, damals Botschafter in Budapest, an der blutigen Niederschlagung des Aufstandes von 1956 beteiligt gewesen.

»Ich habe niemals dazu aufgerufen, irgend jemanden zu hängen«, sagte ich mit plötzlich ganz trockener Kehle.

»Aber das habe ich doch nur so gesagt – so nebenbei bemerkt. Der erste Eindruck, den man von einem Menschen gewinnt, ist manchmal trügerisch«, sagte er, stand auf und gab zu verstehen, daß die Audienz beendet sei. »Lösen Sie dieses Problem mit dem Mississippi also in Ihrem lieben Schriftstellerverband.«

Die Mississippi-Fahrt hat dann trotz allem nicht stattgefunden. Doch hatte der Schöpfer der Sonette und Irrenhäuser die Wahrheit gesagt, als er behauptete, daß dies nicht durch den KGB veranlaßt worden sei?

1991 wurde ich dann in der Heimat von Erzreaktionären verbrannt wie eine Strohpuppe, die man vor der Statue Leo Tolstois mit dem Benzin aus dem Feuerzeug des Putschromantikers angezündet hatte, wurde daraufhin vom Wirbel der Ereignisse in den leeren Raum geschleudert wie Asche, in die an die fünfzehn professionelle Humanisten kollektiv hineingespuckt hatten, um sie daran zu hindern, weiter zu rauchen, und fand mich schließlich mit meiner Familie in der gastfreundlichen Stadt Tulsa im Staate Oklahoma wieder.

Hier, auf dem zu trauriger Berühmtheit gelangten »Band der Tränen«, über das einst die Indianer mit ihren Familien geflüchtet waren, um sich vor der Vernichtung zu retten, hier fühlte ich mich als der Auswurf der

Sechziger-Jahre-Romantik, welcher von der Grenzenlosigkeit der neunziger Jahre über den Ozean gespuckt worden war, hier aber von niemandem gebraucht wurde. Manchmal würgten mich Anfälle von Sehnsucht nach meiner Heimat – besonders, als im Stadtpark Blätter und Kiefernzapfen verbrannt wurden und die Luft von Oklahoma schmerzlich nach den Samowaren in Peredelkino zu duften begann. Und ich erwischte mich dabei, daß es mich verdächtig oft in den Tierpark der Stadt zog, der mich in all seiner Verwilderung, mit seinen ständigen trostlosen Reparaturarbeiten und mit der Sehnsucht in den Augen der von der Verwaltung halb vergessenen Tiere auf nostalgische Weise an unseren lieben Moskauer Tierpark erinnerte.

Der Tierpark – das war der einzige Ort in Tulsa, wo ich mich wie in der Heimat fühlte.

Und um angesichts der Tatsache, daß man mich verbrannt hatte, nicht den Mut zu verlieren, begann ich, in meine eigene, noch warme Asche zu blasen, und plötzlich sah ich, daß darin die goldenen Pupillen eines langsam Form annehmenden Romans aufflackerten.

Und in einer Nacht im März 1993 kroch – es dämmerte schon fast – mit unheilvollem Rascheln eine Papierschlange aus meinem Faxgerät, auf deren Kopf schwarz auf weiß geschrieben stand:

Komitee für Staatssicherheit (KGB)
im Ministerrat der UdSSR

Im Fenster schimmerte das graue Licht der Dämmerung, dieser Roman war im Entwurf bereits fertig, und ich war umgeben von den Gespenstern meiner Helden – selbst einem Gespenst unserer Epoche ähnelnd, dieser Epoche, die aus den besten Jahren heraus war wie wir selbst, die aber wohl kaum gemeinsam mit uns sterben würde.

Ich zweifelte bereits an meinem Verstand und dachte, daß ich mir diese Papierschlange nur einbildete. Doch die Schlange hörte nicht auf, aus dem Fax zu kriechen, und wurde dreißig Seiten lang. Auf der ersten Seite las ich:

7. Juli 1969. Geheim 22332

Unterliegt (wem oder was, war nicht zu entziffern)

An das ZK der KPdSU.

Das Schreiben war von niemandem anderen als dem Vorsitzenden des KGB persönlich unterzeichnet worden – dem Schöpfer der Sonette und

Irrenhäuser. Aber warum schickte man mir dieses Fax? Und dann auch noch nach Oklahoma? Aus dem Jenseits vielleicht?

Aber alles ließ sich ganz einfach erklären. Die Zeitung *Trud* hatte mir Unterlagen aus den inzwischen zugänglich gewordenen Geheimarchiven geschickt und bat mich, sie zu kommentieren.

Und als ich diese Unterlagen durchsah, erkannte ich zu meinem Erstaunen plötzlich, daß der Schöpfer der Sonette und Irrenhäuser in jenen Jahren, als man Martin Luther King, Robert Kennedy und Che Guevara ermordet hatte, in jenen Jahren, als vietnamesische Mütter mit Knochennadeln die Bombensplitter aus den Körpern ihrer Kinder entfernt hatten, als tschechoslowakische Studenten Pflastersteine auf sowjetische Panzer geworfen hatten und der Große Lagerspezialist in der Nähe von Moskau, auf der Datscha des Cello-Mannes, seine Buch-Bombe vorbereitet hatte – daß während all dieser Jahre der Schöpfer der Sonette und Irrenhäuser in seinen Mußestunden meine Gedichte rezensiert hatte. Noch dazu hatte er mich und mein Buch wie ein kleinlicher Literaturspitzel, der von der eigenen Firma angeworben worden war, im ZK denunziert. Obwohl dies vollkommener Unsinn war. Er hatte mich bei sich selbst denunziert, denn es war nur schwer auszumachen, wo das ZK und wo der KGB war – alles war miteinander verfilzt.

Und auf folgende nette ausführliche, nette wollüstige, nette armselige Weise hatte mich dieser Kontrolleur aller Spionagenetze, dieser Geldgeber der Kommunistischen Partei, dieser Magier der Plastikchirurgie, dieser Künstler der falschen Pässe verleumdet:

»Im September 1968 kritisierte Jewtuschenko in seinen Gesprächen mit den Teilnehmern der Jubiläumsfeierlichkeiten zu Ehren von Nikolos Barataschwili[7] in Tiflis die Innen- und Außenpolitik der UdSSR und bezeichnete den Einmarsch der Unionstruppen in die Tschechoslowakei als Gewaltakt gegen einen unabhängigen Staat sowie unser Vorgehen dort als ›unwürdig‹. Unter dem Deckmantel einer angeblichen ›Bürgerpflicht‹ suchte Jewtuschenko bei den Vertretern der georgischen Intellektuellen nach Unterstützung für seine Position, die er wenig später in Moskau abermals bekräftigte, als er vor der Leitung des Dramatischen Theaters an der Malaja-Bronnaja-Straße erklärte: ›Jewgeni Jewtuschenko läßt sich den Mund nicht stopfen! Ich werde weiterhin hinausschreien, wie man mit der kleinen, wunderbaren Tschechoslowakei umgesprungen ist!‹ … In Taschkent war bei einem Treffen mit Studenten der amerikanische Schriftsteller

Styron anwesend, den Jewtuschenko mit der deutlichen Anspielung vorstellte, daß Styron, wie alle Schriftsteller, seine Regierung nicht liebe ...«

In seinen Äußerungen zu meinem Buch suchte der Schöpfer der Sonette und Irrenhäuser mit manischer Gier überall nach Anspielungen auf sich und seinesgleichen wie etwa: »... In diesem Buch kopiert er einzelne Werke tendenziösen Inhalts wie zum Beispiel *Honig* und die *Ballade über das Lermontowsche Gedicht ›Zum Tod des Dichters‹ sowie über den Chef der Gendarmerie.* An einem historischen Beispiel werden alle modernen ›Schufte, Gendarmen und Hofschmeichler‹ vor einer ihnen bevorstehenden Vergeltung gewarnt ...« Hier war er, der Allergeheimste Jewtuschenkologe!

Doch der Schluß, den er daraus zog, konnte einem Angst einjagen, wenn man bedachte, welch teuflisches Spinnennetz seine Hände bauen konnten, die vom Schreiben der Sonette mit Tinte beschmiert waren:

»Jewtuschenkos Aktivitäten sind in bekanntem Ausmaß von unseren ideologischen Gegnern inspiriert, die Jewtuschenkos ›Position‹ in einer Reihe von Fragen zu schätzen wissen und ihn in bestimmten Fällen auf ihren Schild zu heben versuchen, um ihn zu einem eigentümlichen Beispiel der politischen Opposition in unserem Land zu machen.«

Und plötzlich begriff ich, daß sein ganzer angeblich liberaler Intellektualismus nur eine Legende war, die er sich selbst zurechtgezimmert hatte.

Und außerdem begriff ich, daß der Schöpfer der Sonette und Irrenhäuser ganz offensichtlich selbst einer psychiatrischen Behandlung bedurfte.

Zum letzenmal sprach ich mit dem Schöpfer der Sonette und Irrenhäuser an jenem Tag, als sie den Großen Lagerspezialisten »geschnappt« hatten. Ich rief von einer Telefonzelle aus an. Man sagte mir, daß eine Konferenz einberufen worden sei. Ich konnte leicht erraten, zu welchem Thema. Sie hatten den Großen Lagerspezialisten zuerst verhaftet und erst dann angefangen, nachzudenken, was sie mit ihm tun sollten. Ich bestand darauf, daß man mich verband.

Endlich hörte ich die trockene, knarrende Stimme:

»Ich höre.«

»Entspricht es der Wahrheit, daß er verhaftet wurde?« fragte ich ganz außer Atem.

»Es entspricht der Wahrheit«, antwortete die leblose Stimme, und die Antwort klang so einfach wie der Name der Zeitung, die sich die *Wahrheit*[8] nannte.

Da schrie ich voller Pathos und mit einer Stimme, die sich vor Aufregung überschlug, daß ich bereit sei, auf den Barrikaden zu sterben, sollte man den Großen Lagerspezialisten ins Gefängnis stecken.

Die knarrende Stimme am anderen Ende der Leitung entgegnete auf meine revolutionär-romantische Erpressung düster brummend:

»Schlafen Sie sich erst einmal aus.«

Ich vermute, daß die Idee der »Entheroisierung« meines Namens von ihm ausging – denn all das sah nach dem Racheakt eines neidischen Dichters aus.

Die von ihm in Bewegung gesetzte Diskreditierungsmaschinerie funktionierte ohne Verzug.

Wenn es ihnen nicht gelang, einen Menschen anzuwerben, so verbreiteten sie das Gerücht, daß er sich habe anwerben lassen. Als sie zu spät bemerkten, daß meine Diskreditierung als »antisowjetisch« einen ganz gegenteiligen Effekt hatte und mir sowohl im In- wie auch im Ausland zu großer Popularität verhalf, diskreditierten sie mich eben als »prosowjetisch«.

Einmal kam die Mutter einer Dichterin zu mir, die mit einem Kinderwagen auf den Roten Platz gezogen war, um gegen die sowjetischen Panzer in der Tschechoslowakei zu protestieren.

Ich erinnerte mich daran, wie sie mit ihren Gedichten einst bei meiner ersten Frau erschienen war – in weißen Söckchen, mit einer Brille, durch die ihre Augen nicht ganz grundlos ohne jede Zuversicht hindurchblickten. Jetzt hatte man sie in ein Irrenhaus gesperrt.

Ihre Mutter zeigte mir unter Tränen die Briefe ihrer Tochter, die voller Bitterkeit und Sehnsucht davon sprachen, sich nach ihrer Rückkehr ganz ihren Kindern widmen zu wollen.

Ich versprach der Mutter, mich mit einem Brief für ihre Tochter einzusetzen.

Das tat ich auch und schrieb vor meiner Australienreise, die man – ich denke, abermals nicht ohne den KGB – mit allen nur erdenklichen Mitteln zu verbieten versucht hatte, einen Brief an den Schöpfer der Sonette und Irrenhäuser.

Aber bei der ersten Lesung meiner Gedichte in Canberra lag auf jedem Stuhl ein Flugblatt, in dem gefühlvoll beschrieben wurde, wie die Mutter einer Dichterin, die mit einem Kinderwagen auf den Roten Platz gezogen wäre, um gegen die sowjetischen Panzer in der Tschechoslowakei zu protestieren, mit der Bitte zu mir gekommen wäre, für ihre Tochter einzutreten, und wie ich die vor Kummer schluchzende alte Frau in die Kälte hinausgejagt hätte.

Wer hatte sich diese Version erdacht? Etwa die unglückliche Mutter? Nie und nimmer werde ich das glauben. So ging der KGB vor – nicht nur auf direktem Wege, sondern auch über Agenten, die in die Dissidentenbewegung eingeschleust worden waren.

Als ich aus Australien zurückkehrte, hatte ich kaum meine Koffer hingestellt, als schon das Telefon klingelte. Meine zweite Frau ging an den Apparat.

Sie übergab mir den Hörer mit beißendem Hohn:

»Das sind also deine neuen Freunde ... Ich habe zwar davon gehört, aber ich wollte es nicht glauben ... Jetzt rufen die ja schon selbst an, schämen sich nicht einmal ...«

In den Hörer schnatterte beherzt eine Stimme, die Ähnlichkeit mit spiegelblank geputzten Stiefeln gehabt hätte, wenn man diese vertonen hätte können:

»Hier Kapitän So-und-so aus dem Sekretariat des KGB. Ich möchte Sie darüber informieren, daß die Dissidentin So-und-so in Übereinstimmung mit Ihrem Brief an den Vorsitzenden des Komitees aus der psychiatrischen Anstalt entlassen wurde. Haben Sie Fragen?«

»Keine Fragen«, antwortete ich.

Diesem eifrigen Offizier kam es nicht einmal in den Sinn, daß der Ausdruck »aus der psychiatrischen Anstalt entlassen« an sich schon keine weiteren Fragen mehr erforderte.

Ein paar Wochen später traf ich die inzwischen zurückgekehrte Dichterin auf der Treppe des Hauses des Schriftstellerverbands. Sie kam die Treppe herunter, umgeben von einem Schwarm von Verehrern, die – so schien es mir – ihr ganz verzaubert die Schleppe der Ächtung hinterhertrugen.

Sie blieb stehen, blickte mir spöttisch ins Gesicht und legte demonstrativ die Hände auf den Rücken. Sie war überzeugt, daß diese Geste der Verachtung eines Tages in irgendwelchen Memoiren mit begeistertem Seufzen beschrieben werden würde. Was ich jetzt auch tue. Jedoch ohne begeistertes Seufzen, sondern mit bitterem Stöhnen.

Mit einem anderen Dichter widerfuhr mir jedoch eine noch schlimmere Geschichte.

Eine furchtlose Journalistin zeigte mir Aufzeichnungen aus einem in seiner Scheinheiligkeit schier ungeheuerlichen Prozeß, in dem man einen jungen Dichter wegen sogenannten Schmarotzertums in ein Dorf verbannt hatte. Seine Gedichte gefielen mir sehr gut. Es war eine völlig eigenständige Stimme, die niemandem aus unserer Generation ähnelte.

Seine Gedichte waren wohlwollend von der Zarin der russischen Lyrik – von Anna Achmatowa – gelobt worden. Schostakowitsch, Tschukowski[9] und Marschak[10] hatten sich für ihn eingesetzt, aber all das hatte bislang nicht geholfen.

Ich beschloß, dem Liebling Achmatowas auf andere Weise zu helfen – aus Italien. Während meiner Italienreise 1964 stellte man mir ein paarmal Fragen über ihn. Ich schrieb jedoch einen Brief an das ZK, in dem ich lang und breit schilderte, daß die italienischen Intellektuellen ihre Fiori dei zucchini nicht mehr äßen und ihren Barolo nicht mehr tränken, da sie sich alle so sehr grämten, daß ein so talentierter Dichter wie der Liebling Achmatowas in irgendeiner Kolchose im hohen Norden säße und dort mit der Mistgabel Kuhdung wende.

Ich bat unseren Botschafter in Italien, Kosyrew – ein Freund des Bildhauers Manzù und des Malers Guttuso und ein Bewunderer meiner Gedichte –, meinen Brief als chiffriertes Telegramm aus Rom abzuschicken. Ich wußte, daß chiffrierten Schreiben im Zentrum besondere Bedeutung beigemessen wurde.

Kosyrew begriff sehr wohl, daß mein Brief barer Unsinn war – wenn er auch gut gemeint war. Er sandte mein Telegramm als chiffrierte Botschaft und fügte außerdem noch eine Stellungnahme der Führung der Kommunistischen Partei Italiens hinzu, die besagte, daß die Freisetzung dieses jungen Dichters den Feinden des Sozialismus einen wichtigen Trumpf aus der Hand schlagen würde. Als Ergebnis dieser ganzen spitzfindigen italienischen Operation, die auch durch die Aktivitäten eines Parteisekretärs aus der Provinz unterstützt wurde, welcher in einer winzigen Zeitung im Norden Rußlands die Gedichte des verbannten Poeten – angeblich hatte er sich gebessert – drucken ließ, kehrte der Liebling Achmatowas aus der Verbannung zurück.

Wir trafen uns im Aragwi, einem georgischen Restaurant in Moskau. Der Liebling Achmatowas war zu leicht gekleidet und fröstelte vor Kälte so sehr, daß ich instinktiv mein Jackett auszog, um es ihm anzubieten. Aber plötzlich wurde er ganz rot vor Wut: »Ich brauche kein Jackett aus zweiter Hand.«

1972 kehrte ich mit dem Flugzeug nach einer zweimonatigen Reise aus den USA zurück. Als die jungen Männer mit den Muskeln von Judosportlern meine Koffer öffneten, fingen ihre Augen zu glänzen an, so als hätten sie eine olympische Goldmedaille im Kampfsport – in vorliegendem Fall dem ideologischen Kampfsport – gewonnen.

Sie hatten reichen Fang gemacht. Ihrem Konfiskationsbescheid zufolge hatte ich einhundertvierundzwanzig illegale Bücher bei mir geführt. Das Kostbarste waren wohl zweiundsiebzig Bände der besten aller Emigrantenzeitschriften, der *Zeitgenössischen Notizen*, die irgendwann einmal in Paris herausgegeben worden waren.

Zum erstenmal hatte ich diese vergilbten Bände mit den fast schon auseinanderfallenden Seiten in dem Bücherregal des damals noch jungen Princeton-Professors James Billington gesehen, der sie – als er in meinem Blick das stumme Flehen bemerkte – wie ein Georgier vom Regal nahm und mir schenkte. Ich hatte Bücher von Trotzki, Bucharin, Berdjajew, Schestow, Nabokov, Aldanow, Gumiljow und Mandelschtam dabei, außerdem die *Verfluchten Tage* von Bunin und das Buch, das nach der Revolution als erstes von den Bolschewiken verboten worden war – die *Unzeitgemäßen Gedanken* von Gorki, dieses »Speichelleckers« Stalins, schenkt man den Aussagen nicht nur eines, sondern vieler »verbogener Menschlein« Glauben, die sich inzwischen selbst zu Richtern der Geschichte ernannt hatten. Aber dieses Gericht war genauso verbogen wie sie selbst.

Um die Liste der konfiszierten Bücher zusammenzustellen, hielt man mich vier Stunden auf dem Flughafen fest. Mir wurden übrigens nicht nur Bücher, sondern auch Fotografien abgenommen – darunter auch eine Aufnahme, die der Fotograf des Weißen Hauses anläßlich meines Treffens mit Präsident Nixon und seinem Berater für Fragen der nationalen Sicherheit, Henry Kissinger, gemacht hatte. Auch alle Notizbücher, Briefe, Entwürfe sowie alles Handgeschriebene, Gedruckte oder per Schreibmaschine Getippte wurde konfisziert.

Diese ganze Prozedur erinnerte an Gefängnisszenen aus Operetten, weil mir ein Grenzsoldat selbst auf die Toilette folgte und sogar im intimsten Moment wachsam die Tür offenhielt.

Als ich die peinlich genaue Konfiskationsliste unterschrieb, fügte ich wie ein schlauer und recht durchtriebener Mogli des sowjetischen Dschungels etwas hinzu, was ungefähr folgendermaßen lautete: »Während meiner Auslandsreisen, die die Propagierung der Ideen unserer Heimat zum Ziel haben, fühle ich mich im Kampf gegen unsere Feinde manchmal ideologisch nicht gewappnet, da ich mit den authentischen Quellen nicht bekannt bin, auf die sich der zügellose Haß unserer Gegner stützt. Die Beschaffung dieser authentischen Quellen ist in der UdSSR sogar in den Sonderarchiven der Leninbibliothek unmöglich. Deshalb habe ich diese Bücher bei mir geführt – nicht zu ihrer Verbreitung, sondern zur Stärkung meiner ideologischen Wachsamkeit. Ich ersuche darum, mir alle konfiszierten Bücher, die für meine Arbeit zum Nutzen des Friedens auf der ganzen Welt und in unserer Heimat unerläßlich sind, unverzüglich zurückzugeben.«

Am folgenden Tag rief ich voller Empörung den Mann mit den Bohrer-Augen an. Er empfing mich, wenn auch dieses Mal nicht im Hauptgebäude, sondern in einem Empfangszimmer des KGB an der Kusnezki-Brücke. Ich spielte ihm den durch das dreiste Benehmen der Grenzsoldaten zutiefst Beleidigten vor und erklärte, daß diese Beamten aufgrund ihrer politischen Kurzsichtigkeit nicht erkannt hätten, daß ich meinen Koffer ausschließlich aufgrund meines tiefen sowjetischen Patriotismus mit antisowjetischer Literatur vollgestopft hätte. Der Mann mit den Bohrer-Augen hörte mir ein wenig gelangweilt zu.

Ich trat mit voller Kraft in die Pedale:

»Und überhaupt, welches Recht hatten die, mich zu durchsuchen?«

Bei dem Wort »Recht« lachte er herablassend auf.

Er versuchte, diesen flammenden Monolog eines in seinen hehrsten patriotischen Gefühlen verletzten Unschuldslamms zu stoppen.

»Ich habe Ihnen doch schon einmal empfohlen, bei der Auswahl Ihrer Bekannten ein wenig vorsichtiger zu sein … Von dort, von wo Sie gekommen sind, hat es wohl ein Signal gegeben. Es gibt noch gute Menschen auf dieser Welt.«

Er ging ganz offensichtlich über die Grenzen seiner Dienstbefugnisse hinaus. Oder war das einfach nur eine besonders ausgefeilte Methode?

»Na, und selbst wenn es ein sogenanntes ›Signal‹ gegeben hat, ist das doch – zum Teufel – wohl noch kein Grund, mich zu erniedrigen, indem man die Toilettentür offenhält? Was sollte das? Hat man etwa geglaubt, daß ich alle zweiundsiebzig Bände der *Zeitgenössischen Notizen* in meinen Hosen verstecke? Glauben Sie etwa, daß ich meine Heimat nach diesem Vorfall inniger lieben werde?«

»Schlechte Arbeit …«, meinte er mit einem Achselzucken. »Es fehlt an

Kultiviertheit, wie Sie in der Einleitung zu Ihrem Poem *Das Wasserkraftwerk von Bratsk* selbst schon ganz richtig erkannt haben.«

Ich fuhr fort, mich fürchterlich aufzuregen, wobei ich nur das eine Ziel vor Augen hatte – die konfiszierten Bücher und vor allem das wertvolle Geschenk von James Billington den Krallen des KGB zu entreißen.

»Ihr, der KGB, ihr macht euch die Schriftsteller selbst zu Feinden. Warum hat der KGB zum Beispiel verboten, in Leningrad das Buch des Lieblings Achmatowas herauszugeben? Man hat ihn schließlich des Schmarotzertums angeklagt! Wo ist denn da die Logik? Warum erlauben Sie es ihm nicht, mit seiner Arbeit Geld zu verdienen?«

»Wer hat Ihnen das gesagt?« fragte der Mann mit den Bohrer-Augen voller Wut.

»Oleg Schestinski, der Sekretär des Leningrader Schriftstellerverbands.«

»Lüge!« donnerte der Mann mit den Bohrer-Augen und schlug mit der Faust auf den Tisch, so daß der Stöpsel der Karaffe hochsprang. »Wir haben Schestinski gesagt, daß der Schriftstellerverband das entscheiden muß. Da hat er feige um eine schriftliche Empfehlung von uns gebeten, das Buch zu veröffentlichen. Aber wenn ich eine solche Empfehlung schreibe und dieser Liebling Achmatowas dann wieder irgend etwas anstellt – so ein Fluchtversuch mit dem Flugzeug, zum Beispiel –, dann fliege ich sofort von meinem Posten ... Aber genug davon. Er will ja schon seit langem ausreisen und hat jetzt wieder einen Antrag eingereicht. Wir haben ihm einen positiven Bescheid ausgestellt. Er kann ausreisen, wenn er es so gern möchte.«

»Was soll das heißen? Für immer?« fragte ich wie betäubt. »Aber das ist doch eine fürchterliche Katastrophe für einen Dichter – außerhalb seiner eigenen Sprache zu leben. Kann er denn zurückkehren?«

»Das wird von ihm abhängen«, sagte der Mann mit den Bohrer-Augen ausweichend.

»Ja, denken Sie denn etwa, daß er an jeder Straßenkreuzung schreien wird: ›Es lebe die Sowjetmacht!‹?«

»Sie machen sich ein zu primitives Bild von uns ...«, antwortete er mit gerunzelter Stirn.

»Aber quälen Sie ihn dann wenigstens nicht noch mit irgendwelchen Beleidigungen, Anschuldigungen der Art, daß es ihm an Patriotismus fehle, wie man das so oft mit Ausreisewilligen tut«, sagte ich entmutigt.

»Ich kann nicht für alle unsere Mitarbeiter bürgen, wie auch Sie nicht für alle Schriftsteller bürgen können«, sagte er gereizt und fügte dann plötzlich widerwillig hinzu: »Aber ich werde darauf achten.«

»Sagen Sie, kann ich ihm von unserem Gespräch erzählen?« fragte ich.

»Das ist Ihre Sache«, antwortete er. »Obwohl«, er machte eine Pause, »ich Ihnen davon abraten möchte.«

Leider habe ich seinen Rat nicht befolgt.

(Die Bücher habe ich wieder erhalten, einschließlich derer von Billington. Allerdings nicht sofort, sondern erst nach ungefähr drei Monaten. Man hat sie wohl erst gelesen, vielleicht sogar gern gelesen. Nur ein paar Bücher von verschiedenen Dissidenten, die in der UdSSR geschrieben, aber nur im Westen gedruckt worden sind, habe ich nicht wieder bekommen. Und außerdem einen Sammelband mit Witzen von »Radio Eriwan«. Dieses Buch hat man dort wahrscheinlich völlig zerlesen.)

Der Liebling Achmatowas kam zu mir, und ich erzählte ihm bis ins letzte Detail, wie und warum ich beim KGB gewesen war und worüber wir dort gesprochen hatten.

Obwohl der Liebling Achmatowas schon seit langem um die Ausreisegenehmigung gekämpft hatte, war er von meiner Nachricht völlig erschüttert und schien sogar deprimiert. An jenem Tag war kein Hochmut an ihm. Ich brachte ihn zum Fahrstuhl.

»Schenja, was auch passiert, Sie dürfen bitte niemals schlecht von mir denken …«, sagte er zu mir und ging plötzlich zum Sie über, obwohl wir schon seit langem per du waren. Die Fahrstuhltür öffnete sich. Er trat in den Fahrstuhl und schien förmlich in die Tiefe zu stürzen.

Ich habe mich bemüht, nicht schlecht von ihm zu denken, und ich bemühe mich auch jetzt noch. Aber er konnte mir das Jackett wohl nicht verzeihen, das ich ihm in gutgemeinter Treuherzigkeit über die Schultern hatte legen wollen.

Aus dem Ausland drangen Gerüchte zu mir, daß er sich – halb direkt, halb indirekt – ziemlich schlecht über mich äußerte, wobei er zu allem Überfluß auch noch andeutete, daß ich irgendwie an seiner »Ausweisung« aus der Sowjetunion beteiligt gewesen sei.

Ich war wie vor den Kopf geschlagen. Als ich einmal in New York war, rief ich ihn an, und er kam in mein Hotel.

Er war wieder ganz und gar in den Chitinpanzer seines Hochmuts gehüllt.

Ich fragte ihn:

»Du bist doch sicherlich voller Haß gegen jene, die 1937 falsche Denunziationen geschrieben haben? Genaugenommen ist aber das, was du getan hast – eine falsche Denunziation gegen mich ...«

Er unterbrach mich voller Arroganz:

»Ich habe noch keinen Menschen getroffen, der meines Hasses wert gewesen wäre.«

»Wie konntest du bloß behaupten, daß ich daran beteiligt gewesen sei, als man dich aus der Heimat hinausgeekelt hat?«

Er entgegnete borstig:

»Du hast mir doch selbst so elegant kundgetan, wie du dich in meiner Angelegenheit praktisch zum Berater des KGB aufgeschwungen hast.«

»Wie bitte?« fragte ich verblüfft nach.

»Du hast es mir doch selbst gestanden, daß du ihnen empfohlen hast, mich in Zukunft nicht mehr zu quälen ...«

Ich ertrug es nicht länger und rief:

»Wenn ich sehe, daß ein Betrunkener auf der anderen Straßenseite eine schwangere Frau mit den Stiefeln in den Bauch tritt, und ich dann über die Straße laufe und ihm sage: ›Wagen Sie es nicht, ihr in den Bauch zu schlagen, sie ist doch schwanger!‹, heißt das dann etwa auch, daß ich mich zum Berater der Miliz mache?«

Er schwieg mit gesenktem Kopf.

»Deine Gedichte werde ich auch weiter lesen«, sagte ich. »Aber meine Hand werde ich dir nicht mehr reichen. Geh.«

Er zog seinen Mantel an, schlug den Kragen hoch, so als ob es regnen würde, blieb dann aber stehen und ging nicht.

Und plötzlich sagte er mir ganz einfach und menschlich, wie schon damals am Fahrstuhl:

»Du warst nie in der Emigration. Du weißt nicht, wie schrecklich das ist. Ganz besonders für einen Dichter. Da fängst du unwillkürlich an, jemanden zu suchen, dem du die Schuld daran geben kannst, daß du nicht mehr in der Heimat bist ... Verzeih mir ...«

»Das hast du mir jetzt unter vier Augen gesagt«, antwortete ich ihm. »Aber wie vielen hast du ganz etwas anderes erzählt!«

»Was soll ich tun?« fragte er.

»Ich gehe jetzt zu einem Essen mit meinen amerikanischen Freunden. Würdest du dich auch in ihrer Gegenwart bei mir entschuldigen?«

»Ja«, sagte er.

Die Entschuldigungsformel, die er sich während des Essens mühevoll abrang, klang so:

»Ich weiß, daß Sie alle Freunde von Schenja sind. Ich möchte … ich muß … ihn in Ihrer Anwesenheit um Verzeihung bitten, dafür, daß … daß … daß ich Dinge über ihn gesagt habe, die er nicht verdient hat …«

»Verzeihen Sie, ich habe nicht ganz verstanden, wovon Sie sprechen. Vielleicht erklären Sie es uns ein wenig genauer.« Einer meiner amerikanischen Freunde stellte sich dumm, obwohl er all das natürlich nur zu gut verstanden hatte.

Ich unterbrach ihn, denn sonst wäre die ganze Situation zur Qual geworden. Der Liebling Achmatowas und ich umarmten uns zum Zeichen unserer Versöhnung.

Aber ein halbes Jahr später begann er wieder seine alten Geschichten zu erzählen …

Epoche, Mutter der Ungeheuerlichkeiten, wie sehr hast du selbst deine talentiertesten Kinder verunstaltet! Was kann man denn da noch von den untalentierten erwarten?

Der Sohn des Mannes mit den Bohrer-Augen war noch ein Kind gewesen, als sein Vater versucht hatte, mich anzuwerben. Wie um seinen Vater zu strafen, wurde auch er ein Dichter – allerdings ein untalentierter. Er wollte gleichzeitig ich, Wosnessenski[11], Eliot und ein Patriot sein. Doch es wurde weder ich noch Wosnessenski und auch nicht Eliot aus ihm. So blieb ihm nichts anderes übrig, als ein Patriot zu werden. Und er wurde einer. Kurz vor dem Putsch reichte sein Vater umsichtig seinen Abschied ein. Aber ausgerechnet sein Sohn kam mit dem stolz erhobenen Näschen eines häßlichen Entleins, mit einer dunklen Brille und einem Seidenschal, den er wie Andrej Andrejewitsch Wosnessenski zu einem Pariser Knoten gebunden hatte, als Vertreter der Junta in den Schriftstellerverband, wo ihn die Ingenieure der menschlichen Seelen mit unsicher zitternden Fingern mit einem gastfreundlichen, aber vorsichtigen Glas Tee und Apfelsinenwaffeln bewirteten. Nur ihre Feigheit verbot es ihnen, den Brief, mit dem sie die Putschisten unterstützen sollten, zu unterschreiben. Als dann aber der Putsch mißglückt war, rief mich der Mißglückte Eliot und Mißglückte Patriot an, um sich kläglich zu rechtfertigen, denn er dachte, daß man gegen ihn genauso vorgehen würde, wie sie mit uns verfahren wären, wären sie an die Macht gekommen.

O Epoche, o Mutter der Ungeheuerlichkeiten! Was hast du aus uns nur gemacht? Vielleicht hätten ich und der Liebling Achmatowas Brüder sein können, aber du hast uns entzweit, hast uns getrennt, obwohl wir vielleicht einander gerade gebraucht hätten, wie niemanden anderen auf der Welt. Und sollten wir nun tatsächlich nie wieder von Mensch zu Mensch miteinander reden können und in Einsamkeit verrecken? Ja, wir alle sind Krüppelbirken ... Und auch ich selbst bin eine Mißgeburt, verunstaltet, verbogen, gebrochen ... Und dennoch wünsche ich mir Glück ... Aber vielleicht verdiene ich es gar nicht, wie wir alle? Oder?

Mascha, ich liebe dich, und du liebst mich, nicht wahr? Nur wenn wir lieben, leben wir. Die Liebe aufzugeben, das bedeutet, vor seiner Zeit zu sterben. Mascha, ich könnte den Tod noch einer Liebe vor meinem Tod nicht mehr ertragen.

Mascha, wir dürfen es nicht zulassen, daß die Kinder unserer Liebe die Liebe nicht verdienen, die wir ihnen entgegenbringen.

Mascha, schließlich wird Rußland so werden wie unsere Kinder sind.

»Lieber Gott, schütze unsere Kinder vor unseren Ungeheuerlichkeiten! Kratze aus ihnen die Gene des Ungeheuerlichen heraus, aber bewahre ihnen die Gene der Hoffnung! Laß sie nicht ihrerseits zu Ungeheuern werden!«

...Ich betete fast vor dem leeren Sockel auf dem Dserschinski-Platz, während das gestürzte Denkmal mit dem Gesicht nach unten auf dem Asphalt lag und der Mob mit triumphierendem Geschrei seinen wilden, sinnlosen Tanz auf ihm tanzte.

Leere Sockel sind etwas Schreckliches.

Sie sind schrecklich, weil jene, die man auf sie hinaufheben wird, noch schlimmer als ihre Vorgänger sein könnten.

Ich trat zu dem schweigenden Findling hin, den man von den Solowetzki-Inseln hierhergebracht hatte.

Neben dem Findling war keine Menschenseele.

29.

DIE MARSCHALLSUNIFORM

Paltschikow ging über den Flohmarkt von Ismailowo. Die UdSSR existierte zwar noch, aber man verkaufte sie bereits als Souvenir.

Es wurden Wimpel aus sozialistischen Wettbewerben verkauft.

Es wurde sogar die Losung »Der Kommunismus ist unumgänglich« verkauft.

Es wurden die Portraits und Büsten derjenigen verkauft, an die man sich noch erinnerte, und derjenigen, die man bereits vergessen hatte.

Aber besonders gut verkaufte sich alles Militärische.

Es wurden Gürtel mit großen Sternen auf den Schnallen verkauft, Mützen mit Ohrenklappen und kleinen Sternchen, Schirmmützen, Helme, Schultergehänge, Feldstecher, Schulterklappen, Kartentaschen, Soldatenblusen, Offiziers- und Generalsuniformen.

»Haben Sie denn keine Marschallsuniform?« fragte Paltschikow mit gespielter Langeweile.

Vor ein paar Tagen war das Grab des Marschalls – er hatte Selbstmord begangen – geschändet worden. Der Sarg war ausgegraben und geöffnet worden, und man hatte dem Leichnam seine Paradeuniform ausgezogen.

Niemand hatte Paltschikow mit diesem Fall betraut. Er hatte sich selbst dessen angenommen.

Die Marschälle im Land konnte man an den Fingern abzählen, und es bestand nur wenig Hoffnung, eine solche Uniform aufzutreiben.

Irgendwie war es trotz allem doch seltsam, daß sich der Marschall nicht erschossen, sondern erhängt hatte – und dann hatte es auch erst beim zweiten Versuch geklappt. Hatte er seine Pistole abgegeben? Aber Paltschikow konnte irgendwie nicht glauben, daß ein Berufsmilitär keine Waffe haben sollte, schon gar nicht in Zeiten wie diesen. Ein Abschiedsbrief? Ja, er hatte einen hinterlassen. Aber auch die beiden Männer, die die Geheimnisse der Parteigelder gekannt und sich – nach der offiziellen Version – aus dem Fenster gestürzt hatten, hatten Abschiedsbriefe hinterlassen. Doch ein erfahrener Berufsgraphologe konnte ja schließlich alles Erdenkliche in jeder erdenklichen Handschrift niederschreiben. Paltschikow kannte einen solchen Spezialisten, einen alten Junggesellen, der Autogramme, Handschriften und Briefe sammelte, und hatte ihn angerufen. Es war niemand ans Telefon gegangen. Paltschikow war zu dem Graphologen nach Hause gefahren und hatte eine versiegelte Wohnung vorgefunden. Die Nachbarn hatten ihm erzählt, daß ihn vor kurzem ein Lastwagen überfahren habe und daß der Fahrer dann spurlos verschwunden sei. Natürlich gab es genug betrunkene Fahrer … Aber geschahen in diesen Tagen nicht doch zu viele Zufälle?

Paltschikow war aufgetragen worden, der Verhaftung des Kristallklaren Kommunisten beizuwohnen. Paltschikow hatte sich geweigert, aber man hatte ihn noch einmal gebeten – ziemlich nachdrücklich. Paltschikow war erstaunt, als er in der Gruppe, die zur Wohnung des Kristallklaren Kommunisten fuhr, auch den Jungen, aber Bekannten Wirtschaftsfachmann erblickte. Paltschikow konnte sich beim besten Willen nicht daran erinnern, daß im Laufe seiner langjährigen Tätigkeit auch nur ein einziges Mal ein Spezialist dieser Fachrichtung bei einer Verhaftung zugegen gewesen wäre. Nach langem Klingeln öffnete der Schwiegervater des Kristallklaren Kommunisten endlich mit zitternden Fingern die Türkette – ein gebrechlicher Alter mit den verständnislosen Augen eines grauhaarigen Säuglings. Er schien bereits gestorben zu sein, obwohl er noch immer lebte, denn selbst die einfachsten Fragen verstand er nicht. »Aber vielleicht ist er ja gar nicht so ein Säugling?« überlegte Paltschikow voller berufsbedingter Zweifel. Der Junge, aber Bekannte Wirtschaftsfachmann und Paltschikow sahen einander erschüttert an, als sie den in seinem eigenen Blut auf dem Bett liegenden Kristallklaren Kommunisten erblickten. Seine Walter lag auf dem Nachtschränkchen neben dem Bett.

»Wie hat er es geschafft, sich erst zu erschießen und dann den Revolver auf das Nachtschränkchen zu legen?« flüsterte der Junge, aber Bekannte Wirtschaftsfachmann Paltschikow zu.

Paltschikow wußte darauf keine Antwort.

Die Ehefrau des Kristallklaren Kommunisten saß neben dem anderen Bett in einer Blutlache auf dem Boden. Ihr Gesicht war voller Blutergüsse, und sie versuchte, etwas zu sagen.

Was war mit ihrem Gesicht geschehen? Wer hatte hier auf wen geschossen? Aber vielleicht hatte auch keiner der beiden geschossen? Aber wer sonst?

»Kommen Sie, ich bringe sie ins Krankenhaus. Vielleicht kann sie etwas sagen«, schlug Paltschikow vor.

»Dafür gibt es andere Leute«, war die trockene Antwort auf seinen Vorschlag.

Nach der offiziellen Version verstarb die Ehefrau des Kristallklaren Kommunisten unmittelbar nach der Operation. Sie hatte nichts mehr sagen können.

Interessant war auch, daß Paltschikow danach zu keinem einzigen derartigen Einsatz mehr eingeladen wurde und auch nicht wieder auf seinen alten Arbeitsplatz berufen wurde.

Aber warum war der Junge, aber Bekannte Wirtschaftsfachmann nun eigentlich dort gewesen? An seiner beruflichen Qualifikation konnte es nicht gelegen haben. Aber vielleicht hatte irgend jemand für den Tod des Kristallklaren Kommunisten einen Zeugen mit einem noch unbefleckten Leumund gebraucht?

Schwermütig hing Paltschikow seinen Gedanken über all das nach und wollte dem Flohmarkt schon den Rücken kehren, als auf seine lässige Frage »Haben Sie denn keine Marschallsuniform?« ein junger Bodybuilder plötzlich vorsichtig reagierte. Er hatte blonde Augenbrauen, eine Admiralsmütze und ungefähr fünfzig Orden und Medaillen auf seinem Kavallerie-Überwurf, der so groß war wie eine schwarze Wolke und einem unwillkürlich die Streifzüge des legendären Generals Dowator[1] ins Gedächtnis rief.

»Hast du grüne Scheine dabei?« fragte der Bodybuilder und senkte bei dieser nicht ganz legalen Frage nicht einmal seine Stimme, worin er seiner Meinung nach wohl einen bedeutenden Sieg der Demokratie und den Beweis seiner persönlichen Kühnheit sah.

»Kommt darauf an, wieviel ...«, antwortete Paltschikow mit einem Achselzucken.

»Fünfhundert. Die Ware ist in ausgezeichnetem Zustand ... Ganz frisch.«

»Und wie sieht es damit aus, den Stoff zu befühlen?« fragte Paltschikow.

Der Bodybuilder blickte um sich.

»Nicht hier«, sagte er. »Geh geradeaus diese Allee entlang, dann nach rechts, dann nach links und dann noch einmal nach rechts. Da ist ein Schaschlik-Grill. Du brauchst nur nach Kyra zu fragen. Vom Grauen.«

Die Schaschlikspieße wurden von einem ebensolchen Bodybuilder in einer Fallschirmjägeruniform gewendet. Zwischen den Fleischstückchen steckten – so, wie es sich gehörte – Zwiebelringe und ganze Tomaten auf den Spießen.

Paltschikow kaufte sich einen Spieß – es duftete wirklich allzu gut –, aber das Fleisch war so scharf, daß er sich mit schmerzverzerrtem Gesicht auf die Zunge biß.

»Du scheinst mir ein Pfeffer-Fan zu sein«, sagte Paltschikow. »Stimmt es eigentlich, daß Pfeffer gegen Impotenz hilft?«

»Damit habe ich keine Probleme«, wieherte der Bodybuilder in der Fallschirmjägeruniform. »Aber ich bin immer gern bereit, der Menschheit zu helfen.«

»Bist du Kyra? Ich komme vom Grauen. Hast du Klamotten?«

»Ja«, sagte Kyra. »Da, in dem Fritierwagen. Da kann ich sie dir auch zeigen. Hast du denn Grüne bei dir?«

»Ich habe doch keinen Dachschaden und trage meinen eigenen Tod mit mir herum, zumal, wenn der so grün ist wie ein Ertrunkener«, erwiderte Paltschikow grinsend. »Das Ende meines Lebens in einem Fritierwagen? Davon habe ich in meiner Kindheit nun wirklich nicht geträumt, als ich noch ein romantischer, roter Spurenleser war. Wenn die Klamotten nicht von Motten zerfressen sind und alle Uniformknöpfe dran sind, besorge ich die Grünen sofort.«

Kyra taxierte ihn mit forschendem Blick.

»Gehen wir.«

Er öffnete die hintere Tür des Fritierwagens, ließ Paltschikow zuerst in den Wagenaufbau klettern und kroch dann selbst hinterher.

Die lebende Muskelpyramide schuf sofort bedrängende Enge.

Kyra drehte Paltschikow augenblicklich die Arme nach hinten, warf ihn auf den Boden des Wagens und überprüfte seine Taschen – aber er fand keine Dollars. Paltschikow wehrte sich nicht.

»Du hast nicht gelogen«, sagte Kyra mit einem ziemlich enttäuschten Seufzer, und Paltschikow begriff, daß er es – wenn er Dollars bei sich gehabt hätte – wohl kaum noch geschafft hätte, Alewtina die Freikarten für das Konzert des Cello-Mannes zu geben, die von diesem höchstpersönlich ausgestellt worden waren.

»Na gut, was soll's, zeig' ich dir also die Klamotten«, sagte Kyra lustlos und wickelte vorsichtig eine auf dem Boden des Gefährts liegende alte Zeltplane auseinander.

In dem halbdunklen Wagen glitzerten plötzlich die goldenen Nähte einer Marschallsuniform mit hypnotischer Kraft auf.

»Es ist zu dunkel. Vielleicht fällt die ja an den Nähten schon wieder auseinander«, brummte Paltschikow. »Mach doch mal die hintere Tür auf.«

Kyra öffnete die Tür, und plötzlich kroch aus einer Tasche der Marschallsuniform ein bleicher Friedhofswurm direkt in den hellen Streifen des Lichts hinein.

Und eine Sekunde später lag Kyra mit auf den Rücken gedrehten Händen auf dem Boden des Wagens.

»Woher hast du diese Uniform, du Lump? Wer hat sie dir gegeben?« schrie Paltschikow, während er den verbogenen Arm erbarmungslos mit seinem Knie nach unten preßte.

Kyra jaulte auf, und wie Brocken von Erbrochenem fielen aus seiner Kehle die Worte:

»Der eine hieß Wowtschik und der andere Lewtschik. Sie haben früher mal auf dem Friedhof gearbeitet und jetzt im Tierpark ...«

»Das also sind diejenigen, die nach unserem Tod kommen können – Wowtschiks und Lewtschiks ...«, dachte Paltschikow traurig.

30.

ABSCHIED VON DER ROTEN FAHNE

Die drei Männer, die sich im Belowescher Naturschutzgebiet zusammengefunden hatten, beschlossen, die fünf in roter Farbe gemalten Buchstaben »UdSSR«, die sich über ein Sechstel dieses Planeten erstreckten, von der Weltkarte verschwinden zu lassen.

Die drei Männer im Belowescher Naturschutzgebiet dachten – in Anbetracht dieses bedeutungsvollen Schrittes – in diesem Moment an allzu unbedeutende Dinge.

Der erste der drei wollte vor allem seinen Rivalen loswerden, dem er nicht ohne Grund mißtraute.

Der zweite dachte an die Nationalisten, die dann nicht mehr in der Lage wären, ihn zu stürzen, wäre er erst einmal der erste Präsident eines dann unabhängigen Landes.

Der dritte hatte Angst, sich so starken Partnern, wie es die ersten beiden waren, zu widersetzen, denn sollte er plötzlich allein dastehen, würden ihn seine eigenen Gönner schnell aufgefressen haben.

Wieder einmal hatte man weder Zeit noch Muße, um nachzudenken.

Die Kinder der bolschewistischen Improvisation machten sich erneut ans Improvisieren.

Natürlich wollten sie nur das Beste. Keiner von ihnen hatte irgendwelche bösen Absichten. Trügerischerweise erschien ihnen ihre eigene Unvorsichtigkeit als historische Kühnheit.

Aber sie waren nicht kühn genug, vorsichtig zu sein und so die unermeßlichen Folgen dieser gigantischen Entscheidung vorauszusehen.

Abermals durfte sich die Geschichte nicht auf natürliche Art und Weise verändern. Die Geschichte wurde abermals zur Eile getrieben.

Drei anderen Männern jedoch, die in einer Dezembernacht in einer kleinen Menschenmenge auf dem Roten Platz standen und beobachteten, wie man die rote Fahne ohne alle Ehrenerweisungen von der Kuppel des Kremls herunterholte, war lange nicht so feierlich zumute wie den drei Männern im Belowescher Naturschutzgebiet.

Der Garderobier Semjon Palytsch erinnerte sich daran, wie er diese Fahne unter Beschuß durch die Hitlerjugend auf dem verkohlten Dach in Berlin aufgepflanzt hatte und wie die später aufgetauchten Vorgesetzten vom Geheimdienst und der Spionageabwehr ihn und die anderen jungen Soldaten mit den nicht näher überprüften Biographien von der Fahne weggeschoben hatten.

Der Fußballspieler Salysin erinnerte sich daran, wie diese Fahne zu der Hymne dieses großen Landes, das es inzwischen nicht mehr gab, geflattert hatte, als sie in leuchtend roten Trikots, auf denen jene schwarzen Buchstaben aufgedruckt waren, die inzwischen von den Landkarten verschwunden waren, gespielt und in den Stadien dieser Welt bei weitem nicht immer verloren hatten.

Der Untersuchungsrichter Paltschikow erinnerte sich daran, wie er unter Chruschtschow sein Praktikum in der Rehabilitierungskommission absolviert hatte und eines Tages ein gerade erst aus dem Lager entlassener Mann zu ihm gekommen war, der zwölf Jahre dort gesessen hatte, weil er als verwundeter Soldat in Kriegsgefangenschaft geraten war. Er war aus der Gefangenschaft geflohen. Den Namen dieses Mannes hatte man in Italien mit goldenen Lettern in Carrara-Marmor eingemeißelt, da er dort als der Partisan Wanja berühmt geworden war.

»Die Fahne«, hatte er kurz gesagt. »Geben Sie mir die Fahne zurück.«

»Was für eine Fahne denn?« hatte sich Paltschikow gewundert.

»Die Partisanenfahne. Aus dem roten Rock eines italienischen Mädchens, das ihn selbst genäht hat. Man hat mir diese Fahne bei der Durchsuchung abgenommen, als ich zurückgekehrt bin.«

Als Paltschikow wie durch ein Wunder diese Fahne hatte auftreiben können – an einer Stelle war die Rocknaht zu erkennen und an einer anderen die gestopften Einschußlöcher –, war der in Italien berühmte Partisan Wanja in Tränen ausgebrochen.

Und nun, da die durch den Gulag besudelte und durch Siege berühmte Fahne ihres gemeinsamen Atlantis eingeholt wurde und sich die Dezemberschneeflocken traurig und voller Abschiedsschmerz an den flatternden, leuchtend roten Stoff schmiegten, weinten die drei Männer auf dem Roten Platz.

31.

IN WEITER FERNE, SO NAH!

Als man dem Regisseur Wim Wenders sagte, daß der ehemalige Präsident einverstanden sei, in seinem Film *In weiter Ferne, so nah!* sich selbst zu spielen, traute der Regisseur seinen Ohren nicht.

Der mit phantastischen Grillen ohnehin bereits überladene Märchenfilm erreichte so ein ganz besonderes Maß an Märchenhaftigkeit und Surrealismus – es war, als ob der Regisseur des Films *Waterloo* Napoleon angerufen und ihn gefragt hätte:

»Wissen Sie, in meinem Film spielt eigentlich Rod Steiger Ihre Rolle. Er ist natürlich ein guter Schauspieler. Aber warum wollen nicht Sie, lieber Herr Napoleon, an seiner Stelle diesen Part übernehmen?«

Der Regisseur hatte diese Idee, ohne sie selbst besonders ernst zu nehmen, dem Menschen, der ein Rätsel war, vorgetragen – jener konnte in Rußland alles nur Erdenkliche beschaffen und hätte für ein Wochenende sicherlich sogar einen Kremlturm ausleihen können.

Der Mensch, der ein Rätsel war, hatte die leicht verrückten Augen eines unglücklichen Grenzgängers zwischen der russischen und der deutschen Kultur und war einmal fast durchgedreht, als trinkfreudige Moskauer Arbeiter eine riesige, aus Nägeln zusammengesetzte Skulptur seines Landsmannes Günther Uecker beim Abbau einer Ausstellung zerlegt und kiloweise an eine geschäftstüchtige Baugenossenschaft verkauft hatten. Aber dennoch war der Mensch, der ein Rätsel war, immer gern bereit, das Opfer der Freundschaft zwischen diesen beiden einst verfeindeten Nationen zu spielen, und gab sich dieser Aufgabe mit seiner ganzen Seele und seinem ganzen Körper hin. Dabei wurden Seele und Körper allerdings von der einerseits erwiderten und dann doch wieder nicht wirklich erwiderten Liebe zu einer russischen Schönheit gequält, die – wie Rußland selbst – beschlossen hatte, eine Kapitalistin zu sein und nicht eine der sentimentalen Heldinnen à la Turgenjew.

»Was soll der ehemalige Präsident in Ihrem Film denn tun?« fragte der Mensch, der ein Rätsel war, und da er weit eher als die modernen russischen Frauen ein Held à la Turgenjew war, ergänzte er sentimental: »Ich hoffe, daß weder seine Ehre noch seine Würde angetastet werden.«

»Aber was denken Sie denn ... Alles in allem soll er sich lediglich mit einem Engel unterhalten«, improvisierte der Regisseur, dem man eine gewisse Schlagfertigkeit nicht absprechen konnte.

Er hatte in seinem Drehbuch zwei Engel vorgesehen, jedoch noch nicht endgültig festgelegt, was er mit ihnen anfangen sollte. Aber warum nicht einen von ihnen mit dem ehemaligen Generalsekretär der Atheisten zusammentreffen lassen? Die hätten sich wahrscheinlich eine Menge zu sagen.

Warum sein Film auf den Abenteuern von Engeln basieren sollte, hätte nicht einmal er selbst erklären können. Und was ist ein Engel eigentlich? Ein Bild der Reue? Die weiße Wolke der Barmherzigkeit? Der einzige Richter, der das Recht hat, uns anzuklagen? Ein geflügelter Besserwisser, der sich über all die fremden Geheimnisse tödlich langweilt? Ein Symbol der Sittsamkeit, das aus unendlichem Überdruß gern ein Verbrechen begangen hätte? Alles in allem war das Ganze recht billig und kitschig.

Und wenn nun diese Engel zu süßlich, zu marzipanartig wirkten? Aber alles hing von dem jeweiligen Schauspieler und Regisseur ab ...

Der Regisseur hatte seinen wunderlichen Einfall schon wieder vergessen, so als sei dieser nicht mehr als ein allzu anmaßender Scherz gewesen, als plötzlich der Mensch, der ein Rätsel war, anrief und ihm mitteilte: Im März käme der ehemalige Präsident der UdSSR nach München und stände dann für die Filmaufnahmen bereit.

Der Regisseur fragte nach einer kleinen Pause ganz erschlagen:

»Meinen Sie das ernst?«

»Ja«, antwortete der Mensch, der ein Rätsel war.

»Und wieviel?« fragte der Regisseur noch erschlagener, da er eine astronomische Summe erwartete.

»Nichts. Er hat sogar gescherzt: ›Denken Sie etwa, daß ich von einem Engel Geld nehme?‹«

Der Regisseur glaubte bis zur letzten Minute nicht recht, daß die Aufnahmen tatsächlich stattfinden würden.

Aber der ehemalige Präsident kam zur verabredeten Zeit für die Aufnahmearbeiten ins Münchener Hotel »Vier Jahreszeiten«.

Der Regisseur konnte es gar nicht fassen, als er dem Mann von Angesicht zu Angesicht gegenüberstand, den die ganze Menschheit kannte, nach dem man sogar eine Wodkasorte benannt und dem man einen eigenen, wenn auch vulgär kurzen Spitznamen verliehen hatte.

Der Regisseur bemerkte mit professionellem Blick, daß der ehemalige Präsident – wenn er jemanden beeindrucken wollte – seine Augen anschaltete wie zwei Lämpchen des Charmes, daß er sie aber nicht lange in diesem angeschalteten Zustand halten konnte – es gelang ihm einfach nicht mehr so leicht wie früher –, also war es besser, sie ein wenig zu schonen.

Lämpchen des Charmes konnten offensichtlich genauso durchbrennen wie andere Lämpchen auch.

Aber mit noch eingeschalteten Lämpchen sagte der ehemalige Präsident:

»Man fragt mich jetzt immer wieder, wer ich sei: ein Liberaler, ein Konservativer oder ein Kommunist? Wissen Sie, wer ich jetzt bin? Ich bin zum erstenmal in meinem Leben einfach nur Michail Sergejewitsch Gorbatschow. Ich bemühe mich, mein ganzes Leben zu überdenken. Und ich mache jetzt all das, was ich früher nicht tun konnte: Zum Beispiel spiele ich in Ihrem Film als Schauspieler mit ...«

Der ehemalige Präsident erwies sich zum großen Erstaunen des Regisseurs nicht nur als gehorsamer, sondern auch als professioneller Schauspieler.

Der Idee des Regisseurs zufolge sollte er an einem Tisch in seinem Hotelzimmer sitzen und an seiner bevorstehenden Rede arbeiten. Er sollte nichts sagen – seine eigene, innere Stimme würde später zu den Bildern eingespielt werden. Von hinten sollte ein weißgeflügelter Engel an ihn herantreten und über seine Schulter hinweg auf die über das Papier fliegende, hastende und manchmal stolpernde Feder blicken, um die bereits niedergeschriebenen wie auch die noch nicht niedergeschriebenen Gedanken zu lesen.

Die Lippen des Präsidenten sollten sich nicht bewegen, aber seine innere Stimme würde sagen:

»Der Sinn des Lebens.«

Der Schauspieler Otto Sander war erschüttert, denn als er seinen weißen Flügel auf die Schulter des ehemaligen Präsidenten legte, gab ihm dieser mit einer kaum spürbaren Bewegung des Schultermuskels wie ein erfahrener Filmpartner zu verstehen, daß er bereits gewußt habe, daß der Engel hinter ihm stand.

Als die Aufnahmen abgeschlossen waren, fragte der Schauspieler:

»Falls ich einmal in Rußland sein sollte, darf ich Sie zu Hause besuchen?«

»Natürlich«, antwortete der ehemalige Präsident und reichte ihm eine in Englisch verfaßte Visitenkarte.

»Mir wird einfach niemand glauben, daß ich diese Visitenkarte tatsächlich aus Ihren Händen erhalten habe!« stieß der Schauspieler hervor.

Gorbatschow lächelte und setzte sein Autogramm auf die Karte.

Der Mensch, der ein Rätsel war, blickte ihm über die Schulter, denn er war neugierig, was auf der Visitenkarte stehen mochte. Er las: »Präsident des Fonds«. Aber der Schauspieler war offensichtlich über das Wort »Präsident« gestolpert, und, ohne weiterzulesen, konnte er es sich nicht verkneifen auszurufen:

»Hier steht, daß Sie Präsident sind. Aber dabei gibt es die UdSSR doch gar nicht mehr, und Sie sind auch kein Präsi …«

In diesem Moment trat der Mensch, der ein Rätsel war, dem Schauspieler auf den Fuß, obwohl dies eigentlich eine Gotteslästerung war, denn jener hatte seine weißen Engelsflügel noch nicht abgeschnallt.

Glücklicherweise war der Übersetzer taktvoll genug, den Einwurf nicht zu übersetzen.

32.

DORT, WO DIE SCHIENEN ENDEN

Es war das erstemal, daß der Präsident von Rußland mit diesem Partner Tennis spielte – dem Bescheiden-Eleganten Demokraten.

Wie auf magische Weise konnte dem makellosen englischen Scheitel dieses Partners das Spiel nicht das geringste anhaben – ganz im Gegensatz zur Haarpracht des Präsidenten, die auf dem Tennisplatz mit einem Gummiband zusammengehalten werden mußte, damit sie nicht hin- und herflatterte, als tanze der Präsident auf einem Dorffest, allen Winden des Urals ausgesetzt.

Der Partner hatte sich ihm aufgedrängt. Nein, nicht direkt, sondern eher wie zufällig – schlängelnd, schleichend. Ganz allmählich hatte er sich an ihn herangepirscht. Mit dem staatlich-besorgten, jungenhaften Gesicht eines zu groß geratenen Liliputaners, mit den sorgfältig gebügelten Komsomolzenfalten sah er aus, als käme er direkt aus der chemischen Reinigung.

Normalerweise trug er Anzüge in nüchternen Grautönen, dazu jedoch immer eine ausreichend farbenfrohe, gleichzeitig jedoch nicht allzu schreiende Krawatte. Zu Konferenzen erschien er nicht nur mit seinen Dienstmappen, sondern manchmal auch mit einem Tennisschläger im Futteral, so als hätte er ihn nicht in seinem Büro abstellen können.

Der Präsident hatte bemerkt, daß der Tennisschläger wie ein zarter Wink immer gerade auf der Seite stand, die ihm, dem Präsidenten, zugewandt war.

Der Präsident hatte immer so getan, als bemerke er dieses Angebot einer Partnerschaft nicht.

Aber einmal hatte es ihn dann doch erwischt.

Gerade eben hatte er einen seiner ständigen Partner ins Ausland entsandt, als sich dieser hier – der mit dem verhexten Scheitel – auch schon als neuer Partner anbot, wobei er mit dem Tennisschläger in der Hand geschickt auf dem schlecht gespannten Seil der Politik balancierte.

Der Präsident kannte ihn nicht sehr gut: Er war einer der Berater der

»dritten Welle«. Von dieser Sorte tauchten immer mehr in der Umgebung des Präsidenten auf, weil die Berater der »ersten Welle«, die mit ihm gemeinsam durch alle Stürme und Unwetter gegangen waren, langsam von jenen verdrängt wurden, die sie ihm selbst empfohlen hatten. Das war nur halb so schlimm, aber die Berater der »zweiten Welle« schleppten wiederum Berater der »dritten Welle« hinter sich her und jene ihrerseits die nachfolgenden, und der Präsident merkte voller Entsetzen, daß er diejenigen, die ihn mit all ihren Ratschlägen wie Gluckser über Gluckser von sich gebender Morast umgaben, eigentlich überhaupt nicht kannte.

Wenn der Präsident einschlief und ihm der Kopf von den beständigen, von allen Seiten an seine Ohren dringenden Einflüsterungen schmerzte, empfand er seinen massigen Körper wie eine von seinem Geist nicht loszulösende Last, auf dem seine Berater umhersprangen und mit aufgebogenen Büroklammern gegeneinander fochten, da sie einander – und wahrscheinlich auch ihn – haßten.

Übrigens stellte er sich auch beim Tennisspielen ungeschickter an, wenn er spürte, wie sich all diese Berater an den Schnürsenkeln seiner Sportschuhe festkrallten, in seinen Hosen herumwimmelten, ihm den Rücken entlangkrochen, an seinem Halse hingen, unter die Achseln und in die Haarpracht auf seinem Kopf hineinkrabbelten.

Der Bescheiden-Elegante Demokrat mit dem verhexten Scheitel erschien selbst auf dem Court auf das sorgfältigste gebügelt. Die Bügelfalten in seinen weißen Shorts mit dem kleinen Krokodil an der Seite waren genauso makellos wie der Scheitel. Ebensolche kleinen Krokodile waren auch auf dem Hemd und sogar auf den Socken zu sehen. Er hatte diese gewisse, für unser Land ganz untypische Konsequenz des Stils. »Der äfft doch nur die Kennedy-Brüder nach«, kritisierten seine Neider stirnrunzelnd, da sie es nicht verstanden, Anzüge und Staatsideen so elegant wie er zu tragen, so als seien sie ihm direkt auf den Leib geschneidert worden. Die unaufdringlich ergebenen Augen störten keineswegs die Seriosität seines Gesichts, das einer kleinen Demonstration der Ehrlichkeit glich. Das ganze Äußere dieses aufgeklärten Demokraten, in dem sich Intellektualismus mit der Bereitschaft paarte, auch die anfallende Schmutzarbeit zu erledigen, drückte den bescheidenen Wunsch aus, jede beliebige verantwortungsvolle Verpflichtung auf sich zu nehmen – die des Parlamentssprechers, des Außenministers oder jedes anderen Ministers, im schlimmsten Fall auch die des Botschafters in einem Hartwährungsstaat.

Er lernte schnell. Und er spielte bereits weit besser als der Präsident – sowohl Politik als auch Tennis –, doch er hielt sich zurück, ließ sich aber weder zur Speichelleckerei auf dem Tennisplatz herab noch demütigte er den Partner durch seine Überlegenheit. Seine wichtigste Taktik bestand darin, dem Präsidenten zu helfen, gute Schläge hinzulegen und so viel Vergnügen an dem eigenen Spiel zu finden, daß er vielleicht auch außerhalb des Courts am Kontakt zu diesem Tennispartner Vergnügen finden würde. Nur so, durch taktvolles Verlieren, konnte er den Kampf um den Einfluß auf den Präsidenten gewinnen, konnte er sich als Berater nicht nur unentbehrlich machen, sondern auch noch gefallen.

Der Präsident war jedoch nicht so einfältig, wie er es gekonnt vorzutäuschen verstand. Als ihm der Partner mit dem verhexten Scheitel die Bälle mit einem taktvollen Maximum an Unauffälligkeit zum Schlag vorlegte, schwante dem Präsidenten voller Wehmut: »Du willst mir doch sicherlich heute oder morgen irgend etwas zur Unterschrift vorlegen. Und jetzt dieser scheinbar gefährlich kurze Schlag, der aber so sanft kommt, so einladend, daß ich es auf jeden Fall schaffe, hinzulaufen und das Match zu gewinnen.«

In der Tat wartete der Besitzer des verhexten Scheitels nicht einmal den nächsten Tag ab, sondern mimte – dem Stanislawski-System folgend – gleich nach dem Spiel im Duschraum verzweifelte Erschöpfung:

»Ja, da haben Sie mich wirklich ins Schwitzen gebracht.« Dabei war sein Scheitel doch vollkommen trocken geblieben.

Und im selben Atemzug fragte er den Präsidenten vorsichtig und wie zufällig: »Könnten Sie morgen vor der Sitzung nicht vielleicht ein Viertelstündchen für mich erübrigen? Da haben sich so ein paar Kleinigkeiten angesammelt, jedoch von ganz vertraulichem Charakter.«

Der Präsident bemühte sich, undeutlich etwas vor sich hinzubrummeln. Sein undeutliches Brummeln war früher an ihm kritisiert worden, hatte sich jedoch in ein Mittel des Selbstschutzes verwandelt, denn inzwischen fürchtete man sich, noch einmal nachzuhaken. Aber er wußte, daß der Partner mit dem verhexten Scheitel morgen genau eine Viertelstunde vor Beginn der Sitzung, bewaffnet mit seinen Mappen und den vorbereiteten kleinen Anordnungen, in seinem Büro erscheinen und ihm irgend etwas Kleines, aber äußerst Wichtiges unterschieben würde. Etwas Wichtiges für ihn selbst.

Am Ausgang des Tennisplatzes warteten auf den Präsidenten eine fast in das Tor hineinragende, schwarze gepanzerte Limousine und zwei Leibwächter mit diensteifrig aufgespannten Regenschirmen, auf die der nächtliche Platzregen wie rasend herabtrommelte. Doch plötzlich tauchte aus den mit aller Wucht niederpeitschenden Wasserströmen ein Mann ohne Regenschirm auf, der völlig durchnäßt, doch offensichtlich unbewaffnet war. Die Leibwächter hingen sogleich wie eine Traube an ihm und drehten ihm die Arme auf den Rücken.

»Lassen Sie ihn los«, sagte der Präsident, als er den Untersuchungsrichter für besonders wichtige Fälle, Stepan Paltschikow, wiedererkannte, der während des Putsches selbst die Rolle eines Leibwächters des Präsidenten übernommen hatte.

»Hallo«, sagte der Präsident und streckte ihm die Hand in aufrichtiger Freundschaft, wenn auch mit einer gewissen Vorsicht hin – würde der jetzt etwa auch um etwas bitten? ...

Paltschikow wies mit einem Blick auf die Leibwächter.

Der Präsident begriff und nahm nicht, sondern riß den beiden förmlich die Regenschirme, die sie ihm nicht geben wollten, aus der Hand – einen für sich und den anderen für Paltschikow.

»Wir gehen hier ein wenig auf und ab«, sagte der Präsident dem Chef der Leibwache und merkte dabei plötzlich voller Widerwillen, daß er fast untertänig bettelte.

»Das ist nicht gestattet«, antwortete der Chef der Leibwache mit seiner unerschütterlichen, noch aus den Zeiten der Stagnation stammenden Stimme.

»Deine Arbeit ist es, mich zu bewachen«, sagte der Präsident schroff, »und meine ist es, ein Mensch zu sein. Verstanden?« Und er fügte beschwichtigend hinzu: »Wir bleiben hier in der Nähe, in Sichtweite. Wir gehen nicht weiter, als die Laternen leuchten.«

Sie traten zehn Schritte zur Seite, ohne aus dem Blickfeld der Leibwächter zu verschwinden, die mit ihren Augen wie mit Laserstrahlen den Regen zu durchdringen versuchten, wo sich der mächtige Umriß des ihnen anvertrauten, aus jeder Norm fallenden Objekts abzeichnete. Die Ränder der beiden nassen Regenschirme – der des Präsidenten und der des Untersuchungsrichters – stießen vertraulich aneinander.

»Na, was ist passiert?« fragte der Präsident. »Wird viel gestohlen?«

»Sie nehmen sich so viel, daß man es nicht mehr als Stehlen bezeichnen kann«, sagte Paltschikow. »Aber es geht nicht darum, was sie sich nehmen, sondern wer es sich nimmt.«

»Und um wen geht es dabei?«

Paltschikow nannte zwei Namen. Zwei Männer, die von dem Volk, das an sie geglaubt hatte, und sogar von einem berufsbedingt so mißtrauischen Mann wie Paltschikow gewählt worden waren. Zwei Männer, die selbst Alewtina nicht verachtet hatte, obwohl sie sonst fast alle Politiker verachtete. Zwei Männer, die noch vor kurzem, im August, als Helden der siegreichen Demokratie auf dem Balkon des russischen Parlaments gestanden hatten.

Den Präsidenten fröstelte plötzlich vor lauter Einsamkeit. Er verspürte eine schreckliche Eiseskälte, die ihn bis in die Knochen durchdrang – wie in seiner Kindheit, in der zugigen Birkenholzbaracke, als die Temperaturen unter vierzig Grad gefallen waren und die Zimmerecken mit Eiskristallen bedeckt waren. Doch sie alle – sein Vater und seine Mutter, er selbst und seine jüngeren Geschwister, ja sogar die Hausziege – hatten unter einem Haufen Lumpen auf dem Boden geschlafen und sich so eng wie möglich aneinandergeschmiegt, und die Wärme ihres gemeinsamen Atems hatte sie vor dem Erfrieren gerettet. An wen sollte er sich jetzt schmiegen? Wer würde ihn nicht verraten?

»Da hast du! Da hast du! Da hast du!« erklang wieder die atemlose, zu Unrecht in Wut geratene Stimme seines Vaters. Wieder pfiff der Riemen des Vaters über seinem Kopf und schlug den völlig unschuldigen Sohn, um den Zorn auf das Leben und die Macht, die den Vater mit ihren eigenen, nicht weniger grausamen Riemen eins überzogen, an dem Sohn abzureagieren.

Aber wofür peitschte ihn noch immer der strafende Riemen, jetzt, da doch der Vater schon lange nicht mehr lebte? Dafür, daß er als Parteisekretär selbst mit dem Riemen gegen Menschen vorgegangen war? Dafür, daß er, dem chiffrierten Befehl aus dem Politbüro gehorchend, das Ipatjew-Haus dem Erdboden gleichgemacht hatte, das Haus, in dem man die ganze Zarenfamilie, einschließlich der Kinder, der Erzieher und des Arztes, erschossen hatte – das Haus, das für alle Ewigkeiten hätte dort stehen sollen wie ein Mahnmal unserer Schande? Aber das Haus hatte er nur deshalb zerstört, weil er den anderen, noch schwereren Riemen, den Moskauer Riemen, gefürchtet hatte. Was ist das bloß für ein Riemenland, wo alles auf den Strafen des speckigen Gurtes mit der Soldatenschnalle aufgebaut ist?

»Gibt es Beweise?« fragte der vor Kälte ganz blau angelaufene Schlingel aus der Baracke mit der Stimme des Präsidenten und sehnte sich nach der warmen zotteligen Seite der Ziege, die ihn hätte aufwärmen können.

»Unwiderlegbare«, antwortete Paltschikow düster.

»Ein Gerichtsverfahren gegen korrumpierte Demokraten«, erwiderte der Präsident mit nicht weniger düsterer, fröstelnder Stimme. »Begreifst du, was das für ein Geschenk für diejenigen wäre, die uns wieder in den Gulag treiben wollen?«

»Ja«, antwortete Paltschikow. »Aber wenn wir schweigen – was für eine Demokratie wird es dann sein? Worin besteht dann der Unterschied zwischen uns und jenen, die wir gestürzt haben? Wozu, zum Donnerwetter, haben wir dann all die Barrikaden gebraucht? Was soll man da nur tun?«

»Warum fragst du mich?« fragte der Präsident vorwurfsvoll und spürte, wie die Kälte mit spitzen Nadeln in seinen Körper stach. »Denkst du, ich kann alles und weiß alles? Als ich in Ungnade gefallen war, war alles einfacher. In Rußland werden die Verfolgten geliebt. Und weißt du, was die Macht bedeutet? Von all diesen Beratern bekommst du die Krätze. Also mach mich nicht zu deinem Berater. Entscheide selbst, und trag auch selbst die Verantwortung für deine Entscheidung. Nur ...«, der Präsident änderte seinen Tonfall, »sieh dich vor.« Und er fügte betrübt hinzu: »Das einzige, womit ich dir helfen kann, ist dieser Regenschirm.« Und dann fragte er mit ein wenig Hoffnung in der Stimme: »Du spielst nicht zufällig Tennis?«

»Nein«, antwortete Paltschikow. »Ich bin in Pawlow Posad aufgewachsen, und da hatten wir keinen einzigen Court.«

»Ja, es wird Zeit, daß Rußland zur Tennismacht wird, es wird Zeit«, sagte der Präsident plötzlich pathetisch und hölzern, so als hätte man ihm ein Journalistenmikrophon in den Mund gestopft. Und dabei haßte er diese Plumpheit doch selbst so sehr, diese Plumpheit, mit der er versuchte, seine – wie es ihm schien – allen in die Augen stechende Hand zu verbergen, auf der seit seiner Kindheit die Spuren des Versuchs zu sehen waren, eine im Militärdepot gestohlene Granate auseinanderzunehmen.

Paltschikow tauchte in den nicht enden wollenden Regen ein und spürte plötzlich, daß ihn der Präsidentenschirm, vom Wind wie ein Segel gebläht, beharrlich nach oben zog, obwohl Paltschikow doch niemals in irgendwelche Höhen hatte aufsteigen wollen. Er wollte nach Hause, zu Alewtina. Sie liebte die Politik nicht, aber sie liebte ihn, und es wäre weit schlimmer gewesen, wenn es umgekehrt gewesen wäre.

Der Präsident ließ sich auf den Sitz der Limousine fallen und sagte zum Chef der Leibwache:

»Irgendwie fröstelt es mich fürchterlich. Ich werde doch wohl nicht krank werden? Hast du was zum Aufwärmen da?«

Der Chef der Leibwache zuckte halb mißbilligend, halb schuldbewußt mit den Schultern.

»Hast wohl Angst, daß ich Alkoholiker bin?« fragte der Präsident spöttisch. »Ich bin kein Alkoholiker, ich komme lediglich aus dem Ural. Bei meiner Gesundheit kann ich es mir erlauben.«

»Ich mir auch«, antwortete der Chef der Leibwache mit ganz überraschendem Verständnis.

»Und wo können wir was auftreiben?« bestärkte ihn der Präsident in dieser menschlichen Anwandlung.

»Um diese Zeit wohl nur noch im ›Freiha‹.« Nachdem er auf seine Uhr geblickt hatte, ließ der Chef der Leibwache noch schuldbewußter, aber schon nicht mehr ganz so mißbilligend den Kopf hängen.

»Wo, wo?« Der Proklamierer der Marktwirtschaft verstand ihn nicht.

»Na, ich meine, in einem Freihandelsgeschäft«, erklärte der Chef der Leibwache und konnte kaum sein Lächeln zurückhalten.

»Dann los«, gab der Präsident sein Einverständnis.

An den schon vor geraumer Zeit gelöschten Lichtern der Bollwerke des Staatshandels vorbei fuhr die gepanzerte Limousine über den Asphalt und stieß endlich mit der Nase an einen munter leuchtenden, dem nächtlichen Regen unüberwindlich die Stirn bietenden Unterstand des hausgemachten Kapitalismus mit der noch immer nicht entfernten Aufschrift »Kwaß«.

»Ein Becher Kwaß wäre jetzt auch nicht schlecht. Zum Nachspülen«, sagte der Präsident.

Der Chef der Leibwache blickte ihn mit stillem Bedauern an, als sei er der letzte Romantiker der Demokratie, der nicht wußte, daß Kwaß fast unmittelbar nach dem Sieg der Demokratie aus den Läden verschwunden war.

Bei dem Verkäufer, einem kaukasischen Dschigiten in einem Sporttrikot mit dem Emblem der Harvard-Universität, der sich zur Begrüßung so weit aus seinem Fenster herausbeugte, daß sein geschwungener, einem Blutegel gleichender Schnurrbart von dem nächtlichen Regen trinken konnte, rief die gepanzerte Limousine zuerst Bestürzung und dann Geschäftigkeit hervor.

Der Präsident hatte das Autofenster herabgekurbelt und musterte niedergeschlagen das Schaufenster.

Pepsi-Cola und Fanta kannte er, und diese Namen standen auch auf russisch auf den Flaschen. Mit den anderen Getränken war es da schon schwieriger.

»›Bit-ter le-mon‹, ›Schwep-p-es to-nic‹, ›Pine-ap-p-le juice‹«, versuchte der Präsident Silbe für Silbe und manchmal auch Buchstabe für Buchstabe die lateinischen Aufschriften zu entziffern. »Der Kwaß ist nichts für uns. Hast du denn auch was zu trinken da?«

»Na klar, meine liebe Seele«, erwiderte der Freihandels-Dschigit geschäftig. »Holländischen Gin habe ich da – Busch – *very good!*«

»Na, und wo ist er, der Gewisse?« fragte der Präsident mit gerunzelter Stirn, und sein Blick glitt suchend über das Schaufenster. »Wo sagen Sie, ist ›er‹ denn?«

»Ich habe ein ganzes Arsenal voller ›er‹!« rief der Dschigit begeistert aus, denn ihm war augenblicklich klar geworden, wer ›er‹ war. »Hier haben wir einen von ›Smirnoff‹, hier ist ein finnischer, hier ein deutscher – da heißt er Schnaps –, und das hier ist koreanischer ›er‹ – mit einer toten Schlange drin.« Und zum Beweis hielt er die Flasche durch den strömenden Regen hindurch dem Präsidenten vor die Nase. Die tote Schlange wackelte mißbilligend und streifte den Präsidenten mit einem apolitischen, ihn nicht erkennenden Blick.

»Na, und wo ist unserer?« fragte der Präsident in merklich mürrischerem Ton. »Unser einfacher russischer, der mit dem lebendigen, grünen Drachen?[1] Verkaufst du den etwa gar nicht?«

Der Dschigit, der die zunehmende Drohung in der Stimme spürte, preßte eine Hand auf sein Herz:

»Wie sollte ich ihn nicht verkaufen? Ich mache mehr, als ihn nur zu verkaufen. Ich trinke ihn! Ich trinke ihn mit großem Vergnügen! Deshalb ist auch keiner da.« Aber plötzlich schlug er sich mit der Hand vor die Stirn: »Ein ›er‹ ist noch da! Nur für dich, Verehrtester.« Und er tauchte mit der Hand unter den Verkaufstisch und holte eine Flasche Stolitschnaja mit einem Metalldeckel ohne Schraubgewinde heraus.

»Wieviel?« fragte der Präsident.

»Was heißt hier ›wieviel‹? Von so 'nem großen Mann werd' ich doch kein Geld nehmen! Kommt von Herzen!« Aus tatsächlich ehrlichem Herzen hielt der Dschigit die Flasche in das Fenster der Präsidentenlimousine.

»Aber nein! Es wieseln auch so schon genug Untersuchungsrichter um mich herum«, sagte der Präsident und drohte ihm mit dem Finger. »Sonst unterstellen die mir noch Korruption. Wieviel? Aber sieh dich vor und berechne mir ja nicht zu wenig! So wie allen.«

»Na, dann hundertfünfzig für die eine«, sagte der Dschigit beleidigt.

Der Präsident griff in seine Taschen und erinnerte sich plötzlich daran, daß er schon seit langem kein Geld mehr bei sich trug.

»Hast du Geld?« fragte er den Chef der Leibwache verlegen und mit gesenkter Stimme, damit ihn der Verkäufer nicht hörte.

Der Chef der Leibwache wühlte in seinen Taschen: Es kamen schließlich drei zerknitterte Zehnrubelscheine und ein paar bereits auseinanderfallende Einrubelnoten zum Vorschein.

Die beiden Leibwächter hatten zusammen einen Fünfundzwanzigrubelschein und zehn Dreirubelscheine.

»Ich habe keine einzige Kopeke. Gestern wurden die Gehälter nicht ausgezahlt – es ist kein Bargeld gebracht worden«, seufzte der Fahrer.

»Macht nichts, wir werden's überleben«, sagte der Präsident, den die Kälte nicht mehr stach, sondern bereits zu schütteln begann.

Er versuchte höflich zu sein, schaffte es aber nur unter Mühe, sich dem Verkäufer zuzuwenden:

»Verzeih, Kapitalist. Nimm an, daß wir Inventur gemacht haben und deinen Verlockungen moralisch widerstehen konnten.«

Aber plötzlich zuckte der Präsident zusammen.

Das »Freiha« mit der Aufschrift »Kwaß« verschwand zusammen mit dem dschigitischen Verkäufer, zusammen mit Fanta, Pepsi, Schweppes, Cinzano, Schnaps und Kiwilikör, so als sei das alles nur ein Fieberspuk gewesen, der nun gleichsam im russischen Erdboden, der all dies nicht mehr ertragen konnte, versank.

An seiner Stelle wuchs die bewußte zum Ipatjew-Haus gehörende Vortreppe aus Granit aus dem Boden empor, die wie durch ein Wunder stehengeblieben war – ungeachtet der Weisung, dieses Haus vom Erdboden verschwinden zu lassen, das Andenken daran in einen öden Platz zu verwandeln und diesen dann mit dem Vergessen zuzuasphaltieren. Die Vortreppe stand wie ein ewiges Anti-Lenin-Mausoleum da und erinnerte die Menschen daran, daß alles mit Blut Begonnene auch blutig enden müsse. Den Präsidenten erinnerte sie an seine noch nicht gesühnte Schuld.

Auf die gepanzerte Limousine peitschten immer wieder die Riemen des völlig entfesselten Platzregens: »Da hast du! Da hast du! Da hast du!«

»Nach Hause!« Dem Präsidenten schien es, als habe er diese Worte geschrien, aber tatsächlich hatte er sie nur halb flüsternd, halb krächzend hervorgebracht.

Die Limousine stürmte wie ein verwundeter schwarzer Elefant in das tobende, russische Unwetter hinein und schlug die gelben Stoßzähne seiner Scheinwerfer in den Regen.

Die große Stadt fing an zu krängen, wie ein Schiff, das vom Kurs abgekommen war.

Vor einigen Jahren, als der jetzige Präsident gerade nach Moskau umgezogen war und noch niemand sein Gesicht kannte, konnte er noch wie ein Harun al Rashid aus dem Ural im Oberleitungsbus und in der Metro fahren, um zu hören, was die Leute so sagten, konnte in ein Geschäft gehen und bescheiden nach Kalbsfleisch fragen, um dann, wenn man ihn anlog, daß keines da sei, wie eine Gewitterwolke in das Büro des Geschäftsführers zu stürmen und diesen mit dem moralischen Riemen so zu bearbeiten, daß ihm Hören und Sehen verging. Wieder Riemen?

Glücklose Zeiten hat es in Rußland schon oft gegeben, aber wann werden die riemenlosen Zeiten anbrechen?

Der Ruhm dieses so unerwartet und überraschend aufgetauchten, zur Partei gehörenden Stenka Rasins, der sich gegen die Bojaren aus dem Politbüro wie auch gegen den Zaren selbst empörte, rettete den zukünftigen Präsidenten, obwohl viele seiner Ruhmestaten reine Erfindung waren. Das Volk erinnerte sich nur an die ungestümen Anwandlungen von Aufsässigkeit und vergaß verzeihend die Anwandlungen von Willensschwäche, seine undeutlich gebrummelten Reuebezeugungen, die nebulösen Geschichten, in die er immer wieder hineingeriet.

In Amerika wäre ein Mann mit solchen »Löchern« bereits lange eine politische Leiche gewesen. Aber in Rußland blies das ganze Volk mit dicken Backen und aus vollen Lungen mitleidig Luft in diese Löcher hinein. Und so hatten sie ihn schließlich aufgeblasen.

Seinen Namen hatte man in großen Lettern auf Lastwagen, Bulldozer sowie Sprenglerwagen geschrieben, und manche hatten sich ihn auch eintätowiert. Das Volk hatte gewollt, daß ein Mann an die Macht käme, der dem Volk glich – ein großer, direkter, einfacher Mann, der mitunter auch mit der Faust auf den Tisch donnern konnte und die russische

Sprache bei Bedarf in aller Deftigkeit benutzte, der schallend über einen Witz lachen konnte und der sich beim Trinken mit dem Ärmel über den Mund wischte, wie das Volk es auch tat.

Das Staatsfernsehen hatte voller Schadenfreude eine amerikanische Videoaufzeichnung gesendet, auf der er einem angeheiterten russischen Kaufmann ähnelte. Doch das Volk hatte sich nicht über ihn, sondern über die Mächtigen im Lande empört: Es kursierte das Gerücht, daß diese das Videoband absichtlich in die Länge gezogen hätten, um dem Liebling des Volkes ein Bein zu stellen.

Im Parlament hatte man ihn gezwungen, erniedrigende Erklärungen abzugeben, warum man ihn in einer trockenen Sommernacht außerhalb der Stadt bis aufs Hemd durchnäßt und halb ohnmächtig aufgefunden hatte. Der Liebling des Volkes hatte ein Märchen darüber erzählt, wie ihn Räuber überfallen, ihn in einen Sack gesteckt und in einen Teich zu werfen versucht hätten. Und was war das für ein Märchen? Ein russisches. Und welche Märchen liebt das Volk mehr als alle anderen? Die eigenen, die russischen. Und so wurde unser erster russischer Präsident zu einem russischen Märchen.

Ein »Dummer Iwan«[2], der alle Schlauköpfe übertölpelt und aus dem Kessel mit dem kochenden Pech, in den man ihn hineingeworfen hat, wieder herauskriecht.

Ein Ilja Muromez, der so viele Jahre lang auf dem Ofen der Partei gehockt hat, ohne auch nur einmal aufzustehen, den es dann aber doch an der Schulter juckt, so daß er zum Schlag ausholt.[3] Ein Stehaufmännchen, das immer wieder hartnäckig auf die Füße kommt, egal, wie sehr die italienischen, in den Spezialgeschäften der Partei erstandenen Mokassins mit den Teppichen des Kreml verhaftet sein mochten. Ein Stenka Rasin, der den Genossen zuliebe die Partei ertränkt wie eine persische Fürstentochter.[4]

Der Ruhm nahm ihm seinen Vorteil von einst – die Unbekanntheit seines Gesichts. Inzwischen konnte er nicht mehr als Harun al Rashid aus dem Ural unerkannt durch die Straßen gehen. Doch selbst aus den Fenstern der gepanzerten Limousine sah er die Schlangen vor den Geschäften, die nicht weniger wurden, die ausgestreckten Hände der Bettler, die immer mehr wurden, die kümmerlichen Flohmärkte, auf denen nichts Russisches angeboten wurde – mit Ausnahme von Antiquitäten, ja, und mit Ausnahme der hölzernen Monster der Perestroika – der politisierten Matrjoschka-Puppen mit den Gesichtern des Besatzungsjungen und des

Schlingels aus der Baracke. Das Rußland der Baracken war noch immer weit entfernt von dem Rußland der Tennisplätze.

»Da hast du! Da hast du! Da!« schrie und schlug die Geschichte.

Das Schreckliche war, daß sich jene, die ihn berieten, förmlich ein Bein ausrissen, um ihm mit ihren Ratschlägen zu gefallen, daß sie sich bemühten, zu erraten, welchen Ratschlag er erwartete. Doch er brauchte einen Ratschlag, den er nicht erwartete.

Vielleicht war dieser Ratschlag mit einem rostigen Nagel in jene Vortreppe eingeritzt, die noch so lange auf dem öden Platz in Swerdlowsk gestanden hatte und bei der er – obwohl er sie jeden Tag aus dem Dienstwagen gesehen hatte – nicht ein einziges Mal anzuhalten gewagt hatte, kein einziges Mal an sie herangetreten war, um Worte der Reue zu flüstern.

Der Platzregen wurde so dicht, daß der Präsident nicht weiter nach vorn blicken konnte als bis zu der nassen, zitternden dreifarbigen Flagge auf dem Kühler. Und plötzlich senkte sich diese verfluchte Vortreppe, so als sei sie von den Regenströmen gefesselt, an dem Haken eines unsichtbaren Krans auf den nassen, glänzenden Kühler herab wie auf einen schwarzen Marmorsockel. Die Vortreppe bebte im Takt der Fahrt gemeinsam mit dem Kühler, und an der Seite schien tatsächlich irgend etwas eingeritzt worden zu sein – vielleicht mit einem Nägelchen durch den ermordeten Zarewitsch. Was es aber war, konnte man in diesem dichten Wasserschleier, zu dem die Luft geworden zu sein schien, nicht erkennen.

Der Chef der Leibwache zog sein Jackett aus und legte es dem vor Kälte zitternden Präsidenten über die Schultern. Doch das half jenem nicht. Seine Zähne klapperten, und es war ihm inzwischen nicht mehr nur kalt, sondern auch entsetzlich heiß.

Der Präsident erinnerte sich daran, wie er in seiner Jugend einmal auf einem Baukran gearbeitet hatte und ihn des Nachts ein ähnlich schlimmes Sturmgewitter geweckt hatte, das so mit den nicht geschlossenen Fensterläden geknallt hatte, daß die Splitter des zerbrochenen Fensters bis zu der Liege geflogen waren, auf der er schlief. Sein Haarschopf war, von der Liebe gezähmt, auf die leise sich hebende, vom Mondlicht übergossene Brust seiner Liebsten gesunken, die auf einer zweiten, benachbarten Liege schlief.

Das erste, an das er sich damals erinnert hatte, war, daß er sich am Vortag auf sein Glück verlassen hatte und zu faul gewesen war, den Kran mit den speziell dafür vorgesehenen Klemmen an den Schienen zu befestigen.

Barfuß, sich die Füße an den Splittern aufreißend, war er zum Fenster gestürzt und für einen kurzen Augenblick erstarrt. Der Kran bewegte sich – wenn auch nur langsam. Er sah aus wie ein großer, von Schicksalsschlägen leicht gebeugter Mensch, der sich entschlossen hatte, Selbstmord zu begehen. Nur noch ein kleines Stückchen, und der Kran würde dort angekommen sein, wo die Schienen endeten, würde von ihnen herunterspringen und in all seiner Größe auf die danebenstehenden, provisorischen Sperrholz-Hütten stürzen und die darin schlafenden Arbeiter erschlagen.

Der Schlingel aus der Baracke hatte damals einen kühlen Kopf bewahrt. Nur mit Unterhosen bekleidet, war er mitten in das nächtliche Gewitter hinausgestürmt, das die scheinbar schuldig gewordene Erde mit den glühenden Riemen der Blitze peitschte und dabei strafend zu sagen schien: »Da hast du.« Der Schlingel aus der Baracke hatte tastend den Hebelschalter gefunden, den Strom eingeschaltet, und seine blutigen Füße hatten sich wie rasend bewegt, als er die rostigen Stufen der schmalen Metallleiter zur Kranführerkabine emporgeklettert war. Alles war jetzt davon abhängig gewesen, wer schneller sein würde: der Kran, der langsam dorthin kroch, wo die Schienen endeten, oder der Mann, der wie von Sinnen versuchte, seinen Fehler auszumerzen, der für ihn selbst wie auch für andere tödlich enden konnte. In der Kabine war es dunkel gewesen, und der Schlingel aus der Baracke hatte nur mit Mühe den Hebel gefunden, um den Kranarm aus seiner Fixierung zu lösen. Der Arm hatte sich im Wind gedreht und aufgehört wie ein Segel zu flattern. Dann hatte der Schlingel aus der Baracke den Rückwärtsgang eingelegt. Der Kran hatte aufgestöhnt, geknirscht und war dann fast unmittelbar vor der Stelle zum Stehen gekommen, wo die Schienen endeten.

»Vielleicht fahren wir bei mir zu Hause vorbei. Ich habe was beiseitegelegt«, sagte der Chef der Leibwache, der nur zu gut wußte, daß man ihm für diese Gastfreundschaft die Schulterklappen abreißen konnte.

»Gut. Aber nur kurz«, sagte der Präsident. »Wird uns deine Frau auch nicht verprügeln?«

Die gepanzerte Limousine glitt von der Hauptstraße herunter und fegte, bis zum Bauch in Pfützen versinkend, die Gassen entlang.

Der Präsident hatte das Gefühl, als bewege sich der Riese Rußland auf die Stelle zu, wo die Schienen endeten. Der Riese konnte umkippen – und zwar für immer.

Er mußte es schaffen.

Der Präsident erinnerte sich daran, wie Paltschikow unter dem nicht allzu großen Schutz bietenden Präsidentenschirm in die schwarze Nacht verschwunden war.

»Es wäre schön, wenn er Tennisspielen lernen würde«, dachte der Präsident.

33.

NOCH EINMAL DER TADSCHIKE, WIEDER IM PANZER

Der tadschikische Panzerfahrer wollte niemals mehr in einem Panzer sitzen.

Er wollte nicht, daß die Menschen Angst vor ihm hatten.

Er sehnte sich nach seinem altem Freund mit dem langen silbernen Bart – dem Wasserfall – und nach jenem Mädchen, mit dem dieser Bart so zärtlich geflüstert hatte.

In manch einer russischen Winternacht, wenn sich in der Kaserne der Rauhreif verstohlen in den Zimmerecken versteckte, klopfte der tadschikische Panzerfahrer mit seinen einsamen, kalten Knien an die Wand, und er versuchte, jene Granitaushöhlung im Felsen zu erreichen, in der – wie er hoffte – der Pfirsich mit der von seiner Liebsten angebissenen Seite noch immer auf ihn wartete.

Der tadschikische Panzerfahrer hielt es nicht mehr länger aus.

Er lief nicht nach Hause – er desertierte, wie es im militärischen Sprachgebrauch heißt.

Aber es gelang ihm nicht, bis in sein heimatliches Kischlak zu kommen. In Duschanbe ergriff man den Panzerfahrer und steckte ihn wieder in einen Panzer.

In seiner Heimat war es noch unruhiger geworden als in Rußland, und all die Tadschiken, die die anderen Tadschiken haßten, brauchten Panzer und Panzerfahrer.

Er konnte einfach nicht begreifen, wer hier gegen wen und warum kämpfte.

Auf dem Hauptplatz der Stadt standen Zelte, und es wurden endlose Versammlungen abgehalten. Er und sein Panzer waren gefechtsbereit.

Er lief abermals davon und schaffte es dieses Mal, bis in sein heimatliches Kischlak zu gelangen – vielmehr in das, was davon übriggeblieben war.

Die Grenze nach Afghanistan war wieder geöffnet worden, aber das unglückliche Gespenst seiner Großmutter, die einst von dem Minarett geheult hatte, war nicht zurückgekehrt. Dafür kamen ständig Waffen und Haschisch über die Grenze.

Sein Elternhaus war von einem Panzer überrollt worden, in welchem seit zwei Wochen der bereits übel stinkende, grausamerweise von niemandem bestattete Leichnam des Bruders seiner Liebsten saß – von Adlern und Habichten angepickt.

Er wagte es, den Körper der Erde zu übergeben, denn er begriff, daß man den Bruder seiner Liebsten nur mit tödlichen Drohungen dazu gezwungen haben konnte, mit einem Panzer hierherzustürmen.

Für diese schmachvoll schändliche Tat fesselten ihn seine eigenen Verwandten, rissen ihm das Hemd herunter und schlugen ihm mit Ruten den Rücken blutig, damit ihm in Zukunft die Lust verginge, seinen Todfeinden zu verzeihen.

Doch sie schlugen ihn nicht tot. Sie brauchten ihn, erledigt, aber nicht tot.

Er, der Deserteur, der die Panzer haßte, war der einzige in Kischlak, der mit einem Panzer umgehen konnte.

Aber er wollte mit allen Panzern nur das eine machen: mit seinen Handflächen ein Röhrchen formen und wie auf einer Flöte eine Melodie spielen, die diese eisernen und gefährlichen Tiere zähmen konnte.

Seine Verwandten jedoch hielten ihm eine Pistole an die Schläfe und sagten, daß er die Zerstörung seines Elternhauses mit der Zerstörung des Hauses seiner Liebsten rächen müsse.

Als er begriff, daß es keinen anderen Ausweg gab, willigte er ein, bog aber im letzten Moment von dem Bergpfad ab und stürzte zusammen mit dem Panzer auf den Grund des Flusses, wo ihn schon seine Großmutter erwartete.

34.

DER ARBEITER UND DIE KOLCHOSBÄUERIN

»An den Ufern der Seine halten zwei junge sowjetische Giganten in unbezähmbarer Energie Hammer und Sichel hoch, und wir hören, wie sich aus ihrer Brust die heroische Hymne ergießt, die die Völker zu Freiheit und Einheit aufruft und sie zum Siege führt.«

Romain Rolland über die Skulptur von W. Muchina auf dem Dach des sowjetischen Ausstellungspavillons in Paris

1937

»Die Söhne der Kommunarden sind stolz auf euch.«
»Die Größe der Sowjetunion ist das Unterpfand des Fortschritts der Menschheit.«

Aus dem Gästebuch des sowjetischen Pavillons auf der Weltausstellung in Paris

1937

Salysin trank bis spät in die Nacht in dem Restaurant »Ozean« auf dem Gelände der Landwirtschaftsausstellung, wo früher die wie ein Mutterwal unermeßlich dicke und gutmütige Tatarin Rosa Direktorin gewesen war. Einst hatte sie sich hoffnungslos in den König des Fersenpasses verliebt und benahm sich deshalb allen Fußballern gegenüber, die irgendwann einmal mit ihm zusammen gespielt hatten, als seien sie höhere Wesen.

Von den jungen Haifischen, die für sich selbst schon im Kommunismus einen privaten Kapitalismus geschaffen hatten und jetzt – ebenfalls ausschließlich für sich selbst – ihren eigenen Kommunismus im Kapitalismus errichteten, war Rosa schon vor langem aus dem »Ozean« verdrängt worden.

Rosa hatte Salysin eines Tages vor ihrem Abschied gesagt: »Komm mit, ich zeig dir ein Geheimnis.« Er hatte gehofft, daß sie ihn dorthin führen würde, wo der rote und schwarze Kaviar und die Kamtschatka-Krebse gelagert wurden, aber sie drängte ihn in eine ganz gewöhnliche Toilette im Erdgeschoß, noch dazu in eine Herrentoilette.

Salysin hatte voller Schrecken befürchtet, daß sie ihn jetzt vergewaltigen würde, denn aus alter Freundschaft wäre es ihm unangenehm gewesen abzulehnen. Aber Rosa hatte ihm eine Plastiktüte gezeigt, war auf das Toilettenbecken geklettert, das unter ihrem Gewicht fast zusammengebrochen wäre, und hatte die Tüte hinter den Wasserkasten gesteckt.

»Hier ist Geld, Lysa ... Die schmeißen mich hier raus, und vielleicht brummen die mir noch was Schlimmeres auf ... Wenn du einmal nicht mehr weiter weißt, dann hol dir das Geld ... Es ist hier sicher wie auf einer Bank ...«

Als Bötchen ums Leben gekommen war und Salysin nicht mehr weiter wußte, kam er hierher. Aber die einst große Summe war inzwischen fast nichts mehr wert, und er vertrank sie an ein paar wenigen Abenden, an denen er aus alter Gewohnheit wie ein grüner Junge für so manche ihm nur flüchtig bekannte »Lady« Champagner bestellte und großzügige Trinkgelder an die Kellner und Musiker verteilte.

An einem dieser Abende verließ er das »Ozean« betrunken und abgebrannt. Die Nacht war naßkalt, und Salysin hatte keine Lust, sich von der Landwirtschaftsausstellung quer durch ganz Moskau bis nach Hause zu schleppen, wo nicht einmal mehr Tschunja war, der sonst auf ihn gewartet hätte.

Er ging an den unsinnigen goldenen Brunnenfiguren vorbei, die die Einheit und den Wohlstand der ehemaligen Sowjetrepubliken symbolisieren sollten – inzwischen hackten sie alle aufeinander ein, so als ob sie um einen Knochen streiten müßten.

Salysin beschloß, in dem Asyl der Post-Perestroika-Penner zu übernachten, dem Leib jenes Stahlmonsters – das aus einem Arbeiter und einer Kolchosbäuerin bestand, die, um mit den Worten des romantischen französischen Schriftstellers zu sprechen, »in unbezähmbarer Energie« miteinander verschmolzen waren. Diese riesigen Figuren waren zuerst im Jahre 1937 – dem schlimmsten Jahr der Verhaftungen und Erschießungen – zur Weltausstellung in Paris auf dem Dach des sowjetischen Ausstellungspavillons aufgestellt worden. Vielleicht war es auch die geheime Absicht des Chefarchitekten der Lager gewesen, auf diese Weise die vor dem Hintergrund dieser monumentalen Figuren winzig klein wirkenden Häftlinge hinter sowjetischen Stacheldrähten vor Europa und der ganzen Welt zu verbergen.

Die stählernen Betrüger hatten ihren Zweck erfüllt. In Paris hatten sie sich jedoch nicht eingelebt, und so waren sie auseinandermontiert wieder zurückgekehrt. Man baute sie abermals zusammen und stellte sie am Eingang der Landwirtschaftsausstellung auf, die als Stadt der Zukunft gedacht war. Aber die Jahre vergingen, und die Stadt der Zukunft fing an auseinanderzubröckeln – ebenso wie auch die Hoffnung auf eine glücklichere Zukunft. Sogar die Rekord-Kühe auf dem Ausstellungsgelände muhten kläglich und schwermütig, weil man aus ihnen einfach zu viel Milch herauspressen wollte.

Das Symbol des Sozialismus war – auch in dieser Hinsicht Symbol – innen hohl, und sein Leib verwandelte sich allmählich in einen Schlupfwinkel der kleinen Diebe, in ein Nest der Landstreicher. So müssen, soll man Victor Hugo Glauben schenken, während der Französischen Revolution die »Elenden« in dem gastfreundlichen Bauch des Pariser Elefantenstandbildes genächtigt haben.

In den stählernen Hosen des stählernen Arbeiters gab es keinen Eingang nach innen. Hinein gelangte man über eine Leiter zu einer Einstiegsluke, die in den Falten des stählernen Rockes der stählernen Kolchosbäuerin versteckt war.

Es war der Leib des Sozialistischen Realismus.

In diesem Leib war es dunkel und stickig von dem Atem der vielen in einer Reihe liegenden schlafenden Menschen.

Zu den gewöhnlichen Obdachlosen Moskaus kamen jetzt noch die Flüchtlinge aus den Republiken hinzu.

Salysin hatte die dumme Junggesellenangewohnheit, vor dem Einschlafen noch eine Zigarette zu rauchen. Es jedoch auch hier zu tun war unbedacht von ihm, denn von allen Seiten streckten sich ihm Hände entgegen, die um eine Zigarette baten.

Eines der angerissenen Streichhölzer näherte sich Salysins Gesicht und beleuchtete ihn mit dem zarten Blütenblättchen der Flamme.

»Lysa?« hörte er eine Stimme mit einem kaukasischen Akzent fragen. »Und wo ist deine Mädchen, Bötchen?«

»Wer spricht da?« fragte Salysin mißtrauisch.

Ein zweites Streichholz flammte auf und beleuchtete ein unrasiertes Gesicht mit eingefallenen Wangen und einer Fackel von inzwischen zwar schon grauen, aber nach wie vor widerspenstigen Locken.

»Ich heiße Kleiner Karabach. Du kennst mich nicht ... Aber ich kenne dich, Nummer zehn ... Ich bin Freund von Bötchen ... Ich habe Bötchen in Baku kennengelernt, als du gespielt hast, und sie hat dich angesehen und geweint ... Ich habe Bötchen zu dir ins Hotel gebracht, und sie hat dich telefoniert, aber du wolltest sie nicht sehen ... Warum wolltest du nicht? Sie hat dich sehr geliebt ... Wie kann man so eine Mädchen nicht sehen wollen? Hast du sie geheiratet? Hast du Kinder?«

Salysin schwieg, und der Kleine Karabach begriff, daß er besser nicht weiter in ihn dringen sollte. Er fragte nur:

»Wo ist sie jetzt, deine Bötchen?«

»Sie ist weit weg.«

»Und wirst du sie wiedersehen?«

»Ja ...«

»Und dann werdet ihr zusammen sein?«

»Dann werden wir zusammen sein ...«

»Richte ihr aus, daß der Kleine Karabach sich an sie erinnert, daß der Kleine Karabach sie verehrt ...«

»Gut, ich sag' es ihr ... Aber warum bist du hier?«

»Na, weil das ganze Leben wie ein Großes Karabach geworden ist ... Ich bin doch zur Hälfte Armenier und zur Hälfte Aserbaidschaner. Die Aserbaidschaner haben mich plötzlich gehaßt wie einen Armenier und die Armenier wie einen Aserbaidschaner. Aber ich liebe die einen genauso wie die anderen, denn ich selbst bin ja die einen und die anderen. Ich bin mit meinem Frau und den Kindern aus Baku geflüchtet. Zuerst nach Suchumi – zu den Eltern meines Frau. Aber mein Frau – da ist sie, sieh nur, ist sie nicht eine schöne Mädchen? – ist zur Hälfte Georgierin und zur Hälfte Abchasierin. Und in Suchumi ist auch Karabach ... Die Georgier töten die Abchasier und die Abchasier die Georgier. Überall ist Karabach ... Karabach verfolgt uns ... Wir mußten auch aus Suchumi flüchten. Sieh dir mein Kinder an ...«

Ein drittes Streichholz flammte auf und beleuchtete drei schwarze, widerspenstige Haarfackeln auf dem Boden.

»Hör mal, ich habe eine Wohnung, es ist zwar nur eine Einzimmerwohnung, aber ich bin ganz allein. Ich gebe euch das Zimmer und werde selbst in der Küche schlafen. Da könnt ihr für die erste Zeit unterschlüpfen, und später wird man dann ja sehen …«, flüsterte Salysin wie im Fieber. »Gehen wir zu mir, ja?«

»*Schnora galjuzjun*, Nummer zehn. *Tschochsagol*, Nummer zehn«, dankte der Kleine Karabach auf armenisch und auf aserbaidschanisch. »Deine Bötchen liebt dich nicht umsonst.«

»*Didi madloba. Itabu*«, flüsterte auf georgisch und abchasisch seine Frau, die inzwischen aufgewacht war und deren Gesicht zwar erschöpft, aber tatsächlich schön wie ein Fresko war.

Aber plötzlich flog die Einstiegsluke auf, und in den Leib stürmten, tanzende Taschenlampen in den Händen, junge, wohlgenährte Burschen in schwarzen Feldblusen, mit klirrenden Degengehängen und blitzenden Stiefeln und schwangen geflochtene Peitschen.

»Wo sind hier diese stinkenden Tschetschenen!« brüllte einer von ihnen.

»Hier sind überhaupt keine Tschetschenen«, antwortete Salysin finster. »Laßt uns doch schlafen.«

»Was soll das heißen, keine Tschetschenen? Da sind sie doch, die Guten!« fingen die Burschen triumphierend zu schreien an, stürzten sich auf den Kleinen Karabach, seine Frau und seine Kinder und zerrten sie an die Luke. »Raus aus Moskau, ihr verfluchten Schieber!«

Die drei Kinder des Kleinen Karabach weinten nicht einmal – wahrscheinlich hatten sie sich schon zu sehr an Beleidigungen gewöhnt. Sie blickten nur ängstlich um sich.

»Das sind doch keine Tschetschenen … Und selbst wenn sie Tschetschenen wären – was soll das, sind das etwa keine Menschen?« rief Salysin.

»Das ist uns ganz egal – das sind doch alles Schwarzärsche!« antworteten die Prachtkerle, die da die Familie des Kleinen Karabach aus dem stählernen Symbol des Sozialismus hinausschleiften. »Ihr Schweinehunde, verschwindet aus Rußland!«

»Halt …«, stürzte Salysin ihnen nach. »Sie sind Flüchtlinge … Sie können doch nirgendwo hin … Ich gebe ihnen meine Wohnung …«

Aber einer der gutmütigen Prachtkerle ließ kreuzweise Peitschenhiebe auf ihn niedersausen, während er schrie:

»Da schau her, hat sich doch ein Beschützer gefunden … Was bist denn du für einer …?«

Man hatte Salysin oft geschlagen. In seiner Kindheit hatten ihn seine Eltern mit allem geschlagen, was ihnen in die Hände gefallen war – einmal sogar mit dem Bügeleisen, die anderen Jungen hatten ihn mit Schlagringen an den Fäusten, mit aus den Gartenzäunen gerissenen Staketenlatten, mit abgeschnittenen Wasserschläuchen, Fahrradketten und Ziegelsteinen geschlagen, auf dem Fußballfeld hatte man ihn mit Fußballschuhen getreten, und – wenn der Schiedsrichter wegschaute – auch mit Fäusten geschlagen. Doch noch nie hatte man ihn ausgepeitscht.

Er hatte das nur einmal im Kino in der *Trilogie über Maxim* gesehen, als Reiterkosaken eine Arbeiterdemonstration auseinandergejagt hatten. Es erwies sich nicht nur als schmerzhaft. Es erwies sich als ungeheuerlich erniedrigend. Jeder Peitschenhieb schien demjenigen, den er traf, zu zeigen, daß er kein Mensch war, sondern ein Vieh.

Ein anderer gutmütiger Prachtkerl versetzte Salysin mit dem Stiefel einen Tritt in den Rücken, und Salysin flog aus der Luke, polterte, mit den Händen nach den Metallstufen greifend, nach unten und knallte unter dem Gelächter all dieser sogenannten »russischen Patrioten« mit dem Gewicht seines ganzen Körpers auf den Asphalt. Sich vor Schmerzen krümmend, sah er – vielleicht zum letztenmal – die Augen des Kleinen Karabach, der mit seiner Familie hinten auf einen mit Dreck bespritzten Kipplaster gestoßen wurde.

»Wo bringen sie sie hin? Doch nicht etwa …«, dachte Salysin voller Entsetzen und Scham und erblickte auf dem Asphalt plötzlich etwas, was einem dunkelrot schimmernden Eiszapfen ähnelte, der sich aus gefrorenem Blut gebildet zu haben schien.

Es war jedoch eine kaukasische Leckerei – *Tschurtschchela*: gehärteter Traubensaft, der auf eine Schnur aufgezogene Nüsse umhüllte. Die *Tschurtschchela* hatte wahrscheinlich eines der Kinder des Kleinen Karabach fallengelassen. Salysin erinnerte sich daran, wie er sich auf dem Markt von Tiflis jedesmal *Tschurtschchela* gekauft hatte, wenn seine Mannschaft in dort um die Meisterschaft der UdSSR gekämpft hatte – in Tiflis, einer der schönsten Städte der Welt, deren Herz jetzt von den eigenen Bewohnern zerschossen worden war.

Die auf dem Asphalt liegende *Tschurtschchela* war auseinandergebrochen, und an der Bruchstelle blickte zum Abschied – mit derselben Trauer im Blick wie der Kleine Karabach – die Pupille einer kaukasischen Nuß heraus, und die harte Bauernschnur, die aus dem Schwänzchen der *Tschurtschchela* baumelte, bewegte sich wie lebendig auf dem Asphalt ein wenig hin und her.

Salysin erhob sich mühsam und ging fort, ohne selbst so recht zu wissen, wohin – er fühlte sich, als hätte man ihm mit der Peitsche ein Tor mitten in den Rücken geschossen. Voller Abscheu fühlte er seine eigene Nichtigkeit. Doch er war ein Meister seines Faches, und deshalb siegte in ihm schließlich das Gefühl der eigenen Würde, die allen Meistern ihres Faches eigen ist. Auf ein Tor mußte man mit einem Tor antworten. Er mußte sich zusammennehmen und einen Durchmarsch wagen.

Aber das gegnerische Tor – wo war es jetzt?

Und wer war der Gegner?

Welche Farben trug die gegnerische Mannschaft?

Das gegnerische Tor war überall und nirgends.

Der Gegner spielte in verschiedenen Trikots und wechselte geschickt immer wieder die Farben.

Es war alles so durcheinandergeraten, daß niemand mehr wußte, worum es bei diesem Spiel eigentlich ging.

Salysin beschloß, gleich am nächsten Tag zu einem Mann vorzudringen, den er nicht ausstehen konnte – zu dem Schlagkräftigen Demokraten. Er war der einzige Mensch, der ihn mit der Macht verband. Salysin wollte ihm von den Ungerechtigkeiten, die hier vor sich gingen, erzählen. Er wollte daran erinnern, daß der Präsident dem Schlagkräftigen Demokraten aufgetragen hatte, Salysin einzuladen, damit dieser eine russische Fußballnationalmannschaft ins Leben rief.

Doch der Schlagkräftige Demokrat war auf einer Unmenge von Sitzungen und Banketten gleichzeitig.

Auf irgendeinem Firmenempfang hätte Salysin ihn, der so ungreifbar war, als sei die ganze Welt sein persönliches Eisloch geworden, schon beinahe an seinem Rockzipfel gepackt, aber er entwischte ihm dann doch, nicht ohne noch schnell gesagt zu haben: »Morgen, morgen …«

Um ihn herum drängelten sich sehr jung aussehende Geschäftsleute und tauschten Visitenkarten aus. Viele schwirrten auch – wie Fischbrut um einen großen Fisch – um einen Mann herum, der einem Gewichtheber der Schwergewichts-Klasse ähnelte und seine Muskelberge nur mühsam in einen funkelnden italienischen Seidenanzug der Marke Giorgio Armani gepreßt hatte. An seinem Revers baumelte ein mit einer Metallklammer festgestecktes Schildchen in einer Plastikhülle. Salysin gelang es nur, das Wort »Generaldirektor …« zu entziffern. Dahinter folgte ein für ein Joint-venture-Unternehmen seltsamer Name. Salysin erkannte in diesem Mann einen der beiden, die ihm und Bötchen mit Maschinenpistolen in der Hand zu Hilfe geeilt, jedoch zu spät gekommen waren. Der Ehemalige Schutzgelderpresser – denn genau der war es – leerte, während er in aller Seelenruhe Visitenkarten verteilte und sich als der Herr aller Dinge fühlte, eine Blechdose mit ausländischem Bier nach der anderen, die in Reihen aufgebaut in Reichweite seiner ausgestreckten Hand standen.

Zwischen den Geschäftsleuten ging, gönnerhaft und gleichzeitig um Gunst buhlend, mit dem schmeichlerischen Gang des Reineke-Fuchs ein Mann mit einer sich vornehm gebärdenden, grauen Oberlippenbart-Bürste und einer gebrochenen Boxernase hin und her – es war der Liebhaber der Labyrinthe. Je weniger Lebensmittel und Hoffnungen es in diesem Land gab, um so zahlreicher wurden die Labyrinthe und ihre Windungen.

Nicht einmal im Ausland hatte sich Salysin je so fremd gefühlt wie jetzt in seinem eigenen Land.

Er blickte hilflos um sich und entdeckte plötzlich eine zwischen den mit Häppchen und Flaschen vollgestellten Tischen direkt auf dem Boden stehende gigantische, mit kandierten Früchten verzierte Sahnetorte in Form des Weißen Hauses, um das herum klitzekleine Spielzeugpanzer aus Blech auf dem Schokoladen-Asphalt standen. »Von der Rostower Warenbörse – für die Helden der Demokratie!« verkündete die ebenfalls aus Sahne bestehende Aufschrift auf der Torte.

Salysin beschloß, seinen Stolz zu überwinden, sofort in die Empfangsräume des Weißen Hauses zu gehen und dem Präsidenten von Rußland persönlich alles zu erzählen. Man trug ihn höflich in eine Warteliste ein und machte ihn darauf aufmerksam, daß diese sehr lang sei.

Als Salysin aus dem Empfangsraum heraustrat, hörte er plötzlich das bekannte Dröhnen und Heulen von Raupenketten und Motoren.

Das Weiße Haus war abermals von Panzern umstellt – nicht von Spielzeugen, sondern von echten Panzern. Und wieder errichteten Menschen vor dem Weißen Haus Barrikaden.

Das Leben hatte wieder einen Sinn bekommen.

Salysin stürzte zu der Barrikade hin, schleppte wie ein Wilder Sandsäcke, Mülltonnen, Bretter und Moniereisen.

Aber plötzlich ertönte durch ein Megaphon eine Stimme mit ausländischem Akzent:

»Die Aufnahmen sind im Kasten! Vielen Dank! Alle Statisten erhalten *money ... fifty in Rubels, and one Dollar.*«

Salysin ging, ohne zu wissen, wohin, die Uferstraße entlang, und der kalte Wind, der die für die Aufnahmen bereits nicht mehr benötigten fotokopierten August-Erlasse von Jelzin aufwirbelte, riß an dem Dollarschein, den er in seiner Hand zusammenpreßte.

»Gott sei Dank, daß Tschunja im Wald ist«, dachte Salysin.

35.

NOCH EINMAL AUS DEM PRIVATLEBEN DES UNTERSUCHUNGSRICHTERS PALTSCHIKOW

Der Marschall hatte sich geirrt, als er glaubte, Nastenka sei unter den Panzer geraten.

Da er in diesem Augenblick ausgerutscht war, hatte der Marschall nicht gesehen, daß das Mädchen in letzter Sekunde zurückgesprungen und nur ihr weißer Sonnenhut auf die Fahrbahn gefallen war.

Den Tod, der Nastenka hätte treffen können, hatte das Mondfahrzeug auf sich genommen.

»Mama, geh heute nicht zur Arbeit. Papa hat mir in den Büchern gesagt, daß er heute morgen zurückkommt«, sagte Nastenka. »Papa wird es dir übelnehmen, wenn du nicht zu Hause bist. Und mit Pita bespreche ich das.«

Alewtina hatte schon lange nicht mehr gelächelt, aber jetzt zeigte sich ein Lächeln auf ihrem Gesicht, und sie sagte:

»Gut. Ich glaube dir. Aber was wollen wir für Papa denn kochen?«

»Am meisten liebt er Zucchini mit Tomaten«, meinte Nastenka mit erhobenem Finger.

»Aber wo soll ich die denn jetzt im Winter wohl kaufen? Die Georgier kommen doch fast gar nicht mehr«, sagte Alewtina seufzend.

»Warum willst du sie kaufen?« sagte Nastenka. »Du hast doch noch ein ganzes Glas voll, das du letztes Jahr eingemacht hast. Du mußt es nur aufwärmen.«

»Wo soll dieses Glas denn sein? Ich bin sicher, daß wir beide es schon geleert haben.«

»Wir haben es nicht geleert, weil ich es für Papa versteckt habe.«

In der Tür drehte sich ein Schlüssel.

Alewtina griff nach dem Schrubber und begann, damit den Boden zu wischen, so als ob sie niemanden auf der ganzen Welt erwarten würde.

Paltschikow trat ein.

In seinen Händen trug er einen Igel.

»Was ist das denn, bist du einem naturkundlichen Schülerzirkel beigetreten?« bemerkte Alewtina nicht sehr freundlich, ohne mit dem Bodenwischen aufzuhören. »Als ob ich nicht genug an meinem eigenen Tierpark hätte.«

»Verstehst du, ich gehe durch den Park. Und plötzlich taucht auf der Allee dieser Igel auf. Er sieht mich, läuft aber nicht weg. Ich gehe meines Weges, und da höre ich plötzlich, daß er mir nachtrippelt. Ich drehe mich um – tatsächlich, er ist es. Ein ganz ungewöhnlicher Igel. Und da habe ich beschlossen, ihn nicht allein zurückzulassen.«

»Er kann ja die Mäuse fangen«, sagte Nastenka. »Nicht wahr, Mama?«

Alewtina schwieg streng.

»Ich habe da noch eine Freikarte. Für ein Cello-Konzert. Schau, wessen Unterschrift das ist.« Schmeichlerisch hielt Paltschikow Alewtina den berühmten Namenszug unter die Nase, aber sie warf nicht einmal einen Blick darauf.

»Papa, wenn du schon gekommen bist, dann bleib doch ein bißchen hier, ohne Tante Dringende Arbeit und Tante Politik. Wir haben Zucchini für dich«, sagte Nastenka.

»Tante Arbeit hat mich rausgeschmissen«, sagte Paltschikow. »Und Tante Politik habe ich ganz von allein verlassen.«

»Willst du die Zucchini kalt, oder soll ich sie dir aufwärmen?« fragte Alewtina endlich.

Der Tag verlief in friedlicher, aber kühler Koexistenz. Am Abend legte sich Paltschikow auf die Liege und Alewtina auf das Sofa.

Nastenka schaltete das Licht aus.

Paltschikow wollte gerade einschlafen.

Doch dann wurde er wieder munter, weil er spürte, daß ihn jemand betrachtete.

Über ihm stand Alewtina in einem kurzen, weißen Hemd. Ihre Augen ähnelten morgendlich frischen schwarzen Johannisbeeren. Wenn sie die Brille abnahm, wirkten ihre Augen stets größer.

»Mir ist wieder eingefallen, woraus diese Zeilen sind, nach denen du so paranoid gesucht hast, Paltschikow: ›Wo es nicht besser wird, da wird es schlechter, aber vom Schlechten zum Guten ist es abermals nicht weit‹. Das ist Lermontow, *Taman*. Und überhaupt, du kannst dich gern zu mir auf das Sofa legen.«

»Wurde auch Zeit«, sagte Nastenka in der Dunkelheit.

Paltschikow kroch zu Alewtina hinüber.
»Ich werde es nie wieder tun«, sagte er.
In der Dunkelheit spürte er an seiner Wange, daß Alewtina lächelte.

ANMERKUNGEN DER ÜBERSETZERIN

KAPITEL 1

1. Die Zarenfamilie wurde in Jekaterinburg im Ipatjew-Haus gefangengehalten und später erschossen.
2. Gasik: Automobil aus dem Automobilwerk in Gorki.
3. Großer Vaterländischer Krieg: in der Sowjetunion übliche Bezeichnung für den 2. Weltkrieg.
4. Gdljan und Iwanow: zwei russische Humoristen.
5. Stierlitz, Semjonow: Julian Semjonow ist Autor von Spionageerzählungen, in denen der sowjetische Agent Stierlitz als Held auftritt.
6. Gusli: altes russisches Zupfinstrument.
7. Kategorie von Rentnern, die sich für die Sowjetunion besonders eingesetzt hat und deshalb mit besonderen Rechten und Bezügen ausgestattet wurde.
8. Pierre Besuchow: Gestalt aus Leo Tolstois Roman *Krieg und Frieden*.
9. Wladimir Wyssotski: berühmter russischer Sänger und Schauspieler, der von der Staatsmacht wegen seiner kritischen Lieder nur widerwillig geduldet wurde.
10. Samisdat: illegale Verlags- und Druckarbeit im Untergrund.

KAPITEL 2

1. Bachtschisarai: Stadt auf der Krim, bis ins 18. Jahrhundert Hauptstadt des Krimkhanats.
2. *Appolon* und *Solotoje Runo*: zwei Literatur- und Kunstzeitschriften des Symbolismus, erschienen 1909–1917 bzw. 1906–1909.
3. Tamada: Tischmeister bei Festessen, kaukasische Tradition.

4. Elyssée: bekanntes Delikatessengeschäft im Moskauer Stadtzentrum.

5. NKWD: Volkskommissariat für Innere Angelegenheiten.

6. Axinja: Heldin aus dem Roman *Stiller Don.*

7. Stachanow: Bergarbeiter, der für seine außerordentlichen Leistungen zum Held der Sozialistischen Arbeit erklärt wurde. Nach ihm wurde in den 30er Jahren die Bewegung benannt, die sich für die Steigerung der industriellen Produktivität einsetzte.

8. Die »Berjoska-Läden« waren die »Intershops« der Sowjetunion.

9. Feichoa: in Georgien verbreitete Myrtenart.

10. Alexandr W. Koltschak: Admiral der Weißgardisten, Chef der Schwarzmeerflotte und der antibolschewistischen Truppen. Wurde 1920 in Sibirien hingerichtet.

11. Tscheka: »Außerordentliche Kommission zum Kampf gegen die Konterrevolution«, 1918–1922, Vorläufer des KGB.

12. NEP (NÖP): Neue Ökonomische Politik (1921–1927) – Lockerung der rigiden Wirtschaftspolitik des Kriegskommunismus.

13. Zeilen aus einem Gedicht von Sergej Jesenin (1895–1925).

14. Viktor Weresajew: sowjetischer Schriftsteller, der über die medizinische Versorgung um die Jahrhundertwende geschrieben hat.

15. Viktor Michailowitsch Wasnezow (1848–1926): russischer Maler, malte viele Gestalten aus russischen Legenden und Märchen.

16. Sarafan: ärmelloser Miederrock russischer Bäuerinnen.

17. Kokoschnik: nationaler Kopfputz russischer Frauen.

18. *Kudrjawaja Rjabina*: bekanntes russisches Volkslied, meist an Festtafeln gesungen; *Million alych ros*: bekannter Schlager von Alla Pugatschowa; *Frejlechsom*: jüdisches Tanzlied.

19. Manege: Ausstellungssaal in Moskau.

20. Alexandr Blok (1880–1921): russischer Dichter des Symbolismus.

21. Xenia Nekrasowa (1912–1958): russisch-sowjetische Dichterin; Xjuscha ist die Koseform des Vornamens Xenia.

22. *Seelchen*: Erzählung von Anton Tschechow, deren Heldin sich dem Charakter ihres Ehemannes beliebig anpaßt.

23. Schenja/Schenjetschka: Kurzform und Kosename für den Vornamen Jewgeni.

24. Pelmeni: mit Fleisch gefüllte Teigtaschen, sibirisches Nationalgericht.

25. Pamjatj: Nationalistische Organisation in Rußland.

26. Ilja Muromez: berühmte Rittergestalt aus russischen Märchen.

27. Lawrenti P. Berija (1899–1953): 1938–1945 Chef der Geheimdienste GPU bzw. des NKWD, MWD und MGB und in dieser Funktion verantwortlich für den Polizeiterror der Stalin-Zeit. 1953 zum Tode verurteilt.

28. Im Dnjepr wurden bei der Christianisierung Rußlands die ersten Massentaufen durchgeführt.

29. »Warjag« (Wärager): russisches Kriegsschiff, das im russisch-japanischen Krieg 1904 von der eigenen Mannschaft versenkt wurde.

KAPITEL 3

1. Marina Roscha: Stadtteil von Moskau.

KAPITEL 4

1. Sim: sowjetische Automarke, häufig Dienstwagen für Regierungsmitglieder und andere hochgestellte Persönlichkeiten.

2. Arina Rodionowna: die Amme des russischen Dichters Puschkin, die ihn erzogen und ihn, seinen Worten nach, mit ihren Erzählungen zu einem Dichter gemacht hat.

3. Arbat: eine der zentralen Straßen Moskaus.

4. Pawlik Morosow (1918–1932): in der Sowjetunion als heldenhafter Kämpfer gegen die Kulaken und Großbauern während der Kollek-

tivierung gefeiert; wurde von Kulaken umgebracht. Tatsächlich umstrittener Held, da er seine eigene Familie an die Staatsmacht auslieferte.

5. Alexandr Sergejewitsch: Vor- und Vatersname des russischen Dichters Puschkin.

6. Lenkoran: aserbaidschanische Stadt am Kaspischen Meer.

7. Jewgeni Wachtangow (1883–1922): sowjetischer Schauspieler und Regisseur, Gründer und Leiter des Studentischen Dramatischen Studios, suchte neue revolutionäre Formen für das Theater.

8. Tschatscha: kaukasischer Schnaps.

9. Rigaer Balsam: Kräuterschnaps aus Riga.

KAPITEL 5

1. Barkow, Limonow, Jerofejew: zeitgenössische russische Schriftsteller, die besonders für ihre vulgäre Sprache bekannt sind.

2. Gemeint ist der Schriftsteller Rasputin und seine Erzählung *Abschied von Matjora*, die davon handelt, daß ein sibirisches Dorf wegen eines Staudamms unter den Wasserfluten verschwindet.

3. Gemeint ist das Literarische Institut des Schriftstellerverbandes der UdSSR.

4. Anspielung auf eine berühmte Ausstellung zeitgenössischer Kunst, die Chruschtschows Zorn hervorgerufen hatte.

5. *Der Meister und Margarita*: Roman von Michail Bulgakow, der aufgrund seiner phantastischen Verarbeitung der sowjetischen Realität zum Kultbuch wurde. Inszeniert an dem berühmten Moskauer »Theater an der Taganka«.

6. GUM: Staatliches Universalkaufhaus, bekanntes Kaufhaus in Moskau.

7. Kwaß: russisches Getränk aus gegorenem Brot.

8. Akaki Akakijewitsch: Held aus der Erzählung *Der Mantel* von Gogol,

die von einem armen Kollegienassessor handelt, der sein ganzes Geld für einen Mantel spart, der ihm, als er ihn endlich zum erstemal trägt, sofort gestohlen wird.

9. *Niva*: 1870–1918 erschienene Wochenzeitschrift mit Beiträgen aus literarisch-künstlerischen und populärwissenschaftlichen Bereichen.

KAPITEL 6

1. Bandura: ukrainisches Saiteninstrument, der Zither verwandt.

2. GPU (Staatliche politische Verwaltung): von 1922–1934 Name der Sowjetischen Geheimpolizei.

KAPITEL 7

1. Alexandr N. Wertinski (1889–1957): russisch-sowjetischer Sänger. Lebte nach der Revolution im Ausland und kehrte erst 1943 in die UdSSR zurück.

2. Gemeint ist der Sänger und Dichter Bulat Okudschawa.

3. Gospodin: vorrevolutionäre Anrede »Herr«, die nach 1917 durch die Anrede »Genosse« ersetzt wurde.

4. Raskolnikow: Held aus Dostojewskis Roman *Schuld und Sühne*.

KAPITEL 9

1. Onegin: Zentrale Figur aus dem Poem *Eugen Onegin* von A. S. Puschkin.

2. Petschorin: Zentrale Figur aus dem Roman *Ein Held unserer Zeit* von M. Ju. Lermontow.

3. Tschatzki: Zentrale Figur aus dem Poem *Verstand schafft Leiden* von A. S. Gribojedow.

4. Oblomow: Zentrale Figur aus dem Roman *Oblomow* von I. A. Gontscharow.

5. Stationsvorsteher: Zentrale Figur aus der gleichnamigen Erzählung von A. S. Puschkin.

6. Onkel Wanja: Zentrale Figur aus der gleichnamigen Erzählung von A. P. Tschechow.

7. Anspielung auf das Gedicht von Puschkin *Brief an Tschaadajew*. Die Zeile lautet im Original »Und auf die Trümmer der Selbstherrschaft wird man unsere Namen schreiben« und bezieht sich auf den Putsch der Dekabristen im Jahre 1825.

8. Suworow (1730–1800): russischer Heerführer und Generalissimus, der vor allen in den russisch-türkischen Kriegen berühmt wurde. Nach ihm wurden die Kadettenschulen in der UdSSR benannt.

9. Michail N. Murawjow (1796–1866): russischer Staatsmann und General, wurde aufgrund seiner Grausamkeit bei der Niederschlagung des Polnischen Aufstandes 1863 »Der Henker« genannt.

10. Fadej W. Bulgarin (1789–1859): russischer Schriftsteller und Journalist, Herausgeber von Zeitungen, wurde auch durch die Denunziationen seiner Schriftsteller-Kollegen berühmt.

11. A. A. Araktschejew (1769–1834): russischer Graf und Staatsmann unter dem Zaren Alexander I. Bekannt als despotischer Unterdrücker jeder Opposition.

12. Konstantin P. Pobedonoszew (1827–1907): russischer Jurist und Staatsmann; hatte großen Einfluß auf den Zaren Alexander III. Vertreter des extrem reaktionären Polizeistaats.

13. Felix E. Dserschinski (1877–1926): Chef des ersten Geheimdienstes nach der Revolution.

14. Andrej A. Schdanow (1896–1948): Teilnehmer an der Oktoberrevolution und am Bürgerkrieg, bekannt durch seine rigide Kulturpolitik während der 30er und 40er Jahre.

15. Mit der russischen Revolte ist hier der Dekabristenaufstand von 1825 gemeint, über den Puschkin viele Gedichte schrieb.

KAPITEL 11

1. Krasnaja Presnja: Stadtteil in Moskau, in dem während des Aufstands von 1905 erbittert gekämpft wurde.

KAPITEL 12

1. Kusma Minin und Dmitri M. Poscharski: russische Volkshelden, die im Befreiungskampf Rußlands gegen Polen Anfang des 17. Jahrhunderts gekämpft haben.
2. Sandunow-Dampfbad: bekanntestes Dampfbad in Moskau.
3. Anspielung auf die Erzählung *Der Linkshänder* von Nikolai S. Leskow (1831–1895), die von der Geschicklichkeit russischer Handwerker handelt.
4. Wij: Ungeheuer aus der gleichnamigen Erzählung von Nikolai W. Gogol (1809–1852).
5. Marina Roscha, Taganka, Rasguljai, Sokolniki und Arbat sind Stadtteile von Moskau.
6. Fjodor I. Schaljapin (1873–1938): berühmter russischer Opernsänger.
7. MGU: Moskauer Staatliche Universität.

KAPITEL 13

1. Wladislaw F. Chodasewitsch (1886–1939): russischer Dichter des Akmeismus und Symbolismus. Seine fruchtbarste Schaffensperiode waren die Jahre nach der Revolution.
2. Nikolai A. Berdjajew (1874–1948): russischer Religionsphilosoph, 1922 aus der Sowjetunion ausgewiesen.
3. Lew Schestow (1866–1938): russischer Philosoph und Schriftsteller, Vertreter des Existentialismus, lebte seit 1895 vorwiegend im Ausland.
4. Jewgeni I. Samjatin (1884–1937): russischer Schriftsteller, 1932 aus der Sowjetunion emigriert.

5. Taman: Halbinsel, Ausläufer des Kaukasus zwischen dem Schwarzen und Asowschen Meer.

6. Tatsächlich stammt dieses Zitat nicht von Turgenjew, sondern aus dem Roman *Anna Karenina* von Leo Tolstoi.

7. Zeile des Gedichts *Brief an Tschaadajew* von Alexander S. Puschkin.

KAPITEL 14

1. Todor Schiwkow: 1954–1981 Generalsekretär des Zentralkomitees der Kommunistischen Partei Bulgariens.

2. Witali I. Worotnikow (geb. 1926): bekanntes Mitglied der KPdSU, wurde 1983 Vorsitzender des Ministerrates der UdSSR und Mitglied des Politbüros des Zentralkomitees der KPdSU.

3. Ein russisches Sprichwort besagt, daß man reich wird, wenn man von einem Bekannten nicht erkannt wird.

4. Denis W. Dawydow (1784–1839): als Anführer einer Partisanengruppe aus Husaren und Kosaken zum Helden des Krieges gegen Napoleon geworden, gleichzeitig Schriftsteller und Dichter, der hauptsächlich romantische »Husarenlyrik« verfaßte.

5. Taras G. Schewtschenko (1814–1861): ukrainischer Dichter und Künstler.

6. Pjotr A. Stolypin (1862–1911): russischer Politiker, ab 1906 Innenminister und Vorsitzender des Ministerrats.

KAPITEL 15

1. Der Drache Gorynitsch taucht in vielen russischen Volksmärchen als Ungeheuer auf.

2. Ostap Bender: Hauptfigur aus den Romanen *Die zwölf Stühle* und *Das goldene Kalb* von Ilf/Petrow, in denen die Neue Ökonomische Politik der zwanziger Jahre in der Sowjetunion satirisch dargestellt wird.

3. Waleri Ja. Brjusow (1873–1924): russischer Dichter, Begründer des russischen Symbolismus.

KAPITEL 16

1. Lumumba-Universität: staatliche Universität in Moskau.
2. Luschniki: Stadion in Moskau.
3. Nechljudow ist die zentrale Figur in Leo Tolstois Roman *Auferstehung*, der erkennen muß, daß ein junges, von ihm verführtes Mädchen zur Prostituierten und Verbrecherin geworden ist, und dieser Frau daraufhin nach Sibirien in die Verbannung folgt, wo beide ihre geistige und seelische »Auferstehung« erleben.
4. Alexandr S. Grin (1880–1932): russischer Schriftsteller, der vor allem romantisch-phantastische Erzählungen geschrieben hat.
5. Konstantin S. Stanislawski (1863–1938): sowjetischer Regisseur und Begründer einer neuen revolutionären Theaterschule.
6. Innokenti M. Smoktunowski (geb. 1925): berühmter sowjetischer Theater- und Filmschauspieler.
7. Budjonnowka-Mütze: Mütze der Rotarmisten von 1919–1941, so genannt nach Budjonnyj, dem berühmten Kommandeur der Reiterarmee aus dem Bürgerkrieg.
8. Juri Dolgorukow (?–1682): russischer Fürst und Feldherr.
9. Iwan A. Krylow (1769–1844): russischer Schriftsteller und Verfasser berühmter Fabeln.

KAPITEL 17

1. Nikolai Garin-Michailowski (1852–1906): russischer Schriftsteller und Ingenieur.
2. Ein traditioneller russischer Hochzeitbrauch, bei dem die Hochzeitsgesellschaft vom Brautpaar verlangt, daß es sich küßt, weil der Wodka angeblich zu bitter war und nach einem süßen Kuß verlangt.
3. Kaschpirowski: bekannter russischer Wunderheiler, der in den achtziger Jahren zur Berühmtheit wurde, als man ihm sogar im Fernsehen Sendezeiten für Fernheilungen einräumte.

4. Anton P. Denikin (1872–1947): einer der wichtigsten Kommandeure der Weißgardisten im Bürgerkrieg gegen die Bolschewiken.

KAPITEL 19

1. Stenka Rasin (ca. 1630–1671): Heerführer der Donkosaken, kämpfte gegen die Türken und Krimtataren. Als Anführer eines Bauernkrieges wurde er in Moskau hingerichtet.

2. Gemeint ist der russische Dichter Alexander S. Puschkin, der afrikanische Vorfahren hatte. Bei dem folgenden Gedicht handelt es sich um die letzten Zeilen des Gedichts *Brief an Tschaadajew.*

3. Chlestakow ist ein Held von Nikolai Gogol, der als Aufschneider bekannt ist.

KAPITEL 20

1. Pelmenis: Sibirische Teigtaschen, gefüllt mit Fleisch; vergleichbar mit den italienischen Tortellinis.

KAPITEL 21

1. Schota Rustaweli (12. Jahrhundert): georgischer Dichter.

2. *Genazwale:* Georgisch für »Freund, Vertrauter«.

3. Jak: sowjetischer Flugzeugtyp.

KAPITEL 22

1. Als »Walrösser« werden in Rußland diejenigen bezeichnet, die die alte Tradition fortführen, mitten im Winter in Eislöchern zu baden.

2. Armen B. Dschigarchanjan (geb. 1935): sowjetischer Theater- und Fernsehschauspieler.

3. Alla B. Pugatschowa (geb. 1949): bekannte russische Schlagersängerin.

4. Mytischi: kleiner Ort in der Nähe von Moskau.

KAPITEL 24

1. Trechgorsk–Mädchen: Gemeint sind die Arbeiterinnen der »Trechgornaja Manufaktura«, einer Stoffabrik in Moskau.

2. Der siebte November ist nach dem gregorianischen, 1918 auch in Rußland eingeführten Kalender der Jahrestag der Oktoberrevolution.

KAPITEL 26

1. Gemeint ist das Lied von Bulat Okudschawa *Der letzte Oberleitungsbus.*

KAPITEL 28

1. Ochranka: Geheime Staatspolizei im zaristischen Rußland.

2. Tscheka: Außerordentliche Kommission zum Kampf gegen die Konterrevolution; GPU: Staatliche Politische Verwaltung; NKWD: Volkskommissariat für Innere Angelegenheiten; MGB: Ministerium für Staatssicherheit; KGB: Komitee für Staatssicherheit.

3. Alexandr Ch. Benkendorf (1783–1844): russischer Staatsmann, war an der Niederschlagung des Dekabristenaufstandes 1825 beteiligt und ab 1826 Chef der Gendarmerie, der damaligen Politischen Polizei Rußlands.

4. Opritschnina: Im 16. Jahrhundert unter Iwan dem Schrecklichen herrschendes Strafsystem für abtrünnige Feudalherren.

5. Muslim M. Magomajew (geb. 1942): sowjetischer Bariton aus Aserbaidschan.

6. *Krokodil*: Satirische Zeitschrift in der Sowjetunion.

7. Nikolos M. Barataschwili (1817–1845): georgischer Dichter der Romantik.

8. »Prawda« bedeutet im russischen »Wahrheit«.

9. Kornej I. Tschukowski (1882–1969): russischer Schriftsteller, Literaturkritiker und Literaturwissenschaftler.

10. Samuel J. Marschak (1887–1964): russischer Dichter und Übersetzer, bekannt vor allem für seine Kindergedichte und -märchen.

11. Andrej A. Wosnessenski (geb. 1933): russischer Dichter.

KAPITEL 29

1. Lew M. Dowator (1903–1941): Generalmajor, der im Zweiten Weltkrieg die Kavallerieeinheiten bei den Kämpfen um Moskau befehligte.

KAPITEL 32

1. In Rußland werden Trunkenheit und Alkoholismus auch als »grüner Drache« bezeichnet.

2. »Der Dumme Iwan« ist eine in russischen Märchen immer wiederkehrende Gestalt, die mit »Hans im Glück« vergleichbar ist.

3. Ilja Muromez sitzt in einem russischen Märchen eine ganze Ewigkeit auf dem Ofen und steht erst im Moment höchster Gefahr auf, um alle Feinde mit einem Schlag zu vernichten.

4. In dem bekannten *Wolgalied* wirft Stenka Rasin eine im Feldzug gegen Persien gefangengenommene Fürstentochter über Bord.

V. S. Naipaul
im dtv

Foto: Isolde Ohlbaum

An der Biegung des großen Flusses
Roman · dtv 11694

Salim, ein indischer Kaufmannssohn von der afrikanischen Ostküste, zieht in eine Stadt im Landesinneren und übernimmt ein heruntergekommenes Geschäft. Er bemüht sich, dort Wurzeln zu schlagen ...

Eine islamische Reise
dtv 11734

Wie lebt man in den Ländern, in denen die Religion Vehikel politischer Veränderungen ist? Wie lebt man unter der Herrschaft des Islam? Ein scharfsichtiger und bewegender Bericht über die Suche nach Identität.

In den alten Sklavenstaaten
Eine Reise
dtv 11801

Die Geschichte einer Reise durch den tiefen Süden der USA.

Indien
Ein Land in Aufruhr
dtv 11890

1989 fuhr Naipaul kreuz und quer durch den Vielvölkerstaat Indien, vom Süden des Landes bis hinauf nach Kaschmir. In diesem großen Land leben Menschen unterschiedlichster Herkunft, verschiedener Kasten und Religionen: eine brisante Mischung.

Der mystische Masseur
Roman · dtv 11955

Die Geschichte von Ganesh, einem indischen Bücherliebhaber und zunächst erfolglosen Masseur auf der Insel Trinidad, der durch Phantasie und Intuition zum Heiler und »mystischen Masseur« aufsteigt. Ein liebevoll-satirisches Bild eines Dorfes und seiner Bewohner.

Ein Haus für Mr. Biswas
Roman · dtv 12020

Ein Familien- und Entwicklungsroman im indischen Milieu von Trinidad. Mr. Biswas ist von Geburt an ein Außenseiter – als Abkömmling indischer Einwanderer steht er am Rand der Gesellschaft. Mr. Biswas' größter Traum: ein eigenes Haus ...

T.C. Boyle im dtv

World's End
Roman · dtv 11666

Ein fulminanter Generationenroman um den jungen Amerikaner Walter Van Brunt, seine Freunde, seine holländischen Vorfahren, die sich im 17. Jahrhundert im Tal des Hudson niederließen, und die Indianer dort.

Greasy Lake und andere Geschichten
dtv 11771

Geschichten von bösen Buben und politisch nicht einwandfreien Liebesaffären, von Walen und Leihmüttern – mit wenigen Strichen umreißt Boyle das Amerika der siebziger Jahre.

Grün ist die Hoffnung
Roman · dtv 11826

Drei schräge Typen wollen in den Bergen nördlich von San Francisco Marihuana anbauen, um endlich ans große Geld zu kommen. Aber die Natur ist widerspenstig – und Hanf ist ein empfindsames Pflänzchen ...

Wenn der Fluß voll Whisky wär
Erzählungen · dtv 11903

Vierzehn Geschichten aus Amerika: vom Kochen und von Alarmanlagen, von Fliegenmenschen, mörderischen Adoptivkindern, dem Teufel und der heiligen Jungfrau.

Willkommen in Wellville
Roman · dtv 11998

1907, Battle Creek, Michigan. Im Sanatorium des Dr. Kellogg läßt *man* sich mit vegetarischer Kost von seinen Zipperlein heilen. So auch Will Lightbody. Einziger Lichtblick dort ist Schwester Irene. Doch Sex hält Dr. Kellogg für die schlimmste Geißel der Menschheit ...

Der Samurai von Savannah
Roman · dtv 12009

Als der japanische Matrose Hiro Tanaka irgendwo vor der Küste Georgias von Bord seines Frachters springt, trägt er außer einem Rettungsring nicht viel bei sich. Was ihm in Amerika blüht, hat er sich freilich nicht träumen lassen.

Peter Härtling im dtv

Nachgetragene Liebe
dtv 11827

Die Geschichte einer Kindheit – und die Geschichte eines Vaters.

Hölderlin
Ein Roman
dtv 11828

Härtling folgt den Lebensspuren des deutschen Dichters Friedrich Hölderlin.

Niembsch oder Der Stillstand
Eine Suite
dtv 11835

Ein erotischer Roman um den Dichter Nikolaus Lenau.

Ein Abend, eine Nacht, ein Morgen
Eine Geschichte
dtv 11837

Eine Liebesgeschichte als Grundlage einer Geschichte.

Eine Frau
Roman · dtv 11933

Die Geschichte einer Frau – ein Roman über das deutsche Bürgertum.

Der spanische Soldat
Frankfurter Poetik-Vorlesungen
dtv 11993

Härtlings Poetik-Vorlesungen aus dem Jahr 1984.

Felix Guttmann
Roman · dtv 11995

Der Lebensroman eines jüdischen Rechtsanwalts.

Schubert
Roman · dtv 12000

Ein empfindsamer Schubert-Roman von großer Musikalität der Sprache.

Zwei Briefe an meine Kinder
dtv 12067

Zwei Briefe von einem Vater, der seinen Kindern Rede und Antwort steht.

Herzwand
Mein Roman
dtv 12090

Ein autobiographisches Buch, dessen Anlaß eine Herzuntersuchung ist.

Erich Loest im dtv

Es geht seinen Gang oder Mühen in unserer Ebene
Ein Mann verweigert sich dem Leistungsdruck in Gesellschaft und Familie. DDR-Roman.
dtv 10430

Schattenboxen
Gert Kohler wird nach zweieinhalb Jahren aus dem Gefängnis entlassen. Die erträumte Freiheit...
dtv 10853

Zwiebelmuster
Roman
dtv 10919

Froschkonzert
Satire auf bundesdeutsche Krähwinkelei
dtv 11241

Durch die Erde ein Riß
Ein Lebenslauf
dtv 11318

Pistole mit sechzehn
Erzählungen, autobiographisch
dtv 11431

Swallow, mein wackerer Mustang
Ein Karl-May-Roman
dtv 11488

Wälder, weit wie das Meer
Reisebilder
dtv 11507

Fallhöhe
Roman aus den letzten Tagen der Deutschen Demokratischen Republik
dtv 11596

Der Zorn des Schafes
Nach der »Wende« erhält Erich Loest einen Teil seiner Stasi-Akte
dtv 11698

Katerfrühstück
Roman
dtv 12060

Graham Greene im dtv

Ein Mann mit vielen Namen
Roman
dtv 11429

Orient-Expreß
Roman
dtv 11530

Ein Sohn Englands
Roman
dtv 11576

Zwiespalt der Seele
Roman
dtv 11595

Das Schlachtfeld des Lebens
Roman
dtv 11629

Das Attentat
Roman
dtv 11717

Die Kraft und die Herrlichkeit
Roman
dtv 11760

Der dritte Mann
Roman
dtv 11894

Das Herz aller Dinge
Roman
dtv 11917

Jagd im Nebel
Roman
dtv 11977

Unser Mann in Havanna
Roman
dtv 12034

Der stille Amerikaner
Roman
dtv 12063

Julien Green
im dtv

Foto: Isolde Ohlbaum

Junge Jahre
Autobiographie
dtv 10940

Paris
dtv 10997

Jugend
Autobiographie 1919 - 1930
dtv 11068

Leviathan
Roman
dtv 11131

Von fernen Ländern
dtv 11198

Meine Städte
Ein Reisetagebuch 1920 - 1984
dtv 11209

Der andere Schlaf
Roman
dtv 11217

Träume und Schwindelgefühle
Erzählungen
dtv 11563

Die Sterne des Südens
Roman
dtv 11723

Treibgut
Roman
dtv 11799

Moira
Roman
dtv 11884

Jeder Mensch in seiner Nacht
Roman
dtv 12045

Englische Suite
Literarische Porträts
dtv 19016